ullstein

Das Buch

»Hier entsteht eine Stadt!« Zar Peter bestimmt eine unscheinbare Insel im Newadelta, um Sankt Petersburg zu gründen. Eine gigantische historische Leistung, die Wagemutige aus ganz Europa anzieht. Graf Fjodor mit seiner intriganten Frau und ihrer Tochter, die sich nach dem Wunsch der Eltern mit dem Zaren verloben soll. Einen italienischen Architekten, der seine Geliebte in Florenz zurücklässt und von der Vergangenheit eingeholt wird.

Den deutschen Arzt Dr. Albrecht mit seinen Töchtern. Während die Jüngere mit einem holländischen Tischlergesellen abenteuerlustig durch die Sumpflandschaft streift, verliert die Ältere ihr Herz an einen Mann, der zum Mörder wird. Immer beobachtet von dem Gottesnarr Kostja, dem nichts entgeht: keine Intrige, kein Liebesschwur, keine Meucheltat.

Währenddessen werden die Fundamente der Stadt von schwedischen Kriegsgefangenen und russischen Leibeigenen aus dem Boden gestampft. Im Kampf gegen die Naturgewalten wächst Stein für Stein eine Stadt heran, die Russlands Fenster zum Westen werden soll.

Die Autorin

Martina Sahler erfüllt sich mit diesem Roman den persönlichen Traum, die Gründungsgeschichte ihrer Lieblingsstadt Sankt Petersburg zu erzählen. Mit ihren bisherigen historischen Serien hat sie viele begeisterte Leser gewonnen. Sie lebt mit ihrer Familie in der Nähe von Köln.

Weitere Titel von Martina Sahler in unserem Hause:
Die Zarin und der Philosoph

Martina Sahler

Die Stadt des Zaren

Der große Sankt-Petersburg-Roman

Ullstein

Besuchen Sie uns im Internet:
www.ullstein-buchverlage.de

Textauszug aus:
Alexander Puschkin, *Der eherne Reiter. Petersburger Erzählungen.* Aus dem Russischen von
Rolf-Dietrich Keil.
© der deutschen Übersetzung Insel Verlag Frankfurt am Main 2003. Alle Rechte bei und vorbehalten durch Insel Verlag, Berlin.

Ungekürzte Ausgabe im Ullstein Taschenbuch
1. Auflage April 2019
3. Auflage 2019
© Ullstein Buchverlage GmbH, Berlin 2017 / List Verlag
© 2017 by Martina Sahler
Umschlaggestaltung: zero-media.net, München,
nach einer Vorlage von Sabine Kwauka
Titelabbildung: © Sphinx Art / Bridgeman Images (Der Bau der St. Isaac's Kathedrale, Sankt Petersburg); shutterstock / © antuanetto (Ornament); shutterstock / © dimbar76 (Adler); shutterstock / © STILLFX (Himmel) und shutterstock / © Anna Poguliaeva (Ornament)
Karten: © Peter Palm, Berlin
Satz: L42 AG, Berlin
Gesetzt aus der Adobe Garamond Pro
Druck und Bindearbeiten: CPI books GmbH, Leck
ISBN 978-3-548-06012-5

Er stand am weltumspülten Strand
In tiefem Sinnen, unverwandt
Ins Ferne schauend. Bleiern zogen
Die Fluten durch das niedre Land;
Ein Kahn trieb einsam auf den Wogen,
Und hier und da im Ufermoor
Stach eine Hütte grau hervor,
die karge Wohnstatt eines Finnen,
und Wald, in den sich nie verlor
Ein Sonnenstrahl durch Nebelinnen,
rauschte ringsum. Stolz dachte er:
Von hier aus drohen wir dem Schweden.
Hier werde eine Stadt am Meer,
zu Schutz und Trutz vor Feind und Fehden.
Hier hatte die Natur im Sinn
Ein Fenster nach Europa hin,
ich brech' es in des Reiches Feste;
Froh werden alle Flaggen wehn
Auf diesen Fluten, nie gesehn,
Uns bringend fremdländische Gäste.

(aus: *Der eherne Reiter*, Alexander Puschkin)

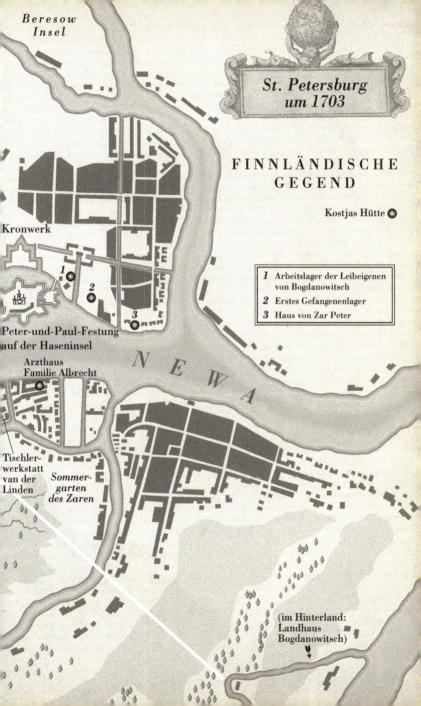

Personen im Jahr 1703

(Historische Personen sind mit einem * gekennzeichnet)

Der Zar, seine Familie, seine Freunde:

Zar Peter Alexejewitsch*, 30, der von einer Stadt am Meer träumt.

Fürst Alexander »Alexaschka« Menschikow*, sein bester Freund und Berater.

Jewdokija Lopuchina*, 33, Peters Ehefrau, die er ins Kloster verbannt hat.

Zarewitsch Alexej*, 13, Peters Sohn und Thronfolger.

Martha Skawronskaja*, 19, Peters Geliebte.

Patrick Gordon*, schottischer Söldnergeneral und Peters militärischer Hauptberater.

François Lefort*, Schweizer Glücksritter in Nemezkaja Sloboda, guter Freund Peters und später Admiral seiner Kriegsflotte.

Boris Scheremetew*, Feldmarschall der russischen Armee.

Anna Mons*, 30, Peters erste Mätresse in der Ausländervorstadt von Moskau.

Darja Arsenjewa*, Menschikows Geliebte und spätere Ehefrau.

Domenico Trezzini*, Schweizer Architekt, Bauherr in St. Petersburg.

Dr. Laurentius Blumentrost*, Wissenschaftler und Leibarzt des Zaren.

Die deutsche Arztfamilie:

Dr. Richard Albrecht, 42, deutscher Arzt, ursprünglich aus dem hannoverschen Coppenbrügge, wohnt seit sechs Jahren mit seiner Familie in der Moskauer Ausländervorstadt, als er die Einladung nach St. Petersburg bekommt.

Frieda Albrecht, 39, seine Frau.

Helena Albrecht, 18, ihre älteste Tochter.

Paula Albrecht, 14, die Ärztin werden möchte.

Gustav Albrecht, 10, der Sohn, der genau wie Zar Peter für die Schifffahrt brennt.

Die Tischler aus Amsterdam:

Theodorus van der Linden, 60, Tischlermeister aus Amsterdam in St. Petersburg.

Willem van der Linden, 14, Lehrjunge bei seinem Vater.

Schwedische Kriegsgefangene:

Erik Widström, 21, schwedischer Kriegsgefangener, der mithilft, die Stadt aus dem Boden zu stampfen.

Siri Nordin, 19, Eriks Verlobte in Uppsala.

Arvid Nordin, 19, Eriks bester Freund und Zwillingsbruder von Siri.

Die russische Grafenfamilie:

Graf Fjodor Bogdanowitsch, 36, General in der Leibgarde Zar Peters.

Gräfin Viktoria, 35, seine Gattin.

Komtess Arina, 17, die Tochter des Grafenpaares, die nach dem Willen der Mutter Zar Peter erobern soll.

Russische Leibeigene, die zur Grafenfamilie gehören und mit nach St. Petersburg reisen:

Zoja, 25, eine Russin mit Feuer im Blut.
Ewelina, 23, Zojas beste Freundin.
Jemeljan, 25, Zojas Geliebter.
Michail, 27, ein Mann, der seine Ehefrau ins Grab geprügelt hat.

Die Italiener in St. Petersburg:

Matteo di Gregorio, 28, Architekt aus Florenz und Lebemann.
Francesco di Gregorio, 24, der jüngere Bruder.
Chiara Martini, 23, Schneiderin aus Florenz, Matteos Geliebte.
Camillo, Chiaras väterlicher Beschützer.

Und **Kostja**, der zwergwüchsige Gottesnarr, dessen Alter keiner kennt und der stets darum kämpft, die Wahrheit ans Licht zu bringen.

Prolog

An der Newamündung,
16. Mai 1703

Seit Sonnenaufgang kreiste der Adler über Ingermanland. Er schwebte über den Sümpfen, den Birkenwäldern und dem Wasser der Newa.

Vielleicht wollte er auskundschaften, was sich die Menschen dabei dachten, dieses unwirtliche Gebiet zwischen dem Ladogasee und dem Finnischen Meerbusen zu betreten.

Vielleicht wollte er auskundschaften, ob sie sich anschickten, die Herrschaft über die Natur an sich zu reißen.

Zar Peter stand dicht am Flussufer, wo eine Fregatte und Ruderboote auf ihn und seine Gefolgschaft warteten. Den Blick hielt er nach oben gerichtet.

Das Morgenlicht schluckte alle Farben und gab der Landschaft einen silbernen Anstrich. Die Nebel, die früh über der Newa wallten, lösten sich auf. Ein frischer Wind von der Ostsee trieb den Schleier über Land und Moor hinweg, in die Birken und Föhren drüben auf finnischer Erde, wo sie zerfaserten.

Vor dem Himmelsblau hoben sich die Schwingen des Greifvogels klar umrissen ab. Vermutlich lauerte er auf einen der Feldhasen, die auf der Insel gegenüber herumsprangen und mit aufgerichteten Ohren lauschten.

Nun, sollte er sich eine letzte Fleischmahlzeit greifen, dachte der Zar. Die Hasen würden flüchten, sobald die Soldaten auf dem Eiland mit Hämmern und Kränen, Stein und Holz eine

Festung errichteten. Ein Kirchturm sollte aufragen und Seefahrern aus allen Ländern der Welt signalisieren: Hier haben die Russen ihr Tor zum Westen.

Die Luft schmeckte noch nicht nach der Weichheit des Sommers, sie war wie Kristall, kühl und klar. Zar Peter nahm einen tiefen Atemzug. Stolz und Vorfreude erfüllten ihn.

Nach einer jahrhundertelangen Fehde um diesen uralten Wasserweg zur Ostsee und der Kriegserklärung des Zaren im August 1700 an den Schwedenkönig hatten die Nordmänner die russische Kriegsmacht in diesem Frühjahr unterschätzt, als sich die Regimenter des Zaren aufmachten, die baltischen Provinzen Ingermanland und Karelien an der Grenze zu Finnland zu erobern. Nicht irgendein Land, das anderen gehörte, sondern das Erbe ihrer Väter. Fürst Alexander Newski hatte das Gebiet vor fast fünfhundert Jahren von den Schweden errungen.

Ingermanland zog sich als schmaler Streifen an der Südküste des Finnischen Meerbusens von der Newa bis zur Festungsstadt Narwa. Karelien war ein viel größeres, von Wäldern und Seen bedecktes Landstück mit felsiger Küste zwischen der Ostseebucht und dem Ladogasee.

In den vergangenen Monaten hatte der Zar sein Heer aufgestockt und die Kirchenglocken zahlreicher Städte und Klöster einschmelzen lassen, um daraus Kanonen, Mörser und Haubitzen zu gießen. Dank dieser Aufrüstung hatten sie zunächst Nöteborg erobert und der strategisch wichtigen Zitadelle den deutschen Namen Schlüsselburg gegeben. Was für ein Triumph!

In Moskau ließen sie sich für diesen Kriegserfolg feiern, aber mehr noch als seine Landsleute bejubelten den Zaren die Ausländer in der Moskauer Vorstadt. Ihm zu Ehren schmückten sie Triumphbögen, legten die Gassen mit Teppichen aus und warfen aus den Fenstern Lorbeer- und Blumenkränze auf ihn und seine tapferen Krieger.

Zum nächsten Ziel hatten sie die Schanze von Nyen erklärt, die genau wie Schlüsselburg den Ausfluss der Newa aus dem Ladogasee beherrschte. Die Schweden kapitulierten nach achttägiger Belagerung und stundenlangem Beschuss. Vor zwei Tagen war Feldmarschall Scheremetew siegreich in die Festung eingezogen. Die feindlichen Kämpfer, die sie dabei gefangengenommen hatten, würden ihren Teil dazu beitragen, dass im Newadelta die größte und schönste Stadt entstand, die die Welt je gesehen hatte: die neue russische Hauptstadt. Mit Fug und Recht war er, Peter Alexejewitsch Romanow, zum Meister der Newa aufgestiegen.

Nach der Einnahme der Nyenschanz hatten sie darüber beratschlagt, ob sie diese Zitadelle ausbauen sollten. Doch sie war klein und marode und lag weit von der Ostsee entfernt. Die Haseninsel, von der Newa umrahmt, bot sich als der bessere Ort für eine Verteidigungsanlage an.

Zar Peter würde keine Zeit verlieren, genau hier den Grundstein für eine Stadt zu legen, in der die russische Seemacht erstarken konnte.

Der Krieg gegen die Schweden dauerte an, aber die Eroberung der schwedischen Festungen, die wie ein Ring das offene Meer versperrt hatten, öffnete ihnen den Zugang zur Ostsee – bis vor wenigen Tagen nur ein schwedischer Binnensee. Den Schweden gehörte alles: von Riga in Liefland über Reval in Estland bis zu den Weiten von Finnland, das an Ingermanland grenzte.

Nun würden die Russen das eroberte Newadelta sichern und nutzbar machen. Natürlich wusste Peter, welchen Kraftakt dies bedeutete, aber er zweifelte nicht am Erfolg seiner Pläne.

»Sankt Pieterburch? Hast du dir das sorgsam überlegt?«

Peter wandte sich Fürst Alexander Menschikow zu. Wie alle anderen Männer musste auch sein bester Freund den Kopf in den Nacken legen, um ihn anzuschauen. Der Zar überragte sie alle.

Menschikows grüner Samtmantel im europäischen Stil betonte seine Schultern, die Kniehose und die weißen Strümpfe die schlanke Gestalt. Purpurne Adern von zu viel Wodka durchzogen sein Gesicht mit dem flachsblonden Schnurrbart. Das spöttische Lächeln, bei dem er nur einen Mundwinkel hob, hatte er sich aus seiner Jugend bewahrt. Es blitzte in seinen Augen, als er seinen Weggefährten angrinste.

Peter verpasste ihm einen Schlag auf die Schulter. »Wann habe ich mir jemals etwas nicht sorgsam überlegt?« Sein Lachen klang unbeschwert und erinnerte an eine Jugend, in der sich das Leben und das Regieren wie ein verrücktes Abenteuer angefühlt hatten.

»Willst du tatsächlich wissen, wie oft in deinem Leben du aus einer Laune heraus Entscheidungen getroffen hast? Das könnte eine längere Geschichte werden. Mach dich darauf gefasst, dass sich unsere Abfahrt zur Haseninsel um Stunden verzögert«, gab Menschikow zurück.

Nur wenige Menschen wagten es, in diesem Ton mit dem Zaren zu reden. Aber Peter Alexejewitsch schätzte einen Freund wie Menschikow, der kein Blatt vor den Mund nahm. Sicher, er war ein Gauner und stets auf seinen Vorteil bedacht, aber er erwies sich auch immer wieder als einer der Fleißigsten und der Klügsten. Ihn aus der Gefolgschaft zu werfen wäre ein Leichtes, ihn hinzurichten ebenso. Aber welche Männer blieben ihm dann? Talentlose, unfähige Halunken. Darüber hinaus würde Menschikow jederzeit für den Zaren seinen Kopf riskieren. Wog allein diese Eigenschaft nicht jede Form von Habsucht auf?

»Gib dir keine Mühe, mich zu erzürnen, mein Freund. Ich weiß, dass es vielleicht die größte Tat meines Lebens sein wird, Sankt Pieterburch zu erschaffen. Ein schönes blühendes Kind unter Europas Greisen, herausragend durch seine Pracht und die herrlichsten Anlagen.«

»Den Ruf der Stadt willst du in die Geschichte einschreiben, indem du ihr deinen Namen gibst? Warum dann auf Niederländisch? Verleugnest du dein russisches Vaterland?« Menschikow verschränkte die Arme vor der Brust und lächelte den Zaren von der Seite an.

Der Regent runzelte die Stirn. »Es soll mir recht sein, wenn die Leute glauben, dass die Stadt nach mir benannt wird. Obwohl es nicht der Wahrheit entspricht.«

Schutzpatron der Stadt sollte, genau wie für Rom, der Apostel Petrus werden. Ihm wurde sie geweiht, in seinem Namen erschufen sie die Metropole.

»Pieterburch wird für die Ewigkeit gebaut werden«, fuhr der Zar fort. »Und ja, an die Niederlande darf unsere Stadt durchaus erinnern, von mir aus an Amsterdam. Es gibt schlechtere Vorbilder als die Holländer, die allein durch ihren Fortschrittsglauben ihr Land zur Blüte gebracht haben. Wir haben es selbst erlebt, mein Lieber. In Pieterburch wirst du als erster Generalgouverneur ein Auge darauf haben, dass sich die Architekten und Bauherren an die exakten Pläne halten. Sie sollen mit Sinn und Verstand Straßen anlegen und Gemäuer hochziehen. Ich will eine Ordnung, verstehst du?«

Menschikows Miene wirkte auf einmal ungewohnt ernst. »Ich frage mich nur, wie du das in diesem Sumpfgebiet schaffen willst. Quellwasser haben wir noch nicht entdeckt, das Wetter ist launisch, es gibt keine Verbindung zu bewohnten Landstrichen. Und wir müssen uns nach der Beschaffenheit des Bodens richten. Morast und Schlick werden uns an vielen Stellen einen Strich durch die Pläne machen.«

Die Newa machte hier eine Schleife nach Norden und floss dann nach Westen ins Meer. Auf der letzten Strecke teilte sie sich in vier Mündungsarme mit zahlreichen Querverbindungen, so dass sich die geplante Stadt aus einem Dutzend Inseln zusammensetzen würde. Die Haseninsel bildete den Mittelpunkt und Kern der Landschaft.

»Jammere nicht, das steht dir nicht«, widersprach der Zar.

»Wir werden Herr über dieses Land werden. Wir werden Kanäle graben wie die Holländer in Amsterdam, und wir werden den Boden festigen, wo immer es nötig ist.«

Menschikow nickte ein paar Mal sinnend. »Wir werden gewaltige Anstrengungen unternehmen müssen. Wir und Tausende unserer Landsmänner.«

»Ich weiß, mein Freund, ich weiß.« Peter hob den Arm, um seiner Gefolgschaft, die sich hinter den beiden mächtigsten Männern des Landes versammelte, das Zeichen zum Aufbruch zu geben. »Unser Lohn wird eine Stadt sein, die dem Westen zugewandt ist. Eine Metropole, die in einer Buntheit von Gesichtern, Sprachen, Gewändern und Kulturen erstrahlen wird.«

Menschikow wiegte den Kopf und murmelte vor sich hin: »Vielleicht die *erdachteste* Stadt der Welt.«

Säbel klirrten, Stiefel stampften, als zweihundert Männer zum Ufer aufbrachen. Die Fregatte wartete auf den Zaren, auf Menschikow und eine Handvoll enger Vertrauter. Die Soldaten der Leibgarde verteilten sich auf die Ruderboote.

Aufrecht stellte sich der Zar an den Bug des Schiffes, schaute der Haseninsel entgegen, während die Ankerwinde ächzte und die Fregatte an Fahrt aufnahm. Der Wind mischte den Duft nach frischem Gras und Baumgrün mit dem Modergeruch der Uferpflanzen.

Peter richtete sich zu voller Größe auf, hielt sich mit beiden Händen an der Reling.

Wie hatte er diesen Tag herbeigesehnt, an dem sie das Fundament für eine russische Weltmacht erschaffen würden. Eine trutzige Stadt am Meer, zum Schutz vor den Schweden und gegen wen auch immer, der ihnen dieses Gebiet streitig machen wollte. Eine Stadt, die talentierte europäische Architekten, Bauherren und Schiffbauer mit offenen Armen empfangen würde, damit sie zum Wohlstand aller beitragen konnten.

Mochte manchen diese am Westen orientierte Politik wie

ein launischer Einfall des Zaren erscheinen, so stellte sie doch nur den Versuch dar, im Wandel der Zeiten Schritt zu halten. Es gab viel aufzuholen für Russland.

Die Ausländer würden ihre Lehrmeister sein: Wie baute man edle Steinhäuser im modernen Stil? Wie legte man Parks und Gärten an? Wen sollte man mit der Aufstellung der Armee und der Flotte, dem Schiffbau und der Waffenherstellung beauftragen? Wie heilte man Kranke und stellte wirksame Arzneien her? Wie schneiderte man deutsche Kleidung, wie setzte man Uhrwerke zusammen?

Peter wusste sehr wohl, dass es nicht all seinen Untertanen schmeckte, wenn er die Ausländer so sichtbar umwarb. Wenn er mit Menschikow darüber diskutierte, pflegte er zu erläutern: »Ich habe zweierlei Untertanen. Zum einen verständige und wohlgesinnte, die einsehen, dass ich die Fremden zum Nutzen aller zu uns hole und mich um ihr Wohlergehen kümmere, damit sie gern bei uns bleiben. Auf der anderen Seite die Ewiggestrigen, die Boshaften, die meine guten Absichten nicht anerkennen. Alles Neue verachten sie aus Dummheit, und wenn sie können, verhindern sie es. Sie hängen an den verflossenen Zeiten, in denen die Sonne mehr gewärmt habe. Dabei vergessen sie, wie es bei uns ausgesehen hat, ehe ich mich in anderen Ländern umgesehen und die Fremden in unser Land gezogen habe.«

In Peters Visionen stiegen bereits die Villen und Paläste empor, die Straßenzüge und vor allem die Werft, die zum Wahrzeichen seiner Stadt werden sollte.

Wer hätte noch vor einem Jahrzehnt eine Kopeke darauf gesetzt, dass Russland zur Seemacht aufsteigen würde? Zwar fehlte es in den heimischen Wäldern an widerstandsfähigem Schiffbauholz, aber dafür gab es Eisen, Kupfer, Hanf und Segeltuch im Überfluss. Peter würde alles heranschaffen lassen, was sie zur Ausrüstung benötigten.

Sein erstes Boot hatte er vor zehn Jahren auf dem Gut seines

Großvaters entdeckt, einen englischen Kahn, den der Schiffbauer Karsten Brand für ihn reparierte.

Wie anmutig er über die Wellen geglitten war, wie schnittig er den Wind einfing! Was für ein Wunderwerk! Das Schlagen des Segeltuchs, das Knarren der Bretter, das Klatschen des Wassers gegen den Bug, der brausende Wind in den Ohren – noch in diesen Tagen erinnerte sich Peter an jedes Detail.

Damals hatte seine jugendliche Schwärmerei vom Segeln großen Auftrieb bekommen.

Damals hatte er begonnen, von einem russischen Hafen an der Ostsee zu träumen.

Der einzige maritime Zugang des riesigen Reichs befand sich zu jener Zeit am Weißen Meer bei Archangelsk. Eingeschlossen durch die Schweden im Norden, Polen im Westen und die Türkei im Süden, war Peter in ein riesiges Land mit miserablen Grenzverhältnissen hineingeboren worden.

In Archangelsk hatte Peter erlebt, wie sich, sobald im Frühjahr das Eis brach, ganz Europa traf. Engländer, Holländer und Dänen reisten an, um mit Pelzen, Häuten, Hanf, Talg, Getreide und Pottasche zu handeln. Was für ein lebendiger, blühender Ort! Ein solches Zentrum wollte Peter an der Ostsee bauen, einen eisfreien Hafen, der zum Aufstieg Russlands zu einer der führenden Mächte beitragen sollte.

An diesem Tag im Mai, vom kreisenden Adler beobachtet, würde er beginnen, seine Vision zu verwirklichen.

Die Fahrt über die bleiernen Newafluten dauerte nur wenige Minuten. Der Zar sprang zuerst von Bord und setzte den Fuß auf die Insel, die die Keimzelle seiner Stadt werden sollte. Seine Leibgarde folgte.

Die Hasen, die zur Begrüßung in Richtung der kleinen Flotte gestarrt hatten, stoben in alle Richtungen davon.

Peter stemmte die Arme in die Seiten und betrachtete das Eiland von Nord nach Süd, von Ost nach West. Der Boden verlief flach und fest bis hinab zum Ufer. Im Geiste sah er die

Mauern des Verteidigungswalls, die russische Flagge wehte auf dem höchsten Wachturm. Und über allem ragte die Kirchturmspitze des Gotteshauses, das zu Ehren der Apostel Petrus und Paulus entstehen sollte und das der Anlage ihren Namen geben würde: die Peter-und-Paul-Festung.

Mit langen Schritten begann er, die Insel abzuschreiten. Brummend und stampfend folgten ihm die Männer. Die letzten zogen Kanonen hinter sich her, deren Räder über das unebene Landstück rumpelten.

Mancher aus seiner Garde mochte ihn für irrsinnig halten, aber was andere über ihn dachten, hatte den Zaren noch nie geschert. Mit eiserner Hand würde er sein traditionsverkrustetes Reich in die Zukunft führen. Es teilhaben lassen an der Entwicklung, die Europa nahm. Einen Meisterplan gab es nicht, doch seine Willensstärke suchte ihresgleichen im Land.

Vielleicht ein halbes Dutzend Männer besaß Geisteskraft genug, um seinen Vorstellungen zu folgen. Mehr nicht. Aber Widerstände galt es zu überwinden. Vielleicht würde es Jahrzehnte dauern, bis der letzte Altgläubige verbissen eingestand, dass der Zar seine Entscheidungen nur zum Besten des Vaterlandes traf.

Die Wolken verdichteten sich, der Wind frischte auf, während der Zar den Weg um die Insel fortsetzte. An einigen Stellen blieb er stehen, verharrte sinnend und schaute über die vom Wasser durchzogene Landschaft. Er würde vor Ort bleiben müssen, um die Befestigung und Bebauung zu überwachen.

Sein Blick glitt nach Osten über den Flussarm, wo zwischen weiß leuchtenden Birkenstämmen vereinzelte graue Holzhütten standen, karge Wohnstätten, von ihren finnischen Bewohnern verlassen. Dort würde er sich sein eigenes Haus bauen lassen, keinen Palast, bestimmt keinen Palast, eine bescheidene Arbeitsstätte, in der er seine Vertrauten empfangen und mit den Europäern über seinen Plänen brüten konnte.

»Sehe ich Skepsis in deiner Miene?« Menschikow hatte sich wieder aus den Reihen gelöst.

Peter lachte auf. »Gewiss nicht«, erwiderte er. »Selten fühlte ich mich entschlossener als am heutigen Tag. Folgt mir!«

In der Inselmitte hob er die Hand und wandte sich an Graf Fjodor Bogdanowitsch, der auf Geheiß des Zaren einen Spaten mitführte. Buckelnd drückte sich der Graf nach vorn, um dem Herrscher das Werkzeug zu überreichen.

Mit unbewegter Miene nahm Peter die Schaufel entgegen. Das Blut rauschte in seinen Ohren, eine Böe wehte ihm die Haare übers Gesicht. Er strich die Strähnen fort, bevor er den ersten Spatenstich setzte.

Menschikow applaudierte laut und anhaltend, bis die anderen Männer einstimmten, zögernd und weniger berauscht.

Mühelos schaufelte Peter eine Grube in den Boden. Ein Priester trat hervor, hinter ihm vier Männer in Uniform, die eine steinerne Kiste trugen. Darin befand sich ein goldenes Kästchen, das Teile der Reliquien des heiligen Andreas barg. Nach orthodoxem Glauben hatte der Apostel den Russen einst das Wort Gottes gebracht.

Mit andächtigen Mienen senkten die Männer die Kiste in das Erdloch, während der Priester Gebete murmelte und Weihwasser sprenkelte, dessen Duft sich mit dem Geruch von Brackwasser mischte.

Zwei weitere Soldaten bedeckten die Grube mit einer steinernen Platte. Menschikow nahm sich das Recht, die Inschrift laut gegen den Wind sprechend vorzutragen, so dass es bis zu den hinteren Männern vordrang: »Im Jahre 1703 seit der Fleischwerdung unseres Herrn Jesus Christus, am 16. Mai, wurde die Herrscherstadt Sankt Pieterburch von dem Großen Herrn, dem Zaren und Großfürsten Peter Alexejewitsch, Autokrator von ganz Russland, gegründet.«

Peter bückte sich und legte zwei längliche Rasenstücke in Kreuzform auf die Platte. »Hier soll eine Stadt entstehen!«, rief er mit feierlich getragener Stimme. Ein Lächeln erhellte seine Züge, während die Männer in Jubel ausbrachen.

Sie würden hinter ihm stehen, sie würden wie er mit allen Kräften gegen die Natur ankämpfen. Obwohl sie seine Vision einer Stadt nicht teilten, vertrauten sie ihm, ihrem Zaren, den sie von Kindesbeinen an kannten. In der Moskauer Vorstadt hatten sie gemeinsam Schlachten nachgespielt und Kriegsstrategien ersonnen, von jugendlichem Übermut getrieben. Für seine Leibgarde hatte Peter die Besten seiner Kameraden ausgewählt. Auf ihre Treue konnte er sich verlassen – und auf ihre Überzeugung, dass sie in Zar Peter einen klugen Vordenker und Fürsten hatten.

Peter wies auf zwei Birken und ordnete an, sie zu fällen. Vier Männer führten sogleich seinen Befehl aus. Die Axtschläge donnerten über die Insel, übertönten das Plätschern der Wellen und das Rauschen in den Baumwipfeln. Ein Schwarm Spatzen stob schimpfend in den Himmel, über die Newa hinweg bis zum anderen Ufer.

Die Soldaten legten dem Zaren die beiden Birken zu Füßen. Mit einem Hanfseil band er die kräftigsten Äste aneinander. Ein paar Männer richteten die Bäume auf, so dass sie ein Tor bildeten. Die weißen Stämme versenkten sie in rasch ausgehobenen Erdlöchern und befestigten sie mit Grasnarben. Ehrfurchtsvoll schauten alle hoch zu diesem symbolischen Tor, das über den Reliquien und dem Gedenkstein aufragte.

Der Zar beschirmte die Augen mit der Hand gegen die Sonnenstrahlen, die durch die Wolken brachen. Der Adler zog nun genau über der Haseninsel seine Runden. Spiralengleich glitt das Tier tiefer und tiefer, bis Peter den gebogenen Schnabel und die glänzenden Pupillen sehen konnte. Hinter ihm schwoll das Murmeln seiner Männer an, manche riefen »Oh!« und »Seht nur!«.

Einen Wimpernschlag später schwang sich das Tier aus den Lüften herab und ließ sich auf dem Birkentor nieder. Am

Rasseln hinter sich erkannte Peter, dass sich seine Männer bekreuzigten. Er selbst ließ keinen Blick von dem Greifvogel, der auf dem Ast thronte.

Himmlische Zuwendung? Ein kaiserlicher Adler als Vorbote kommender Größe? Vielleicht. Auf jeden Fall verlieh der Greifvogel dieser historischen Stunde der Grundsteinlegung von Sankt Pieterburch zusätzliche Würde. Peter jedoch hing zu sehr den Naturwissenschaften an, um an ein göttliches Zeichen zu glauben. Genau wie Alexander Menschikow.

»Ein Wunder, ein Wunder!«, hörte Peter den Grafen Bogdanowitsch hinter ihm raunen. Als er sich umdrehte, sah er, dass sich der Graf anschickte, auf die Knie zu fallen.

Menschikow hinderte ihn daran, indem er ihn rüde am Ärmel packte. »Seid nicht einfältig, Graf Bogdanowitsch. Vermutlich lebt das Tier schon länger auf der Insel, und die Schweden haben es gezähmt.«

Die Menge hinter Peter verstummte, während er den Arm dem Adler entgegenhob. Das Tier spreizte die Flügel und ließ sich darauf hinab. Salutschüsse peitschten über die Newa, während Peter mit dem Vogel zu seinem Schiff zurückschritt.

Ob seine Männer aus Vernunft an ihn glaubten oder weil der Himmel seinen Segen gegeben zu haben schien, bekümmerte den Zaren nicht. Er brauchte sie, egal, was sie dachten.

Das Reich war groß, die Widerstände gewaltig, und bis die ersten Schiffe in den neuen Hafen einliefen, Regierungspaläste emporwuchsen und Bürger über die Prachtstraßen flanierten, würden Jahre ins Land ziehen, in denen der Boden im Ingermanland mit dem Blut und dem Schweiß der Arbeiter getränkt werden würde.

Nein, Peter gestattete sich keine Illusionen darüber, dass dieser Etappensieg gegen die Schweden und die Grundsteinlegung der neuen Hauptstadt das Ende des russischen Kampfes um Anerkennung in der europäischen Welt bedeuten würde.

Er war erst der Anfang.

Buch 1

Aufbruch

Juli 1703 – März 1704

KAPITEL 1

Nemezkaja Sloboda,
Ausländervorstadt bei Moskau,
Juli 1703

Frieda Albrecht stellte den Weidenkorb mit dem in Papier gewickelten Huhn, dem Kohl und den Kartoffeln an den Wegrand und wischte sich mit dem Unterarm über die Stirn.

Seit Tagen brannte die Sonne auf die Dächer, Gärten und Felder der Ausländervorstadt. Wer es sich leisten konnte, verschanzte sich zur Mittagszeit in seinem Haus, schloss Fenster und Türen, um die Zimmer kühler zu halten.

Frieda hätte es sich leisten können, aber ihre Umtriebigkeit ließ es nicht zu, dass sie sich mittags zur Ruhe setzte. Irgendetwas gab es immer zu tun.

Am liebsten würde sie von Sonnenaufgang bis zur Nacht an der Seite ihres Mannes arbeiten, der als Arzt über die Grenzen der Vorstadt hinaus Anerkennung genoss. Aber zu oft beschlich sie das Gefühl, ihm im Weg zu sein.

Das Einkaufen und Kochen für ihre fünfköpfige Familie übernahm sie selbst.

In der Ausländervorstadt gab es drei Märkte für Gemüse und Fleisch, Brot und Gewürze: einen gegenüber der Holländischen Reformationskirche und zwei kleinere in der Nähe der Lutherischen Kirchen. Die Türme dieser Gotteshäuser zeigten Reisenden schon aus weiter Entfernung an, dass sie sich einem Ort näherten, in dem keine Russen lebten.

Grüne Gärten, Blumenbeete und Büsche säumten mehrgeschossige Häuser mit Schräg- und Spitzdächern. Es gab Terrassen, Springbrunnen, und in den Orangerien wuchsen aus Westeuropa gelieferte Tulpen, Rosen und sogar Weintrauben.

Hier lebten Menschen unterschiedlicher Nationalität und unterschiedlichen Glaubens miteinander. Protestanten, Lutheraner, Calvinisten, Katholiken wohnten bunt gemischt. Es gab keine Aufteilung nach Nationen, Religion oder Berufen. Die Häuser der Deutschen standen neben denen der Schweden, Holländer, Engländer, Schotten, Dänen, Franzosen, Schweizer. Allerdings war die deutsche Sprache am geläufigsten. Diejenigen, die hier seit mehreren Generationen lebten, nannten die anderen die Altdeutschen.

Was ihnen an der russischen Lebensart gefiel, hatten sie in der Vorstadt übernommen: Die Häuser waren mit Gärten umgeben, in denen neben den eher unüblichen Blumenbeeten die in Russland beliebten Johannisbeer- und Himbeersträucher wuchsen. Außer Pferdeställen und Remisen gab es die für die Aufbewahrung von Lebensmittel bewährten Eiskeller, daneben Brunnen, Heuschuppen, Sommerküchen und Badehäuser.

Für den Hausputz gönnte sich Frieda eine Hilfe, die Witwe Ella, die damit den Unterhalt für sich und ihre beiden Kinder verdiente. Eine Hausangestellte zu haben untermauerte den Rang der Familie Albrecht im Ort. Hochdekorierte Militärs, Kaufleute, Diplomaten, Handwerksmeister, Ärzte und Apotheker verfügten gemeinhin über Personal, wollte man sich nicht der Armut verdächtig machen. Frieda legte wenig Wert auf derartige Spitzfindigkeiten. Sie schätzte die bunte Vielfalt der Sloboda-Gemeinschaft.

Sie krempelte die Blusenärmel bis zur Schulter hoch und schüttelte die Arme, um sich Luft zuzufächeln. In ihren Achseln klebte der feuchte Stoff. Sie trug nur ein einfaches Leinenkleid, dennoch staute sich die Hitze darunter.

Vielleicht würde sie am späten Nachmittag mit ihren beiden Töchtern ein Bad in der Jausa nehmen, an deren Ufer sich Nemezkaja Sloboda befand. Eine knappe Meile nordöstlich auf der anderen Seite des Flusses erhoben sich die bunten Zwiebeltürme der Basilius-Kathedrale über den Dächern Moskaus.

Regelmäßig fuhren Boote zwischen den beiden Häfen hin und her, aber die Deutschen zog es selten in die russische Hauptstadt. Sie hatten in ihrem Dorf alles, was sie brauchten. Hier konnten sie ihren althergebrachten Lebensstil pflegen, gingen ihren Verpflichtungen nach. Es war ein geflügeltes Wort der Russen, *ordentlich wie ein Deutscher* zu sein.

Dass die Einheimischen sie mieden, nahmen sie mit Gelassenheit. Für die Russen waren sie Ketzer und Ungläubige, aber von dem Wissen der Ärzte und der Architekten profitierten vor allem die Höhergebildeten gern.

Friedas Mann Richard galt als einer der fähigsten Mediziner, wie generell die deutsche Medizin einen herausragenden Ruf genoss. Wer seine Abneigung gegen die Europäer überwand und ihn aufsuchte, der schwärmte von dem deutschen Arzt, der sein Wissen nicht in mündlichen Überlieferungen von den Großvätern angesammelt, sondern an einer Universität im Westen – in Leyden – studiert hatte.

Schon seit einem Jahrhundert luden die russischen Herrscher Ärzte aus Europa zu sich ein, aber das Misstrauen gegenüber den Ungläubigen saß tief. Die Bauern vertrauten lieber den Kräuterkundigen, dem Barbier auf dem Moskauer Läusemarkt oder den Knocheneinrenkern, die sich ihr Wissen über Beinbrüche, Verrenkungen und Zerrungen selbst beigebracht hatten. Im Übrigen galten Krankheiten für viele Russen schlicht als Strafe Gottes: *Wem Gott eine Krankheit oder ein Leiden geschickt hat, genese durch die Gnade Gottes, durch Tränen, Gebet und Fasten, durch Almosen an die Armen und aufrichtige Reue, durch Dank und Fürbitte und Barmherzigkeit und ungeheuchelte Liebe zu jedermann.* So hatte es Frieda in einem altrussischen Hausbuch gelesen.

Welch ein Irrsinn, dass es immer noch russische Bauern gab, die ausgerechnet die ausländischen Fachleute der Hexerei bezichtigten, wenn sie mit ihrem Universitätswissen die Kranken heilten. Andererseits aber schickten die besser gebildeten Russen ihre begabten Söhne nach England, Holland und Deutschland, um sie in der medizinischen Wissenschaft ausbilden zu lassen.

Frieda atmete ein paar Mal tief ein. Nur noch wenige Schritte bis zum Arzthaus, aber heute war einer dieser Tage, an denen ihr das Wetter besonders zusetzte. Sie lockerte die Schnüre der Bluse am Dekolleté und wollte nach dem Korb greifen, um das letzte Stück zurückzulegen, als eine junge Frau auf sie zusprang.

»Geht es Euch nicht gut?« Finger drückten sich in ihren Arm, hellblaue Augen mit Wimpern wie Spinnenbeine musterten ihr Gesicht.

Frieda zwang sich zu einem Lächeln. »Danke, Anna, es ist schon gut. Die Hitze, weißt du?«

»Soll ich den Korb für Euch tragen?« Anna beugte sich bereits hinab, um den Henkel zu fassen.

»Lass nur, alles in Ordnung.«

Weil Anna keine Anstalten machte, die Hand wegzunehmen, schüttelte Frieda sie ab und richtete sich zu voller Größe auf, die Wirtsfrau um einen halben Kopf überragend.

In solchen Situationen war Frieda froh darüber, ungewöhnlich hochgewachsen zu sein, dabei schlank und von graziler Gestalt. Nur ihre Füße besaßen Ausmaße, die den Schuhmacher bei der Anprobe stets vielsagend schnalzen ließen. Aber gut, wer schaute schon zuerst auf die Füße eines Menschen?

Die Anteilnahme warf einerseits ein gutes Licht auf Anna. Andererseits fühlte sich Frieda wie eine Greisin behandelt. Seit wann brauchte eine wie sie Hilfe beim Körbetragen? Die Fürsorge anderer ließ Frieda nicht zu, nicht von ihren Kindern oder ihrem Mann und schon gar nicht von anderen Dörflern, die sich wichtigmachen wollten. Das Leben hatte sie gelehrt, dass sie am besten damit fuhr, wenn sie die Zügel selbst in der Hand hielt. Der verbittert wirkenden Anna, deren jugendliches Blond die Kerben um ihren Mund und die Falten zwischen ihren Brauen nicht wettzumachen vermochte, fühlte sich Frieda an Kraft und Lebensfreude weit überlegen.

Im Ort tuschelte man darüber, dass der Zar Anna einst zu seiner Geliebten erwählt hatte. Vielleicht war sie es immer noch? Darüber konnte man nur spekulieren, seit Peter Alexejewitsch sich nur noch selten in dem Holzpalast aufhielt, den er in der Nähe von Sloboda besaß.

Vor zehn Jahren hatte es den Zaren fast täglich zu den Europäern gezogen. Frieda erinnerte sich gern daran. Hier hatte er sich mit Patrick Gordon angefreundet, einem adligen Gutsbesitzer aus Schottland, mit dem er Whisky und Rum aus den Kolonien getrunken und den er später als seinen militärischen Hauptberater mit in den Krieg gegen die Schweden genommen hatte.

Hier hatte er die Bekanntschaft des Schweizers François Lefort gemacht, der Admiral seiner Kriegsflotte werden sollte. Und hier verliebte er sich in Anna, Tochter des Weinhändlers Johann Mons, obwohl er bereits mit siebzehn Jahren auf Drängen seiner Mutter die drei Jahre ältere Jewdokija Lopuchina geheiratet hatte.

Im Februar 1690 gebar seine Ehefrau einen Sohn – Alexej. Frieda kannte die Gerüchte darüber, dass sich der Zarewitsch lieber bei seiner Mutter im Kreml aufhielt, statt seinen Vater in die Schlachten zu begleiten und Kriegsstrategien zu erlernen.

Die westliche Lebensweise begeisterte den Zaren, wie Frieda wusste. Während Anna ihn offenbar als Gesprächspartnerin und mit europäischer Freizügigkeit beeindruckte, weckten Lefort und Gordon mit Erzählungen über die Kultur, die Hand-

33

werke und die Wissenschaften die Wissbegier des Zaren und seinen Wunsch, Russland zu einer europäischen Macht aufzubauen.

Frieda war bestens unterrichtet über all diese Angelegenheiten, die den Zaren betrafen. Nicht nur, weil er bei Blessuren und Bauchgrimmen ihrem Mann blind vertraut und sich deswegen oft in ihrem Hause aufgehalten hatte, sondern weil sie insgeheim eine Schwäche für ihn hegte.

Mehr noch als von seiner majestätischen Erscheinung fühlte sich Frieda von seinem unstillbaren Wissensdurst, seinem Fortschrittsglauben und seinem Scharfsinn angezogen. Ein Mann, der jeden mit seiner Schlagfertigkeit, seiner Gescheitheit und seinen Kenntnissen in die Knie zwang. Auch ein jähzorniger und rigoroser Herrscher, gewiss, aber wann hatte man je gehört, dass die Empfindsamen und Nachsichtigen die Welt bewegten?

»Lauf nur ins Wirtshaus, Anna. Nach der Mittagshitze werden euch die Dörfler die Türen einrennen und mit den Humpen poltern.«

Anna nickte. »Lasst Euch gerne einmal wieder in der Schenke sehen. Für Euch und den Doktor ist immer ein Plätzchen reserviert. Und zwei Becher von unserem besten Hauswein.« Sie eilte davon, und Frieda setzte ihren Weg fort.

Obwohl sich Anna ihr gegenüber stets gefällig gab, mochte sie sie nicht besonders. Ihrer Freundlichkeit schien etwas Herablassendes anzuhaften, und darüber hinaus vermutete Frieda, dass es zu ihrer Schande ein Funken Eifersucht sein könnte, weil Anna den Zaren in ihrer jahrelangen Liaison so privat erlebt haben musste wie nur wenige andere Frauen.

Während sie, den Korb am Arm baumelnd, die Werkstatt des Schmieds umrundete und auf das zweistöckige Holzhaus am Rande des Dorfes zuging, in dem sie mit ihrer Familie lebte, spürte sie Scham in sich aufsteigen.

Wie undankbar von ihr, von einem anderen Mann zu träumen, obwohl ihr der beste Gatte der Welt zur Seite stand und drei wunderbar geratene Kinder. Sie sollte einfach zufrieden sein, dass es das Schicksal gut mit ihr gemeint hatte, aber Gefühle ließen sich zu Friedas Bedauern nicht abstellen, nur bändigen.

Sie seufzte, als sie endlich den Vorgarten erreichte. Drei Apfelbäume reckten ihre Zweige bis hoch zum Dach. Die sauer duftenden grünen Früchte hingen an den Ästen, kaum so groß wie Walnüsse. Frieda freute sich darauf, in wenigen Wochen ernten zu können und die Familie mit Most und Apfelkuchen zu verwöhnen. Sie entriegelte das Tor am Lattenzaun.

Von links schoss Gustav heran. »Mutter, Mutter! Der Postmann – am Hafen! Er hat einen Brief für uns dabei! Du rätst niemals, von wem er ist!«

»Na, dann verrate es mir lieber gleich.« Frieda wuschelte dem Zehnjährigen durch die karottenroten Haare, die drahtig in alle Richtungen abstanden. Seine Hose glänzte feucht bis zu den Oberschenkeln. Am liebsten spielte ihr Jüngster am Ufer der Jausa, wo er an einem verwitterten Ruderboot werkelte.

»Vom Zaren persönlich!« Gustavs Stimme überschlug sich.

»Ach, Gustavchen, da wird dich der Postmann veralbert haben. Warum sollte der Zar uns schreiben?«

»Wenn ich es dir doch sage, Mutter! Ich habe den Brief und das Siegel mit eigenen Augen gesehen!« Seine Schultern sackten nach vorn, er senkte den Kopf. »Ich habe den Postmann gedrängt, aber er wollte ihn mir nicht aushändigen.«

Frieda lachte auf. »Ärgere dich nicht. Es wird keine halbe Stunde dauern, bis er bei uns ist. Dann können wir ihn alle lesen.« Sie wollte ihren Sohn, der ihr lang und schlaksig bis an die Schultern reichte, ins Haus hineinschieben, aber Gustav wand sich unter ihrem Arm hindurch.

»Ich hole Paula und Helena. Sie wollen bestimmt erfahren, was der Zar uns schreibt.«

Frieda nickte. »Mach das.« Gustav war ihr sehr ähnlich. Mit

hellwachem Köpfchen jagte er durch die Welt, rastlos wie sie selbst.

Sie trat in den dunklen Flur, schloss rasch die Tür hinter sich. Frieda liebte ihr Zuhause. Sie kannte einige Häuser von Russen und wusste, wie sehr sich deren Stil und Geschmack von ihrem eigenen unterschied.

Spiegel und geschmiedete Leuchter schmückten die Wände, in der Wohnstube dominierte ein Landschaftsgemälde mit den Wäldern und Wiesen aus ihrer früheren Heimat. Von all ihren Kindern hingen Porträts über dem gemauerten Kamin in der Stube. In der Küche bewahrte sie in einem geschnitzten Schrank Glas und Kristall auf, aber zu ihrem wertvollsten Familienbesitz gehörte eine Wanduhr sowie ein in einer Vitrine ausgestelltes Album mit Postkarten europäischer Städte.

Sie lugte in die Wohnstube. Richard ruhte auf dem Diwan, lang ausgestreckt, den Mund leicht geöffnet. Sein Schnarchen erfüllte den Raum. Ein warmes Gefühl durchströmte sie, während ihr Blick an seinem Bauchansatz hängenblieb und höherglitt zu den Bartstoppeln. Das schmale Gesicht mit den tiefliegenden Augen, die buschigen Brauen, die Stirn, an der das Haupthaar zurückwich. Ein schöner Mann? Eher nicht. Aber sie liebte ihn so, wie er da lag, die Knöchel über das Ende des Sofas hängend, die Arme auf der Brust gefaltet.

Sie liebte es, wie er Gustav voller Stolz musterte, wenn der Junge ihm eine Skizze für sein Segelboot präsentierte. Wie er Paula auf die Stirn küsste, wenn er sie in ein Buch vertieft antraf. Wie er Helena an den Fingerspitzen fasste, um sie zu betrachten, wenn sie sich herausgeputzt hatte.

Sie liebte es, dass er an ihr, seiner Frau, in den Nächten Halt fand, wenn ihn Alpträume quälten, er könnte all dies – seine Familie, seine Arztpraxis, sein Zuhause in der Moskauer Vorstadt – verlieren.

Dort, wo er lebte und liebte, schlug Richard tiefe Wurzeln. Kein Abenteurer, kein Schönseher, keiner, der die Welt erobern wollte. Ein bodenständiger Mann, aufrichtig, treu und eine Koryphäe in seinem Fach.

Was wog dagegen schon eine schwärmerische Schwäche für den Zaren? Träume konnte niemand verbieten, aber wenn Frieda vor die Wahl gestellt würde, der Zar oder ihr Mann Richard, dann wüsste sie, für wen sie sich entscheiden würde.

Leise schloss sie die Stubentür, um ihn nicht zu wecken. Er legte sich gern zur Mittagsruhe, bevor später, wenn die Sonne tiefer sank, die Patienten vor dem Arztzimmer Schlange standen. Der Behandlungsraum lag im rückwärtigen Teil des Hauses.

Frieda betrat die Küche, um die mitgebrachten Lebensmittel zu verstauen. Das Huhn würde sie gleich heute rupfen und in Gemüsebrühe über der offenen Feuerstelle köcheln. In der Abendkühle könnten sie sich die Suppe mit dem frischen Brot schmecken lassen.

Welche verrückten Ideen Gustav mal wieder durch den Kopf schossen, dachte Frieda, während sie ihre Einkäufe aus dem Korb in den Regalen verteilte und das Huhn auf dem Hacktisch ablegte. Wahrscheinlich hatte der Postmeister ihn zum Narren gehalten, und Gustav würde vor Enttäuschung aufstampfen, wenn sie den tatsächlichen Absender erfuhren. Vielleicht ein Brief ihrer Mutter aus Hannover, vielleicht eine Nachricht von einem dankbaren Patienten aus dem Kreml.

Wenige Minuten später herrschte im Flur ein solches Stimmengewirr und Trampeln, dass Richard aufwachte. Kurz darauf stand die Familie vollzählig in der Küche.

Gustav ließ sich gleich an dem Tisch nieder und wollte sich ein Stück vom Brot nehmen. Frieda musste ihm auf die Finger klopfen.

Helena trug noch die Waschschürze, die Hände aufgequollen vom Wasser – der einzige Makel an ihrer ältesten Tochter.

»Wo ist der Wäschekorb?« Frieda schaute sie an.

Helenas Stirn färbte sich rosa. »Oh, wie dumm, den habe

ich unten am Ufer vergessen. Ich hole ihn später, sobald wir wissen, was der Zar uns schreibt, ja?«

Frieda stieß die Luft aus. Im Allgemeinen gab es an Helenas Pflichtbewusstsein nichts auszusetzen. Die Schule in Sloboda hatte sie jedenfalls regelmäßig besucht, wenn auch ohne Begeisterung. Nur ihre Sprunghaftigkeit zerrte an Friedas Nerven. Ein Brief des Zaren versprach Abwechslung in ihrem Alltag in der Vorstadt. Da konnte ein Korb mit der gesamten Wäsche der Familie und den Bettlaken schon mal in Vergessenheit geraten.

Mit ihren frischen Wangen und dem taudicken Zopf, den zweifarbigen Augen, dem zu einem Lächeln geschwungenen Mund und ihrer allseits bekannten Vorliebe für Kleiderstoffe in Himmelblau war Helena mit ihren achtzehn Jahren eine junge Frau, nach der sich jeder umdrehte. Sie wusste genau, wie verführerisch sie auf die Kerle wirkte, wenn sie von Herzen lachte – was sie gerne und oft tat. Als fröhlicher und eigensinniger Mittelpunkt unter den jungen Leuten in Sloboda würde sie vermutlich schon bald aus all ihren Verehrern denjenigen wählen, der ihr näherkommen durfte. Aber würde sie dann auch zwischen Schwärmerei und Liebe unterscheiden können? Und würde sie sich ihres Wertes bewusst sein?

Helena erschien ihr noch zu launenhaft für die folgenschwere Entscheidung, mit welchem Mann sie in den Stand der Ehe treten sollte.

Mit dem Sohn des Apothekers vielleicht oder dem besonnenen Johannes, dem Ältesten des Hutmachers. Aber stur wie ein Maulesel, würde sie sich kaum nach dem richten wollen, was die Eltern vorgaben.

Wenn Frieda mit Richard stritt, dann hauptsächlich wegen Helena. Richard traute seiner Ältesten wesentlich mehr zu.

Den schlimmsten Streit hatten sie vor zwei Jahren ausgefochten, während in ihrem Haus ein schwedischer Kriegsgefangener zur Genesung lag. Deutsche Bauern hatten den

Mann halbtot vor den Toren der Stadt gefunden und ihn zu Dr. Albrecht geschleppt. Helena hatte täglich bei seiner Pflege geholfen, ihm die Stirn abgetupft und ihn mit Suppe gefüttert. Frieda war in helle Aufregung geraten, weil sie vermutete, dass ihre Tochter das Herz an den Falschen verlor. Mit sechzehn Jahren!

Steen war nach zwei Wochen trotz einer intensiven Kur mit Wasser und Wein und stetig erneuerten Senfumschlägen an seiner Lungenentzündung gestorben. Nächtelang hatte Helena geweint, so dass Frieda schon befürchtete, sie würde niemals über diese Schwärmerei hinwegkommen.

Aber sie hatte sich geirrt.

Nach diesem ersten Schmerz wuchs die Lebensgier in Helena, ihr Bedürfnis, das Leben in vollen Zügen zu genießen. Noch war ihr Ruf in der Vorstadt der einer geselligen, lebensfrohen jungen Frau, doch die Grenze zur Vergnügungssucht war fließend und Helena zu unbekümmert, um vorauszusehen, wohin sie ihre Launen führen konnten.

»Was ist das hier für ein Brimborium?« Richards Stimme klang noch belegt von dem Nickerchen. Er räusperte sich und wischte sich mit den Handballen über die Augen. Auf seiner Wangenhaut hatte das Kissen ein Muster hinterlassen.

Frieda trat neben ihn, streichelte die Schlaffalten glatt und küsste ihn auf den Mund. »Hast du dich gut ausgeruht, Lieber? Verzeih den Lärm. Gustav glaubt, dass ein Brief vom Zaren kommt.« Sie schmunzelte. »Du kennst ihn ja.«

Gustav sprang auf. »Ich habe mir das nicht ausgedacht! Es stimmt wirklich!«

»Was sollte denn der Zar von uns wollen? Der hat genug mit seinen Eroberungen an der Ostsee zu tun. Da wird er sich kaum an die Arztfamilie aus der Moskauer Vorstadt erinnern und uns einen warmen Gruß schicken«, meldete sich Paula zu Wort. Sie schenkte sich aus einem Krug ein Glas Wasser ein und trank es in kleinen Zügen, während sie entspannt gegen den Tisch lehnte. Vermutlich hatte Gustav sie in der Pfarrbibliothek gefunden, wo sie sich am liebsten aufhielt, wenn sie das Haus verließ.

Obwohl Frieda kaum etwas wichtiger fand als Bildung und Verstand, bekümmerte es sie, dass sich ihre jüngere Tochter am liebsten im Haus verkroch und die Nase in Bücher steckte, die sie sich aus den Regalen der Eltern entlieh. Sosehr sie Paula dafür schätzte, dass sie ihren Kopf nicht nur gebrauchte, um die Haare darauf zu süßen Locken zu drehen, so wenig wollte sie eine Stubenhockerin als Tochter. Eine, die über medizinischen Skizzen und Texten hockte, statt am Flussufer oder in den Gassen des Dorfes mit den anderen Halbwüchsigen herumzutollen. Es gab viele Jugendliche in Sloboda, aber Paula mit ihren vierzehn Jahren schien weder zu ihnen noch zu den jungen Erwachsenen zu gehören.

Frieda wünschte, die Lebenslust und die Wissbegier ihrer beiden Töchter wären gleichmäßiger verteilt. Was die eine zu viel besaß, hatte die andere zu wenig. Aber wann im Leben konnte man es sich schon aussuchen?

Wenn Paula sich an der frischen Luft aufhielt, dann nur in Begleitung ihres Hundes Fidel, der in einem Bretterverschlag hinter dem Haus lebte. Paula hatte ihn vor einem Jahr halbverhungert zu ihnen gebracht und ihn mit Fleischbrocken, die sie sich vom Munde absparte, aufgepäppelt. Fidel dankte es ihr mit tiefer Ergebenheit.

Paula ging den Dingen gern auf den Grund und ließ sich den Verstand nicht von Wunschdenken und Sehnsüchten vernebeln. Aber in diesem Fall lag sie vermutlich falsch. Frieda hielt es für möglich, dass sich der Zar an den deutschen Arzt aus Sloboda erinnerte.

Richard und sie waren bereits verheiratet gewesen und lebten mit den Kindern im hannoverschen Coppenbrügge, als ihr Mann den damals vierundzwanzigjährigen Zaren durch Zufall bei einem befreundeten Zimmermann kennenlernte.

Peter Alexejewitsch Romanow war zu dieser Zeit inkognito mit seiner großen Gesandtschaft durch Europa gereist, um sich selbst ein Bild von der westlichen Wissenschaft und Technik zu verschaffen.

Richards Schilderungen seiner medizinischen Studien begeisterten den Zaren. Aufs herzlichste lud er ihn nach Russland ein, doch Richard zögerte zunächst. Am Ende bewirkte Friedas Abenteuerlust mehr noch als alle guten Argumente des Zaren. Sie wurde nicht müde, Richard Tag und Nacht davon zu überzeugen, dass sie die Enge der Heimatstadt verlassen und die Welt sehen mussten.

Geplant hatte der Zar vermutlich, dass sich die Familie im Schatten des Kremls niederließ, aber Richard bevorzugte die behagliche Ausländervorstadt – und in dieser Angelegenheit setzte er sich gegenüber seiner Frau durch. Zu Recht, wie sich herausstellte, als sie in den ersten Wochen die offene Abneigung der Russen mit voller Wucht traf.

Zum Zeichen seiner Gastfreundschaft schenkte ihnen der Zar Ballen von Samt und Zobelfelle, Kostbarkeiten, aus denen Frieda in der dunklen Jahreszeit Wintermäntel und Festkleidung für die Familie schneiderte, die sie sich in der deutschen Heimat nie im Leben hätten leisten können. Richards Gehalt war üppig bemessen, ein Vielfaches dessen, was ihnen in Hannover zur Verfügung gestanden hatte.

Gustav war damals vier, Paula acht, Helena zwölf Jahre alt, und sie folgten den Eltern wie Entenküken auf dem langen beschwerlichen Weg in das fremde Land. Eine Reise ins Unbekannte, aber die Aussicht auf finanzielle Sorglosigkeit für sich und die Kinder war verlockend. Und war es nicht eine Ehre, in den Diensten eines der mächtigsten Männer der Welt zu stehen und von ihm umworben zu werden? Die Entscheidung, nach Russland überzusiedeln, hatten sie letzten Endes nie bereut.

»Da kommt er!« Helena reckte den Hals, um aus dem Fenster schauen zu können.

Der Postmann gehörte zu den wenigen, die Zar Peters Anordnung, die Bärte abzuschneiden, mit Vergnügen nachgekommen waren. So lenkte nichts von seinen gefälligen Gesichtszügen mit den breiten Wangenknochen und den kohlschwarzen Augen ab. Kein Wunder, dass sich Helena beeilte, um diejenige zu sein, die den Brief von ihm entgegennahm, dachte Frieda und seufzte.

Sie starrten aus dem Fenster, beobachteten, wie Helena mädchenhaft die Hüften wiegte und den Kopf neigte, während sie den Brief von dem Boten entgegennahm. Noch während sie einen Blick auf das Siegel warf, schlug sie sich die Hand vor den Mund. Dann flitzte sie wenig grazil ins Haus zurück.

»Das Schreiben ist tatsächlich von Zar Peter!«, sprudelte sie hervor und reichte mit zitternden Fingern den Umschlag ihrem Vater.

Alle drängelten sich um Richard, während er das Schreiben knisternd entfaltete. In der Stille, während sie lasen, hörte man die Bretter der Außenwände knacken. Von draußen drang das Bellen des Hundes zu ihnen, der sich nach Paula und seiner Mittagsmahlzeit sehnte.

Das Schweigen dauerte an, als sich Richard auf den nächsten Stuhl plumpsen ließ. Er stützte die Ellbogen auf den Tisch und fuhr sich mit beiden Händen durch das Gesicht.

Der Zar, gewandt in mehreren Fremdsprachen, schrieb in Deutsch.

Eine stürmische Vorfreude stieg in Frieda auf, Erwartung und Ungläubigkeit zugleich. Sie las von den neu eroberten Gebieten oben an der Ostsee und von seiner Stadt, in die er Handwerker und Wissenschaftler aus ganz Europa einladen wollte, damit sie sich am Werden von St. Petersburg beteiligten. Und wie dringend fähige Mediziner gebraucht wurden. »Er will, dass wir zu ihm an die Newa reisen«, stellte sie schließlich mit tonloser Stimme fest, die nichts von ihrem inneren Aufruhr verriet.

Richard nickte, das Gesicht weiterhin in den Händen geborgen, als durchdränge ihn trotz des Nickerchens eine tiefe Müdigkeit.

Gustav hüpfte wie ein Frosch vom Fenster zur Feuerstelle und wieder zurück. »Ja, ja, ja! Wir reisen zu Zar Peter!« Gustav vergötterte den Regenten. Nicht nur weil er mit ihm die Leidenschaft für die Seefahrt teilte. »Wirst du sein Leibarzt werden?«

Richard stieß ein gequältes Lachen aus. »Unfug. Den hat er sich längst gewählt, und nach allem, was man hört, leistet Blumentrost beste Arbeit. Wusstet ihr, dass er über Skorbut promoviert hat?«

Frieda beobachtete ihren Mann und den Aufruhr in ihm. Als könnte er in diesen Minuten jemanden für das Werk seines berühmten Kollegen begeistern!

»Ein bemerkenswerter Mann, dieser Blumentrost. Er stellt sogar seine eigenen Medikamente her! Kein Wunder, wenn ihm der Zar persönlich die Apothekergärten anlegt. Und wie es aussieht, wächst dem Glücklichen in seinem Sohn ein Nachfolger heran, dem das medizinische Talent praktisch in die Wiege gelegt wurde, und …« Richard unterbrach sich selbst, weil seine Familie unruhig wurde. Sicher nicht über die Verdienste von Blumentrost.

Frieda sah ihn von der Seite an. Setzte ihm die Bitte des Zaren zu? Oder wollte er den Gedanken daran verscheuchen, dass er selbst es zu einem angesehenen Wissenschaftler wie Laurentius Blumentrost hätte bringen können? Doch ihm waren immer die Menschen wichtiger gewesen, die ihn unter Schmerzen um Hilfe baten. Und seine Familie.

»Nein, er will dort an der Ostsee eine Hafenstadt anlegen. Für all die Europäer, die daran mitarbeiten, braucht er Ärzte«, stellte Richard fest. Sein Gesicht wirkte fahl. Auf seiner Stirn standen Falten.

Frieda wusste, wie sehr der Zar der deutschen Ärzteschaft

zugetan war. Unter Peters vielfältigen Interessen nahm die Chirurgie einen besonderen Platz ein. Er ließ keine Gelegenheit aus, beim Sezieren von Leichen anwesend zu sein, um sich ein Bild vom Inneren des Menschen zu verschaffen. Es ging das Gerücht, er hätte schon selbst zur Knochensäge gegriffen, um einem Verletzten das Leben zu retten. Stets trage er, so hieß es, zwei Bestecke mit sich: das eine mit mathematischen Werkzeugen wie Zirkel und Maßstab zur Untersuchung von Schiffen; das andere mit chirurgischen Instrumenten wie einem Paar Lanzetten, einem Schnepper zum Aderlass, einem Seziermesser, einer Zange zum Zahnausreißen, einer Schere, einer Sonde, einem Katheter. Seine Vorliebe für die Wundarzneikunst gipfelte darin, dass man es ihm auf seinen Befehl rechtzeitig mitteilen musste, zu welcher Zeit und wo, sei es im Hospital oder in der Privatpraxis, eine ungewöhnliche Operation stattfinden sollte.

In den Behandlungsräumen von Dr. Richard Albrecht war ihm diesbezüglich wenig geboten worden. Friedas Mann besaß zwar Grundkenntnisse in der Chirurgie, aber sein Studium in Leyden hatte ihm vor allem gezeigt, dass seine Stärke in der Zuwendung zu den Kranken lag, nicht im Operieren und Sezieren. Richard vermochte wie kein Zweiter an der Augenfarbe, dem Zungenbelag und dem Geruch des Urins auf Krankheiten zu schließen. Dadurch hatte er sich die Hochachtung des Zaren errungen.

»Nun, dann reist du hin, und wenn die Stadt fertig ist, kommst du zurück«, schlug Helena vor.

Paula zog eine Grimasse. »Wie stellst du dir vor, dass eine Stadt entsteht? Glaubst du, der Zar schnipst mit den Fingern, und zwei Monate später stehen Paläste und Häuser zum Einzug bereit?«

»Du weißt es natürlich mal wieder ganz genau«, gab Helena mit einem Zwinkern zurück.

»Auf jeden Fall besser als du«, erwiderte Paula. »Wenn wir

da hinreisen sollen, dann nicht für einen Sommer, sondern für alle Zeit. Meinst du immer noch, dass Vater das übernehmen soll?«

Helena öffnete den Mund für eine Erwiderung, aber Frieda kam ihr zuvor: »Paula hat recht. Der Zar will uns für immer an die Newa holen.«

»Ich frage mich, wie er sich das denkt«, murmelte Richard. »Wir haben uns hier ein Leben aufgebaut. Wir haben ein schönes Haus, Freunde, hier werde ich gebraucht. Ich werde ihm antworten, er soll sich nach anderen Ärzten umsehen. Sicher gibt es Kollegen, die sich darum reißen, im Dunst des Herrschers Großes zu leisten.«

Frieda ließ sich auf dem Stuhl neben ihrem Mann nieder, umklammerte mit beiden Händen seinen Arm. »Liebster, denk nicht nur an uns. Denk an die Kinder. Ich vertraue dem Zaren, er wird eine Weltmetropole erschaffen! Sollten wir nicht daran teilhaben und unseren Kindern eine Zukunft außerhalb der Dorfgrenzen geben?«

»Wenn seine Stadt fertig ist, haben wir immer noch Zeit genug, um dorthin umzusiedeln«, grummelte Richard.

Frieda sog die Luft ein. Sie kannte ihren Mann gut genug. Er wollte keine Veränderung mehr. Das Verlassen ihrer deutschen Heimat hatte ihm mehr zugesetzt als allen anderen Mitgliedern der Familie. Sie erinnerte sich an die ersten Nächte in Russland, in denen sich Richard hin und her gewälzt hatte, von Alpträumen gequält. Sicherheit und Beständigkeit waren für ihn die Säulen seines Lebensglücks. Frieda mit ihrem Wagemut und ihrer Lust an allem Neuen stieß an ihre Grenzen, wenn sie ihren Mann mit ihrem Schwung mitziehen wollte.

Auch in zehn Jahren würde er abwägeln und letzten Endes ablehnen, Sloboda zu verlassen.

In zehn Jahren wären die Kinder erwachsen und hätten eigene Familien, hier in Sloboda, wo die Grenzen eng waren, während oben an der Ostsee das europäische Leben pulsierte!

»In zehn Jahren werden wir zu alt für einen solchen Schritt sein, Richard. Noch sind wir jung genug, um einen Neuanfang zu wagen.«

Richard rieb sich mit der flachen Hand über die Stirn. Gustav trat auf ihn zu. »Vater, bitte, lass uns umziehen. Ich möchte Schiffbauer werden. Wie könnte ich das an der Jausa?«

»Wirst du nicht Schiffbauer, dann wirst du eben Zimmermann. Die werden stets gebraucht«, widersprach sein Vater.

Gustav senkte den Kopf. Paula legte den Arm um ihren jüngeren Bruder. »Und ich möchte studieren.«

Alle im Raum lachten herzlich auf.

Paulas Wangen färbten sich klatschmohnrot. Sie ballte die Hände. »Ich weiß, dass das hier für mich nicht möglich ist! Aber ich habe gehört, dass der Zar von europäischen Universitäten schwärmt. In seiner Stadt wird er vielleicht Institute einrichten, in denen Frauen lernen dürfen.«

Frieda musterte ihre Tochter voller Bewunderung. Sie wünschte ihr, dass sie ihren Traum in die Wirklichkeit umsetzen könnte. Aber ein Studium schien außerhalb des Möglichen zu liegen, und Mitleid schlich sich in ihren Blick.

In Richards Miene lag Stolz auf seine ehrgeizige Tochter, aber seine Angst vor dem Verlust der Heimat wog schwerer. »Paula, mach dir nichts vor«, erwiderte er. »Du kannst hier in Sloboda dem Pastor den Haushalt führen. In den Abendstunden wird er dir sicher gestatten, in seiner Bibliothek zu lesen.«

Paula verschränkte die Arme vor der Brust. »Ich will mehr, Vater.«

»Und wer soll sich um deinen Hund kümmern?« Richard kniff ein Auge zu. »Meinst du etwa, wir könnten Fidel mitnehmen?«

Paula verlor alle Farbe aus dem Gesicht. »Nicht?«

»Bestimmt nicht«, bestätigte Richard. »Kind, freu dich an dem, was du hast, statt nach den Sternen zu greifen.«

Empörung stieg in Frieda hoch wie eine Stichflamme. Was

für eine gemeine Behauptung, und dies nur, weil er Verbündete gegen den Umzug suchte! Paula hing mit all ihrer Liebe an diesem Hund.

Helena näherte sich ihrem Vater von hinten und schlang die Arme um ihn. Sie küsste ihn auf die Wange. »Ich will nicht umsiedeln, Vater. Gerade gestern hat mir Thies Haardenhof eine Rose geschenkt. Ich habe lange darauf gehofft und kann es kaum erwarten, ihn einmal allein zu treffen. Wir wollen nur am Fluss spazieren gehen, aber ich bin sicher, dass er um meine Hand anhalten wird. Ist das nicht fabelhaft?«

Frieda stockte der Atem. Von allen Taugenichtsen in Sloboda galt der Sohn des Schuhmachers als der schlimmste. Er ließ den lieben langen Tag den Herrgott einen guten Mann sein, schaute jedem Rock hinterher und betrank sich ab Mittag bei Anna in der Schenke. Dummerweise hatte das Schicksal ihn mit einer seltenen Attraktivität ausgestattet und einem Charme, dem sich kaum eine entziehen konnte. Im Dorf nannten sie ihn nur *den schönen Thies*. Die Mädchen rissen sich um seine Aufmerksamkeit.

Richard stieß langsam die Luft aus. Er wusste genau wie sie, dass diese beginnende Liebelei allein Grund genug wäre fortzuziehen, so weit die Füße sie tragen würden.

»Ich verbiete dir, dich mit ihm zu treffen«, erklärte Frieda frostig. »Ein Nichtsnutz, ein Tagedieb, ein Schürzenjäger ist er! Und du willst dich an ihn verschwenden?« Sie musterte ihre Tochter entgeistert.

»Ihr kennt ihn nicht so gut wie ich!«, rief Helena.

»Das möge Gott verhüten, dass du ihn besser kennenlernst als alle anderen«, entgegnete Frieda.

»Was du bloß an diesem Idioten findest«, murmelte Paula.

»Ein Langweiler«, stimmte Gustav ungefragt zu.

Im Nu entflammte in der Küche eine heftige Diskussion über die Vorzüge und Nachteile des schönen Thies, bis Richard ein Machtwort sprach. »Schluss jetzt! Wir …«

Ein Klopfen an der Tür ließ sie alle innehalten. Richard fingerte seine goldene Uhr an der Kette aus der Westentasche und senkte das Kinn auf die Brust, während er die Zeit ablas. »Mit solchem Firlefanz haben wir die Zeit verquasselt! Da kommen schon die Patienten!«

»Gehst du öffnen?« Frieda nickte Helena zu, die sofort losstürmte, um die Besucher einzulassen.

»Du musst mit ihr reden«, flüsterte Richard seiner Frau zu.

Frieda biss sich auf die Unterlippe. »Wenn sie bloß auf mich hören würde.«

In dem Moment erklang es von der Diele: »Du glaubst es nicht, Arina! Der Zar persönlich hat uns geschrieben!«

Ein Lächeln der Erleichterung stahl sich auf Friedas Gesicht.

Helena liebte es, andere Leute mit Neuigkeiten zu beeindrucken, und wenn diese dann auch noch von einer Lichtgestalt wie dem Zaren persönlich kamen, gab es kein Halten mehr für sie. Sie beurteilte die Ereignisse in ihrem Leben zuallererst immer mit ihrem Herzen, und das war wahrlich kein verlässlicher Ratgeber. Beständigkeit war ein Fremdwort in Helenas Gefühlswelt.

Frieda fragte sich manches Mal, wohin Helenas wechselnde Stimmungen sie führen mochten. Bestimmt nicht vor den Traualtar mit dem schönen Thies! Das würde Frieda bis zu ihrem letzten Atemzug zu verhindern wissen.

Aber vielleicht entpuppte sich gerade die Sprunghaftigkeit ihrer ältesten Tochter in diesem speziellen Fall, da es um die Reise an die Newa ging, als Vorteil.

»Was! Wie aufregend!«, antwortete eine junge Frau.

»Das freut mich für euch«, ertönte da eine näselnde Stimme, die Frieda gut kannte.

Gräfin Viktoria Bogdanowitsch rauschte mindestens zweimal im Monat heran, weil sie sich um die siebzehnjährige Komtess Arina sorgte, ein stockdünnes Mädchen mit fast durchscheinender Haut und einem Gesicht, in dem man das

Jochbein wie unter Pergament erkennen konnte. Sie schien vor gefüllten Schüsseln zu verhungern.

Anfangs hatte Richard sie noch zur Ader gelassen, aber unter dieser Anwendung nahm ihre Schwäche dermaßen zu, dass sie sich bald kaum noch auf den Beinen halten konnte. Inzwischen konnte er nicht mehr tun, als appetitanregende Kräuter beim Apotheker für sie mischen zu lassen, aus denen sie sich Tee bereitete. Ob sie ihn tatsächlich trank, konnte er nicht kontrollieren. Er vermutete, dass sie es nicht tat, denn im Gegensatz zu ihrer Mutter klagte sie ihm gegenüber nie über ihre Zartheit. Dürr wie ein Ginsterzweig, schien sie vollkommen mit ihrem Körper zufrieden zu sein und kokettierte genau wie Helena mit den Kavalieren.

Bei den zahlreichen Besuchen hatten sich die beiden jungen Frauen angefreundet, unterhielten sich in einem Kauderwelsch aus Deutsch und Russisch. Frieda achtete darauf, dass ihre Kinder die Sprache der neuen Heimat beherrschten. Die meisten Russen jedoch sträubten sich, ein ausländisches Wort zu lernen. Außer Zar Peter.

»Meine Liebe!« Frieda trat mit einem gesellschaftlichen Anlässen vorbehaltenen dünnen Lächeln auf die Gräfin zu. Mit der reich bestickten Kopfbedeckung, dem hoch taillierten Kleid aus gelbem Damast und den lang herabfallenden schmalen Ärmeln war Gräfin Bogdanowitsch der Inbegriff einer eleganten Russin. Sie tauschten Wangenküsse.

Richard hatte sich gleich nach dem Türklopfen in sein Behandlungszimmer verdrückt. Er mochte mit der Gräfin kein privates Wort wechseln. Es reichte ihm schon, dass sie ihn mit ihrem Töchterchen belästigte. Dieser fehlte es an nichts, außer an einer Mutter, die mehr in ihr sah als ein hübsches Lärvchen, das sie gewinnbringend an den Mann zu bringen gedachte und das deswegen drall und kerngesund in die Gesellschaft eingeführt werden sollte.

Richard hegte den Verdacht, so wusste es Frieda von ihren

geflüsterten Gesprächen im Ehebett, dass Arina bewusst gegen ihre Mutter rebellierte mit ihrer schmallippigen Weigerung, sich satt zu essen.

»Ich habe gehört, da oben muss man sich vor den Wolfsrudeln in Acht nehmen«, bemerkte Arina. »Am helllichten Tag sind da schon Menschen gerissen worden!« Das moosgrüne, floral gemusterte Trachtenkleid aus Leinen über der mit Spitze besetzten Bluse konnte ihre knochige Statur nicht verbergen. Ihr Brustkorb unterhalb des flachen Busens, mit einer Kordel betont, war so schmal wie ein Oberschenkel breit. Sie verbarg ihr Haar unter einer mit einem Saum versehenen, golden schimmernden Netzkappe in verschiedenen Brauntönen.

Frieda begrüßte sie ebenfalls mit Wangenküssen. »Überall in Russland gibt es Wölfe. Aber sie wagen sich nicht an Siedlungen heran. Und wie man hört, wird die Stadt an der Newa bald gewachsen sein.«

»Ach, das Kind plappert mal wieder, ohne nachzudenken«, fuhr Gräfin Viktoria ihrer Tochter über den Mund.

Arinas Wangen überzogen sich mit einem matten Graubraun. Ihre Augen blitzten. »Bären gibt es dort auch!«, setzte sie nach.

»Und die besten Männer des Landes«, triumphierte ihre Mutter. Sie tätschelte der Tochter die Wange. »Der Allerbeste soll für dich sein, mein Täubchen.« Sie zupfte sich die Handschuhe von jedem Finger einzeln und reichte sie Paula wie einem Dienstmädchen.

Paula legte sie auf der Kommode im Flur ab und beeilte sich, gefolgt von Gustav, das Haus zu verlassen. Sie verbrachte keine Sekunde zu lange in der Gesellschaft der Familie Bogdanowitsch. Frieda konnte es ihrer Tochter nicht verübeln. Hochnäsig und dümmlich, waren diese Leute gleichzeitig von einer Bauernschläue durchtrieben, die ihr vornehmes Getue nicht verbergen konnte.

»Werdet Ihr ebenfalls nach Petersburg reisen, Gräfin?«, erkundigte sich Frieda. Gerne würde sie Leute wie die Familie Bogdanowitsch hinter sich lassen, aber sie wusste, dass man aufgeblasenen Simpeln überall begegnen konnte und sich mit ihnen arrangieren musste.

»Aber selbstverständlich!« Viktorias Stimme überschlug sich. Sie lachte auf, als hätte Frieda eine dumme Frage gestellt. »Fjodor gehört zur Leibwache des Zaren, und was man so hört, gedenkt der Zar, sich dort oben im Norden dauerhaft niederzulassen. Ich gehe davon aus, dass er uns ein herrschaftliches Anwesen in seiner Nähe zur Verfügung stellen wird. Auf die Dienste meines Gatten mag er gewiss nicht verzichten, und Fjodor mag ohne uns nicht sein.« Wieder das Lachen, das klang wie über Porzellan kratzende Fingernägel. »Arina und ich aber sind den Komfort gewohnt. Wir lassen uns nicht in einen Bretterverschlag stecken.« Sie musterte Frieda mit halbgesenkten Lidern. »Für Euch hat er sicher schon eine passende Hütte aufstellen lassen.«

Frieda hob eine Braue. »Das wird sich zeigen. Auf jeden Fall freut es uns, dass der Zar uns eine Einladung geschickt hat.« Sie verzog den Mund zu einem honigsüßen Lächeln. »Sicher wird auch Euch bald ein persönliches Schreiben zugehen, Gräfin.«

Viktoria stieß die Luft durch die Nase aus. An ihrem Hals über dem Stehkragen bildeten sich Flecke. Sie wandte sich auf dem Absatz um und packte ihre Tochter am Oberarm. »Jetzt komm, Arina. Soll der vielgepriesene Doktor mal beweisen, dass er an dir ein Wunder vollbringen kann.«

Frieda unterdrückte ein Lachen, während die Gräfin entschwebte und wenig später die Tür zum Behandlungszimmer klappte. Ihren Duft nach verblühenden Rosen ließ sie zurück.

»Was für eine Schnepfe«, entfuhr es ihr.

Helena lachte auf. »Wie neidisch sie war, dass der Zar uns eingeladen hat. Herrlich!«

Frieda musterte sie von der Seite. »Dann kannst du dich

allmählich an den Gedanken gewöhnen, an die Newa umzusiedeln?«

Helena wiegte den Kopf. »Ich weiß es nicht, Mama. In Thies sind viele aus dem Dorf verliebt, aber ich bin die Erste, mit der er es ernst meint.« Ein Strahlen trat in ihre Augen. »Alle würden mich um ihn beneiden, wenn wir heirateten.«

»Und dann?«, fuhr Frieda ihr mit ernster Miene dazwischen. »Glaubst du wirklich, die Hochzeit ist die Krönung einer Liebesgeschichte? Sie ist nur der Anfang des Ehelebens. Ist der Moment des Triumphs es wirklich wert, ein langweiliges Leben in engen Dorfgrenzen zu führen?«

Helena senkte den Kopf. »Es geht mir nicht nur um Thies und den Triumph. Ich fürchte mich davor, meine Freunde zurückzulassen.«

»Freunde findest du überall. Und einen wie Thies sowieso«, erwiderte Frieda. »In Sankt Petersburg werden sich die talentiertesten Männer aus Europa einfinden. Sie werden von deiner Anmut geblendet sein, und du wirst dir den schönsten auswählen können.«

»Meinst du?« Helena sah auf und wiegte den Kopf. »Die Russen mögen uns nicht, und ob außer uns schon Europäer da sind? Wie werden wir da wohnen?«

Frieda schluckte. Insgeheim rechnete sie mit den ärmlichsten Verhältnissen, aber sie war bereit, dies in Kauf zu nehmen im Tausch gegen ein Leben voller neuer Möglichkeiten. Es schien ihr allerdings ratsam, dies nicht zu ausführlich mit Helena zu besprechen. »Nun ja, in den ersten Wochen wird es schwer werden. Neue Umgebung, wenig Komfort, aber wir könnten teilhaben an diesem Jahrhundertprojekt, wären von Anfang an dabei und würden mit unserer Arbeit dazu beitragen, dass die Stadt wächst und gedeiht. Dort ist die Welt in Bewegung, Helena. Hier liegt alles im Stillstand. Dort kann Gustav einen Beruf wählen, der ihm gefällt, dort wird Vater gezwungen sein, sich mit anderen Ärzten auseinanderzusetzen, die dem Zaren zuarbeiten, dort wird er seine Tretmühle verlassen und seinen Verstand wieder einmal gebrauchen müssen.« Frieda wusste um Helenas ausgeprägten Familiensinn. Bei allen Kapriolen in ihrem Leben waren für sie der Zusammenhalt mit den Eltern und Geschwistern und die Harmonie von großer Bedeutung. »Und wir Frauen können dort so viel mehr erleben als den Haushalt und das Kinderkriegen. Vielleicht kann Paula tatsächlich ein Studium aufnehmen – stell dir nur vor, wie glücklich sie das machen würde!« Frieda strahlte ihre Tochter an. »Und du, Helena, wirst dich nicht mit dem Erstbesten zufriedengeben müssen, der dir eine Rose schenkt. Deine Schönheit ist ein großes Kapital, und vielleicht wirst du irgendwann zur Zarengesellschaft gehören?« Sie blickte ihre Tochter mit hochgezogenen Brauen an. Das musste ihr doch gefallen, oder?

Helenas Lächeln war auf einmal unergründlich. »Du glaubst, darauf kommt es mir an?«

Frieda stutzte. »Nicht?«

Helena wandte sich ab. Als sie Frieda wieder anschaute, stand in ihrer Miene Entschlossenheit. Ihre Augen funkelten. »Vielleicht hast du recht«, sagte sie schließlich. »Vielleicht sollten wir die Gelegenheit nutzen und schauen, was uns das Leben noch zu bieten hat.«

Frieda trat auf ihre Tochter zu und nahm sie fest in die Arme. »Du wirst das nicht bereuen, Helena. Vertrau mir. Du bist forsch und schön, die Welt steht jungen Menschen offen, die etwas erreichen wollen.«

Helena drückte die Nase an Friedas Schultern. »Der Abschied wird mir dennoch schwerfallen.«

»Uns allen, Helena, uns allen. Aber lass uns ein Beispiel an Zar Peter nehmen: Er ist von einer Vision erfüllt und bereit, ihr zu folgen. Kein Mensch kann uns die Garantie geben, dass es die richtige Entscheidung ist, aber ist es nicht aufregend, aufzubrechen und neue Ziele ins Auge zu fassen?«

In Helenas Augen trat ein Glanz. »Ich bin bereit, Mama«, sagte sie, und Frieda seufzte vor Erleichterung. »Nur wie wollen wir Vater überzeugen?«

Frieda nahm ihr Gesicht in beide Hände und blickte ihr in die Augen. In ihren Adern vibrierte es vor Enthusiasmus. »Das lass meine Sorge sein, Liebchen.«

KAPITEL 2

*St. Petersburg,
Juli 1703*

Es ging zu langsam voran. Obwohl die Palisadenfestung auf der Haseninsel, die Peter aus dem seitlichen Fenster seines schlichten Domizils sehen konnte, bereits stand und sie an diesem Abend das Patronatsfest der heiligen Apostel Petrus und Paulus begehen konnten, zeigte sich der Zar unzufrieden mit dem Fortschritt seiner Stadt. Der Bau schleppte sich dahin.

Unruhe erfasste ihn. Er begann, sein Arbeitszimmer zu durchqueren, die Hände auf dem Rücken ineinander verhakt.

Graf Menschikow ruhte auf dem einzigen Diwan, ein Bein herabhängend, den Unterarm über die Augen drapiert, erschöpft von der ergebnislosen Debatte darüber, wie sie das Werden der Stadt beschleunigen konnten.

Die Palisadenfestung mit ihrem sechseckigen Grundriss hatte sich prächtig entwickelt, aber nicht in Peters Sinn. Nach seiner Vorstellung sollte die Bastion aus Stein gebaut werden, wie auch die Häuser. Eine Hauptstadt aus Holz hatte er schon mit Moskau.

Pieterburch sollte anders werden, obwohl die Unterkünfte der Handwerker und Arbeiter, die sich am Fluss ansiedelten, bislang noch das ärmliche Bild einer schlammigen, von Mücken verseuchten Barackensiedlung abgaben, um die der Tod schlich. Gewaltige Steinmauern sollten schon bald Bränden, Stürmen und Angriffen der Feinde trotzen. Zar Peter sah eine

Stadt vor sich, die den Vergleich mit den europäischen Metropolen nicht scheuen musste – prachtvoll wie London, geschäftig wie Amsterdam.

Viel war bis dahin noch zu tun. Die Sumpfgebiete an den Ufern der Newa mussten trockengelegt, Unmengen von Bausteinen herangeschafft werden. Einen Großteil würden sie aus der Festung Nyenschanz abtragen, die Zar Peter von Grund auf zu demolieren gedachte, um das kostbare Material nutzen zu können. Sie brauchten Architekten, Baumeister, Zimmerleute und Arbeiter. Hunderttausende und mehr.

Die Wege durch das Sumpfgebiet waren bislang mit Brettern ausgelegt. Es war keine Freude, sich von einer Baustelle zur nächsten vorzukämpfen, wie Peter es Tag für Tag tat, um die Arbeit zu überwachen. Selten kam er trockenen Fußes irgendwo an. Aber niemand würde ihn klagen oder zweifeln hören. Nur fluchen. Das war sein gutes Recht.

Um all diese Missstände zu beseitigen, brauchte er Massen von Volk, das mit anpackte. Gleichzeitig musste er die Regimenter seines Heeres gegen die Schweden aufmarschieren lassen, statt die Soldaten hier einsetzen zu können.

Wann hatte es ein Herrscher jemals zuvor gewagt, mitten im Krieg eine neue Hauptstadt aus dem Boden zu stampfen?

Er würde Kompromisse eingehen, um sich von den Schweden nicht überrollen zu lassen, und er würde seine Ungeduld zähmen müssen.

Zu seinem Glück hielt Schwedenkönig Karl die Russen für derart geschwächt, dass er sich mit seiner Streitmacht derzeit ausschließlich auf Polen konzentrierte. Das gab Zar Peter genug Zeit, sein Heer aufzurüsten und sich zu wappnen, bis Karl sich wieder dem Zarenreich zuwenden würde.

Ungezählte Männer – Bauern, Handwerker, Hofbedienstete – wurden in den Städten Russlands zum Kriegsdienst ausgebildet. Um Verpflegung, Kleider und Schuhwerk mussten sie sich selbst kümmern. Wie sollte die Regierung die Ausstattung organisieren und finanzieren? Obwohl der Zar erfinderisch war, wenn es darum ging, das Geld der Russen einzutreiben: Bienenstöcke, Nüsse, Melonen, Salz und Gurken besteuerte er mit gesonderten Abgaben, genau wie er diejenigen zur Kasse bat, die öffentliche Badestuben benutzten oder die Toten in eichenen Särgen bestatteten.

Ein jeder musste seinen Beitrag leisten, um die Ziele des Zaren zu verwirklichen. Noch wurden nur die ledigen Männer rekrutiert, aber schon bald würden auch Ehemänner ihren Familien entrissen werden. Sie bewarben sich nicht darum – im Gegenteil, zu desertieren war ein beliebtes Übel, und nur hier und da wurden die Feiglinge gehenkt, um Exempel zu statuieren. Ansonsten wollte man die Armee nicht zusätzlich schwächen. Sie brauchten jeden, der kämpfen konnte. Kein zweites Narwa, niemals wieder!

Wie ein Stachel in Peters Fleisch saß die Erinnerung an das Gefecht um die traditionsreiche Hansestadt im November 1700. Damals hatte er in den vorderen Gräben gekämpft, bevor die Schweden das russische Heer in die Flucht schlugen.

Die Nachricht von der Schlacht um Narwa drang bis in die entferntesten Ecken Europas vor und mehrte den Ruhm des jungen schwedischen Königs Karl XII., während es sich Peter gefallen lassen musste, dass man über ihn lachte.

Der Schwedenkönig gefiel sich darin, ein Spottbild von ihm zeichnen zu lassen, über das man sich im Westen amüsierte. Wie er sich überhaupt an der Demütigung des Gegners auf eine Art weidete, die Peters Blut zum Kochen brachte: »Es macht keinen Spaß, mit den Russen zu kämpfen, denn sie leisten keinen Widerstand wie andere Männer, rennen vielmehr gleich davon. Was haben wir gelacht, als die Russen über eine Brücke wollten, die unter ihnen zusammenbrach. Menschen und Pferde paddelten im Wasser und japsten nach Luft. Unsere Schützen knallten sie ab wie wilde Enten.«

Über St. Petersburg höhnten die Schweden inzwischen

ebenfalls, wie Peter zu Ohren gekommen war: »Soll der Zar ruhig seine Zeit damit verschwenden, neue Städte zu gründen. Wir werden für uns die Ehre reservieren, sie ihm wieder abzunehmen.«

Zu allem Überfluss war sogar eine Münze im Umlauf, die den Zaren in Tränen und mit weggeworfenem Degen auf der Flucht zeigte, wobei ihm der Hut vom Kopf wehte.

Eine solche Schmach wie der Kampf um Narwa durfte sich nicht wiederholen. Die Armee musste aufgerüstet werden, und im Übrigen hatten zu jener Zeit ihre Siegeschancen von vornherein schlecht gestanden! Ausgehungert waren sie damals, weil auf den verschlammten Straßen der Nachschub nicht ankam, und unerfahren in der offenen Feldschlacht. Für die Schweden war der Sieg ein Kinderspiel gewesen, viel Verstand hatten sie nicht gebraucht. Sie verfügten über ein diszipliniertes und erfahrenes Heer, kein Wunder, dass sie die ungeübten russischen Offiziere und Soldaten überrollten.

Im Nachhinein jedoch, schlussfolgerte der Zar, war es weniger Gottes Zorn als seine Güte, die ihm an jenem ehrlosen Tag die Augen öffnete. Das Unglück von Narwa hatte die Russen befreit von der Trägheit, es zwang sie zu Fleiß und Arbeit, Tag für Tag und in der Nacht. Niemand sollte den Fehler begehen, die Regenerationsfähigkeit seines Reiches geringzuschätzen!

Verdammte Schweden. Verfluchter Karl.

Ein Gefühl widerwilliger Hochachtung ergriff Peter bei dem Gedanken an den Erzfeind.

Welch riesiges Gebiet rund um die Ostsee Karl XII. beherrschte, dessen eigenes Volk nur knapp anderthalb Millionen zählte. Wobei den Schweden der Handel noch wichtiger schien als der Besitz der Ländereien. Die blau-gelbe Flagge des Königreichs wehte an zu vielen strategisch wichtigen Punkten.

Die Geschäfte in den Ostseehäfen von Riga, Reval und Narwa, in denen Russland einen Großteil seines Handels abwickelte, belegten die schwedischen Zöllner mit kräftigen Abgaben. Der Reichtum des schwedischen Königreichs vermehrte sich von Tag zu Tag, ohne dass sie einen Finger rühren mussten. König Karl konnte sich in all seiner Arroganz zurücklehnen und die Früchte der Arbeit seines weltberühmten Heeres ernten.

Ein Verbundsystem geheimer Militärallianzen hatte den Russen zu Kriegsbeginn den Rücken gestärkt. Während Zar Peter darauf abzielte, an der Ostsee festen Fuß zu fassen, wollte August II., König von Polen und Kurfürst von Sachsen, die Länder Liefland und Estland erobern, und der dänische König Friedrich IV. kämpfte um dynastische Rechte in Schleswig und Holstein. Mit vereinten Kräften wollten sie um die Jahrhundertwende Schwedens Macht brechen und die Ostseeherrschaft an sich reißen, vor allem in Anbetracht der Jugend und Unerfahrenheit des schwedischen Königs, der 1697 mit gerade einmal fünfzehn Jahren den Thron bestiegen hatte.

Während Peter sein Zarenreich dem Westen öffnen, sein Ansehen steigern und den Handel in Schwung bringen wollte, schien der dänische König vor allem auf Rache aus zu sein und sich von der Unterdrückung durch die Schweden befreien zu wollen. August hingegen dürstete es in seiner sprunghaften, unüberlegten, allein nach raschen und aufsehenerregenden Erfolgen strebenden Politik nach Ruhm.

Doch das erste Kriegsjahr hätte für die verbündeten Monarchen nicht unglücklicher verlaufen können. Kurfürst August scheiterte an der liefländischen Handelsstadt Riga, und die ohnehin schwächelnden Dänen zogen sich aus dem Bündnis zurück, um die Zerstörung Kopenhagens abzuwenden.

Zar Peter mit seinen Truppen stand den Schweden wieder allein gegenüber. Er würde nicht nachgeben. Um St. Petersburgs willen war er bereit, den Krieg bis auf den letzten Mann fortzusetzen und die bereits gewonnenen Ländereien mit seinem eigenen Blut zu verteidigen, auch gegen einen schwedischen König, den bereits die Aureole eines jugendlichen Kriegsgottes umwehte.

Peter schenkte sich ein reich bemessenes Glas Wodka ein.

Durch die Ritzen des nur zwei Zimmer großen Hauses, das auf der Petersburger Insel direkt gegenüber der Festung lag, drang die Schwüle des Sommers mit dem Geruch nach Moder und Schweiß. Peter trug sein Schnürhemd offen über der Hose, die Ärmel bis zu den Oberarmen hochgeschoppt. An einem Lederband hing eine alte silberne Ikone um seinen Hals.

Immer wieder fuhr er sich mit den Fingern durch die Haare, um die verschwitzten Strähnen aus seinem Gesicht zu streichen. Wie hielten es bloß die Kerle aus, die selbst bei dieser muffigen Hitze gepuderte Perücken trugen? Für ihn käme das nie in Frage, wie er ohnehin wenig Wert auf Äußerlichkeiten legte.

Ob die Leute begriffen, dass er in seiner Bescheidenheit und Sparsamkeit ein Vorbild sein wollte? Sein Hofstaat bestand nur aus sechs Adjutanten, zwei Eilboten, einem Kammerdiener, einem Sekretär und zwei Gehilfen, die alle in dem größeren Gebäude hinter seiner eigenen Behausung wohnten. Peter brauchte keine prunkvolle Kulisse, um seine Persönlichkeit zum Strahlen zu bringen. Er beschränkte sich auf das Nötigste. Nicht einmal eine Prachtkutsche leistete er sich, nur dann und wann für sich und seine engsten Vertrauten ein paar Köstlichkeiten wie Weintrauben, Kaviar, Rheinwein und englischen Likör.

Menschikow rührte sich. »Die Kriegsgefangenen sind bockig«, ließ er sich vernehmen, als hätte er sich die ganze Zeit über schweigend das Hirn zermartert. Er richtete sich auf dem Diwan auf.

In der schmucklosen Arbeitsstube standen neben dem Sofa ein roh gezimmerter Schreibtisch, drei Stühle mit geflochtenen Weidensitzflächen und ein Bücherschrank. Leinentapeten klebten direkt auf den hölzernen Wänden.

Auch Menschikow hatte gegen die Hitze sein Hemd geöffnet. »Ohne Aufseher können wir sie nicht arbeiten lassen. Sie hocken sich ans Ufer und glotzen auf die Newa, wenn sie sich unbeobachtet glauben.«

»Ich weiß, ich weiß, erzähl mir Neues«, erwiderte der Zar ungehalten. »Allein mit den gefangenen Schweden werden wir es niemals schaffen.«

»Dein Aufruf, in der Stadt zu helfen, ist quasi ungehört in den Weiten des Reiches verhallt. Lediglich ein paar Dutzend Bauern haben sich hier angesiedelt.«

»Das ist eine Schande!«

»Was ist mit den Handwerkern aus Europa, die du auf deiner letzten Reise in den Westen eingeladen hast? Hast du von ihnen Antworten?«

»Nur von einem Teil«, gestand Peter ein und trat wieder an den niedrigen Holztisch, auf dem sich Whisky und Wodka, Rum und Likör sowie Becher und Gläser befanden. Er schenkte sich nach und reichte seinem Freund ein Glas. Obwohl er die Spirituosen seiner europäischen Freunde zu schätzen wusste, griff er im Alltag am liebsten zu dem russischen Wässerchen, mit dem sich schon seine Großväter beruhigt und benebelt hatten.

Mit einem einzigen Schluck kippte er das scharfe Getränk hinunter und wischte sich mit einem Finger über den Schnauzbart. »Der Postweg über Land ist elend lang. Das wird sich hoffentlich bald ändern«, fügte er hinzu. »Und dann kann man kaum von den Handwerkern verlangen, dass sie von einem Tag auf den anderen alle Brücken hinter sich abbrechen, obwohl ich die Sache dringend gemacht habe. Wir haben gesehen, wie die Holländer, Deutschen und Engländer wohnen und arbeiten, Alexaschka, ihnen fehlt es an nichts. Sie haben keinen Grund, hierher umzusiedeln. Wenn sie den Schritt wagen, dann tun sie es aus Verbundenheit zu mir.«

»Du unterschätzt das Ansehen deines Vorhabens«, gab

Menschikow zurück. »In Russland mögen die Menschen zweifeln und Düsteres prophezeien. Die Europäer sind offener für Neues. Sie werden erkennen, an welchem Jahrhundertwerk ihnen die Ehre zuteilwird mitzuwirken.«

Peter nickte grimmig. »Dein Wort in Gottes Ohr. Und unsere Landsleute werden eben zu ihrem Glück gezwungen werden müssen, wenn sie nicht freiwillig hierherreisen.«

»Sie werden dich dafür hassen«, gab Menschikow zu bedenken.

»Das tun sie jetzt schon.« Ein Klopfen an der Tür ließ Peter herumfahren. Nach seiner knappen Aufforderung einzutreten, stand ihnen Oberst Fjodor Bogdanowitsch gegenüber.

Der Graf verbeugte sich tief.

»Was führt Euch zu mir, Graf Bogdanowitsch? Wieder ein fauler Schwede, dem Ihr die Peitsche überziehen müsst? Tut es, aber schlagt nicht so lange, bis sie arbeitsunfähig sind. Wir brauchen jeden Mann.« Der Zar lachte missmutig auf. »Im Gegensatz zu den Schweden, die den größten Teil ihrer Gefangenen niedersäbeln, kenne ich den Wert der Menschen zu gut.«

»Es geht nicht um die Kriegsgefangenen, Zar Peter.« Wie alle anderen Männer aus seiner Leibgarde verzichtete der Graf auf die förmliche Anrede. Sie kannten sich von Kindesbeinen an und pflegten einen freundschaftlichen Umgang miteinander. Fjodor Bogdanowitsch gehörte allerdings nicht zu Peters bevorzugten Männern. Ihm fehlte es an Genialität, um für den Zaren interessant zu sein, und sein schmeichlerisches Gehabe widerte ihn an. Aber er stand loyal hinter dem Zaren, würde ihn und seine Interessen bis zum letzten Atemzug verteidigen. Nichts anderes zählte. Der Graf senkte den Kopf, als wollte er die Maserung der Bodendielen studieren.

»Raus mit der Sprache, Bogdanowitsch«, fuhr Peter den Mann an. »Oder schert Euch zum Teufel, wenn Ihr mir nur die Zeit stehlen wollt.« Kaum etwas brachte Peter so aus der Ruhe wie Behäbigkeit. Er ließ seinen Impulsen freien Lauf, wann immer ihn die Wut übermannte. In seinem Freundeskreis fürchtete man seine Raserei. Nur Menschikow brachten Peters Ausbrüche mitunter zum Lachen, obwohl selbst er sich schon aus nichtigem Grund eine Ohrfeige von ihm eingefangen hatte, die ihm das Blut aus der Nase schießen ließ.

Peters aufbrausendes, zu Grobheiten neigendes Temperament war legendär. Einem Bojaren, der keinen Essig mochte, hatte er damals im Kreml mit Gewalt Hände voll Essigsalat in Mund und Nase gestopft, bis der Malträtierte einen Hustenanfall erlitt und sich erbrach. Zar Peter gebot seinem Temperament nie Einhalt, wenn ihm etwas zuwiderlief.

Graf Bogdanowitsch schien unter der Stimme des Regenten buchstäblich kleiner zu werden. Die Schultern sackten nach vorn, als schrumpfte er in sich zusammen. »Wie es aussieht, bleiben wir hier, bis die Stadt bewohnbar ist«, sagte er. Seine Stimme klang schrill vor Anspannung.

»Das ist der Plan«, bestätigte Peter, immer noch mürrisch. »Und?« An seiner Schläfe schwoll eine Zornesader an.

»Nun, ich habe Familie, Zar Peter. Nicht, dass ich meine Frau und meine Tochter über meinen Dienst in Eurer Garde stelle«, beeilte er sich hinzuzufügen. »Aber wenn es möglich wäre, würde ich die beiden gern herholen.«

Peter breitete die Arme aus und wechselte einen amüsierten Blick mit Menschikow. Familie? Was bedeutete schon Familie? Er selbst war seit vierzehn Jahren mit Jewdokija verheiratet. Mit siebzehn Jahren hatte er sich dem Willen seiner Mutter gebeugt, die befand, er müsste mit einer passenden Frau einen Nachfolger zeugen. Nun, das hatte er getan, obwohl sein Sohn Alexej ihn in allen Belangen enttäuschte.

Er hatte nichts mit diesem Jungen gemeinsam, der in allen Charaktereigenschaften nach seiner verdammten Mutter schlug. Am schwersten wog die Tatsache, dass es ihm an dem Intellekt, dem Scharfsinn und dem Wissensdurst mangelte, die seinen Vater auszeichneten. Bei seiner Verheiratung würde

Zar Peter mit klugen Schachzügen dafür sorgen müssen, dem Land keinen Schaden zuzufügen. Zu allem Übel setzten die Aufständischen im Kreml, die seinen Regierungskurs verteufelten, all ihre Hoffnung auf Alexej. Vermutlich lagen sie ihm Tag für Tag in den Ohren mit ihren Einflüsterungen, ob er denn nicht empört sei über die Brutalität des Vaters, der ihm die Mutter genommen hatte, und ob es nicht bald an der Zeit sei, den ganzen Reformkram beiseitezufegen.

Der Gedanke an seine drei Jahre ältere Frau, aufgrund verräterischer Aktivitäten in ein Kloster verbannt, gruselte den Zaren. Und die Enttäuschung über die vergebliche Hoffnung in seinen Sohn, der keine seiner Forderungen erfüllen konnte, hatte ihn in den vergangenen Jahren zermürbt. An der Newa fühlte Zar Peter sich frei von den Familienbanden, die ihn im Kreml wie ein Spinnennetz umfingen. Hier konnte er ungehindert seinen Leidenschaften nachgehen. Bogdanowitsch hingegen schien ohne seine Frau und seine Tochter dem irdischen Dasein nichts abgewinnen zu können. Was für ein Narr!

»Was hindert Euch, Bogdanowitsch?«

Nervös rieb sich der Graf die Finger. Er war nur einer von vielen, die sich von der Stärke und der Willenskraft des Zaren schier erschlagen fühlten. »Mir macht es nichts aus, in einem der Verschläge oder weiterhin im Soldatenlager zu wohnen. Ich würde für Euch durchs Feuer gehen, Zar Peter, das wisst Ihr. Aber meine Frau … sie ist andere Verhältnisse gewöhnt. Ich frage mich, ob es in der Gegend nicht ein Anwesen gibt, das Ihr uns zur Verfügung stellen könntet.«

Peter sah ihn entgeistert an. »Ihr möchtet in einem Palast wohnen, während Euer Herrscher auf der Baustelle haust?«

Bogdanowitsch verlor alle Farbe aus dem Gesicht. Abwehrend hob er die Hände. »Gewiss nicht, Eure Hoheit! Ich würde mit den Kameraden wohnen bleiben, aber wenn ich Frau und Tochter in der Nähe wüsste, wäre ich Euch zu tiefstem Dank verpflichtet.«

Peter ballte die Hände, aber ehe seine Rage auf den Grafen niedergehen konnte, erhob sich Menschikow. »Ihr wollt also einen Umzug mit Mann und Maus aus Moskau in den Norden?«

Bogdanowitsch nickte. Menschikow gegenüber nahm seine Miene etwas Hochnäsiges an. »Genau darum bitte ich den Zaren«, sagte er.

»Wie viele Leibeigene besitzt Ihr?«, erkundigte sich Menschikow.

Der Graf hob das Kinn ein Stück höher. »Fast einhundert. Zuverlässige Leute, und schuften kann jeder Einzelne für drei.«

Ein Lächeln formte sich auf Menschikows Lippen. Er machte eine Geste in Richtung des Zaren, um ihn aufzufordern, fortzufahren.

Dieser gerissene Lumpenhund, ging es Peter durch den Sinn. Einmal mehr dankte er dem Schicksal, das ihm einen derart scharfsichtigen Gefährten zur Seite gestellt hatte. »Einverstanden, Graf Bogdanowitsch. Lasst Eure Familie und sämtliche Leibeigenen hierherreisen. Menschikow wird Euch begleiten bei der Suche nach einem passenden Gut. Eure Leute werden in meine Dienste übergehen und beim Bau von Pieterburch helfen.«

Der Graf schob den Kopf vor wie ein Hahn, dem der Kamm schwoll. »Alle? Aber wie sollen wir das Gut bestellen ohne Hilfe?«

Peter wies mit ausgestrecktem Finger auf ihn. »Es geht nicht um den Wohlstand des Einzelnen, Graf Bogdanowitsch. Das solltet selbst Ihr inzwischen begriffen haben. Wir brauchen jede helfende Hand. Alles andere ordnet sich diesem Ziel unter.«

Der Graf schluckte und nickte schließlich. »Ich danke Euch sehr, Zar Peter.« Er verbeugte sich wieder. »Ich werde meiner Familie gleich die Nachricht zukommen lassen.«

»Mit den besten Empfehlungen von mir an Eure Gattin und die Komtess!«, rief ihm Peter lachend hinterher, während sich der Graf davonschlich und die Tür hinter sich zudrückte.

Peter hieb mit der Faust auf den Schreibtisch. »Was für ein Geniestreich, mein Freund! Genau so werden wir es machen. Wir werden sämtlichen Gutsherren befehlen, Leibeigene an die Newa zu schicken. Vierzigtausend pro Jahr. Dann wird Pieterburch schneller wachsen, als man sich im Kreis drehen kann. Vertrödele keine Zeit, Alexaschka, verfasse noch heute einen Ukas an alle Grundbesitzer.«

»Reicht das nicht bis morgen? Gleich beginnt das Fest in der Austerei.«

Peter fuhr zu ihm herum. »Nein, reicht es nicht. Saufen kannst du noch die ganze Nacht. Schreib ihn jetzt. Erst danach stößt du zur Feier dazu.«

Menschikow grinste sein schiefes Lächeln und verbeugte sich spöttisch. »Zu Euren Diensten.«

Den offiziellen Teil des Patronatsfestes mit den Weihen durch die Priester und den Ansprachen brachten Zar Peter und seine Männer mit steinernen Mienen hinter sich. Aus der Wirtsstube quollen bereits der Duft nach gebratenem Wildgänsefleisch und das satte Aroma des Tokajerweins.

Peter erging es genau wie der Leibgarde: Er sehnte das Gelage herbei, das unweigerlich im Anschluss an offizielle Anlässe stattfand.

In früheren Jahren hatten sie sich mehrmals die Woche bis zur Besinnungslosigkeit besoffen. Er erinnerte sich an manchen bösen Streich, an das Wettsaufen, bei dem Peter persönlich seinem Opfer hinterherjagte, um es zum Trinken zu zwingen. Jung, kraftstrotzend und ungebändigt, fühlten sie sich damals wie die kommenden Herrscher der Welt.

Ihr Wille, die Welt zu erobern, war ungebrochen, aber ihre Widerstandskraft ließ nach. In diesen Tagen brauchte manch einer von ihnen drei Tage Ruhe, um nach einem Besäufnis wieder aufrecht stehen zu können.

Nachdem sie den heiligen Aposteln in der hölzernen Kirche

auf der Haseninsel alle Ehren erbracht hatten, war Peter der Erste, der in der Austerei sein Weinglas hob. »Esst und trinkt, Männer! Auf Sankt Pieterburch!«

»Auf Sankt Pieterburch!«, schallte das Echo aus Hunderten Kehlen. In der Feierhalle drängelten sich ungezählte Soldaten. Viele trugen ihre Festtagsuniform, begannen aber nun, da es zum gemütlichen Teil überging, ihre Jacken abzustreifen und die Kragen zu lockern.

Wachskerzen tauchten den Raum in einen golden flackernden Schein. Eine Gruppe deutscher Kunstpfeifer spielte auf mit Posaunen, Trompeten und Flöten. Viele Gäste hielten leichtbekleidete Frauen im Arm, Leibeigene und Bauerntöchter, die sich teils freiwillig, teils erzwungen den Männern hingaben. Polonaisen kreisten durch die Halle, torkelnde, stampfende Menschen, grölend und kreischend. Es waren aber längst nicht genug Weiber für alle da. Ein Grund mehr, die Baustelle mit Arbeiterinnen und Arbeitern zu füllen, ging es Peter durch den Sinn. Schwingende Röcke hielten die Männer bei Laune.

Obwohl der Zar unablässig nach Westen schielte und die französische Etikette für den Gipfel der Zivilisation hielt, ging ihm doch nichts über die derbe Ausgelassenheit seiner Landsleute, wenn man sich wirklich amüsieren wollte. Mit einem Grinsen im Gesicht erinnerte er sich an die pikierten Mienen der Edeldamen in Europa, wenn er ihnen beibringen wollte, wie man nach russischer Art feierte. Von einem *Elefanten im Porzellanladen* tuschelten die gepuderten Dämchen, einem *ungehobelten Klotz*, den man nicht von der Wodkaflasche trennen konnte. Um ihm dann bei nächster Gelegenheit wieder über den Rand des Fächers einladende Blicke zuzuwerfen. Mit widerwilliger Anerkennung nannten ihn manche großen Denker einen *kraftvollen Geist, in barbarischer Unwissenheit* gefangen. Nun, er würde den Intellektuellen gegenüber den Beweis antreten müssen, dass sich sein umfangreiches Wissen mit dem Kenntnisstand jedes Gelehrten messen konnte.

Eine zarte Berührung zwischen seinen Augen ließ ihn zusammenzucken. »Woran denkst du, Liebster? Lass mich deine Zornesfalten wegstreicheln.«

Die Anspannung wich aus Peters Schultern. Er streckte die Beine von sich, legte die Arme über die Lehnen des samtbezogenen mächtigen Stuhls, der auf einem Podest in der Feierhalle stand. Zu seiner Linken schmiegte sich Martha an ihn, das herrlichste Wesen unter Gottes weitem Himmel. Erst vor wenigen Wochen hatte er die Neunzehnjährige in Menschikows Moskauer Haushalt entdeckt und zu seiner Geliebten gemacht. Er würde sie nicht mehr hergeben. Ihre Zärtlichkeit, ihre Stimme, ihr Duft allein reichten, um Peter zu besänftigen und seine Ungeduld zu bezähmen. Wo Martotschka war, war die Welt ein guter Ort. Sie brachte seine guten Saiten zum Klingen und erinnerte Peter daran, dass er nicht nur ein Rationalist war, dem Nutzen alles bedeutete, sondern auch ein sensibler Sinnesmensch.

Martha war in jeder Hinsicht ein Geschenk. Neben all ihren Vorzügen liebte er sie dafür, dass sie ihn wegen seiner Eskapaden mit unbedeutenden Mätressen nicht eifersüchtig schikanierte, sondern ihm sogar Liebhaberinnen zuführte, wenn ihr eine besonders aparte zu Gesicht kam. Sie erfreute sich an seinen Seitensprüngen in der Gewissheit, dass er jederzeit zu ihr zurückkehren würde. Wie ernst sie es selbst mit der Treue nahm, wenn sie sich über Monate nicht sahen, wollte Peter nicht wissen.

Leider würde sie schon bald nach Moskau zurückreisen. Seine neue Stadt war seiner Geliebten noch nicht würdig.

Während er das immer wüster werdende Treiben seiner Männer von seinem erhöhten Platz aus beobachtete, führte er Marthas Hand an seine Lippen und küsste die Innenfläche. »Menschikow hatte heute einen famosen Einfall, wie wir die Arbeiten beschleunigen können. Wir werden die Gutsherren verpflichten, uns ihre Leibeigenen zur Verfügung zu stellen.

Schon bald wird es hier wimmeln von unermüdlichen Händen, die Pfähle in das Sumpfland treiben, Hügel einebnen, Straßen pflastern, Kanäle graben, Häfen anlegen und die Werft und die Wohnhäuser errichten.«

»Es ist harte Knochenarbeit«, gab Martha zu bedenken. »Die Leute werden zu Dutzenden daran zugrunde gehen.«

Peter hob die Schultern. »Deswegen brauchen wir mehr und immer mehr. Stillstand bedeutet das Ende, verstehst du? Nur der Fortschritt zählt. Ich will diese Stadt erblühen sehen, noch bevor ich auf dem Totenbett liege.«

Martha beugte sich vor, um ihn auf die Wange zu küssen. Er packte sie und drückte seinen Mund auf ihre Lippen, während sein Daumen gleichzeitig zu ihrer Brust wanderte, deren Ansätze weiß wie das Innere einer Muschel an ihrem Ausschnitt hervorblitzten.

»Du bist jung, Peter«, sagte sie, als er eine Atempause machte und den Mund auf ihr Dekolleté senkte. Sie wühlte mit beiden Händen in seinen Haaren, legte den Kopf in den Nacken. »Der Tag wird kommen, an dem du Pieterburch zur Hauptstadt der Russen erklären wirst und der Adel in Scharen anreist, um sich die besten Wohnstätten zu sichern.«

»Oh, dafür liebe ich dich, mein Engel«, raunte er in ihr Ohr. »Ich liebe dich dafür, dass du meinen Traum teilst.«

Martha griff nach einem mit Senf bestrichenen Stück Schinken, um Peter damit zu füttern. Er schnappte danach und leckte ihr die Finger ab.

Bedienstete mit Tabletts liefen umher, verteilten Platten voller Piroggen mit zerhacktem Fleisch, harten Eiern und Fisch. In Holzschüsseln verteilten sie Pilzsalate. Alle Hungrigen nutzten den einen Löffel, der im Salat steckte.

Peter fischte sich aus einem der Näpfe einen gebratenen Gänseschenkel und benagte ihn von allen Seiten. Während sein Branntweinglas wie von Zauberhand immer gefüllt blieb, obwohl er ohne Unterbrechung trank, hielt sich Martha an den fruchtig duftenden Kirschwein, von derselben Farbe wie ihre Lippen. Peter konnte nicht genug von ihren Küssen bekommen.

Mehrere Männer waren inzwischen schwankend zu Boden gestürzt, Tische und Stühle gingen zu Bruch. Es stank nach verschüttetem Wein und menschlichen Ausdünstungen. Über aller Verheerung hing das lärmende Lachen der Betrunkenen, das Kichern und Kreischen der Weiber, die melancholischen Klänge der Balalaikas, an denen – nachdem sich die stocknüchternen Männer der Kapelle davongestohlen hatten – nun zwei Musiker unerschütterlich zupften, obwohl sich keiner mehr zum Tanz aufstellte. Essensreste und abgenagte Gänseknochen flogen von den Tischen, Stühle kippten unter lautem Gejohle. Nackte Busen blitzten zwischen den torkelnden Körpern auf, in einer Ecke vergnügten sich zwei Offiziere mit einer monströsen Rothaarigen.

Am Eingang gab es einen Tumult. Peter kratzte sich mit seinem Messer Fleischfetzen zwischen den Zähnen heraus und hob den Kopf, um den Grund für die Unruhe auszumachen.

Wenig später bildeten etwa ein Dutzend seiner Offiziere, zum Teil nur halb bekleidet, einen Tross, die Arme zur Decke erhoben. Auf ihren Händen trugen sie hoch über ihren Köpfen einen Zwerg, der mit krummen Beinen nutzlos um sich trat. »Lasst ihn herab, ihr Hohlköpfe, lasst ihn herab!«, rief der Verwachsene mit gutturaler Stimme.

Doch die Männer lachten nur und trugen ihn gegen seinen Willen ehrfurchtsvoll wie einen Heiligen.

Einer der Gardisten eilte vor das Podest des Zaren, breitete dort einen Teppich aus, den er mit theatralischer Geste säuberte, bevor er spöttisch darauf deutete. »Setzt ihn ab, Männer, gleich zu Füßen des Zaren.«

»Was geht hier vor?« Zar Peters Stimme durchbrach mühelos den Radau in der Feierhalle. Alle starrten zu ihm, Schweigen senkte sich einen Moment lang über die Feiernden, bis einer rülpste und eine Frau ein Quieken wie ein Ferkel ausstieß. Da schwoll der Lärm wieder an, aber mittlerweile stand der Zwerg auf dem Teppich und klopfte sich den Staub von seinem Kaftan.

Sein rostbrauner Bart reichte ihm bis zur Brust. Die dichten Haare hingen in Zotteln um sein fleckiges Gesicht. Die breite Nase mit den roten Äderchen dominierte seine Miene, aber zwischen all den Haaren blitzten eisgraue Augen, die in diesem Moment auf den Zaren gerichtet waren.

Bilder seiner Kindheit im Kreml tauchten aus dem Erinnerungsnebel hinter Peters Stirn auf. Dort hatte ihn oft eine Schar von Zwergen unterhalten und bedient. Die kleinen Leute von damals, die sich um ihn herum tummelten, hatten lustige Fratzen gezogen. Im Mienenspiel dieses Halbmanns hier lag etwas Verschlagenes.

Der Zwerg verbeugte sich. »Er hat ein Schiff gesehen, das Kurs auf Sankt Pieterburch nimmt.«

»Wer?«, herrschte Peter ihn an.

Der Zwerg warf sich in die Brust. »Er.«

Peter wechselte einen Blick mit Martha, die mit fragender Miene die Schultern hob. Dann sah er zu Graf Bogdanowitsch, der sich aus der Gruppe löste und sich um einen würdevollen Auftritt bemühte, obwohl er kaum die Balance halten konnte. Sein Hemd war an der Schulter zerrissen, ein schwarzhaariges Mädchen klammerte an ihm. »Er meint sich selbst«, erklärte er mit schwankender Stimme und rülpste hinter vorgehaltener Hand. »Er ist ein Gottesnarr.«

»Ja, das ist er«, bestätigte der Zwerg und verschränkte mit zufriedener Miene die Arme vor der Brust.

»Was für ein Schiff hast du gesehen?«, erkundigte sich Zar Peter, erhob sich aus dem Thron und ließ sich auf dem Podest nieder. Ein Narr? Selten hatte er einen Narren mit derart wachen Augen gesehen. »Wie heißt du?«

»Er heißt Kostja, und er weiß, dass Ihr einen besonderen Hang zum Schiffsverkehr habt.«

Peter zog die Brauen zusammen und musterte den Mann. Sein Alter war zwischen den Runzeln schwer zu schätzen. Irgendwas zwischen dreißig und sechzig. »Woher weißt du das?«

»Er weiß alles.«

Peter grinste. »Scheu dich nicht, mich stets an deinem Allwissen teilhaben zu lassen.«

»Gewiss scheut er sich nicht.«

»Wo hast du das Schiff gesehen?«

Mit ausholenden Gesten begann der Zwerg zu beschreiben, wo er das holländische Handelsschiff gesichtet und dass er sich auf dem schnellsten Weg zur Festung begeben hatte, damit Seine Majestät Gelegenheit bekam, die ersten Seefahrer im Hafen von Sankt Pieterburch zu begrüßen.

Peter sprang auf. »Gebt dem Mann zu trinken und zu essen und schafft ein Weib für ihn heran!«, befahl er.

Der Zwerg hob die Rechte mit den knorpeligen Fingern. »Unendlich gütig, Eure Majestät. Zu trinken und zu essen nimmt er gern, auf das Weib möchte er lieber verzichten.«

Peter lachte schallend und zog den Mann am Ohr. Dabei musste er in die Knie gehen.

Mit vielen russischen Traditionen hatte Peter schon gebrochen, aber in Gegenwart eines Schwachsinnigen wurde er freundlich und nachsichtig wie all seine Väter und Großväter vor ihm. Sein Verstand ließ Peter zwar daran zweifeln, dass tatsächlich Gott der Allmächtige den Narren die Wahrheit sprechen ließ, aber sein Herz konnte er vor dem überlieferten Wissen nicht verschließen. Wer wusste schon, ob die verwirrten Geister nicht wirklich die Auserwählten waren?

Es gab viele Männer in seinem Reich, die ihm Geschichten und Geheimnisse zutrugen. Manche taten es, um sich Lorbeeren zu verdienen, andere streckten die Hände nach den Rubeln aus, wenn sie einen Verräter denunzierten. Wieder andere, die unter Verdacht standen, mehr als die Allgemeinheit zu wissen, bekannten sich erst auf der Folterbank zur Wahrheit. Die Methoden waren allgemein bekannt.

Den Russen fiel es schwer, einander zu vertrauen. Immer bestand die Gefahr, von einem Verräter ans Messer geliefert zu werden. Ein System der Angst, von dem Peter zu profitieren wusste, das er aber dennoch in Frage stellte.

Durch das ganze Reich und selbstverständlich auch in die verfeindeten Gebiete zog sich ein dichtes Netz von allgegenwärtigen Lauschern. Peters Geheimpolizei mit Sitz in Preobraschenskoje hatte überall ihre Spione. Aber der Zwerg war anders. Das Getuschel der Agenten über Verrat oder Rebellion langweilte ihn allzu oft, wenn sie sich nur wichtigmachen wollten, aber Kostja würde ihn mit den kleinen Begebenheiten aus seiner Stadt unterhalten. Es war ihm wichtig, nah an den Menschen zu sein, aber oft genug hielten sie Distanz zu ihm, aus Angst vor seiner Macht oder aus Ehrfurcht vor dem Regenten.

Es lag einiges im Argen in seinem Reich. Sobald Pieterburch herangewachsen war, würde er sich der inneren Ordnung widmen und die gesellschaftlichen Regeln sortieren müssen. Es gab römische und byzantinische Erlasse, tatarische Gewohnheitsrechte und russische Überlieferungen. Es drängte ihn, Kommissionen zur Ausarbeitung eines Gesetzbuches einzuberufen. Das würde ihm und den nachfolgenden Regierungen eine Menge Kleinkrieg und Willkür ersparen. Wie viel zivilisierter lebte ein Volk, das nicht nur den knechtischen Gehorsam der Furcht kannte, sondern das allgemein bekannte und schriftlich verfasste Grundsätze wahrte. Solange diese nicht gegeben waren, war der Wille des Zaren Gesetz.

Wichtiger als alle offiziellen Spione, Prahlhanse und geständigen Folteropfer waren ihm Menschen wie dieser Zwerg, der das Gras wachsen hörte. Er würde sich den kleinen Mann gewogen halten.

Während der Narr von den übereifrigen Betrunkenen erneut auf Händen zu einem Essplatz getragen wurde, wo ihn eine Russin sogleich mit Wein und Braten verwöhnte, hob Peter die Hand. Er wies auf drei seiner Männer, die ihm trotz ihres benebelten Zustands sofort alle Aufmerksamkeit schenkten. »Macht mir eines der Boote fertig«, befahl er. »Ich werde die Holländer persönlich nach Sankt Pieterburch lotsen und in Menschikows Haus bewirten.« Er lachte auf. »Mit euch hier in der Gaststube ist ja kein Staat mehr zu machen!«

Die Menge johlte, und Peter schickte sich an, das Fest zu verlassen. Martha hielt ihn am Arm zurück. Er drehte sich um.

»Soll ich dich begleiten?«

Peter schüttelte den Kopf, sah sich in der Festhalle um. »Verdammt, wo ist Menschikow, wenn ich ihn brauche?«

Graf Bogdanowitsch trat an ihn heran. Er wies mit dem Kinn auf den Zwerg, den zwei Soldaten hielten, während ihm ein weiterer Wein aus einem Schlauch in den gewaltsam geöffneten Mund schüttete, weil sie sehen wollten, wie viel in den kleinen Körper passte. »Was sollen wir mit der Teufelsbrut machen, wenn wir mit ihm fertig sind?«

So schnell konnte der Graf nicht blinzeln, wie Peter ihm eine Ohrfeige verpasste, die ihn zu Boden poltern ließ. Mit vor Entsetzen aufgerissenem Mund, die Hand an der brandroten Wange, starrte der Graf inmitten von zerbrochenen Krügen und ausgespucktem Pilzsalat zu seinem Regenten auf.

»Was für eine Beschränktheit in meinen eigenen Reihen!«, fuhr Peter ihn an. »Du solltest wissen, dass die gesamte Schöpfung Gottes Werk ist. Über kein einziges Wesen besitzt der Teufel die Macht.«

Der Graf, besudelt und mit blutigen Schnitten an Händen und Waden, rappelte sich auf, ohne den Zaren aus den Augen zu lassen. Seine Mimik wirkte panisch. »Ich bitte vielmals um Vergebung. Meine Bemerkung war dumm. Ich habe mir nichts dabei gedacht.«

»Ich umgebe mich nicht gern mit Leuten, die sich beim

Reden nichts denken«, fuhr der Zar ihn an. »Also nehmt Euch in Acht, Graf Bogdanowitsch.«

Ein Kreuz mit der Dummheit, aber wie sollte er allein sein Volk aufklären? Was, wenn die Saat, die er ausstreute, nicht aufging, wenn seine Landsleute in ihrem Aberglauben steckenblieben, statt sich von der Wissenschaft überzeugen zu lassen? Er selbst sammelte seit einiger Zeit Präparate von Missgeburten: ein Schäfchen mit zwei Mäulern und zwei Augen an den Seiten, ein kleiner Hammel mit sieben Beinen. In mit Spiritus gefüllten Glasbehältern bewahrte er sie auf, um sie zu betrachten und zu untersuchen. Ein Teil seiner Sammlung befand sich im Kreml, ein anderer in dem Holzpalast außerhalb der Moskauer Stadtmauern, solange sein Domizil in der werdenden Stadt nicht mehr als ein Arbeitshaus mit zwei Kammern war. Irgendwann würde er seine Sammlung, die hoffentlich noch erweitert werden würde, den Bürgern in St. Petersburg zugänglich machen, um alles, was von der Normalität abwich, zu entmystifizieren und das unheilschwangere Getuschel von Teufelswerk und Hexerei zu entkräften.

Jetzt aber galt es, dem holländischen Schiff entgegenzusegeln. Er rieb sich die Hände vor Vergnügen. Er würde sich als einfacher Matrose verkleiden und sich an den verdutzten Mienen der Seefahrer weiden, wenn sie später erkannten, wer ihr Lotse um die Sandbänke in der Newa gewesen war.

Die ersten Ankömmlinge in seinem neuen Ostseehafen! Salutschüsse hätte es gebraucht! Aber von seinen Männern war nicht einer mehr imstande, die Kanonen zu laden. Nun, auf jeden Fall würde Zar Peter den Schiffer reich bewirten und für die Zukunft von Zoll- und Hafengebühren befreien. Vielleicht schaffte er es ja, ihn im Gegenzug zu überreden, sein Schiff in *St. Petersburg* umzutaufen?

Ach, ein solches Ereignis war nach all den Missständen nötig, um seine Stimmung zu heben. Wenn er die ersten Seeleute in seiner neuen Hafenstadt nur nach allen Regeln umwarb und beschenkte, würde es nicht mehr lange dauern, bis sich die Kunde von Russlands Ostseehafen in ganz Europa verbreitete!

Verdammt, wo trieb sich Alexaschka herum?

Schließlich entdeckte er ihn beim Würfelspiel mit einer Gruppe anderer Offiziere. Er beauftragte ihn, sich um Martha zu kümmern und sie später wohlbehalten zu seinem Haus zu geleiten. Menschikow erhob sich mitten in der Partie und sprang sofort an Marthas Seite. Nicht nur ein Freundschaftsdienst, wie Peter wusste.

Martha hatte zu den Gefangenen gehört, über die General Scheremetew nach dem Angriff auf die liefländische Hauptstadt Marienburg im August 1702 richten musste. Viele hielten die damalige Wäscherin für das schönste und sanftmütigste Mädchen aus Liefland. Scheremetew überließ sie Menschikow, der mit ihr anbändelte und sie später seiner Moskauer Geliebten Darja Arsenjewa zu Diensten schenkte. In deren Haushalt kam es zur ersten Begegnung zwischen Peter und Martha.

Vom ersten Moment an war der Zar bezaubert gewesen von ihr, einem Bauernmädchen, Tochter eines litauischen Bauern und seiner aus Kurland stammenden Gattin. Sie gab ihm alles, wonach er sich sehnte, war ihm anschmiegsam untergeben und sorgte mit ihrer feinsinnigen Art dafür, dass er sich beruhigte, wenn sein Temperament mit ihm durchging.

In ihren Armen fühlte er sich geborgen, an ihrer Brust beruhigte sich sein Puls. Er fieberte dem Tag entgegen, an dem er seine Geliebte nicht mehr verstecken musste, sondern sie offiziell zu seiner Gemahlin erklären konnte.

Peter würde seine Hand dafür ins Feuer legen, dass Menschikow Martha mit größtem Anstand und aller gebührenden Zurückhaltung behandelte.

Die Geliebte des Zaren war unantastbar.

Kapitel 3

*St. Petersburg,
Juli 1703*

Nein, keine Prachtvilla. Das Haus ließ sich noch nicht einmal mit dem vergleichen, das sie in Sloboda aufgegeben hatten. Aber war das ein Grund, die Hände vors Gesicht zu schlagen und Tränen zu vergießen? Für Paula Albrecht nicht, für ihre Schwester Helena schon.

»Du hast uns in die Wildnis entführt!«, warf sie ihrem Vater ein ums andere Mal vor, während sie auf einem Schemel kauerte. Die übrigen Familienmitglieder entluden das Boot, das wenige Schritte vor der Eingangstür des Stelzenhauses ankerte.

Die Vitrinen und den Diwan hatten sie aus Platzmangel gar nicht erst mitgenommen. Die schwersten Teile ihres Mobiliars waren die Stühle und der Esstisch, mit denen sich ihr Vater und der Bootsführer abrackerten. Ansonsten schleppten sie Holzkisten mit ihren Kleidern, mit Besteck und Töpfen, mit Bildern und Büchern, mit Kissen und Teppichen.

»Hör auf zu jammern!«, fuhr Paula sie ungehalten an, weil Helena erneut aufheulte. »Pack lieber mit an, damit wir rasch fertig sind.«

»Kommst du dann mit auf die Newa, Paula?«, erkundigte sich Gustav, einen eingerollten Webteppich unter dem Arm. »Der Fährmann hat mir erlaubt, mit dem kleineren Boot ein bisschen rauszufahren, solange er seinen Mittagsschlaf hält.« Gustavs Augen funkelten vor Abenteuerlust.

Schon während der vierwöchigen Anreise hatte es den Jüngsten der Albrechts kaum auf seinem Platz gehalten, nachdem sie nach den ersten Meilen mit Kutsche und Gepäckwagen ihr Hab und Gut bei Dubna auf ein Wolgaschiff verladen hatten.

Gustav war dem Kapitän und den Flussmatrosen nicht von der Seite gewichen, während Paula die vorbeiziehende Landschaft genoss mit den bunten Zwiebeltürmen hinter hohen Nadelhölzern, weiten Feldern, auf denen russische Bauern die Ernte einholten, und hölzernen Dörfern, an deren Rändern ihnen barfüßige Kinder zuwinkten und auf Höhe des behäbigen Flussschiffs mitliefen, solange ihr Atem reichte.

Das Verladen des Gepäcks war jedes Mal ein Kraftakt, wenn sie vom Wasserweg auf die Landstraße wechselten, auf denen es glücklicherweise in gut zu bewältigenden Abständen Herbergen gab. Dort konnten sie die Pferde tauschen und ihre vom stundenlangen Sitzen verspannten Glieder in bequemen Betten ausstrecken.

Die letzte Etappe führte sie ein Fährmann mit einem Lastkahn im Schlepp über die Newa hinein in die Stadt.

Paula wusste nicht, welches Bild sie sich von ihrer neuen Heimat vorab gemacht hatte, aber mehr als eine Festungsanlage zur Rechten, einige Baustellen, vereinzelte Bauern, Soldaten und Barackensiedlungen hatte sie schon erwartet. Das Hämmern, Klopfen und Sägen der unzähligen Arbeiter mischte sich mit dem Rauschen des Flusses, in der diesigen Luft summten Schwärme von Mücken. Es schien undenkbar, dass in dieser ungastlichen Flusslandschaft mit den versprengten Landstrichen eine Stadt entstehen konnte. Dennoch, lamentieren half nichts. Paula und Gustav waren bereit, sich auf das Abenteuer einzulassen und die Gegend zu erkunden.

Paula nickte ihrem Bruder zu. »Wir legen gleich los. Aber erst will ich unser Zimmer bequem eingerichtet haben.«

Der Bootsmann, ein bärtiger Russe mit gutmütigem Blick,

verdiente sich mit Fährdiensten ein paar Kopeken. Auf der Fahrt über die Newa hatte er Paula und die anderen aus der Familie mit allerlei Nachrichten und Tratsch aus der neuen Stadt unterhalten. Paula hatte seine Worte aufgesogen und fühlte sich nun gewappnet. Unwissenheit war eine Schwäche, und Schwäche führte zur Angst.

Das Arzthaus, von Kriegsgefangenen aus dicken Baumstämmen auf Stelzen zusammengehämmert, ragte als eines der größten und massivsten aus dem schlammigen Untergrund hervor. Verstreut in der Nachbarschaft standen Hütten, die beim geringsten Windhauch wie Kartenhäuser zusammenzubrechen drohten. Auf derselben Uferseite ragten in einiger Entfernung die Kräne und Flaschenzüge von Zar Peters Werft empor. Dickbäuchige Schiffe sammelten sich davor und wogten im kristallgrünen Wellengang der Newa. Prächtige Segler, üppig verziert mit Holzornamenten, Statuen und geschwungenen Geländern. Vielleicht würden die Russen irgendwann, genau wie die Europäer, den Zweck eines Kriegsschiffs höher bewerten als dessen Schönheit.

Hoch reckten sich die Masten. Die Takelage zeichnete ein verwirrend perfektes Muster aus Linien in den Himmel.

Drüben auf der Haseninsel ragten die Palisaden und Kanonen der Festung empor, dahinter vereinzelte hohe Bäume der Petersburger Insel. Zur Linken auf Wassiljewski erkannte man hinter dem bleiern strömenden Wasser eine Art Soldatenlager aus schmutzig weißen Zelten. Von den Finnen-Fischern zurückgelassene Korn- und Sägemühlen standen stumm wie Zeugen einer vergangenen Zeit. Die Flügel drehten sich müde, von Wind und Wasser getrieben. Daneben eine Ziegelei und ein Einschmelzofen, noch nicht wieder in Betrieb genommen. Dahinter wuchsen Tannen, Birken und Erlen. Auf den sumpfigen Weideplätzen zupften Pferde und einige wenige Rentiere am Gras.

Auf dieser kargen Insel, von der einen Seite vom Meer bespült und von drei Seiten von der großen und kleinen Newa umgeben, lebte ein Bombardier-Offizier namens Wassilij, dem alle Befehle des Zaren, sämtliche Briefe und Nachrichten zugesandt wurden. Nach ihm war die Insel benannt. Der Zar hatte sie dem Fürsten Menschikow geschenkt. Deswegen bezeichneten manche sie auch als des Fürsten Eiland oder Menschikows Insel, hatte der Fährmann erzählt. Der Fürst hatte bereits mit dem Bau eines eigenen Palais auf dieser Insel direkt am Ufer begonnen. Mindestens drei Stockwerke hoch sollte der nach italienischer Art entworfene Palast reichen. Rot angestrichenes Eisenblech lag in Stapeln bereit für das Dach.

Rechts auf dem gegenüberliegenden Ufer lag Zar Peters hölzernes Arbeitshaus, dahinter Ödnis, so weit das Auge reichte.

Überall schufteten die Menschen. Lastenschlepper zogen über den Fluss, Schauerleute verluden Ziegel, Stein und Holz auf Schiffe und Fuhrwerke, um das Baumaterial zu verteilen. An manchen Stellen begann man bereits mit den ersten Fundamenten für die Steinhäuser.

Auch sie würden irgendwann in einem Steinhaus wohnen, hatte der Vater versprochen, aber Paula fand es reizvoll, in dem nach Harz duftenden Stelzenhaus über die knarrenden Planken zu stapfen. Um die Eingangstür zu erreichen, mussten sie eine Treppe mit sieben Stufen hochsteigen. Das Haus stand auf Pfählen, damit es nicht gleich beim nächsten Hochwasser in die Fluten gerissen wurde. Ein Schicksal, das wohl den anderen Hütten in ihrer Nachbarschaft drohen würde.

Zum Haupthaus gehörten Wirtschaftsräume und ein abgesteckter Garten, der sich ins Hinterland erstreckte. Ihre Mutter besaß ein gutes Gespür für Kräuter, Blumen und Nutzpflanzen, aber was sie auf dieser sumpfigen Erde anbauen konnte, musste sich erst noch zeigen.

Innen war das Anwesen großzügig geschnitten mit einem Koch- und Wohnraum, in dem ein gewaltiger Ofen in der Mitte dominierte. An das Elternschlafzimmer grenzte ein

Schlafraum für die Kinder, und im hinteren Bereich würde ihr Vater seine Patienten empfangen und behandeln. Offenbar sollte der Raum wie eine Krankenstation genutzt werden. Mehrere Pritschen reihten sich an den Außenwänden.

Bettgestelle aus Holz standen auch in dem Schlafraum, den Paula sich mit Helena und Gustav teilen würde. Helena hatte beim Betreten ihres neuen Reiches aufgeschrien. »Das geht nicht! Das geht ganz bestimmt nicht! Ich schlafe nicht eingepfercht wie ein Stück Vieh!« Paula und Gustav hatten einvernehmlich Grimassen geschnitten.

»Es ist nicht für lange Zeit«, hatte Paula ihr zugezischt.

»Woher willst du das wissen? Glaub mir, wenn wir einmal heimisch geworden sind, sieht keiner mehr die Notwendigkeit, uns ein Steinhaus hinzustellen.«

»Schluss jetzt, Helena«, fuhr der Vater die älteste Tochter an.

Paula wusste, welche Mühen es ihre Mutter gekostet hatte, den Vater davon zu überzeugen, dass sie umsiedeln mussten. Letzten Endes wog ein Argument am schwersten: Die Menschen brauchten ihn hier auf dieser gigantischen Baustelle.

Ihre Mutter appellierte händeringend an sein Verantwortungsgefühl und seine Ehre. Sicher, auch im Umland von Moskau wurden Ärzte benötigt. Aber in St. Petersburg waren die Arbeiter allen möglichen Gefahren ausgesetzt. Täglich konnten Männer von den Gerüsten stürzen, sich beim Sägen, Hämmern und Baumfällen die Glieder quetschen und zerreißen, und wenn sich einer eine ansteckende Krankheit einfing, breitete sie sich wie ein Lauffeuer aus, wenn kein Mediziner das Übel bekämpfte.

Das musste man dem Vater lassen: Nach seinen anfänglichen Bedenken stand er zu dem einmal gefassten Entschluss.

Paula trat auf ihn zu, hob sich auf die Zehenspitzen und küsste ihn auf die Wange. Die Bartstoppeln kratzten über ihre Lippen. »Mach dir keine Sorgen, Vater. Wir werden es uns schön machen.«

»Du vielleicht«, maulte Helena. »Ich nehme jedenfalls das Bett am Fenster«, fügte sie noch hinzu.

Es war sogar ein Fenster aus Glas. Für das Arzthaus nur das Beste und Kostbarste. Die russischen Hütten besaßen entweder nur Löcher, durch die man hindurchlugen konnte, oder größere Durchbrüche, in denen sich mit Schweinsblasen bespannte Holzrahmen befanden.

Paula zuckte die Achseln. »Wenn du dann mit dem Zetern aufhörst und endlich anfängst, deine Sachen auszupacken?«

Als wäre es ihr selbst leichtgefallen, die vertraute Umgebung zu verlassen! Helenas Gedanken kreisten nur um sie selbst und ihr Heimweh. Sie wusste nicht, dass Paula beim Abschiednehmen das flaumige Fell ihres Hundes nassgeweint hatte, bis es in seinem Nacken stachelig abstand. In gute Hände wollte sie ihn geben, doch dafür musste Paula über ihren Schatten springen. Der Einzige aus der Moskauer Vorstadt, der in Frage kam, war Johann gewesen, der sie seit vielen Jahren hänselte und der ihr einmal nachgerufen hatte: *Das Beste an dir ist dein Hund.*

Mit dieser Einstellung, so hatte Paula geschlussfolgert, würde er sich gut um Fidel kümmern.

Johann erbleichte, als sie ihm das Hanfseil in die Hand drückte, dessen Ende um Fidels Hals lag. »Pass gut auf ihn auf. Er ist Menschen gewöhnt und wird auf sich gestellt nicht überleben.«

Johann hob die Finger zum Schwur. »Ich verspreche es dir, Paula Albrecht«, sagte er feierlich mit einem Stimmbruchkiekser in der Mitte des Satzes.

Sie hatte sich umgewandt und war über die Dorfstraße gejagt, während der Wind ihre Tränen trockenpustete und hinter ihr das Wehklagen des Hundes erklang.

Nach zwei Stunden standen sämtliche Kisten, Koffer und Truhen in den Räumen verteilt. Paulas Mutter blies sich eine nasse

Haarsträhne aus den Augen und krempelte sich nun hinter der geschlossenen Tür die Ärmel hoch.

Richard hingegen schlurfte in den Behandlungsraum. Wohl nicht, um seine Utensilien in die Schubladen und Schränke zu räumen, sondern um die neuen Pritschen einer eingehenden Überprüfung zu unterziehen. Sein Nickerchen war dem Doktor selbst im größten Chaos heilig. Kurz darauf drang Schnarchen durch die geschlossene Tür.

Gustav zupfte an Paulas Schürzenträger. »Komm!«, zischte er ihr zu. »Das Boot liegt bereit.«

Paula hatte Kisten zu einem Regal aufgebaut und in diese ihre Bücher einsortiert, schwere Bände, vielfach gelesen. Sie streichelte über die Rücken, fühlte das raue Leder, roch das Tintenschwarz, hörte das vertraute Rascheln, wenn sie blätterte, und fühlte sich gleich geborgener in ihrer neuen Heimat.

Sie richtete sich auf, strich die Schürze glatt und linste zu Helena. Die Schwester saß stocksteif auf ihrer Pritsche, die Hände zwischen den Knien gefaltet, und stierte Löcher in die Luft. Ihre Lider waren rot gerändert, auf ihren Wangen flammten Hitzeflecken. Sie hatte schon mal adretter ausgesehen, fand Paula, obwohl Helena selbst in ihrem einfachsten Kleid einer Adeligen glich und ihre Haare trotz der kräftezehrenden Anreise auf ihre Schultern fielen wie gesponnenes Silber. Helena hielt es für ihren größten Makel, dass sie zwei verschiedenfarbige Augenfarben besaß. Das linke grün wie das Meer bei Sturm, das rechte blau wie ein Vergissmeinnicht. Paula dagegen hielt diese Auffälligkeit für die größte Attraktion im Gesicht der Schwester, viel spannender als ihre Rosenlippen oder ihre aristokratische Nase. Aber wann waren sich die beiden Schwestern je einig?

Paula legte keinen Wert darauf, den Nachmittag in der Gesellschaft ihrer schmollenden Schwester zu verbringen, aber bevor sie herumhockte und bei der nächsten Gelegenheit den Eltern die Laune wieder vergällte, überwand sich Paula lieber.

»Begleite uns doch, Helena. Gustav will eine Bootstour unternehmen.«

Helenas Blick schien erloschen. »Eine Bootstour? Die berauschende Aussicht genießen, oder was?«, höhnte sie.

Paula zuckte die Schultern. »Zähl die Holzstämme an der Wand, wenn du das unterhaltsamer findest.«

»Ich frage mich sowieso, warum wir ausgerechnet auf dieser Seite des Flusses siedeln müssen.« Sie fuchtelte mit der Hand in eine unbestimmte Richtung auf der gegenüberliegenden Stromseite. »Dort drüben sind viel mehr Leute. Alle scharen sich um die Festung. Wir werden uns auf dem Ingermanland zu Tode langweilen und für jede Besorgung den Kahn nehmen müssen.«

Paula verdrehte die Augen. »Das hat Vater doch erklärt, Helena. Wenn du mal zuhören würdest, statt ständig nur zu lamentieren, wüsstest du es auch. Genau auf dieser Uferseite baut der Zar seine Werft. Alle Straßen werden auf sie zulaufen wie anderswo auf die herrschaftliche Residenz. Bald schon werden wir Gesellschaft aus Holland und den deutschen Landen bekommen. Genau für diese Menschen will der Zar einen Arzt vor Ort wissen. Für sich selbst, seinen Stab und seine Soldaten hat er bereits genügend Mediziner, allen voran den berühmten Dr. Blumentrost. Aber was rede ich …« Alles, was Helena interessierte, war, ob sie Zerstreuung und Unterhaltung finden würde.

»Außerdem habe ich gelesen, dass das Ufer hier trockener ist als der Boden drüben. Ich wette mit dir, dass auf diesem Landstrich das Zentrum der neuen großen Stadt entstehen wird. Und dann sind wir bereits da, vielleicht in unserem Steinhaus, mit einem Garten bis hinab ans Flussufer.«

Helena schien des Debattierens müde. Vielleicht war ihr die Schwester zu jung, um sie ernst zu nehmen. Vielleicht vermutete sie, dass es nur noch ein paar Monate dauerte, bis Paula anfing zu denken wie sie. Aber Paula wusste es besser. Sie waren grundverschieden. Helenas oberflächliche Art würde sie niemals annehmen.

Schließlich stemmte sich Helena wie eine Greisin hoch und trottete ihren Geschwistern hinterher.

Mit dem ersten Schritt an das brackige Ufer bereute es Helena, sich den Geschwistern angeschlossen zu haben. Bis zu zwei Handbreit über dem Saum triefte ihr Kleid, vom Morast geschwärzt. Ihre Lederschuhe blieben bei jedem Schritt in Richtung Boot stecken. Fluchend zerrte sie daran.

Paula und Gustav schlüpften aus den Schuhen und wateten barfuß durch den Boden, der zum Ufer hin aufweichte.

Blaugraue Wolken ballten sich am Himmel dicht an dicht, so dass man nicht mal erkennen konnte, wo die Sonne stand. Gleichzeitig lastete über dem Land eine drückende Schwüle. Die hohen Temperaturen trieben die Modergerüche des Flusses über das Land. Das Wasser der Newa floss träge wie eine dicke Suppe. Über allem flirrten und schwirrten Fliegen und Mücken.

Helena hatte bei einem fahrenden Händler Brot gekauft und verteilte Stücke davon an Paula und Gustav, die gierig und mit schmutzigen Händen daran rissen. Drüben am Militärlager brannten Lagerfeuer. Der Qualm und Duft nach geröstetem Fleisch und gesäuertem Kohl wehte bis zu ihnen herüber.

Die Männer wuschen ihre Leibwäsche im Fluss und hängten sie an lange Leinen, wo sie in der Brise flatterten. Rechts ragten mehrere hölzerne Baukräne in die Luft, Rufe schallten zu ihnen herüber von den Schauerleuten, die das Baumaterial verteilten. Die Menschen, die die Häuser bauten, schienen Ausländer und Soldaten zu sein. Diejenigen, die den Boden mit Planken festigten, standen in abgerissenen Hemden und mit ungepflegten Haaren beieinander in gebückter Haltung.

Helena beschattete die Augen. Da stürzte gerade einer zu

Boden. Sofort preschte ein Aufseher auf einem Pferd heran und ließ die Peitsche auf ihn niedersausen. Die Schreie des Mannes gellten über das Land.

Helena fühlte einen Kloß im Hals. Es würde sich erst noch zeigen müssen, wie es sich zwischen Leibeigenen und Bauern aus allen Teilen des Zarenreichs als Ausländer lebte. In Moskau waren sie unter sich geblieben, hier würden sie alle miteinander auskommen müssen, und die Abneigung der Russen gegen alles Fremde war legendär.

Helena fasste nach den Händen, die Gustav und Paula ihr reichten, wankte, kam in der Mitte des Boots zu stehen, das sowohl mit einem kleinen Segel als auch mit Ruderpaddeln ausgestattet war. Während sich Paula und Gustav auf dem schwankenden Gefährt bewegten, als wären sie auf dem Wasser zur Welt gekommen, fragte sich Helena, wie sie auf dieser Nussschale ohne fachkundigen Kapitän überleben sollte. Sie breitete balancierend die Arme aus, und wieder spürte sie die Enge im Hals vor unterdrückten Tränen.

»Jetzt setz dich«, fuhr Paula sie an. »Da vorn am Bug, da bist du sicher. Ich gehe an den Ruderstock. Gustav übernimmt das Segel.«

Mit weichen Knien gehorchte Helena. Ihr Herzschlag setzte aus, als Paula das Boot mit einem der Paddel vom Ufer abstieß. Rasch ließ sie sich auf die Holzbank plumpsen und krallte sich mit den Nägeln in die Wände.

Sie trieben in die Mitte des Flusses, passierten größere Schiffe, von denen ihnen kräftige hemdsärmelige Männer zugrinsten. Helena bemühte sich um eine hochnäsige Miene, während Paula den Männern mit einem sommersprossigen Lachen zuwinkte.

Merkte sie nicht, dass die nicht sie, den vierzehnjährigen Kindskopf, an dem ein Junge verlorengegangen war, grüßten? Die Kerle gafften nur zu ihr, der silberblonden Schönheit mit der hochgereckten Nase.

»Lass uns die Haseninsel umrunden!«, rief Paula Gustav zu, der das Segel ausrichtete, die Miene verbissen vor Konzentration, die aufmerksamen Augen strahlend unter den Karottenlocken.

Widerwillig musste sich Helena eingestehen, dass ihr jüngerer Bruder tatsächlich Kenntnisse von der Schifffahrt besaß. Mühelos gelangten sie in die mittlere Fahrspur des Flusses und drifteten mit Hilfe des leichten Windes, den schlingernden Tanz des Stroms unter ihren Füßen, zwischen der Festung und dem Militärlager auf Wassiljewski hindurch.

Rechter Hand reihten sich die Palisaden hoch, was dahinter lag, konnte sie vom Wasser aus nicht erkennen. Schießluken unterbrachen den sechseckigen Verteidigungswall auf seinem Fundament aus Eichenpfählen. Oben auf den Erdanhäufungen funkelten blankgeputzte Kanonen in der Sonne, bereit, die neue Stadt gegen Angriffe von der See und vom Land aus zu verteidigen. Mehrere Bastionen waren angelegt, um den Feinden zu trotzen. In alle Himmelsrichtungen schützten sie St. Petersburg gegen die Schweden, ob von der Seeseite oder vom Land. Wachmänner in gepflegten Uniformen und mit geschulterten Gewehren patrouillierten.

Ob der Zar sich in der Festung aufhielt?

Mitten durch die Verteidigungsanlage führte ein Kanal für die Wasserversorgung. Den Durchbruch passierend, konnte Helena für wenige Sekunden einen Blick ins Innere der Zitadelle erhaschen. Sie zählte vier Reihen Häuser, deren mit Rasen oder Birkenrinden gedeckte Dächer hervorspitzten. Direkt am Kanal erhob sich eine hölzerne Kirche, gelb gestrichen und mit einem zierlichen Turm nach holländischer Manier. Ein kleineres Gotteshaus befand sich zwischen den Häusern. Dies schien die speziell für die Protestanten unter den Ausländern gebaute Kirche zu sein, von der der Bootsmann ihnen erzählt hatte.

Auf der Insel sollte es auch eine Apotheke geben, die, wie die anderen im Reich, der Krone gehörte. Ein Hoffnungsschimmer in all dem dumpfen Grau, befand Helena. Apotheken waren wundersame Orte mit all den Düften und den filigranen Porzellangefäßen. Sie freute sich auf ihren ersten Einkauf dort.

Die Soldaten beobachteten, teils feixend, teils misstrauisch, ihre seltsame Bootsgesellschaft. Vermutlich hielten sie Helena für eine Prinzessin auf Spazierfahrt mit ihren Lakaien. Während Paula und Gustav schwitzend und ächzend lenkten und das Segel ausrichteten, drehte Helena nur hoheitsvoll das Haupt zu beiden Seiten, um die Aussicht zu genießen. Den Männern, die sich am Ufer in die Brust warfen, um sie zu beeindrucken, nickte sie mit vornehmer Geste zu, bevor sie das Gesicht kühl abwandte.

So ein russischer Offizier mit nachtdunklen Augen könnte ihr schon gefallen. Wie mochten die Männer erst aussehen, wenn sie sich in Festtagsuniform präsentierten und auf einem Ball um einen Tanz mit ihr baten?

Aber ach! Wo sollte auf diesem matschigen Niemandsland ein Ball stattfinden? Ihr neues Zuhause war noch einer der solidesten Bauten, erkannte Helena nun. Überall sonst standen Behelfsunterkünfte, zum Teil nur mit Segeltuch bedeckt.

Hatte sie wirklich erwartet, in prunkvollen Palästen mit Spiegeln, Marmorfiguren und Kronleuchtern empfangen zu werden?

Helena sank auf ihrem Platz in sich zusammen, während sie das Militärlager hinter sich ließen.

Schon änderte sich die Aussicht. Wälder erstreckten sich offenbar bis zur Ostsee. Die Kronen reckten sich dicht begrünt in den grauen Himmel, ein Schwarm Krähen flatterte krächzend auf. Ein paar russische Bauern hockten am Ufer, rissen sich Stücke vom Brot ab und teilten sich einen Holzlöffel, mit dem sie das Flusswasser wie eine Suppe löffelten.

Helena wandte sich angewidert ab. Das Newawasser schmecke klar und rein, wenn es nicht aufgewühlt sei, hieß es, aber wann war dies schon der Fall? Wahrscheinlich schlug es den Bauern auf den Magen, aber sie würden das ertragen, wie sie alles ertrugen, was sie nicht tötete. Die Russen galten als ein ungewöhnlich anpassungsfähiges Volk. Wehe dem Ausländer, der ihnen nacheiferte und seinem empfindlichen Leib solcherart Kost zumutete.

Gustav lenkte das Segelboot geschickt zwischen zwei Fregatten hindurch und wich einem schwerbeladenen Floß aus, auf dem ein greiser Mann mit grauer Brustbehaarung gestapelte Baumstämme transportierte. Breitbeinig stand er hinter der Ladung und lenkte das Gefährt mit einem langen Stock, den er ins Wasser senkte. Helena schauderte bei der Vorstellung, wie leicht sich die Stämme lösen könnten, um den Mann unter sich im Fluss zu begraben.

»Da!« Gustav wies mit ausgestrecktem Arm auf eine Gruppe vornehm aussehender Edelleute in französischen Jacken. »Seht doch! Das ist der Zar!«

Helena und Paula reckten die Hälse. Helena richtete den Oberkörper auf und zauberte ein betörendes Lächeln auf ihre Züge.

»Sei keine Närrin«, schalt Paula sie, als wäre sie die Ältere. »Meinst du, er sieht deine Grimassen von dort?«

»Es schadet nie, sich stets von der besten Seite zu zeigen. Aber das lernst du schon noch«, gab Helena zurück.

»Was du *die beste Seite* nennst«, murrte Paula.

»Wer ist da in seiner Gesellschaft?« Gustav kniff die Augen zusammen und schob den Kopf vor. Zar Peter palaverte lebhaft mit einem schlanken Mann, der dem Regenten bis knapp an die Schulter reichte. Er vollführte ausgreifende Gesten, deutete nach Nord und Süd, Ost und West und schien in seiner Phantasie die zukünftigen Paläste auferstehen zu lassen. Eine schimmernde Aura schien den Herrscher zu umflirren, während die hinter ihm stehenden Männer der Leibgarde zu einer bunten Einheit aus Uniformen und geschulterten Gewehren verschmolzen. Ein Herrscher vom Scheitel bis zur Sohle, ging es Helena durch den Sinn.

»Wahrscheinlich der Schweizer Architekt, den er eingeladen hat. Domenico Trezzini.«

Helena klappte der Mund auf. »Woher weißt du das?«

Paula zog eine Grimasse. »Hättest du dem Bootsmann zugehört, statt allen mit deinen Befindlichkeiten in den Ohren zu liegen, wüsstest du mehr. Auch die *Deutsche Zeitung* kann man lesen, bevor man Fisch darin einwickelt. Trezzinis Meisterwerk ist ein sagenumwobener Palast für den dänischen König. Sein Baustil orientiert sich an den Niederländern, die, wie du wissen solltest, von dem Zaren besonders geschätzt werden.«

Wie sie es verabscheute, sich von der jüngeren Schwester belehren zu lassen! Aber sich deswegen mit den faden Berichten in der Zeitung zu langweilen? Pah, sie wusste Besseres mit ihrer Zeit anzufangen. Das wahre Leben fand nicht auf einem Stück Papier oder zwischen zwei Buchdeckeln statt, wie Paula anzunehmen schien.

Sie passierten Baustellen, auf denen Männer in schwindelerregenden Höhen balancierten und Mauerstein um Mauerstein weiterreichten. Überall erklangen Kommandos, das Knallen von Peitschen, das Klackern von Steinen. Hämmer fuhren auf Bretter und Nägel, Pferde wieherten und trugen ihre Reiter nervös trippelnd von einem Gerüst zum nächsten.

Auf der Petersburger Insel sammelten sich die vom Zaren verpflichteten Tataren und Kalmücken. Hier hausten sie in ihrer Siedlung nach ihren eigenen Traditionen. Auch sie schindeten sich in stoischer Ergebenheit in ihren bunten Röcken; Farben und Muster waren vor Schlamm nicht mehr zu erkennen.

Auf dieser Insel, die die Festung halb zu umarmen schien, bewohnte der Zar sein Domizil. In direkter Nachbarschaft herrschte Fürst Menschikow über ein luxuriöses Anwesen. Der engste Vertraute des Zaren oder, wie der Fährmann hinter vorgehaltener Hand gezischt hatte, sein *Busenfreund*.

Menschikows feudale Behausung hätte einem Regenten besser zu Gesicht gestanden. Aber so war er, der Zar: Die Bescheidenheit prägte sein Wesen genau wie die Wissbegier und sein Tatendrang. Es hieß, ausländische Gesandte würden in Menschikows Haus zum Empfang geladen statt in die Unterkunft des Zaren. Der Fürst, ein Freund des Hofzeremoniells und der Verschwendung, empfahl sich vermutlich selbst für diese staatsmännische Pflicht.

Paula hatte sich nun, da der Wind abflaute, an die Ruder gesetzt. Das Boot trieb unter einer hölzernen Zugbrücke hindurch, die die Verteidigungsanlage mit dem vormals finnischen Land verband. Auf dem Festungstor prangte eine Statue des Apostels Peter. In die inwendige Richtung blickte der doppelköpfige, zweifach gekrönte russische Adler, die Flügel gespreizt.

Nicht weit entfernt entdeckten Helena und ihre Geschwister die Austerei, ein Gasthaus mit zwei Stockwerken, wo die Männer auch vor der Tür Wein und Bier soffen, Tabak rauchten und sich mit Karten die Zeit vertrieben. Angeblich eilte der Monarch an jedem Sonntag nach dem Kirchbesuch mit seiner Begleitung in diese Schenke, um sich zu vergnügen.

»Das wird eine fabelhafte Stadt!«, entfuhr es Paula. »Ist es nicht großartig, dass wir zu den ersten Siedlern gehören? Irgendwann wird man uns um dieses Privileg beneiden!«

»Ich glaube eher, dass wir in einem halben Jahr nach Moskau zurückkehren, weil der Fluss ansteigt und sich die kümmerlichen Bauten einverleibt«, gab Helena zurück.

»Der Zar weiß, was er tut«, behauptete Gustav und führte die Ruderpinne so, dass sie die Nordseite der Haseninsel umrundeten. »Wenn er sagt, dass hier eine Stadt wachsen kann, dann stimmt das auch.«

»Es ehrt dich, dass du große Stücke auf den Zaren hältst«, gab Helena zurück. »Aber glaub mir: An diesem Projekt wird er scheitern. Und wir alle mit ihm.« *Und ich werde mich mit lederner Haut und schwieligen Händen zurückschleppen an die Jausa.* Sie fühlte sich, als läge ein gutes Dutzend der vereinzelt aufgetürmten Mauersteine in ihrem Magen. Mit aller Kraft zog es sie zurück in die Geborgenheit der Ausländerstadt im Schatten des Kremls, zu ihren Freunden, ihren Verehrern, dem Zimmer für sie allein und dem Tanz im Wirtshaus am Freitag und Samstag. Hier gab es nur den gottgleichen Zaren, für ewig unerreichbar, und halbnackte Männer mit hungrigen Augen, nicht in der Verfassung, einer Dame den Hof zu machen, wie Helena es sich erträumte.

»Oh, mir sterben gleich die Arme ab!« Paula ließ die Ruder sinken und betrachtete die milchigen Blasen an ihren Händen. Gerade noch rot vor Anstrengung, war ihr Gesicht nun weiß wie Sauermilch. Die Sommersprossen traten überdeutlich hervor, eine Schweißperle rann von ihrer Stirn aus über die Schläfe.

Gustav musterte Helena abfällig, als trüge sie die Schuld an dem Zustand der Schwester.

Helena biss sich auf die Lippen. Sollte sie es wirklich wagen? Welch ungeheuerliche Vorstellung, sich in die Riemen zu legen. Ein Edelfräulein ließ sich chauffieren und genoss die Aussicht. Aber ihre Schwester sah wirklich zum Gotterbarmen aus, und hier auf der Newa beobachteten ohnehin nur die zerlumpten Arbeiter ihr kleines Boot. Sollten die doch denken, was sie wollten!

Nicht Mitgefühl mit der jüngeren Schwester trieb Helena, sondern vor allem der Wunsch, die unerfreuliche Angelegenheit zu beschleunigen.

Sie stemmte sich hoch, umklammerte die Schiffsseiten. »Komm, ich löse dich ab.«

Ein Lächeln stahl sich auf Paulas Lippen, während sie mit der Schwester die Plätze tauschte.

Mit einem Ächzen zog Helena die Ruder durch die Fluten und beugte sich dabei weit zurück. Paula applaudierte ihr, ein bisschen spöttisch möglicherweise, aber das störte Helena nicht. Sie für ihren Teil hatte genug vom sagenhaften St. Petersburg gesehen. Sie wollte nur noch in dieses gottverfluchte Haus, sich auf ihre Pritsche legen und die Decke über den Kopf ziehen. Und dann in einen hundertjährigen Schlaf fallen.

Bei jedem Ruderstoß stöhnte sie auf und krampfte die Finger in das Rundholz. Am Abend würde sie genau wie Paula Blasen haben, die sich zu Schwielen entwickeln würden. Und ihre Haut wäre von den Mücken, die sie nun, da sie stärker schwitzte, surrend belästigten, geschwollen und rot verbeult. Die Haare klatschten in feuchten Strähnen um ihr Gesicht, während sie die verkrusteten Lederschuhe an die gegenüberliegende Pritsche drückte, um mehr Kraft in die Arme legen zu können. Sie biss die Zähne zusammen und tauchte die Ruder ein ums andere Mal tief ins Wasser, die Haseninsel nun zu ihrer Linken. Die Newa verschmälerte sich hier. Im Ufermorast drohten sie stecken zu bleiben, wenn sie die Fahrspur nicht hielt.

Die Wasserpflanzen wuchsen bis an die Oberfläche in grünen und braunen Farben, wie die Hände von Wassernixen, die nach ihnen greifen wollten.

Bilder von ertrunkenen Mädchen mit Fischschwänzen stiegen in Helena auf, Geister aus dem Reich der Toten, die mit ihren Leichenfingern nach ihnen fassten.

Auch auf diesem Landstrich ragten Baukräne hoch in die Luft. Die Geschwister hoben gleichzeitig die Köpfe, weil direkt über ihnen ein heller Ruf in einer fremden Sprache erklang. Holländisch? Die Sprache kannten sie aus der Ausländervorstadt.

Oh, Himmel! Ein Junge von vielleicht vierzehn Jahren in halblangen Hosen und einem zerschlissenen Schnürhemd hing da mit beiden Armen an der Strebe eines Flaschenzugs und mühte sich ab, ein Bein über den Balken zu heben.

Helena ließ die Ruder los und schlug beide Hände vor den Mund, während sie den Burschen beobachtete. Gustav stieß einen unschicklichen Fluch aus. Paula wurde, wenn möglich, noch eine Spur blasser. Alle drei konnten den Blick nicht von dem hoch über ihnen baumelnden Unglücksvogel nehmen. Jeden Moment konnte er abstürzen, wenn seine Kräfte ihn verließen!

Von unten brüllte ein kugelbäuchiger Mann mit Lederschürze und in die Hüften gestemmten Fäusten scharfe Anweisungen, doch der Junge war nur damit beschäftigt, die Beine irgendwie um die Strebe zu schlingen. Aus allen Richtungen jagten Schaulustige heran, bärtige Arbeiter in schlammverschmierten Hosen, abgemagerte Kriegsgefangene, Frauen in zerrissenen Röcken mit strähnigen Haaren und Soldaten in Uniformen. Alle gafften sie nach oben. Wie lange würde die Kraft seiner Arme reichen?

Der Baukran ragte hoch und ein gutes Stück in den Fluss hinein. War die Newa an dieser Stelle tief genug, dass der Lehrjunge es riskieren konnte, sich einfach herunterplumpsen zu lassen?

Er tat es.

Helena schrie auf.

Einen Herzschlag später platschte der Junge ins Wasser.

Paula riss sich Haube und Schürze ab und hechtete mit einem Kopfsprung in die Newa.

Helena fasste instinktiv nach dem Rockzipfel der Schwester und griff ins Leere.

»Paula, hast du den Verstand verloren?«, schrie Gustav.

Mit wenigen kraftvollen Zügen hielt Paula auf den Jungen zu, dessen Schopf nun wieder auftauchte und der zappelnd und prustend um Hilfe schrie.

Paula packte ihn am Oberarm und schleppte ihn schwimmend ans Ufer. Dort befreite sich der Junge von ihrem Griff mit ruppig ausgefahrenen Ellbogen.

»Lass das!«, maulte er auf Holländisch und blitzte Paula an. »So weit kommt das noch, dass ich mich von einem Mädchen retten lasse.«

»Wärst du lieber ersoffen?«, giftete Paula zurück.

»Ich wäre nicht ersoffen. Ich kann schwimmen.«

»Das hat man gesehen. Sagt man so auf Holländisch danke? Dann will ich lieber nicht mehr mit den Holländern reden.« Mit ausgebreiteten Armen watete sie zum Boot zurück, wo Helena und Gustav ihr an Bord halfen.

Der Junge glotzte ihr nach, die schwarzen Haare lagen wie ein Helm um sein Gesicht. Auf einmal färbten sich seine Wangen. Als Paula sich zu ihm umdrehte, formte er die Hände zu einem Trichter vor dem Mund. »Es tut mir leid«, rief er. »Danke für deine Hilfe! Ich heiße Willem!«

»Wer will das wissen?«, rief Paula über die Schulter, als sie sich neben Helena setzte. Gemeinsam ruderten sie voran. Paulas Schultern hoben und senkten sich. Den Mund verbissen, die Hände verkrampft, den Blick wie versteinert geradeaus gerichtet.

»Du hast …« begann Helena.

»Sag nichts!«, unterbrach Paula sie grob. »Ich weiß selbst, dass ich mich wie eine Närrin benommen habe.«

Helena schüttelte den Kopf. »Der Holländer war unverschämt. Du hast alles richtig gemacht, Paula. Ganz schön mutig von dir.«

Helena selbst wäre es im Traum nicht eingefallen, einen Ertrinkenden aus den Fluten zu retten, abgesehen davon, dass sie das vermutlich sowieso nicht geschafft hätte. Sie schwamm gerade gut genug, um nicht unterzugehen, aber gegen die Strömung ankämpfen und einen zappelnden Verunglückten hinter sich herzerren? Nein, das hätte ihre Kräfte überstiegen.

Ihre Schwester faszinierte sie mit ihrer robusten Art, aber andererseits fragte Helena sich, ob die Jüngere wohl jemals ihre Weiblichkeit entdecken würde. Gut, sie war gerade erst vierzehn. Dennoch, andere Mädchen in ihrem Alter wussten sich bereits herauszuputzen und bereiteten sich darauf vor, den Männern zu gefallen. Bei Paula wies nichts darauf hin.

Helena selbst liebte es, sich in Szene zu setzen. Allerdings nicht gerade dann, wenn sie aussah wie eine Magd nach dem Tagwerk.

Sie fühlte sich verschwitzt und schmutzig wie die abgerissenen Männer und Frauen, die sie nun passierten. Deren Kleidung aus löchrigem Leinen hielt an vielen Stellen nur mit verknoteten Fadenresten zusammen. Die Haare der Frauen waren verfilzt, auf den Rücken und Oberarmen der Männer erhoben sich Narben wie wulstige Würmer.

Sie fuhren dicht genug an ihnen vorbei, dass Helena der Gestank nach Schweiß in die Nase stach.

Mit bloßen Händen schaufelten diese Leute trockene Erde aus dem Hinterland in den Morast am Ufer. Arm um Arm an Dreck und Geröll schleppten sie heran. Manche taumelten vor Erschöpfung, stürzten und verloren ihre Last, mussten umkehren und mit schweren Gliedern neues Material heranschaffen.

Die wenigen Frauen trugen Erde und Steine in ihren Schürzen und Schilfkörben, einige Männer hievten sich Säcke auf die Schultern. Der überaus niedrige Grund der Insel musste erhöht werden, koste es auch ungezählte Menschenleben.

Nirgendwo gab es Schubkarren, Schaufeln oder Harken. Die Gesichter waren schwarz und braun verschmiert, weil sie sich den Schweiß mit den Unterarmen abwischten.

»Oh, Herr im Himmel«, flüsterte Helena. »Lenk in die Flussmitte«, wies sie Gustav an, weil sie inzwischen nah genug heran waren, dass sie die Narben der Gefangenen zählen konnten. Viele Gesichter waren vom Schmerz gezeichnet.

»Kriegsgefangene.« Gustav schluckte schwer.

»Da kannst du sehen, wie dein hochverehrter Zar mit den Menschen umgeht, während er selbst mit den feinen Architekten plaudert«, stieß Helena hervor. Abscheu und Mitgefühl lieferten sich in ihrem Innersten einen Kampf, während sie die Gestalten mit den rissigen Lippen und den blutigen Händen und Füßen anstarrte. Mehrere berittene Kosaken umkreisten die fast zweihundert Sträflinge mit schwingenden Peitschen.

»Die russischen Gefangenen beim Feind erleben es bestimmt nicht anders, wenn sie nicht vorher geköpft werden«, verteidigte Gustav die Politik des Zaren. »Und was glaubst du, wie viele Russen jeder Einzelne von denen da getötet hat, bevor er in Gefangenschaft geriet? Nur gerecht, wenn sie nun mit anpacken müssen, um die Stadt des Zaren hochzuziehen.«

»Wenn man dich reden hört, meint man, dem Zaren wächst der treueste Untergebene heran.«

Gustav grinste. Ein größeres Lob konnte man ihm wohl nicht machen.

Helenas Blick glitt über das nächste Gesicht, ein hagerer, lang aufgeschossener Kerl mit kahlgeschorenem Schädel. Seine Augen wirkten müde, sein Lächeln höhnisch. Helena wollte sich abwenden, aber da bemerkte sie den Mann, der direkt neben dem Kahlen einen Arm voll Geröll fallen ließ, um dann mit den nackten Füßen darauf zu treten und es festzustampfen. Eine gedrehte Kordel hielt seine Hose an der Taille, um seinen Hals lag ein locker geknotetes, vor Dreck steifes Tuch. Das ungewöhnlich golden getönte Braun seines Oberkörpers hätte besser zu einem Edelmann denn zu einem Sträfling gepasst. Kornblonde Haare flatterten ihm um das Gesicht. Aus dem Schmutz seiner Wangen schimmerte das helle Grau seiner Augen hervor wie von der Sonne beschienen.

Sein Gesichtsausdruck hielt Helena gefangen. Sie erkannte darin einen Stolz und eine Würde, die sie hier nicht vermutet hätte. Ein Mann, der nicht bereit war, sich brechen zu lassen.

So hat mich Steen damals angeschaut.

Eine Bilderflut überwältigte sie. Steens Augen wie Kieselsteine an einem Bach. Das Lächeln, das ihm Mühe bereitete und das er sich für die Minuten aufsparte, in denen sie an seinem Bett saß. Die spröde Haut an seinen Händen, die sie in ihren gehalten hatte wie etwas Kostbares.

Wie verzagt und hilflos sie sich gefühlt hatte, als sie das Wissen um den nahenden Tod in seinem Mienenspiel erkannte.

Sie war jung gewesen, als sie sich in den Schweden Steen verliebte, viel zu jung nach Überzeugung ihrer Eltern. Zum ersten Mal hatte sie sich damals zu einem Mann hingezogen gefühlt und ihn liebgewonnen in den durchwachten Nächten an seinem Krankenlager.

Noch viele Wochen nach seinem Tod erschienen ihr die eigenen Glieder schwer wie Blei, von Fieber durchdrungen. Kaum verließ sie das Bett, und wenn, dann starrte sie vor sich hin und aß wie ein Vögelchen.

Doch sie hatte sich gefangen, vielleicht durch die Nestwärme in ihrem Elternhaus, vielleicht aufgrund ihrer eigenen Widerstandskraft. Sie stürzte sich kopfüber ins Leben und schwor sich, sich kein zweites Mal mit Haut und Haaren in einen Mann zu verlieben. Einen weiteren Verlust in diesem Ausmaß würde sie nicht überstehen.

Und nun schaute sie in die Augen dieses Fremden, und die Erinnerung überrollte sie.

Er brach den Blickkontakt erst ab, als der Kahlköpfige neben ihm auf die Knie sank und bis zu den Unterschenkeln im Morast versank. Bevor er sich bückte, um ihm aufzuhelfen, glitt ein kaum wahrnehmbares Lächeln über seine Züge.

Ehe Helena überhaupt nachdenken konnte, erwiderte sie das Lächeln. Irgendetwas lag in seiner Miene, das Helena auf eine fast gespenstische Art anzog.

Während das Boot weiterglitt, verrenkte sie den Hals, um den Mann noch länger betrachten zu können, wie er sich nun zu seinem Freund beugte, ihm unter die Arme griff und ihn hochhievte. Sie fasste sich an die Kehle, als einer der Aufseher heransprengte und die Rute über beider Rücken sausen ließ. Der Kahlköpfige ging sofort wieder zu Boden, sank mit der Stirn in den Schlamm. Der Blonde blieb aufrecht und presste die Lippen aufeinander.

»Jetzt hör auf zu gaffen«, zischte Paula ihr zu. »Gefällt es dir, wenn sie leiden, oder was?«

Helena sog tief die Luft ein.

Während sie die Ruder durch das Wasser führte und sich dem Uferplatz am Arzthaus näherte, fühlte sie Schwindel hinter ihrer Stirn und eine eigenartige Kraft, die aus ihrem Inneren heraus zu wachsen schien. Freude und Furcht rangen miteinander, während ihr das Blut durch die Adern brauste.

Sie wusste nicht, was sie denken, was sie sich wünschen sollte, aber sie wusste mit einem kristallklaren Teil ihres Verstandes, dass sie diesen Mann wiedersehen würde.

Es war einer dieser drückend schwülen Tage, die nicht enden wollten. Zudem fuchtelten die Aufseher bereits am Morgen so gereizt mit ihren Peitschen, dass ein schräger Blick genügte, um eine übergezogen zu bekommen.

Sie schlugen nie mit voller Kraft. Dazu war die Arbeitsstärke der Gefangenen zu wertvoll und sollte unter allen Umständen erhalten bleiben. Dennoch brannten die Hiebe wie glühendes Eisen auf der Haut und dort, wo es keine Haut mehr gab, auf dem rohen Fleisch, den Sehnen und den Knochen.

Seit er vor drei Monaten bei der Verteidigung der Nyenschanz in Gefangenschaft geraten war, achtete Erik Widström darauf, die Russen nicht unnötig aufzubringen. Ihm lag weder die Rolle des Helden noch die des Rebellen. Er wollte nur irgendwann weg, zurück nach Schweden.

Manch einer seiner Leidensgenossen legte es hingegen darauf an, die Russen derart zu provozieren, dass sie mit einer Kugel das Leiden beendeten. Vielen Schweden erschien der Tod verlockender, als wie ein Hund in Ketten zu liegen. Wobei die Russen nur die Querulanten und Aufrührer fesselten. Erik setzte alles daran, als einer zu gelten, der pflichtschuldig seine Aufgaben erledigte. Allein wegen der Ketten, die nur Trippelschritte zuließen und unter deren eisernen Fußringen die

Wunden eiterten. Erik sah jeden Tag die schaurigen Knöchel jener Mitgefangenen, die geglaubt hatten, es würde ihnen besser ergehen, wenn sie nur das Maul aufrissen.

Er hielt durch für die Stunde, in der er seine Freiheit zurückgewinnen würde. Sei es durch Freilassung, Austausch oder Flucht. Er würde sich nicht zugrunde richten lassen, obwohl es an Tagen wie diesem besonders schwerfiel. Die Mücken zerfraßen sie fast, die Beine steckten bis zu den Knien im Moor, die Hände rissen ein. Erik ertrug dieses Martyrium mit seinem Ziel unverrückbar vor Augen.

Arvid hingegen zeigte Schwäche. In letzter Zeit sank sein Freund mehrmals am Tag auf die Knie, als betete er zum Himmel, er möge ihn durch den Tod erlösen. Erik bezweifelte, dass seine eigenen Kräfte dafür reichten, auch den besten Freund am Leben zu halten.

»Komm, Arvid, reiß dich zusammen.« Er schob die Hände unter die Achseln des Gefährten und stemmte ihn hoch.

Erik wusste, dass seinen Freund nicht das Gewicht der Steine erdrückte oder die stumpfsinnigen Wege erschöpften. Es waren die Wunden an seiner Seele, die unter diesen Bedingungen nie verheilen würden. Seine Unabhängigkeit hatte Arvid von Kindesbeinen an für das höchste Gut gehalten.

Bilder aus der Vergangenheit brannten hinter Eriks Stirn. Wie sie im Herbst über die Stoppelfelder rund um Uppsala gerannt waren. Wie die Bezwinger aller Feinde fühlten sie sich, wenn sie einen Hügel oder eine goldbraune Baumkrone erklommen, die Arme in den Himmel gehoben, die Gesichter von der schwedischen Sonne verbrannt. Mitten in der Landschaft mit den weitläufigen Gehöften, den rot und grün gestrichenen Scheunen und Holzhäusern, den Wildwiesen mit den Milchkühen atmeten sie das Gefühl ein, geborgen und gleichzeitig frei wie die Vögel zu sein.

Sie wollten nicht in den Krieg. Aber König Karl ließ im Wettrüsten gegen die Russen, Polen und Dänen keine Schwäche, keinen Husten, keine krummen Beine durchgehen. Mit achtzehn Jahren fanden sie sich beide in Uniformen und in einem Kampf der Großmächte wieder, der ihnen nichts bedeutete.

Warum erstritten sich die Schweden mehr und mehr vom Boden anderer Länder? Die Grenzen erstreckten sich doch weit genug, fanden Arvid und Erik.

Arvid hätte seinen rechten Arm dafür gegeben, daheimbleiben zu können und den vom Vater geerbten Hof zu führen. Der Kummer um seine Mutter und seine Schwester, die sich nun allein durchschlagen mussten, zerfraß ihn innerlich. Die Familie wiederzusehen nährte in ihnen die Hoffnung, es irgendwie nach Hause zu schaffen.

»Denk an deine Mutter.« Erik schüttelte ihn an den Schultern, weil Arvid das Bewusstsein zu verlieren drohte. »Und denk an Siri.« Seine Stimme brach.

Während einer der vergangenen Schlachten hatte sie die Nachricht erreicht, dass in Uppsala ein großer Brand gewütet hatte. Seitdem hatten sie von den Lieben nichts mehr gehört und lebten in Ungewissheit darüber, ob sie überlebt hatten.

Arvid versuchte, die Schultern zu straffen, und schaffte es zu nicken. »Ja, Erik, ich tue nichts anderes. Gäbe es die beiden nicht, dann gäbe es auch mich nicht mehr.« Wie um sich Kraft zu holen, fasste er an den winzigen Silberring, der an einem Band um seinen Hals hing. Niemand kannte Arvid ohne diesen Ring.

»Sie brauchen dich.« Erik hielt ihn an den Armen und starrte ihm ins Gesicht.

»Wir werden das hier nicht überstehen.« In Arvids Miene lag all der Schmerz über das Verlorene.

Wie immer, wenn Erik ihm in die Augen sah, schaffte er es kaum, sich abzuwenden. Diese Augen, obwohl von roten Lidern gerändert und von verbrannten Wimpern gesäumt, brachten die Sehnsucht nach seiner Heimat in ihm zum Erwachen. Augen in der Farbe von Haselnüssen, wie sie hinter dem Hof der Nordins wuchsen. Augen von der gleichen Farbe, wie sie Siri besaß.

Schöne treue Siri. Freundin. Geliebte.

Arvid und Siri waren Zwillinge. Bei ihrer Geburt waren sie nicht mehr als zwei Handvoll, niemand räumte ihnen Überlebenschancen ein. Größere und kräftigere Kinder starben wenige Tage alt an Fieber, Husten oder weil sie einfach aufhörten zu atmen. Aber Arvid und Siri schienen Kämpferherzen zu besitzen und wuchsen heran.

Die Frauen in Uppsala schüttelten die Köpfe und bekreuzigten sich, weil sie es für ein Wunder hielten, dass die beiden Würmchen sich ihren Weg in die Welt erstrampelten.

Am ersten Geburtstag der beiden fertigte der Schmied in der Nachbarschaft zwei identische Ringe an, schmucklose Reifen, aber robust. Innen gravierte er mit seinen klobigen Händen die Namen der beiden: *Arvid und Siri*. Arvids Finger waren schon nach wenigen Jahren zu kräftig, so dass er den Ring nicht mehr überstreifen konnte, sondern ein Lederband durchfädelte, das er sich umhängte. Beim Abschied von Siri trug sie ihr Schmuckstück am kleinen Finger der Linken.

Ohne Siri fühlte Arvid sich wie amputiert, und für Erik war sie mit ihrem ansteckenden Lachen, ihrem tänzerischen Gang und ihrem schwanenweißen Nacken die eine Liebe, die für alles stand, wofür es sich zu leben lohnte. Es schmerzte ihn, dass er sich kaum noch daran erinnern konnte, wie ihr Abschiedskuss zwischen all den salzigen Tränen geschmeckt hatte.

Siri fehlte.

Wie sie im Dreck lagen und eine Stadt für den Feind hochziehen mussten, an die sie nicht glaubten, zermürbte sie bis ins Mark. Genau wie Arvid würde Erik lieber tausendundeine sinnlose Schlacht schlagen, statt sich an diesem unwirtlichen Ort, von kreisenden Greifvögeln beobachtet und von Aufsehern schikaniert, zu Tode zu schinden.

Erik rieb sich mit der flachen Hand über das Gesicht und wischte den Schweiß aus den Wimpern. Er nickte ein paar Mal vor sich hin, während Arvid wankend auf die Beine kam und einen weiteren Armvoll Steine und Grasnarben auf den Morast warf.

Eriks am Vortag freundlich vorgetragene Bitte gegenüber dem Aufseher, ihnen nahrhafteres Essen als gepökelten Fisch und geschmacklosen Brei zu geben, damit sie bei Kräften blieben, hatte ihm der Russe mit drei deftigen Hieben beantwortet, die Eriks Schulter zerfetzten. Eine der Frauen, die ebenfalls zu den Gefangenen gehörten – Betrügerinnen, Huren, Diebinnen – hatte einen Streifen Stoff von ihrem Rock gerissen und seine Schulter damit verbunden. Die Blutung ließ nach, aber der Schmerz nagte an seinem Knochen.

Es gab nichts, was ihre Qual linderte. Nicht einmal der Ausblick darauf, das Tagwerk zu beenden, hob die Stimmung. Die Sträflingsbaracken waren windschiefe Holzhäuschen, in denen es von Asseln und Läusen wimmelte. Sie löffelten eine dünne Suppe aus Fischabfällen und löschten den Durst mit brackigem Wasser, bevor sie sich zur Nacht auf den blanken Boden legten. Wenn sie die Schinderei am Tage überstehen sollten, dann würden sie irgendwann an Mangelernährung krepieren.

Erik hasste diese schwülen Sommertage, an denen die Newa dampfte und der salzige Schweiß von der Stirn direkt in die Augen tropfte. Aber er fragte sich, wie ihr Dasein sich wandeln würde, wenn die Novemberwinde über das Ingermanland peitschten, und später, wenn der Fluss gefror. Bestimmt nicht zum Besseren.

Der Zar musste wahnsinnig sein, dachte er ein ums andere Mal. Erik hielt es für unmöglich, auf diesem schwammigen Boden Häuser und Paläste, Märkte und Straßen zu befestigen. Mit diesem Vorhaben hatte sich der mächtigste Mann Russlands übernommen. Am Ende würde nichts bleiben außer der

Erinnerung an all die verlorenen Seelen, die bei diesem zum Scheitern verurteilten Vorhaben draufgingen.

Die Lage der neuen Stadt war ein Wahnwitz, denn der Zar hätte St. Petersburg etwas nördlicher in Richtung Finnland oder im Ingermanland anlegen und bloß den Hafen im Newadelta dem ungeeigneten Boden abringen können. Aber nein, er setzte seinen verfluchten Regentenschädel durch und scherte sich einen Dreck um die Tausende, die bei seinem Lieblingsprojekt draufgingen.

Gut, an Arvid und ihn und all die anderen Kriegsgefangenen würde ohnehin kein Russe sich je erinnern, und ob ihre Lieben in Schweden erfahren würden, wie es ihnen in den Händen des Feindes ergangen war? Fraglich. Eher würden sie ein nichtssagendes Schreiben vom König erhalten, einen formellen Brief mit dem Eintrag aus dem Gefangenenverzeichnis: *ging verloren.*

Erik stapfte stoisch weiter und wuchtete Stein um Stein in Ufernähe, wo sich inzwischen ein beträchtlicher Teil des Untergrunds zu einer festen Masse verbunden hatte, ein Stück Land, auf dem man gehen und stehen konnte. Noch zwei, drei Tage, dann würden die Zimmerer mit ihren Planken und Balken anrücken, Wege auslegen und die Umrisse der neuen Häuser abstecken.

So abscheulich diese Schinderei für den einzelnen Lastenträger war – der Zar, seine Getreuen und die Experten aus Europa verfolgten einen exakten Plan.

Wie er wohl die Arbeit der Kriegsgefangenen kalkulierte? Ob es eine Liste gab, auf der man nachlesen konnte, mit welcher Lebenszeit der Gefangenen man rechnete?

Zwei, höchstens drei Monate, schätzte Erik. Länger würde dies der stärkste Mann nicht aushalten. Ein Dutzend Männer, schon kränkelnd und verwundet hier gelandet, waren bereits verreckt. Ihre Leichen trieben im Strom. Die zusätzliche Kraft, Gräber auszuheben, brachte keiner von ihnen auf.

Einen Steinwurf entfernt umkreisten die Aufseher eine Gruppe von Männern. Wütende Befehle ertönten, Peitschen zischten, Schmerzensschreie erklangen, das dumpfe Aufprallen von Leibern auf dem Boden.

Erik hielt einen Moment inne, beschattete die Augen mit den Händen gegen das durch die Wolkendecke gleißende Sonnenlicht.

In beide Richtungen herrschte auf der Newa Hochbetrieb. Schauerleute verluden und vertäuten Holz und Steine, kleine Segler nahmen Fahrt auf in Richtung Ostsee, mit Säcken und Brettern beladene Flöße zogen gemächlich ihren Weg, Ruderboote mit Offizieren wechselten die Uferseiten. Da bemerkte er ein Gefährt mit einem in der Brise wehenden Segel. Weder Holz noch Felsbrocken hatte es geladen, dafür hockten auf den Pritschen ...

Erik rieb sich über die Lider. Drei Kinder? Das Segel hielt ein Junge mit karottenroten Haaren. An der Pinne kauerte eine triefnasse Gestalt. Und an den Rudern?

Erik setzte einen Schritt vor ans Ufer, Arvid blieb an seiner Seite. »Was stierst du? Willst du dir die nächsten Prügel vom Russen einhandeln?«

»Schau dir das an.« Das kleine Lächeln fühlte sich ungewohnt in seinem Gesicht an. »Eine lustige Seefahrt für drei. Hat die Welt so etwas schon gesehen?« Er hob die Schultern und ließ sie wieder fallen. »Was gibt es hier bloß zu besichtigen? Hier ist nichts sehenswert.«

»Was kümmert's mich, ob ich mit oder ohne Publikum abkratze? Komm, lass uns weitermachen, bevor die Aufseher was spitzkriegen.«

Doch Erik konnte sich nicht losreißen von dem dahindümpelnden Boot mit seinen merkwürdigen Passagieren. Es erschien ihm wie eine Spiegelung auf dem Wasser, wie ein waberndes Bild, aus der Zeit gefallen.

Durch die Strömung trieb das Boot immer näher ans Ufer,

so dass er die Sommersprossen im Gesicht des Jungen sehen konnte, die blassen Lippen und die Wassertropfen auf der Stirn des Mädchens am Bug. Und die junge Frau, die sich mit den Rudern abplagte und die wahrlich kein Kind mehr war. Durch die Bewegungen konnte Erik deutlich ihre weibliche Figur erkennen, die Wölbung ihres Busens, die Taille, die langen, vom Rock verhüllten Beine. Ihre Gesichtszüge zogen ihn in den Bann.

Was für eine Schönheit inmitten all der Hässlichkeit, die ihn umgab. Als hätte sie nur auf diesen Moment gewartet, schickte die Sonne zwischen den Wolken hindurch einen Strahl, der auf die Fremde fiel. Erik schätzte sie auf achtzehn Jahre, höchstens neunzehn. Umso bemerkenswerter diese Vollkommenheit.

Ihr Gesicht war herzförmig, das Jochbein hoch. Ihre Augen standen leicht schräg und gaben ihrer Miene einen fast aristokratischen Ausdruck. Dazu passten die gerade Nase und die vollen Lippen, die in einem dunklen Rosa schimmerten.

Obwohl sie sich an den Rudern tapfer bemühte, erkannte Erik sofort, dass sie das Arbeiten nicht gewohnt war. Diese Frau war dazu geschaffen, angebetet zu werden, nicht ihre Geschwister oder Freunde durch die Gegend zu gondeln.

Sein Puls vibrierte, als sie sich nun aufrichtete und in seine Richtung schaute. Ihre Blicke trafen sich.

Wie außerordentlich faszinierend: Ihre Augen besaßen unterschiedliche Farben.

Das Boot schaukelte nun auf der Höhe der Gefangenenkolonie. Der Karottenknabe fluchte und manövrierte das Gefährt wieder in den Strom. Erik wandte den Kopf, während sie mit gebauschtem Segel davontrieben. Ein fast vergessenes Glücksgefühl durchflutete ihn, als sich die Schöne tatsächlich umdrehte, um ihn weiter anzuschauen mit diesem kostbaren Blick.

Glücksgefühl? Du bist ein naiver Einfaltspinsel. Was denkst du dir, warum sie starrt? Etwa, weil du sie mit deiner breiten Brust beeindruckst?

Seine Schultern sackten nach vorn, als sie sich nun abwandte und ihr Rücken beim Weitersegeln kleiner wurde, bis er nur ein himmelblauer Punkt auf den schwarzgrauen Fluten war.

Arvid zupfte an seinem Arm. »Sie reiten direkt auf uns zu. Sie belauern dich«, zischte er ihm zu.

Erik erwachte wie aus einer Trance. Für wenige Momente an diesem Tag war er dem Elend entflohen, hatte sich verloren in einem Bild, einer Idee und einem Gefühl.

Nichts davon hielt einer Überprüfung in der Wirklichkeit stand: Was war er denn? Ein stinkender Sträfling in Lumpen, mit drahtigen Haaren und stoppeligem Bart.

Es gab nur eine Erklärung für das Interesse der jungen Frau: Die Sensationsgier hatte sie erfasst. Vielleicht hatte sie nie zuvor Kriegsgefangene bei der Zwangsarbeit gesehen. Vielleicht hatte sie gehofft, Zeugin zu werden, wie einer tot umfiel, um daheim mit einer Geschichte prahlen zu können.

Er wandte sich ab, um seine Arbeit fortzusetzen.

»Du hast geglotzt wie ein Idiot«, fuhr Arvid ihn an.

Erik wandte ihm das Gesicht zu und musterte ihn. Auf Arvids Stirn standen Falten, seine Augen in den dunklen Höhlen glommen wie Kohle.

»Hast du diese Schönheit gesehen?«, fragte Erik. »Vollkommen.«

Arvid verpasste ihm einen Stoß, so dass er ein paar Schritte taumelte. »Was denkst du dir bloß? Wir sind nicht hier, um Weiber zu begaffen.«

Erik ahnte, was in Arvid vorging und was ihn aufbrachte. Er verzieh ihm.

Du lieber Himmel, als würde er, wenn er eine vorbeiziehende Schönheit bewunderte, den Treueschwur Siri gegenüber brechen. Wie könnte er! Siri war sein Anker, seine Hoffnung, alles, wofür es sich zu kämpfen lohnte.

Wie sollte das Trugbild von einer Flussnixe mit Augen wie Aquamarin und Jade daran etwas ändern?

Kapitel 4

*St. Petersburg,
September 1703*

»Schau dir das an! Du siehst gleich aus wie eine, die im Wald übernachtet hat!«, schalt Gräfin Viktoria und stieß einen Schmerzensschrei aus, weil die Kutsche holperte und sie hart auf ihrem Gesäß landete.

Ihr gegenüber saß ihre Tochter Arina so aufrecht wie an einen Mast gebunden. Seit der Abfahrt von ihrem Landsitz vor einer halben Stunde hatte sie sich kaum bewegt, weil sie fürchtete, ihren Putz zu ruinieren. Aber das Rumpeln der Kutsche konnten sie nicht abstellen. Der Kutscher preschte wie vom Teufel getrieben über die Schlaglöcher und Erdbrocken.

Viktoria griff nach dem Kamm, der ihrer Tochter aus der turmhoch geflochtenen Frisur gerutscht war. Eine Strähne fiel schlapp bis zu den Schultern. Viktoria ächzte, während sie es richtete.

Die Haare des Mädchens waren dünn wie Entenflaum. Es bedeutete stundenlange Arbeit, sie zu Fülle aufzuplustern. Seit Arina aß wie ein Spatz, verlor sie die Haare an manchen Tagen büschelweise. Dazu war sie blass wie der Tod. Unter ihren Augen lagen graue Ringe, die der Puder kaum verdecken konnte.

Um dem Zaren zu gefallen, trugen beide Frauen an diesem wichtigen Tag europäische Kleidung nach der neuesten Mode. Die Gräfin ließ sich ihr Unbehagen unter dem eng geschnürten Korsett und dem Seidenrock mit dem Reif aus Fischbein nicht anmerken. Im Gegensatz zu Arina, die an ihrer Taille herumfummelte. Diese war so eng geschnürt, dass man sie mit zwei Händen umspannen konnte. Das zarte Rosa des Rocks und der engen Jacke, die in weiter Schleppe über ihre Rückseite fiel, betonte die Blässe der jungen Frau. Ihr Gesichtsausdruck erinnerte an ein quengelndes Kleinkind.

Nach Zar Peters Anordnung sollten sich alle Russinnen in der Öffentlichkeit wie die Ausländerinnen kleiden. Es gab kampfbereite Landsfrauen, die sich der neuen Mode widersetzten, sei es aus Furcht vor den eifersüchtigen Gatten, sei es aus abergläubischer Angst vor einer Verletzung alter Sitten. Die Gräfin und die Komtess gehörten nicht zu den Widerspenstigen. Sie legten keinen Wert darauf, von den Kämpen des Zaren abgeholt und unter Zwang europäisch eingekleidet zu werden.

Es war von immenser Bedeutung, dass sich die Siebzehnjährige an diesem Tag in Hochform präsentierte. Davon hing auch Viktorias weiteres Leben ab, das sie bestimmt nicht bis zum letzten Atemzug auf dem Gutshof verbringen würde.

Der Hof lag knapp zwanzig Werst entfernt von Petersburg, ein marodes Relikt verblichenen Glanzes. Zum Hauptgebäude gehörten ein blauer und ein rosa Salon, ein Billardzimmer, ein Speisezimmer und ein halbes Dutzend Schlafräume für Bewohner und Gäste. In den Wirtschaftsgebäuden hausten die Leibeigenen. Daneben gab es einen Pferdestall, einen Schweinestall, eine Backstube, ein Badehaus. Wie eine Oase erhob es sich inmitten einer Wald- und Wiesenlandschaft, eine halbe Wegstunde vom nächsten Dorf entfernt, wo sie sich auf dem Markt mit allen notwendigen Dingen des täglichen Bedarfs eindecken konnten. Zum Anwesen gehörten ein Weiher und Ackerland, von Unkraut überwuchert. Es würde eine Schinderei werden, das Gut mit der Handvoll Leibeigener, die ihnen geblieben waren, zu einem repräsentablen Anwesen aufzubauen, in dem man Gäste empfangen konnte. Vorerst hielt es die

Gräfin für klüger, keinen Besuch einzuladen, um sich nicht gleich zu Beginn ihrer Zeit am Rande der wachsenden Stadt als unfeinen Umgang zu empfehlen und das gehässige Flüstern hinter vorgehaltenen Fächern zu befeuern.

Gewiss, es war eine gönnerhafte Geste des Zaren, ihnen eigenes Land zu überlassen. Viktoria hatte ihrem Gatten Fjodor lange genug die Hölle heißgemacht, bis er beim Zaren darum ersuchte.

Ob der Zar am Ende nachgab, weil ihm Fjodors Dienste in seiner Leibgarde hinreichend Respekt und Dankbarkeit abnötigten, oder ob er nur auf die hundert Leibeigenen spekulierte, die beim Aufbau von St. Petersburg helfen sollten, darüber mochte sich Viktoria lieber kein Urteil erlauben. Der Gedanke, dass ihr Gatte gegenüber dem Zaren brillierte, besaß mehr Reiz, aber sie kannte Fjodor lange genug, um keine Illusionen zu haben. Irgendwann hatte sie aufgehört, sich zu fragen, wovon sie in ihrer Jugend geträumt hatte. Sie betrachtete, was sie bekommen hatte, und fand sich damit ab.

Hoffentlich hielt er sich an ihre Verabredung und erwartete sie vor dem Haus des Zaren! Gemeinsam wollten sie an diesem späten Nachmittag im September, an dem bereits eine Ahnung der nahenden kühlen Jahreszeit in der Luft lag, vor den Herrscher treten und sich hochoffiziell für das ihnen eingeräumte Vorrecht bedanken.

Zahlreiche Männer in der Leibgarde holten ihre Ehefrauen und Kinder nach. Aber die meisten von ihnen mussten mit einer der Uferhütten vorliebnehmen, die die Zimmerleute an wenigen Arbeitstagen zusammennagelten. So lange zumindest, bis die ersten Steinhäuser standen und der Wettlauf um die besten Wohnplätze beginnen konnte.

Auch Viktoria gedachte, sich um eine Stadtvilla, vielleicht mit barocken Statuen im parkähnlichen Garten, zu bemühen, aber ihr Eindruck von der entstehenden Siedlung war ernüchternd. Zwar werkelte man an allen Ufern, aber die Wege waren nur nebeneinandergelegte Bretter mit Schlammschmiere, auf der man ins Rutschen geriet. Sie schauderte, als die Kutsche endlich hielt und der Fahrer vom Bock heraborang, um die Tür zu öffnen.

Ein Fährboot brachte sie vom linken Ufer der Newa hinüber auf die Petersburger Insel.

Während der kurzen Fahrt saß Viktoria reglos am Heck, mit gesenkten Lidern und farblosen Wangen, mit verkrampften Beinen und in das Holz gekrallten Fingern, die Lippen in stummen Gebeten bewegend. Arina hingegen lehnte sich halb über die Reling und ließ ihre Rechte mit gespreizten Fingern durch den Strom gleiten.

Das letzte Stück zum Haus des Zaren mussten sie zu Fuß zurücklegen. Gräfin Viktoria brauchte ein paar Minuten, in denen sie sich schwer atmend an eine Birke stützte, um wieder im gewohnten Stil stolzieren zu können. Schließlich richtete sie sich auf.

»Heb deinen Rock an, Arina«, wies sie ihre Tochter an, obwohl es aussichtslos schien, dass das Mädchen ohne Schmutzflecke das Herrscherdomizil erreichte. Wie sumpfig alles war!

Sie fasste Arina unter dem Arm, als sie vorsichtig Fuß vor Fuß setzte. Dabei schimpfte sie ohne Unterlass vor sich hin. Den Antrittsbesuch beim Zaren hatte sie sich wirklich würdevoller erträumt.

»Meine Liebe!« Fjodor eilte vom anderen Ende des Bretterwegs auf sie zu. Unter der Perücke lugte sein dunkelblondes Haar hervor.

»Fass mich nicht an«, herrschte Viktoria ihn an, als könnte er etwas dafür, dass die Stadt noch nicht so weit gediehen war, wie sie es sich ausgemalt hatte. »Sieh lieber zu, dass unsere Tochter es trockenen Fußes zum Zaren schafft.«

Sie hob den Kopf, während Fjodor um sie herumeilte und Arina an den Ellbogen fasste, um sie zu geleiten.

Vor Viktoria breitete sich eine Baustelle voller Kräne und

halbfertiger Häuser aus, auf denen Männer herumsprangen und sich gegenseitig Werkzeug und Material reichten. Pferde zogen Bretter vom Ufer zu den Baustellen, Handwagen rumpelten über den Morast. Hier wimmelte es wie auf einem Ameisenhaufen.

Viktoria runzelte die Stirn, während sie die Gegend absuchte nach einem Anwesen, das eines Zaren würdig wäre. Doch sie sah nur Hütten und Bretterverschläge und drüben, am Ende des Stegs, ein Holzhaus, das zumindest ein ordentlich gedecktes Dach besaß. Beim näheren Betrachten erkannte man, dass die Schindeln auf dem spitzwinkeligen Dach so gelegt und bemalt waren, dass sie Ziegeln ähnelten. Die Holzwände waren glattgehobelt und mit weißen Linien versehen, so dass der Eindruck entstand, das Haus sei aus Steinen erbaut. Die Fenster besaßen Scheiben aus Glimmer, auf holländische Art in Blei gerahmt.

Sehr merkwürdig.

Dahinter erhob sich zwar eine größere Behausung, aber zu Zar Peter und seinen Marotten würde die eigenartige Hütte passen. Ihre Befürchtung verdichtete sich zu Gewissheit, als Fjodor genau diese ansteuerte.

»Du willst mir sagen, dass der Zar in dieser Bude haust?«

Fjodor hob die Schultern. »Es ist ihm wichtig, vor Ort zu sein und die Bauarbeiten zu überwachen. Du kennst ihn. Er war noch nie ein Mann, der Wert auf Pomp legt. Wenn St. Petersburg die Stadt wird, die ihm vorschwebt, dann wird er sich damit ein Denkmal setzen, das die Welt nicht mehr vergessen wird. Das ist ihm Lohn genug.«

Was hatten sie für dieses Hirngespinst in Moskau alles aufgegeben! Vom Kreml einmal abgesehen, hatte der Zar sich außerhalb der Stadtmauern einen Palast aufstellen lassen, in dem er im angemessenen Rahmen regieren konnte.

Sie selbst hatten einen Gutshof mit allem Komfort besessen. Und nun? Der Zar in einer Bretterbude und die Grafenfamilie Bogdanowitsch auf einem baufälligen Landsitz, in den im kommenden Winter die Kälte durch jede Ritze ziehen und die Fenster blau vor Frost schimmern würden.

»Ist es noch weit?«, fragte Arina mit Leidensmiene.

Viktoria schlug ihr auf die Schulter. »Jammere nicht, lächele. Vielleicht beobachtet er dich schon aus dem Fenster.«

Arina tat wie ihr geheißen und setzte ein Madonnenlächeln auf – genau in dem Moment, als ihre Mutter einen Tritt verfehlte und mit dem Stiefel in den Morast sank. Viktoria zog fluchend den Fuß aus dem Schlamm.

Im Nu hockte Fjodor auf allen vieren, um die Fessel seiner Frau zu umgreifen und ihr behilflich zu sein. Beim Aufrichten war sein Gesicht flammend rot wie Viktorias. Seines vor Anstrengung, ihres vor Wut.

Zwei Männer der Leibgarde wachten mit geschultertem Gewehr neben der Tür zu Peters Domizil. Sie wirkten lächerlich in ihrem Ringen um Würde. Viktoria senkte das Kinn zur Begrüßung, Arina behielt ihre ausdruckslose Miene.

In diesem Moment flog die Tür auf. Mit ausgebreiteten Armen empfing sie der Zar persönlich. Sein aufgesetztes Strahlen erreichte seine Augen nicht. Diese schienen die Besucher kühl zu mustern, und in ihnen schien die Frage zu stehen, mit welchem Anliegen sie es wagten, ihn bei seinen Geschäften zu stören.

Ein Bild von einem Mann, fand Viktoria. Ihr Lächeln kam von innen heraus. Zar Peter gehörte zu den Männern, die mit den Altersfalten noch an Attraktivität gewannen. Schon dem jugendlichen Peter Alexejewitsch mit seinen ebenmäßigen Gesichtszügen und seinen tadellosen Zähnen, die er oft und gern zeigte, waren alle Sympathien zugeflogen. Aber jetzt mit einunddreißig Jahren schien er in der Blüte seines Lebens zu stehen, kraftvoll, aufrecht, dominant. Man munkelte über ihn, er könne mit bloßen Händen einen Metallbecher zerdrücken oder einen Silberteller zu einem Klumpen verdrehen. Welche Frau würde sich nicht mit Hingabe in diese Arme legen?

Nun, Viktoria besaß genügend Realitätssinn, um ihre eigenen Möglichkeiten richtig einzuschätzen, aber ihr Mädchen, ihre bildschöne Arina, die hatte durchaus Chancen. Und war es nicht ein ebenso süßer Traum, als Schwiegermutter des Zaren das eigene Dasein zu krönen?

»Was führt Euch zu mir in meine bescheidene Hütte, verehrte Gräfin?« Peter lachte sie an, während er für sich und Graf Fjodor Wodka in dickwandige Gläser schenkte. »Einen Sherry für die Damen?«

»Oh, liebend gern«, flötete Viktoria, obwohl sie von diesem Getränk bislang noch nie gehört hatte. Für gewöhnlich schmeckte ihr der Wodka, aber wenn es der Zar für passender hielt, sie mit etwas Delikaterem zu verwöhnen? Warum nicht? Weitgereist wie er war, vertraute sie darauf, dass er wusste, was zwei Damen munden würde.

»Wir haben um diesen Termin gebeten, weil wir unseren tiefen Dank für Eure außerordentliche Großzügigkeit zum Ausdruck bringen möchten. Wir, also mein Mann Graf Fjodor, ich und hier«, sie wies auf ihre Tochter, die auf dem Besucherstuhl aussah wie eine Puppe, die jemand vergessen hatte, »unsere Tochter Arina.« Viktoria legte eine kunstvolle Pause ein, um dem Zaren Gelegenheit zu geben, Arina zu begutachten. Der verteilte aber lieber die Sherrygläser an die Damen und prostete dem Grafen zu. Auf Arina warf er nur einen flüchtigen Blick.

Der Zar schenkte ihnen sein einnehmendes Lächeln, bevor ein Zucken über sein Gesicht lief und seine Schulter ruckte. Viktoria wusste, dass der Herrscher unter diesen anfallartig auftretenden Krämpfen litt, aber sie hatte es noch nie selbst erlebt. Es schockierte sie, weil es das Bild von dem unbezwingbaren Kämpfer zerstörte, aber sie ließ sich nichts anmerken.

»Bewundernswert, dass Ihr Euren Landsitz bei Moskau verlassen habt, um hier sesshaft zu werden. Es werden noch Jahre ins Land gehen, bevor in St. Petersburg bewohnbare Villen stehen.« Er hob die Schultern. »Bis dahin müsst Ihr mit dem vorliebnehmen, was vorhanden ist.«

»Es ist alles exzellent!«, beeilte sich Viktoria zu versichern. »Die Hauptsache ist«, sie machte einen Seitenschritt zu ihrem Mann und drückte seinen Arm, »die Familie ist zusammen. Wenn jetzt der Winter heraufzieht«, sie neigte den Kopf, »werden die Nächte lang und einsam, wenn man alleine lebt.«

Peter hob eine Braue. »Das ist wohl wahr, Gräfin.«

»Ich hoffe nur, dass ich meine Tochter unterhalten kann.« Sie lachte geziert auf. »In dem Alter wollen sich die Frauen amüsieren, aber wie es aussieht, wird es wenig Zerstreuung geben. Keine Maskenbälle, keine Empfänge ...«

Peter trank seinen Wodka in einem Zug und stellte sein Glas hart ab. »Es gibt für alles eine Zeit, und nein: Nach offiziellen Festivitäten steht in den nächsten Monaten keinem der Sinn.«

»Oh, das hätte ich ohnehin nicht vermutet«, beeilte sich Viktoria zu versichern. »Es geht mir nur um Arina. Täubchen, du würdest sicher gern einmal sehen, wo später Paläste und Gärten entstehen sollen?«

Arina nickte hölzern. »Ja.«

Viktoria spürte siedende Hitze auf Wangen und Dekolleté. Das Mädchen bekam mal wieder die Zähne nicht auseinander! Alles blieb an ihr hängen. »Wenn Eure Majestät vielleicht einmal Interesse hätten, die Baustellen und Pläne vorzuführen, wäre Arina zweifellos eine aufmerksame Zuhörerin.«

Peter durchmaß mit auf dem Rücken verschränkten Armen in langen Schritten das Zimmer. »Ich werde einen meiner Vertrauten anweisen, Euch über das Land zu führen. Und nun danke ich Euch für Euer Kommen.«

Viktorias Gedanken überschlugen sich, während sie überlegte, wie sie das Treffen verlängern konnte. Sicher, der Zar war ein vielbeschäftigter Mann. Nicht nur, dass er sich seit drei Jahren gegen die Schweden durchsetzen musste, er musste auch höchstpersönlich bei allen baulichen Angelegenheiten in seiner Stadt ein Wörtchen mitreden und in den Plänen der Architekten herumkritzeln. Es hieß, dass er sogar auf den Schlachtfeldern noch an den Plänen feilte. Stets wollte er sicherstellen, schien es Viktoria, dass in dieser russischen Stadt nichts Russisches erwuchs. Kirchen wie in Italien, Kanäle wie in Amsterdam schwebten ihm vor. Verständlich, dass ihm der Schädel rauchte, aber war ihm deswegen ihre Tochter nicht einmal ein müdes Augenzwinkern wert?

Arina hatte es fertiggebracht, dass er sie nicht mehr beachtete als ein Stück Möbel, maulfaul wie sie sich gab. So hatte sich Viktoria den Besuch beim Zaren nicht vorgestellt!

Du lieber Himmel, seine Frau Jewdokija hatte er seit mindestens fünf Jahren nicht mehr gesehen. Wahrscheinlich hatte er sich in diesen Jahren das ein oder andere Weib ins Bett geholt. Es gab da Gerüchte von einer Geliebten, aber offiziell war Peter ein alleinstehender Mann. Und da weckte dieses Mädchen, das sie ihm praktisch auf dem Silbertablett servierte, nicht seine Jagdlust? Das konnte nur daran liegen, dass er dieser Tage in seine Pflichten eingespannt war. Der Zeitpunkt schien ausgesprochen ungünstig für Viktoria, ihre Pläne in die Tat umzusetzen, aber es half nichts.

Im Handumdrehen stand sie mit Mann und Tochter wieder vor der erbärmlichen Hütte. Sie verpasste Arina einen Schlag in den Nacken. »Hast du die Sprache verloren, oder warum hast du dich wie ein Rindvieh gebärdet?«

Arina zuckte zusammen und schluckte. »Der Zar wollte uns loswerden. Ich fand den Zeitpunkt nicht passend, ihn in ein Gespräch zu verwickeln. Er hat mich gar nicht beachtet.«

»Allerdings hat er das nicht!«, fuhr Viktoria sie an. »Weil du es mit deiner spröden Art verdorben hast! Wer weiß, wann wir das nächste Mal zum Zaren vorgelassen werden! Wenn wir Glück haben, im kommenden Frühjahr. Richte dich auf einen langen kalten Winter ein, Arina.«

Was für eine außerordentlich lästige Person. Der Zar füllte sich ein Glas mit Mineralwasser, um den schädlichen Einfluss des Alkohols auszugleichen und gleichzeitig den bitteren Geschmack auf seiner Zunge nach dem unangenehmen Zwischenspiel mit der Gräfin zu vertreiben. Wie er es hasste, wenn ihm solche Menschen die Zeit stahlen!

Kühl und rein rann das Getränk seine Kehle hinab. Der Zar schloss für einen Moment die Augen und rieb die Lippen aneinander.

Von der Nützlichkeit dieser ausländischen Wässer – innerlich und äußerlich – hatte er sich bei seinen Reisen durch Europa in Baden bei Wien überzeugt. Die Kuren in den Thermen hatten ihm und zahlreichen weiteren Patienten Wohlbehagen an Körper und Seele geschenkt. Einer seiner Leibärzte hatte daraufhin nach seiner Rückkehr zunächst die warmen Quellen am Terek untersucht und sie für ebenso heilsam befunden. In der Nähe von St. Petersburg schließlich entdeckte Dr. Blumentrost für ihn die Wässer von Olonez. Sobald es seine knapp bemessene Zeit zuließ, würde er den Gebrauch öffentlich bekannt machen und befördern. Bis dahin genoss er die Wunderwirkung des Quellwassers exklusiv.

Die Gräfin und ihr dummdreister Auftritt gingen ihm nicht aus dem Sinn. Was dachte sich diese Frau, ihn zu behelligen? Glaubte sie, er hätte Zeit zu verschenken?

Sie hatte einen der wenigen kostbaren Tage abgepasst, die er in St. Petersburg verbringen konnte. Gerne wäre er viel öfter hier, aber sein Alltag bestand aus Reisen quer durch sein Reich. Ohne seine Anwesenheit lief nichts glatt. Selten einmal hielt er sich drei Monate an einem Ort auf. Moskau, Woronesch, dann wieder Polen, Litauen, Liefland … Selbst in St. Petersburg ruhte er keine Stunde, hastete von einem Haus zum anderen in die verschiedenen Teile der Stadt, um nach dem Rechten zu sehen, ließ sich zu den Kanälen kutschieren, zum Hafen, nach Kotlin.

Viele Russen hatten noch immer das Bild von dem entrückten Herrscher in ihrem Kopf, der unbeweglich auf seinem Thron hockte und mit Zepter und kraft seiner Krone regierte, Bittsteller empfing und Verordnungen verlas.

Aber Zar Peter war anders. Er war der Mann, der in einem grünen Rock, mit schwarzem Dreispitz und lehmbespritzten Stiefeln durch die Straßen stampfte.

Er hätte seinem Instinkt folgen und den Besuch ablehnen sollen. *Eine Stiefelleckerin voller Falschheit* war sein vernichtendes Urteil über die Gräfin. Ob ein Mann mit einer solchen Frau glücklich sein konnte? Wobei Bogdanowitsch nicht den Eindruck erweckte, mit sich im Reinen zu sein. Vermutlich litt er wie ein Hund unter der Herrschsucht der Gräfin, zu schwach, um sich gegen sie aufzulehnen. Immerhin hatte er ihm, dem Zaren, den Landsitz abgerungen, damit Frau und Tochter in seiner Nähe leben konnten. Ein baufälliges Gemäuer, dessen verblassender Glanz von besseren Tagen zeugte. Aber selbst dieses Anwesen hätte der Zar ihm nicht überlassen, wenn der Graf nicht mit seiner erfreulich großen Schar von tüchtigen Leibeigenen angereist wäre. Die Männer und Frauen waren ihm gleich nach ihrer Ankunft in St. Petersburg überstellt worden und befestigten von Sonnenaufgang bis spät in die Nacht wie die Kriegsgefangenen die Erde.

Hatte die Gräfin wirklich angenommen, er könnte Gefallen an ihrem mageren Kind finden? Gott, wie einfältig das Mädchen lächelte, wie ungelenk es sich bewegte. Wenn der Auftritt dieses Täubchens eines bewirkt hatte, dann hatte er seine Sehnsucht nach Martha befeuert, die zu seinem großen Bedauern wieder nach Moskau zurückgekehrt war.

Menschen wie die bigotte Gräfin standen für ihn für das heuchlerische, der Tradition verschriebene Russland. Es schlug ihm auf den Magen, wenn ihn jemand an Moskau erinnerte und unter welch scheinfrommen Umständen er seine Kindheit und Jugend in der Mitte des Zarenreiches verbracht hatte.

Bilder aus früherer Zeit stiegen in ihm hoch, wie er nach dem Tod seines Vaters neben seinem sechs Jahre älteren Bruder Iwan mit zitternden Knien auf der Roten Treppe gestanden hatte, die zum Kathedralenplatz im Kreml führte. Jubelnd hatte das Volk seinen Namen gerufen. Sie reckten die Hände, klirrten mit den Säbeln, sangen und skandierten, feierten ihn, Peter Alexejewitsch. *Ihn* wollten sie zum neuen Regenten krönen.

Der Gewohnheit entsprechend hätte der ältere Iwan mit seinen sechzehn Jahren das Recht auf den Thron gehabt, aber sein Bruder war der Aufgabe nicht gewachsen.

Als Zehnjähriger empfand Peter Mitleid mit dem Älteren. Die herabhängende Unterlippe, die stets wie im Erstaunen hochgezogenen Brauen, die schläfrigen Augen ... Aber schon damals war er nicht bereit, sich auf der politischen Bühne von sanften Gefühlen leiten zu lassen.

Die Moskauer zerrissen sich die Mäuler darüber, dass kaum ein Tag verging, an dem er – der kommende Herrscher über das russische Zarentum – nicht über die Jausa in die Ausländervorstadt übersetzte, um mit den Jugendlichen aus Deutschland, England, Holland und Frankreich durch die Felder und Wiesen zu streifen und sich in den Schenken Geschichten von den Veteranen erzählen zu lassen. Wahrscheinlich hofften die Bojaren, dass sich seine Marotten mit zunehmender Reife legen würden.

Aber sie täuschten sich, denn das waren die Tage, in denen der Wunsch in ihm keimte, sein Reich in ein neues Zeitalter zu führen, mit steinernen Bräuchen und hergebrachter Mentalität zu brechen, dem Volk eine am Westen orientierte, neue Hauptstadt zu geben.

In jenen Jahren jedoch stand das Machtstreben im Kreml über allem. Hass und Feindschaft schwelten zwischen der Familie der ersten Frau seines Vaters und seiner eigenen Mutter, Natalja. Die Sippe der ersten Frau stand auch hinter dem Strelizenaufstand, der einen Monat nach seiner Ernennung zum Zaren in Moskau ein Gemetzel anrichtete. In mancher düsteren Stunde meinte Peter, nichts hätte ihn in seiner Jugend dermaßen geprägt wie dieses Massaker. In seinen Träumen sah er heute noch die Schützen in den langen russischen Kaftanen vor sich, rot wie getrocknetes Blut, mit rostigen Knöpfen und Ärmelaufschlägen. Sie trugen fellbesetzte Mützen über zu Grimassen verzerrten Gesichtern. Piken, Musketen und Hellebarden blitzten im Gefecht auf. Ein Gesindel von Vogelscheuchen zerhackte die Welt um ihn herum in Stücke.

Peter schenkte sich Wasser nach, trat ans Fenster und blickte hinaus zur Festung, wo die Soldaten mit ihren glattrasierten Gesichtern in ihren nach deutschem Vorbild geschneiderten Uniformen patrouillierten.

Nichts sollte ihn in St. Petersburg an die alte Hauptstadt erinnern. Er wollte eine Stadt, die westliche Kultur und Lebensart befürwortete, keine, in der eine rasende Soldateska Staatsmänner bestialisch ermorden, Leichen schänden und die Residenz des Zaren verwüsten konnte.

Ein Lächeln trat auf sein Gesicht, als ihm die besten Jahre in den Sinn kamen, die Zeit mit den jungen Ausländern außerhalb der Mauern des Kremls. Sie hatten Schlachten nachgestellt und hinterher ihre Trinkgelage gefeiert, Pfeifen gepafft und mit den Mädchen geschäkert. Sein bester Freund François Lefort – ein Glücksritter, den es aus purer Abenteuerlust von Genf nach Russland verschlagen hatte – machte ihn mit Anna Mons bekannt, der Tochter eines Weinhändlers aus Westfalen.

Heute noch dachte Peter gern an seine erste Geliebte mit den ungebändigten Locken und den milchweißen Schultern zurück. Er erinnerte sich an den Duft ihrer Haare nach dem Weizen auf den Feldern und wie er sich an ihren Küssen und Koseworten berauscht hatte.

Was hatte ihm dagegen schon seine Ehefrau bieten können?

Der Hals schnürte sich ihm zu, wann immer sie ihm in den Sinn kam.

Jewdokija. Von Grund auf reizlos, scheu, ehrerbietig und der Tradition verschrieben. Sie verkörperte alles, was Peter an Moskau abstieß, wohingegen Anna damals in ihm die Freude am Leben hervorkitzelte und seine Träume von einem neuen Russland beflügelte.

Wie viele Frauen nach Anna in diesen stürmischen Zeiten bei ihm gelegen hatten, vermochte Peter nicht mehr zu zählen. Er wusste nur, dass Martha Skawronskaja sie in diesem Jahr alle in den Schatten und sein Leben auf den Kopf gestellt hatte.

Mochte sie aus ärmlichen Verhältnissen stammen und des Russischen kaum mächtig sein, so nahm sie doch durch ihre Liebenswürdigkeit, ihre unbedingte Treue und ihre Anmut die Menschen für sich ein. Martha würde sein Volk im Handstreich erobern. Ihre offizielle Vermählung würde ein erster Höhepunkt in der Geschichte der neuen russischen Hauptstadt werden.

Noch war die Stadt ihrer nicht würdig. Er fieberte dem Tag entgegen, an dem seine Geliebte in ihren eigenen Palast an der Newa einziehen würde. Erst dann würde Petersburg das wahre Herz Russlands sein.

Moskau würde er für immer hinter sich lassen als ein Relikt vergangener Zeiten, und eine blasse Gestalt wie seine rechtmäßige Gattin würde in ihrem klösterlichen Exil über Nacht in Vergessenheit geraten.

Zar Peter trank den letzten Rest aus seinem Glas, wischte sich mit dem Handrücken über den Mund und griff nach seiner Werkzeugtasche. Er hatte Besseres zu tun, als seine Zeit mit Hohlköpfen zu verbringen und in vergangenen Zeiten festzuhängen. An der Baustelle der Werft war eine Fregatte instand gesetzt worden. Er würde sie heute noch genauestens auf Mängel inspizieren, bevor sie vom Stapel lief.

Die Welt war im Wandel und brauchte kein Palaver, sondern einen Regenten mit ordnender Hand, der mit Scharfsinn und Weitsicht die Richtung bestimmte. Zar Peter war bereit dafür.

KAPITEL 5

*St. Petersburg,
September 1703*

Helena lauschte auf die Geräusche, die vom hinteren Eingang des Arzthauses zu ihr in die Küche drangen. Deutsche und holländische Brocken, gemurmelt, geflüstert und gerufen, flogen hin und her. Manche wimmerten und weinten, andere fluchten, weil es ihnen zu lange dauerte.

Dabei ging es um diese Jahreszeit noch ruhig zu. Mit Schaudern dachte Helena an die vielen Patienten Anfang August, die an Durchfall litten. Unreife Äpfel aus einem verlassenen Obstgarten waren der Auslöser. Jemand hatte begonnen, die kleinen grünen Früchte anzubieten, und die Leute waren dankbar. Im Nu verbreitete sich diese gefährliche Unsitte, Abwechslung in den kargen Essensplan zu bringen. Männer, Frauen, Kinder hielten sich gekrümmt die Bäuche, biwakierten vor dem Arzthaus, erleichterten sich im Garten und dem nahe gelegenen Buschwerk. Der Gestank war bestialisch. Doch ihr Vater ließ sich nicht hetzen. Er nahm sich für jeden Patienten die Zeit, die er brauchte, gründlich und zuverlässig. So auch an diesem Tag.

Helenas Herz flatterte in ihrer Brust wie ein eingesperrter Vogel. Die Eltern würden sie nicht aufhalten, wenn sie mit dem Ruderboot auf die andere Uferseite übersetzte, aber sollte sie es wirklich wagen? Es fühlte sich nach einem aufregenden Abenteuer an, vielleicht romantisch, vielleicht gefährlich. Aber womit um Himmels willen sollte man sich hier die Zeit vertreiben?

Ihre Geschwister hatten sich in der neuen Heimat besser eingelebt. Gustav tollte von morgens bis abends an der entstehenden Werft herum und beobachtete die Schiffbauer bei der Arbeit. Noch hatten die Eltern für ihn und Paula keinen Lehrer aufgetrieben. Es war aber nur eine Frage der Zeit, wann sie ihnen einen präsentieren würden. Ihre Mutter würde sich da nicht entmutigen lassen.

Paula hatte sich mit dem Unglücksvogel aus der Newa angefreundet. Wie es dem Holländer gelungen war, ihr näherzukommen, blieb Helena ein Rätsel. Sie selbst hätte den ungezogenen Kerl abblitzen lassen.

Vielleicht lag es an dem Hund, den er auf seinen Armen getragen hatte, während er sich ums Arzthaus herumdrückte und Kiesel an Paulas Fenster klacken ließ.

Und sie selbst? Hockte von morgens bis abends auf ihrer Pritsche oder in der Küche, half missmutig beim Kohlschneiden und Stubenfegen und starrte aus dem Fenster auf den Fluss.

Gustav hatte eine Braue gehoben, als sie ihn kurz nach ihrer ersten Bootspartie vor zwei Monaten um eine weitere Fahrt über die Newa gebeten hatte. Seine Verwunderung war verständlich. Beim ersten Mal hatte sie nicht gerade den Anschein erweckt, den Ausflug zu genießen. Aber Helena spekulierte auf ein Wiedersehen mit dem schwedischen Gefangenen, wollte herausfinden, ob er wieder ihren Blick suchen würde, ob er lächeln oder gar die Hand zum Gruß heben würde.

Mit dem Schweden aus der Ferne Blicke zu tauschen fühlte sich an wie etwas Verbotenes, und nichts anderes war es: Wüssten ihre Eltern, dass sie abends vor dem Einschlafen das Gesicht eines Sträflings vor Augen hatte, würden sie sie wahrscheinlich keine Sekunde mehr unbewacht lassen und sie mit Verpflichtungen ans Haus ketten. Ein köstliches Gefühl, inmitten all der Tristesse ihrer neuen Heimat ein Geheimnis zu haben: das Bild von einem lächelnden Schweden, das vor ihr aufstieg, sobald sie sich schlafen legte, und das ihr Herz schneller schlagen ließ. Weil es sie an Steen erinnerte?

»Na, wie gut, dass du nicht mehr herumjammerst«, hatte Paula ihr vor ein paar Tagen hingeworfen, als sie sie dabei erwischte, wie sie beim Möhrenputzen mit heller Stimme ein altes Volkslied sang.

Paula stand das Erstaunen ins Gesicht geschrieben, als Helena daraufhin, statt einen Streit mit ihr zu beginnen, das Gemüse aus der Hand gelegt und die Schwester gepackt hatte, um mit ihr durch die Küche zu tanzen. Sie lachte ihr hinterher, als Paula flüchtete.

An mehreren Tagen, wann immer sich die Gelegenheit ergab, hatte sie den Schweden an der Baustelle wiedergesehen, und bald winkten sie sich bereits von weitem zu, wenn sie sich erkannten.

Gestern nun hatte er ihr mit Gesten zu verstehen gegeben, er würde bei Sonnenuntergang bei den drei Birken, die das Lager begrenzten, auf sie warten.

Sie hatte zaghaft genickt, zunächst noch unsicher, ob sie dieses Risiko tatsächlich eingehen würde.

Träume waren süß und ungefährlich, aber sie tatsächlich wahr zu machen und es auf eine Begegnung ankommen zu lassen? Doch, sie würde es wagen.

Es war eine Herausforderung für sie, allein mit dem neu angeschafften Ruderboot der Familie überzusetzen. Trotz der vielen Baustellen gab es, abgesehen von der Zugbrücke an der Festung, kaum Übergänge über den Fluss. Und so würde es bleiben, so stellte Zar Peter sich seine Stadt vor. Von Anfang an sollten die Bewohner die Newa mit all ihren Verzweigungen als Fahrrinne nutzen. Von mehreren Kanälen war die Rede, aber nicht von Brücken. Es war an der Zeit, sich an das Wasser zu gewöhnen.

Also gab sich Helena redlich Mühe, den Umgang mit dem Ruderboot zu erlernen. Ein paar Mal war sie bereits wenige

Schritt vom Ufer entfernt gepaddelt, aber nie bis zur anderen Seite. Heute würde es ihr gelingen müssen.

Sorgsam wählte sie ihre Kleidung. Es schien ihr unpassend, fein herausgeputzt einem Mann in Lumpen gegenüberzutreten. Also entschied sie sich für ein schlichtes Kleid aus veilchenblauem Leinen und einen kurzen Mantel in Mitternachtsblau.

Wie sich wohl seine Stimme anhörte? Ob seine Augen tatsächlich die Farbe von polierten Kieseln besaßen? Und würde er sie auch aus der Nähe an Steen erinnern?

Trockenen Fußes schaffte sie es zum Ufer. Das Boot schaukelte, Gischt spritzte auf, als sie erst den linken Fuß hineinsetzte, dann den rechten hinterherzog.

Sie plumpste auf die Bank in die Mitte und ächzte, während sie die Ruder in den Morast stieß und sich in tieferes Fahrwasser schob. In beide Richtungen trieben kurz vor Sonnenuntergang noch Boote mit Schiffern, Soldaten und Neubürgern.

»Guten Abend, Mademoiselle Albrecht. So spät noch unterwegs?«

Helena erschrak, fing sich und lächelte den Eheleuten zu. Simon Kohlstein war, wie Helena wusste, ein Forstmann, vom Zaren nach St. Petersburg geholt, damit er die kräftigsten Eichen im Land auftrieb und sie irgendwie in die Stadt bringen ließ. Nicht nur für den Schiffbau brauchte Zar Peter Eichen, auch für Gerüste und Möbel waren sie bestens geeignet. An Holz mangelte es generell überall. Niemand im Umland durfte zu privaten Zwecken Bäume fällen, niemand durfte sein Badehaus zweimal in der Woche heizen. Baumstämme wurden aus Nowgorod und aus den Wäldern um den Ladogasee herangeschleppt und in den Mühlen zu Balken und Brettern zersägt.

Sie grüßte zurück. »Nur eine kleine Spazierfahrt vor dem Schlafengehen«, rief sie dem Ehepaar hinterher, das schon nördlich an ihr vorbeisegelte.

Was trieben all diese Leute um diese Zeit hier draußen? Wo vergnügten sie sich? Außer dem Soldatengasthaus gab es keine öffentlichen Schenken, keine Bälle – nichts bot Zerstreuung. Es hieß, dass der kulturinteressierte Adel im Umland dann und wann zu privat organisierten Veranstaltungen einlud, Gastspiele italienischer, deutscher und französischer Theatertruppen. Leider gehörte die Arztfamilie nicht zu denjenigen, die man auf die Gästeliste setzte. Ihre Eltern hatten sich der Gesundheit der Menschen verschrieben, nicht der kulturellen Kurzweil.

Helena hoffte inständig, dass bei all der kaiserlichen Stadtplanung die Vergnügungsangebote nicht zu kurz kommen würden. Schauspiel- und Konzerthäuser, Festhallen in Palästen, Marktplätze für Stadtfeste mit Gauklern und Musikern, prachtvolle Gärten, in denen Dichter aus ihren Werken lasen, von rosenberankten Pavillons beschattet ... Solange es so etwas in St. Petersburg nicht gab, musste sie selbst dafür sorgen, dass sie nicht die Lebensfreude verlor.

Kraftvoll zog Helena die Ruder durch die Fluten. Furcht vor der Begegnung mit dem Fremden mischte sich mit unbändiger Vorfreude und Neugier. Der Geruch nach Fisch und Algen umwehte sie. Die Sonne versank im Westen in einem Farbenspiel mit Gelbtönen und tiefroten Streifen, färbte das Wasser des Flusses, so dass es wie flüssiges Gold waberte.

Obwohl Helena vor Anstrengung der Schweiß ausbrach, war sie dankbar für den Mantel. Die Abendbrise, ein Vorbote der kommenden Herbststürme, kitzelte sie im Nacken und ließ sie frösteln.

Als sie sich dem verabredeten Treffpunkt näherte, stieß das Boot auf Grund, und sie ruckte nach vorn. Sie drehte sich um und sah den Schweden mit aufgekrempelten Hosen barfuß auf sie zustaksen, um das Boot zu vertäuen.

Helena stieg das Blut zu Kopf.

»He«, sagte er, während er das Tau fasste und sie mitsamt

dem Boot so weit ans Ufer zog, dass sie bequem aussteigen konnte. »Ich bin glücklich, dass Ihr gekommen seid.« Seine Stimme klang überraschend tief. Ein bemerkenswerter Kontrast zu seinem jugendlichen Aussehen. Die blonden Haare, gewaschen und gekämmt, fielen ihm in Strähnen in die Stirn und bis auf die Schultern. Stirn, Wangen und Kinn schimmerten rötlich wie vom langen Schrubben. Aber die Sonnenbräune hatte er nicht wegwaschen können. In diesem bronzenen Teint glänzten seine Augen im reinsten Silbergrau. Seine Brust bedeckte ein Hemd mit einem spitzen Ausschnitt, braunfleckig und verblichen.

Als er ihr die Hand reichte, um ihr aus dem Boot zu helfen, durchzuckte ein Kribbeln sie von den Fingerspitzen bis in ihr Innerstes. Seine Hand war trocken und fest. Ihre Rechte versank darin.

Sie musste zu ihm aufsehen. Himmel, er überragte sie um Haupteslänge.

Mit seinen kantigen Schultern und dem rötlich blonden Bart, zwischen dem zwei Reihen gepflegter Zähne schimmerten, erinnerte er Helena an die Zeichnungen von Nordlandfahrern in ihren alten Schulbüchern. Nein, er war nicht wie Steen. Steen war schmächtiger gewesen, knochiger, und in seinem Blick hatte nicht diese Stärke gelegen.

Mit einem nervösen Zucken am Mundwinkel schaute sich der Schwede nun um. Dann umfasste er Helenas Hand und zog sie mit sich.

Helena wollte protestieren, aber er bedeutete ihr mit dem Zeigefinger an den Lippen, leise zu sein.

Ihr Herz schlug hart gegen die Rippen. Verhielt sie sich nicht wie ein naives Gänschen, das sich freiwillig einem Wildfremden anvertraute? Eine innere Stimme hatte ihr zugeflüstert, dass von diesem Mann keine Gefahr ausging, weil er sie an Steen erinnerte, aber wie er sie nun tiefer durch Ginster und Heckenrosen trieb, da packte sie die Panik.

Ob ihre Eltern je erfahren würden, was ihr widerfahren war, wenn er sich über sie hermachte und ihre Leiche in die Newa warf?

Alles in ihr drängte auf einmal zurück, ein Gefühl der Beklemmung ließ sie würgen. Sie stolperte durch das Unterholz hinter dem Schweden her, ihre Rechte hielt er wie mit einer Eisenklammer. Der Duft nach Moos und Harz stieg ihr in die Nase. Ihr Kleid verfing sich in dornigem Gestrüpp. Ein Stück Stoff riss, das Ratschen durchschnitt die Stille.

Schweißtropfen liefen ihr über die Brauen, die Aufregung in ihr wuchs. Aber schließlich öffnete sich der Trampelpfad zu einer Lichtung. Unter drei Birken mit herabhängenden Zweigen voller hellgelber Blätter lagen gefällte Baumstämme. »Mögt Ihr ein bisschen mit mir zusammensitzen und plaudern?«

Helena atmete hörbar auf, während sie sich beklommen umschaute. Die letzten Sonnenstrahlen ließen das Weiß der Birkenrinde leuchten.

»Ich ... ich dürfte nicht hier sein.« Sie lugte von der Seite zu ihm auf. Allmählich beruhigte sich ihr Puls. Hätte ein Mörder sie an einen solch romantischen Platz geführt?

»Und dennoch seid Ihr da.«

Diese Samtstimme. Er sprach Deutsch mit schwedischem Akzent in einem Singsang.

»Ich wollte wissen, wer Ihr seid.« Endlich schaffte sie es zu lächeln. »Außerdem erinnert Ihr mich an jemanden, den ich einmal gut kannte.«

Sein Blick, träumerisch und sinnlich, ging zu ihrem Mund. Er fasste sie am Ellbogen und führte sie zu den Baumstämmen. Sie ließen sich darauf nieder. Während er die Füße lang ausstreckte und sich hinter dem Rücken mit den Ellbogen abstützte, faltete Helena die Hände im Schoß, legte die Knie aneinander und drückte den Rücken gerade durch.

»Ihr werdet Euch schon gedacht haben, dass ich Gefangener bin, nicht wahr?«

»Was solltet Ihr anderes sein? Warum tragt Ihr keine Ketten?«

Er zuckte die Schultern. »Ein zerbrechliches Vorrecht, weil ein Mann, der sich frei bewegen kann, nützlicher ist als einer in Fesseln. Wenn man mich mit Euch erwischt, legt man mich sofort in Eisen.«

»Ihr geht ein großes Wagnis ein.«

Er schwieg.

»Wie kommt es, dass Ihr so gut Deutsch sprecht? Müssen die Gefangenen des Zaren Sprachen lernen?«

Der Schwede lachte auf. »Passen würde es zu ihm, einen solchen Erlass zu verkünden. Aber nein, meine Mutter stammte aus dem Hessischen.« Er starrte in die Ferne. »Sie meinte, Deutsch könne mir irgendwann nützlich sein. Und sie behielt recht. Wie in vielen Dingen.«

»Wie heißt Ihr und woher kommt Ihr?«

»Nur im Austausch gegen Euren Namen und Eure Herkunft. Ich will wissen, wo auf der Welt engelsgleiche Wesen mit einem grünen und einem blauen Auge geboren werden.«

Helena lachte und schlug sich die Hand vor den Mund, als sie erkannte, dass er sie dabei versunken betrachtete. Sie spürte, wie sie über und über rot wurde.

Ein *engelsgleiches Wesen*! So hatte sie in der Moskauer Vorstadt nie jemand genannt. Thies hatte *meine wilde Rose* in ihr Ohr gewispert, als er ihr die Blume überreichte, aber Thies war niemand, den Helena an diesem Abend unter den Birken in ihre Gedanken lassen wollte. Nicht einmal seine Gesichtszüge vermochten sich in der Nähe dieses Fremden aus dem Nebel ihrer Erinnerung zu schälen. »Also bitte, ich höre.« Sie verschränkte die Arme vor der Brust, spürte, wie sie sich entspannte, während sie die Füße von sich streckte und an den Knöcheln kreuzte.

»Ich bin Erik Widström«, sagte er, »und ich stamme aus Uppsala. Von Beruf bin ich Gartenbauer.« Er stieß ein unfrohes Lachen aus. »Nun werde ich Städtebauer.«

Helena drückte die Lippen aufeinander, um ein Kichern zu unterdrücken. Ausgerechnet *Erik* hieß er! Der Name des Wikingers in ihrem Schulbuch.

»Ist das lustig?« Er hob eine Braue.

Sie schüttelte den Kopf. »Es muss entsetzlich sein, statt mit Blumenzwiebeln und Setzlingen zu arbeiten, hier im Dreck zu wühlen. Es tut mir leid.«

Er winkte ab. »Spart Euch das Mitleid für diejenigen Kameraden, die ihre Köpfe und Gliedmaßen im Kampf gegen die Russen verloren haben. Ich bin ein Glückspilz.« Er grinste schief.

Sie musterte sein Gesicht und überlegte, ob sein Galgenhumor vielleicht seine stärkste Waffe im Kampf darum war, an diesen Missständen nicht zu zerbrechen. Ein Kranz von Fältchen bildete sich an seinen Schläfen, wenn er grinste, aber sie würde gern seine Augen blitzen sehen. Vermutlich hatte er sehr lange nicht mehr von Herzen gelacht. Die Traurigkeit in seinem Blick berührte sie auf eine ganz eigene Art. »Ich heiße Helena. Mein Vater ist der Arzt Dr. Albrecht, meine Geschwister habt Ihr bereits gesehen.«

Er nickte ihr zu, wartete mit gespanntem Gesichtsausdruck.

Helena hob die Hände. »Was wollt Ihr sonst noch hören?«

»Alles. Jedes Detail.«

»Mein Leben ist sterbenslangweilig«, widersprach sie. »Viel lieber würde ich hören, wie Ihr in Gefangenschaft geraten seid und wie lange Ihr hier arbeiten müsst.«

Erik erbleichte unter seiner Bräune. Er richtete sich auf, griff nach einem Stock und begann damit, in dem Boden vor ihm zu stochern. »Diesen Krieg würde ich gern für alle Zeit aus meinem Gedächtnis verbannen. Aber er kehrt zurück zu mir, Nacht für Nacht. Wie lange ich hierbleiben muss? Ich fürchte, meine Heimat werde ich nicht mehr wiedersehen. Und meine drei Brüder vermutlich auch nicht. Sie sind wie ich in diesen

Krieg gezogen. Zwei von ihnen habe ich auf dem Schlachtfeld wimmern hören, ohne ihnen helfen zu können, weil ich selbst abgeführt wurde.« Sein Adamsapfel hüpfte beim Schlucken. »Ich bete, dass Gott ihnen einen schnellen Tod geschenkt hat. Von dem dritten weiß ich nichts. Vermutlich ist er erschossen worden wie die vielen anderen, die die Nyenschanz zu halten versuchten.«

Helenas Kehle fühlte sich an wie mit Sand bestäubt. Dass er seinen Lebensmut nicht verlor, beeindruckte sie tief. Ihre Heimat hatte sie selbst verloren. Sie wusste, wie schwer der Abschiedsschmerz zu ertragen war, erst recht ohne Familie. »Sie behandeln Euch nicht gut, oder?«

Erik kniff die Lippen zu einem Strich zusammen. »Wenn einer der Aufseher mitbekommt, dass ich mich aus dem Lager geschlichen habe, gibt es außer den Fußketten fünfzig Hiebe.«

»O nein! Das überlebt keiner. Und dieses Risiko seid Ihr eingegangen?«

»Das war es mir wert«, sagte er, und ein paar Herzschläge lang sahen sie sich in die Augen. Helena blinzelte und senkte schließlich den Kopf, weil sie befürchtete, er könnte in ihrem Blick von der Bewunderung lesen, die sie für seine Stärke und seinen Mut empfand.

»Bis zum letzten Moment habe ich bezweifelt, dass Ihr wirklich kommen würdet. Ich wollte Euch aus der Nähe sehen, ich wollte Eure Stimme hören und den Duft Eurer Haare einatmen. Ich wollte Euer Lachen hören und Eure Hand in meiner Hand fühlen. So glücklich wie heute bin ich in den vergangenen zwei Jahren nicht gewesen.«

Helena schluckte. Das kam einer Liebeserklärung schon ziemlich nahe, aber sie würde ihn nicht ermuntern. Sie musste sich erst selbst darüber bewusst werden, was hier mit ihr geschah. War es immer noch pure Abenteuerlust, die die Hitze auf ihrer Haut und das Herzklopfen verursachte? War es immer noch die Erinnerung an Steen?

»Und Ihr? Ihr müsst auch ein Risiko eingegangen sein. Oder habt Ihr Eurem Vater verraten, wo Ihr den Abend verbringt?«

»Gott bewahre!«, entfuhr es Helena, froh, dass sie das Gespräch wieder in unverfänglichere Bahnen leiten konnte. »Nein, zum Glück ist er von früh bis spät mit seinen Patienten beschäftigt. Sie laufen ihm die Tür ein, wisst Ihr. Holländer, Italiener, Franzosen und Deutsche sind es gewohnt, mit ihren Krankheiten zu einem ausgebildeten Mediziner zu gehen. Die wollen nicht mit den russischen Volksheilern vorliebnehmen.«

Er nahm ihre Hand in seine. »Ich könnte Euch stundenlang zuhören«, sagte er. Ihre Blicke versanken ineinander, und diesmal hielt Helena ihm stand, obwohl ein Aufruhr an unbekannten Gefühlen in ihr tobte. Sie meinte sich auf dem Kieselgrund eines Bergsees zu verlieren. »Aber gleich wird die Nacht hereinbrechen. Es ist keine gute Idee, in der Dunkelheit den Fluss zu überqueren. Bitte versprecht mir, dass wir uns wiedersehen, Helena.«

Sie fuhr sich mit der Zungenspitze über die Lippen, während sie versuchte, ihre Gedanken zu sortieren, obwohl ihr Herz die Antwort schon kannte. »Ich kann nicht oft kommen. Wenn es auffällt, verbietet mir mein Vater, mit dem Boot hinauszufahren. Ich muss vorsichtig sein.«

»In zwei Wochen wieder? Am selben Ort zur selben Zeit? Bitte sagt ja.«

Beim Nicken spürte sie, wie sich ein Hochgefühl in ihr ausbreitete wie nach dem Genuss von gekühltem Wein an einem Hochsommerabend. Es prickelte in ihren Adern, und ihre Haut schien zu brennen. »Ja, Erik, ich werde da sein.«

Er beugte sich über ihre Hand, doch statt einen Kuss darüberzuhauchen, legte er die Wange in die Innenfläche. Sie fühlte die jugendliche Weichheit seiner Haut, gleichzeitig die Stoppeln seines Bartes und seine Lippen wie zufällig an ihrem Daumen.

»Es heißt, dass wir in einigen Wochen drüben auf deiner Newaseite arbeiten müssen, Helena. Der Zar will eine prächtige Straße bauen, beginnend bei der Werft, eine von Bäumen gezierte Allee. Die Arbeit dort wird genauso kräfteraubend wie hier am Ufer, aber wenigstens werden wir uns dann Stein um Stein vom Schlamm entfernen. Die feuchte Luft setzt manchen so zu, dass sie wegen des Hustens nachts keinen Schlaf mehr finden. In Fieberträumen rufen wir nach unseren Liebsten daheim. Es wird besser werden auf der anderen Seite.« Er hob den Kopf. »Und wir können uns öfter sehen.«

Helena würde die Tage zählen.

»Wenn wir uns wiedersehen«, fuhr Erik fort, »erzählst du mir dann, an wen ich dich erinnere?«

Helena erwiderte seinen Blick. »Nur wenn du mir verrätst, von welchen Liebsten in deiner Heimat du träumst«, antwortete sie mit einem Lächeln.

KAPITEL 6

*Arbeitslager in St. Petersburg,
Oktober 1703*

Jemeljans raue Hände schienen überall zu sein, streichelten ihren Leib und fuhren gleichzeitig ihre Beine hinauf. Er schlüpfte mit dem Kopf unter die Decke, um mit den Lippen eine Spur über ihre Haut zu ziehen.

Zoja seufzte. Er war zärtlich genug, um sie den Moment auskosten zu lassen, und gleichzeitig von einer Zügellosigkeit, die ihr den Atem raubte.

In der Siedlung, zu der ihre Hütte gehörte, gab es keinen Ort und keine Zeit für ungestörte Zärtlichkeiten. Intimität schien unmöglich, aber Zoja gewöhnte sich daran, dass die anderen Zeugen ihres Liebesspiels waren.

Als einziges Paar vergnügten sie sich jede Nacht miteinander und manchmal, wie an diesem Tag, auch in den frühen Morgenstunden.

Die geflickte Leinendecke verrutschte und entblößte die beiden halbnackten Körper. Zojas blaugraues ärmelloses Kleid, das sie Tag und Nacht trug und meist mit einem Gürtel in der Mitte hielt, fiel über die Schultern, ließ ihre Schenkel frei. Die Haut glänzte vor Schweiß, Zojas dichte Mähne, rot wie Herbstlaub, reflektierte im Licht der einfallenden Sonne.

Zojas Blick fiel auf Ewelina, die ein paar Fuß entfernt neben jemandem – war das etwa Michail? – mit dem Rücken zu ihr saß. Wie die anderen Leibeigenen hielten sie sich abgewandt, nur der krumme Wladimir, der nicht mehr ganz beieinander war, beobachtete sie mit halb von Lidern bedeckten, milchigen Augen und den Fingern in der Hose. Dabei brummte er eine russische Weise vor sich hin: »*Strampelt, Hühnchen, strampelt: Füßchen viere sind verbandelt; und dazu das fünfte kleine, honigsüß ist dieses eine!*«

Viele aßen ihre Kascha aus den Näpfen, die die grauhaarige Ludowika mit regloser Miene verteilte. Andere begannen damit, die Ritzen der Bretterhütte mit Gras, Moos und Lumpen gegen die kommende Winterkälte abzudichten. Es lag zwar noch kein Frost in der Luft, aber das Wetter konnte um diese Jahreszeit innerhalb weniger Stunden umschlagen.

Zoja hätte die Liebeslust selbst dann genossen, wenn sie alle einen Kreis um sie gebildet hätten. Was die anderen von ihr dachten, was sie fühlten, kratzte sie nicht. Mit ihren fünfundzwanzig Jahren, seit ihrer Geburt in Leibeigenschaft verbracht, hatte sie gelernt, sich vom Leben das wenige zu nehmen, das es ihr bieten konnte. Leibeigenen wie ihr gehörte gar nichts, nicht einmal die Menschenwürde. Die Grafenfamilie konnte sie verschenken, verkaufen oder misshandeln, wie es ihr beliebte. Das Vergnügen der körperlichen Liebe würde sie sich von nichts und niemandem nehmen lassen, einerlei in welcher Situation und mit wem. Wobei sie sich in diesen Wochen niemand anderen vorstellen konnte als Jemeljan mit seinen kundigen Händen.

Seine Zuneigung ging über die körperliche Anziehungskraft hinaus. Warum sonst hätte er ihr in der vergangenen Woche ein paar alte Militärstiefel, die er selbst mit Schaffell ausgekleidet hatte, geschenkt? Noch brauchte sie sie nicht, aber wenn die Temperaturen fielen, würden sie ihre Füße warm halten und sie mit jedem Atemzug erinnern, dass nicht alles in ihrem Leben kalt und trostlos war.

Er umfasste ihre Hüften, und Zoja stöhnte laut.

»Pst!« Ewelina drehte sich um und funkelte Zoja an. Auch

Michail – verfluchter Dreckskerl! – neben ihr wandte sich um, die Schlangenaugen zu Schlitzen verengt, das Gesicht eine Maske des Hohns und der Verachtung.

Zoja fühlte sich außerstande, Rücksicht zu nehmen, als die Lust in Wellen durch ihren Leib flutete. Gleichzeitig sackte Jemeljan über ihr zusammen.

Wladimir nahm die Hand aus der Hose. Sein Gesicht wirkte zutiefst entspannt. Er wandte sich dem Frühstücksbrei zu, den ihm Ludowika vor die Füße schob.

Auch Zoja verspürte nun Appetit. Sie wandte sich zu Jemeljan, kniff ihm in die Wange und drückte ihm einen Kuss auf den Mund. »Braver Hengst«, neckte sie ihn und strich sich die Haare auf die rechte Seite, wo sie wie ein Vorhang bis zu ihrem Bauchnabel fielen.

Er umfasste ihr Kinn. »Reiz mich nicht, Weib, sonst besorg ich es dir gleich noch einmal.«

»Dafür liebe ich dich«, entgegnete sie lachend.

Sie griff nach der Kette mit dem bleiernen kleinen Kreuz, die sie nur ablegte, wenn Jemeljan ihr beilag, und streifte sie über den Kopf. Neben diesem Schmuck besaß sie noch ein Paar Ohrgehänge mit drei Reifen, die sie nun mit spitzen Fingern anlegte, bevor sie ihre Mähne schüttelte.

Ob sie noch schön war, obwohl die Jugend hinter ihr lag? Schön war sie für Jemeljan, und nur das zählte. Sie war recht groß gewachsen und von kräftiger Statur, ihr Körper stark und gesund. Sie entsprach dem Bild einer Russin vom Land viel eher als die zarte Ewelina, deren Halsbogen elegant geschwungen, deren Gesichtszüge fein waren und deren Brauen wie dünne Neumonde ihr Gesicht dominierten. Ewelina schminkte sich nicht, im Gegensatz zu Zoja, die sich, wenn sie sich gut fühlte, mit dem Saft roter Beeren die Wangen und Lippen färbte.

Zoja sprang auf die Füße und stieg auf Zehenspitzen zwischen den Frauen und Männern hindurch am Ofen vorbei bis zur Tür der Holzhütte. Sie stieß sie auf und atmete durch.

Ihre Laune sank, während sie sich umschaute. Die Siedlung der Leibeigenen des Grafen Bogdanowitsch bestand aus acht schmutzigen Verschlägen ohne Fenster, mit einem Rauchabzug und einer wackeligen Tür. In jedem Haus lebten ein knappes Dutzend Männer und Frauen auf engstem Raum. Sie nächtigten auf dem Boden rund um den Ofen, den sie in den nächsten Tagen, wenn die Nächte kühler wurden, zum ersten Mal anheizen mussten. Woher sie das Holz nehmen sollten, wusste keiner. Alles, was sich an festem Material in der Umgebung finden ließ, diente dem Befestigen des Sumpflandes.

Das Wasser, das sie trinken und zum Kochen verwenden mussten, roch faulig. Nur einmal in der Woche gab es Lebensmittellieferungen, wenige Säcke Getreide, Gurken, gepökelte Fische, keine Portionen, mit denen sich ein Mann stark und gesund halten konnte.

In den Abendstunden nach ihren Arbeitstagen stapften manche der jüngeren Frauen, die noch nicht zu Tode erschöpft waren, ins Hinterland, um Pilze zu sammeln und damit den Speiseplan aufzubessern.

Unter ihren nackten Füßen spürte Zoja den schwammigen Boden, bei jedem Schritt schmatzte es. Die Siedlung der Leibeigenen lag nahe dem Gefangenenlager. Wenn Zoja nach rechts schaute, konnte sie Schweden am Ufer in den Schlammlöchern graben sehen und dahinter die Holzgerüste. Die Newa bildete eine natürliche Grenze zur Gefolgschaft des Zaren in der Festung. Dafür, dass es keine Begegnungen mit den schwedischen Kriegsgefangenen gab, sorgten die Aufseher. Peitschenknallen und Kommandos flogen bis zu ihnen herüber.

Sie waren Sklaven wie sie.

Von Kindheit an lernten die Leibeigenen zu tun, was die Herrschaft verlangte. Zoja, damals noch Zofe im Grafenhaus, hatte dies auf ihre eigene Art ausgelegt und war dem Grafen auf die Art zu Gefallen, die sie am besten beherrschte. Vier Jahre lang vergnügte er sich, wann immer es ihn überkam, mit ihr. Zoja erinnerte sich gern an ihre Zeit als Geliebte des Grafen. Ein Rätsel nur, dass die Gräfin lange nicht hinter das Geheimnis ihres Mannes kam. Vielleicht war sie sich seiner Unterwürfigkeit zu sicher. Bei dem Gedanken an das Entsetzen und den Abscheu im Gesicht der Alten, als sie sie beide in der Küche erwischte – sie auf dem Tisch sitzend, sein Kopf zwischen ihren Beinen –, musste Zoja grinsen. Fjodor hatte die ungebetene Zeugin nicht sofort bemerkt und sein Liebesspiel mit entblößter Manneszierde fortgeführt, während Zoja das Starren der Gräfin unerschrocken erwiderte. Wahrscheinlich hatte sie boshaft gegrinst, aber in diesen Zeiten tat man das nicht ungestraft.

Die Gräfin persönlich griff zur Knute und vollzog die Strafe, bis ihre Arme erlahmten und Zoja verrenkt in einer roten Lache mitten auf dem Hof des Gutshauses lag, umgeben von allen Leibeigenen und der Grafenfamilie.

Die Knute, die die Gräfin über ihren Rücken sausen ließ, hatte ihr die Haut an einigen Stellen abgerissen. Zoja kannte diese Peitsche mit dem kurzen Stiel und den sehr langen Riemen nur zu genau. Die Leibeigenen selbst mussten die Folterwerkzeuge vorbereiten, bevor sie damit traktiert wurden. An der Spitze befand sich ein Stück Büffelleder, das einem biegsamen Horn glich und nach jeweils zwanzig Streichen ausgewechselt wurde. In einige Riemenenden waren Drähte eingeflochten.

Diese Peitschen waren wesentlich schmerzhafter als zum Beispiel die Stöcke, die bei jeder sich bietenden Gelegenheit auf ihr Schenkelfleisch klatschten, manchmal nur, weil die Herrin oder deren Tochter sich gerade langweilten. Zoja wusste, dass der Komtess in früheren Jahren ein Leibeigenenkind zugeteilt worden war, das sie nach Lust und Laune verprügeln durfte, um sich an ihre Stellung und die damit einhergehenden Rechte zu gewöhnen. *Nach der Peitsche arbeitet und schläft sich's besser* sagte ein russisches Sprichwort. Daran glaubten, von wenigen Ausnahmen abgesehen, Herren und Diener gleichermaßen.

Es ging die Geschichte von einer Gräfin, die jedes Mal, wenn sie sich zur Tafel setzte, um Schtschi mit Hammelfleisch, ihre Leibspeise, zu genießen, ihre Köchin kommen und sie bis zur Beendigung der Mahlzeit auspeitschen ließ. Dieses Spektakel und das Schreien der Geschlagenen machten der Herrin Appetit.

Zoja war damals unter der Knute das Grinsen vergangen, aber geheult und um Gnade gewinselt hatte sie nicht. Aus dem Augenwinkel hatte sie den Grafen gesehen, der ihre Züchtigung beobachtete, die Hand über den Mund gepresst, aber er blieb untätig, hinderte seine Frau nicht daran, seiner Geliebten den Rücken zu zerfetzen. Ein Schwächling vor dem Herrn, ein Versager ohne Rückgrat, aber von Zuneigung war zwischen ihnen sowieso nie die Rede gewesen. Er hatte sich an ihr berauscht, und sie hatte die Vorteile genossen, die ihr als Gespielin des Herrn zuteilwurden.

Nun, damit war von diesem Zeitpunkt an Schluss gewesen. Die Gräfin – zu geizig und vielleicht zu rachsüchtig, um sie einfach davonzujagen – schickte sie zu den anderen Leibeigenen auf die Felder, wo sie sich im Rhythmus der Jahreszeiten mit Sense und Ackerfurche verdingen musste. Noch drei weitere Male fand sie Gelegenheit, sie zu züchtigen, Nichtigkeiten, die nur dem Zweck dienten, ihre Wut auf Zoja abzukühlen.

»Iss. Liebe füllt den Magen nicht, und du willst doch später nicht zusammenbrechen.« Der milchige Duft nach der Kascha stieg Zoja in die Nase, als sich Ewelina näherte. Sie reichte ihr die Holzschale. Zoja griff hinein und leckte sich die Finger ab.

»Hast du das blaue Vögelchen gesehen, das gestern wieder herübergeflogen ist?«

»Du meinst die Deutsche mit der hochmütigen Miene?«

Zoja gluckste. Sie streckte einen Arm aus, spreizte den kleinen Finger und tippelte mit wiegenden Hüften vor ihrer Freundin. Ewelina kicherte, was sie selten tat. Allein deswegen hatte es sich gelohnt, das hochnäsige Püppchen in dem feinen Tuch nachzuäffen.

»Hast du gesehen, wer sie empfangen hat?«, fuhr Zoja fort, während sie mit dem Zeigefinger die Schüssel ausstrich, um die letzten Reste aufzuwischen.

Ewelina schüttelte den Kopf. »Sie hat sich hier mit jemandem getroffen?«

»Aber ja doch, du dummes Ding! Meinst du, sie gondelt aus purer Abenteuerlust ans andere Ufer? Der brennt der Rock. Und sie hat sich gleich den Schönsten der Schweden herausgepickt. Hoffen wir, dass er nicht erwischt wurde. Sonst schlägt ihn der Aufseher tot.«

»Du meinst den mit dem sonnengelben Haar und den breiten Schultern? Puh, die traut sich was.«

Zoja zuckte die Achseln. »Wieso? Wenn ich Jemeljan nicht hätte, hätte ich mein Glück bei dem Schweden längst probiert. Du musst zugeben, dass er ein wirklich stattliches Mannsbild ist.«

Ewelina nickte. »Das kann man nicht bestreiten. Ich hätte Sorge, dass er mich zerdrückt, wenn ich in seinen Armen liegen würde.«

Zojas Lachen klang hell über die Landschaft. »Dann musst du dich eben zur Wehr setzen«, sagte sie. »Das mögen die Kerle, wenn du die Krallen ausfährst.«

Ewelina lief rot an. »Du bist so ... so ... schamlos, Zoja. Auch dass du es vor allen anderen treibst. Ist dir denn gar nichts mehr heilig?«

»Die Liebelei mit Jemeljan macht deutlich mehr Spaß als der Heilige Geist. Was nützt mir eine Ikone in der Ecke, wenn ich einen Mann aus Fleisch und Blut umarmen und küssen kann?« Sie lachte wieder, pufftte die Freundin in die Seite, damit sie mitlachte, aber Ewelina blieb ernst und schob ihre Hände weg. Nun gut, sie waren zwei Frauen, die auf unterschiedliche Art den Übeln des irdischen Daseins begegneten.

Während Ewelina viel zu oft in Schwermut versank und davon träumte, eines Morgens einfach nicht mehr aufzuwachen, versuchte Zoja mitzunehmen, was immer sich ihr bot. Ihr Leben währte nicht unendlich. Im Gegenteil würde sie vermutlich sehr viel schneller an der Härte ihrer Arbeitstage sterben als ein verwöhntes Ding wie die Deutsche. Aber bis dahin wollte sie genießen, was immer sich ergab.

Mit Körben und Säcken traten die anderen Leibeigenen aus ihren Häusern, reckten sich in der Morgenluft und schlurften mit hängenden Schultern ans Ufer, wo sie ihr kräftezehrendes Tagewerk unter der Aufsicht einiger von Zar Peter instruierter Offiziere fortführen würden. Eine Sisyphusarbeit. Selbst die Soldaten wirkten an manchen Tagen zu müde, um den Leibeigenen Beine zu machen.

Alles schien sinnlos.

Noch blieb die Newa in ihrem Bett, aber was, wenn es zu regnen begann, tagelang, wochenlang, und die Wasser über die Ufer schwemmten? Es gehörte nicht viel Phantasie dazu, sich vorzustellen, wie der anschwellende Fluss das Land in einen einzigen gewaltigen See verwandelte. All die Arbeit derjenigen, die den Newaschlamm befestigten, wäre umsonst.

Zoja sah den anderen hinterher, den Napf in der Hand. Das Echo ihres Lachens hallte noch von den Birken wider, da näherte sich plötzlich dumpfes Hufgetrappel.

»Was stehst du am helllichten Tag herum und hältst Maulaffen feil?« Gräfin Bogdanowitsch hielt sich im Damensitz im Sattel, den Rücken durchgedrückt, das Kinn erhoben. Hinter ihr tauchten zwei Gardisten auf, die ihren Ausflug bewachten. Sie blitzte Zoja an.

Ewelina fiel auf die Knie vor der Herrin, Zoja tat es ihr provozierend langsam nach. Die Stirn drückten sie in die Erde.

»Auf jetzt! Schert euch an die Arbeit! Wenn ihr mir dem Zaren gegenüber Schande bereitet, wirst du persönlich dafür büßen, Zoja, hast du das begriffen? Du bist die Einzige, von der ständig Aufrührerisches gemeldet wird. Aber mir entgeht nichts, Rotfuchs, verlass dich darauf!«

»Wir machen uns sofort auf den Weg, Herrin«, sprach Ewelina für sie beide. Zoja schwieg.

Die Gräfin stieß die Luft durch die Nase aus. Zoja wusste, dass allein ihr Anblick die Gräfin derart erzürnte, dass es gar nicht notwendig war, irgendeine Frechheit von sich zu geben. Dass sie die Geliebte des Grafen gewesen war, saß wie ein giftiger Stachel im Fleisch der Herrin. Ihre Anziehungskraft ließ das Blut der alternden Frau kochen, sobald sie ihrer ansichtig wurde.

Als Zoja sich aufrichtete, strich sie mit beiden Händen ihre Mähne zurück. Sie folgte Ewelina, die mit zwei Körben zum Ufer eilte, mit wiegenden Hüften, in der Gewissheit, dass die Gräfin ihr hinterherstarrte. Was für ein Hochgenuss, ihr auf eine Art überlegen zu sein, in der die Vettel niemals konkurrieren konnte. Wahrscheinlich kostete sie ihr herausforderndes Verhalten bei nächster Gelegenheit wieder ein paar saftige Hiebe, aber das war es wert. Zoja grinste, während die Gräfin und ihr Gefolge die Pferde herumrissen und davongaloppierten.

Zum ersten Mal hatte die Herrin ihren Leibeigenen einen Kontrollbesuch abgestattet. Es würde nicht der letzte sein, befürchtete Zoja.

In der nächsten Sekunde schrie sie auf, weil etwas Steinhartes knallend auf ihrem Gesäß landete. Instinktiv fuhr sie mit schlagbereitem Arm herum und starrte direkt in Michails Reptilienaugen. Noch bevor ihre Finger klatschend auf seiner Wange landen konnten, umfing er ihr Handgelenk und lachte ihr ins Gesicht.

»Was fällt dir ein, du stinkender Hund«, ging sie auf ihn los, aber auch ihren zweiten Arm hielt er mühelos zurück.

»Na, komm, du Wildfang. Ich bringe dich ins Gebüsch, dann können wir kämpfen. Oder brauchst du tatsächlich immer Zuschauer, bevor du den Rock hebst?«

Zoja sammelte Spucke, beugte sich zurück, spitzte die Lippen und spie ihm einen Schwall mitten ins Gesicht. Seine Miene verzerrte sich vor Ekel, aber zumindest lockerte er für eine Sekunde den Griff um ihre Hände. Diese Chance nutzte Zoja sofort. Sie riss sich los, hob den Rocksaum und spurtete den anderen auf ihren nackten Füßen hinterher.

Hinter sich hörte sie Michail fluchen. »Dir werd ich's noch zeigen, du Hure! Ich schlag dich besinnungslos, bis du mir gefügig bist!«

Zoja legte noch an Tempo zu bis zu den Soldaten, die bereits mit ausholenden Gesten die Landstücke bestimmten, auf denen sie an diesem Tag arbeiten sollten. In der Nähe des Militärs würde es Michail nicht wagen, sie zu belästigen. Und später in der Hütte wusste sie Jemeljan an ihrer Seite, der Michail vermutlich mit einer Hand den Hals zudrücken konnte, bis er keinen Mucks mehr von sich gab.

Michail war nicht sehr kräftig, eher klein von Wuchs. Sein Gesicht erinnerte mit den schmalen Lippen und den schrägstehenden Schlitzaugen an eine Schlange. Doch trotz seiner scheinbaren körperlichen Unterlegenheit gehörte er zu den gefürchteten Männern unter den Leibeigenen des Grafen Bogdanowitsch. Er quälte andere nicht aus Vergeltung oder weil es ihm Vorteile verschaffte, sondern aus purem Vergnügen, munkelte man.

Bis vor einem halben Jahr war er noch verheiratet gewesen. Aber seine Frau war an den Verletzungen, die er ihr zugefügt hatte, gestorben. Ein trauriger Tag, als sie Olga zu Grabe trugen. Viele fragten sich betroffen, ob sie es nicht hätten verhindern können. Aber Olga war dumm genug gewesen, sich vor ihren Mann zu stellen, wenn ihn einer der anderen Leibeigenen zur Vernunft bringen wollte, sei es mit gutem Zureden oder ein paar kräftigen Faustschlägen. Sie hatte nichts auf ihn kommen lassen.

Selbstverständlich wussten alle Russen, dass der Mann das

Züchtigungsrecht besaß. *Eine Frau muss Prügel haben*, das lehrte sie bereits der Vater im Elternhaus. In der Brautnacht legte man dem Gatten eine Peitsche in die Stiefel. *Lieb wie die Seele dein Weib und schüttle wie die Birne ihren Leib. Gibst du deiner Frau keinen Hieb, so hat sie dich nicht lieb,* hieß es in den altrussischen Überlieferungen. Aber von Hieben aus Liebe war das, was Michail seiner Frau antat, weit entfernt. Dennoch ließ sie bis zu ihrem Tod keinen Zweifel an ihrer Treue.

Seitdem umgab Michail eine Aura von Macht, die die anderen in Ehrfurcht versteinern ließ, wenn er sich näherte. Keiner legte Wert darauf, sich mit so einem anzulegen.

Zoja hingegen verspürte nicht den Hauch von Ehrfurcht, nur einen bis in ihr Innerstes wütenden Widerwillen gegen den Kerl. Sie nahm sich vor, künftig eines der Küchenmesser bei sich zu tragen. Sollte er ihr noch einmal auf den Hintern schlagen und ihr danach fast die Gelenke brechen, würde sie ihm die Klinge in den Bauch rammen. Sie jedenfalls würde nicht als Verliererin aus dem Kampf hervorgehen, wenn er sie herausforderte.

Kapitel 7

*Im Umland von St. Petersburg,
Oktober 1703*

»Hast du das Geschützfeuer in der Nacht gehört?« Paula beachtete die Hand nicht, die Willem ihr reichte, um ihr aus dem schwankenden Ruderboot zu helfen. Was dachte er sich nur! Sie kannten sich nun seit über drei Monaten. Da musste er doch wissen, dass sie mindestens so geschickt und zäh wie er selbst war. Wenn sie ihn necken wollte, erinnerte sie ihn daran, dass sie diejenige war, die ihn aus der Newa gefischt hatte. »Denkst du manchmal auch, dass die Schweden an die Newamündung zurückkehren könnten?«

Willem ließ den Arm sinken und schleppte das Ruderboot am Tau aufs Land. Der wuschelige Mischlingshund Bjarki sprang heraus und begann, die Gegend abzuschnüffeln. Willem schlang das Seilende um eine Weide, die dicht am Ufer wuchs. »Wir befinden uns immer noch im Kriegsgebiet. Möglich ist alles. Aber wenn du mich fragst, würde Zar Peter persönlich bis zum letzten Atemzug darum kämpfen, dass niemand seine Stadt zerstört. Außerdem sind die Schweden die meiste Zeit mit den Polen beschäftigt.«

»Ich habe gehört, dass der Zar eine weitere Festung auf der Insel Kotlin hochziehen will.« Paula brach ein paar Zweige ab, mit denen sie das Boot verbergen konnten. Keine angenehme Vorstellung, dass es ihnen jemand stahl, während sie die finnische Seite erkundeten.

Willem nickte. »Das stimmt. Kotlin wird zusätzlichen Schutz und einen Hafen mitten in der Ostsee bieten.«

Paulas Augen blitzten auf. »Meinst du, wir können dorthin rudern und die Insel auskundschaften?«

»Bist du von allen guten Geistern verlassen?«, fuhr Willem sie an. »Weißt du, wie stark die Strömung da draußen ist? Mit unseren Schiffchen können wir nicht aufs Meer raus!«

Paula hob beide Hände und lachte. »Schon gut, schon gut, Hasenherz. Auch ohne Kotlin haben wir genug zu entdecken.«

Oft stieg Paula das Bild vor Augen, wie Willem über ihr an dem Flaschenzug gehangelt hatte. Sie erinnerte sich an seine Entrüstung, nachdem sie ihn gerettet hatte, und an ihre eigene Empörung. Damals hatte sie geglaubt, niemals zuvor einen derart plumpen Burschen wie diesen Holländer getroffen zu haben. Selbst der eingebildete Johann aus der Moskauer Vorstadt erschien ihr in der Erinnerung weniger verachtenswert.

Aber nachdem er bei ihrer ersten Begegnung gezeigt hatte, was für ein ungezogenes Großmaul er war, stellte er in den Tagen darauf eine zweite hervorstechende Eigenschaft unter Beweis: seine Hartnäckigkeit.

Jeden Abend hatte Willem vor dem Arzthaus gestanden und Steinchen gegen ihr Fenster geworfen. *Tack-tack-tack*. Die ersten Male öffnete sie die Läden, duckte sich und schleuderte die nächsten Steine, auf seinen Kopf zielend, kurzerhand zurück. Weil ihn das nicht vertrieb, sondern im Gegenteil belustigte, beschimpfte sie ihn wortreich, bis ihr Vater aus dem Haus trat und ihn zum Teufel jagte.

Doch Willem verschwand nur, um am nächsten Tag wieder aufzutauchen.

Weil es Paula irgendwann zu peinlich wurde, jedes Mal ihren Vater aufzuscheuchen, erklärte sie sich schließlich bereit, für zwei Sätze zu ihm nach draußen zu kommen. Schon allein deswegen, weil sie den gefleckten Wuschelhund gern einmal streicheln wollte, den er auf die Arme hob und in ihre Richtung hielt. Sie wartete ab, bis es im Haus ruhig war. Im Gegensatz zu vielen anderen jungen Leuten aus behüteten Verhältnissen genoss Paula zwar eine Menge Freiräume. Aber auch die entspannte Haltung ihrer Eltern hatte Grenzen. Sich zu nachtschlafender Zeit mit einem Jungen zu treffen, würde ihre Mutter sicher nicht befürworten. Also schlich sie sich, um gar nicht erst eine Diskussion aufkommen zu lassen, heimlich ins Dunkel der Nacht.

Aus den zwei Sätzen entwickelte sich ein Gespräch bis Mitternacht. Der Mond ergoss sein silbernes Licht über den Strom, während sie unter dem Haus hockten, gegen einen der Pfähle gelehnt. Sie erzählten sich von ihren Träumen, als würden sie sich seit Jahren kennen und hätten sich nicht noch wenige Stunden zuvor in den Haaren gelegen.

Willem war mit seinem Vater Theodorus vor drei Monaten von Amsterdam nach Russland eingereist. Sein Vater hatte den Zaren kennengelernt, während dieser in Holland den Schiffbau studierte. Der russische Herrscher war ein großer Freund der holländischen Mentalität, der Schaffenskraft der Menschen und der Bedeutung, die sich das kleine Land an der Nordsee im Weltgeschehen erarbeitet hatte. Amsterdam galt als das Zentrum des wirtschaftlichen und kulturellen Geschehens im Westen. Willem liebte sein Land, aber größer noch als seine Heimatverbundenheit war seine Abenteuerlust. In Russland, so munkelte man, sei die Welt in Bewegung. Welch eine Ehre, als unbedeutender Handwerker daran teilzuhaben! Was erwartete Willem schon in Amsterdam? Er würde die Tischlerei seines Vaters übernehmen, irgendwann ein anständiges junges Mädchen zur Frau nehmen und ein langweiliges Leben führen, bis er dem eigenen Sohn die Tischlerei übergab. Die Vorstellung, an der Newa sein Handwerk auszuüben, beflügelte seine Träume von einem glanzvollen Leben im Umfeld eines der mächtigsten Männer der Welt. Willem ließ nicht locker, bis er seinen Vater überredet hatte, die Einladung anzunehmen. Und Bjarki musste mit.

An diesem Punkt seiner Erzählung verzog Paula den Mund und kämpfte mit den Tränen. Sie erzählte Willem von Fidel. Tröstend legte er den Arm um ihre Schultern, aber sie rückte von ihm ab. Sie würde mit dem Verlust schon zurechtkommen.

Kurz vor Mitternacht erklang ein durchdringendes Heulen am Rande des südlich gelegenen Tannenwalds. Paula zuckte zusammen. Sie reckten beide die Hälse und erkannten schemenhaft vor den Bäumen ein Rudel Wölfe. Paula wollte aufspringen und im Haus Schutz suchen, aber Willem hielt sie zurück.

»Beweg dich nicht«, flüsterte er. »Ich denke nicht, dass sie sich an eine Siedlung herantrauen. Das passt nicht zu ihnen.«

»Hier ist alles anders«, zischte Paula zurück. »Von einer Siedlung kann wohl kaum die Rede sein bei den wenigen Hütten. Vielleicht ist dies ihr langjähriges Revier und sie wollen es verteidigen?«

Willem schnalzte. »Wölfe sind klug. Die begeben sich nicht in Gefahr.«

Was denn für eine Gefahr? Keiner von ihnen beiden war bewaffnet. Wenn die Wölfe zum Angriff loshetzten, würden sie nicht schnell genug aufspringen und ins Haus flüchten können.

Endlich gab Willem nach. Behutsam erhoben sie sich, den Blick auf das Rudel gerichtet. Die Wölfe streckten schnuppernd die Nasen in die Luft, aber sie rührten sich nicht von der Stelle, bis Paula im Arzthaus verschwand. Sogleich lehnte sie sich aus dem Fenster, um Willem hinterherzuschauen, der geduckt zum Haus seines Vaters lief.

In dieser Nacht griffen die Wölfe nicht an, aber ihr Heulen zog sich bis zum Morgengrauen und raubte Paula den Schlaf.

Die Erinnerung an das nächtliche Erlebnis flammte auch jetzt in Paulas Gedanken auf, während sie mit Willem und Bjarki über das Ödland streifte.

Überall fällten Arbeiter Bäume und schleppten die entasteten Stämme mit nicht mehr als ihrer Muskelkraft über das Land zum Fluss. Die Warnrufe der Holzfäller klangen zu ihnen herüber.

Andere mühten sich ab, Pflöcke in den sumpfigen Boden zu treiben. Dunkelheit senkte sich bereits über das Land, aber St. Petersburg schien nie zu schlafen. Selbst nachts erfüllte das Klopfen von Eisen auf Holz, das Rollen von Baumstämmen und das Ächzen der Arbeiter die Luft.

Sie sprangen über Grasnarben, passierten niedriges Buschwerk und eingerissene Zäune, entdeckten vereinzelte Bretterverschläge und morsche Scheunen. Die finnischen Bauern hatten bei ihrer Flucht vor den Russen Hab und Gut zurückgelassen, doch es war alles längst geplündert. Die Hütten bestanden nur noch aus morschen Brettern mit einer aus Steinen gelegten Feuerstelle in der Mitte. Mal fanden sie ein abgebrochenes Stuhlbein, mal einen verbeulten Topf, eine zerschlagene Schüssel, ein zerrissenes Fischernetz oder einen Holzeimer mit Loch. Nichts, was man noch irgendwie gebrauchen konnte.

Die Sonne stand hinter ihnen schräg über dem Land. Sie büßte in diesen Tagen merklich an Kraft ein. Heulend trieb der Wind vom Meer her graue Wolkenberge vor sich her, die lange Schatten über die Landschaft warfen. Die Luft trug den Geruch nach verbranntem Holz, trockenen Blättern, Moos und Muskat mit sich.

Diese Ausflüge mit Willem waren für Paula der Höhepunkt ihres Tages. Über Wiesen zu laufen, den Wind in den Haaren zu fühlen – den Kopf freipusten lassen von all dem, was sie tagsüber nicht zur Ruhe kommen ließ. Viele Patienten ihres Vaters kamen mit kleinen Blessuren, die im Handumdrehen versorgt waren. Aber diejenigen, die beim Husten um Luft rangen und blau anliefen, die mit den Geschwüren am Leib und den gelben Augen, die mit den abgehackten Gliedmaßen und den vor Fieber schlotternden Gliedern – die gingen Paula nicht so leicht aus dem Kopf.

Während Willem von morgens bis abends auf dem Bau half und zu seinem Leidwesen auch nichts anderes tat als damals, als sie noch in Holland gelebt hatten, statt die Welt aus den Angeln zu heben, vertrieb sich Paula vormittags die Zeit mit ihren Büchern. Nachmittags jedoch schlich sie in die Behandlungsräume ihres Vaters. An den ersten Tagen hielt sie sich abseits, so dass sie ihm nicht im Weg stand und Gefahr lief, verscheucht zu werden.

Sie hörte genau hin, wie ihr Vater auf seine Patienten einging, wie er durch wenige Fragen und Untersuchungen herausfand, woran sie litten und wie er ihnen helfen konnte. Auch ihre Mutter Frieda stand dem Vater zur Seite, wies den Bettlägerigen ihre Pritschen zu, kochte Tee und sprach ihnen Mut zu, wenn sie sich vor einem mit Schmerzen verbundenen Eingriff fürchteten. Sie brauchte von niemandem Anweisungen, wusste immer, was zu tun war. So weit war Paula noch lange nicht.

Irgendwann begann ihr Vater, ihr Handlangerdienste aufzutragen, und ihr medizinisches Wissen erweiterte sich von Tag zu Tag. Wie ein Schwamm sog Paula all die ärztlichen Kenntnisse in sich auf. Was für ein kostbares Geschenk! Nicht eine Behandlungsmethode, nicht ein Rezept wollte sie je wieder vergessen.

Die stets an der frischen Luft arbeitenden Männer klagten bei kalten Ost- und Nordostwinden häufig über entzündliche Krankheiten, im Sommer und Frühjahr bei West- und Südwestwind an nervösen und galligen Fiebern. Manchmal durfte Paula solche Erkenntnisse in dem in Leder gebundenen Buch festhalten, das aufgeschlagen auf dem Sekretär neben der Tür lag. In ihrer schönsten Schrift schrieb sie nieder, was der Vater ihr diktierte. Auf diese Art lernte sie auch ohne Universitätsstudien.

Nach einem langen Lauf zum Tannenwald wummerte Paulas Herzschlag schmerzhaft gegen ihren Brustkorb. Nicht nur wegen der Anstrengung, sondern vor allem, weil sie zwischen den Bäumen leichte Beute für die Wölfe waren. Als sie ihre Befürchtung Willem mitteilte und ihn am Arm festhielt, schüttelte er nur den Kopf. »Es ist helllichter Tag, Paula. Die Biester greifen nur nachts an. Mach dir keine Sorgen.« Er klopfte auf die Muskete, die an einem Brustriemen an seiner Seite baumelte.

Paula schnalzte abfällig. »So schnell hast du die Waffe nicht geladen, wenn sie uns anspringen. Hast du überhaupt schon jemals etwas getroffen?«

»Aber ja doch! Was denkst du denn! Ich habe schon oft Wildenten und Rebhühner erlegt!« Sein Gesicht lief rot an, seine Lider vibrierten, und Paula wusste, dass er flunkerte, um ihr zu imponieren.

Dennoch folgte sie ihm nach kurzem Zögern tiefer in den Wald. »Außerdem«, wisperte er über die Schulter, »haben wir Bjarki dabei. Der warnt uns vor Gefahr!«

Der Hund wischte zwischen ihren Beinen umher. Paula bezweifelte, dass er ihnen eine Hilfe wäre, falls tatsächlich Raubtiere sie bedrohten.

Die Herbstblätter raschelten unter ihren Füßen, die Bäume über ihnen reckten die Zweige und Äste wie Finger in den Himmel.

Beim Aufschauen entdeckte Paula einen Bussard, der über einer Stelle verharrte und genau in diesem Moment wie ein Pfeil mit dem Schnabel voran zu Boden schoss. Sie hielt den Blick in Richtung des Vogels, weil sie sehen wollte, ob er sich mit Beute in die Lüfte schwang, da stieß sie in den Rücken ihres Freundes, der urplötzlich stockte.

»Was soll das?«, fuhr sie ihn an, aber er wandte sich sofort zu ihr und legte mit beschwörendem Blick den Zeigefinger an die Lippen, bevor er in einer geschmeidigen Bewegung in die Hocke ging und auf eine Bretterbude wies, rund um einen Baumstamm genagelt. Bjarki drückte sich an ihn. Sein Leib zitterte, seine Zunge hing tropfend aus dem geöffneten Maul.

Paula presste sich die Hand vor den Mund, während sie die Hütte absuchte nach irgendetwas, was Gefahr bedeuten könnte. Ihr Herzschlag pochte hart gegen ihre Rippen.

Das Häuschen verlief weiträumig um den Baum herum, so niedrig, dass ein Mensch darin nicht aufrecht gehen konnte. Vielleicht ein Tierverschlag? Aber warum zog sich dann rundherum ein mit Gesträuch überwucherter Zaun?

Zwischen Hütte und Hecke wuchsen welke Melonen- und Gurkenpflanzen. Eine Ziege trippelte hinter den Brettern hervor, ihr Meckern hallte durch den Wald und schmerzte Paula in den Ohren. Das Tier zupfte ein paar Halme und sprang dann auf einen Baumstumpf, der mitten in dem verwilderten Garten lag. Über einem von Gräten und Fischschuppen bedeckten Hackblock hing ein Netz zum Trocknen.

»Wem das Tier wohl gehört? So mitten im Wald?«, flüsterte Paula.

»Sollen wir uns den Verschlag anschauen?«, fragte Willem. »An den Pflanzen hängen noch ein paar Melonen. Mein Vater wird sich freuen, wenn ich ein paar davon mitbringe. Vielleicht können wir die Ziege …«

Paula drückte seinen Arm. »Warte! Sieh nur!« Sie sog zischend die Luft ein, weil sich die Tür des Verschlags öffnete und ein buckliges Männlein heraussprang.

Das Wesen war nur so groß wie ein siebenjähriges Kind, trug dabei einen Bart, der ihm bis auf die Brust reichte, und einen auf dem Boden schleifenden königsblauen Kaftan mit bunter Bordüre am Saum und einer Kordel um die Mitte. Sein Gesicht zersprang vor lauter Fältchen, die Haare fielen in schmutzig braunen Zotteln um die wettergegerbte Haut. Er trug eine schmierige Fellmütze mit hochgeklappten Ohrenschützern. Die Nase saß wie ein Geschwür mit roten Adern über seinem Schnauzbart, dessen Spitzen bis auf seine Schultern fielen.

»Ein Geist!«, wisperte Willem, weiß wie Kreide. Noch im Hocken begann er, Schritt für Schritt rückwärts zu setzen, während Paula den Blick nicht von diesem Wesen lassen konnte.

Ein Geist war das bestimmt nicht. Sie kannte Bücher über Zwerge, hatte sich aber nie vorstellen können, dass es solche kurz gewachsenen Menschen tatsächlich geben sollte. Aber der Mann war eindeutig ein Zwerg und keine eingebildete Erscheinung.

Ein lautes Knacken hinter ihr ließ sie herumfahren.

Willem war auf seiner geduckten Flucht über eine Wurzel gestolpert.

»Kommt raus da, Lumpenbande, sonst knallt er euch ab!«

Paulas Hals schnürte sich zu. Instinktiv hob sie die Hände in die Luft, zum Zeichen, dass sie keine Waffe besaß, und stellte sich aufrecht hin. Gab es hier noch ein zweites menschliches Wesen? Wer sollte auf sie schießen? Ihr Blick fiel auf den Gnom, der aus dem Gestrüpp hervortrat und seine Muskete auf sie richtete.

»Der holländische Balkenbaumler soll sein Gewehr wegwerfen.«

»Tu, was er sagt, Willem«, flüsterte Paula.

»Wollen sie dem armen hungrigen Mann Ziege und Melonen stehlen, wie?« Der Zwerg gackerte. »Und dazu trampeln sie wie Kamele durchs Dickicht.«

Paulas Kehle schmerzte beim Schlucken. Hatten sie zu laut gesprochen und den Mann aufgeschreckt? Etwas glitt an ihrem Bein vorbei. Sie schaute hinab. Bjarki trabte mit wedelnder Rute auf den Zwerg zu. Bjarki, ihr Retter in der Not? Nein, der Hund leckte über die Hand des Mannes, setzte sich auf die Hinterläufe.

Der Zwerg tätschelte ihn und kraulte ihn hinter den Ohren. Schon rollte sich Bjarki vor seinen Füßen zu einem Kringel ein, als hätte er noch nie ein besseres Plätzchen zum Ruhen gefunden.

Der Zwerg ließ die Muskete sinken und zwängte sich zurück durch die Dornenhecke. Bjarki erhob sich und folgte ihm. Die Augen des Mannes funkelten, während er über die Schulter zu Paula und Willem zurückschaute. »Worauf warten sie? Auf besseres Wetter? Das wird nichts mehr in diesem Sommer.«

Zögernd folgten die beiden dem seltsamen Wesen. Die Dornen kratzten über Paulas Hände, als sie sich durch die Ranken zwängte. Vor der Hütte musste sie den Kopf einziehen, um nicht mit der Stirn gegen die Decke zu stoßen.

Innen war es erstaunlich behaglich. Es gab eine Schlafecke mit Fellen und Decken und Stroh, einen grob gezimmerten Tisch mit drei Stühlen, wie für sie gemacht. Zögerlich ließ Paula sich darauf nieder. Ihre Knie berührten fast ihr Kinn.

»Nur nicht so kleinlaut, Newanixchen«, sagte der Zwerg und stieß sein gackerndes Lachen aus. Über der Feuerstelle nahm er einen Topf vom Haken. Der Geruch warmer Ziegenmilch breitete sich in dem Raum aus, während er drei Holzbecher füllte und zwei davon den beiden reichte.

Paula nippte vorsichtig. Es schmeckte sahnig und süß.

»Mut hat sie bewiesen mit dem Balkenbaumler.« Der Gnom wies mit einem Nicken auf Willem, der sich mit offenem Mund in der Zwergenstube umsah. Er verschluckte sich an der Milch und hustete.

»Wer bist du?«, fragte der Junge zwischen zwei Hustenanfällen.

»Wer weiß denn nicht, wer Kostja ist?« Der Zwerg schob sich einen Stuhl heran und setzte sich zu den beiden.

»Ich habe noch nie von dir gehört, geschweige denn dich gesehen«, bekannte Paula. »Lebst du hier im Wald?«

Kostja schnalzte abfällig. »Er lebt überall und nirgends, aber Ziege und Melonen sind sein Besitz!«

Paula wechselte einen Blick mit Willem. Sehr gewöhnungsbedürftig, die Sprache des kleinen Mannes. Vermutlich war er ein Narr. Ein Gottesnarr vielleicht?

»Wir wollten dich nicht bestehlen«, behauptete Willem. »Wir wollten uns nur umschauen.«

Bjarki sprang auf Kostjas Schoß und kuschelte sich da ein. Der Unterleib des Zwerges war damit praktisch vollständig vom Hund bedeckt. »Lügen sollen sie nicht«, schnarrte Kostja. »Er lügt auch nicht nie.«

»Woher kommst du? Hat dich Zar Peter hergeholt?«, wollte Paula wissen. Dem Zaren traute sie einiges zu. Wer wusste schon, wozu ihm ein närrischer Wicht nützlich sein konnte?

Wieder lachte Kostja. Die Ziege draußen antwortete mit einem Meckern. »Solange er denken kann, lebt er hier auf finnischem Boden. Man erzählt sich, dass die Mutter bei einer Kutschfahrt durch den schneebedeckten Wald ein Kind nach dem anderen den Wölfen, die hinter ihr herhechteten, zum Fraß vorwarf, um die eigene Haut zu retten. Auch ihn schleuderte sie weg, aber vielleicht schmecken Bälger mit kurzen Beinen und dickem Kopf den Wölfen nicht.«

Paula und Willem wechselten einen Blick. Paula fröstelte. »So etwas macht keine Mutter. Jede Mutter würde sich selbst opfern für ihre Kinder.«

Kostja kniff Paula in die Wange. »Gutes Kind mit gutem Herz. Es passiert viel mehr auf der Welt, als in deine kleine Rübe passt. Willst du Geschichte von beinkranker Greisin hören, die von der Familie, ihrer überdrüssig, in den Schweinestall geschleppt und dort ihrem Schicksal überlassen wurde?«

Paula presste sich die Hände auf die Ohren. »Hör auf, hör auf! Das sind alles Schauermärchen, mit denen du uns einschüchtern willst. Immerhin hast du überlebt, also muss es auch Menschlichkeit und Güte gegeben haben. Du konntest dir nicht allein dein Brot und deine Milch heranschaffen.«

Kostja zuckte die Achseln. »Alter stinkender Finne fand ihn und gab ihm Ziegenmilch und Brot und kleidete ihn. Fünf Sommer später verschwand der Finne, nur Gestank blieb zurück und Kostja mit Ziege.«

»Du lebst seit deiner Kindheit allein im Wald?«, fragte Paula und nahm noch einen Schluck von der Milch.

»Allein ist er nie«, erwiderte Kostja. In seinen Augen züngelten Flammen. »Heute sind Newanixchen und Balkenbaumler zu Besuch.«

»Wieso nennst du mich so?« Zwischen Willems Brauen bildete sich eine steile Falte.

»Er weiß alles, und er lügt nicht.«

»Du hast also das Unglück beobachtet, wie Willem vom Flaschenzug fiel?«

»Selbstverständlich.« Er nahm von rechts Paulas Hand, von links Willems Rechte und führte die beiden Hände zusammen. Darauf legte er seine eigenen Knorpelfinger. »Herzen sind verbunden, aber Zar wird sie trennen.«

Paula riss sich von ihm los. Was schwatzte er da von verbundenen Herzen? Willem stieg erneut das Blut ins Gesicht. Er verschränkte die Finger im Schoß.

Kostja fand das amüsant. »Sie muss achtgeben auf sich selbst und auf schöne Schwester.« Die Miene des Zwergs verdüsterte sich. »Vor allem auf schöne Schwester.«

Paula zuckte zusammen. »Was ist mit Helena? Warum braucht sie Schutz?«

»Keiner wird sie beschützen können. Von Mord werden sie reden.«

Paula fühlte Schwindel hinter der Stirn. Sie beugte sich vor, um Kostja in die Augen zu sehen, die zwischen seinen Runzeln verborgen lagen und unter Brauen wie pelzigen Raupen. »Wer will ihr Böses?«

»Von Mord werden sie reden.«

Am liebsten hätte Paula den kleinen Mann gepackt und geschüttelt, bis er alles ausspuckte, was er wusste. Eine tiefe Beunruhigung setzte sich in ihrem Leib wie ein Geschwür fest.

Aber Willem erhob sich bereits und nahm Bjarki von Kostjas Schoß. Der Hund winselte und lugte mit seinen Knopfaugen zu dem Zwerg zurück. Die Falte zwischen Willems Brauen vertiefte sich. Es passte ihrem Freund nicht, dass sein Hund den merkwürdig schwafelnden Zwerg vergötterte.

»Wir müssen gehen, wenn wir noch vor der Dunkelheit zurück sein wollen.«

»Wenn sie bleiben, bis Mond aufgeht, sehen sie Wölfe am Haus. Sie kreisen um Ziege, wagen sich aber nicht heran.«

Nach einer Begegnung mit den Raubtieren stand auch Paula nicht der Sinn. Also verabschiedeten sie sich und machten sich durch den Zaun und das Gestrüpp auf den Rückweg. Willem hob sein Gewehr auf und schulterte es.

Kostjas Lachen hallte in ihrem Rücken. »Kein Grund zur Eile, kein Grund zur Eile, große Flut sammelt sich noch draußen im Meer. Flut, die alles verschlingen wird.«

Paula lief schneller, überholte Willem und atmete erleichtert auf, als sie die Steppe erreichten und den bereits im Dunkeln liegenden Wald hinter sich ließen. Ein graues Zwielicht zwischen Sonnenuntergang und Dämmerung beschien ihren Weg. Willem setzte Bjarki ab und schubste ihn an, damit er vorweg lief und bloß nicht zurück zu seinem neuen Freund.

»Was hältst du von Kostja?«, fragte Paula, ein bisschen außer Atem, während sie zügig voranschritten Richtung Ufer. Ein paar Hasen sprangen quer übers Feld davon. Hinter ihnen im Wald schimpften Raben krächzend zum Abschied. Die Luft roch nach faulendem Laub, feuchter Erde und Regen.

Der Rock schlotterte um Paulas Füße, und einmal mehr ärgerte sie sich über dieses unbequeme Kleidungsstück. Wie viel praktischer dagegen die Hosen der Männer!

»Ein Verrückter, der absurdes Zeug faselt. Ich habe kein Wort verstanden von seinem Gebrabbel.«

»Ich schon.« Paula fühlte wieder, wie ihr die Kehle eng wurde. Dass Kostja überall im Newadelta herumstreunte und dass ihm keine Begebenheit entging, konnte sie sich gut vorstellen.

Aber besaß er wirklich das Zweite Gesicht? Konnte er die Zukunft vorhersehen, oder wollte er sich nur aufplustern?

Was meinte er mit der *großen Flut*, die ihnen bevorstand?

Was ließ ihn von verbundenen Herzen plappern?

Und vor allem: Was hatte ihre Schwester Helena mit einem Mord zu tun?

Kapitel 8

*St. Petersburg,
Winter 1703/1704*

Der Geruch von Schnee und Kälte lag in der Luft. Die Zweige der Birken und Sträucher erstarrten wie feines Porzellan. Der Frost kam früh in diesem Jahr. Bereits Ende Oktober bildeten sich die ersten Eisschollen auf dem Strom. Der Boden gefror steinhart, so dass an eine weitere Befestigung der neuen Stadt nicht zu denken war.

Am längsten arbeiteten die Zimmerleute. Sie drückten sich die Fellmützen tief ins Gesicht und umwickelten die Hände mit Stoffstreifen, damit sie ihnen beim Hämmern und Sägen nicht blau anliefen.

Die Kriegsgefangenen blieben in den Wintermonaten in ihren Lagern. Peter setzte sie ein, um die Fahrrinnen der Newa frei zu halten, damit die Schiffe passieren konnten. Aber spätestens ab Dezember war das nicht mehr möglich.

Die Bauern und Leibeigenen waren zum Teil bereits abgereist in ihre Behausungen im Landesinneren, die Soldaten marschierten in ihr Winterquartier.

Die neuen Siedler, von weit her angereist, waren in der Stadt bereits sesshaft geworden. Sie heizten ihre Behelfshütten, und der Rauch stieg in den kalten grauen Himmel.

Ingermanland und die Inseln lagen Ende Oktober wie von Zucker bestäubt da. Der erste Schnee bedeckte die Baustellen. Nur die Kräne und Gerüste ragten wie Gebein empor.

Seit September beherrschten die Schweden nach siegreichen Schlachten bei Pultusk und Thorn den Kriegsschauplatz in Polen. Mit Argwohn vernahm Zar Peter die Meldung, dass der schwedische König über Krakau nach Warschau marschiert war.

Nun, sollte sich Karl mit seiner Streitkraft in Polen verausgaben. Das ließ dem russischen Zaren weiterhin Zeit, sein Heer aufzurüsten und sich um die baltischen Provinzen zu kümmern. Die Insel Kotlin hatte er bereits besichtigt, bevor der erste Frost über das Land gefallen war. Dort entstand eine zweite Festung, eine gewaltige Verteidigungsanlage, der auch gleich Fregatten zugeteilt werden mussten.

Schiffe brauchten sie, viele Schiffe, um die russische Macht auf See zu verstärken und um den Grundstock für die Werft anzulegen. In den Werften am Dnjepr und am Woronesch, wo seit alten Zeiten der Bootsbau zu Hause war, arbeitete man schon lange ohne Unterlass an der Flotte.

Peter fühlte sich hin- und hergerissen in diesem Winter. War er bei Martha in Moskau, befiel ihn eine Unruhe, die er kaum zu bändigen vermochte. Ein tiefsitzendes Verantwortungsgefühl trieb ihn zurück nach St. Petersburg, als könnte er persönlich seine Stadt vor allem Übel beschützen.

War er in seinem Haus in St. Petersburg, fröstelte er, auch wenn der Ofen bullerte. Eine Kälte in seinem Inneren, die nur Martha zu lindern vermochte, ließ ihn frieren.

So oft wie möglich hielt sich seine Geliebte an seiner Seite auf. Sie begleitete ihn sogar zu den Kriegsschauplätzen, ohne Schwäche zu zeigen. Sie schlief mit ihm in einem Zelt und trug mit ihrem munteren Wesen und ihrer Schlagfertigkeit zu seinem Wohlbefinden bei.

An diesem frühen Morgen im Dezember trat der Zar aus seinem Petersburger Domizil und zog die Mütze gegen die Kälte in die Stirn. Den tiefroten Mantel, mit Goldfäden bestickt und mit Biberfell an Ärmeln und Kragen abgesetzt, schloss er bis oben hin. Atemwölkchen trieben aus seinem Mund und verwehten in der klirrenden Kälte. Peters Stadt schien versteinert vom Frost.

Am späten Vormittag stand der Besuch der türkischen Gesandtschaft an. Vermutlich wollten ihn der Sultan und sein Gefolge mit Vorwürfen überhäufen, weil sie sich davon bedroht fühlten, dass er unentwegt Schiffe bauen und Festungen aufstellen ließ, obwohl das dem Friedensvertrag, den sie für dreißig Jahre miteinander geschlossen hatten, zuwiderlief.

Peter seufzte. Er wünschte, er könnte diese Angelegenheit delegieren, aber wenn einer dafür in Frage kam, dann Menschikow, und der bereitete sich gerade auf die lange Fahrt nach Moskau vor.

Ach, würde der Freund doch bei ihm bleiben.

Der Teufel wusste, was ihn an Alexaschka band, obwohl der sich immer wieder Betrügereien und Unterschlagungen von Staatseigentum zuschulden kommen ließ. Einmal hatte er den altgedienten Kaufleuten den Verdienst genommen, indem er den Zarenhof selbst mit weitaus teurerem Proviant belieferte und die verdienten Rubel in die eigene Tasche steckte. Ein anderes Mal hatte er neue Uniformen aus gebrauchten Jacken nähen lassen, um das bereitgestellte neuwertige Material selbst zu verhökern.

Kam der Zar ihm bei seinen gerissenen Manövern auf die Schliche, dann tadelte er ihn, wie man es von ihm erwartete: »Vergiss nicht, wer du gewesen bist und was ich erst aus dir gemacht habe!« Um noch im Weggehen hinter vorgehaltener Hand seinem Sekretär zuzuflüstern: »Menschikow bleibt wohl Menschikow. Er tut, was er will, ohne mich zu fragen. Aber ich brauche ihn und entscheide nichts ohne ihn.«

Vielleicht war dies das Wesen der wahren Zuneigung: Einen anderen Menschen mit all seinen Fehlern und Schwächen zu lieben.

Am Abend zuvor hatte ihm die Grafenfamilie Bogdanowitsch einen weiteren Besuch abgestattet. Die tumben Gestalten verschwendeten seine Zeit! Er müsste schon sehr betrunken sein, um sich für Komtess Arina zu erwärmen, dieses Rehlein, das um seine Liebe bettelte. Peter grinste bei der Erinnerung, wie barsch er die Familie hinauskomplimentiert hatte.

Menschikow trat aus seinem Haus, das in direkter Nachbarschaft zu Peters eigener Hütte stand, und stapfte über die noch dünne Schneedecke auf Peter zu. Er trug bereits seinen schweren Reisemantel, offen, mit Fuchsfell gefüttert. Die weiße Lockenperücke stand ihm gut zu Gesicht. Er war der Einzige, den Zar Peter in dieser Aufmachung nicht lächerlich fand. Mit dem siegessicheren Lächeln und den blitzenden Augen war er attraktiver denn je, sein aufrechter Gang und die hochgereckte Nase verliehen ihm einen aristokratischen Hochmut, der ihm allerdings nicht in die Wiege gelegt worden war.

Ein Anflug von Neid erfasste den Zaren, weil sein Freund in Moskau in den Armen seiner Geliebten Darja Arsenjewa liegen würde, während er in St. Petersburg von Martha nur träumen konnte.

Es war angenehm, im Winter zu reisen. Der Frost verhärtete die vom Herbstregen aufgeweichten Straßen, der Schnee bedeckte das Land mit einer glatten Decke, über die ein Pferd einen Schlitten doppelt so schnell ziehen konnte wie eine Kutsche über die Sommerwege. Am wildesten ging es auf den zugefrorenen Flüssen und Seen zu.

Die Hauptroute zwischen St. Petersburg und Moskau war mit rot gestrichenen Pfosten und durch Alleebäume markiert. Für die Bequemlichkeit und den Schutz der Reisenden sorgten in regelmäßigen Abständen Herbergen, die Bauern auf Befehl des Zaren eröffnet hatten.

Die beiden Männer küssten sich auf die Wangen.

»Vergiss nicht, mit Darja einen Hochzeitstermin zu vereinbaren«, begrüßte ihn der Zar.

Menschikow hob eine Braue. »Und wann willst *du* die Dinge regeln?«

Peter schnaubte. »Du weißt, dass ich noch verheiratet bin. Ich warte, bis Jewdokija den Nonnenschleier genommen hat. Das Volk würde eine unrechtmäßige zweite Ehefrau schwerlich dulden.«

»Seit wann gibst du was auf die Ansichten deiner Untertanen? Du setzt alles durch, ohne sie um Erlaubnis zu fragen.«

»Ich will, dass sie Martha akzeptieren. Sie hat es nicht verdient, verhöhnt und missachtet zu werden. Du würdest zu deiner und unserer Ehre beitragen, wenn du Darja endlich heiraten würdest. Die Leute zerreißen sich die Mäuler darüber, dass wir uns mit zwei ledigen Frauen herumtreiben. Wenn Darja eine geachtete Ehefrau wäre, könnte Martha in ihrer Begleitung reisen, ohne Anstoß zu erregen.«

Menschikow nickte. »Gib mir noch etwas Zeit, aber ja, ich werde deinem Wunsch nachkommen.«

Schulter an Schulter, im stillen Einvernehmen, schauten sie auf die Eisflächen der Newa, die kahlen Bäume, die verwaisten Baustellen und die Festung – das einzige Gebäude, auf das sie bislang stolz sein konnten.

Ein so langer Weg lag noch vor ihnen, bevor auf diesem Flecken Land die Hauptstadt Russlands emporgewachsen war. In seinen Visionen sah Peter bereits die Paläste und Handelshäuser, den Hafen und die gewaltigen Segler aus aller Welt, die die Newa hinabsegelten, um in der Stadt vor Anker zu gehen. Wie sie staunen würden über die Pracht, die Eleganz, die Wirkkraft der Werft und aller Landungsplätze! Die Zeiten, in denen die Russen mit ihrer mittelalterlichen Weltsicht von Europa belächelt worden waren, würden endgültig der Vergangenheit angehören.

»Wir werden noch viel mehr Arbeiter brauchen. Sieh zu, dass du auf deiner Reise nach Moskau und zurück Bauern rekrutierst. Versprich ihnen elf Rubel im Jahr und einen Zuschuss für den Wodka. Beschreibe ihnen die Uniform nach deutschem Vorbild in leuchtenden Farben und wie viel Freude es macht, mit Musketen und Bajonetten bewaffnet in Kolonnen zu marschieren. Ich vertraue auf dich.«

»Ich tue, was ich kann.« Menschikow wandte sich kurz um, weil hinter ihnen mit bimmelnden Glocken das Dreigespann mit dem Schlitten heranrauschte. Die Pferde trippelten und schüttelten die Mähnen. Auf dem Kutschbock saß dick eingepackt in Felle und Decken ein vierschrötiger Mann, dessen Gesicht man unter seiner verschlissenen Mütze nicht erkennen konnte. Sein Bart war mit Raureif bedeckt.

Menschikow zupfte sich die Handschuhe von den Fingern. »Ich werde bald zurück sein. Und ich bring dir Nachrichten von Martha und dem Zarewitsch, um dich zu wärmen.«

Der Zar bückte sich nach einem losen Stock zu seinen Füßen, nahm Schwung und schleuderte ihn über den zugefrorenen Strom, wo er über das Eis rutschte. »Von Martha alles, was du in Erfahrung bringst, mein lieber Freund, merke dir jedes Detail und beschreibe mir ihre Schönheit wie ein Künstler.«

Menschikow lachte auf. »Ich fürchte, als Poet bin ich überfordert. Vielleicht«, er zupfte an seinem Schnurrbart, während seine Augen glitzerten, »besinge ich ihre Anmut und ihren Liebreiz. Du weißt, dass ich in jungen Jahren beim Verkaufen der Pasteten die besten Geschäfte machte, wenn ich zum Singen anhob.«

Sie lachten beide, während die aufgehende Sonne ihr blasses Licht über die Landschaft warf und Eis und Schnee funkeln ließ. Menschikow wurde ernst. »Deinen Sohn könnte ich mitbringen. Vielleicht findet er Interesse daran, beim Aufbau der Stadt mitzuarbeiten.«

»Da sei der Allmächtige vor«, entfuhr es Peter verbittert. »Alexej wird dir als Gouverneur der Stadt nur im Weg herumstehen, sich wegträumen und nichts begreifen. Dass mich das Schicksal mit einem solchen Weichling bestraft hat, ist die größte Ungerechtigkeit in meinem Leben. Aber wie sollte es anders sein. Er kommt in allem nach seiner Mutter. Lass dir bloß nicht einfallen, ihn herzubringen. Mich graust es, wenn ich daran denke, wie ungeschickt er sich beim Segelunterricht angestellt hat. Ein Dickkopf ist er, und unfähig noch dazu.«

Menschikow nickte mit zusammengepressten Lippen. »Du bist hart gegen Alexej. Vielleicht nähme seine Entwicklung einen anderen Verlauf, wenn du dich mehr um seine Erziehung kümmern würdest.«

Peter fuhr zu seinem Freund herum, die Hände geballt, zitternd vor unterdrücktem Jähzorn. »Wage es nicht, mir Vorwürfe zu machen! Ich habe getan, was möglich war. Er hat stets nur wie ein Säugling nach seiner Amme gegreint und mich angeglotzt wie ein Fisch. Nein, mein Kamerad, diesen Zarewitsch haben wir verloren.«

»Einen anderen hast du nicht.«

Peter kniff ein Auge zusammen und spürte zu seinem Ärger, wie seine Schulter zu zucken begann. Der Fürst kannte ihn gut genug, um zu wissen, dass man am besten damit fuhr, wenn man sich gleichmütig verhielt, als bemerkte man die Krämpfe nicht.

»Ich sag dir, was ich habe«, fuhr Peter seinen Vertrauten an. »Ich habe die klügste und schönste Geliebte, die ich mir wünschen kann, und ob sie vorher Wäscherin oder Prinzessin in Preußen war: Ich werde sie zu meiner Frau machen. Und sie wird mir viele Kinder gebären, starke Kinder, die sich gegenseitig in ihrem Eifer übertrumpfen werden, es ihrem Vater nachzumachen.«

»Du willst Martha also wirklich heiraten?«

»Wie du selbst festgestellt hast, werde ich mein Volk auch in dieser Angelegenheit nicht um Erlaubnis bitten«, erwiderte Peter und verschränkte die Arme vor der Brust, um sich zu wärmen. »Schon bald werden wir vor den Altar treten, ohne Empfang, ohne Bekanntmachung. Auch ohne offizielle Unterstützung werden wir uns vermählen. Ich will sie nicht verlieren, verstehst du, Alexaschka?«

»Soll ich ihr das ausrichten?«, erkundigte Menschikow sich mit einem Zwinkern.

»Dass ich sie liebe – ja. Dass wir heiraten, werde ich ihr persönlich mitteilen, wenn sie im kommenden Frühjahr anreist. Ach, Alexaschka, ich wünschte, ich könnte ihr dann schon mehr präsentieren als die wenigen Baustellen auf diesem Stück Land.«

»Das wirst du, Peter, das wirst du. Und das schönste Bauwerk überhaupt wird die Werft werden, dort drüben am anderen Ufer.« Er wies mit dem Zeigefinger über den Strom.

Peter lächelte, folgte seinem Blick und fuhr mit dem eigenen Finger am Ufer entlang von der geplanten Werft in östliche Richtung. Aus der Mitte der Werftgebäude reckte sich ein hoher schmaler Holzturm empor, den eine Wetterfahne in der Form eines Schiffes krönte.

»An diesem Ufer werden die schönsten Paläste stehen, die die Welt je gesehen hat. Einer davon wird Martha gehören, der Gemahlin des Zaren.«

Menschikow nickte ein paar Mal. Peter sah ihm die Skepsis an, aber selbst sein engster Vertrauter würde es nicht wagen, ihm diesen Wunsch auszureden.

Sie küssten sich erneut auf die Wangen, bevor der Fürst in den mit Samt ausgeschlagenen Schlitten stieg.

Der obere Teil des Gefährts war dicht verschlossen, nicht der geringste Luftzug würde eindringen. Auf beiden Seiten konnte man durch Fenster die vorbeirauschende Landschaft beobachten. Im Inneren befanden sich Borde mit Büchern zum Zeitvertreib. Bei Anbruch der Dunkelheit würde der Kutscher eine Laterne mit Wachskerzen anzünden, die an der Decke hing. Der Schlitten war gepolstert mit warmen Decken, in die man sich einhüllen konnte, während die Füße auf einem erwärmten Stein ruhten. In Reichweite stand ein

Behälter aus Zinn für Wein oder Wodka. Komfortabler reiste niemand.

Eine Troika, die eines Herrschers würdig war, aber an mangelndem Selbstwertgefühl hatte Menschikow noch nie gelitten. Er liebte es, sich und seinen Status zur Schau zu stellen.

Wer konnte es ihm verdenken, dachte Peter.

Sollte sein Gefährte nach seinen eigenen Vorstellungen schalten und walten, solange er ihm mit seinem messerscharfen Verstand und seiner Weitsicht zu Diensten stand.

Menschikow und er hatten Höhen und Tiefen einer Männerfreundschaft erlebt, seit sie sich vor mehr als fünfzehn Jahren in der Moskauer Vorstadt zum ersten Mal begegnet waren. Damals war Alexander Danilowitsch Menschikow der Hausdiener von François Lefort gewesen. Ein steiler Aufstieg für den Jungen, der zuvor in den Straßen Moskaus als Pastetenverkäufer seinen Lebensunterhalt verdient hatte.

Menschikow begleitete Peter in seiner frühen Jugend bei allen Streifzügen durch das Moskauer Umland und ging später in seine Dienste über. Einen fügsameren, klügeren und treueren Gefährten konnte Peter sich nicht wünschen. In den ersten Jahren schlief er gar zu seinen Füßen. Aber wichtiger noch war, dass er sich von ihm von seiner Leidenschaft für Kriegsspiele anstecken ließ. Er war einer der ersten »Spielsoldaten« im Preobraschenskij-Regiment, das Peter gegen die Mannen aus dem Nachbardorf Semjonowskoje mit hölzernen Flinten antreten ließ.

Menschikow hing an seinen Lippen, wenn der Zar von den am Westen orientierten Neuerungen sprach, die er sich für sein Russland wünschte, und bald begann er, ihn in all seine Träume und Geheimnisse einzuweihen.

Der erste Feldzug, bei dem Menschikow den Zaren begleitete, ging gegen die Türken im Jahr 1695, um die Festung Asow am Don zu erobern und dadurch eine Vormauer gegen die Einfälle der Tataren ins Russische Reich zu erlangen. Peter erinnerte sich nicht gern an diesen Krieg, bei dem er wegen der heftigen Gegenwehr der Türken dreißigtausend Männer verlor. Aber er erinnerte sich an Menschikows Mut und Unerschrockenheit und dass ihn dieser Krieg am Ende an den schiffbaren Fluss Woronesch brachte, der sich in den Don ergießt. Auf der dortigen Werft sammelte Peter erstes Fachwissen über den Schiffbau, und im darauffolgenden Jahr war er besser vorbereitet, als sie ein weiteres Mal gegen Asow zogen – diesmal siegreich mit einem Vertrag über dreißig Jahre Waffenstillstand. Jene Schiffe bildeten den Grundstock für seine Kriegsmarine und die Admiralität, die hoffentlich schon bald in St. Petersburg ihren Sitz haben würde.

Nachdem er Menschikow verabschiedet und der Schlitten sich in Bewegung gesetzt hatte, verschränkte Peter die Arme vor der Brust und ließ den Blick über die Newa zur Festung und zur dahinterliegenden Wassilij-Insel schweifen. Das Trampeln der Pferde, das Bimmeln der Glöckchen und das Peitschenknallen des Kutschers verhallten in seinem Rücken.

Überall ruhende Baustellen. Hoffentlich setzte die Schmelze in diesem Jahr früh ein, so dass die Arbeiter wieder heranströmen konnten, um die Stadt zu bauen! Ob sie es vielleicht schon in diesem oder im nächsten Jahr schaffen würden, die Regierungsämter hierherzuverlegen und St. Petersburg zur Hauptstadt auszurufen?

In den sieben Jahren seiner Alleinherrschaft hatte er unablässig daran gearbeitet, Russland nach modernsten Vorstellungen umzugestalten, die verdammte Barbarei und Bigotterie einzudämmen, das Kriegswesen auszubauen, die Moralvorstellungen und Lebensstandards verbessern. Wohin sonst hätten ihn seine Visionen von einem veränderten Russland führen sollen als zur Erschaffung einer neuen, am Westen orientierten Hauptstadt?

Für die Altgläubigen jedoch, die an ihren Ritualen und an den Texten der russischen Kirche festhielten, war Peter der Antichrist, der den Glauben der Väter nicht achtete, der Tradition und Sitten mit Füßen trat. Aber gut, er war nicht auf der Welt, um geliebt zu werden. Es gab nur wenige Menschen, auf deren Zuneigung er Wert legte. Menschikow war einer von ihnen.

Seine Landsleute folgten ihm nur unwillig, wenn er von ihnen verlangte, ihre alten Gebräuche abzulegen, ihre Mäntel zu kürzen, ihre Bärte abzuscheren. Nur Menschikow an seiner Seite legte genau wie er selbst innerhalb kürzester Zeit alles Russische ab.

Nach dem Verständnis der orthodoxen Kirche war der Bart das Merkmal, das den Mann vom Tier unterschied und ihn zum Ebenbild Gottes machte. Die Kirchenanhänger entrüsteten sich: »Alle Rechtgläubigen werden aussehen wie die Katzen und Hunde, wie die Polen und die Ketzer!«

Peter wich von seiner Reform nicht ab, und wer sich seiner Vorschrift widersetzte, der musste eine Bartsteuer entrichten.

An den Stadttoren ließ er Kleidungsmuster aushängen. Der russische Kaftan war nicht nur unpraktisch, er ließ seinen Träger auch in der westlichen Welt lächerlich erscheinen. »Seht her, das Zeug ist Euch im Weg«, sagte Zar Peter zu den russischen Adeligen, wenn sie mit ihm tafelten, »Ihr stoßt ja die Gläser mit Euren Ärmeln um, tunkt die Dinger in die Sauce.« Wer nicht freiwillig das Gewand wechselte, dem wurde der Kaftan von den Soldaten mit den Säbeln gekürzt. Oder vom Zaren persönlich, wenn das Temperament mit ihm durchging.

Um das Volk bei Laune zu halten und für die neue Lebensart zu werben, ließ er überbordende Feste veranstalten. Für einen seiner Hofnarren hatte er einmal eine Hochzeit ausgerichtet, zu der alle Gäste in der alten russischen Tracht erscheinen sollten. Für Menschikow war diese Maskerade und die Veralberung alter Sitten natürlich eine Paraderolle.

Das Bankett wurde nach der Art veranstaltet, wie es auch schon vor hundert Jahren Sitte gewesen war. Kein Zimmer durfte, einem alten Aberglauben folgend, geheizt werden, obwohl der Frost die Stadt fest im Griff hielt. Es wurde kein Wein gereicht, nur billiger Met und Branntwein. Das Murren war groß, aber der Zar antwortete den Ministern und ihren Damen nur spöttisch: »Eure Vorfahren haben es so gehalten, und die alten Gewohnheiten sind doch immer die besten, oder?«

Sie würden es schon noch begreifen und auch zu schätzen wissen, dass Peter bei allen irrwitzigen Eskapaden und Launen letzten Ende nur eines im Sinn hatte: gemeinsam mit Menschikow sein geliebtes Russisches Reich in eine bessere Zukunft zu führen. Koste es, was es wolle.

KAPITEL 9

*St. Petersburg,
März 1704*

Nur noch vereinzelte Eisschollen trieben auf der Newa und funkelten wie Silberplatten im Licht der höhersteigenden Sonne, die nun Tag für Tag an Kraft gewann. Dr. Richard Albrecht hatte befürchtet, dass mit der Schmelze der Pegelstand ansteigen und das mühsam erarbeitete Land im Flusswasser versinken würde, aber seine Ängste erwiesen sich in diesem Frühjahr als grundlos.

Die Bäume standen noch nackt und reckten ihre Zweige hungrig der Wärme und dem Licht entgegen. In wenigen Wochen würde sich das erste Grün an den Birken zeigen, die Lerchen würden anfangen zu singen.

Die Stadt hatte sich in den letzten Tagen merklich gefüllt. Die Arbeiter und Soldaten aus den Winterquartieren kehrten zurück, die Kriegsgefangenen krochen aus ihren Unterkünften, und von überall her aus dem Reich wurden weitere Bauern und Leibeigene herbeibefohlen, um beim Aufbau von St. Petersburg zu helfen. Sie trugen verkniffene Mienen, denn kaum einer tat dies freiwillig oder aus Überzeugung. So wie der Zar Männer für seine Armee rekrutierte und in die Pflicht nahm, so befahl er auch rigoros die Bauern an die Ostsee.

Helena und ihre Familie hatten den ersten Winter in ihrem Stelzenhaus verbracht, und Helena vermutete, dass sie vor

Langeweile gestorben wäre, wenn ihr kostbares Geheimnis sie nicht bei Laune gehalten hätte.

Vater, Mutter und Paula hatten in den kalten Monaten alle Hände voll zu tun gehabt mit der Behandlung der Menschen, die in St. Petersburg geblieben waren. Vor lauter Arbeit kam keiner von ihnen dazu, die Entscheidung in Frage zu stellen, dass sie in dieses unwirtliche Gebiet an die Newa gereist waren. Auch in der Moskauer Vorstadt war das Leben besonders in der kalten Jahreszeit nicht leicht gewesen, aber da waren sie von Freunden und langjährigen Bekannten umgeben gewesen, die sich gegenseitig in Notzeiten aushalfen. In St. Petersburg musste sich Helenas Familie erst einmal wieder ein Netz von Freundschaften weben und sich so lange irgendwie mit der schlechten Lebensmittelversorgung arrangieren. Der Lohn des Zaren für Dr. Albrecht mochte fürstlich sein, aber was nützte das, wenn manchmal tagelang keine Ware vorhanden war, für die sie das Geld ausgeben konnten?

Auf Schlitten wurden einmal wöchentlich Mehl und Kohl, Rüben und Früchte aus den südlichen Landesteilen in die Stadt gebracht. Das Gedränge um die Warenschlitten war groß, doch größer noch war der Hunger derjenigen, die die teuren Lebensmittel nicht bezahlen konnten: die einfachen russischen Arbeiter, sofern sie nicht in den Diensten der ausländischen Fachkräfte standen. Wer sich diese Leckerbissen nicht leisten konnte, ernährte sich von getrocknetem Fisch und eingelegten Pilzen und Beeren.

In seiner Menschenfreundlichkeit versuchte Dr. Albrecht, wie Helena miterlebt hatte, manch einen von ihnen aufzupäppeln, indem er sich das Brot vom Mund absparte, aber oft genug vergeblich. Tod, Siechtum und die Trauer der Verwandten waren ihre allgegenwärtigen Begleiter im Arzthaus.

Viele Patienten kamen mit bellendem Husten und Lungenentzündungen, manche mager wie Gerippe und blass wie Leichen, kurz vor dem Hungertod. Und das waren noch diejenigen, denen vielleicht geholfen werden konnte. Helena mochte sich nicht ausmalen, wie viele alte Russen sich den vermeintlich heilkundigen Quacksalbern anvertrauten, die in Petersburg ihre Dienste anpriesen.

Ihr Bruder Gustav bekam all das Leid hautnah mit. Er fühlte sich ans Haus gefesselt, weil seine geliebten Bootsauflüge nicht möglich waren. Er vertrieb sich die Zeit damit, ein eigenes Schiffsmodell zu entwerfen, das er in mühevoller Arbeit aus kleinen Holzstücken zusammenleimte.

Paula hielt es nach getaner Arbeit in der Praxis kaum mal eine Stunde im Haus aus. Sie hüllte sich in ihren fellgefütterten Mantel und dicke Stiefel und stromerte mit ihrem holländischen Freund und dessen Hund durch Ingermanland und die finnischen Wälder.

Helena jedoch verbrachte die Tage mit Hausarbeiten, in Gedanken nur bei dem Abend, wenn sie sich mit Erik treffen würde. Ein paarmal hatte ihre Mutter sie gescholten, weil sie vergaß, Essig in das Putzwasser zu gießen, oder weil sie die Suppe anbrennen ließ. Aber Helena hatte sich nur mit einem Lächeln entschuldigt und sich weiter an die Seite ihres Schweden geträumt, der seit dem vergangenen Herbst seinen Dienst auf der Admiralitätsinsel verrichtete und den sie somit jederzeit zu Fuß besuchen konnte. Der Name der Insel hatte sich mit dem Wachsen der Werft eingebürgert. Die oberste Kommandobehörde der russischen Marine sollte schon bald ihren festen Sitz in St. Petersburg haben. Zar Peters Flottenführer ließen sich nach und nach auf der Insel mit ihren Familien nieder.

Wenn die Lebensmittel eintrafen, begleitete Helena ihre Mutter, um Gurken, Korn und Hühner zu kaufen. Die hasserfüllten Blicke der hungernden Russen spürte sie wie ein Prickeln im Nacken, wenn sie mit dem gefüllten Weidenkorb den Rückweg antraten. Vermutlich würde es Generationen dauern, bevor die Russen damit aufhörten, sie als Eindringlinge zu verteufeln, die die Schuld daran trugen, dass der Zar sich vom alten Russland abgewandt hatte und auf dem Rücken des einfachen Volks alles erneuerte. Für die Ausländer gab es Lebensmittel und fertig aufgebaute Häuser – die Russen jedoch mussten zusehen, wie sie allein zurechtkamen.

Für die Ausflüge zu Erik in den frühen Abendstunden, kurz bevor das Tageslicht schwand, lebte Helena in diesem Winter, aber sie würde sich lieber die Zunge abbeißen, als irgendwem von ihrer Liebelei zu erzählen. Zu groß war die Furcht, dass die Eltern sie einsperren würden, sobald sie davon erfuhren, und ein Leben ohne Erik mochte Helena sich nicht mehr vorstellen.

In diesem Frühling erlebte Helena ihr erstes Stadtfest in der neuen Heimat. Schon lange bevor der Fluss abgetaut war, hatte es Wetten darauf gegeben, wann die Schmelze endgültig einsetzen und die Transportwege wieder freimachen würde. Als es dann endlich so weit war, gab es eine Parade mit bunt geschmückten Schaluppen, Gondeln und Barken, und drüben an der Strelka, dem Ostzipfel von Wassiljewski, feierte das Petersburger Volk mit Musik und Tanz und Spielen.

Helena wünschte, sie hätte mit Erik daran teilnehmen können, aber das würde wohl in diesem Leben nicht mehr möglich sein.

An diesem Märzabend packte Helena, wie immer, ein paar Lebensmittel in einen Lederbeutel, ein Stück Käse, weißes Brot und eine halbe Gurke, bevor sie in die Fellstiefel schlüpfte. Sie huschte aus dem Haus, hängte sich den Beutel quer über die Brust, vergrub die Hände in dem Muff und lief zum Sträflingslager. Hände und Füße musste sie vor dem Frost schützen, aber in ihrem Inneren glühte ein Fieber, das sie wärmte. Ihre Wangen leuchteten rot unter der pelzbesetzten Mütze.

Sie stapfte über Bretter und erste Steinwege, vorbei an den Hütten und Baustellen. Über der Stadt schien eine seltsam melancholische Stimmung zu liegen. Unter den grauen Schneeresten lugten die schwarzen Blätter vom Vorjahr hervor.

Um diese Uhrzeit, da die Temperatur fiel, begegnete sie

kaum noch einem Menschen. Aus den Hütten schlängelten sich Rauchfahnen, Türen und Fenster waren verriegelt.

In der Nähe der Werftanlage, die in diesem Jahr vollendet werden sollte, lag ein Kahn aus morschem Holz, den die Seeleute vermutlich im späteren Frühjahr instand setzen würden. In diesem Winter aber diente er als Geheimversteck für Erik und Helena, ein windgeschützter Ort, an dem sie eng beieinandersitzen und sich gegenseitig wärmen konnten.

Wie er es anstellte, wusste Helena nicht, aber Erik schaffte es fast jeden Abend, auf sie zu warten, einen Steinwurf vom Sträflingslager entfernt. Möglicherweise hatte einer der Aufseher sogar die abendlichen Treffen mitbekommen, und er ließ Erik gnädig gewähren, solange er seine Arbeit ohne Schereien erledigte. Vielleicht aber hatte Erik auch einen der Russen bestochen. Er hatte einmal angedeutet, dass er nicht unvermögend sei und dass seine Familie ihn jederzeit unterstützen würde. Helena drang nicht in ihn, um sein Geheimnis zu erfahren. Sie genoss nur die Nähe zu ihm.

Ihre Schritte beschleunigten sich, weil hinter der nächsten Hütte der Kahn in Sicht kam. Verborgen von welkem Gras und Gestrüpp, lag er dicht am Strom. Helena lief das letzte Stück. Als sie Erik entdeckte, blieb sie atemlos vor ihm stehen, nachdem er sich erhoben hatte und breitbeinig auf sie wartete. Sie sah zu ihm auf, sehnsüchtig und erwartungsvoll, aber wie all die Male zuvor nahm er sie nicht in die Arme, griff nur nach ihrer Hand und legte für einen Moment die Wange hinein.

»Da bist du«, sagte er mit einer solchen Zärtlichkeit, dass ihr die Knie weich wurden.

Sie stieg zu ihm ins Boot und ließ sich auf die mürbe Leinendecke fallen, unter die Erik Gras und Stroh gepackt hatte, um es ihr bequem zu machen. Schulter an Schulter hockten sie hier Abend für Abend und ließen den Blick über den Strom bis zu den Inseln auf der gegenüberliegenden Seite schweifen.

»Wir haben heute die Arbeit an der großen Straße wiederaufgenommen«, erzählte Erik, während er Stücke vom Brot abriss und kaute. »Der Boden ist weich genug, dass wir die Steine setzen können. Sofern genug Material vorhanden ist.« Er verzog den Mund. »Sobald es wärmer wird, werden wir Bäume an den Rand pflanzen. Es soll die schönste Allee der Stadt werden, weißt du.«

»Und du kannst stolz sein, daran beteiligt zu sein«, erwiderte sie. »Wann immer ich über diese Straße gehen werde, werde ich an dich denken.«

Er wandte den Kopf und lächelte sie an. »Das ist ein schöner Gedanke, der mir viel Kraft gibt.«

»Vielleicht …«, sie spürte, wie ihr Gesicht brannte, »vielleicht werden wir die Straße ja auch gemeinsam hinauf und hinab flanieren.« Helena war es gewohnt, zu kokettieren, aber gegenüber Erik fühlte sie sich unsicher und verzagt. Es irritierte sie, dass er, seit sie sich im letzten Herbst kennengelernt hatten, nicht einen Versuch unternahm, sie zu umarmen oder gar zu küssen. Merkte er nicht, dass sie bereit dafür war, ja dass sie sich danach sehnte? Er war ihr in den letzten Monaten vertraut und lieb geworden, so dass es ihr wie die natürlichste Sache der Welt erschienen wäre, wenn er sich ihr genähert und mit seinem Mund ihre Lippen berührt hätte. Aber Erik hielt Abstand, wenn auch nicht mit seiner Seele, sondern mit seinem Körper.

Ob sie ihm als Frau nicht gefiel?

Ein Schatten fiel über Eriks Gesicht. »Du meinst, wenn ich ein freier Mann wäre?«

Helena nickte. »Sie werden dich nicht bis an dein Lebensende gefangen halten.«

Sein Lächeln erreichte seine Augen nicht. »Und du willst deine Jugend verschwinden, indem du auf mich wartest, bis ich ein Greis bin?«

»Nichts verschwende ich«, widersprach sie heftig. »Die

Abendstunde mit dir ist das Schönste in meinem Leben.« Ihre Röte vertiefte sich, weil sie erkannte, dass sie sprach, ohne nachzudenken. Allmächtiger, das klang ja so, als wollte sie sich ihm an den Hals werfen!

Er hob die Hand und berührte zart ihr Gesicht. Sie schmiegte die Wange hinein. »Mir geht es nicht anders«, sagte er.

Sie wechselten sorglos zwischen dem Schwedischen, Deutschen und Russischen und hatten sich mittlerweile ihre eigene Sprache geschaffen, die vielleicht nur sie beide verstanden.

»Nur die Freude auf die Treffen mit dir lässt mich die Schinderei ertragen.« Sein Adamsapfel hüpfte beim Schlucken. Leise fuhr er fort: »Und die Aussicht darauf, irgendwann nach Schweden zurückzukehren.«

»Erzähl mir von Schweden«, bat sie.

Ein Lächeln erhellte seine Züge. »Im Sommer liegt der Duft nach Birken und Margeriten über dem ganzen Land. Und es gibt so viele Seen, dass du an jedem Tag im Sommer in einem anderen baden kannst. Die Höfe der Dörfer liegen weit verstreut über das Land, und sie schimmern im Sonnenlicht in den schönsten Farben. Ich habe es immer geliebt, wenn mein Vater im Frühjahr die Malertöpfe und Pinsel hervorgeholt hat. Wir Kinder haben alle geholfen, die Welt nach dem langen Winter wieder in bunten Farben erstrahlen zu lassen.«

Helena betrachtete ihn, wie er versonnen seine Erinnerungen mit ihr teilte. Doch plötzlich verdüsterte sich seine Miene. »Nach der Dürre im vergangenen Sommer hat es einen schweren Brand in Uppsala gegeben. Ich frage mich, was von meiner Heimatstadt überhaupt noch steht.«

Helena presste sich die Hand auf den Mund. Wie schlimm musste es für ihn sein, nicht zu wissen, was aus seiner Familie und den Freunden geworden war.

Er ließ die Schultern kreisen. »Weißt du, vor dem Feuer war Uppsala die zweitgrößte Stadt im Land nach Stockholm. Bei uns wohnte der Erzbischof, wir hatten die Schwedische Akademie und die Universität. Ich habe keine Ahnung, was davon noch übrig geblieben ist.«

»Du bist sehr stolz auf deine Heimat.«

Erik nickte. »Die meisten kennen von Schweden nur Stockholm. Aber Uppsala liegt nur zwei Tagesmärsche entfernt und ist tausendmal schöner als die Hauptstadt. Wir haben ein herrschaftliches Schloss und eine gigantische Kathedrale.« Er senkte den Kopf. »Ich wäre gern wieder dort.«

Helena bereute es, ihn nach seiner Heimat gefragt zu haben. Das hatte sie nicht gewollt, dass sein Herz vor Heimweh schwer wurde! Sein Alltag bestand ohnehin nur aus Elend und Not. »Erzähl mir mehr von deiner Kindheit«, sagte sie im schwachen Versuch, von dem verheerenden Unglück abzulenken und das Leuchten in seine Augen zurückzubringen.

Es gelang ihr. »Das Schönste im Jahr war die Walpurgisnacht, am letzten Tag im April, wenn die Studenten ihren Frühlingsgruß in die frostige Abendluft sangen und überall in der Ebene um Uppsala die Walpurgisfeuer brannten. Und natürlich der Mittsommer, wenn die Mädchen sich sieben Sorten Blumen von sieben Wiesen pflückten und sie über Nacht unter ihre Kopfkissen legten. Der Legende nach träumen sie dann von dem, den sie heiraten werden.« Er grinste sie an.

Helena lächelte leicht. Ob es damals ein Mädchen gab, das von ihm geträumt hatte? Aber sie wagte nicht, die Frage zu stellen.

Sein Blick glitt in die Ferne, als reiste er in Gedanken zurück in die guten Zeiten. »Die Zöpfe der Mädchen flogen, wenn wir mit ihnen tanzten, die Luft roch nach Klee und blühenden Feldern, harzigen Tannenzapfen und den frischen Erdbeeren, die wir zum Nachtisch aßen.«

Helena betrachtete seine Miene, die sich in der Erinnerung entspannte, und sie bekam eine Ahnung, wie heiter Erik in Freiheit war. Zu schade, dass sie ihn so nicht erlebte. Sie hätte sich gern von ihm beim Tanz um den Maibaum herumschwingen lassen, aber sie wusste auch, dass sie dort nicht hingehörte. Die Erinnerungen, die er bei sich trug, waren seine Welt. Sie selbst war dort fehl am Platz. Sie trug ihre eigenen Bilder in sich.

»Als Kind hat es mich kalt und heiß überlaufen, wenn ich Elstern gesehen habe«, fuhr er nachdenklich fort. Sie lachten sich an. »Kennst du Elstern? Ihr Schwanz ist lang wie ihr Körper. Sie sind schwarz mit weißen Flecken an der Brust. Manchmal schimmern ihre Flügel wie Metall. In Schweden heißt es, sie seien mystische Wesen. Sie flattern Sommer und Winter um jede kleinste Hütte herum und stehen unter dem besonderen Schutz der Bauern. Elstern sind nach dem Glauben unserer Väter Hexenvögel und gehören dem Teufel an. Abergläubische Menschen wie meine Großmutter erkennen an ihrem Schäckern, ob Glück oder Unglück zu erwarten ist. Wenn die Hexen in der Walpurgisnacht nach Blåkulle reiten, verwandeln sie sich, so erzählte meine Großmutter, in diese Vögel. Bei ihrer Mauser im Sommer denken die Leute, dass sie in Blåkulle dem Teufel sein Heu einfahren geholfen haben und das Joch hätte ihnen die Federn abgescheuert. Manche nageln die toten Tiere mit gespreizten Flügeln in die Pferdeställe, damit kein böser Kobold seinen Schabernack treiben kann.«

Helena lauschte ihm mit angehaltenem Atem, und hinter ihrer Stirn stiegen die Bilder auf, wie dem jungen Erik am flackernden Kamin Gruselschauer über den Rücken jagten, während seine Großmutter Geschichten erzählte. Wie geborgen er sich gefühlt haben musste in seinem Elternhaus und wie entwurzelt und innerlich zerrissen er jetzt war.

»Ich weiß gar nicht zu sagen, wo meine Heimat ist«, sagte sie in das Schweigen hinein, als Erik seine Erzählung beendet hatte und seinen Gedanken nachhing. »Ich kann mich an Coppenbrügge kaum noch erinnern, aber ist deswegen die Ausländervorstadt Nemezkaja Sloboda meine Heimat? Nein, ich glaube, was ich als Heimat empfinde, ist nicht mit einem Ort verbunden. Heimat ist ein Gefühl.«

Liebevoll betrachtete er ihr Gesicht, hob die Hand und streichelte ihr mit zwei Fingern über die Wange. Die Berührung hinterließ eine warme Spur auf ihrer Haut.

»Die Russen boten uns Gefangenen bessere Bedingungen an, wenn wir in den russischen Kriegsdienst einstiegen. Alle lehnten empört ab. Gegen das Vaterland wollte keiner von uns Waffen tragen. Dann lieber einem fragwürdigen Schicksal entgegengehen. Ich bin und war nie ein pflichtbewusster Kirchgänger, aber ich habe nie inniger und mit mehr Andacht zu meinem Gott gebetet wie in dieser Gefangenschaft. Bevor du kamst, waren mir meine Gebete und Erinnerungen der einzige Trost und meine Zuflucht.«

War es nicht natürlich, dass es ihn in die Heimat zurückzog? Vermutlich wartete dort eine Frau auf ihn, mit der er in den Frühlingsnächten Küsse und Versprechen getauscht hatte. Wie sollte es anders sein?

Sie spürte, wie ihr die Tränen kamen, und wollte den Kopf senken.

Mit einem Finger hob er ihr Kinn. Auf einmal waren sich ihre Gesichter nah. Sie roch seinen erdigen Duft, spürte seinen Atem an ihrer Wange. »Ich muss nach Schweden zurückkehren. Es gibt Menschen, die dort auf mich warten, Helena«, sagte er. »Aber ein Leben ohne dich kann ich mir nicht mehr vorstellen.«

Helena schloss für einen Moment die Augen. Eine Träne löste sich aus ihren Wimpern. In der nächsten Sekunde schlang sie die Arme um seinen Hals und küsste ihn mit einer Leidenschaft, die sie selbst erschreckte.

Sie presste ihre Lippen auf seinen Mund. Im ersten Moment erstarrte er, aber dann ergab auch er sich seinen Gefühlen und erwiderte ihren Kuss so stürmisch, dass ihr schwindelig wurde. Er umfing sie, als wollte er sie nie wieder loslassen, während ihr Kuss all das zum Ausdruck brachte, was sie in den vergangenen Wochen mit Worten nicht zu sagen imstande waren.

Helena fühlte die Sehnen an seinen Oberarmen und die Wärme seines Leibs. Sie seufzte, als er seine Lippen ihren Hals hinabwandern ließ. Er öffnete die oberen Knöpfe ihres Mantels, um ihr Dekolleté mit Küssen zu bedecken, und von der Kälte des Märzabends spürten sie beide nichts mehr.

Wie im Fieber liebkosten sie sich. Sie spürte seine Hände, wie sie durch ihre Haare strichen, seine Lippen, die sich den Weg über ihren Körper suchten. Helena war bereit für ihn. Ohne zu zögern, würde sie sich ihm in diesem alten Kahn hingeben.

»Ersticken sollst du an all deinen Lügen, du Verräter!«

Helena und Erik fuhren auseinander, als die vor Wut heisere Stimme ihr Liebesspiel jäh unterbrach. Urplötzlich war dieser Mann hinter dem Kahn aufgetaucht und hatte sich vor ihnen mit einem Stock in der Hand aufgebaut. Er stand da wie ein zum Angriff bereites Raubtier. In seiner Miene loderte Hass.

Mit einem Satz war Erik auf den Beinen. Helena rappelte sich ebenfalls hoch, verbarg sich halb hinter seinem Rücken.

Der Mann hatte schwedisch gesprochen, aber Helena verstand die Sprache inzwischen ein wenig.

»Arvid.« Erik trat einen Schritt auf ihn zu. Er klang versöhnlich, obwohl ihn dieser Kerl mit dem glattrasierten Schädel bedrohte.

Arvid hob den Stock, als Erik näher trat. Sein Gesicht war grau wie Asche, seine Augen schienen zu glühen. »Du hast ihr die Treue geschworen. Du hast Siri versprochen, dass du zu ihr zurückkehrst. Und jetzt machst du deinem deutschen Liebchen heiße Schwüre? Schäm dich, Erik.« Arvid spuckte neben sich. »Du bist nicht mehr wert als der Dreck unter meinen Nägeln.«

»Komm zur Besinnung, Arvid. Glaubst du wirklich, ich hätte Siri vergessen?«

Helena sank der Mut. Sie trat einen Schritt von Erik fort, schlang die Arme um ihren Leib.

Arvid hob den Stock hoch, doch ehe er den Knüppel auf Erik niedersausen lassen konnte, packte Erik sein Handgelenk und drehte es ihm um.

Arvid schrie wie ein Tier, aber mit Tritten schaffte er es, sich zu befreien, um ein weiteres Mal auf Erik loszugehen. Als der Stock auf Eriks Schläfe sauste, war Helena nicht mehr zu halten. Mit zwei Sätzen stürzte sie sich auf Arvid, stieß die Fäuste in seinen Leib, so dass er sich krümmte und Erik Zeit bekam, sich zu besinnen.

Er verpasste seinem Freund einen Faustschlag gegen das Kinn. Arvids Kopf flog nach hinten, seine Arme ruderten. Er versuchte sein Gleichgewicht zu halten, doch vergeblich. Da stolperte er über den Stock, der ihm zu Füßen gefallen war, und ging der Länge nach zu Boden. Ein dumpfer Laut durchriss die Nacht, als er mit dem Hinterkopf auf einem Stein landete.

Dann war Stille.

Die Welt schien den Atem anzuhalten, während Helena und Erik auf den gestürzten Schweden starrten und darauf warteten, dass er sich erneut aufrappelte, um entweder den Kampf fortzusetzen oder zur Vernunft zu kommen. Helena hielt genau wie Erik die Hände zu Fäusten verkrampft.

Sekunden vergingen, ohne dass sich Arvid bewegte. Aus einer Wunde am Schädel sickerte ein Rinnsal schwarzen Bluts. Erik fing an zu zittern, den Blick unablässig auf seinen Freund gerichtet.

Helena nahm einen tiefen Atemzug und sank vor dem Verletzten auf die Knie. Sie legte ihm zwei Finger an den Hals, wie sie es oft bei ihrem Vater gesehen hatte. »Er ist tot.« Sie wandte sich zu Erik um. »Es war ein Unfall!« Verzweiflung schwang in ihrer Stimme mit.

Erik taumelte vor, ließ sich neben ihr nieder, nahm das Gesicht seines Freundes in beide Hände. Die Blutlache, die den Stein schwarzrot gefärbt hatte, vergrößerte sich, während der Lebenssaft aus dem Mann floss.

Erik öffnete den Mund und schloss ihn wieder, sprachlos vor Entsetzen. Dann presste er die Worte hervor: »Nein, Arvid, nicht! Tu mir das nicht an! Komm zurück, Arvid!« Seine Stimme schwoll zu einem Schreien an, während sich seine Hände um die leblosen Züge seines Freundes krampften.

Helena berührte ihn sacht am Arm. »Er ist tot, Erik«, sagte sie und schluckte schwer. »Wir können nichts mehr für ihn tun.«

Erik schlug die Hände vors Gesicht und sank mit der Stirn voran neben seinem Freund zu Boden.

Sein Wehklagen zerriss Helena. Er hatte ihr von seinem Freund erzählt, sie wusste, dass er ein wichtiger Gefährte für ihn war, aber sie hatte nicht geahnt, von welchem Furor dieser Arvid getrieben war. Wie derb er Erik beschimpft hatte! Mit dem Stock war er auf ihn losgegangen, um ihn zu schlagen. War es da ein Wunder, wenn Erik sich wehrte und sie an der Seite ihres Liebsten stand? Arvids letzte Worte wirbelten hinter ihrer Stirn, aber jetzt war nicht die Zeit, darüber nachzudenken. Sie hatten Wichtigeres zu tun.

Helena sprang auf die Beine, wischte sich Gras und Erde vom Rock und presste Erik die Hand auf die Schulter. »Los, Erik! Wir müssen uns beeilen!« Sie schaute sich um und atmete auf. Sie waren allein am Ufer, keiner hatte sie gesehen.

»Willst du deinen Vater holen?«, fragte Erik.

Helena schüttelte den Kopf. »Es ist zu spät, Erik. Niemand kann Arvid mehr helfen.«

»Was sollen wir tun?« Erik wirkte in seiner Trauer hilflos wie ein kleiner Junge, der sich auf Helenas Entscheidungsstärke verließ.

»Wir müssen den Toten wegbringen, bevor uns jemand

sieht. Komm, pack mit an!« Sie beugte sich hinab und begann, Arvid am linken Fuß zu ziehen.

Erik starrte sie entsetzt an, bevor er sich aufrappelte. Mit zitterigen Händen und leichenblasser Miene löste er die Halskette an Arvids Brust und ließ den Ring behutsam in den Beutel gleiten, den er an seinem Gürtel trug. Dann packte er Arvids rechtes Bein.

Kostja lugte um den Bretterhaufen an der Werft herum und beobachtete das Treiben der drei Menschen am alten Kahn mit fast wissenschaftlichem Interesse. Er hatte es kommen sehen, wie vieles, was in dieser Sumpfstadt geschah. Hinter zitternden Lidern hatte er den Totschlag vorab erlebt und sich gefragt, ob die Deutsche und der Schwede die Mordtat vertuschen oder sich der Obrigkeit stellen würden.

Sie zerrten an den Füßen des Toten wie an einem Sack Mehl und zogen eine Schleifspur durch den Morast bis zur Newa, wo sie ihn über den Uferrand rollten und versenkten. An irgendeinem Inselufer würde er angeschwemmt werden und Fragen aufwerfen, aber dann würde jemand ihn als Sträfling ausmachen und das Interesse an dem Leichenfund würde verblassen. Kein Hahn krähte nach einem Toten aus dem Gefangenenlager.

Aber er, der zwergwüchsige Gottesnarr, konnte seiner Sammlung von bemerkenswerten Geschichten aus St. Petersburg eine weitere, höchst kostbare hinzufügen. Er schrieb sie nicht auf, er behielt sie im Gedächtnis und vergaß niemals ein Detail. Seine Fähigkeit, sich Geschehnisse präzise einprägen zu können, war vielleicht sein größtes Talent. Wie einen Schatz würde er sein Wissen um die Mordtat hüten und ihn bei gegebener Zeit hervorzaubern, um die nach Geschichten dürstenden Leute zu beeindrucken und sich oder denjenigen, denen er zugetan war, einen Vorteil zu erspielen. Er freute sich schon darauf und führte ein Tänzchen auf, während die beiden jungen Menschen mit hängenden Armen am Flussufer standen und zusahen, wie die Leiche abgetrieben wurde.

Dann hielt er inne, trat ein paar Schritte aus seinem Versteck hervor, als die beiden sich umarmten und der Schwede das Gesicht der Deutschen in beide Hände nahm.

»Niemand darf je davon erfahren, hörst du?«, raunte er ihr laut genug zu, dass Kostja es verstand.

»Das schwöre ich dir bei allem, was ich liebe, Erik«, sagt sie.

BUCH 2

DIE NEUE HEIMAT

April 1704 – Mai 1706

Kapitel 10

Florenz,
April 1704

»Komm, setz dich in die Sonne, Vater. Das weckt die Lebensgeister.« Francesco di Gregorio hielt den alten Guiseppe mit beiden Händen am Arm, während dieser Schritt vor Schritt setzte. Das Gehen fiel ihm zunehmend schwer. Im vergangenen Herbst hatte ihn der Schlag getroffen, seitdem hing seine Linke taub herab, und sein zerfurchtes, von strohigem Haar umrahmtes Gesicht war auf dieser Seite zu einer Grimasse verzerrt. Manchmal tropfte ihm der Speichel aus dem Mundwinkel. Dann war Francesco zur Stelle, um es ihm abzutupfen, sofern nicht seine Schwester Maria in der Nähe war und vor ihm aufsprang.

Francesco wusste, dass Guiseppe darunter litt, von anderen abhängig zu sein. Vor allem von seinen Kindern, denen er zeit seines Lebens ein gefürchteter Patriarch gewesen war. Es kratzte an der Würde seines Vaters, nicht mehr Herr über seinen Körper zu sein. Dabei konnte er von Glück sagen, dass ihm der Schlaganfall nur körperlichen Schaden zugefügt hatte. Sein Verstand war hellwach. Nur manchmal geriet seine Stimme ins Schleppen.

»Hör mir auf mit Lebensgeistern«, fuhr Guiseppe seinen Sohn an. »Vermutlich erlebe ich die diesjährige Weinlese nicht mehr.«

»Das kannst du nicht wissen«, erwiderte Francesco und

schob den Korbstuhl auf der gefliesten Terrasse so, dass sich sein Vater hineinfallen lassen konnte, mit dem Blick über den Weinberg bis hinab zum Arno und über die Häuser von Florenz, dominiert von den Türmen der mächtigen Kathedrale Santa Maria del Fiore.

Die Aussicht war vielleicht das Wertvollste auf diesem Weingut, seit Generationen im Besitz der Familie Gregorio. Die Fliesen waren an vielen Stellen gebrochen, der Putz am Haus bröckelte, durch die Fenster pfiff der Nachtwind.

Francesco grämte sich oft, weil er als Student der Architektur nicht in der Lage war, etwas zum Familienbesitz beizusteuern und zum Beispiel die notwendigen Renovierungsarbeiten durchführen zu lassen.

Dennoch hatte er nie sein berufliches Ziel in Frage gestellt. Schon in seiner Kindheit hatte er sich durch sein außergewöhnliches Zeichentalent und eine mathematische Begabung hervorgetan. Mühelos vermochte er perspektivisch zu denken, seine Visionen zu Papier zu bringen und seine Professoren an den traditionsreichen Universitäten in Florenz und Pisa zum Staunen zu bringen.

Die Frage war nur, wie er sein Talent und sein Wissen gewinnbringend nutzen konnte.

An Architekten gab es in Florenz nach wie vor keinen Mangel, obwohl die Blütezeit der Stadt vorbei war. Auf Frischlinge wie ihn oder seinen Bruder Matteo, der ebenfalls Architekt geworden war, hatte kein Bauleiter gewartet. Bei den Wettbewerbsausschreibungen, wenn Kirchen errichtet oder Regierungsgebäude renoviert werden sollten, hatten Jungspunde wie er und sein Bruder kaum eine Chance. Francesco zählte die Stunden nicht mehr, in denen er sich mit seinen Skizzen und Modellen vergeblich um den Zuschlag bemüht hatte.

An Qualität mangelte es seiner Arbeit nicht, das wusste er. Aber die althergebrachten Seilschaften waren schwer zu durchdringen. Unter der Hand wurden die Löhne verhandelt und

Gefälligkeiten ausgetauscht. Eine korrupte Welt, die den Gregorio-Brüdern, frisch von der Universität, trotz des väterlichen Einflusses fremd blieb. Francesco aus idealistischen Gründen, weil er nie aufhören würde zu glauben, dass sich wahres Können durchsetzen würde. Und Matteo, weil es ihm an Talent mangelte.

Francesco hatte oft genug miterlebt, wie sein Bruder erst beim Bau des Modells nach seinen Skizzen merkte, dass seine Pläne nicht aufgingen. Dann flog das Holzkonstrukt, begleitet von unsäglichen Flüchen und wütendem Gebrüll, gegen die nächste Wand.

»Wo bleibt Matteo?«, raunzte Guiseppe und griff nach dem Becher, in dem der rote Wein glänzte und einen fruchtigen Duft verbreitete.

Francesco schenkte sich ebenfalls einen Becher aus der Flasche im Strohkorb ein.

»Treibt er sich mit seinen Weibsbildern rum?« Guiseppe stieß ein Lachen aus. Er machte seinem ältesten Sohn keine Vorwürfe, das wusste Francesco. Im Gegenteil rang es dem alten Herrn Bewunderung ab, wie Matteo die Frauen um den kleinen Finger wickelte. Vermutlich erinnerte es ihn an seine eigenen ungestümen Jahre, die nicht mit der Hochzeit geendet hatten. Manchmal meinte Francesco, seine Mutter sei so früh verstorben, weil sie den ausschweifenden Lebensstil ihres Mannes nicht mehr ertragen konnte und ihm nichts entgegenzusetzen vermochte.

»Er wird gleich da sein. Ich habe die Kutsche schon gehört«, erwiderte Francesco und starrte über den Weinberg auf die Dächer der Stadt, die im Licht der Spätnachmittagssonne lagen.

Manchmal fühlte er sich müde wie ein Hundertjähriger.

An drei Tagen in der Woche arbeitete er unten in der Stadt in einem Schreibkontor, verfasste Briefe und Aktennotizen, aber diese Arbeit forderte ihn nicht. Wofür hatte er sich durch das Studium geackert, wenn er sein erworbenes Wissen und sein Talent am Ende nicht sinnvoll einsetzen konnte?

Er wandte den Kopf, weil in diesem Moment Matteo die Tür zur Terrasse öffnete. Groß und breitschultrig, die schillernd rote Jacke lässig geöffnet, die Haare in Wellen gelegt und mit einem Strahlen auf dem Gesicht trat er auf Bruder und Vater zu, drückte dem alten Herrn die Schultern und gab Francesco einen Schlag auf den Rücken. Eine beeindruckende Erscheinung. Niemand, der es nicht besser wusste, würde Matteo und Francesco für Brüder halten. Im Gegensatz zu Matteo hatte Francesco, obwohl er der Jüngere war, bereits einen Großteil seiner Haare verloren, und auf Mode legte er nicht den geringsten Wert. In seiner Truhe befanden sich vor allem Hosen und Jacken in unauffälligen Tönen von Braun und Grau, während Matteo nichts dagegen hatte, bunt wie ein Papagei die Aufmerksamkeit aller auf sich zu ziehen. Er ließ sich ihnen gegenüber nieder, streckte die Beine in den Seidenstrümpfen von sich und legte einen Arm über die Lehne.

Er war in Hochstimmung, erkannte Francesco. Seine Augen funkelten, seine Bewegungen wirkten kraftvoll.

Er kannte ihn auch anders.

Die Launenhaftigkeit war Matteos hervorstechendes Charaktermerkmal. Francesco hatte von frühester Jugend an gelernt, damit umzugehen, aber er wusste, wie sehr die Frauen, die sich in ihn verliebten, unter seiner Unberechenbarkeit litten.

Auch Chiara. Vor allem Chiara.

Francesco verdrängte die Gedanken an die Schneiderin, die seit einigen Wochen die Angebetete seines Bruders war und in deren schwarzen Locken stets der Duft nach Orangen hing.

»Was gibt es Wichtiges, das keinen Aufschub duldet? Chiara hat geweint, weil ich sie frühzeitig verlassen musste. Und das ist nur eure Schuld!« Er lachte allein. »Gibt es einen Erbonkel aus Rom, der uns über Nacht von allen Sorgen befreit? Dann hat es sich ja gelohnt.« Wieder lachte nur er. Auffordernd nickte er Francesco zu.

»Schau mich nicht an«, erwiderte der Jüngere. »Vater hat uns einbestellt, nicht ich.«

»Aber du hörst doch sonst die Flöhe husten.«

Es zerrte arg an Francescos Nerven, wenn sein Bruder von diesem Hochgefühl getragen wurde, das kaum ein vernünftiges Gespräch möglich machte. Fast war es ihm lieber, wenn er in Melancholie versank, eine Phase, die sicher wie das Amen in der Kirche diesem Höhenflug folgen würde.

Guiseppe nickte seinen Söhnen zu und setzte den Becher hart auf den Tisch. »Ihr müsst nach Russland gehen.«

Schweigen senkte sich über die drei Männer, während der alte Mann seine Worte sacken ließ. Selbst Matteo blieb stumm und starrte seinen Vater mit offenem Mund an. Das Funkeln war von einer Sekunde auf die andere erloschen.

An Francescos Schläfen begann ein Nerv zu surren. Er spürte, wie sein Atem schneller ging und wie sich auf seiner Stirn Schweißperlen bildeten.

Russland? Um Himmels willen, wie kam der Vater auf Russland? Etwas blockierte in ihm, sobald er sich vorzustellen versuchte, wie er sich gemeinsam mit Matteo auf die Reise begab.

Er wusste nicht viel von dem Land im Osten, nur dass es riesengroß war, dass es Bären und Wölfe in den unendlichen Weiten gab. Er wusste von dem strengen Frost in langen Wintern und davon, dass die Leute dort wie im Mittelalter lebten. Und dann war Zar Peter, eingebunden in den Großen Nordischen Krieg, in aller Munde: ein verrücktes Herrschergenie, ein Visionär, der mit zugelloser Aggression gegen die Widerstände im eigenen Volk ankämpfte und sich inkognito in Europa herumtrieb, um die westliche Lebensart zu studieren.

Was sollten sie dort?

Guiseppe lachte scheppernd, während er die verblüfften

Mienen seiner Söhne genoss. Dann wurde er ernst. »Das ist mein fester Wille«, sagte er. »Ich will, dass ihr alle Brücken abbrecht und in den Osten reist. Hier in eurer Heimat könnt ihr mit eurem Talent keinen Erfolg haben. Dafür seid ihr ein Jahrhundert zu spät auf die Welt gekommen.« Er senkte für einen Moment den Kopf und nickte vor sich hin, als ließe er die eigenen Worte in seinem Inneren nachhallen. Beim Aufsehen lag in seinen von Runzeln umgebenen hellbraunen Augen ein fast jugendliches Glitzern. »Aber in Russland«, sagte er eindringlich, »in Russland wird in diesen Jahren Geschichte geschrieben, und ihr könnt nicht nur dabei sein, sondern sie auch entscheidend mitgestalten.«

Matteo rieb sich das Kinn, während er seinem Vater zuhörte. Francesco fühlte die vertrauten Ängste in sich aufsteigen wie das Rumoren eines Vulkans kurz vor dem Ausbruch. »Was schert uns die Geschichte?«, erwiderte er. »Wie könnten wir dich allein zurücklassen?«

Guiseppe verzog den Mund verächtlich. »Schieb nicht mich vor, wenn es deine eigene Feigheit ist, die dich daran hindert, dein Glück beim Schopfe zu packen.«

In Francesco wuchs der Zorn. Gleichzeitig nahm die Panik in ihm immer größeren Raum ein. Wie er es hasste, wenn ihn seine Furcht derart in den Klauen hielt, dass er sich kaum seiner Haut erwehren konnte.

»Woher willst du wissen, dass der Zar auf uns zwei Vögel aus Florenz gewartet hat?«, erkundigte sich Matteo, aber Francesco ahnte, dass es hinter seiner Stirn bereits arbeitete. Ob er im Geiste bereits den Koffer packte?

»Ich weiß es, weil ich ihn vor einigen Jahren in Wien getroffen habe. Ich habe nie zuvor einen wissbegierigeren klügeren Mann kennengelernt, und inzwischen stampft er an der Ostsee eine Stadt aus den Sümpfen. St. Petersburg soll die Hauptstadt des Russischen Reichs werden. Und allen Zweiflern hat er bewiesen, dass er nicht nur mit dem Mund voran ist, sondern seinen Worten auch Taten folgen lässt. Unmengen von Fachleuten aus allen europäischen Ländern reisen an die Newa, und einmal dürft ihr raten, wer der oberste Bauleiter seiner Stadt ist.« Er legte eine Kunstpause ein, bevor er selbst die Antwort gab. »Niemand Geringeres als Domenico Trezzini.« Mit einem zufriedenen Gesichtsausdruck lehnte er sich in seinem Stuhl zurück und setzte den Becher genüsslich an die Lippen.

Francesco wechselte einen Blick mit Matteo. Das Funkeln aus dem Gesicht des Vaters war auf seinen Bruder übergesprungen. Matteo sprang auf. »Du meinst, wir hätten die Chance, unter Trezzinis Aufsicht zu arbeiten?«

»Genau das meine ich. Sie werden euch dort mit Handkuss einstellen, euch alle Freiheiten zugestehen und ein großzügiges Gehalt zuweisen. Statt mit einem Greis sauren Wein zu trinken und über die schlechten Zeiten zu jammern, könntet ihr endlich beweisen, was in euch steckt, und euch Lorbeeren verdienen.« Er hob die Schultern. »Ob ihr später in die Heimat zurückkehrt, sei dahingestellt.« Er zwinkerte Matteo zu. »Es heißt, die russischen Weiber seien besonders heißblütig und willig.«

Bevor Matteo noch auf seine Worte eingehen konnte, sprang Francesco auf. »Ist dir eigentlich bewusst, wie weit wir dann von Florenz entfernt sind?«, rief er. »Nach Russland sind es Tausende von Meilen. Da kehrt man nicht mal eben in die Heimat zurück, wenn zum Beispiel der alte Vater auf dem Sterbebett liegt.« Er spürte, wie sein Gesicht feuerrot anlief.

Es fiel ihm nicht leicht, derart offene Worte zu wählen, aber die Panik in ihm, die vertraute Umgebung verlassen zu müssen, hielt ihn hart im Griff. Für Francesco bedeuteten das alte Weingut, sein Vater, die Schwester mit ihrer Familie und der Bruder die Heimat. Hier fühlte er sich geborgen, hier konnte er entspannen. Es bereitete ihm bereits Höllenqualen, wenn er gezwungen war, in der Stadt einen anderen Ort aufzusuchen als die Schreibstube, in der er tätig war. Francesco hatte damals dankend zugegriffen, nachdem ihm der Vater diese Arbeit bei seinem langjährigen Freund vermittelt hatte. Ohne eine Erklärung dafür zu haben, lähmte Francesco eine unermessliche Furcht vor jeder Veränderung und allem Fremden.

Und ausgerechnet einer wie er sollte sein Glück in Russland versuchen? Was dachten sich die beiden eigentlich? Während ihm die Gedanken durch den Kopf rasten, spürte er, wie ihm der Schweiß über die Wangen und Schläfen rann und wie sein Leinenhemd im Rücken feucht wurde. Seine Hände begannen so stark zu zittern, dass er nicht einmal mehr in der Lage war, nach dem Weinbecher zu greifen. Sein Brustkorb hob und senkte sich beim schnellen Atmen.

Den verächtlichen Blick seines Vaters spürte er fast körperlich. Er brannte wie glimmende Nadeln auf seiner Haut.

Matteo ließ sich in seinen Stuhl fallen und rückte dicht an ihn heran, zwang ihn, ihm in die Augen zu schauen. »Wir sind zu zweit«, sagte er. »Du musst nicht allein in die Welt hinaus.«

Dass es ihm mit seinem Bruder besser gehen würde als allein, bezweifelte Francesco. Er selbst war immer der Begabtere von ihnen gewesen, derjenige, der die besten Beurteilungen bekam, aber Matteo dagegen besaß ein Talent, sich in Szene zu setzen und mit seinem Charme die Menschen für sich einzunehmen. Francescos Ausstrahlung hingegen war trocken und kühl, weil er im Lauf der Jahre gelernt hatte, seine Unsicherheit durch eine arrogante Maske zu verbergen. Es graute ihm davor, außerhalb seiner Heimatstadt seinem Bruder auf Gedeih und Verderb ausgeliefert zu sein, weil er zu schwach war, um sich selbst zu behaupten.

»Was ist mit Chiara?«, setzte er ein weiteres Mal an. Vielleicht war sie das stärkste Argument gegen eine Auswanderung? Ein Hoffnungsschimmer keimte in Francesco, während er die Schultern straffte. »Sie wird kaum ihre Mutter und die jüngeren Geschwister verlassen. Sie sorgt für sie alle mit ihrer Schneiderei.«

Ein Grinsen glitt über Matteos Gesicht, das Francesco frösteln ließ. »Du glaubst nicht im Ernst, dass ich mir einen Klotz ans Bein binde, indem ich Chiara mitnehme, oder?«

Francesco lief es kalt den Rücken runter. »Du hast ihr die Ehe versprochen.«

Matteos Grinsen wurde breiter. »Was man eben sagt, um zu bekommen, was man möchte. Und glaub mir, Bruder«, er zwinkerte auf eine widerlich vertrauliche Art, »sie wollte es genau wie ich.«

Francesco stieß die Luft aus und entspannte seine Hände, als die Knöchel knackten. Chiara, dieses süße Geschöpf mit dem Schwanenhals und den wiegenden Hüften. Chiara, deren Lachen melodisch klang wie die Glocken der Kirchen in der Toskana und deren Duft nach Orangen ihn betörte, wann immer sie ihn streifte.

Matteo hatte dieses himmlische Geschöpf benutzt wie all die Frauenzimmer, zu denen er sich ins Bett gedrängt hatte. Der Gedanke, Matteo und Chiara wären tatsächlich verliebt, hatte schon weh getan, aber nun zu erfahren, dass seine Gefühle für sie nie tiefer gegangen waren, raubte Francesco den Atem. Und auch die Vorstellung, dass er selbst Chiara zurücklassen musste, genau wie die wenigen anderen, die ihm wirklich etwas bedeuteten.

Guiseppe griff mit der gesunden Hand zur Weinflasche und schenkte ihnen nach. »Trinkt, Söhne, und beweist mal euren Mut! Es ist mein Wille, dass ihr nach Russland reist. In dem Bewusstsein, dass meine Söhne ihr Glück finden, werde ich friedlich einschlafen können. Maria hat sich bereits um eine Wohnung für uns unten am Fluss gekümmert. Für das Weingut hat sie einen Käufer gefunden. Der Erlös geht an euch beide, damit ihr nicht wie die Hungerleider beim Zaren anlangt. Nehmt den Weg bis nach Lübeck. Von dort gehen die Schiffe nach Russland. Möglicherweise führt die Passage direkt nach St. Petersburg, wenn der Hafen dort bereits fertiggestellt ist. Ansonsten reist ihr über Archangelsk.«

Matteo sprang auf und lief auf der kleinen Terrasse von links nach rechts und zurück. Die Kraft in ihm schien überzuschäumen und nach einem Ventil zu suchen. Er hieb die Faust in die Luft. »Ja!«, rief er. »Wir werden den Russen zeigen, wie man in Italien Paläste baut!«

Eine bleierne Müdigkeit breitete sich in Francesco aus und das Gefühl, ein Blatt im Wind zu sein. Ohne Entscheidungsfreiheit, ohne Selbstbestimmung. Er hasste die Vorstellung, sein vertrautes Umfeld zu verlassen, und er wusste, das Heimweh würde ihn zerreißen.

Aber vielleicht war heute wirklich der Tag, an dem er gegen seine Ängste ankämpfen musste. Die Vorstellung, unter dem prominenten Trezzini zu arbeiten, eigene Pläne zu erstellen und zu verwirklichen, hatte einen außergewöhnlichen Reiz.

Was wartete hier auf ihn, wenn er sich einmal mehr seinen Ängsten ergab und das Leben fortführte, das er begonnen hatte? Vielleicht lag dort drüben in Russland wirklich sein Glück, und vielleicht musste er sich genau in dieser Minute einen Ruck geben und alles würde gut werden.

Er räusperte sich und nahm einen Schluck vom Wein. »Du hast alles schon vorbereitet, Vater, und du bist dir bewusst, dass wir uns möglicherweise nicht wiedersehen werden.«

Guiseppe nickte. Sein Gesicht wirkte grau, aber sein Blick war fest.

»Also gut. Dann will auch ich deinen Wunsch erfüllen.«

Matteo trat auf ihn zu, zog ihn an der Hand auf die Füße und umarmte ihn. Dabei klopfte er ihm auf den Rücken, dass es schmerzte.

»Das wirst du nicht bereuen, Bruder! Wir beide zusammen, wir heben die Welt aus den Angeln, und in Russland fangen wir an.«

Sie hoben die Becher und prosteten sich zu. Guiseppe ließ sich mit beseelter Miene in seinem Stuhl zurücksinken.

Matteo setzte seinen nervösen Gang fort, als malte er sich bereits aus, welche Vergnügungen ihn in der russischen Stadt und am Zarenhof erwarteten, und Francesco biss sich auf die Unterlippe und fragte sich, ob er mit dieser Entscheidung sein Todesurteil gesprochen hatte oder ob dieser Tag die Wende zum Besseren darstellte.

Bislang hatte sein Leben in einen Fingerhut gepasst. Nun musste er sich die Lunge voller Mut pumpen und sich Flügel wachsen lassen, um der Welt zu beweisen, was wirklich in ihm steckte.

Kapitel 11

Landgut bei St. Petersburg,
April 1704

Das Licht der Morgensonne fiel durch die seidenen Gardinen, die Gräfin Viktoria erst vor wenigen Wochen gegen die löchrigen Leinenvorhänge ausgetauscht hatte. Es war nicht leicht dieser Tage, an kostbares Material zu kommen. Alles, was ihr neues Heim verschönern sollte, musste mühsam herangeschafft werden. Und dennoch erschien ihr das Landgut kalt und ungemütlich.

Sie drehte sich unter dem Laken in Richtung ihres Mannes, der mit dem Rücken zu ihr schnarchte, und genoss die Wärme im Bett. In den frühen Morgenstunden hielt sich noch Frost über dem Land. Erst gegen Mittag würden die Schneekristalle schmelzen und dampfend in den Himmel steigen.

Die Gräfin jedoch hatte in dieser Nacht nicht unter der Kälte gelitten. Was weniger daran lag, dass sich in ihrem Schlafzimmer ein Kamin befand, in dem ein paar Holzscheite glommen, sondern an den Träumen, die sie in Atem gehalten hatten.

Immer wieder passierte es ihr, dass das Feuer der Leidenschaft in ihr erwachte. Eine Qual, dass sich selten Gelegenheit ergab, ihre Sehnsüchte zu erfüllen. Doch an diesem Morgen schien es günstig, nichts drängte sie zur Morgentoilette oder zum ersten Tee. Mit ihrem Leib drückte sie sich an den Rücken ihres Mannes, schlang die Arme um seine Taille und ließ ihre Finger spielen.

Nicht, dass Fjodor sie mit seinem teigigen, behaarten Körper reizte, beileibe nicht. Aber es stand sonst niemand zur Verfügung, und wenn sie die Augen schloss, konnte sie sich in ihre Träume zurückfallen lassen.

Fjodor grunzte.

Viktoria drückte sich fester an ihn, während ihre Finger wanderten, ohne dass er sich rührte. Sie biss die Zähne zusammen und nahm sich vor, sich nicht sofort entmutigen zu lassen. In dem Alter brauchten Männer länger, um in Fahrt zu kommen.

Da spürte sie seinen Ellbogen in ihrem Brustkorb. »Lass das«, murmelte er, schmatzte und drehte sich auf den Bauch. Er zog die Decke über seinen Kopf und begann wieder zu schnarchen.

Viktoria rückte von ihm ab und stierte an die Decke. Das fehlte noch an diesem jämmerlichen Morgen, dass er ihr einmal mehr vorwarf, sie sei eine Hexe und habe ihm Impotenz angezaubert. Schon einige Male hatte er sich zu einer solchen Anschuldigung hinreißen lassen, und die Gräfin hatte sich beeilt, ihn auf andere Gedanken zu bringen. Aus einem solchen Vorwurf konnte sich zu schnell ein ernsthafter Verdacht entwickeln und ein blutiges Verfahren, um ihr den angeblichen Satan aus dem Leib zu treiben.

Die Lust war ihr vergangen, aber der Druck in ihrem Leib blieb und verhärtete sich. Sie stieß die Luft durch die Nase aus, schlug die Decke zurück und schwang die Beine aus dem Bett.

Mit der Klingel rief sie ihre Kammerzofe herbei.

Lilka gehörte zu den wenigen Leibeigenen, die ihr für persönliche Belange geblieben waren. Die anderen wurden an diesem frühen Morgen wieder an die Newa geführt, um dort die Arbeit aufzunehmen, die sie im Winter mit Einsetzen des ersten Schneefalls unterbrochen hatten. Unten im Hof hörte Viktoria die Leute mit ihrem Geschirr klappern und murmeln.

Sie eilte in ihr Ankleidezimmer und fuhr zu Lilka herum, als das Mädchen mit vom Laufen geröteten Wangen eintrat. Sie knickste. »Was trödelst du herum? Los, los, hol mir mein grünes Kleid. Oder muss ich dich mit dem Stock auf Trab bringen?«

Viktoria setzte ihre Schimpftirade fort, während ihr Lilka in die Kleidung half und ihre Frisur richtete. Aber auch wenn die Gräfin vor Wut raste, an dem jungen Ding schien alles abzuprallen.

Lilka verzog keine Miene.

Viktoria hätte sie am liebsten geschlagen, aber ihr fiel kein Grund ein, denn Lilka erledigte alles zügig und umsichtig. Nur in ihren Augen schien etwas wie Verachtung für die Herrin zu liegen, aber das war nichts Fassbares, und Viktoria konnte sich auch täuschen.

Sie trank den Tee, den Lilka ihr auf einem Tablett aus der Küche brachte, in schnellen Schlucken. Ihr Magen war wie zugeschnürt, aber das duftende Getränk wärmte. Der Zorn wucherte dennoch in ihr.

Wenig später stapfte sie die Treppen hinab in die Halle, wo der Holzboden morsch und die Teppiche fadenscheinig waren. Nach dem langen feuchten Winter roch es in der Halle nach vermoderndem Holz und Schimmel. Sie riss die Eingangstür auf und nahm einen tiefen Zug von der Morgenluft.

Das Gezwitscher von Vögeln begrüßte sie, aber auch das muntere Konzert der Sperlinge und Amseln in den Bäumen, die das Gut umstanden, konnte ihre Laune nicht heben. Sie spürte einen ziehenden Schmerz im Unterkiefer und bemerkte erst da, wie sehr sie die Zähne aufeinanderbiss.

Ihre Hände waren zu Fäusten geballt, als sie die Eingangsstufen hinabstieg und auf die Gruppe der Leibeigenen zuhielt, die sich vor der Scheune versammelt hatten. Manche hielten noch ihre Holzschüsseln in den Händen, aßen den Brei mit den Fingern oder rissen sich Brocken vom schwarzen Brot ab, andere wärmten sich die Hände an Bechern mit Tee. Die Gesichter waren hohlwangig, die Augen lagen tief in den Höhlen. Alle hatten sie die Fellmützen über die Ohren gestülpt. Sie trugen Schafspelze und zerschlissene Mäntel, die bis zum Boden reichten und in der Taille mit Kordeln geschoppt wurden. Die Schuhe und Stiefel hielten nur mit Stoffstreifen. Sie glotzten ihr entgegen wie ein Haufen Untoter, aus den Gräbern gestiegen, und fielen auf die Knie, um mit der Stirn den Boden zu berühren.

Mit gestrafften Schultern baute sich Gräfin Viktoria vor ihnen auf. Ein schöner Anblick, die Leibeigenen unterwürfig zu sehen. Ihr eigenes Leben war noch nicht ruiniert, solange sie über Wohl und Wehe dieser Menschen befehlen konnte.

»Worauf wartet ihr? Muss ich euch erst Feuer unterm Hintern machen?«, herrschte sie die Männer und Frauen an. »Und wo ist der Rest von euch?« In aller Eile hatte sie die Anzahl der Arbeiter überflogen und bemerkt, dass etwa ein halbes Dutzend fehlte.

Keiner auf dem Boden rührte sich, keiner antwortete. Die Gräfin stapfte in die Scheune und schlug sich die Hand vor Nase und Mund, weil ihr der widerwärtige Geruch von menschlichen Ausdünstungen, Ruß und verbranntem Brot in die Nase stieg.

Überall auf dem festgetrampelten Lehm lagen löchrige Decken und Stroh. Die Leibeigenen schliefen zu jeder Jahreszeit auf dem Boden. An der Feuerstelle kratzten zwei Männer die Breireste aus dem Topf, am einzigen wackeligen Tisch wischten zwei Frauen Becher und Holzschüsseln aus. Alle starrten zu ihr, als sie einen weiteren Schritt in die Unterkunft setzte.

Ein Würgen stieg ihr in den Hals, während ihr Blick zur Seite ging. Die heruntergelassenen Beinkleider sah sie zuerst, den offenen Kaftan. Dann die langen Frauenbeine, die sich im Rücken des Mannes verschränkten. Die beiden küssten sich mit tanzenden Zungen. Der Mann bewegte die Hüften vor und zurück, die Frau passte sich seinem Takt an und hielt die Hände um seinen Nacken geschlungen, während sie halb auf einer hölzernen Querstrebe saß, die das Gebäude stützte. Das Haar der Frau fiel offen bis über die Schulterblätter und leuchtete rötlich golden wie die Strahlen der Morgensonne.

Hinter Viktorias Stirn explodierte ein Feuerwerk. Von einem Herzschlag auf den nächsten verfinsterte sich ihre Sicht. Ein rasender Schmerz zischte ihre Schläfen entlang bis zu ihrem Hinterkopf.

Blind vor Wut griff sie nach der neunschwänzigen Peitsche, die gleich neben dem doppelflügeligen Scheunentor hing. Sie hob den Arm und ließ die Lederriemen auf den Rücken des Mannes sausen. Erst der Schmerz schien ihm bewusst zu machen, dass sie entdeckt worden waren. Er fuhr herum, lächerlich in seiner Nacktheit. Ohne darauf zu achten, was oder wen sie traf, schlug die Gräfin weiter zu. Wischte dem Mann die Peitsche durchs Gesicht, der Frau quer über den Leib. Die beiden krümmten sich zusammen, gingen zu Boden, hielten die Hände schützend über sich, aber die Gräfin ließ in ihrer Raserei nicht nach und schlug ein ums andere Mal zu, immer heftiger, bis Blut spritzte und die Schreie der beiden über das Landgut gellten.

»Euch werde ich lehren, euren Pflichten nachzugehen! Jetzt ist Schluss mit der Hurerei!«, schrie sie mit sich überschlagender Stimme. Sie merkte, dass Haarsträhnen an ihrer schweißnassen Gesichtshaut klebten, aber sie ließ nicht nach, während die beiden zu ihren Füßen zu wimmern begannen.

Zoja natürlich! Diese Hexe!

Diesem Weib würde sie ein für alle Mal beibringen, dass sie nicht für die Wollust geboren war, sondern für die Arbeit!

Jemeljan warf sich nun schützend über Zoja, damit die Hiebe weniger sie trafen, sondern ihn. Der Zorn loderte hell in Viktoria.

Als sie den Arm erneut hob, spürte sie, wie sich etwas wie

eine Schlinge um ihr Handgelenk legte und sie zurückhielt. »Bist du von Sinnen, Weib? Du schlägst sie ja tot!«

Sie fuhr herum und starrte direkt in die milchgrauen Augen ihres Mannes, der im offenen Hemd, mit halb gebundenen Beinkleidern und auf Filzpantoffeln vor ihr aufragte.

Hinter ihm bildete sich ein Halbkreis aus Männern und Frauen, die mit unbewegten Mienen die Szene beobachteten. Das fehlte ihr gerade noch, dass sie sich von ihrem Gatten vor den Leibeigenen demütigen ließ!

»Sie haben es nicht besser verdient! Sie treiben Unzucht, diese Ketzer, im Schatten der Heiligen!« Sie wies mit dem Kopf auf das rote Eck, wo eine Ikone hing, deren goldverzierter Rahmen im Kerzenlicht glomm.

»Sie haben ihre Strafe erhalten. Gib Ruhe, Weib!«, zischte Fjodor.

Mit einem Ruck riss sich die Gräfin von ihm los, drehte sich wieder zu den beiden Geschundenen. Da fühlte sie Fjodors Finger auf ihrer Schulter. Er zog sie zu sich herum und verpasste ihr mit dem Handrücken der Rechten eine schallende Ohrfeige.

Atemlos vor Entsetzen ließ Viktoria die Peitsche fallen und griff sich an die brennende Wange.

Das hatte er noch nie gewagt! So sprang man mit ihr nicht um! Das würde er bereuen.

Aber zunächst einmal galt es, ihr Ansehen wiederherzustellen. Sie würde sich nicht wie eine geprügelte Hündin aus der Scheune schleichen. Eher würde sie es auf einen Faustkampf mit ihrem behäbigen Mann ankommen lassen.

Sie verdrängte den Schmerz, der wie ein glimmendes Scheit auf ihrer Wange brannte, und reckte das Kinn. »Zoja! Jemeljan! Seht mich an, wenn ich mit euch rede!« Ihre Stimme schnitt kalt durch die schlechte Luft in der Scheune.

Jemeljan hob zuerst den Kopf. In seinem Gesicht loderten Schmerz und Hass. Auch Zoja rappelte sich mühsam auf. Ihre

Augen waren halb verhangen von den Lidern, und was war das? Lächelte dieses Weib etwa trotz der Qualen, die sie ihr soeben bereitet hatte?

Nun, wenn sie sie nicht mit körperlichen Schmerzen zur Unterwürfigkeit zwang, dann musste sie eben härtere Geschütze auffahren.

Viktoria verschränkte die Arme vor der Brust und schüttelte sich, als ihr Mann – diesmal sanfter – seine Rechte auf ihre Schulter legte. Sie erwiderte Zojas Grinsen voller Boshaftigkeit. »Ihr werdet heute noch heiraten, Zoja und Jemeljan«, erklärte Viktoria und weidete sich an dem fragenden Ausdruck in den Augen der jungen Frau. Zoja wechselte einen Blick mit Jemeljan und schien an ein Wunder zu glauben.

Auch in Jemeljans Gesicht breitete sich nach der ersten Schrecksekunde etwas wie Hochstimmung aus.

Viktoria wandte sich zu den beiden Männern an der Feuerstelle. »Michail, du wirst dich mit Zoja vermählen. Und du, Ewelina«, sie wies auf die Frau am Waschtisch, »wirst Jemeljan zum Mann nehmen.« Viktorias Lachen klang scheppernd über die Köpfe der Menschen hinweg. Sie wandte sich triumphierend ihrem Mann zu, der den Blick gesenkt hielt.

Die Gräfin klatschte in die Hände, während nun Gemurmel aufkam und Jemeljan einen letzten Versuch unternahm, sie von ihrem Vorhaben abzubringen. Er kroch auf allen vieren zu ihren Füßen, umklammerte sie. »Wir lieben uns, Zoja und ich. Bitte tut uns das nicht an. Vermählt uns nicht mit anderen.«

Viktoria verpasste ihm einen Tritt mit der Fußspitze ins Gesicht. »Pack dich, du Lumpenhund. Die Ehe wird hoffentlich dazu führen, dass hier Ruhe einkehrt. Ich will nicht noch einmal erleben, dass ihr euch wie die Schweine gebärdet. Noch in dieser Stunde werde ich einen Priester einbestellen, der die Vermählungen segnen wird.« Sie machte eine Geste, die die anderen Leibeigenen einschloss. »Ihr seid alle zum Fest eingeladen, bevor ihr noch vor der Mittagsstunde nach St. Petersburg aufbrecht. Lasst die Brautleute hochleben!« Sie lachte erneut und schritt dann ihrem Mann voran an den Männern und Frauen vorbei, die zögernd eine Gasse bildeten.

Viktoria drückte das Kreuz durch und fühlte sich auf eigentümliche Art beflügelt und um einen wichtigen Sieg reicher. Auch wenn der Tag unerfreulich begonnen hatte, schien er sich doch ausgesprochen erquicklich zu entwickeln.

»Dieses Mistweib!« Zoja blies sich eine Haarsträhne aus der Stirn, während sie Flüche, Verwünschungen und die übelsten Schimpfworte für die Herrin ausstieß. Sie zischte vor Schmerz, während Ewelina ihre Wunden auf dem Leib und dem Rücken mit einem nassen Tuch betupfte.

Jemeljan neben ihr hielt das Gesicht in den Händen geborgen. Seine Schultern zuckten, als weinte er. Ewelina tupfte auch ihm den Rücken vorsichtig ab.

Michail stand mit vor der Brust verschränkten Armen über den dreien. »Was für eine wunderbare Wendung«, sagte er und spuckte neben sich aus. »Ich kann mir keine schönere Braut vorstellen, Zoja, und die Anschmiegsamkeit werde ich dir schon beibringen.«

Jemeljans Augen blitzten. »Rühr sie einmal an, und ich zerhacke dich in Stücke«, zischte er.

Michail lachte auf. »Als ihr Gemahl habe ich alles Recht der Welt, sie anzurühren. Die Herrin persönlich ist mein Beistand, solltest du mir in die Quere kommen.«

Ewelina griff nach Jemeljans Hand, drückte sie. »Lass dich nicht provozieren, Jemeljan. Darauf legt er es doch nur an. Wir haben immer gewusst, dass dies eines Tages passieren kann. Es kommt nicht unerwartet. Haben wir nicht bislang alles überlebt, was sie uns angetan haben? Ich werde dir eine gute Frau sein, ich schwöre es dir.«

Mit Stichen in der Brust schaute Zoja zwischen Jemeljan

und Ewelina hin und her. Ihr Blick blieb an Michails Beinen hängen und wanderte nach oben zu seinem Gesicht. Es würgte in ihrer Kehle bei dem Gedanken: *Dieser wird dein Ehemann.*

Zoja hatte stets ein loses Mundwerk, wenn es um die Kirche und die Kleriker ging, aber die Ehe war für sie heilig. Wenn ein Geistlicher sie vermählte, dann galt diese Ehe vor Gott und der Welt.

Sie kämpfte mit den Tränen. Nein, diese Blöße würde sie sich nicht geben, Michail ihre Schwäche zu zeigen. Furcht vor ihrem zukünftigen Mann, Zorn auf die Herrin und unendliche Trauer um Jemeljan führten einen erbitterten Kampf in ihrem Inneren.

Wie sie es hasste, als Mensch ohne Rechte auf dieser Welt zu wandeln. Sollte sie je wiedergeboren werden, dann hoffte sie, dass sie auf der anderen Seite stünde und selbst die Menschen wie Puppen tanzen lassen konnte.

Der Priester, der eine halbe Stunde später die Scheune betrat, trug seine Alltagskleidung – einen dunkelbraunen hochgeschlossenen Talar, der bis auf den Boden reichte, und eine Kappe. Offenbar hielt er es nicht für nötig, bei niederem Volk wie den Leibeigenen wenigstens seine liturgischen Gewänder überzustreifen, wenn sie schon nicht in einer Kirche, sondern in dieser ärmlichen Unterkunft getraut wurden. In seinem langen Bart hingen noch die Reste der Morgenmahlzeit. Nur sein Gesichtsausdruck wirkte verklärt und wie nicht von dieser Welt. Ein Lächeln lag auf seinen Zügen, die Augen unter den dichten Brauen waren halb verschleiert, als wäre er direkt vom Himmel herabgestiegen, um die Unwürdigen auf den rechten Weg zu bringen.

Wie es die Gräfin geschafft hatte, den Geistlichen so schnell heranzuschaffen, würde wohl ihr Geheimnis bleiben. Zoja vermutete, dass eine Handvoll Rubel dabei eine nicht unerhebliche Rolle gespielt haben mochte. Es war fast lachhaft, mit welcher Entschlussfreude sie die Trauungen in die Wege leitete. Als fürchtete sie, dass ein weiterer Tag dazu führen könnte, dass ihr die Untergebenen entglitten.

Aber Zoja war nicht zum Lachen zumute. Sie fühlte sich innerlich wie betäubt, und während der Priester den Brautleuten die Beichte abnahm, herrschte in der Scheune eine Stimmung wie auf einem Begräbnis.

Zoja ließ beim geflüsterten Zwiegespräch mit dem Geistlichen kein Detail ihres armseligen Lebens und ihrer rachsüchtigen Gedanken aus. Dies einerseits, weil sie wirklich glaubte, dass sie ihre Seele damit reinwusch. Andererseits aber bereitete es ihr ein diebisches Vergnügen zu sehen, wie die Wangen des Geistlichen sich dunkelrot verfärbten, weil sie sich in Einzelheiten ihrer Unzucht erging.

Zoja kannte Bauernhochzeiten. Es hatte sich auch in Windeseile herumgesprochen, dass der Zar angeordnet hatte, dass Eheschließungen nur noch freiwillig erfolgen sollten, die Brautleute sollten sich mindestens sechs Wochen lang kennen, und das symbolische Schwingen der Peitsche bei der Feier sollte durch einen Kuss des Bräutigams ersetzt werden.

Nun, sie kannte Michail leider wesentlich länger als sechs Wochen, und ob sie einen Kuss bekam oder die Peitsche geschwungen wurde, scherte hier niemanden. Aber von Freiwilligkeit war sie in allen Belangen ihres Lebens so weit entfernt wie vom Sternenhimmel.

Sie wusste, mit welchem Aufwand freie Menschen diesen schönsten Tag in ihrem Leben feierten. Die prunkvollen Gewänder, das Bankett für Familie und Freunde, der Hochzeitskuchen, die nächtelangen Feiern ... Sie hatte sich nie erträumt, selbst einmal auf diese Art in den Stand der Ehe zu treten, aber sie hatte sich auch nicht vorgestellt, dass an ihrer Hochzeit die Leute Trauer trugen und der Priester in seinem schmucklosen Talar die Zeremonie vollziehen würde. Die Brautleute hätten Tage vorher beten, beichten, fasten und sich alle irdischen Gelüste versagen müssen.

Es widersprach auch den Regeln der orthodoxen Kirche, an einem Tag zwei Trauungen zu vollziehen, aber gut, was galten schon Regeln für rechtlose Geschöpfe wie sie und die anderen?

Vor allem aber hatte sie sich nicht vorgestellt, einen Kerl wie Michail zu ehelichen, der seine erste Frau zu Tode geprügelt hatte und mit ihr vermutlich nicht anders umgehen würde.

Aber wenn er sie für ein weiteres Opfer hielt, dann hatte er sich getäuscht. Kampfgeist wallte durch Zoja wie Lava. Wenn er sie zu Tode quälen wollte, dann würde sie sich teuer verkaufen und ihn nicht ungeschoren davonkommen lassen. An ihr sollte er sich die Zähne ausbeißen!

Zoja konnte wegen der Schmerzen kaum aufrecht stehen, während sie mit Michail vor den Priester trat. Die anderen Leibeigenen bildeten einen Halbkreis um sie, alle Frauen hatten sich Kopftücher umgebunden.

Die Wunden brannten unter dem Leinenstoff ihres zerlumpten Kleides. Zoja schrie auf, als Michail für einen Moment die Hand auf ihre Schulter legte.

Er zuckte zurück, und das Grinsen in seinem Gesicht zeigte ihr: Das war kein Versehen. Michail weidete sich an ihrem Leid.

Wie in der russischen Kirche üblich, wurden sie zunächst verlobt. Der Priester reichte Zoja und Michail jeweils eine brennende Kerze, bevor er ein paar Handvoll Weihrauch versprenkelte. Der herbe Duft mischte sich mit dem Geruch nach verbrannter Kascha und dem Urin in den Ecken der Unterkunft. Eine zottelige Ratte, lang wie ein Unterarm, balancierte auf einem Balken, der zu der Kiste mit den Getreidevorräten führte, und ließ sich auf den Boden plumpsen, als der Weihrauch sie einhüllte. Auf flinken Beinen flüchtete sie durch ein lockeres Brett über den Lehmboden nach draußen. Der Geistliche las aus der Bibel, dann sprach er dreimal den Satz: »Es verloben sich der Diener Gottes Michail und die

Dienerin Gottes Zoja«, während er gleichzeitig das Kreuz über den Brautleuten zeichnete.

Erst danach begann die eigentliche Trauung, bei der sich Zoja und Michail auf ein Leinentuch stellen mussten. Es war ein schmuddeliger Lumpen, aber er musste reichen.

Es zerriss Zoja fast, als sie der Tradition folgend die Frage, ob sie einem anderen verbunden sei, verneinen musste. Als wären irgendjemandem bei dieser Farce ihre Gefühle auch nur einen Pfifferling wert!

Mit traurigem Blick wandte sie sich zu Jemeljan um, der für Michail zum Trauzeugen bestimmt war. Hinter ihr selbst stand Ewelina und hielt genau wie Jemeljan die Kränze über den Köpfen des Brautpaars.

Am Ende legte der Priester die Hände der beiden zusammen und seine eigene darüber. Zoja meinte eine giftige Kröte zu umfassen, als sie Michails Händedruck spürte. Schließlich musste der Bräutigam die Ikone Jesu küssen und Zoja die Ikone der Maria.

Damit war ihre Vermählung besiegelt.

Für Zoja fühlte es sich an, als würde ihr Todesurteil gesprochen, aber der Tod wäre gnädiger.

Gräfin Viktoria hatte vom Eingang der Scheune aus alles still beobachtet und stimmte nun den Jubel an. Die anderen fielen ein, wenn auch verhaltener. Keinem war zum Feiern zumute. Und Zoja wusste, dass ihr Leiden an diesem Tag noch nicht beendet war, denn die gleiche Zeremonie, die sie soeben durchlaufen hatte, würde nun Jemeljan und Ewelina zuteilwerden.

Sie wusste nicht, was mehr schmerzte: die Aussicht, an einen Kerl wie Michail durch den Bund der Ehe gekettet zu sein, oder die Vorstellung, dass ihre Freundin und der Mann, den sie liebte, nun vor Gott dem Allmächtigen ein Ehepaar werden würden.

Ihr Hass auf die triumphierende Gräfin schwoll an. Mit Blicken schoss sie Giftpfeile in Richtung ihrer Herrin. Mochte sie an diesem Tag auch mit kirchlichem Segen ihr Unglück erwirkt haben – wer sich am Ende behaupten würde, das musste sich erst noch herausstellen.

Kapitel 12

St. Petersburg,
April 1704

Seit jenem unglückseligen Abend vor einem Monat, an dem Arvid zu Tode kam, surrte hinter Helenas Stirn etwas wie ein Wespenschwarm. Ihr Herz quoll über vor Furcht und Hoffnung zugleich.

Mehrmals am Tag wusch sie ihre Hände, schrubbte sie mit einer Wurzelbürste, und dennoch hatte sie das Gefühl, sich den Tod nicht abwaschen zu können. Er haftete an ihr wie klebriges Harz.

Das Platschen, mit dem der knochige Körper des Schweden in der Newa versunken war, hatte sie ständig in den Ohren. Manchmal wachte sie nachts schweißüberströmt auf, weil die Mordtat sie bis in den Schlaf verfolgte. Dann schlug sie um sich, hieb auf Paula ein, die sie beruhigen wollte, bis sie erschöpft in ihr Kissen sackte. Schluchzend fiel sie in den Schlaf.

Helena hatte Arvid nicht gekannt, aber allein die Tatsache, dass er Eriks bester Freund gewesen war, machte ihn zu einem besonderen Menschen. Obwohl er Erik beleidigt und angegriffen hatte. Aber selbst wenn er ein völlig Fremder gewesen wäre – die Begegnung mit dem Tod hatte Helena in ihren Grundfesten erschüttert.

So sehr, dass sie darüber an manchen Tagen sogar die verstörenden letzten Worte von Eriks Freund vergaß: *Du hast ihr die Treue geschworen. Du hast Siri versprochen, dass du zu ihr zurückkehrst.*

Welche Strafe mochte Erik drohen, wenn herauskam, was er getan hatte? Die gnädigste wäre noch die Todesstrafe, aber mit dem einfachen Hängen gaben sich Zar Peter, Fürst Menschikow und sein aus Offizieren bestehendes Kriegsgericht selten zufrieden. Stets ging es der provisorischen Stadtführung darum, auf alle Nachahmer abschreckend zu wirken. Die Folterkammern des Zaren in der Festung auf der Haseninsel waren, so tuschelte man hinter vorgehaltener Hand, mit allem erdenklichen Werkzeug ausgestattet.

Hinter Helenas Stirn tauchten Bilder von herausgerissenen Nägeln, Quetschungen, gebrochenen Gliedern und geschmolzenem Erz auf, das der Verurteilte trinken musste, um qualvoll daran zugrunde zu gehen. Es gab auch Gerüchte über verurteilte Mörder, die bei lebendigem Leib in den Wäldern außerhalb der Stadt vergraben wurden.

Manche wurden wegen geringerer Vergehen verbannt, weit weg nach Sibirien, in die ewige Kälte, wo sie sich im Bergwerk schinden mussten, bis sie zusammenbrachen, fernab aller Freunde und der Familie. Wenn es dem Zaren gefiel, schickte er die Verbrecher zunächst nach Moskau, wo die Bojarenduma ein Urteil über sie fällte. Aber wenn der Zorn mit ihm durchging, traf er seine Entscheidungen allein oder überließ sie Menschikow, der ohnehin stets in seinem Sinne handelte.

Ihren Eltern und Geschwistern fiel natürlich auf, dass Helena sich verändert hatte. Man sah sie nicht mehr tanzen, wenn sie sich unbeobachtet fühlte, ihr Lachen und ihr Singen verstummten. Aus ihren Augen wich der Glanz.

Ohne zu murren, erledigte Helena die anfallenden Arbeiten im Haus, sammelte mit Paula, Willem und Gustav Reisig für den Ofen, das sie sich auf dem Heimweg auf den Rücken packte, schnitt Kohlköpfe und legte sie mit Essig ein oder ging ihrer Mutter zur Hand, wenn sie die Behandlungsräume schrubbte und die Instrumente reinigte. Sie begleitete sie zur Hofapotheke, die der Zar in einem Keller der Festung auf der Haseninsel eingerichtet hatte und die alle Heilkräuter aus einem eigens angelegten Garten auf der Birkeninsel bezog. Genau wie die Apotheke in Moskau war auch die neue in St. Petersburg mit gediegener Eleganz eingerichtet.

Helena kannte sich mittlerweile gut aus mit Kräutern. Im Haus ihrer Eltern gab es Bücher mit Abbildungen und Beschreibungen aller Heilpflanzen, in die sie gern mal einen Blick warf, und bei der Suche nach Brennholz sammelte sie ein, was ihr zwischen die Finger kam. Helena liebte das Pflücken und Bestimmen von Ringelblumen oder Kamille, Brennnessel oder Löwenzahn mehr als die mitunter ekelerregende Arbeit ihres Vaters, zu der sich Paula hingezogen fühlte.

»Du wirkst bedrückt«, sagte ihre Mutter, während sie an diesem Nachmittag im April mit dem Boot auf die Petersburger Insel übersetzten. Von dort aus würden sie über die Holzbrücke die Festung erreichen, in der sich die Apotheke befand und wo sie die Körbe mit Kampfer und Sennesblättern, Süßholz, Sternanis und Rhabarber füllen konnten.

Die dünnen Bäume am Ufer reckten noch kahl und schwarz ihre Zweige in den Himmel, erst im Mai, wenn die Sonne stärker brannte, würde die Natur explodieren und sich innerhalb von zwei Wochen entfalten.

Das Wetter in diesem Landstrich war geprägt von einem kurzen heißen Sommer, einem langen Winter und ständig drohendem rapidem Temperaturwechsel. Das wussten sie von den anderen Deutschen, die zu ihren Patienten zählten und die nach ihrer Genesung gern mal einen Krug Kwass im Arzthaushalt tranken, um sich mit Frieda und den Töchtern zu unterhalten. Im vergangenen Winter hatte sich der schärfste Frost an manchen Tagen über Nacht zu einem nebligen Tauwetter entwickelt, wie die Albrechts fassungslos erlebt hatten.

Aber schlimmer noch war die Zeit ab Mitte Oktober gewesen, als durch die schwarzgraue Wolkendecke nie ein Strahl der Sonne brach und über dem Landstrich eine melancholische Dämmerung zu liegen schien.

Und im Sommer, so erzählte der Schmied Heinrich, der sich an der Esse eine fette eiternde Brandblase am Handballen zugezogen hatte, wandelte sich Hitze mitunter zu unvermuteter Kälte. »Unberechenbar ist alles hier«, hatte er gegrollt. »Rechnet einfach immer mit dem Schlimmsten.« Heinrich gehörte zu denjenigen, die ihren Entschluss, an die Newa überzusiedeln, bitter bereut hatten. Aber es gab kein Zurück mehr: Zu Hause in Büdingen hatte er alle Brücken hinter sich abgebrochen und Hab und Gut verkauft, um sich die Übersiedelung leisten zu können.

In Helena war kein Raum für die Sehnsucht nach ihrem früheren Zuhause, zu sehr banden sie Erik und ihr Geheimnis an St. Petersburg. Ihr früheres Leben am Rande von Moskau schien ihr inzwischen zu einer anderen zu gehören.

Auch Paula machte nicht den Eindruck, als trauere sie um das, was sie zurückgelassen hatte. Sie war im Winter gewachsen, fast so groß wie Helena. In ihre noch vor wenigen Monaten kindliche Miene war der ernste Ausdruck einer Erwachsenen getreten. Was vermutlich an all dem Elend lag, mit dem sie sich Tag für Tag in den Behandlungsräumen an der Seite ihres Vaters auseinandersetzen musste. Aber sie ging in ihrer Aufgabe auf, sie machte das freiwillig, keiner zwang sie.

Während sie sich mit dem Ruderboot dem Ufer näherten, dachte Helena, dass sie hier von einer allmählich erwachenden Natur, wie sie sie aus Deutschland und Moskau kannten, nur träumen konnte. Jetzt, im April, wurden die Tage wenigstens wieder länger, aber von einem Frühlingserwachen konnte nicht die Rede sein.

»Vater und ich sorgen uns um dich. Du hast dich verändert, Helena.«

Sie schrak zusammen, richtete sich auf, bemühte sich um eine sorglose Miene. Sie musste sich mehr zusammenreißen! Niemals durfte irgendjemand Verdacht schöpfen, dass sie von dem vermissten Schweden wusste. Seine Leiche war zwar bislang nicht aufgetaucht, aber er konnte jederzeit ans Ufer gespült werden, und dann würden die Obristen Fragen stellen und den Fall untersuchen, bis sie die Schuldigen fanden.

Mit Erik würden sie kurzen Prozess machen, und mit ihr?

Sie mochte sich nicht ausmalen, welche Strafe ihr drohte. Zwar war sie an dem Tod nicht schuldig, aber sie hatte geholfen, die Spuren zu beseitigen. Und Helena würde auch für nichts auf der Welt Erik allein die Verantwortung tragen lassen. Jede Art von Konsequenz würden sie gemeinsam tragen.

»Ach, Mama, sorg dich nicht«, sagte sie nun, während die Frühlingsbrise in ihr Gesicht blies. Die Wellen unter ihr klatschten gegen das Holz des Ruderbootes. Ein paar Spritzer trafen sie und ließen sie schaudern. Trotzdem rang sie sich ein Lächeln ab. »Vielleicht werde ich nun einfach, wie du es dir immer gewünscht hast, erwachsen.«

Frieda sah sie nachdenklich an. Die Art, wie sie ihre Tochter musterte, wies deutlich darauf hin, dass sie ihr diese wohlgesetzte Antwort nicht abnahm. »Eine Zeitlang warst du öfter in der Stadt unterwegs«, unternahm sie einen neuen Versuch, zu ihrer Tochter vorzudringen.

Helena zuckte zusammen. Das hatte die Mutter bemerkt? Dabei hatte sie sich bemüht, nicht aufzufallen, und stets Zeiten gewählt, in denen sie keiner aufhalten würde.

Friedas sanftes Lächeln beruhigte Helena. »Ich dachte schon, du würdest uns in diesem Frühjahr einen tüchtigen jungen Mann präsentieren, in den du dich verliebt hast.«

Helena lehnte sich zurück, während sie die Ruder durchs Wasser zog. Sie war inzwischen eine gute Bootsführerin geworden. Die Wochen, in denen sie zu Erik nur über die Newa gelangen konnte, hatten ihre Spuren hinterlassen.

»Wo sollte ich einen Mann finden?«, gab sie zurück. Ihre Stimme klang belegt. »Hier ist doch jeder nur mit seiner Arbeit beschäftigt, und am Abend fallen alle bis ins Mark erschöpft in ihre Betten. Viel zu selten gibt es Volksfeste.«

»Es wird sich bald ändern«, versprach die Mutter. »Vertrau mir, Kind. Schau dich um.« Sie machte eine ausholende Geste, die die Ufer diesseits und jenseits des Stroms einschloss. »Überall wird gebaut. Das geht nicht von heute auf morgen, aber am Ende des Sommers wird Petersburg schon wie eine richtige Stadt aussehen. Es heißt, wir bekommen auch ein großes Kaufhaus, einen Basar, mehrere Schenken und Säle. Graf Menschikow hat pompöse Pläne mit der Insel, die ihm der Zar geschenkt hat, und seine Vergnügungssucht ist ja allgemein bekannt.« Frieda zwinkerte ihrer Tochter vertraulich zu.

Helena wusste, dass ihre Mutter annahm, dies sei genau das, was ihre feierfreudige Tochter hören wolle.

Wie sollte sie ahnen, dass sie allen Prunk und Pomp, der sie vielleicht noch erwartete, gegen die Treffen mit Erik im Schatten des alten Segelbootes eintauschen würde?

An jenem Abend, nachdem sie Arvids Leiche der Newa übergeben hatten, hatten sie sich umarmt und geküsst. Jetzt noch lief über Helenas Rücken ein Schauer, wenn sie nur daran dachte. Wie zart sich seine Lippen angefühlt hatten, wie er sie gehalten hatte, als wollte er sie nie wieder freigeben, wie sein Atem ihr Ohr gestreift und wie er sein Gesicht in ihre Halsbeuge gepresst hatte. Sie hatte die Augen geschlossen und die innige Berührung genossen.

Aber die Küsse und Zärtlichkeiten an jenem Abend waren überschattet von dem Wissen, dass sie sich beeilen und bald auseinandergehen mussten. Niemand durfte sie zusammen sehen und möglicherweise später einen Zusammenhang herstellen zwischen diesem ungleichen Liebespaar und dem Toten aus der Newa.

»Wir dürfen uns nicht mehr treffen«, hatte Erik in ihr Ohr gewispert.

»Aber ich ...«

Er legte ihr den Zeigefinger auf die Lippen, bevor er sie erneut küsste. »Es ist zu gefährlich, Helena. Wir müssen uns unauffällig verhalten, ich im Gefangenenlager und du in deiner Familie.«

»Heißt das, wir sehen uns nie wieder?« Ihre Stimme klang rau vor Entsetzen.

»*Nie* ist ein großes Wort, Liebste. Wir müssen warten, bis Gras über die Sache gewachsen ist. Bis wir sicher sein können, dass keiner Nachforschungen anstellt.«

»Aber die Kommandanten werden nach ihm fragen! Es wird auffallen, dass er fehlt.«

Erik nickte. »Ja, das werden sie. Und ich werde mein Bestes geben, am meisten erstaunt und unglücklich darüber zu sein.« Sie spürte, wie schwer ihm dieses Theaterspiel fallen würde. Erik war ein von Grund auf ehrlicher und loyaler Mann, glaubte Helena zu wissen, und er hatte seinen Freund geliebt. Der Schmerz darüber, dass er seinen Tod verschuldet hatte, mochte ihn innerlich zerreißen, aber jetzt galt es, sich und Helena aus der Gefahr zu bringen. Er handelte vernünftig, das erkannte Helena, obwohl ihr Innerstes bei dem Gedanken, den Geliebten aufzugeben, in Flammen stand. Für wie lange auch immer.

Diesen Schmerz trug sie nun schon seit vier Wochen mit sich herum, Tag und Nacht, und in mancher Stunde meinte sie es nicht mehr auszuhalten.

Von Erik kam keine Nachricht, sie wusste nicht, wie es ihm ergangen war, ob er seinen Plan, sich zu verstellen, in die Tat umgesetzt hatte oder ob man ihm auf die Schliche gekommen war. Manchmal meinte Helena zu platzen vor Kummer und Zwiespalt, aber um alles in der Welt durfte ihre Familie nicht an ihrem Seelenzustand teilhaben.

Sie mühte sich, ihrer Mutter auf der Fahrt zur Hofapotheke eine gute Gesellschafterin zu sein, aber ein Teil von ihr war immer bei Erik.

Sie vertäuten das Boot und balancierten an Land. Matschig und von kahlem Gestrüpp gesäumt, breitete sich der Weg zur Brücke vor ihnen aus. Vor ihnen ragten die Erdwälle der Festung hoch empor. Soldaten patrouillierten mit maskenhaften Gesichtern. Die beiden Frauen kannte man bereits, die Wächter am Newator ließen sie mit einem Nicken passieren.

Helena staunte, wie sich die Festung seit ihrem letzten Besuch verändert hatte. Die Arbeiter mauerten unermüdlich an Steinhäusern, auch die hölzerne Kirche sollte schon bald durch eine steinerne ersetzt werden.

Steinmetze klopften erzgraue Brocken zurecht, meißelten Rillen in fertige Quader, begradigten Kanten. Die hölzerne Kathedrale beherrschte den freien Platz in der Mitte der Festung, die Häuser drum herum wirkten, verglichen mit den Baracken außerhalb, wie Paläste. Unzählige Menschen wimmelten auf der Baustelle herum, in einer durchdachten Ordnung, während die Schläge auf Stein und Holz in der Luft hallten wie das Brüllen der Aufseher, die die Leibeigenen antrieben.

Die Soldaten warfen Helena verstohlene Blicke zu, manche tuschelten und lächelten sie an. Sie bemühte sich um eine hochmütige Miene, um niemanden zu ermutigen. Den Pfad bis zur Apotheke zu gehen war immer ein bisschen wie ein Schaulauf. In früheren Jahren hätte Helena es vielleicht genossen.

Aber die Zeiten und sie hatten sich geändert.

Überdachte Steinstufen führten an der Bastion hinab zu dem Kellergewölbe, in dem sich die Apotheke befand. Peters Leibarzt Dr. Blumentrost hatte die Oberaufsicht über die wertvollen Kräuter und Tinkturen, aber ihn hatten Helena und Frieda bislang nicht angetroffen. Sie erwarteten den alten Wanja, einen kräuterkundigen Russen, der als Helfer angestellt war und ihre Einkaufsliste mit buckeligem Rücken und schlurfenden Schritten abarbeitete.

Doch beim Öffnen der Pforte empfing sie nicht nur ein Sammelsurium an Kräuterdüften, sondern auch das Strahlen eines jungen Mannes mit blütenweißem Kragen und französischem Rock. Seine dunklen Haare hatte er aus der Stirn gekämmt und im Nacken mit einem Lederriemen zusammengebunden. Sein Gesicht war lang und schmal, genau wie sein Körper. Die Nase erinnerte an den Schnabel eines Raubvogels, aber sein Lächeln war breit und einnehmend, und seine hellen Augen funkelten.

Mit einer Verbeugung stellte sich der Mann vor. »Ich bin Andreas Burgstadt aus Magdeburg. Mit Freuden bin ich Euch zu Diensten.«

Helena musterte ihn verstohlen von der Seite, während ihm ihre Mutter mit einem warmen Lächeln die Hand reichte, über die er sich formvollendet beugte. »Was hat Euch hierherverschlagen?«

»Der Ruf des Zaren«, erwiderte er und lachte. »Ich bin der dritte von drei Söhnen, meine beiden älteren Brüder haben die Apotheke meines alten Herrn übernommen, für mich war da kein Platz mehr. Ich schätze mich glücklich, mir hier ein neues Leben aufbauen zu können und mein Wissen zu erweitern.« Während er sprach, hielt er Helenas Blick fest, bis sie die Lider senkte. Während die Mutter ihm Korb und Einkaufsliste überreichte, begann Helena, an den Regalen im Kellergewölbe vorbeizuschlendern, in den Töpfen und Tiegeln zu schnuppern, den Duft nach Salpeter, Pottasche, Seife und Honig tief einzuatmen, mit dem Finger über die Standgläser aus geschliffenem Kristall mit den silbern eingefassten Deckeln zu streichen. Zum Teil waren sie sogar vergoldet und schimmerten im Halbdunkel des kühlen Raums wie Sonnenflecken.

Als sie zwei Stunden später mit gefüllten Körben, denen ein Potpourri aus Kräuterdüften, Salben und Tränken entstieg, den Heimweg antraten, stand die Sonne bereits tief am Himmel. Das Rosé der Wolken spiegelte sich an den ruhigen Stellen des Stroms.

»Was für ein ungewöhnlich netter Mann«, sagte Frieda mit Blick über die Bootskante wie zu den Geistern der Newa sprechend. Dabei kräuselte ein feines Lächeln ihre Lippen.

Helena gab vor, die Bemerkung nicht gehört zu haben. Ihr stand nicht der Sinn danach, über andere Männer als Erik zu reden, und über den würde sie in Gegenwart ihrer Eltern kein Wort verlieren.

Andere Boote und Fregatten trieben an ihnen vorbei, viele hoch beladen mit Baumaterial. Manche brachten auch weitere Arbeiter, die sich die Hälse verrenkten, um einen ersten Eindruck von ihrer neuen Heimat und Arbeitsstätte zu erhaschen.

Ein Mann in einem Schifferhemd mit einem Halstuch und braunen langen Locken lächelte vom Bug einer Fregatte auf sie herab und hob grüßend die Hand. Helenas Blick traf ihn zufällig. Sie erwiderte sein Lächeln nicht, wandte sich ab, starrte rüber zur Admiralität. Aus der Mitte ragte zwischen all den Magazinen, den Holz- und Lehmbauten der hölzerne Turm mit seiner Nadelspitze hervor. Zwischen Ankern, Brettern, Ketten und Fässern lag immer noch das leckgeschlagene Boot, das Erik und sie zu ihrem Liebesnest erklärt hatten.

Die Bilder vom vergangenen März tauchten in ihrer Vorstellung auf, überfluteten sie und ließen ihren Puls rasen. Auf einmal wusste sie, dass sie es keinen Tag länger ohne Erik aushalten würde.

Einerlei, ob sie sich in Gefahr begab und darin umkam – das wäre immer noch besser als dieses Warten.

Sobald sie eine Stunde für sich hatte, würde sie sich am Abend aus dem Haus schleichen, um Erik zu treffen. Sie würde schon einen Weg finden, wie sie ein paar Stunden mit ihm verbringen konnte.

Ein Leben ohne Erik mochte Helena sich nicht mehr vorstellen. Bei diesem Gedanken erschrak sie selbst. Ihre Gefühle gingen zum ersten Mal so tief, dass ihr ein anderer Mensch wichtiger war als sie selbst.

Sie wich dem Blick ihrer Mutter aus, die fragend die Brauen hob. Frieda hatte den hübschen Seefahrer auch bemerkt und sich vermutlich gewundert, warum ihre Tochter die Gelegenheit zu einer Koketterie nicht genutzt hatte.

Nun, ihre Eltern und was sie von ihr dachten waren zweitrangig. Erst einmal musste Helena für sich selbst herausfinden, wie es mit ihr und dem Schweden Erik weitergehen sollte.

Heute Abend würde sie niemand aufhalten.

»Ich mache mir Sorgen um Helena.« Frieda hatte ihren Mann unter einem Vorwand aus dem Behandlungsraum gelotst, um ihm eine Tasse von dem duftenden Tee zu servieren. Die Patienten konnten auch mal zehn Minuten warten. Wenn Frieda Richard nicht hin und wieder daran erinnerte, würde er überhaupt keine Pause einlegen. Und wenn sie ehrlich war, tat es auch ihr gut, sich für ein paar Minuten hinzusetzen. Ihre Beine fühlten sich schwer und heiß an.

Nach dem Ausflug mit Helena war sie gleich wieder in den Behandlungsraum geeilt, wo Richard schon ungeduldig darauf wartete, dass sie ihm beim Schienen eines gebrochenen Arms assistierte. Ein junger Russe war in der Werft auf einer halbfertigen Fregatte balanciert und aus vier Meter Höhe auf den Boden gefallen. Er hatte Glück im Unglück gehabt, und dank Dr. Albrechts Behandlung würde er seinen Arm in sechs Wochen auch wieder bewegen können.

Die Teeblätter für ihre kleine Pause hatte Frieda in einem Säcklein bei der letzten Lebensmittellieferung erworben. Sie waren sündhaft teuer gewesen, aber lieber Himmel, welche Freuden hatten sie denn schon?

Sie hatte geahnt, dass Richard an der Newa gebraucht wurde, aber sie hatte nicht damit gerechnet, dass er bis zum

Umfallen schuften würde, um all die Kranken und Verletzten medizinisch zu versorgen. Für seinen so hochgeschätzten Mittagsschlaf war schon lange keine Zeit mehr. Richard war der einzige Arzt auf der Admiralitätsinsel, seine Kollegen rissen sich nicht darum, an die Newa überzusiedeln. Nun, wie es schien, hatten die sich besser über die wachsende Stadt informiert, als Frieda es getan hatte.

Am schlimmsten litt sie unter der schlechten Versorgung. Es gab keine Bauern in der Nähe, von denen man Milch und Eier, Hühner und Mehl besorgen konnte. Das Umland eignete sich nicht für die Landwirtschaft. Alles musste von weit her herangeschafft werden. Die Lebensmittellieferung war für alle, die hier lebten, der Höhepunkt der Woche. Die Albrechts konnten sich aus den Kostbarkeiten der Händler mit vollen Händen bedienen. Frieda hatte das Säckchen mit den Teeblättern voller Freude an ihre Brust gedrückt, als sie es noch vor einer hochnäsigen Russin, die eines der neuen Häuser auf Wassiljewski bewohnte, ergattert hatte.

Richard sog das Aroma ein, als er sich nun auf den Stuhl am Küchentisch fallen ließ. Er ächzte dabei wie ein alter Mann, und wie immer, wenn ihr das auffiel, versetzte es Frieda einen Stich in der Brust. Sie streichelte seine Hand. War sie am Ende schuld, wenn sich ihr Mann hier totschuftete? Was nützte all ihre Begeisterung von den Ideen des Zaren und ihre Neugier auf die Stadt, wenn sie sie nicht in ein paar Jahren gemeinsam genießen konnten?

»Du machst dir zu viele Gedanken«, brummte Richard, und Frieda merkte, dass er schon wieder von Unruhe getrieben war, weil es ihn zurück zu den Kranken zog.

Auch das hatte sie sich anders vorgestellt: Während sie in der Ausländervorstadt oft Zeit für einen Plausch oder ein Kartenspiel mit der Familie gehabt hatten, bestand ihr Leben in Petersburg nur noch aus Arbeiten und Schlafen. Sie selbst half ihm nicht nur mit den Patienten, sondern war größtenteils auch für den Haushalt und die Kinder zuständig. Sie vermisste die Gespräche mit ihm über alles, was ihre Familie bewegte. Es wunderte sie nicht, dass ihm Helenas Veränderung nicht auffiel.

»Weißt du noch, wie wir uns darüber aufgeregt haben, dass sie mit den falschen Kerlen anbandelt?«

Richard stieß ein Lachen aus. »Sei froh, wenn es vorbei ist. Eine Sorge weniger.«

Frieda machte eine wegwerfende Handbewegung. »Ach, du sagst das so leicht. Es ist nicht in Ordnung, wenn eine junge Frau sich einen Spaß daraus macht, den Männern den Kopf zu verdrehen, aber es ist auch nicht recht, wenn sie sich überhaupt nicht mehr für solche Dinge interessiert.«

Richard zwinkerte ihr zu und streichelte ihr über die Wange. »Es ist wirklich nicht leicht, es dir recht zu machen.«

Sie wandte das Gesicht ab. »Ich habe Sorge, dass sie eine heimliche Liebschaft hat und uns nicht ins Vertrauen zieht.«

Richard erhob sich, drückte ihr einen Kuss auf die Stirn. »Du solltest ihr mehr Vertrauen schenken. Sie ist alt genug. Je stärker du sie bedrängst, desto mehr zieht sie sich zurück. Auch wenn sie nicht mit einer Auffassungsgabe wie Paula ausgestattet ist, halte ich sie für lebenstüchtig. Sie sieht die Dinge mit dem Herzen, das hat sie immer schon getan. Wenn sie es für richtig hält, wird sie uns erzählen, was sie bewegt.«

»Dein Wort in Gottes Ohr«, murmelte Frieda und blieb verstimmt zurück, als Richard zurück ins Behandlungszimmer eilte. Sie würde sich die Ruhe noch zehn Minuten länger gönnen.

An manchen Tagen verzweifelte sie an der neuen Situation. Sie hatten viel aufgegeben in der Ausländervorstadt, und es machte nicht den Anschein, als könnte ihnen St. Petersburg in der nächsten Zeit das bieten, was sie gewohnt waren. Es gab keine Stadtverwaltung, keine Polizei, dafür Unmengen von Militär mit Kommandanten, die sich wichtigmachten. Wann würde Zar Peter endlich die Regierungsbeamten aus Moskau hierherholen?

Am schlimmsten aber empfand sie das Fehlen von Hospitälern und Schulen. Richard würde die Arbeit auf Dauer nicht allein bewältigen können. Die Zukunft der Kinder stand auf dem Spiel, wenn sie nicht bald Unterricht bekamen. Natürlich freute sich Gustav, dass er seine Zeit dazu nutzen konnte, durch die Sumpflandschaft zu stromern, über die Newa zu segeln und den Arbeitern bei der Werft zuzuschauen. Aber er brauchte doch eine schulische Erziehung! Genau wie Helena. Wenigstens noch für ein Jahr. Sie hatte zu viel Unterricht verpasst, um ihre Ausbildung schon abzuschließen. Gäbe es eine Schule, würde sie sich vielleicht weniger auf geheimen Wegen herumtreiben.

Nur um Paula brauchte sie sich diesbezüglich keine Sorgen zu machen, die brachte sich selbst alles bei, was ein junger Mensch wissen sollte. Sie hatte begriffen, wie entscheidend es in diesen und in den kommenden Zeiten sein würde, sich seines eigenen Verstandes bedienen zu können. Es galt, nichts als gegeben hinzunehmen und den eigenen Kopf zu benutzen. Erst durch Schulbildung war es den jungen Leuten möglich, eigenständig und unabhängig zu werden.

Sich dabei an christlichen Werten zu orientieren war für Frieda kein Widerspruch. Zum Glück gab es eine protestantische Kirche in der Festung, aus Holz nur, aber mit einem Kirchturm und einer Glocke. Frieda achtete penibel darauf, dass die Familie sonntags komplett dorthin zum Gottesdienst ging. Vor allem, weil sie solche Familienrituale wichtig fand, nicht etwa, weil sie großen Wert auf Kontakt zu ihren Landsleuten legte.

Die Kirche war jeden Sonntag zum Platzen voll. Es gab unter den Deutschen viele, die auf alles Russische herabsahen, die sich ihr eigenes Bier brauten und Würste nach deutscher Art herstellten, die sie untereinander tauschten und verkauften.

Frieda hingegen legte keinen Wert auf solche Abschottung. Gerade die Vielfalt in Petersburg empfand sie als Bereicherung. Wie gerne würde sie ihre Kinder in einem freien Geist der Toleranz und des friedlichen Miteinanders verschiedener Kulturen aufwachsen sehen, aber es entpuppte sich als schwierig. Die Russen beobachteten sie immer noch missgünstig, und viele Deutsche und andere Europäer trugen die Nasen zu hoch.

Frieda verstand sehr genau, welches Weltbild Zar Peter vorschwebte: eine in die Zukunft gerichtete, für alles Neue und Fremde offene Gesellschaft. Zu schade, dass die Veränderung so zähfließend vor sich ging.

Sie trank den letzten Schluck des inzwischen kalten Tees und erhob sich. Sie musste den Ofen anheizen, um das Brot für das Abendessen zu backen und den Topf Wasser aus der Newa abzukochen. Die aus der Apotheke mitgebrachten Kräuter in ihren Gläsern und Tiegeln musste sie beschriften und in der Vorratskammer lagern, und sie sollte Gustav finden, damit der ihr neues Holz besorgte. War der Brotteig im Ofen, würde sie noch für eine Stunde bei den Patienten helfen.

Nein, langweilig wurde es ihr in der neuen Heimat nie. Nur manchmal ein bisschen schwer ums Herz, weil sie daran zweifelte, dass St. Petersburg jemals den Status erringen würde, den der Zar für die Stadt vorgesehen hatte. Hin und wieder schlich sich in ihre Gedanken die Sehnsucht nach der gemütlichen Zeit in der Ausländervorstadt, in der alles seinen geregelten Gang gegangen war. Aber sie verdrängte das Heimweh. Es galt, den Blick nach vorn zu richten.

Die Sträflinge hatten die Arbeit an der Allee, die die Admiralitätsinsel wie ein Pfeil durchkreuzen sollte, nach den frostigen Wintermonaten wiederaufgenommen. Stein um Stein setzten sie und waren bereits ein gutes Stück vom Ufer entfernt angelangt. An den Seiten standen in regelmäßigen Abständen kleine Bäume, die in den kommenden Jahren in den Himmel wachsen und den Prospekt beschatten würden.

An diesem Abend lag die Straße im Dunkeln. Der Mond schien halbvoll auf die Baustelle und das dahinterliegende Lager der Strafgefangenen.

Helena fror trotz ihres Mantels und der Fellmütze.

Die Unterkunft war eine Baracke aus schiefen Holzwänden und mit Segeltuchdach. Aus der Behausung drang leises Gemurmel, vor dem Eingang standen ein paar Männer zusammen und wärmten sich in ihren Lumpen die Hände an einem Feuer. Die Flammen züngelten und beleuchteten das Lager in einem rußigen Orange. Der Geruch der brennenden Scheite drang bis zu Helena. Irgendwo mussten die Aufpasser sein, aber Helena sah keinen von ihnen.

Sie verbarg sich an einem der Häuser, die zur Seilerbahn gehörten, und kniff die Augen zusammen, um jemanden erkennen zu können.

Es roch nach dem Teer, in das die Ankertaue, die hier gefertigt wurden, getaucht wurden. In der Nähe befanden sich auch die Kupfer- und Admiralitätsschmieden, meist von Holländern geführt, die junge Russen in die Lehre genommen hatten. Für einen Strafgefangenen wie Erik kam eine solche Ausbildung natürlich nicht in Frage. Er musste Steine schleppen und verlegen, bis ihm die Knochen brachen.

Wie sollte sie Erik bloß auf sich aufmerksam machen?

Hatte sie wirklich gehofft, er würde genau in dem Moment, da sie nach ihm suchte, heraustreten und sie entdecken?

Zu den Männern am Feuer jedenfalls gehörte er nicht. Die standen gebeugt und mit hochgezogenen Schultern. Keiner von ihnen erinnerte an einen breitschultrigen Wikinger mit hellen Haaren.

Ihr Herz schlug so hart gegen die Rippen, dass sie meinte, das Geräusch müsste sie verraten. Das Blut brauste in ihren Ohren. Sie krallte sich mit den Fingern in die hölzerne Seitenwand, um das Zittern ihrer Hände zu unterdrücken. Wenn es sein musste, würde sie die ganze Nacht warten. Irgendwann musste Erik doch mal die Baracke verlassen, um sich die Beine zu vertreten. Sie wusste aus seinen Erzählungen, wie beengt sie darin hausten und dass die Luft zum Schneiden dick war.

Sie trat von einem Bein aufs andere, um sich warm zu halten, obwohl ihre Knie mit jeder Minute, die sie wartete, wackeliger wurden. *Bitte, Erik, komm heraus*, ging es ihr durch den Kopf, immer und immer wieder, als könnte sie ihn mit den eigenen Gedanken erreichen.

Endlich wurde ihre Geduld belohnt.

Sie sog die Luft ein, weil in diesem Moment Erik gebückt aus der Barackentür trat und die Arme in den Himmel streckte, um die Muskeln zu dehnen.

Helena atmete durch den geöffneten Mund und überlegte fieberhaft, was sie tun konnte. Er war schließlich von den anderen Gefangenen umgeben, und irgendwo mussten auch die Wächter sein.

Da löste er sich aus der Gruppe, schlug den Kragen seiner Jacke hoch und vergrub die Hände in den Taschen. Er schlenderte ein paar Schritte von den anderen weg auf den ausgemusterten Kahn am Flussufer zu. Am liebsten wäre Helena auf ihn zugelaufen, aber das war viel zu gefährlich. Sie musste ihn irgendwie auf sich aufmerksam machen!

Helena umrundete die Kate und duckte sich im Schatten vereinzelter Bäume, Bergen von Steinen und Holzstapeln. Schließlich wagte sie es, sich unterdrückt bemerkbar zu machen. »Erik!«, wisperte sie. »Hier bin ich!«

Sofort verharrte er, wandte den Kopf in ihre Richtung. Erstaunen flog über seine Miene, bevor er sich vorsichtig nach allen Seiten umsah. Dann war er mit wenigen Schritten bei ihr, umarmte sie, küsste sie auf den Mund und nahm ihre Hand.

Geduckt rannten sie hinter den morschen Kahn, wo sie sich

auf das feuchte Gras kauerten, mit den Rücken gegen das Holz gepresst, die Hände ineinander verschlungen.

Freude und Furcht spiegelten sich in seiner Miene. Sie fühlte die Stärke seiner Hände und roch seinen Duft nach altem Holz und Ruß. Sie sehnte sich danach, ihn zu küssen. Einfach zu schweigen und ihn zu liebkosen, bis sie satt war und ihre Sehnsucht zum Schweigen gebracht.

Erik löste seine Hände aus ihren und umfing ihr Gesicht, legte seine Stirn an ihre. »Bist du des Wahnsinns, Helena? Das war nicht unsere Abmachung, dass du dich bei Nacht und Nebel zu mir schleichst.«

»Ich habe es nicht mehr ausgehalten, Erik.«

»Ich habe mich auch nach dir gesehnt, Liebste«, flüsterte er und küsste sie endlich, bis all ihr Kummer und ihre Furcht sich in einen süßen Nebel auflösten. Hier war sie richtig, hier in seinen Armen.

»Erzähl mir, wie es dir ergangen ist, Liebster«, bat Helena.

Erik schluckte. »Ich vermisse Arvid«, sagte er mit rauer Stimme. »Ich kann nur noch daran denken, was ich seiner Familie angetan habe.«

»Ich wünschte, ich könnte dir die Trauer erleichtern.« Helena nahm seine Hände in ihre. »Was haben die Mitgefangenen und Aufseher gesagt? Gibt es Gerüchte um Arvids Tod?«

Erik hob die Schultern. »Gestern hieß es, eine Leiche sei am gegenüberliegenden Ufer angespült worden. Aber du weißt ja, wie es hier zugeht. Arvid ist nicht der Erste und nicht der Letzte, der in der Stadt den Tod findet. Ich bin mir also nicht sicher, ob es Arvid ist, den die Newa da ausgespuckt hat.«

»Das wird man vielleicht herausfinden«, erwiderte Helena bang.

Erik nickte. »Ja, aber ich denke nicht, dass man mich damit in Verbindung bringen wird. Im Lager und den Kommandanten gegenüber werde ich mich zu verstellen wissen.« Ein Schatten flog über sein Gesicht.

»Aber seiner Familie gegenüber nicht«, schloss Helena mit plötzlich aufkeimender Furcht.

»Ich werde sie nicht anlügen können, Helena. Ich kann mit einer solchen Lüge nicht leben.«

»Willst du ihnen schreiben?« Was für ein gefährliches Unterfangen, dachte sie. Bestimmt wurden die Briefe der Kriegsgefangenen in die Heimat gelesen, bevor man sie versandte.

»Wenn mir nichts anderes übrig bleibt – ja.« Erik hob die Schultern. »Aber ich habe die Hoffnung, dass sie uns irgendwann gehen lassen. Dass König Karl und Zar Peter ein Abkommen zum Austausch der Gefangenen treffen.«

Helena spürte, wie alles Blut aus ihrem Gesicht strömte. »Du willst tatsächlich zurück nach Schweden?« Ihre Fingerspitzen begannen zu zittern.

»Ich muss, Helena, ich muss.« Er streichelte über ihre Wange. »Ich hatte ein Leben, bevor ich in den Krieg zog und die Russen mich an die Newa verschleppten. Bevor wir uns kennenlernten, war dies das Einzige, was mich am Leben hielt: die Vorstellung, irgendwann zurückzukehren.«

»Erzähl mir von Siri.« Sie hielt seinem Blick stand, obwohl sich in ihren Wimpern Tränen fingen.

Erik zögerte einen Moment, schien in ihren Augen lesen zu wollen, ob sie die Wahrheit verkraften würde. »Ich bin verlobt mit Arvids Zwillingsschwester Siri. Wir kennen uns von Kindesbeinen an, und es war immer klar, dass wir irgendwann heiraten würden.«

»Du fühlst dich an dein Versprechen von damals gebunden«, sagte sie mit brüchiger Stimme und fühlte die Spur, die die Tränen über ihre Wangen zogen. Sie ließ sie einfach laufen.

»Ich fühle mich an das Versprechen, zurückzukehren, gebunden. Ich bin es Arvid schuldig, dass ich seiner Mutter und seiner Schwester erzähle, wie es ihm in den letzten Tagen seines Lebens ergangen ist und durch welches Unglück er gestorben ist.«

»Und Siri? Sie wird dich nie mehr gehen lassen, sobald sie dich wieder in die Arme schließen kann.«

»Vielleicht wird sie es versuchen, und mich graut es vor der Vorstellung, ihr weh tun zu müssen. Sie ist eine unvergleichliche Frau, und sie hat es nicht verdient, schlecht behandelt zu werden. Aber dennoch werde ich zu dir zurückkehren, Helena.«

Helena glaubte ihm kein Wort.

Aus den vereinzelten Tränen wurden nun Schluchzer, die ihren Körper schüttelten.

Selbstverständlich war diese Siri eine einzigartige Frau, wenn es ihr gelungen war, einen Mann wie Erik zu erobern. Und selbstverständlich würde sie alles daransetzen, ihn von ihr – Helena – fernzuhalten. Getragen von dem Gefühl, endlich wieder in der Heimat zu sein, würde Erik alles vergessen, was er ihr je versprochen hatte. Er würde die Küsse und Koseworte vergessen, die sie sich zugeraunt hatten, und irgendwann würde sie nur noch ein Bild in seiner Erinnerung sein: die Frau, die seine Gefangenschaft erträglich gemacht hatte.

Und sie würde hier im Sumpf warten und warten und sich die Augen ausweinen, ohne je wieder von ihm zu hören.

Wie dumm von ihr, ihren Gefühlen nachgegeben zu haben.

Er würde sie verlassen. Genau wie damals Steen.

Tiefe Gefühle führten zu nichts als Schmerz und Einsamkeit.

Weil sie nicht aufhörte zu schluchzen, zog er sie in die Arme, umschlang sie. »Nicht weinen, Helena, bitte. Es ist alles furchtbar unvorhersehbar. Aber eines ist sicher: Was auch geschieht, wir gehören zusammen. Du bist die Frau, mit der ich den Rest meines Lebens verbringen will. Wie auch immer sich mein jämmerliches Dasein noch entwickeln mag. Du bist meine Sonne. Ohne dich ist alles grau und kalt wie der Tod.«

Helena wischte sich mit der Hand über die Nase, kuschelte sich enger an ihn. Sie wollte ihm gerne glauben.

Sie verdrängte die Bilder einer schwedenblonden Siri, die dem heimkehrenden Soldaten entgegenlief. Dem Mann, auf den sie jahrelang gewartet hatte.

Sie versuchte sich vorzustellen, wie Erik sie von sich wies, wie er ihr gestand, dass er sich in eine andere verliebt hatte, aber es wollte ihr nicht gelingen.

Nein, für Helena stand fest, dass Erik keinen Fuß mehr auf russisches Land setzen würde, sollte er je aus der Gefangenschaft entlassen werden. Sie würde es ihm nicht einmal verübeln können. Aber es würde ihr Herz in Stücke reißen.

Er fing mit den Lippen ihre Tränen einzeln auf, bevor er seinen Mund auf ihren senkte. Helena schlang die Arme um ihn und gab sich seinen Zärtlichkeiten hin. Sie wollte diesen Mann, wollte ihn mit Haut und Haaren, und sie würde mitnehmen, was immer sie bekommen konnte, bevor er sie eines Tages für immer verließ. Sie drängte sich an ihn, schlang ein Bein um ihn, küsste ihn, bis sie beide schwer atmeten und Erik sie ein Stück von sich schob. »Ich kann es nicht erwarten, dass du meine Frau wirst, Helena.«

Sie spürte, dass er sich von ihr entfernte. Enttäuschung fraß sich in ihren Leib. Natürlich, Erik war ein anständiger Mann, der sich nicht nehmen wollte, was sie ihm zu schenken bereit war. Für seine Zurückhaltung gab es nur die Erklärung, dass er nicht besitzen wollte, was vielleicht irgendwann einem anderen gehören sollte.

Sie rappelte sich auf, richtete ihren Mantel und das Haar. Auch er erhob sich, sah auf sie herab. »Komm nicht mehr, Helena«, sagte er mit einem Blick zu dem Gefangenenlager, wo das Feuer inzwischen heruntergebrannt war und wo ein Aufseher mit angelegter Muskete auf- und abmarschierte. »Ich will dich nicht in Gefahr bringen.«

Jedes seiner Worte bestätigte Helena nur darin, dass er im Geiste bereits mit ihr abgeschlossen hatte. Sie wollte schreien vor Schmerz. »Ich kann nicht ohne dich sein«, presste sie hervor. Wie ein kleines Mädchen stand sie vor ihm, den Kopf gesenkt, die Arme hängend.

Er drückte sie an sich, so fest, dass es wehtat, aber es war ein guter Schmerz.

»Ich kann auch nicht ohne dich sein.«

Kapitel 13

*St. Petersburg,
Mai 1704*

Überall schoss das frische Grün aus dem Boden und schmückte die Zweige. Die Lerchen sangen bis spät am Abend, als wollten sie mit ihrem Zwitschern die warme Jahreszeit hervorlocken. Im Garten der Familie Albrecht standen die dünnen Fliederbäume, aus Lübeck geliefert und von Frieda eigenhändig eingepflanzt, in erster Blüte. Ihr Duft überlagerte das Honigaroma der letzten Krokusse und Tulipane, die sich aus der sumpfigen Erde gekämpft hatten.

Genauso kraftvoll wie die Natur arbeiteten die Männer und Frauen an der Newa. Zahlreiche neue Wohnstätten wuchsen empor, Steinberge türmten sich an allen Ufern.

Der Regent hatte den Erlass herausgegeben, dass nirgendwo im Reich mehr mit Stein gebaut werden durfte, auch nicht in Moskau: Sämtliches Material sollte nach Petersburg geliefert werden. Alle Schiffe und Kutschen, die St. Petersburg erreichten, mussten Steine mitbringen. An den Häfen und Stadttoren gab es riesige Sammelstellen.

Überall in Russland packten Maurer und Steinmetze ihr Handwerkszeug ein, um nach St. Petersburg zu reisen. An vielen Stellen hatte man bereits damit begonnen, die Mauern hochzuziehen. Kräne drehten sich ächzend, Pferde trappelten, Kähne dümpelten an den Anlegestellen und warteten darauf, entladen zu werden.

An diesem ersten richtig warmen Tag des Jahres schien die Arbeit weniger schwerzufallen. Hier und da blitzte sogar ein Lächeln im Gesicht eines Mannes auf, und das Rufen der Händler, die Backwaren und Kwass verkauften, klang freundlicher.

Willem hatte an der Werft ein zerrissenes Fischernetz gefunden, das er eigenhändig geflickt hatte. Dies ließen Paula und er nun, da sie mit dem Boot über den Fluss setzten, hinter sich herziehen, bis ein Schwarm schillernder Fische darin zappelte. Willem warf die zwei dicksten in den Weidenkorb, den Paula mitgebracht hatte, die restlichen zurück ins Wasser. Wenn sie später auf ihrem Ausflug Hunger bekämen, könnten sie sie über einem Feuer rösten.

Paula packte Willems Hand, nachdem sie auf der Petersburger Insel ihr Gefährt vertäut hatten, und zog ihn mit über die Wiese, die ihnen bis zu den Knien reichte. Ihr Gesicht strahlte mit der Sonne um die Wette. Für Paulas Geschmack war Willem an einem Tag wie diesem viel zu träge. Sie fühlte sich, als könnte sie fliegen, wenn sie die Arme ausbreitete.

Der Duft nach Kamille und Margeriten, Bärlauch und Rosen stieg ihr in die Nase, und sie füllte ihre Lunge mit dem köstlichen Geruch.

Endlich war der Winter vorüber, endlich konnten sie wieder barfuß laufen und die bröselige, samtweiche Erde unter den Fußsohlen spüren.

Während sich Willem schwertat, seine Freude über den Sonnentag herauszulassen, bekam sich Bjarki kaum noch ein vor Übermut. Er sprang wie ein Fohlen über die Wiese, kläffte und umrundete sein Herrchen und dessen Freundin ein ums andere Mal.

Willem begann, sich Geschichten von Elfen, Kobolden und russischen Wassernixen auszudenken, die sie – wie er wispernd behauptete – auf Schritt und Tritt verfolgten und sich irgendwann zu erkennen geben würden, wenn sie nur genau aufpasste. Paulas Grinsen spornte ihn an, und so erfand er immer verrücktere Gestalten und Geschehnisse, bis Paula Tränen lachte und sich irgendwann kraftlos vor Erheiterung einfach der Länge nach in das Gras fallen ließ, das bis zu den Baumreihen am Horizont reichte.

Sie breitete Arme und Beine aus, blickte in den Himmel. Auch dieses Land würde in nicht allzu ferner Zukunft bebaut sein, wenn die Arbeiter weitermachten wie bisher. Aber noch gehörte es ihnen und ihren Phantasiegestalten. Paula konnte sich keinen schöneren Ort vorstellen, und sie fragte sich, wie sie je daran zweifeln konnte, dass sie die neue Stadt als ihr Zuhause annehmen würde.

Insekten umschwirrten Paula. Lachend zog sie die Nase kraus. Willem ließ sich neben ihr im Schneidersitz nieder, rupfte einen Grashalm ab und legte ihn sich zwischen beide Daumen. Ein Surren erklang, während er darauf blies.

Bjarki kläffte, als wollte er sie auffordern, weiterzulaufen, der Spaß ginge doch jetzt erst richtig los.

»Troll dich, Bjarki!« Willem machte eine verscheuchende Handbewegung. Der Hund flitzte davon in Richtung einer Hasenfamilie, die in einiger Entfernung aufgetaucht war.

Willem wischte sich mit der Rückhand über die feuchte Stirn. Er war blass.

»Du siehst aus, als wärst du einmal rund um die Stadt gerannt«, bemerkte Paula.

»So fühle ich mich auch. Ich bin seit Sonnenaufgang auf den Beinen und habe heute mit meinem Vater zwei Gerüste vom Boden bis zum Dach hochgezogen.« Er zeigte ihr seine Handinnenflächen, die grau und schwielig und an vielen Stellen aufgerissen waren. »Und dann kommst du und hetzt mich über die Felder«, fügte er nur halb im Scherz hinzu.

»Oh, verzeih«, sagte Paula sofort. Das Hochgefühl ebbte ab. Wie hatte sie so nachlässig sein und annehmen können, Willem dürste es genauso nach Bewegung wie sie? Er begleitete sie nur aus Gutmütigkeit in den frühen Abendstunden in die Natur, von der sie nie genug bekommen konnte.

Willem winkte ab und schenkte ihr ein kleines Lächeln. Ein Grübchen bildete sich dabei in seiner Wange, und Paula hätte es gern berührt. Aber sie wagte es nicht.

Wie dumm von ihr zu vergessen, dass Willem tagsüber körperlich hart arbeitete. Und sein Vater war nun wirklich keiner, der Rücksicht darauf nahm, ob Willem entkräftet war oder nicht.

Paula selbst schlief bis weit nach Sonnenaufgang. Nach dem Frühstück las sie meistens in ihren Büchern. Viele hatte sie bereits zwei- oder dreimal durch, aber in diesen Tagen kamen immer neue Werke aus der medizinischen Bibliothek ihres Vaters hinzu. Wenn das Wetter es zuließ, lief sie dann später für ein Stündchen zu Willem auf die Baustelle, beobachtete ihn beim Nageln und Sägen und übernahm Handlangerarbeiten, wenn er von oben herabrief: »Reich mir mal das dünne Brett da, Paula!« oder »Schau mal, ob du längere Nägel findest.« Bewundernd stellte sie fest, mit welcher Präzision er die Gerüste mit Querbalken und Holzwinkeln verkantete.

Wenn Vater Theodorus, die Lederschürze über den Kugelbauch gespannt, spitzbekam, dass sie sich auf der Baustelle herumtrieb, verjagte er sie meist, aber immer mit einem gutmütigen Schmunzeln auf dem Gesicht.

Paula wusste, dass der alte Holländer sie mochte, aber sie wusste auch, dass er es nicht durchgehen lassen würde, wenn jemand seinen Sohn von der Arbeit abhielt.

Das Schmunzeln schien er für sie zu reservieren. Wenn er Willem ansah, furchte er die Stirn, und sein Mund verkniff sich zu einem blassen Strich. Seine Anweisungen an ihn waren knapp und im Befehlston. Manchmal verpasste er ihm eine Kopfnuss oder warf ein Holzscheit nach ihm, wenn er sich für seinen Geschmack zu langsam bewegte.

Paula war schon manches Mal zusammengezuckt und hatte sich gefragt, wie Willem diese Behandlung nur aushielt. Es war ungerecht, denn Willem arbeitete für zwei. Dennoch schien er es seinem Vater nie recht machen zu können.

In Theodorus' Nähe verhielt sich Willem anders, als Paula ihn kannte. Er schien die Schultern immer ein Stück hochgezogen zu haben, um die Ohren schützen. Seine Augen wirkten verhangen, als wollte er niemandem seine wahren Gefühle verraten.

Sie wünschte, ihre gute Laune würde auf Willem überspringen, aber ihr Freund wirkte ermattet. Seiner Miene nach zu urteilen, sehnte er sich nach seinem Bett und einem ausgiebigen Schlaf.

»Sollen wir umkehren?«, fragte Paula. »Ich bin nicht böse, wenn du lieber schlafen willst.«

»Nein, nein, bloß nicht. Die freien Stunden mit dir, Paula, sind die schönsten des Tages.« Er sprach es aus wie eine einfache Wahrheit, die doch jeder kennen musste. Dennoch fühlte Paula zum ersten Mal ein Flattern im Bauch, während sie Willems Gesicht betrachtete.

»Ich bin auch gern mit dir zusammen«, sagte sie. »Und …«

Willem unterbrach sie, indem er eine Hand hob und das Kinn reckte. Sein Mund stand offen. »Was war das?«, wisperte er.

Paula hatte nichts gehört, aber sie stützte sich nun auf die Ellbogen und richtete sich auf. Lauschte.

Bjarkis Gekläffe trug der Wind mit dem Rauschen der Bäume zu ihnen heran. Sie beschatteten die Augen mit den Händen und spähten in seine Richtung. Er sprang drüben, wo der Wald begann, hin und her. Sein struppiger Körper lugte nur halb über den hohen Grasbewuchs hinaus.

Willem erhob sich auf die Füße, Paula tat es ihm nach. »Es ist nur Bjarki«, sagte Paula.

Willems Gesicht war auf einmal weiß wie saure Milch. »Nein, da war noch was anderes. Ein tiefes Grummeln wie von einem nahenden Gewitter …«

Paula lachte. »Sei nicht albern, Willem van der Linden. Am Himmel ist keine Wolke zu sehen. Woher sollte ein Wetter aufziehen?« Sie kniff die Lider zusammen, um besser sehen zu können, und trat zwei Schritte vor. »Schau dir das an, Willem, was hat Bjarki denn da gestellt? Das sind doch nicht Hasen, oder?« Insgeheim musste sie gerade in dieser Minute ihrer Schwester recht geben, die immer behauptete, wenn sie die Nase so tief in ihre Bücher steckte, würde sie sich das Augenlicht verderben. Was drüben an den Bäumen passierte, sah sie nur wie durch einen Schleier.

Willem offenbar nicht. Paula schrie vor Schmerz auf, als sich seine Hand in ihren Oberarm krallte. »Allmächtiger, das sind keine Hasen. Das sind junge Bären.«

Paula gefror das Blut in den Adern. Sie legte die Hände zum Trichter geformt an die Lippen und schrie dem Hund zu, er solle zurückkehren.

Auch Willem stieß harsche Befehle aus, winkte und pfiff, aber Bjarki war zu angetan von den neuen Spielkameraden, um auch nur im Traum daran zu denken, auf sein Herrchen zu hören.

Die Blätter an den Bäumen raschelten, ein Stampfen ertönte, dann das tief aus dem Brustkorb kommende Brüllen der Bärenmutter, die mit aufgerissenem Maul, in dem der Speichel über gelbe Zähne tropfte, aus dem Holz sprang und direkt auf ihre Jungen zu, um sie zu beschützen.

Instinktiv wollte Paula losflitzen, um Bjarki zu retten, aber Willem hielt sie zurück. »Bist du wahnsinnig?« Er packte ihre Hand und rannte in die entgegengesetzte Richtung.

Paula stolperte hinter ihm her, hilflos jammernd, und als sie den Kopf drehte, sah sie, wie die Bärin Bjarki in der Mitte mit dem Maul umfing und den Hundekörper durch die Luft schleuderte wie einen Lachs, den sie töten wollte. Das Kläffen erstarb sofort, und Paula sprangen die Tränen aus den Augen, während ihr Herzschlag in ein wildes Stakkato fiel.

»Nein, nein, nein!«, schrie sie aus tiefster Seele, aber Willem ließ nicht locker, zerrte sie weg von der tödlichen Gefahr, immer weiter, bis sie außer Atem den Kahn erreichten. Willem schubste Paula hinein, so dass sie auf dem Boden zu liegen kam, dann nahm er Anlauf und schob das Boot aufs Wasser hinaus, bevor er selbst hineinhüpfte und wild zu rudern begann.

Paula atmete mit geöffnetem Mund, rappelte sich langsam hoch und stierte in Willems Gesicht, das zu Stein geworden zu sein schien. Mit maskenhafter Miene stieß er die Ruder im schnellen Rhythmus ins Wasser, brachte Fuß um Fuß Abstand zwischen sie und die Bärenmutter.

Sie war ihnen nicht gefolgt. Dafür hörten sie das Brüllen, das sie nun ausstieß, ein Triumphheulen, weil sie ihre Jungen beschützt hatte vor diesem kleinen Hund.

Paula schlug die Hände vors Gesicht. Ihr Körper bebte vor Schluchzern, hinter ihrer Stirn explodierten tausend Feuergranaten.

Willem befestigte die Ruder, zog Paula neben sich und legte den Arm um sie. So saßen sie, auf dem Wasser treibend, und endlich begannen auch Willems Tränen zu fließen. Sein Körper zitterte, während ihm Rotz und Wasser über das Gesicht liefen, und die ganze Zeit über umklammerten sie sich, als gäbe es ohne einander keinen Halt mehr.

Paula wusste, dass sie dieses Bild von Bjarki im Maul der Bärenmutter mit ins Grab nehmen würde. Nie würde sie das vergessen.

»Es hätte auch uns treffen können«, sagte Willem irgendwann, als die Sonne schon fast versunken war und sie immer noch ohne Ziel auf der Newa schaukelten.

Paula schluckte. »Wird dein Vater dich wieder mit einem Holzstück schlagen, wenn er davon erfährt?«

Willem schob Paula auf die Bank ihm gegenüber und griff nach den Rudern. Die Strömung hatte sie abgetrieben. Seine

Arme würden steif vor Schmerz sein, bis er die Anlegestelle am Arzthaus erreicht hatte. Er schnaubte. »Gut möglich, dass er ein Holzscheit nach mir wirft, aber bestimmt nicht wegen Bjarki. Einen weniger, den wir durchfüttern müssen, wird er sagen, wenn es ihm überhaupt auffällt, dass er fehlt.« Während seiner Worte war eine Ader an seiner Schläfe angeschwollen.

Sie streichelte über seine Wange. Ihre Finger zitterten immer noch, aber während sie seine Haut berührte, spürte sie, wie sich allmählich Ruhe in ihr ausbreitete, als hätte Willem eine magische Wirkung auf sie. »Es wird unser Geheimnis bleiben. Bis in alle Zeiten werden wir Bjarki und wie er ums Leben kam in unserem Herzen behalten.«

»Das schwöre ich bei Gott dem Allmächtigen«, presste Willem zwischen zusammengebissenen Zähnen hervor, während ihm unablässig die Tränen über die Wangen liefen und weiße Spuren in seinem staubigen Gesicht hinterließen.

Paula ließ sich wieder neben ihm nieder. Mit vereinten Kräften ruderten sie zu den Holzhütten am Ufer, in denen bereits die Kerzen brannten und einen fahlen Schein in das Zwielicht der heranbrechenden Nacht warfen.

Der Tischlermeister Theodorus van der Linden hatte seine Frau früh im Kindbett verloren. In sich gekehrt und schweigsam, war er kein Mann, der leicht Freunde fand.

Zudem hatte er bei der Geburt seines Sohnes einen Handel mit Gott getätigt, bei dem er dem Allmächtigen versprach, sein weiteres Leben lang auf den Genuss von alkoholischen Getränken zu verzichten, wenn das Kind nur überlebte. Nie wieder wollte er sich sinnlos besaufen, doch ein Mann, der statt Wodka und Bier lieber zum Wasser oder Tee griff, war keine Gesellschaft, auf die die hart arbeitenden Männer an der Newa Wert legten.

Willem hatte Paula erzählt, dass sein Vater oft bis spät in die Nacht am Tisch in seiner Wohnstätte hockte und vor sich hin starrte, während aus dem Becher vor ihm die Dampfwölkchen an die Decke schwebten.

Paula hatte schließlich dafür gesorgt, dass ihre Eltern Willems Vater zum Abendessen einluden, was der Alte nach langem Zögern annahm, wohl weil er sich auf eine ordentliche Mahlzeit mit Kartoffeln und Rindfleisch freute. Er und Willem aßen tagaus, tagein von dem Brei, der immer an einem Henkeltopf über der Feuerstelle köchelte. Ein würziger Eintopf, von Paulas Mutter liebevoll zubereitet, ließ ihm das Wasser im Mund zusammenlaufen.

Seit diesem Tag ging der alte Theodorus im Arzthaus ein und aus, half der Familie bei allen Arbeiten, zimmerte für die Eheleute Nachttische und brachte Gustav Holzabfälle, mit denen er an seinem Schiffsmodell schnitzen konnte.

Im Gegenzug ließ er sich die Familienmahlzeiten schmecken und paffte mit Dr. Richard Albrecht ein Pfeifchen auf der Bank vor dem Haus.

Paula wusste, dass der alte Holländer seitdem an Lebensfreude gewonnen hatte. Ab und zu sah man ihn sogar lächeln, aber das änderte nichts an der Strenge, mit der er seinen einzigen Sohn erzog.

Paula schmerzte es in den Ohren, wann immer Theodorus seinen Sohn zurechtwies, er habe hier nicht gerade genug gesägt, dort zu lange Nägel genommen und wie dumm er denn eigentlich sei und dass aus ihm nie ein ordentlicher Tischler werden würde.

»Er meint es nur gut«, verteidigte Willem auch noch seinen Vater. »Er will eben, dass ich mein Handwerk verstehe und später einmal die Werkstatt übernehme.«

»Er meint es gut für sich selbst«, zischte Paula dann zurück. »Er sieht überhaupt nicht, dass du viel mehr kannst und ein Künstler bist.« Sie griff nach der Schatulle, die Willem in den Nachtstunden, in denen er keinen Schlaf fand, mit feinsten Intarsien aus dunklem und hellem Holz gestaltet hatte. Die verschiedenfarbigen Holzstückchen von Nussbaum, Ahorn oder Birke legte er in- und aneinander, bis eine glatte Oberfläche entstand. Sie wies auf die Holzbilder von der fließenden Newa, den Wäldern, den Schiffen, die Willem gestaltet hatte, filigran und bezaubernd. Gern strich Paula mit einem Finger vorsichtig über die harzig riechende Politur, nur um festzustellen, dass sich das Furnier wie aus einem Stück anfühlte und nicht wie ein aus unzähligen Einzelteilen zusammengestecktes Kunstwerk.

»Ach das«, sagte Willem dann nur, als wäre es nicht von Bedeutung. »Wir leben nicht in einer Welt, in der die Schönheit der Kunst zählt, Paula. Und wenn doch, dann gibt es Tausende von Männern, die geschickter sind. Mein Brot werde ich mir bis an mein Lebensende mit dem Gerüstbau verdienen, mit dem Zimmern von Querstreben, Trittbrettern und Winkelstützen.«

»Das glaubst du nur, weil dein Vater es so sieht«, fuhr Paula ihn an.

Willem hob eine Braue. »Warum sollte ich auch nicht? Er ist ein Vorbild für mich. Und hat er es nicht immerhin bis hierher in die Stadt des Zaren gebracht?«

Paula winkte ab. »Du bist anders, und er weigert sich, das zu sehen. Du könntest als Künstler Großes erreichen, statt dir die Finger zu zertrümmern und in schwindelnden Höhen die Planken zu vernageln.«

»Wer braucht hier einen Künstler?«, antwortete Willem.

Paula wandte ihm ihr Gesicht zu, verblüfft, dass er nicht von allein darauf kam.

»Na, natürlich der Zar persönlich. Was glaubst du, wie die Böden in seinen Palästen gestaltet werden, die Tische und Wände?«

Willem hatte laut aufgelacht und ihr einen Schlag auf den Rücken verpasst. »Du bist goldig, Paula«, sagte er halb im Spott, halb bewundernd. »Dir liegt es nicht, im Kleinen zu denken und dich mit dem zufriedenzugeben, was das Leben für uns vorgesehen hat, hm?«

Paula hatte die Lippen geschürzt und die Nase gereckt. »In der Tat, das liegt mir nicht. Du bist zu Höherem berufen.«

»Und du bist eine Träumerin«, erwiderte er dann lachend, aber Paula fiel es schwer, sich von seiner Heiterkeit anstecken zu lassen.

Insgeheim hegte sie eine Abneigung gegen den alten Theodorus, aber das behielt sie für sich. Sie wusste, dass Willem auf seinen Vater nichts kommen ließ, selbst wenn der das fünfzigste Stück Holz nach ihm warf und ihm eine hühnereigroße Beule am Kopf beibrachte.

Dass sich der Holländer mit ihren Eltern angefreundet hatte, machte ihr jedoch Mut. Vielleicht würden ihr Vater und ihre Mutter Einfluss nehmen auf den mürrischen Kerl.

Als sie an diesem Abend die Werkstatt und die dazugehörige Wohnstatt der van der Lindens passierten, wunderte es sie nicht, dass diese im Dunkeln lag, nur matt beleuchtet von dem halbvollen Mond, der hin und wieder durch die Wolkendecke spitzte. In allen anderen Hütten brannten Kerzen hinter den Fenstern. Die Menschen saßen beieinander, beim Kartenspiel, beim Wodka. Aus manchen Türen klangen traurige Melodien von Balalaikas.

Ohne sich abzusprechen, stapften Willem und Paula an der Tischlerwerkstätte vorbei in Richtung des Arzthauses, das die anderen Hütten überragte und in dem hinter sämtlichen Fenstern Kerzenlicht flimmerte. Willem würde sich am Ofenfeuer wärmen, vielleicht noch eine heiße Milch aus einem Becher schlürfen und später gemeinsam mit seinem Vater heimkehren.

Die beiden jungen Menschen wechselten einen Blick, wie um sich des Versprechens zu versichern, das sie sich gegeben hatten: Was mit Bjarki geschehen war, würde nie jemand erfahren.

Sie fürchteten sich vor der Geringschätzung der anderen – was galt schon ein kläffender Hund?

Sie fürchteten, dass niemand den Schmerz verstehen konnte, der sich in ihr Innerstes gefressen hatte und der brannte wie eine entzündete Wunde.

»Weißt du, der Zwerg und die Mordtat, von der er gesprochen hat«, sagte Paula aus ihren Gedanken heraus, während sie über die Planken schlurften wie zwei entkräftete Wanderer mit hängenden Schultern und schleifenden Sohlen.

Willem nickte mit zusammengepressten Lippen. »Da wollte er uns wohl nur einen Schrecken einflößen, der alte Zausel. Wahrscheinlich hat er sich die Worte in dem Moment zurechtgelegt, alles ohne Hintersinn.«

»Vielleicht hat er wirklich das Zweite Gesicht und meinte Bjarki, wie er von der Bärin gerissen wird, und hat es in seinem wirren Schädel nur durcheinandergeworfen?«

Willem bog die Mundwinkel herab. »Mag sein. Aber was ändert es, ob er es vorher wusste oder nicht?«

Paula legte die Hand auf seinen Arm und verharrte. »Schau!« Sie wies mit dem Kinn auf ein edles schwarzes Araberpferd, dessen Zügel an der Seitenwand des Arzthauses befestigt waren. Es nickte und schnaubte, als sich die beiden näherten.

»Deine Eltern haben heute wohl mehrere Gäste«, murmelte Willem.

Sie gingen auf das hochgewachsene Tier zu, das mit den Vorderhufen scharrte. Die fein gearbeitete Gliederkette, die als Zügel diente, klirrte, während das Pferd Atemwölkchen durch die Nüstern schnob. Auf seinem Rücken lag eine mit Goldfäden und Fransen verzierte Decke. Paula tätschelte dem Hengst die Seiten, während Willem neben ihr versteinerte. »Ich kenne dieses Pferd«, sagte er tonlos. »Das gehört dem Zaren persönlich.«

Paula riss die Augen auf. »Du musst dich täuschen. Was

sollte er um diese Zeit in unserem Haus zu suchen haben? Er hat seine eigenen Ärzte.«

»Glaub mir«, widersprach Willem und bekreuzigte sich.

Paula hielt sich nicht lange mit Spekulationen auf, obwohl auch sie von einer Unruhe ergriffen wurde, die ihre Beine wackeln und ihre Hände beben ließ. »Komm.« Sie stapfte ihrem Freund voran die Treppen zum Eingang hinauf.

Sie stieß einen kleinen Schrei aus, nachdem sie die Tür aufgestoßen hatte. Ihr Vater, die Mutter und Theodorus van der Linden hockten am Tisch in der Mitte des Raums, Gustav kauerte in einer Ecke auf dem Boden, sein Schiffsmodell vor sich aufgebaut. Helena saß weiß wie ein Stück Leinwand auf der Bank am Ofen.

Und in der Mitte des Raums erhob sich, mit dem Scheitel fast die Decke berührend, Zar Peter. Ihn umgab eine Aura, als wäre er gottgleich vom Himmel zu ihnen herabgestiegen.

Er trug einen dunkelblauen Rock, Kniebundhosen, und die Schnallen an seinen Schaftstiefeln funkelten im Kerzenlicht. In Wellen lag das Haar um sein Gesicht, die Lider hatte er halb geschlossen, den Mund leicht geöffnet.

Ob sie ihn mitten in der Rede unterbrochen hatten?

In der Hand hielt er eine der kostbaren Trinkschalen aus Bergkristall, die ihre Mutter nur bei besonderen Gelegenheiten hervorholte. Der Ungarwein darin funkelte rubinrot.

Sein Blick schien sie zu durchbohren, doch während Paula noch überlegte, wie sie sich dem Regenten nähern sollte, gab es neben ihr einen dumpfen Aufprall, als sich Willem aus dem Stand heraus auf die Knie fallen ließ und die Stirn auf den Boden drückte.

Paula schluckte trocken, rang fieberhaft um Worte. Weil ihr nichts einfiel, tat sie es ihrem Freund nach und sank auf den Boden vor dem Regenten. Der Schmerz zuckte durch ihre Beine bei dem Aufprall. Das Holz fühlte sich kalt und glatt unter ihrer Stirn an.

Schritte stampften auf die beiden zu, der Boden erzitterte, und dann spürte Paula einen äußerst schmerzhaften Zug an ihrem Ohr. Links und rechts hatte der Zar sie beide gepackt und zog sie nach oben, so dass sie zum Stehen kamen. Paulas Augen füllten sich mit Tränen vor Schmerz, das Gesicht hatte sie verzerrt, die Zähne aufeinandergebissen. Ob er ihr das Ohr bei lebendigem Leib abreißen würde? Aber der Zar schüttelte sie nur noch ein letztes Mal wie junge Hunde, bevor er sie losließ.

»Wer hat euch denn bloß diese altmoskowitischen Sitten gelehrt?«

Paulas Ohr glühte wie ein Kohlenstück. Willems Gesicht lief rot an, als würde ihm der Schädel platzen. »Niemand wirft sich in den Staub vor irgendwem«, fuhr der Zar fort. »Ich habe es verbieten lassen. Wer sich meinen Befehlen widersetzt, wird gezüchtigt. Ich hätte nicht übel Lust, euch persönlich zu knuten. Wer seid ihr?«, schnauzte er wie der Hausherr persönlich.

Dr. Albrecht erhob sich. »Zar Peter, dies ist meine jüngere Tochter Paula, und ihr Freund ist der Sohn des Tischlermeisters.« Er wies mit der Hand auf Theodorus, der die Hände um die Tischkante gekrallt hatte. Die Stimmung in der Hütte war zum Zerreißen gespannt.

Der Zar stierte von ihm zum Holländer, dann wieder zu Paula und Willem. Unvermittelt begann er zu lachen. Obwohl keiner wusste, was seinen Stimmungsumschwung bewirkt hatte, lächelten alle mit, stimmten schließlich in sein Lachen ein. Paula und Willem beeilten sich, neben Helena auf der Ofenbank Platz zu finden.

»Nun, vielleicht könnt ihr ja zu unserer Erhellung beitragen.« Der Zar verschränkte die Arme im Rücken und durchmaß mit wenigen Schritten den Wohnraum, um an der Tür kehrtzumachen und zurückzustapfen.

Während Willem den Kopf gesenkt hielt, wechselte Paula

einen Blick mit ihrer Mutter, die ihr kurz zunickte. Was ging hier vor?

Als hätte der Zar ihre Gedanken gelesen, verharrte er und sprach mit getragener Stimme: »Es geht um eine Mordtat, und es heißt, eine Ausländerin könnte die Tat bezeugen!«

Paula krümmte sich, als hätte sie einen Faustschlag in den Magen bekommen. Obwohl in ihrem Leib nur die Reste des Frühstücks waren, glaubte sie sich heftig übergeben zu müssen. Sie rang den Würgereiz nieder, atmete ein paarmal kräftig durch. Links von ihr kauerte Willem immer noch wie ein Haufen Elend, rechts von ihr bibberte ihre Schwester wie im schärfsten Frost, obwohl sie doch direkt am Ofen saßen.

Kostja, dieser wundersame Mann mit dem kleinen Wuchs und den besonderen Gaben. Was hatte er gewusst, und was war geschehen? Paula griff nach Helenas Hand und drückte sie in ihrer, damit das Zittern aufhörte. Sie war kalt wie ein Schneeklumpen.

Gleich mit dem Eintritt des Zaren hatte Helena geahnt, dass dieser Abend kein gutes Ende nehmen würde.

Ihre Eltern und der holländische Gast waren aufgesprungen, als sich Zar Peter nach kurzem Klopfen bückte und über die Schwelle trat. »Einen gemütlichen Abend wünsche ich Euch, Ihr guten Leute, trinkt, trinkt, und vergesst nicht, Eurem Regenten ein Gläschen einzuschenken«, scherzte er und lachte am lautesten über seine lockere Rede.

Die anderen waren ehrfurchtsstarr, bis Richard Albrecht das Schweigen brach, nachdem Frieda dem Zaren auf einem Tablett eine bis an den Rand gefüllte Schale Wein angeboten hatte. Mit einem Schluck trank er sie leer. Frieda beeilte sich, ihm nachzuschenken.

»Was verschafft uns die große Ehre Eures Besuchs, Zar Peter?«, fragte Dr. Albrecht. Er wies mit der Hand über den Tisch, wo Gurken und Melonen, Brot, Butter und Schinken ein würziges Aroma verströmten. »Bitte bedient Euch. An unserem Tisch seid Ihr der liebste Gast.« Er gab Gustav einen Schubs, damit der sich trollte und auf den Boden kauerte, wischte über den Stuhl und stellte ihn so, dass sich der Zar bequem niederlassen konnte. Helena sprang im selben Moment auf, da ihr Bruder mit offenem Mund rückwärts in die Ecke taumelte, wo er in jeder freien Stunde an dem Holzschiff feilte.

Sie tippelte zur Ofenbank, ohne den Blick von dem Zaren zu lassen. Am liebsten wäre sie in ihre Schlafkammer gelaufen, aber das ging natürlich nicht, wenn der Zar zu Besuch war. Das letzte Mal hatte sie ihn damals in Nemezkaja Sloboda gesehen, als er noch in dem Holzpalast außerhalb Moskaus gewohnt hatte und ihren Vater wegen einer Verletzung am Bein aufsuchte. Die hatte er sich bei einem Besäufnis eingefangen, indem er quer über die Tische gestürzt war. Schon zu jener Zeit war er eine beeindruckende Erscheinung gewesen, trotz des lädierten Beins, des ungekämmten Haares und den vom Wodka rot geäderten Augen. Heute schien er den Raum mit seiner Erscheinung zu füllen, breitschultrig mit kräftigen Armen und geschwellter Brust, so dass sein Kopf fast zu klein für diese Statur wirkte.

Er beachtete den bereitgestellten Stuhl und die Mahlzeit nicht, während er sich nun von Helenas Vater berichten ließ, wie es ihm seit seiner Ankunft ergangen war, und sich auch bei Theodorus, den er in Amsterdam kennengelernt hatte, erkundigte, wie die Geschäfte liefen. Er dankte beiden für ihr Kommen und für ihr Wirken in St. Petersburg, aber Helena spürte, dass er nicht zum Austausch von höflichen Belanglosigkeiten erschienen war und auch nicht aus einem Pflichtgefühl gegenüber den Leuten, die seinem Ruf an die Newa gefolgt waren.

Seit sie in St. Petersburg waren, hatte ihr Bild von Zar Peter gehörige Risse bekommen. Damals in der Ausländervorstadt galt er als der Erneuerer, liberal und kulturell vielseitig interessiert, als Herrscher, der sein Volk in die Zivilisation führen wollte. Selbstverständlich war er auch dem Trunk nicht abgeneigt, aber wer war das schon in Russland? Wer so Großes leistete wie dieser Zar, der hatte sich wohl sein *Wässerchen* verdient. In jenen Tagen bewegte sich Helena fast ausschließlich unter Zugezogenen, die eine hohe Meinung von dem Regenten hatten, aber an der Newa mischten sich russische Ansichten mit denen der anderen Europäer und des schwedischen Feindes.

Hassvolle Berichte von sadistischen Taten wanderten geflüstert hinter vorgehaltener Hand von Ohr zu Ohr. Unmenschlich nannten sie den Herrscher, ein reißendes Tier, eine Bestie, die mit dem Volk in einer Art umsprang, wie ein Mensch kaum mit Tieren umgehen würde.

Sie erzählten von den Folterkammern – den *Sastenoki* –, wie sie in dieser Menge nicht einmal Iwan der Schreckliche unterhalten hatte. Ununterbrochen vollzogen darin die Folterknechte ihr teuflisches Werk nach Peters Vorgaben, quälten und schindeten, zerstückelten und rösteten die Verurteilten nach den modernsten Methoden. Und nicht nur Einzelne knöpfte sich der Zar vor, hieß es. Manchmal schickte er die Verwandten des Verurteilten gleich mit auf die Folterbänke!

Die Grausamkeit dieses Herrschers kenne keine Grenzen, munkelte man. Er selbst nehme an den Folterungen teil, wandere von einer Folterkammer in die andere, weide sich an den Qualen, ergötze sich am zerfetzten Fleisch der Weiber, wühle gierig in den Wunden, ziehe selbst die Stricke der Hängenden fester an, ergreife mit Wollust die Knute, um die vernichtenden Schläge zu erteilen.

Ja, ja, höhnten die Gegner des Zaren, der Regent spiele gern den Matrosen oder den Zimmermann, aber niemand solle je außer Acht lassen, dass er auch liebend gern den Henker gebe!

All diese Geschichten und Gerüchte drängten nun, da sie sich vom Blick des Zaren wie aufgespießt fühlte, in ihr hoch und ließen ihren Körper bibbern. Insekten schienen durch ihre Adern und Venen zu krabbeln. Hinter ihrer Stirn zuckten Lichter, die sie mit ihrem Gleißen jedes vernünftigen Gedankens beraubten. Mochte dem russischen Volk auch ein knechtischer Sinn zugesprochen werden und es zaristischen Zorn und Ungnade gleichsetzen mit dem Willen Gottes, gegen den es unnütz sei, sich zu wehren – ihr selbst war jedwede Form von Gewalt ein Gräuel.

Sie sah ihren geliebten Erik in Stücke zerteilt, sich selbst unter der Knute und ihre Familie – Vater, Mutter, Gustav, Paula – zu blutüberströmten Haufen geschlagen im feuchten, von Ratten verseuchten Kellerverlies.

Reglos vor Entsetzen wurde sie Zeugin, wie er ihre Schwester und deren Freund an den Ohren zog, aber als sich Paula schließlich neben sie setzte und nach ihrer Hand griff, fühlte sie sich auf merkwürdige Art getröstet.

Was, wenn der Zar sie des Mordes beschuldigte? Was, wenn er gekommen war, um sie gleich abzuführen und ihre Familie hinterdrein?

»Drüben am anderen Ufer auf Menschikows Insel ist eine Leiche angeschwemmt worden«, begann er, und im Raum hörte man nur das Knacken der Holzscheite und Helenas Atmen. »Nun, Leichen schwemmen allerorten an, aber mit dieser hatte es etwas Besonderes auf sich: Sie hatte ein Loch im Schädel. Es scheint sich um einen Schweden zu handeln, der niedergemetzelt wurde. Die Vögel zwitschern von den Bäumen, dass er im Streit mit einem Mitgefangenen sein Ende fand, und«, er legte eine Kunstpause ein und ließ den Blick über alle im Raum gleiten, »es heißt, eine Deutsche vom linken Flussufer könne die Tat bezeugen.«

»Was!« Dr. Albrecht sprang auf, alle anderen sogen die Luft scharf ein.

Denk nach, Helena, denk nach, hämmerte es hinter ihrer Stirn. *Er spricht, als wären dies alles nur Gerüchte. Er weiß gar nichts. Er hat nur Fetzen der Wahrheit aufgeschnappt und schnüffelt nun herum, um sie zusammenzusetzen.* Sie musste nur Stärke beweisen, große Stärke, so wie sie es schon oft bei Paula erlebt hatte, die sich von nichts und niemandem einschüchtern ließ und unbeirrbar ihren Weg ging. Über Paula schien Kraft und Wärme und Gelassenheit in Helena zu strömen, und sie drückte den Rücken durch, bevor sie die Schwester von der Seite anlächelte und ihr die Hand entzog. Sie verschränkte die Finger in ihrem Schoß, hob den Kopf und erwiderte den Blick des Regenten, als wäre sie ihm ebenbürtig.

Er fixierte sie, trat zwei Schritte näher, so dass sie seinen Duft nach Leder und leichtem Männerschweiß wahrnehmen konnte. Er war ihr nicht unangenehm, aber wie er sich nun vorbeugte, um mit dem Gesicht nahe an ihres zu kommen, schien etwas in ihrem Magen zu rebellieren.

Fältchen bildeten sich an seinen Schläfen, während ein Lächeln über seine glattrasierten Züge glitt. »Wie interessant. Wie außerordentlich bemerkenswert«, murmelte er dabei.

Helena schluckte trocken und spürte, wie Paula neben ihr erneut schützend nach ihrer Hand griff.

»Ein blaues und ein grünes Auge. Hat die Welt so etwas schon gesehen? Falls Ihr je das Zeitliche segnet, vergesst nicht, Euren Leichnam dem Dienst der Wissenschaft zu überlassen. Müsste doch mit dem Teufel zugehen, wenn wir nicht herausfinden, wie es zu einer solchen Absonderlichkeit kommen konnte.«

Helenas Hals schien in einer Eisenschlinge zu stecken, die sich immer fester zuzog. Aber sie blinzelte nicht, während sie den mächtigsten Mann Russlands anschaute. Helena war es gewohnt, dass Männer ins Schwärmen gerieten, wenn sie ihre Augen bemerkten. Um ihren Leichnam hatte bislang noch niemand gebeten. Ein weiterer Beweis für das Unmenschliche in diesem Zaren, befand sie.

Dr. Albrecht erhob sich. »Nun, möge Gott verhüten, dass meine älteste Tochter allzu schnell verstirbt«, sagte er mit getragener Stimme. »Ich halte es für eine Laune der Natur, die ihr zwei verschiedenfarbige Augen beschert hat, und fürchte, ihr Innerstes wird keine Rückschlüsse zulassen. Im Übrigen können diese Augen genauso wenig wie die meiner jüngeren Tochter Paula eine Mordtat bezeugen. Ich wüsste davon. In unserem Haus herrscht ein offener Umgang, wir reden über alles, und es wäre mir nicht entgangen, wenn meine Kinder eine solche Meucheltat miterlebt hätten.«

Zar Peter erhob sich wieder, stemmte die Hände in die Hüften, starrte abwechselnd von Paula zu Helena. Helena ließ sich nicht das geringste Zeichen von Furcht anmerken, und sie wusste, ihre Schwester Paula machte es nicht anders. Wobei es Paula ungleich leichterfiel: Sie hatte ja tatsächlich nichts zu verbergen, während Helena sehr genau wusste, wovon der Zar sprach.

»Warum hat denn bloß derjenige, der Euch dies zugetragen hat, keine Namen genannt? Er hätte Euch viel Lauferei erspart.« Theodorus van der Linden hatte den ganzen Abend keine drei Worte gesagt. Alle stierten zu ihm, während seine heisere Stimme im Raum verklang. Er begann, sich eine Pfeife zu stopfen.

»Das ist das Verfluchte an Gerüchten«, erwiderte Zar Peter. »Niemand weiß nichts Genaues, aber alle wissen, dass es Mord war. Ich war heute schon in mehreren Häusern. Alle glotzen mich an wie Kühe bei Gewitter, und keiner hat irgendwas gesehen. Mir kommt es nicht auf die jämmerliche Gestalt des toten Schweden an«, er winkte ab und schenkte sich selbst ein weiteres Mal die Weinschale voll. »Einer mehr oder weniger, das interessiert mich nicht. Aber sollte es unter den Gefangenen eine Bestie geben, die nach und nach die Arbeiter niederstreckt, dann muss ich frühzeitig dafür sorgen, dass ihr das Handwerk gelegt wird, bevor mir größerer Schaden entsteht. Oder wenn es – Gott bewahre – Nachahmer geben sollte und sich die Schweden gegenseitig umbringen! Nein, es gilt, den

Schuldigen öffentlich hinzurichten. Mein Volk hat ein Recht darauf zu sehen, wie mit Mördern verfahren wird. Und sie haben ein Recht auf Unterhaltung«, fügte er grinsend hinzu.

Keiner lachte.

Im Nu wurde der Zar ernst, fuhr herum und wies mit dem Zeigefinger auf Helena: »Schwöre, dass du die Mordtat nicht bezeugen kannst!«

Helena schnappte nach Luft. »Ich schwöre, dass ich niemanden gesehen habe, der einen anderen Mann erschlagen hat.«

Der Blick des Zaren wanderte zu Paula.

»Das schwöre ich auch«, sagte sie nur.

Der Zar richtete seinen Rock, wischte sich nicht vorhandene Staubkörner vom Revers und nickte ein paar Mal. »Gut. Sollte euch irgendetwas zu Ohren kommen, das mich in dieser Angelegenheit weiterbringt, so lautet mein Befehl, dass ihr auf der Stelle Nachricht gebt.« Er schmunzelte und zwinkerte Frieda zu, deren Wangen sich daraufhin tatsächlich mädchenhaft röteten. »Wir müssen zusammenhalten, damit die barbarischen Zeiten in diesem Land endgültig der Vergangenheit angehören. Von Anfang an soll die Moral in dieser Stadt hochgehalten werden, wie es einer europäischen Hauptstadt würdig ist.«

»Wir sind Eure Verbündeten, Eure Hoheit«, versprach Dr. Albrecht feierlich, und die anderen brachen in zustimmendes Gemurmel aus. Ohne ein weiteres Wort, aber mit einem zufriedenen Lächeln auf den Lippen trat Zar Peter aus dem Haus und warf die Tür hinter sich mit einem Krachen zu.

Kapitel 14

*Auf dem Schiff
von Lübeck nach St. Petersburg,
April 1705*

Francesco schwang ein Bein über die Reling, als er die letzte Stufe der Sprossenleiter erreicht hatte, und machte einen Satz auf die Schiffsplanken. Matteo in seiner roten Jacke sprang hinterher und breitete die Arme in den Himmel aus. »Gott sei Dank, die letzte Etappe unserer Reise!«

Der Matrose hinter ihm versetzte ihm einen Schlag gegen den Rücken. »He, Ihr haltet alle auf. Macht den Platz frei.«

Matteo wirbelte mit geballten Fäusten herum, um dem deutschen Großmaul einen höflicheren Ton beizubringen, aber Francesco hielt ihn zurück. »Fang nicht gleich Streit an, Matteo. Ich hoffe auf eine ruhige Seereise.«

Der Matrose lachte rasselnd und spuckte einen Schwall Kautabak auf die Planken. »Ihr Landratten werdet bestimmt eine schöne ruhige Seereise haben.« Seine Stimme troff vor Hohn. »Mal abwarten, wer zuerst an der Reling die Fische füttert!«

Weitere Passagiere drängten von dem Ruderboot auf das hochseetaugliche Schiff, das sie von Lübeck nach St. Petersburg bringen sollte. Ein buntgemischtes Volk aus Deutschen, Holländern, Franzosen und Italienern – Schiffbauer, Zimmerleute, Maurer, Gartenbauer, Apotheker, Ärzte und Architekten, Familien und junge Ehepaare. Auch ein paar zerschlissene Gestalten waren dabei, die nur das besaßen, was sie am Leib trugen, mit verlausten Köpfen und grindiger Haut. Auswanderer, die keiner gerufen hatte und die hofften, in St. Petersburg würde es ihnen besser ergehen als in den deutschen Landen, in denen sie vielleicht ihren Acker verloren oder ihr Hab und Gut verspielt hatten. Halunken und Huren, die auf ein schöneres Leben in der Ferne hofften, ohne zu wissen, wohin das Schicksal sie verschlagen mochte.

Francesco und Matteo gehörten zu den Glücklichen, die eine der Kabinen ergattert hatten. Die anderen würden sich unter Deck aufhalten müssen, auf dem Boden oder in Hängematten, und Tageslicht würde nur zu ihnen dringen, wenn einer der Seeleute die Luke öffnete.

Francesco sehnte sich nach dem Bett in der Kabine, aber noch musste er warten, bis alle Passagiere an Deck waren. Ein Steward würde ihnen ihre Unterkunft zeigen. Er rieb sich das Gesäß, das noch immer von der langen Reise wie taub war.

Im Februar waren sie in Florenz aufgebrochen und zunächst mit einem Schiff von Livorno nach Marseille übergesetzt. Dann durch Frankreich und hinauf nach Frankfurt, Hannover, Lübeck, teils auf den Rücken von Pferden, teils in Kutschen.

Mit schweren Koffern und Truhen hatten sie sich in Florenz gar nicht erst belastet. Es reiste sich angenehmer mit leichtem Gepäck. Alles, was sie besaßen, hatten sie zu Geld gemacht, das sie in schweren Gürteln um den Leib trugen.

Im Lauf der Reise waren die Beutel merklich leichter geworden. Die Fahrdienste kosteten viel Geld, die Unterkünfte in den Herbergen, die Mahlzeiten. Und in Matteos Gesellschaft reiste kein Mann, der den Taler zweimal umdrehte, bevor er ihn ausgab. Matteo behauptete immer, er wüsste, wie man das Leben genoss, aber oft beschlich Francesco das Gefühl, er wusste vor allem am besten, wie man das Ersparte unter die Leute brachte. Keine Herberge war ihm exklusiv genug, zu jeder Mahlzeit bestellte er sich fette Portionen Fleisch, und wenn es ihn überkam, spendierte er Runden im Wirtshaus für alle Männer, die mit ihnen feiern wollten.

Zwecklos, ihn zur Mäßigung anzuhalten. Sollte er sein Geld verprassen. Wenn es weg war, war Ruhe.

Matteo schien mit dem ersten Tag ihrer Reise sein altes Leben hinter sich zu lassen, während Francesco noch jetzt auf dem Schiff ein Ziehen im Magen spürte, wenn er an die Heimat dachte, die ihm Sicherheit und Obhut gegeben hatte.

Nachdem im vergangenen Jahr sein Vater die Reise nach Russland zum ersten Mal angesprochen hatte, hatte es wochenlange Auseinandersetzungen darüber gegeben, ob es tatsächlich ihr Glück bedeutete, wenn sie in die Fremde gingen.

Ohne auf ihre Bedenken zu hören, hatte Guiseppe sein Vorhaben in die Tat umgesetzt, hatte den Weinberg und das Gutshaus verkauft und war mit seiner Tochter Maria und deren Familie in die Stadt umgesiedelt. Dort allerdings waren ihm nur wenige Wochen vergönnt. Im Spätsommer brach er beim sonntäglichen Gang in die Kirche auf der Straße zusammen. Ein Röcheln drang aus seiner Brust, während sich seine Söhne und die Tochter voller Sorge über ihn beugten und seinen Kopf stützten.

»Ihr geht nach Russland«, sagte er dort im Schatten einer Pinie und im warmgoldenen Licht der Augustsonne, die durch die bunten Blätter sein Greisengesicht beleuchtete. »Ihr habt es versprochen.«

Der Tod des alten Herrn zerschlug alle Skepsis und gab den Ausschlag. Francesco und Matteo beschlossen, den Winter abzuwarten, da nördlich ihrer Heimat Frost und tiefer Schnee ihre Reise erschweren könnten.

Francesco hoffte, dass Matteo in den Monaten, die ihnen noch blieben, seine Meinung ändern und Chiara mitnehmen würde. Nicht ausgeschlossen bei seiner Launenhaftigkeit.

Doch er täuschte sich. Obwohl seinen Bruder ab Ende

Oktober seine typische Herbstmelancholie überfiel und er an Chiara hing wie ein Ertrinkender, verkündete er im Januar, als die Lebenslust zurückkehrte, dass er nicht im Traum daran dachte, seine Geliebte mitzunehmen. »Das ist viel zu gefährlich für dich, Chiara.«

Francesco drehte sich bei dieser falschen Rücksichtnahme der Magen um. Er sah im Gesicht der Schneiderin den Schmerz, verlassen zu werden, das Flehen in ihrem Blick und wie die Trauer Furchen um ihren Mund grub. Er wünschte sich, er könnte sie in den Arm nehmen und trösten und ihr ins Ohr flüstern, dass er sie niemals verlassen hätte, aber so viel Nähe stand ihm nicht zu.

Und ob sich Chiara ausgerechnet von ihm trösten lassen würde? Zweifelhaft. Manchmal schenkte sie ihm ein Lächeln, aber er spürte, dass es aus Mitleid, nicht aus Zuneigung geschah. Er tat ihr leid, weil er im Gegensatz zu seinem Bruder ein Sonderling in Grau und Braun war, ein Einzelgänger, dem es schwerfiel, anderen sein Herz zu öffnen.

Francesco mühte sich ab, seinen Bruder zu überreden, Chiara mitzunehmen. Nach dem Verkauf des Grundbesitzes und dem Erbe des Vaters hatten sie Geld im Übermaß. Sie hätten Chiaras Familie für die nächsten Jahre eine kleine Unterstützung zukommen lassen und Chiaras Reise mitfinanzieren können. Aber Matteo wollte davon nichts hören und nannte seinen Bruder einen Narren, weil er glaubte, es reise sich mit einem Klotz am Bein leichter.

Chiara war seinem Bruder lieb und teuer, wenn sich die Dunkelheit über seine Seele legte. Dann beschwor er sie und versicherte ihr, dass er sich nur in ihren Armen wirklich getröstet fühlte. Aber in seinen wilden Zeiten war sie für ihn nur ein lästiges Anhängsel, dem er Lügengeschichten auftischen musste, wenn er sich in fremden Betten amüsierte.

Manches Mal hatte sich Francesco gefragt, warum Chiara sich so behandeln ließ. Die einzige Antwort darauf schmerzte wie Messerstiche in seinem Leib: Chiara liebte Matteo bedingungslos. Sie verzieh ihm alles, solange er bei ihr blieb.

Francesco würde nie ihr Bild beim Abschied vergessen, wie sie, die kastanienbraunen Haare zu einem seitlichen Zopf geflochten, die Augen in Tränen schwimmend, am Straßenrand gestanden und gewinkt hatte.

Matteo hatte ihr eine Kusshand zugeworfen und sich dann mit einem satten Schmunzeln in den samtbezogenen Polstern zurückgelehnt. Die Kutsche nach Livorno teilten sie sich mit einem Geschwisterpaar. Die beiden waren im Auftrag des Vaters, eines Tuchhändlers aus Florenz, geschäftlich nach Frankreich unterwegs. Die junge Frau, deren pechschwarzes Haar sich in kleinen Locken um ihr herzförmiges Gesicht ringelte und deren mandelförmige Blicke in ihre Richtung strahlten, wirkte in ihrem zweckmäßigen Reisekostüm unnahbar. Aber Francesco bekam mit, wie sich ihre und Matteos Füße auf dem Kutschboden berührten, sobald der Bruder der Schönen aus dem Fenster spähte und die Landschaft an sich vorüberrauschen ließ.

Für Matteo war das Kapitel Chiara mit ihrer Abreise abgeschlossen. Nie würde er die Geliebte nachholen, wie er es ihr in seinen düsteren Momenten versprochen hatte.

Francesco hoffte, dass seine Sehnsucht nach Chiara im Lauf der Zeit verblassen und dass er lernen würde, dieses Gefühl eines immensen Verlusts zu ertragen. Aber während ihrer Reise nach St. Petersburg war Chiara so gegenwärtig für ihn, als säße sie neben ihm.

Das Deck des Lübecker Schiffs füllte sich, und Francesco beobachtete, wie sein Bruder einer Holländerin die Hand reichte, um ihr beim Einstieg behilflich zu sein. Sie war höchstens siebzehn Jahre alt, das hellblonde Haar leuchtete in der Sonne wie Weizen. In ihren Augen lagen die Unschuld einer Jungfrau und das Staunen über die Ritterlichkeit des attraktiven Italieners. Sie reiste mit ihrem Vater, einem korpulenten älteren Herrn mit Ledertasche unter dem Arm und goldener Uhrkette an der Weste.

Die Kabine war winzig, aber sie verfügten über zwei einzelne Betten und einen Waschtisch, und das war schon mehr, als die meisten anderen Passagiere zu ihrem Wohlbefinden besaßen. »Hast du mal unters Deck geschaut?« Matteo warf sein Bündel auf das Bett, das an der Wand mit dem Bullauge stand. »Was für ein Glück, dass wir komfortabler reisen!«

Francesco ließ sich der Länge nach auf die Matratze fallen und streckte mit einem Seufzer Beine und Arme von sich. »Puh, ich glaube, ich werde während der Reise über die Ostsee dieses Bett nicht verlassen.«

Matteo stieß ein Lachen aus. »Das sieht dir ähnlich. Anstatt dich zu amüsieren, willst du dich verkriechen. Wirst du dann wenigstens die Kabine räumen, wenn ich mir Gesellschaft hole?«

Francesco richtete sich mit einem Ruck auf und wies mit dem Zeigefinger auf seinen Bruder. »Das wirst du nicht wagen, Matteo. Amüsier dich, wo du willst, aber nicht in meiner Gegenwart.«

Matteo lachte noch lauter. Er gab seinem Bruder einen Knuff gegen die Schulter. »He, das war ein Spaß, Bruder. Geh nicht gleich an die Decke.«

Francesco konnte gut auf solcherart Späße verzichten, wie überhaupt auf vieles, was seinen Bruder betraf. Immer noch keimten Zweifel in ihm, ob es die richtige Entscheidung gewesen war, die Heimat zu verlassen.

Was, wenn er den Bruder allein hätte ziehen lassen? Ob Chiara sich nach der ersten Zeit des Abschiedsschmerzes vielleicht ihm zugewandt hätte und …

Ach, was bin ich für ein Narr, schalt er sich selbst. Er richtete sich auf und zog den einzigen Tisch zu sich heran, auf dem gerade genug Platz war, um seine Skizzen auszubreiten. Er nahm Lineal, Zirkel und Kohlestift aus seinem Bündel und begann, sich auf seine Entwürfe zu konzentrieren. Es wäre ohnehin das Beste, wenn sie in St. Petersburg gleich mit Ideen auftrumpfen konnten, sobald der leitende Architekt oder gar der Zar persönlich ihnen eine Audienz gewährte.

Ohne den Grundriss der Stadt zu kennen, hatte Francesco bereits erste Pläne von Säulenpalästen, Stadtvillen und Sommergärten angefertigt, an denen er während der Schiffsreise feilen wollte.

Hoher Seegang zerstörte bereits am ersten Tag auf hoher See alle Hoffnungen auf eine ruhige Arbeitszeit. Das Schiff schaukelte auf den Wellen, Sturm peitschte in die Segel. Immer wieder schwappten gewaltige Wellen über das Deck, flossen nicht nur in die Gemeinschaftsunterkünfte, sondern auch in die Kabine. Während sich Francesco den Schiffsbewegungen anpasste und nur darüber fluchte, dass er seine Zeit nutzlos vertrödeln musste, lag Matteo wie ausgespuckt in seinem Bett. Seine Gesichtsfarbe war grünlich, das Weiße in seinen Augen von roten Adern durchsetzt. Neben seiner Bettstatt stand ein Holzeimer, in den er sich alle halbe Stunde übergab, bis nur noch Galle kam.

Francesco brachte ihm Brot und Wasser, aber nichts behielt er bei sich. Er stand gut im Fleische und würde nicht so leicht verhungern. In dieser Verfassung konnte er wenigstens kein Unheil unter den weiblichen Passagieren anrichten.

Erst am Ende der Reise, als der Seegang sich beruhigte, fühlte Matteo sich kräftig genug, um Versäumtes nachzuholen. Francesco wartete auf den Tag, an dem der Glanz in den Augen der Holländerin der Enttäuschung weichen würde.

Sie standen an der Reling, der Wind zerrte in ihren Haaren. Die Mantelkragen hatten sie bis zu den Ohren hochgeschlagen. Der Himmel war von einem frostigen Blau, und die Sonne hatte noch nicht genug Kraft, um die Luft zu erwärmen. Matteo bibberte und schlang die Arme um seinen Körper. Das Lächeln in seinem Gesicht wirkte wie eingefroren, während sie die Festung Kronstadt auf der Insel Kotlin passierten. Die mächtigen kanonenbestückten Kriegsschiffe schwankten im Seegang. Russland ließ seine Feinde nicht im Ungewissen darüber, was es einem möglichen Angreifer entgegenzusetzen hatte.

»Was hast du erwartet, Bruder?«, erkundigte sich Francesco, die Inselstadt betrachtend, auf die das Schiff nun zusegelte. Kräne und Gerüste ragten hoch, an den Ufern ackerten Männer, aber sie waren aus der Entfernung noch nicht einzeln zu erkennen.

Die Stadt wirkte wie ein wimmelnder Haufen, während sie näher und näher kamen und das Ufer zu beiden Seiten an sie heranrückte. Der Finnische Meerbusen ging in die Newa über, in der die Strömung riss. Kapitän und Steuermann arbeiteten hochkonzentriert, um die Untiefen und den in die Flussmitte hineinragenden Morast zu umschiffen. Francescos Blick glitt von hierhin nach dorthin, und ein unerwarteter Lebensmut durchströmte ihn.

Wenn es irgendeinen Ort auf der Welt gab, an dem Architekten bis an ihr Lebensende Arbeit haben würden, dann in St. Petersburg. Er spähte nach vorn zur Peter-und-Paul-Festung, die wie das Herz der Stadt auf der Insel thronte, von den Flussarmen umspült.

Francesco sog die Luft ein. In Petersburg anzulegen fühlte sich für ihn auf eine merkwürdige Art wie eine Ankunft im tieferen Sinn an. Zum ersten Mal, seit sie aufgebrochen waren, packte ihn Zuversicht und Vorfreude auf das, was vor ihm lag.

Diese Hochstimmung konnte auch Annemieke nicht verderben, die Holländerin, die während der ruhigeren Tage auf See Matteos Gunst erworben hatte. Francesco betrachtete sie verstohlen, als sie sich an die Seite ihres Bruders heftete, im Blick statt der Unschuld nun einen Hunger auf mehr, ein Hoffen.

»Vielleicht liegen unsere Häuser in einem Viertel und wir können uns dann und wann sehen?«, fragte sie mit dünner Stimme, als sie den Pier am Hafen auf der Petersburger Insel betraten. *Dumme Pute*, ging es Francesco durch den Kopf. Du wirst noch lernen müssen, dich nicht in die Falschen zu verlieben. Er bemerkte den Kummer in ihren Augen, während Matteo ihr einen Kuss auf die Wange drückte und ihr eine gute Zeit in der Stadt wünschte.

Überall um sie herum wuselten die Neuankömmlinge, suchten nach ihren Verbindungsleuten, die ihnen ihre Unterkünfte zeigen und sie durch die Stadt führen würden.

Rufe hallten hin und her, helle Frauenstimmen, harsche Kommandos der Matrosen, werbende Schreie der Händler, die die Ankommenden mit Getränken in Flaschen und Gebäck aus Weidenkörben zu versorgen hofften. Ein Gemisch aus den unterschiedlichsten Sprachen umwehte die beiden Italiener. Francesco sah die bunten Trachten von Tataren, mit Kordeln umwickelte Russenhemden, Kniebundhosen aus feinstem Stoff, Perücken, mit Federn geschmückte Hüte und speckige Kappen – ein Sammelsurium an Gestalten, die zu einer Schicksalsgemeinschaft an den Ufern der Newa zusammengeworfen waren. Viele aus freien Stücken, wie er und sein Bruder, aber andere offensichtlich auch unter Zwang, wie die abgerissenen Männer in Ketten, die die Ufer befestigten, und die in dreckverschmierten Lumpenkleidern arbeitenden Einheimischen, offenbar Leibeigene. Francesco kannte keine andere russische Stadt, aber diejenigen, von denen er Bilder gesehen hatte, waren geprägt von den buntschillernden Zwiebeltürmen der Kirchen. Die suchte man hier vergeblich. Es gab Kirchen, drüben inmitten der Festung und auf der anderen Uferseite, aber die hatten spitze Türme wie die meisten europäischen Gotteshäuser auch.

An vielen Baustellen sah man jetzt, wie grandios die Bauwerke werden würden, Paläste, wie Francesco sie aus Rom und Florenz kannte. Die Prachtbauten in seinem Heimatland schienen schon immer da gewesen zu sein, prägten seit Jahrzehnten und Jahrhunderten die Atmosphäre der Städte, während auf russischem Boden erst noch eine Metropole entstand, bei deren Anblick die Welt wohl den Atem anhalten würde.

Zum ersten Mal in seinem Leben fühlte sich Francesco nicht fehl am Platz oder spürte Panik angesichts der Menschenmassen in sich aufsteigen. Nein, er war Teil einer Menge von Gleichgesinnten, die gekommen waren, um St. Petersburg zur Blüte zu verhelfen. Hier war er richtig, hier gehörte er hin.

Matteos Laune indes schien auf einen Tiefpunkt zu sinken, weil er erst Annemieke abschütteln und dann im Gewühl nach dem Kommandanten Ausschau halten musste, der geschickt worden war, um sie zu ihrem Haus zu führen.

Sie würden die Haseninsel umrunden müssen, um auf der Insel des Grafen Menschikow in eine Siedlung zu ziehen, in der viele weitere Architekten und Bauleiter wohnten. Das musste man dem Zaren lassen – er hatte ein gutes Händchen, die Menschen zu organisieren. Oder vielleicht hatte er einfach ein gutes Händchen, solche Aufgaben zu delegieren.

Matteo seufzte zufrieden, als Annemieke ihm zum Abschied zuwinkte. Mit ihrem Vater, dem Uhrmacher, würde sie auf dem linken Flussufer verbleiben, weit genug weg von ihm, um ihn nicht länger zu belästigen.

»Was stimmt eigentlich mit der Holländerin nicht?«, erkundigte sich Francesco leutselig, während sie dem russischen Offizier zu dem Ruderboot folgten, das sie nach Wassiljewski bringen würde. »Sie war doch ganz entzückend.«

»So? Warum nimmst du sie dann nicht?« Matteo zuckte die Achseln. Unter seinen Augen lagen tiefe Schatten. Francesco kannte die Vorzeichen. Offenbar glitt sein Bruder einmal mehr übergangslos in seine trübsinnige Verfassung, ausgerechnet jetzt, wo sie doch jubeln sollten, weil sie endlich ihr Ziel erreicht hatten.

»Weil ich nicht jede nehme, die mit dem Rock wedelt«, gab Francesco zurück.

»Solltest du aber. Wenn nämlich die Richtige kommt, lacht die dich aus, wenn sie dich erst in die Liebe einweisen muss.«

»Sorg dich nicht um mein Liebesleben«, gab Francesco zurück. »Mein Weg ist jedenfalls nicht mit gebrochenen Herzen gepflastert.«

»Was schert mich der Weg, der hinter mir liegt? Alles, was zählt, ist die Zukunft.«

»Du wirst dich nie ändern.« Francesco sprang von einer Planke auf die gepflasterte Straße.

»Täusch dich nicht«, gab Matteo zurück und wischte ein nicht vorhandenes Stäubchen an seinem roten Rockkragen weg. »Aber eine Frau muss mir schon mehr bieten, als blind zu beten, dass es schnell vorbeigeht. Ich bin Besseres gewohnt, und es müsste doch mit dem Teufel zugehen, wenn sich nicht ein Edelfräulein findet, das mir nicht nur Vergnügen, sondern auch Rang und Titel beschert.« Er lachte. »Oder glaubst du, wir Architekten hätten Ansehen in dieser Stadt? Lass mir ein paar Wochen Zeit, dann weiß ich, welche Verbindungen sich lohnen und welche nicht. Für dich suche ich auch gleich eine aus.« Er schlug seinem Bruder auf die Schulter.

»Wage es nicht.« Francesco biss sich auf die Unterlippe. Ein paar Worte mit seinem Bruder hatten genügt, um seinem Hochgefühl einen Dämpfer zu verpassen.

Ein Männlein in buntem Kaftan kreuzte ihren Weg, stolperte und machte ein Tänzchen daraus. Francesco gaffte das Wesen an, ein Kleinwüchsiger mit einem Greisengesicht und hellwachen Augen.

Matteo hob ein Bein und verpasste dem Mann einen Tritt ins Gesäß. »Pack dich, Missgeburt!«

»Mäßige dich, Matteo«, zischte Francesco ihm zu. »Wir sind hier Gäste, und es heißt, den Russen sind die Narren heilig.«

»Die Russen sind selbst ein Volk voller Narren, wie es mir scheint«, posaunte Matteo großspurig heraus und drehte sich noch einmal nach dem Zwerg um, um ihm mit ein paar schnellen Schritten in seine Richtung und einer scheußlichen Grimasse Angst einzuflößen.

Der Zwerg flitzte mit einer Wendigkeit, die man ihm nicht zugetraut hätte, auf seinen kurzen Beinen davon. Mit geschüttelter Faust stieß er ein paar unverständliche russische Flüche aus, bevor er hinter der nächsten Kate verschwand.

Der russische Offizier warf Matteo über die Schulter einen abschätzigen Blick zu und winkte, sie sollten sich sputen.

»Genauso habe ich mir unsere Ankunft in unserer neuen Heimat vorgestellt«, zischte Francesco erbost in Richtung seines Bruders und stopfte die Fäuste in die Taschen seines Rocks.

Matteo schnalzte. »Wir sind hier keine Bittsteller, sondern europäische Gesandte, die die Zivilisation in dieses Land bringen. Mach mal deine Brust breit, Francesco. Demut steht uns nicht gut zu Gesicht.«

Das sah Francesco anders, aber er beschloss, den Disput mit Matteo nicht weiterzuführen. Er wollte sich auf die vor ihnen liegende Arbeit freuen und sich nicht von seinem großmäuligen Bruder die Laune verderben lassen.

Es würde schwer werden in den nächsten Wochen.

Aber diese Stadt war ein Paradies für Männer, die eine Möglichkeit suchten, sich zu beweisen. Ihr Vater hatte das richtig erkannt. Und Francesco würde sich seinen Platz in dieser Stadt erkämpfen – mit Bescheidenheit, Talent und Hartnäckigkeit. Ob mit oder ohne Matteo.

Kostja versuchte seit jeher, keine Ankunft von Schiffen, die die Ausländer in die Stadt brachten, zu verpassen. Es war ihm das reine Vergnügen, all die Neuankömmlinge zu beäugen und zu mustern und sie einzuschätzen in Bezug auf ihre Talente und

Vorzüge und ob sie für spannende Geschichten taugten, die er dem Zaren erzählen konnte.

Seit ihn die Soldaten am Patronatsfest dem Zaren zu Füßen gelegt hatten, war kein Tag vergangen, an dem der Regent nicht nach ihm fragte. Kostja genoss diese Rolle des Botschafters und Spions und das Vertrauen, das der Herrscher des Reiches in ihn setzte. Es gefiel ihm auch, den Zaren nur so viel wissen zu lassen, wie er – Kostja – für richtig hielt. War nicht insofern er der mächtigste Mann des Landes, weil ihm der Zar an den Lippen hing und doch nur das geliefert bekam, was Kostja auswählte?

Die Mordtat an der Newa, als die beiden Schweden aneinandergeraten waren, war zu bemerkenswert, um sie zu verschweigen. Dass er angeblich weder Namen noch Gesichter kannte, brachte den Zaren auf, aber Kostja wusste, dass er es niemals wagen würde, ihn unter die Knute in einer der Folterkammern zu stecken, um ihm mehr zu entlocken.

Bei aller Liberalität und weltoffenen Mentalität war der Zar doch zu gläubig, um einem Gottesnarren Übles anzutun. Zähneknirschend musste Zar Peter also mit den Happen vorliebnehmen, die ihm Kostja servierte.

In dem Fall war dem Zwerg daran gelegen, Helena aus dem Spiel zu lassen, und dies nur aus einem einzigen Grund: Sie war die Schwester der kleinen Newanixe, und an der hatte Kostja einen Narren gefressen. Klugheit und Mut mussten belohnt werden!

Der italienische Rüpel dagegen, der ihm soeben in den Hintern getreten und versucht hatte, ihn einzuschüchtern, schien sich zu einem besonders fetten Bissen für den Zaren zu entwickeln. Während Kostja hinter der Kate verborgen beobachtete, wie die beiden zu den Ruderbooten stiefelten, um nach Wassiljewski überzusetzen, nahm er sich vor, auf diesen Protz ein besonderes Auge zu haben. Irgendetwas würde er sich schon zuschulden kommen lassen, und wenn nicht, reichte Kostjas Phantasie, um die abscheulichsten Verbrechen, Intrigen und Hochverrat zu ersinnen. Keiner trat ungestraft nach einem Gottesnarren.

Kapitel 15

*St. Petersburg,
Juni 1705*

Um die Sommersonnenwende war St. Petersburg ein magischer Ort. Zumal Zar Peter im vergangenen Jahr mit der Eroberung von Narwa die Stadt gegen Westen abgesichert und damit gleichzeitig die Niederlage gerächt hatte, die die Russen vier Jahre zuvor an dieser Stelle erlitten hatten.

In St. Petersburg tauschten die Leute auch in der Zeit der Weißen Nächte Schauergeschichten über diese Schlacht aus, bei der die Wellen russischer Infanterie über die Stadtmauern geschwappt und die Straßen schlüpfrig von Blut und toten Schweden waren.

Der Sieg über Narwa hatte den Petersburgern neuen Auftrieb gegeben. Manche mutmaßten, der russische Erfolg sei nur möglich gewesen, weil sich der schwedische Monarch mit seinen Regimentern wie im Rausch auf Sachsen und Polen und die Entthronung des polnischen Königs August konzentrierte und den kampfstarken Russen zu wenige Streitkräfte entgegensetzte. Aber am Ende zählten nur der Sieg und die voranschreitende Sicherung und Erweiterung des russischen Ostseezugangs.

Auch wenn St. Petersburg nach wie vor von Baustellen geprägt war, so erkannten Besucher wie Bewohner, was die Stadt werden würde. Es gab Händler und Schenken und Märkte. Unter den europäischen Handwerkern mit ihren Familien und den Adeligen aus Moskau, die die Neugier aus der Hauptstadt an die Newa getrieben hatte, entwickelte sich ein buntes Stadtleben.

Die Newa war eine vielbefahrene Wasserstraße, auf der sich Lieferanten neben Ausflüglern tummelten. In diesen Sommernächten, in denen die Sonne nicht unterging und ein perlmuttfarbenes Licht über das Land warf, schaukelten manche Boote die ganze Nacht lang über die Fluten, manche mit Kerzen oder Lampen geschmückt.

Wenn Zoja in diesen Nächten keinen Schlaf fand und sich lieber auf einen Stein am Ufer setzte, dann nicht, weil der Anblick so romantisch war, sondern weil sie es neben ihrem Ehemann Michail kaum auszuhalten vermochte. Sein grunzendes Schnarchen an ihrem Ohr, der stinkende Atem und die besitzergreifende Umklammerung, mit der er Arme und Beine um sie schlang, raubten ihr die Ruhe. Tagsüber war sie dann lahm vor Müdigkeit und schaffte es manches Mal nicht, einen Fuß vor den anderen zu setzen, immer stolpernd, stöhnend und dem Zusammenbruch nah.

Einen Großteil des Ufers hatten die Leibeigenen bereits trockengelegt. Mit den bloßen Händen und dem Geröll, das sie in ihren Röcken und auf dem Rücken heranschleppten.

Überall entstanden neue Häuser, stabile Behausungen, viele auf Pfählen, geräumig und mit schmucken Terrassen und Gärten bis ans Flussufer. Sie füllten sich mit deutschen, holländischen, italienischen Familien, die die europäischen Experten mitbrachten.

Dunkle Wolken ballten sich hinter Zojas Stirn zusammen, wenn sie die Mädchen und Frauen beobachtete, die den lieben langen Tag am Ufer flanierten, mit anderem Jungvolk die Köpfe zusammensteckten, kicherten und ab und zu einen Bootsausflug unternahmen. An den Abenden hockten sie auf den Terrassen zusammen, sangen die Lieder aus ihrer Heimat, betranken sich mit Rheinwein, und ihr Lachen hallte über das

Land, während Zoja die Wunden an Händen, Füßen und an ihrem Leib mit der ranzig riechenden Kräutersalbe bestrich, die ihr die graue Ludowika zugesteckt hatte.

Zweimal hatte Zoja mitbekommen, wie Gräfin Bogdanowitsch mit der herausgeputzten jungen Komtess am Zarenhaus vorfuhr. Für Zoja stand außer Frage, was die Alte beabsichtigte: Sie glaubte ernsthaft, ihre Tochter wäre imstande, den Regenten zu reizen. Dabei war Arina, wenn möglich, im vergangenen Jahr noch mehr abgemagert und sah aus wie ein in kostbare Roben gewandetes Skelett. Die Wangenknochen stachen in ihrem Gesicht scharf hervor, die Nase spitz, die Lippen bleich. Wer mit dieser Frau das Bett teilte, musste das Gefühl haben, dem Tod beizuliegen, dachte Zoja, und einen kurzen Moment lang erheiterte sie diese Vorstellung, bevor die Wolken in ihrem Kopf sich wieder verdichteten.

Alles, was Zoja in ihrem abhängigen Leben die Freude erhalten hatte, war die Leidenschaft, mit der sie sich von den Männern holte, was ihr gefiel.

Jeder Mensch brauchte etwas in seinem Leben, wofür er brannte, einen Trieb, ein Talent. Zoja fühlte sich jeden Antriebs beraubt, seit sie vor Gott dem Herrn an einen Ehemann wie Michail gefesselt war.

In den guten Nächten ohrfeigte er sie nur, während er über ihr grunzte und stöhnte, in den schlechteren schlug er sie mit dem Stock, den er tagaus, tagein seitlich an seinem Gürtel trug, und einige Male hielt er ihr ein Messer an die Kehle, um sich an der Angst in ihren Augen zu weiden, die sie beim besten Willen nicht verbergen konnte.

Seit frühester Kindheit hatte Zoja darunter gelitten, zum geringsten Menschenschlag zu gehören. Erst als sie ihr besonderes Talent für die Liebe entdeckt hatte, war die Glückseligkeit in ihr Dasein getreten und dieses Triumphgefühl, dem Schicksal ein Schnippchen zu schlagen.

Nun war sie dessen beraubt.

Eine Frau von einem anderen Schlag als Zoja wäre vermutlich in allerdunkelste Melancholie verfallen.

Zoja war anders.

Ihre Feindseligkeit richtete sie nicht gegen sie selbst, sondern auf alle in ihrer Umgebung.

Die anderen Leibeigenen tuschelten hinter ihrem Rücken, man möge sie bloß nicht reizen, wenn man nicht einen explosionsartigen Ausbruch erleben wolle. Zoja fand kein gutes Wort mehr für diejenigen, die früher ihre engsten Vertrauten waren. Ihr Gesicht hatte sich zu einer grimmigen Maske verzerrt, ihr Mund war ständig verzogen wie beim Anblick von etwas Widerwärtigem.

Am Flussufer sitzend, in Sichtweite der Arbeiterbaracken, aber weit genug von den Bürgerhäusern und dem Anwesen des Zaren entfernt, warf sie Steine über das Wasser in Richtung des Schwanenpaares, das mit sechs grauen Jungvögeln vorbeischwamm. Die Tiere ließen sich weiter weg treiben, linsten zu ihr hinüber. Zoja warf einen weiteren Stein, aber es reichte nicht, um eines der Tiere zu treffen. Sie wirkten in dieser Sommernacht wie Wesen aus einer anderen Welt, wie Elfenbein schimmernd im Licht der tiefstehenden Sonne.

Drüben am linken Ufer verdichtete sich eine graue Rauchwolke, Flammen schlugen innerhalb weniger Sekunden hoch in den Himmel, und die Rufe der aufgebrachten Bewohner drangen bis zu Zoja herüber.

Ein Lächeln stahl sich auf ihr Gesicht. Es brannte in dieser Jahreszeit fast jede Woche irgendwo, jetzt, da die Hölzer trocken waren. Der Qualm waberte über den Fluss.

Genießerisch sog Zoja die Luft ein. Die zerstörerische Kraft des Feuers faszinierte sie, schärfte ihre Sinne für wenige Minuten. Sie liebte die Schreie der Leute, die um ihr Hab und Gut und ihre Familien bangten, und sie liebte es, wenn die Lohen, vom Wind hochgepeitscht, auf andere Gebäude übergingen, um weiteres Leid zu verursachen.

Sollten sie alle jammern und schreien um das, was sie liebten. Eine Wohltat für die Seele, nicht mehr der einzige Mensch auf der Welt zu sein, der nichts mehr zu verlieren hatte.

Dann und wann war Zoja der Gedanke gekommen, welch ein Festtag es werden könnte, wenn sie die Baracken abfackelte. Ein riesiges Feuer, das im Nu überspringen würde bis hinüber zum Zarenhaus, und in wenigen Stunden wäre alles vernichtet, was sie aufgebaut hatten.

Was scherte es sie? Sie würde ohnehin nie etwas von dieser Stadt haben, die sie aufzubauen half. Sie würde bis an ihr Lebensende in einer von Flöhen und Wanzen verseuchten verfaulenden Hütte hausen, gepeinigt von einem geisteskranken Gatten, gemieden von denjenigen, die in einem anderen Leben ihre Freunde gewesen waren.

»Zoja …«

Sie fuhr herum, als sie das Flüstern hinter sich vernahm, die Hände schlagbereit, die Zähne aufeinandergebissen. Ihre Haare flogen wie ein rostroter Vorhang. Ein paar Strähnen klebten an ihren Wangen.

»Was willst du?«, fuhr Zoja Ewelina an, die sich unter einem Zweig duckte und ein Tuch über Kopf und Leib geschlungen hielt.

»Ich konnte nicht schlafen.«

»Ist das ein Grund, mir lästig zu fallen?«

»Bitte …«, begann Ewelina in einem nachsichtigen Ton beim Näherkommen. Sie legte die Hand auf Zojas Schulter, aber mit einer ruckartigen Bewegung stieß Zoja sie zurück.

»Spar dir dein geheucheltes Mitgefühl und geh zurück in dein warmes Bett, wo Jemeljan sicher schon auf dich wartet.« Sie spuckte aus und warf einen weiteren Stein auf die Schwäne. Diesmal traf sie das Weibchen am Rücken. Die Tiere flatterten auf und glitten über die Wasseroberfläche davon. Zoja stieß ein hässliches Lachen aus.

»Rück ein Stück«, bat Ewelina unverdrossen. »Lass uns reden.«

»Auf diesem Stein ist nur für eine Platz. Setz dich in den Dreck, wo wir alle hingehören.«

Mit einer Armeslänge Abstand ließ sich Ewelina nach kurzem Zögern nieder. Zoja beobachtete sie verstohlen. Trotz der kräftezehrenden Arbeit und der kargen Mahlzeiten färbte ein Hauch von Rosa Ewelinas Wangen. Ihre Haut wirkte straff, die Haare glänzten, in ihren Augen lag ein warmer Glanz.

Es widerte Zoja an.

In der Baracke gab es nur einen kleinen Handspiegel, nach dem Zoja nur noch selten griff, aber wenn sie es tat, starrte ihr ein Gespenst mit flammenden Haaren entgegen, hohlwangig, bleich und vom Zorn gezeichnet. Das Kleid hing wie ein Stück Lumpen an ihr, abgewetzt und mürbe. Ihre Schönheit war immer ein wertvolles Gut gewesen, die neidischen Bemerkungen von Rivalinnen, die bewundernden Blicke der Freunde, das lüsterne Grinsen der Kerle. Verloren wie alles andere auch.

»Ich erkenne dich nicht wieder«, fuhr Ewelina fort, als hätte Zoja ihr nicht deutlich genug gezeigt, dass sie zu keinem freundschaftlichen Gespräch bereit war.

Zoja zuckte die Achseln. »Menschen ändern sich. Du bist auch nicht mehr diejenige, der ich vertraue.« Vermutlich hatte die Freundin ihren Gatten heimlich in der Nacht mit Bärenfett eingeschmiert, damit er nicht mehr an sie, Zoja, seine leidenschaftliche Geliebte, dachte. Es gab im russischen Reich mancherlei Gebräuche und Riten, die einer Frau oder einem Mann, die sich betrogen fühlten, helfen konnten.

Ewelina schluckte, und die Farbe wich aus ihren Wangen. »Ich vertraue dir immer noch, Zoja, und ich wünschte, ich könnte dir ein Stück deines Kummers abnehmen oder irgendetwas tun, um es dir zu erleichtern. Er ist schlimm, dein Gatte, ja?«

»Schlimmer, Ewelina, schlimmer«, stieß Zoja aus und

fühlte zu ihrem eigenen Entsetzen die Tränen aufsteigen. Die unverwandt nachsichtige Art der früheren Freundin führte ihr nur noch deutlicher die Auswegslosigkeit ihrer Situation vor Augen. Aber Mitgefühl war das Letzte, was ihr Besserung verschaffte.

Ewelina erhob sich. »Lass mich die Striemen in deinem Gesicht mit Salbe betupfen, damit sie ohne Narben verheilen.«

Zoja machte eine ruckartige Geste und wies mit dem Zeigefinger auf sie. »Bleib, wo du bist. Komm mir nicht zu nah«, zischte sie. »Ich weiß selbst, wie entstellt ich bin. Da braucht es keine wie dich, die mir das vor die Nase hält.«

»Aber Zoja, ich will nur helfen. Ich ... mir ...«

Auf einmal strömten Tränen über Ewelinas Gesicht. Sie wischte sich mit dem Ärmel über die Nase und die Wangen. »Es tut mir leid, wie alles gekommen ist. Wir sehen uns nur noch, wenn wir schuften, und wenn sich unsere Blicke treffen, fühle ich mich, als wolltest du mich erdolchen. Mich und alle anderen, die voll des Mitgefühls mit dir sind. Du hast den schlimmsten Ehemann, den man sich vorstellen kann, und zudem musstest du die Baracke wechseln, um aus unserer Nähe zu kommen ... Ich ahne, wie bekümmert du bist, Zoja. Wollen wir nicht gemeinsam überlegen, ob wir irgendwie etwas ändern können?«

Zoja stieß ein heiseres Lachen aus. »Was bist du für eine Spinnerin, Ewelina. Wann hat man je gehört, dass ein Sklave imstande ist, irgendwas an seiner Situation zu ändern? Ich pfeife auf euer ach so ehrenvolles Mitgefühl, wischt euch damit den Hintern ab und lasst mich in Ruhe. Und verschone mich mit deinem Geheuchel. Glaubst du, ich bin blind? Ich sehe doch an deiner Miene, dass Jemeljan dich Nacht für Nacht beglückt. Ich sehe doch, wie sich deine Zuneigung in Hingabe gewandelt hat, wie du ihn anbetest und vergötterst und jeden Abend dem Herrn auf Knien dankst, dass du zu einem solchen Mann gekommen bist. Ihr habt mich beide aufs schändlichste betrogen, Ewelina, und weißt du was?« Erneut stieß sie ihr unheimliches Lachen aus. »Ich hätte es an deiner Stelle nicht anders gemacht. Ich hätte mich auch mit Haut und Haaren einem Mann hingegeben, der mich anbetet. Warum solltest du ihn zurückstoßen? Aus alter Verbundenheit zu mir? Das dürftest du gar nicht, du bist seine Frau und hast ihm zu gehorchen, auch wenn Jemeljan nie Befehle ausspricht, sondern zu verführen versteht wie kein Zweiter. Genieß es, Ewelina, und lass mir einfach meine Ruhe.«

Ewelina senkte den Kopf, und mehr als alles andere heizte diese Geste Zojas flammende Wut an.

Vielleicht hatte ein Teil von ihr gehofft, dass Ewelina abstreiten würde, dass ihr die Ehe mit Jemeljan gefiel. Vielleicht hatte sie insgeheim gehofft, sie würde ihr gestehen, dass sie nicht zueinander passten und keinen Gefallen aneinander fanden. Aber dieses demütige Schweigen zeigte ihr, dass sie richtig lag: Jemeljan und Ewelina genossen ihre Ehe und die Vereinigung, und sie scherten sich einen Dreck darum, dass Zoja zur gleichen Zeit Todesqualen unter ihrem sadistischen Gatten litt.

»Verzieh dich.« Zoja packte einen Stein und hob ihn drohend in Richtung der Freundin.

Ewelinas Kopf ruckte hoch, die Augen einen Moment lang aufgerissen. Sie sprang auf die Füße, wischte sich den Staub vom Rock und warf einen letzten Blick auf Zoja. »Ich kann dir nicht helfen. Es tut mir leid. Ich wünschte, wir wären trotz allem Freundinnen geblieben.« Sie wandte sich ab und schritt den Weg zurück, den sie gekommen war, duckte sich unter dem nächsten Zweig und verschmolz mit den Schatten des Gehölzes.

»Ich brauche dich nicht!«, schrie Zoja ihr hinterher. »Dich und niemanden sonst, verstehst du?« Sie schleuderte den Stein in die Richtung, in die Ewelina verschwunden war, aber sie traf nur einen Baumstamm.

Es raschelte im Unterholz, und in der nächsten Sekunde schälte sich eine Gestalt aus dem Gebüsch, baute sich zu voller Größe auf. Michail mit nicht mehr am Körper als halblangen Leinenhosen und seinem Gürtel mit dem Stock.

»Was treibst du hier draußen, Weib? Dein Keifen schreckt alle auf. Los, zurück und wärm mir das Bett!« Seine Stimme schallte laut über das Ufer, aber gleichzeitig lag darin dieser drohende Ton, den Zoja nur zu gut kannte.

Obwohl es in ihrem Magen vor Angst kribbelte wie von lebenden Insekten, spuckte sie aus und erwiderte den scharfen Blick des Mannes mit erhobenem Kinn.

Mit zwei Schritten war er bei ihr, zog in derselben Bewegung den Stock aus dem Gürtel und hieb ihr damit über die Schläfe, dass sie vom Stein flog. Er krallte seine Finger in ihre Haare und schleifte sie hinter sich her wie ein erlegtes Tier.

Für einen Moment hatte Zoja das Bewusstsein verloren, aber dann weckte sie der rasende Schmerz an ihrer Schläfe und die spitzen Steine und Dornen, die ihr die Haut aufrissen. Blut tropfte über ihre Wange, zu ihren Lippen. Der metallische Geschmack breitete sich in ihrem Mund aus.

Sie wollte schreien, sie wollte weinen, sie wollte treten und sich mit Fingernägeln und Zähnen wehren, bis sie diesen Kerl in Stücke gerissen hatte, aber sie schaffte nicht mehr, als den Mund zu öffnen, ohne dass ein Ton herausdrang.

Irgendwann werde ich euch töten dafür, dass ihr mir mein Leben geraubt habt, schoss es ihr durch den Sinn. Der Gedanke hatte etwas Tröstliches, wenn er auch den Schmerz nicht lindern konnte.

Du wirst der Erste sein, Michail, der von meiner Hand stirbt. Und die Gräfin Bogdanowitsch ist die Nächste.

Kapitel 16

St. Petersburg,
Herbst 1705

Nach sechs heißen und trockenen Sommerwochen empfingen die Männer, Frauen und Kinder in der Stadt die ersten Regengüsse hocherfreut. Es war drei Tage nach Vollmond, und sie tanzten unter den grauschwarzen Wolken, streckten die Arme in die Höhe, um das Wasser willkommen zu heißen.

Tropfen klatschten gegen die Saalfenster in Menschikows Anwesen, in dem sich der Zar mit zwei Dutzend Architekten, Handwerksmeistern und Bauleitern traf, um die Stadtplanung voranzutreiben. Ausschließlich Männer, die wie er selbst Strenge, Klarheit und Schlichtheit in der Konzeption der Stadt bevorzugten und sich beim Einsatz von verspielten Elementen wohltuend zurückhielten. Wobei Peter durchaus eine Vorliebe für melodische Glockenspiele, Kirchturmuhren, duftende Blumen und Singvögel besaß, dekoratives feines Beiwerk, das er am liebsten selbst im Westen bestellte.

Nach wie vor besaß Menschikow das repräsentativste und weitläufigste Anwesen gleich hinter der Arbeitshütte des Zaren. Peter wusste, dass die Leute darüber tuschelten, warum nicht er, der Zar, über ein herrschaftliches Anwesen verfügte, in das er seine Architekten laden konnte. Er scherte sich nicht um solches Geschwätz, ließ Menschikow seine Besessenheit von Luxus und Pracht und ging selbst mit bestem Beispiel für Bescheidenheit voran.

Der Saal war mit unzähligen Leuchtern erhellt, an den Wänden hingen großflächige Gemälde, zumeist Beutestücke aus belagerten Städten, die sich Menschikow auf seine unnachahmliche Art gesichert hatte. Auch seine privaten Räume in diesem Anwesen waren mit kostbaren Möbeln ausgestattet und mit edelsten Stoffen dekoriert. Wenn ein Gebäude in dieser Stadt einem Palast nahekam, dann Menschikows Anwesen.

Auf dem runden, glänzend polierten Tisch in der Mitte lagen aufgerollte Papiere, Skizzen von Kirchen, Wohnhäusern, Palästen, verschnörkelten Portalen.

Der Plan für Wassiljewski sah aus wie ein Schachbrett mit lauter kleinen Quadraten und Rechtecken für alle Parzellen. Wie Schachfiguren würden die Menschen auf das Spielfeld gesetzt werden, sobald sie in Peters Stadt strömten. Da würde kein Platz für einen Busch, einen Baum sein, der dort nicht hingehörte. Wassiljewski sollte das Zentrum der Stadt werden, von Kanälen durchteilt wie ein Venedig des Nordens. Schnurgerade Straßen zogen sich zwischen den Grundstücken, parallel und wohlgeordnet, wie es sich der Zar erträumte. Auf der Nordseite sollte es einen großzügig angelegten Park geben.

Ach, wie wohl tat es, hier an der Entstehung seiner geliebten Stadt zu feilen. Der Sommer hatte ihn viel Kraft gekostet, die kriegerischen Auseinandersetzungen im eigenen Land hatten ihren Tribut gefordert. Mehrere Male war er ans Bett gefesselt gewesen, fiebrig und mit starken Leibschmerzen, ohne dass ein Arzt eine Ursache finden konnte.

Vermutlich hatte er sich einfach übernommen.

Haarsträubend, worum er sich kümmern musste: In Astrachan ging das Gerücht, der Zar habe den russischen Männern für sieben Jahre das Heiraten untersagt, damit genügend russische Frauen zur Verfügung stünden für die Verheiratung der Ausländer, die er angeblich massenhaft mit Schiffen heranschaffen würde. Erst veranstalteten diese Dummköpfe eine Massenhochzeit, um die Frauen zu sichern, anschließend stürmten sie heillos betrunken in die örtlichen Regierungsbüros und enthaupteten den Gouverneur. Triumphierend schleppten sie die Perückenständer aus den Büros, auf denen die am Westen orientierten Offiziere ihre Kopfzierde aufbewahrten. Die Rebellion verbreitete sich in Windeseile in mehreren Städten an der Wolga, und der Zar hatte alle Hände voll zu tun, den Brand zu bekämpfen. Wie so oft erwies sich Scheremetew dabei als seine größte Stütze. Mehrere Kavallerie- und Dragonerregimenter setzten sich nach Astrachan in Marsch. Blieb zu hoffen, dass die Schweden von der Schwächung des russischen Heeres nichts mitbekamen.

Für Unruhe sorgten außerdem die Baschkiren, die seit langem in der offenen Steppe zwischen Wolga und Ural lebten – Nomaden, die Rinder, Schafe, Ziegen und Kamele mit sich führten und auf kleinen kräftigen Pferden ritten, mit Pfeil und Bogen bewehrt. Auch ihnen musste Peter Regimenter entgegenstellen, um die Bedrohung einzudämmen.

Peters Begeisterung für die Kriegsführung war ungebrochen, aber Entspannung brachte ihm nur sein Lieblingsprojekt: die Erschaffung seiner neuen Hauptstadt.

Die Herren standen und saßen um den Tisch, auf dem sich neben den riesigen Plänen auch Modelle befanden.

Mit Wegen übers Wasser brauchten sie ihm nicht zu kommen: Die Bewohner seiner Stadt sollten sich an das Leben an und auf der Newa gewöhnen. Den Bau von Steinbrücken lehnte er rundweg ab.

Für die Privatunterkünfte beabsichtigte der Zar, ein nach preußischer Art mit Fachwerk gebautes Haus als Modell herzustellen, nach dem sich alle zu richten hatten.

Besonders interessierte ihn auch ein Kaufhof, am besten zwei Stockwerke hoch, mit Fachwerk ausgeführt und mit Ziegeln gedeckt, ein Gebäude mit Galerien rundherum, unter denen man trockenen Fußes gehen konnte. Bislang gab es neben den fahrenden Händlern für die Bürger der Stadt lediglich den aus Bretterbuden bestehenden Markt, auf dem man um alte Kleider und Lumpen feilschen konnte, und den unterhalb der Festung gelegenen Viktualienmarkt, wo Erbsen, Linsen, Bohnen, Grütze, Speck, Mehl, aber auch hölzernes Geschirr und Töpfe angeboten wurden. Es würde sich zeigen, welche Vorschläge der Architekten seinen Vorstellungen von einem Kaufhaus entsprachen.

Sie brauchten eine Schlachterei, eine Buchdruckerei, Hospitäler und ach so viel mehr. Und nichts von alledem sollte in eiliger Hast zusammengenagelt werden, sondern solide und aus bestem Material die Jahrzehnte überdauern, in denen St. Petersburg zum Zentrum des Russischen Reichs erwachsen würde.

Ob dies die Männer, die mit ihren Plänen und Ideen um die Aufmerksamkeit des Zaren buhlten, beachten würden?

Ein Stimmengewirr aus Russisch und Deutsch, Italienisch und Englisch mischte sich und hallte von den mit Seidentapeten und Stuck verzierten Wänden wider. Unablässig gingen Lakaien umher, mit Tabletts voller Gläser, nach denen die meisten Herren freudig griffen. Der Geruch nach Schweiß und scharfem Schnaps hing unter der Decke.

Zar Peter spürte einen brennenden Schmerz hinter der Stirn, sei es von der schlechten Luft, dem unaufhörlichen Gebrabbel oder auch von dem Fieber, das er erst vor wenigen Wochen überstanden hatte. Zudem sorgte ihn der Angriff der Schweden auf die Insel Kotlin. Die Feinde hatten es tatsächlich gewagt, mit einer Flotte von zweiundzwanzig Schiffen gegen Kronstadt zu segeln und eine knappe Meile entfernt die Anker zu werfen, aber die russische Armee hatte ihnen mit Kanonenkugeln und Gewehrschüssen ein heißes Willkommen geliefert. Das Scharmützel dauerte nun schon mehrere Tage an und kostete Kräfte, die sie doch in der Stadt benötigten.

Er merkte selbst, wie ungehalten und aufbrausend er war,

riss sich jedoch zusammen, weil es all diese zivilisierten Männer, die er zu sich geladen hatte, keineswegs wohlwollend akzeptieren würden, wenn er mit seinem Stock oder der Knute ausholte, wie er es unter den Männern seines eigenen Volkes ohne geringste Bedenken tat. Nur das Zucken in seinem Gesicht verriet seine innere Gemütsverfassung.

Nach der Schwüle der vergangenen Tage war die Luft in dem Saal zum Schneiden dick. Nun ließ der Zar die Fenster öffnen, und mit dem Plätschern des Regens drang die Frische herein und belebte die Köpfe der Männer. Sie diskutierten und debattierten, dann und wann arteten Meinungsverschiedenheiten in derbe Beschimpfungen aus, aber sobald der Zar das Wort ergriff, schwiegen die Leute und konzentrierten sich auf ihn.

»Trezzini, fasst zusammen, was bis zum Sommer nächsten Jahres fertiggestellt sein muss und wer auf welcher Baustelle die Oberaufsicht haben wird.«

»Sehr wohl, Eure Hoheit, doch will ich Euch zunächst jemanden vorstellen, der sich mit herausragendem Talent in der Planung hervorgetan hat und dem ich gern weitere Aufträge erteilen würde.« Trezzini schob einen Mann vor, dessen dunkles Haar verwegen lang, dessen Seidenstrümpfe und dessen roter Rock von einer europäischen Eleganz und Lässigkeit waren, dass der Zar sich ein Strahlen nicht verkneifen konnte. Er sehnte den Tag herbei, an dem seine Landsmänner ein derart einnehmendes Auftreten hatten. Mochten sich auch die meisten in seiner direkten Umgebung an seine Anweisung halten, sich nach europäischem Stil zu kleiden und sich unter das Messer eines Barbiers zu legen, so schwitzten sie doch durch alle Poren russische Bäuerlichkeit und Ungebildetheit aus. Dieser Italiener war für den Zaren ein Musterbeispiel von Zivilisation.

»Matteo di Gregorio ist Anfang des Jahres den weiten Weg aus Florenz hierhergereist. Er ist noch jung an Jahren, aber seine Zeichnungen verraten ein Talent, wie ich es bei anderen Bewerbern bislang nicht feststellen konnte. Seine Pläne sind durchdacht und zeugen gleichzeitig von einem besonderen Pragmatismus, gepaart mit einem Sinn für Schönheit und Anmut. Gestattet mir diese Einschätzung, Eure Hoheit: Ihr werdet begeistert sein von den Parkanlagen, die er für Menschikows Insel vorgesehen hat. Ich würde ihm gern die Bauleitung übertragen, um ihm Gelegenheit zu geben, sich zu beweisen.«

»Ich vertraue Eurem Urteil, Trezzini, und ...«

Hinter der Saaltür gab es ein lautes Gerangel. Zar Peter runzelte die Stirn und stierte zu dem doppelflügeligen Eingang, der in diesem Moment krachend aufflog. Etwas wie eine menschliche Kugel rollte herein, gefolgt von einer Traube Wachsoldaten, die zeterten und die wildesten Flüche ausstießen und nach dem Eindringling traten.

»Lasst ihn durch«, erklang die Stimme des Zaren über den Lärm hinweg gebieterisch. »Zehn Stockhiebe für jeden, der meinen kleinen Freund aufzuhalten versucht hat!«, ordnete er an. Während unter den Männern Aufruhr entstand und die übereifrigen Wachen abgedrängt wurden, richtete sich Kostja auf, strich sich den Staub vom Kaftan und schritt auf den Zaren zu. Vor ihm angekommen, machte er eine kunstvolle Verbeugung mit elegant geschwungenem Arm. »Verzeiht sein Eindringen, Eure Hoheit, aber die Sache duldet keinen Aufschub.«

»Sprich!«

»Eine Sturmflut von verheerendem Ausmaß droht!«

Der Zar stierte den Zwerg an, bevor er sich Richtung Fenster wandte. »Ein Regenguss, na und? Es ist nicht der erste, und es wird auch nicht der letzte sein. Im Übrigen stand der Fluss am Morgen sogar niedriger als üblich.«

»Diese Flut ist anders.« Kostja rang die Hände, während er ein paar Schritte auf den Regenten zu machte. Durch den Saal zog sich ein Flüstern und Murmeln. »Vertraut ihm!«, fügte der Zwerg an. »Am Morgen kam der Wind aus dem Osten, nun hat er gedreht und treibt vom Westen her das Wasser in die Höhe. Die wenigen Fischer, die seit Urzeiten hier hausen und noch nicht ihren Grund und Boden verlassen haben, binden ihre Holzhütten an die Bäume und fliehen ins Landesinnere, weil sie wissen, was ihnen bevorsteht.«

Der Zar wechselte einen Blick mit Menschikow. Dann machte er eine ruckartige Kopfbewegung, und alle folgten ihm hinaus in den Regen und durch den Morast bis zum Flussufer.

Der schneidende Wind traf sie wie Peitschenhiebe. Tatsächlich war das Wasser angestiegen, aber nicht in einem bedrohlichen Ausmaß. Es hatte noch nicht einmal die Baracken der Arbeiter erreicht, die dem Ufer am nächsten standen.

Der Zwerg wetzte dem Zaren hinterher. Nun zupfte er an seinem Rock. »Gebt Befehl, die Stadt zu verlassen. Jetzt.«

Zar Peter schüttelte ihn grob ab, so dass er auf sein Gesäß plumpste und sich aus dem Matsch hochrappeln musste.

Es passte nicht in Peters Pläne, die Versammlung zu unterbrechen, und es passte ihm noch weniger, dass der Zwerg wie eine Zecke an ihm hing und Einfluss auf ihn nehmen wollte.

Eine innere Stimme warnte ihn, dem Narren zu vertrauen, und diese Stimme wurde lauter, weil der Zwerg sich nun umwandte und davonhetzte, als wäre es ihm nach der unfreundlichen Behandlung einerlei, ob der Regent nun seine Stadt und die Menschen retten wollte oder nicht.

»Sieht mir nicht nach einer drohenden Überschwemmung aus.« Menschikow neben ihm hob das Gesicht in den Himmel, wo der Sturm die Regenwolken über sie hinwegtrieb. Die Tropfen rannen ihm über Wangen und Haare. »Wir sollten nichts auf sein Geschwätz geben. Wahrscheinlich will er sich nur wichtigtun, der halbe Mann.« Er gluckste. »Und er befürchtet wohl, bereits zu ertrinken, während uns das Wasser gerade mal bis zum Hintern reicht.« Die Männer hinter ihm stimmten in sein lautes Lachen ein, nur Zar Peter verzog keine Miene. Er wirbelte herum und verpasste seinem Freund mit der Handkante einen solchen Schlag ins Gesicht, dass ihm das Blut aus der Nase schoss.

Die Liste von Menschikows Titeln und Ämtern war lang: Gouverneur von Schlüsselburg, Generalgouverneur von Ingermanland, Karelien und Estland, Minister der Geheimen Angelegenheiten, Oberbefehlshaber der Kavallerie und oberster Erzieher des Thronfolgers. Aber wenn er sich in der Wortwahl vergriff oder der Zar in übler Stimmung war, behandelte er ihn so wie den Geringsten seiner Leibgarde.

»Hat irgendeiner die Anweisung gegeben, Scherze zu machen? Willst du dich als Hofnarr empfehlen?«, bellte er seinen Freund an, der sich die Wange hielt und gleichzeitig mit der anderen Hand das Blut auffing. Er rückte ab vom Regenten und verbeugte sich zum Zeichen seiner Untertänigkeit. Auch die anderen Männer nahmen eine gebückte Haltung ein.

Mit ruppigen Bewegungen wies der Zar auf einzelne Männer seiner Garde. »Schwärmt aus, warnt die Leute, treibt die Tiere zusammen. Alle sollen ins Landesinnere ziehen, bis der Sturm sich gelegt hat.«

Es gab keine Debatte mehr, keine Widerworte, die Soldaten zogen im Laufschritt ab. Die ausländischen Architekten eilten zu ihren Pferden und Kutschen.

Zar Peter wandte sich wieder der Newa zu und blickte zu seinen Füßen. Der Hals wurde ihm trocken. Innerhalb weniger Minuten war das Flusswasser bis zu seinen Stiefelspitzen geschwappt. Er wandte sich um, während sich in seinem Magen Jähzorn zu einem heißen Klumpen verdichtete.

Von wegen Villen, Paläste und Kirchen! Was nützten ihnen die schönsten Bauten, wenn der Fluss aus seinem Bett stieg und alles verschlang? Sobald sie dies hier überstanden hatten, würde er die Newa in ein hölzernes Bett einfassen lassen, das ihr Wasser bändigen würde.

Der Sturm heulte und bog die Bäume. Wie aus Kannen stürzte nun das Wasser aus dem Himmel auf die neue Stadt. Die Warnung des Zaren verbreitete sich viel zu langsam, weil kaum jemand sich außerhalb seiner vier Wände aufhielt. Alle glaubten, die eigene Hütte biete den notwendigen Schutz gegen das Unwetter. Dass die Kirchenglocken auf der Peter-und-Paul-Festung anschlugen, verstand kaum einer als Sturmwarnung. Die erste Überschwemmung der Stadt traf Arbeiter und Ausländer, Soldaten und Gefangene scheinbar völlig unvorbereitet.

Am Morgen noch hatten viele miterlebt, wie der Pegel der Newa sank wie bei einer Ebbe, aber dass der Wind gedreht hatte, bekamen die wenigsten mit, und diejenigen, die es bemerkten, schlussfolgerten nicht, dass sich die Lage nun am frühen Abend dramatisch verschlimmerte.

Im Arzthaus verloren Frieda und Richard Albrecht keine Zeit, nachdem ein komplett durchnässter Bote die Stufen hochgehastet und, ohne anzuklopfen, eingetreten war. Atemlos hustend überbrachte er die Anweisung des Regenten, ließ sich zu keiner weiteren Erklärung aufhalten, sondern stürmte wieder hinaus.

Paula folgte ihm in den Regen. Statt zu den anderen Häusern auf dieser Uferseite lenkte der Soldat sein Pferd in Richtung Hinterland, wie vom Teufel gehetzt.

Angst ließ ihren Körper erzittern. Sie schlang die Arme um sich, nur im Kleid im Regen stehend, und starrte auf den anwachsenden Fluss, der einen Steinwurf entfernt bereits Gärten und Anlegestellen überschwemmt hatte. Fraglich, ob das Wasser bis in ihr Haus dringen würde. Es stand auf Pfählen, hoch genug, um einer Überflutung zu trotzen.

Aber was war mit den anderen Hütten? Die Tischlerwerkstatt von Willems Vater lag genau wie die anderen Handwerksbetriebe weiter entfernt in der Nähe der Werft.

Hinter Paula flog die Tür auf. Ihre Mutter und ihr Vater

trugen Bündel über den Schultern. Gustav musste sich an der Hand der Mutter hinter ihr herziehen lassen.

»Ich kann das Boot nehmen«, schrie der Junge und versuchte sich der Behandlung zu widersetzen. Richard Albrechts Gesicht war leichenblass. Paula erschrak, als er seinen Sohn nun anfuhr: »Los, in die Kutsche! Wo ist Helena?«, brüllte er über den heulenden Sturmwind hinweg seiner Frau zu.

»Sie müsste in Sicherheit sein.« Frieda sprang hinter ihrem Mann die Stufen hinab. »Sie wollte zu einer Schneiderin, die im Hinterland wohnt. Da ist sie weit genug vom Wasser entfernt.«

Richard nickte mit verkniffenen Zügen.

Paula blickte zwischen ihren Eltern hin und her, während sie sich unterhielten. Sie trippelte von einem Fuß auf den anderen. Immer wieder ging ihr Blick zum Fluss und weiter hinüber zu den Häusern, die das Wasser schon bald erreichen würde.

Dem Boten, der sie gewarnt hatte, war nur daran gelegen, die eigene Haut zu retten, statt sich um die Menschen dort drüben am Fluss zu sorgen. Wie viele von ihnen mochten um den Ofen herumhocken und all ihre Hoffnung in Gebete an den Allmächtigen stecken?

Willem und sein Vater würden nicht die Hände falten und Psalmen sprechen, aber störrisch, wie Theodorus war, würde er seine eigene Scholle bis zum letzten Atemzug verteidigen. Willem mochte klug genug sein, die Gefahr zu erkennen, aber würde er sich gegen den alten Mann durchsetzen können?

Während ihr Vater und die Mutter die beiden Pferde anspannten und Gustav in die Kutsche schoben, fasste Paula ihren Entschluss.

Die Eltern hatten ihr den Rücken zugekehrt.

Sie wirbelte herum und begann zu rennen. Hob den Rock an den Seiten, lief mit schweren Schritten durch den Sumpf, dann weiter auf einer der Bretterstraßen.

In ihrem Rücken hörte sie ihre Mutter schreien: »Bist du verrückt geworden, Paula? Komm zurück!«

Sie hörte ihren Vater fluchen, als der ein paar Schritte hinter ihr hersetzte, aber sofort erkennen musste, dass er keine Chance hatte, sie einzuholen. »Paula, bitte!«, rief er mit einem Flehen in der Stimme, das schmerzte.

Aber sie hatte keine Wahl.

»Sorgt euch nicht! Ich komme nach! Ich kann Willem nicht seinem Schicksal überlassen!« Sie wusste nicht, ob der Wind ihre Worte zu den Eltern trug, aber sie wusste, dass ihr Leben jeden Sinn verlor, wenn sie auf ihrer eigenen Flucht Willem ahnungslos zurückließ.

Sie stemmte sich gegen den peitschenden Regen, wickelte das Tuch eng um ihren Kopf. Es war schwer vor Nässe.

Ihr Brustkorb hob und senkte sich beim Laufen. An den Häusern, die sie passierte, trommelte sie gegen die Türen und rief den Leuten zu, dass sie sich retten mussten, dass das Wasser nicht aufhören würde zu steigen. Aber sie wartete nicht auf die Reaktionen und wusste nicht, ob sie sie ernst nahmen.

Ihre Lunge schmerzte vom schnellen Atem, die Beine wurden ihr schwer wie Holz, aber sie gab nicht auf, stolperte und landete mit dem Gesicht voran im morastigen Boden.

Über und über mit Schlamm bedeckt, rappelte sie sich auf, während das Wasser nun ihre Füße erreichte. Himmel, glaubten die Leute immer noch, sie würden dies hier im Schutz ihrer Hütten überstehen?

Nur wenige bewegten sich vom Wasser weg. Eine Familie zerrte einen Karren hinter sich her, auf dem die Beine von Stühlen herausragten und mehrere Stoffbündel mit Leinen befestigt waren. Sie ließen den Wagen zurück, weil das Wasser sie einholte, rannten um ihr Leben, während die Flut den Holzwagen ins Schwimmen brachte und die Wellen die Ladung vor sich hertrieben.

Paula stand inzwischen das Wasser bis zu den Füßen, aber

die Tischlerwerkstatt war in Sichtweite. Das Haus war bereits umspült, alle Türen und Fenster verriegelt und verrammelt. Ob Willem mit seinem Vater darin hockte und wartete, dass sich die Flut zurückzog? Paula konnte sehen, wie das Wasser von Minute zu Minute stieg, und während sie noch fieberhaft überlegte, ob sie es bis zum Haus schaffen würde oder ob sie lieber vor der Flut davonrennen sollte, heulte eine Böe über Ingermanland.

Die Newa schien ihren schwarzen Schlund aufzureißen, gierig darauf, die Stadt zu verschlingen.

In der nächsten Sekunde schwappte eine Welle über Paula hinweg. Sie strampelte mit Armen und Beinen, riss die Augen auf, blind inmitten der sumpfigen Flut.

Ihr Körper wirbelte in dem tobenden Wasser, während sie die Lippen aufeinandergepresst hielt und ihr Herzschlag unter ihrem Brustkorb wummerte, als wollte er ihren Leib sprengen.

Wo war das Licht? Wo war die Luft zum Atmen? Wohin sollte sie paddeln?

In wilder Not strampelte sie und schob sich in eine Richtung, bis endlich das Wasser heller wurde. Ihre Lunge schien zu platzen vor Luftnot, hinter ihrer Stirn lauerte eine tödliche Ohnmacht, aber endlich stieß sie durch die Wasseroberfläche, riss den Mund auf und sog in einem langen Atemzug den Sauerstoff in die Lunge.

Sie keuchte und trat um sich, warf den Kopf nach rechts und links. Es gelang ihr nicht, sich zu orientieren. Wo begann das Land, wo hörte das Wasser auf?

Wo war die Festung, wo war Wassiljewski, das Ingermanland? Alles in ihrem Körper war darauf ausgerichtet, die nächste Minute zu überleben. Nichts anderes zählte. Bretter, Räder, Lumpen, Möbel wirbelten um sie herum, Spielzeuge des Flusses, der mit ungeahnten Kräften über die Ufer getreten war.

Ein Baumstamm schoss auf sie zu.

Geistesgegenwärtig tauchte Paula unter, obwohl erneut die Gefahr bestand, dass sie vergaß, wo oben und wo unten war. Sie strampelte wieder und atmete tief durch, als sie ans Licht drang.

Wie lange würden ihre Kräfte ausreichen?

Sie musste sich irgendwo festhalten.

Etwas trieb auf sie zu, ein Sack mit Lumpen vielleicht. Sie griff danach und schrie in der nächsten Sekunde auf, weil ihre Hände einen leblosen menschlichen Körper berührten, einen Mann, den die Flut überrascht hatte und der den Kräften der Natur nicht gewachsen war.

Die nächste Welle riss sie fort, trieb sie davon. Sie schluckte Wasser, hustete, keuchte, ruderte mit den Armen, und endlich bekam sie etwas zu fassen, eine Stange, die aus dem Wasser herausragte, vielleicht ein Fahnenmast. Sie klammerte sich daran, während das Wasser an ihrem Leib riss.

Mit schreckgeweiteten Augen beobachtete sie Männer, die versuchten, sich an ihren Pferden festzuhalten, manche der Tiere an Droschken gebunden, die hin und her schleudernd an ihnen rissen. Sie sah, wie die Flut über sie schwappte und sie strudelnd in die Tiefen riss, und hörte die abrupt abbrechenden Schreie und das Wiehern in Todesangst.

Die Haare hingen ihr über das Gesicht, nahmen ihr die Sicht, aber da hörte sie über das Pfeifen und Brausen jemanden rufen. »Paula! Halt dich fest! Halt dich fest! Wir holen dich!«

Sie wusste nicht, aus welcher Richtung die Stimme kam, aber sie erkannte sie sofort. Wie um Himmels willen war Helena, die doch ins Landesinnere geritten war, in die Fluten geraten?

»Da ist meine Schwester!« Helenas Stimme überschlug sich. Ihr Körper in dem dickbäuchigen Ruderboot zitterte vor Kälte und Todesangst. Sie fühlte sich wie in einer Holzschüssel, die den Urgewalten hilflos ausgeliefert war, aber sie war in Sicherheit, solange sie das Boot nicht verließ. Und solange Erik an ihrer Seite war.

In ihrem Liebesnest, eng aneinandergekuschelt und sich Koseworte ins Ohr flüsternd, hatte sie sich beschützt von den Regenmassen gefühlt. Das Wasser war links und rechts von ihnen in Bächen zusammengelaufen, aber auf dem alten Schiffswrack waren sie trocken geblieben. Fast hatte es sich gemütlich angefühlt für die zwei Liebenden. Bei diesem Unwetter würde sie garantiert niemand an ihrem geheimen Ort aufspüren. Bis das Wasser plötzlich in einer Flutwelle ansprang und von einer Sekunde auf die andere alles überspült hatte. Helena hatte gejapst und geschrien, aber sie hatte Eriks Hand nicht losgelassen, der eines der Werftboote am Seil ergriffen und zu sich herangezerrt hatte. Triefend nass hatte er Helena über die Schiffswand gehoben, und sie war hineingerollt ins Trockene. Erik zog sich hinterher, sein Gesicht angespannt vor Anstrengung, Muskeln und Sehnen hoben sich unter dem Hemd ab.

Sofort hatte er nach den Rudern gegriffen, aber es war aussichtslos, gegen die reißende Strömung anzukämpfen. Sie mussten sich hin und her schütteln lassen, festgeklammert am Holz.

Irgendwie schaffte Erik es, mit einem im Boot liegenden Seil eine Schlinge um Helenas Leib zu ziehen und sie an der Ruderbank zu befestigen, damit sie nicht hinausfiel. Dann versuchte er erneut, die Richtung zu bestimmen.

Der Regen fiel nun so dicht, dass sie kaum noch etwas sehen konnten. Aber sie hörten die Hilfeschreie von Ertrinkenden und das Wiehern von Pferden, die um ihr Leben rangen.

Die Fluten brausten, der Sturm heulte durch die Holzhäuser, und manche riss er mit sich wie lose Bretterhaufen. Tosend schwoll das Wasser, brodelnd wie ein Kessel. Das Krachen und Bersten schmerzte in den Ohren. Das Einatmen war mühsam, weil die Gischt in hohen Wogen zersprühte.

Ein ums andere Mal schüttelte ein Hustenanfall Helenas

Körper, während sie sich die Haare aus dem Gesicht strich und sich mit schreckgeweiteten Augen umschaute. Es fühlte sich an, als ginge die Welt unter, und vielleicht war es auch so.

Der Regen peitschte in ihr Gesicht, während wuchtvoll geschleuderte Reste von Hütten, Balken, Sparren wie Granaten umherschossen, Fenster, Türen und Gerüste zertrümmerten.

Hatte die Flut auch ihre Eltern überrascht, ihren Bruder, ihre Schwester? Hatten sie sich retten können oder trieben sie bereits leblos in den Wellen oder auf dem schlammigen Grund des Flusses?

Als sie ihre Schwester entdeckte, die sich an eine Fahnenstange klammerte, sprang Helena fast das Herz aus der Brust. Auch Erik hatte das Mädchen entdeckt, das verzweifelt auf Hilfe hoffte. Er biss die Zähne zusammen, um mit den Rudern irgendwie die Richtung zu bestimmen. Als er merkte, dass es ihm nicht gelingen würde, griff er nach dem Tau des Bootes und warf es mit zornigem Schwung in Richtung Fahnenmast.

Paula griff nach dem Ende, verfehlte es aber. Erik versuchte es ein zweites Mal, obwohl er kaum noch etwas sehen konnte und das Boot bedrohlich schaukelte.

Helena drückte beide Hände auf den Mund, während sie den Rettungsversuch beobachtete. Ihre Knöchel traten weiß hervor, ihre Augen waren aufgerissen.

Wie lange würde sich ihre Schwester noch halten können? Sie war ein gesundes kräftiges Mädchen, aber eine solche Anstrengung hielt selbst ein muskelbepackter Ringer nicht ewig aus.

Beim zweiten Wurf schnappte Paula das Tauende, zögerte noch, die Fahnenstange loszulassen. Aber sie rang offenbar ihre Furcht nieder, nahm einen tiefen Atemzug und griff dann auch mit der zweiten Hand nach dem Tau. Ihr Kopf tauchte unter, aber sie hob ihn japsend wieder, während Erik das Seil zu sich heranzog. Weit lehnte er sich in dem Boot zurück, seine Wangenknochen traten scharf hervor. Näher und näher schleppte er Paula an den schwankenden Schiffsrumpf. Endlich bekam er sie zu fassen, griff nach ihrem Oberarm und hievte sie an Bord.

Helena war sofort über ihrer Schwester, die die Lider geschlossen hielt. Ihr Atem ging flach, aber sie lebte, und in der nächsten Sekunde kam ein Schwall Wasser aus ihrem Mund und sie wandte sich zur Seite, damit es aus ihr herausfließen konnte. Helena hielt sie, während das Boot im Sturm rollte, in Richtung Hinterland, wo sich das Wasser unaufhaltsam ausbreitete.

Endlich ließ der Regen nach. In der Luft vibrierten feine Tropfen wie ein feuchter Schleier. Aber der Sturm heulte weiterhin und bewegte die Wassermassen.

Den Arm um ihre Schwester gelegt, hielt Helena Ausschau nach weiteren Menschen in Not, und Erik setzte all seine Kraft ein, um entweder nahe genug an sie heranzurudern oder ihnen das Tau zuzuwerfen. Nach wenigen Minuten saßen in dem Boot ein halbes Dutzend Überlebende – ein russisches Paar, ein Deutscher mit seinen beiden Söhnen, eine Engländerin, deren graue Haare sich um ihr greises Gesicht schmiegten.

»Gott zürnt! Sein Strafgericht ist nah!«, schrie der Deutsche mit sich überschlagender Stimme. Er hielt beide Jungen an seine Brust gepresst. Alle hatten sie panisch verzerrte Mienen. Eng aneinandergedrückt, schlotternd, kauerten sie im Schiffsrumpf. Die beiden Knaben – vielleicht vier und sechs Jahre alt – stierten Erik, der die Ruder unablässig in die Fluten tauchte, bewundernd wie einen Gott an.

Während Helena nach weiteren Menschen Ausschau hielt, rappelte sich Paula auf, stemmte sich mit den Händen an der Schiffswand hoch. »Willem ist irgendwo da draußen mit seinem Vater«, weinte sie. Ein erneuter Hustenanfall und Luftnot unterbrachen sie. Auf ihren Wangen zeichneten sich rote Flecken ab, ihre Pupillen glühten wie im Fieber, obwohl die Temperaturen stark gefallen waren und das kalte brackige Wasser sie umspülte.

»Wie sollen wir ihn da finden?«, erwiderte Helena mit hysterischem Unterton. »Schau dich um, Sankt Petersburg existiert nicht mehr!« Sie spürte etwas Warmes auf ihren Wangen und merkte erst in diesem Moment, dass sich ihre Tränen mit den Regentropfen mischten.

Du lieber Himmel, was hatte es für Mühen gekostet, diese Stadt aus dem Sumpf entstehen zu lassen, und nun genügte ein starker Westwind, um alles zu vernichten. Und die vielen Menschenleben, die dieser Sturm forderte. Leichen trieben an ihnen vorbei, Frauen, Männer, Kinder, aber auch Pferdeleiber, ertrunkene Schweine, Kühe, Hühner.

Mittlerweile erstreckten sich die Wasser der Newa zu einem riesigen See, ohne Anfang und Ende. Hier und da lugten Dächer hervor, Flaschenzüge und drüben auf der Haseninsel die Kirchtürme. Mehrere Boote trieben über die Wellen, manche Ruderer kämpften gegen die Wasserkraft, in anderen kreischten Männer und Frauen, die glaubten, ihre letzte Stunde habe geschlagen, die gefalteten Hände in den Himmel gereckt.

An der Werft vertäute Schiffe, teilweise nur halb fertig, trieben besatzungslos hin und her, eine zusätzliche Gefahr für diejenigen, die sich mit Mühe schwimmend über Wasser hielten. Die Wassermassen machten sie alle gleich: Kaum war noch zu erkennen, wer Gefangener und wer Krieger, wer Leibeigener und wer Herr war. Alle waren sie von Schlick und Algen und Schlamm bedeckt, manche bluteten, die Kleidung hing in Fetzen an ihnen herab.

Wie viele Leute konnte das Boot aufnehmen, bevor es zu schwer wurde? Helena jedenfalls würde nicht einen, den sie retten konnten, zurücklassen. Das würde sie nie mit ihrem Gewissen vereinbaren können.

Sie und Erik arbeiteten Hand in Hand, der Deutsche, der seine beiden Söhne in die Obhut der Engländerin gegeben hatte, half inzwischen beim Hereinziehen weiterer Menschen. Helena kam der Gedanke an die biblische Arche Noah, aber sie schob ihn sofort zur Seite. Nein, dies war nicht die Sintflut, denn das Wasser würde einen Teil der Stadt, die die Soldaten, Gefangenen und Leibeigenen unter Einsatz ihres Lebens befestigt hatten, wieder freigeben, sobald der Wind drehte und sich das Wetter beruhigte.

»Da! Seht nur!« Paula hing schwer über der Reling und drückte sich weiter hoch, den Arm ausgestreckt. »Dort drüben hocken zwei auf dem Dach!« Mit der nächsten Welle bekam das Boot einen solchen Schwung, dass sie fast kenterten, aber Erik gelang es, das Gleichgewicht wiederherzustellen. Der plötzliche Antrieb schob sie direkt zu dem Strohdach, an dessen Balken sich zwei Männer klammerten.

Helena biss sich auf die Lippen, während sie den Schiffsbauch überblickte. Wie viele würden sie noch aufnehmen können?

Auf all die Fragen, die durch Paulas Verstand flogen, würde sie vorerst keine Antwort bekommen: Was trieb Helena mitten in der Stadt, wenn es doch geheißen hatte, dass sie sich eine neue Bluse schneidern lassen wollte? Wer war dieser blonde Hüne, mit dem Helena vertraut tat wie seine Verlobte?

Aber was zählte dies in dieser Stunde, da sie dem Tod näher als dem Leben gewesen war? All ihre Sinne waren nur darauf ausgerichtet, Willem zu retten, den sie nicht mehr hatte warnen können.

Während sie nun die Lider zusammenkniff, um besser sehen zu können, schien ihr Herzschlag für einen Moment auszusetzen. Sie wusste nicht mehr, in welchem Teil der Stadt sie sich befanden, überflutet sah alles so fremd aus, aber konnte dieses Haus da drüben tatsächlich die Tischlerwerkstatt sein?

Da winkte einer der Männer, und an der Art, wie er die Arme bewegte, erkannte Paula ihn: Willem! Er hatte sich auf das Hausdach gerettet. Schräg über einem Balken vor ihm lag der Körper eines weiteren Mannes. Der rührte sich jedoch nicht. Der Leib wurde hin und her geschaukelt von den Wellen, die gegen das Dach platschten, als wollten sie testen, wie lange es noch standhielt.

»Dort ist Willem!«, schrie sie in dem Moment, da sie ihren Freund erkannte. »Wir müssen dahin! Bitte!«

Erik an den Rudern warf den Kopf zurück, die Miene gezeichnet von der Kraftanstrengung. »Ich weiß nicht, ob wir es schaffen. Die Strömung ist stark!«

Die Untiefen, Anschwemmungen und Sandbänke verstärkten die Gefahr, weil sie das Bett der Newa schmälerten und die Wasser unberechenbar machten.

»Versuch es, bitte!«, flehte Paula und richtete sich auf, bis sie Willem zuwinken konnte. Noch waren sie zu weit weg, als dass er sie hören würde, wenn sie nach ihm rief. Ob er erkannte, dass Rettung nahte? Hoffentlich gab ihm dies die Kraft, die über Leben und Tod entschied.

Da passierten sie einen bärtigen Russen, der mit den Armen paddelte, um sich über Wasser zu halten. Im Nu hatte er die Schiffswand gepackt, seine Hände, wie die Rinde von einem alten Baumstamm, krampften sich um das Holz. »*Pomogite*!«, sagte er mit krächzender Stimme. »*Pomogite mne*!«

Die Männer im Boot rückten vor, ergriffen die Unterarme des Mannes, um ihn hochzuziehen.

Paula kroch zur Seite. Natürlich, sie konnten den Mann nicht sterben lassen, aber was war mit Willem und seinem Vater? Ein Zittern lief durch ihren Körper. Würde das Rettungsboot zwei weitere Erwachsene tragen? Es neigte sich gefährlich zur Seite, und Erik begann auf Schwedisch zu fluchen, aber auch er würde keinen seinem Schicksal überlassen. Das sah Paula seiner entschlossenen Miene an.

Ein bemerkenswerter Mann.

Endlich erreichten sie das Hausdach. Das Boot kratzte

über Holzsparren. Paula streckte die Arme nach ihrem Freund aus. Sie waren nun nahe genug heran, dass sie sich in die Augen sehen konnten. In seinem Gesicht stand die Todesangst. »Komm, Willem, ich werfe dir das Tau zu. Du musst es fassen!«

»Aber Vater ...« Willem hielt mit beiden Händen ein Seil, das er um den Leib des alten Holländers geschlungen hatte. Der Kopf baumelte hin und her, die Strömung zerrte an dem leblosen Leib.

Paula beugte sich weit vor, während es Erik gelang, noch ein Stück näher an die beiden Holländer heranzurudern. Mit der nächsten Woge konnte das Ruderboot an dem Hausdach zerschellen. Dann waren sie alle verloren.

Beim Blick in das Gesicht von Willems Vater glaubte Paula zu ersticken. Es war blau angelaufen, die Augen aufgerissen, die Lippen und der Kiefer hingen schlapp, die Zunge war herausgerutscht. Obwohl Willem ihn über der Wasseroberfläche hielt, hatte er bereits das Aussehen eines Toten angenommen: die Hände faltig grau, die Fingernägel tiefblau, die Ellbogen angewinkelt wie im Krampf, das Gesicht aufgedunsen und weiß, die Lippen violett.

»Willem!«, schrie sie mit fester Stimme. »Du musst deinen Vater loslassen! Mit ihm zusammen schaffst du es nicht!«

»Ich kann nicht.« Übergangslos strömten dem Jungen die Tränen über das Gesicht. Er schluchzte auf. »Ich kann nicht.«

»Du musst es tun, Willem!«, brüllte Paula zurück. »Deinem Vater ist nicht mehr zu helfen. Er ist tot! Lass ihn los!«

»Die Strömung reißt!«, rief Erik durch zusammengepresste Zähne. »Ich kann das Boot nicht mehr länger halten. Wenn er nicht will, muss er bleiben!«

»Nein, niemals!« Paulas Stimme überschlug sich. Sie rappelte sich auf die Füße hoch und schwang ein Bein über den Bootsrand. Sofort war Helena neben ihr und zerrte sie mit ungeahnten Kräften in den Rumpf zurück.

Paula fing an, gleichzeitig zu weinen und zu schreien. »Willem! Du darfst nicht zurückbleiben! Lass deinen Vater los! Ihm ist nicht mehr zu helfen. Ich brauche dich, Willem.«

Alle starrten nun zu dem jungen Holländer, in dessen Mienenspiel sich abzeichnete, wie sehr er mit sich rang. Aber schließlich löste er mit zitternden Fingern den Knoten der Bauchschlinge, hielt die Seilenden noch einen Moment fest, bevor er sie losließ. Der Leichnam seines Vaters trudelte noch ein Stück weit in der Strömung, bevor er versank.

Willem richtete sich auf. Seine Knie schienen ihn kaum zu tragen. Er turnte wankend auf dem Dach und sprang endlich mit einem Satz ins Wasser, auf das Seil zu, das Erik ihm zuschleuderte.

Seine Kraft reichte, um sich allein ins Boot zu ziehen, aber dort plumpste er erschöpft über die Beine der anderen Geretteten und keuchte mit geöffnetem Mund.

Aus seinen geschlossenen Augen rannen immer noch Tränen. Paula bezweifelte, dass er es bemerkte. Sie beugte sich zu ihm hinab, küsste seine Wangen und seine Stirn und bettete seinen Kopf in ihrem Schoß. Dort hielt sie ihn, während Erik nun mit vollem Ruderschwung dem ausschwemmenden Wasser folgte, dorthin, wo es sich auf den Wiesen im Hinterland verteilte. Dorthin, wo all die anderen St. Petersburger hingeflüchtet waren, die nur ihr nacktes Leben gerettet hatten.

Die letzte Wegstrecke bis zum Ufer liefen sie durch das kniehohe Brackwasser, weiter und weiter, bis sie festen Boden erreichten, den der Regen der vergangenen Stunden durchtränkt hatte. Der Sturm hatte sich gelegt, aber die Wolken hingen noch wie graue Lumpen dicht über den Baumwipfeln.

Im Ingermanland herrschte das blanke Chaos. Familien fielen sich weinend in die Arme, Männer und Frauen sanken auf die Knie und verbargen das Gesicht in den Händen, weil sie keine Hoffnung mehr hatten, ihre Lieben wiederzusehen.

Überall kauerten Gruppen zusammen, eng aneinandergepresst, als wollten sie sichergehen, dass sie sich nicht ein weiteres Mal verloren.

Soldaten stapften zwischen den Leuten umher, die Gewehre geschultert. Sie kommandierten und trieben die Kriegsgefangenen, die überlebt hatten, zusammen.

Helena klammerte sich an Erik, weil ein Mann der Leibgarde ihren Geliebten grob mit sich ziehen wollte. Der Mann riss den Säbel aus der Scheide, als wollte er damit auf sie losgehen.

Erik nahm in aller Eile ihr Gesicht in beide Hände: »Fürchte dich nicht, Liebste. Such mit Paula nach deiner Familie.« Er beugte sich an ihr Ohr. »Ich werde dich finden.« In der nächsten Sekunde trieb ihn der Offizier mit einem Schlag gegen den Rücken weiter.

Helena zerriss es. Erik war ein Held, kein Mann, den man mit Tritten und Stößen antrieb. Aber die Soldaten fragten nicht danach, führten ihn nur zu der Gruppe der anderen Gefangenen, die sich aus den Fluten gerettet hatten.

Sie machten kurzen Prozess mit Flüchtlingen: Helena hatte selbst gesehen, wie sie einen Schweden, der querfeldein sein Glück im Landesinneren suchen wollte, abknallten wie einen Hasen. Seine Leiche lag irgendwo dort draußen, von nasser Wiese verborgen.

Die Geretteten aus Eriks Boot zerstreuten sich.

Der Deutsche mit seinen beiden Jungen begab sich auf die Suche nach seiner Frau, aber an seinen gebeugten Schultern und den traurigen Augen erkannte Helena, dass er nicht daran glaubte, sie noch lebend zu finden.

Die Engländerin hetzte orientierungslos umher, die Arme ausgebreitet wie eine Vogelscheuche, den Mund zu einem stummen Schrei aufgerissen. Irgendein Landsmann erbarmte sich ihrer, hakte sie unter und half ihr, sich zurechtzufinden.

Der bärtige Russe stolperte zu einer Gruppe von zu lebenden Gespenstern abgemagerten Gestalten, deren Kleider in Fetzen an ihnen hingen und kaum noch ihre Blöße bedeckten. Ein Soldat warf ihnen Stofflumpen zu, mit denen sie sich bedecken konnten. Leibeigene, vermutete Helena. Sie kauerten zusammen wie lebende Tote, den Blick leer auf die Wasserlandschaft gerichtet, die noch vor wenigen Stunden eine erblühende Stadt zu werden versprach.

Die Natur hatte sich zurückgeholt, was die Menschen ihr abgetrotzt hatten.

Paula und Willem saßen Arm in Arm beieinander. Durch Willems Körper lief immer wieder ein Zittern, und wenn er sich aufrichten wollte, sackten ihm die Beine weg, erkannte Helena. »Ich habe ihn im Stich gelassen«, hörte sie ihn flüstern.

»Das hast du nicht«, widersprach Paula heftig, packte ihn an den Schultern und schüttelte ihn. »Komm doch zur Besinnung, Willem! Dein Vater ist tot. Du konntest ihm nicht mehr helfen.«

Zitternd holte Willem Luft, schniefte und wischte sich mit dem Handrücken über die Nase. »Was soll ich denn jetzt bloß machen?«

In der Stunde der Not verhielt er sich wie ein Junge, der er mit seinen sechzehn Jahren noch war, ging es Helena durch den Kopf. Sie konnte es ihm nicht übelnehmen, genauso wenig wie Paula, die nicht müde wurde, ihm Trost zu spenden. Nein, Willem war kein Held wie ihr Erik, aber er hatte diese Katastrophe überstanden, und nun würde er seine innere Stärke beweisen müssen, wenn er allein überleben wollte.

»Es ist traurig, dass es dein Vater nicht geschafft hat«, sagte Helena entschlossen, »aber nun ist es Zeit, sich um die Überlebenden zu kümmern und nicht den Toten nachzuhängen. Alle, die nicht verletzt sind, werden gebraucht, um aus Zweigen und Blättern Unterkünfte für die Nacht herzurichten.

Also sieh zu, dass du deinen Beitrag leistest, Willem van der Linden.«

Paula schoss ihr einen zornigen Blick zu, ließ aber Willem sofort los, weil der sich tatsächlich aufrichtete.

Auch Paula rappelte sich hoch, fixierte ihre Schwester. »Wer war der Mann in dem Ruderboot?«

Helena spürte, wie ihr Gesicht heiß wurde. Sie schluckte. »Davon verstehst du nichts«, warf sie der Jüngeren hin.

Paula lachte auf, ohne erheitert zu sein. »Davon versteht ein Blinder was«, erwiderte sie. »Du hast an seinem Arm gehangen wie seine Braut.«

»Was weißt du schon«, zischte Helena zwischen den Zähnen hindurch. Sie ballte die Hände zu Fäusten.

»Du liebst ihn«, stellte Paula fest, und auf einmal schwand aller Trotz aus Helena. Sie atmete tief durch, und ein Lächeln glitt über ihre Züge.

»Ja, Paula, ich liebe ihn. Und wie er sich heute an diesem Unglückstag verhalten hat, hat mir gezeigt, wie sehr er es wert ist. Ja, ich liebe Erik, und ich werde meine Liebe zu ihm nicht mehr verheimlichen: nicht vor dir, nicht vor meiner Familie, dem Zaren oder dem allmächtigen Gott.«

Paula verlor alle Farbe aus dem Gesicht, während sie ihre Schwester musterte, aber Willem, der Zeuge des Schwesternstreits geworden war, trat einen Schritt vor, grinste schief und nahm Helena kurzerhand in die Arme. Er drückte ihr einen Kuss auf die Wange, als wäre es das Selbstverständlichste der Welt.

»Dir und Erik verdanke ich mein Leben. Ich bin überzeugt, du findest keinen besseren Mann. Ich wünsche dir alles Glück der Erde.«

Paula biss sich auf die Lippe, als fühlte sie Scham in sich aufsteigen. Aber vermutlich brauchte sie nur länger als ihr Freund, um zu akzeptieren, dass Helena sie und die Eltern über viele Monate, in denen ihre Liebe zu dem Schweden gewachsen war, belogen hatte. Aber selbst wenn sie es nicht gutheißen würde, wäre es Helena egal. Sie brauchte niemandes Zustimmung, um künftig ihrem Gefühl zu folgen.

»Paula! Helena!« Die drei wandten sich um. Durch den Morast stapfte jemand auf sie zu, die Arme ausgebreitet, das Gesicht leuchtend vor Freude.

»Vater!« Paula erkannte ihn zuerst, lief ihm entgegen, und wenig später herzte und küsste sich die ganze Familie Albrecht, während Willem sich den Arbeitern anschloss, die Notunterkünfte aufstellten und Feuerstellen anlegten.

Sie hatten überlebt, aber ihre neue Heimat schien in den Fluten ertrunken zu sein. Was von dem, was sie sich erschaffen hatten, würde die Newa ihnen lassen, wenn sie sich zurückzog?

Lohnte es sich zu warten, oder wäre es nicht das Beste, alle Brücken hinter sich abzubrechen und zurückzukehren nach Moskau in die Ausländervorstadt?

Würde sich die werdende Stadt St. Petersburg letzten Endes als Trugbild herausstellen? Als zum Scheitern verurteilter Versuch, die Herrschaft über die Natur zu erlangen?

Nichts hatte die Leibeigenen und Kriegsgefangenen vor der drohenden Flut gewarnt: keine Kanonenschüsse, kein Glockengeläut, keine Laternen, keine Flaggen. Drüben auf der ingermanischen Seite gab es wenigstens mehrere Ruderboote, in die sich die Bürger retten konnten, aber auf der Petersburger Insel hausten die meisten Zwangsarbeiter, um deren Schutz und Rettung sich keine Menschenseele sorgte. Nur dem Umstand, dass sie eng aufeinanderhockten, war es zu verdanken, dass sich die Nachricht von der bedrohlich anschwellenden Newa in Windeseile von Mund zu Ohr verbreiten konnte.

Die Leibeigenen zögerten erst, wussten nicht, ob es ihnen erlaubt sein würde zu fliehen oder ob sie abgeschossen werden würden wie Wild auf der Flucht. Aber als der Erste seinen Sack mit Steinen fallen ließ und in das sichere Hinterland strebte, gab es kein Halten mehr.

Nachdem sich der Fluss im strömenden Regen zunächst langsam ans Land gedrängt hatte, stieg das Wasser nun zusehends, und Todesangst griff um sich.

Auf der Holzbrücke, die die Peter-und-Paul-Festung mit der Petersburger Insel verband, versammelten sich berittene Soldaten und Fußvolk, drängten sich eng aneinander zum Schutz gegen das unter ihnen steigende Wasser, das bereits die Festungswälle erreicht hatte und jeden Augenblick ins Innere der Anlage fluten würde.

Immer mehr Leute versuchten, sich auf die Brücke zu retten. Sie würde dem Andrang nicht mehr lange standhalten und diejenigen, die nicht zuvor von den panischen Pferden zertrampelt worden waren, in den sicheren Tod reißen.

»Lauf, Zoja, lauf!«, hörte sie Jemeljan, der mit Ewelina an der Hand bereits ein gutes Stück auf der St. Petersburger Insel ins Landesinnere gelaufen war. »Wassiljewski ist bereits bis weit in die Mitte abgesoffen!«

Zoja zögerte, starrte in das Brackwasser, während der Westwind an ihren Haaren riss. Warum weglaufen? Warum sich nicht holen lassen vom Wasser und sich damit diesem erbärmlichen Dasein entziehen? Für immer in Frieden ruhen auf dem Grund des Flusses, sich nie mehr dem Willen ihres bösartigen Gatten beugen müssen.

Für ein paar Sekunden durchflutete ein Rausch von Erleichterung ihren Leib. Sie schloss die Augen, hob das Gesicht lächelnd in den erzgrauen Himmel. Sie spürte die Tropfen in ihrem Gesicht, öffnete den Mund, um sich an dem Regenwasser zu laben, spürte, wie das Flusswasser um ihre Knöchel schwappte. Es stieg und stieg. Doch als sie bis zu den Knien durchnässt war, senkte sie den Kopf, und ihr Herzschlag setzte wie mit einem Paukenschlag ein.

Lebenswille pulsierte durch ihre Adern, vertrieb die plötzliche Todessehnsucht und machte dem festen Willen Platz, dass sie nicht an diesem Tag und nicht auf diese Art untergehen würde. Sie würde sich nicht kampflos ihrem Schicksal ergeben. Mut und Tatkraft hatten sie ein Leben lang ausgezeichnet, auch wenn sie das an der Seite ihres Ehemannes lange Zeit vergessen hatte. Jetzt war die Zeit, sich selbst zu beweisen, dass sie noch lange nicht besiegt war.

Sie raffte das Lumpenkleid und flitzte auf nackten Füßen den anderen hinterher, auf das rettende Ufer zu, weiter und immer weiter auf der Flucht vor der Flut.

Sie hörte die Schreie von denen, die zu langsam waren, das Gurgeln und Keuchen und Schwappen der alles verschlingenden Wellen.

Die nächste Woge erfasste sie.

Zoja tauchte unter, strampelte an die Wasseroberfläche und griff nach einer Brettertür, die neben ihr trieb, stemmte sich halb darauf und keuchte vor Anstrengung und Angst.

Auf der Tür war sie sicher, solange sie sich nur festhielt, und die Strömung trieb sie weiter in Richtung der Wälder, bis sie festen Boden unter den Füßen spürte und drüben am Waldrand das Rufen ihrer Leute hörte, die sie anspornten und beschworen, nicht aufzugeben.

Als das Wasser ihr nur noch bis zum Leib reichte, trieb Zoja an einer russischen Hütte vorbei, aus deren Innerem lautes, helles Weinen drang. Sie rang mit sich, das Ufer und damit ihre eigene Sicherheit waren in greifbarer Nähe, aber dieses Weinen riss an ihr.

Ohne das Für und Wider zu bedenken, glitt sie von ihrem Floß und kämpfte sich mit langen Schritten und rudernden Armen zu der Hütte vor. Als sie das mit einem Holzverschlag verschlossene Fenster erreichte, keuchte sie. Sie entfernte den Riegel, riss den Verschlag heraus und starrte in die Hütte, die zur Hälfe überschwemmt war. Tisch und Stühle, Holzgeschirr und tote Hühner schwammen in der moderigen Brühe, doch das Wimmern kam von einem Balken oben unter dem Dach. Da saß ein nacktes Kind, vielleicht vier Jahre alt, und auf seinem Schoß hielt es einen Säugling, der in einen Lumpen gewickelt war.

Immer noch stieg das Wasser, aber Zoja blieb keine Wahl. Sie quetschte sich durch das Fenster und rief dem Vierjährigen zu, die Arme nach oben gereckt: »Lass das Kleine fallen, ich fange es auf!«

Das Kind zögerte, aber Zoja drängte, bis es schließlich tat, was sie befohlen hatte. Sie drückte den Säugling mit der linken Hand an ihre Seite, hob die Rechte. »Jetzt du!«

»Ich kann nicht schwimmen!« Der Junge heulte wie ein panisches Tier in der Falle.

»Das macht nichts! Spring!« Zoja drückte den Stuhl weg, der ihr ins Kreuz geschwappt war. Den Schmerz spürte sie kaum.

Endlich gab sich der Junge einen Ruck. Mit einem Platschen landete er neben ihr. Sie zog ihn hoch.

Irgendwie gelang es ihr, beide Kinder aus dem Fenster zu hieven. Draußen kletterte der Ältere auf ihren Rücken und umschlang ihren Hals, während sie mit der inzwischen fast tauben Linken den Säugling umklammerte.

Das Wasser reichte ihr nun bis zur Hüfte, und sie fürchtete, das Ufer niemals lebend zu erreichen. Aber in der Not erwuchs eine Stärke in ihr, von der sie selbst nicht gewusst hatte, dass sie sie besaß. Genährt wurde sie von dem Zorn auf die Eltern dieser Kinder. Vermutlich hatten sie sie, wie es viele Arbeiter in St. Petersburg taten, tagsüber bei einem Krug Wasser und einem Kanten Brot eingesperrt, um selbst ihr Tagwerk zu verrichten. Wie viele andere Kinder mochten in dieser Lage in den Häusern ersoffen sein, weil Vater oder Mutter keine Zeit mehr geblieben war, zu ihnen zu eilen und sie zu befreien?

Jemeljan und Ewelina kamen ihr auf halber Strecke entgegen. Ewelina nahm die Kinder, und Zoja ließ sich in die Arme ihres ehemaligen Geliebten fallen. Für wenige Minuten genoss sie das Gefühl, gehalten zu werden, geborgen und beschützt zu sein. Eine zu kostbare Empfindung, um sie nicht halb besinnungslos auszukosten.

Kapitel 17

*Landgut des Grafen Bogdanowitsch,
Herbst 1705*

Für Gräfin Viktoria Bogdanowitsch war die Überschwemmung der Stadt nur ein ferner Schatten unter turmhohen Wolken, aus denen das Wasser wie aus Eimern fiel. Ihr Landsitz war weit genug entfernt.

Während in St. Petersburg die Menschen um ihr Leben kämpften, schaute die Gräfin, am Fenster stehend, sinnierend auf den prasselnden Regen und verfluchte das Wetter. Die Langeweile nagte an ihr und förderte ihren Missmut gegenüber allem und jedem. Ihre Zofe Lilka wagte sich kaum noch in ihre Nähe. Wenn Viktoria nach ihr klingelte, verpasste sie ihr erst einmal fünf kräftige Stockschläge auf den Rücken, weil sie ein Gesicht machte wie eine Eule.

Auch Arina wusste nichts mit sich anzufangen, puderte ihr Gesicht vor dem Spiegel, probierte verschiedene Kämme und Ohrgehänge und seufzte ein ums andere Mal vor Unlust.

Den Nachmittag hatten die beiden Frauen in den Dampfwolken des Badehauses verbracht, umgeben von den bediensteten jungen Leibeigenen, die die Heizkessel mit Wasser füllten, ihnen die Haare wuschen und die Trockentücher wärmten.

»Sobald das Wetter besser wird, reisen wir in die Stadt«, bestimmte Viktoria und griff nach dem Wein, der an diesem Tag ihr einziges Vergnügen war. Sie goss sich ein Glas voll und leerte es in einem Zug. Vielleicht würde sie später zwei Stündchen schlafen können. Im Schlaf verging die Zeit am schnellsten.

Ihr Blick glitt wieder zum Fenster. Sie verschluckte sich, als am Horizont eine Reitergruppe auftauchte. Viktoria konnte mit ihren altersschwachen Augen nicht viel erkennen, aber sie schätzte, dass es gut drei Dutzend Männer waren, die da auf ihren Landsitz zupreschten.

»Arina, sieh dir das an!«, flüsterte sie.

Arina schlenderte ohne Interesse neben sie, doch beim Anblick der Reiter schlug sie die Hand vor den Mund. »Der Herr stehe uns bei, sind das Kalmücken, die uns überfallen wollen?«

»Sei nicht albern. Sehen die Männer da aus wie die wilde Horde? Das scheint mir eher eine Gruppe von Europäern zu sein, und … Oh!« Sie stieß einen spitzen Schrei aus. »Zar Peter reitet ihnen voran! Er führt sie geradewegs zu uns!«

Tatsächlich sprengte der Reitertrupp immer näher heran, so dass es keinen Zweifel daran geben konnte, dass ihr Ziel der Landsitz der Familie Bogdanowitsch war.

»Schnell, schnell, sag den Mädchen Bescheid, sie sollen Getränke bereitstellen und alles hervorholen, was die Küche hergibt. Lauf und schneide Rosen und fülle sie in die silbernen Vasen! Und gib Mitja Bescheid, er soll die Kerzen unter den Ikonen entzünden!«

Arina eilte aus dem Salon. Viktoria hörte ihr Trippeln auf der Treppe, während sie unter den Reitern ihren Mann erkannte, an der Seite des Regenten.

Stolz füllte ihre Brust, mit einem Mann verheiratet zu sein, der den Zaren persönlich zu Besuch brachte. Auch wenn sie in diesem Moment nicht wusste, wie sie all diese Männer bewirten sollte, so spürte sie doch, dass dies der Höhepunkt ihrer gesellschaftlichen Karriere zu werden versprach.

»O nein, die ganze Stadt? Wie entsetzlich das ist! All die Arbeit, all die Straßen und Bauten!« Viktoria erging sich in Wehgeschrei, während sie sich vom Zaren persönlich ins Bild über die katastrophale Überschwemmung setzen ließ.

»Vergiss die Menschen nicht«, raunte ihr Fjodor laut genug zu, dass es alle hören konnten. Viktoria hätte ihm am liebsten eine Ohrfeige verpasst, aber sie hatte sich im Griff und setzte eine entsetzte Miene auf. Sie schaffte es sogar, dass sich ihre Augen mit Tränen füllten. »Wie könnte ich das!«, rief sie. »Das arme, arme Volk, das in den Fluten jämmerlich ersäuft!«

Der Zar wandte sich ab, deutlich ermüdet von ihrem Gejammer, aber Viktoria ließ ihn nicht aus ihren Fängen.

»Bleibt, solange es Euch beliebt. Eine größere Ehre, als Eure Hoheit und die ausländischen Gäste zu bewirten, kann ich mir nicht vorstellen.«

Das Gesicht des Regenten war vor Erschöpfung grau. Der Mund unter dem dünnen Schnurrbart wirkte verkniffen. »Wir werden morgen bei Tagesanbruch zurückkehren, um zu sehen, was zu retten ist. Der Sturm hat nachgelassen, vermutlich wird sich das Wasser zurückziehen, aber ich wage mir nicht auszumalen, welches Ausmaß der Verwüstung es zurücklassen wird. Wir dürfen keinen Tag verschwenden und müssen sofort mit dem Aufbau beginnen.«

»Ihr haltet an Euren Plänen fest, obwohl die Natur Euch so feindlich gesinnt ist?«

»Was für eine dumme Bemerkung, Gräfin!«, fuhr der Zar sie an, und Viktoria duckte sich. »Ich lasse mich von nichts und niemandem aufhalten. Dies wird nicht die letzte Überschwemmung sein, die meiner Stadt zusetzt. Aber irgendwann wird sie mit Steinbauten und einem Flussufer aus Granit allem Unbill trotzen. Bis dahin werden wir nicht müde.«

»Selbstverständlich, Eure Hoheit.« Viktoria spürte die Hitze in sich wallen. Die Grobheit des Zaren war allgemein bekannt, man erzählte sich voller Sensationsgier die übelsten Geschichten, aber wenn man selbst in seine Schusslinie geriet, verging einem die Freude am Klatsch und Tratsch.

Fürst Bogdanowitsch übernahm es, sämtlichen Männern, die mit dem Zaren aus der Stadt geflohen waren, Sofas und Decken zuzuweisen. Einige ergatterten die Gästezimmer, die meisten mussten mit dem Dielenboden vorliebnehmen, aber dem Zaren wiesen sie selbstverständlich ihr eigenes Schlafgemach zu.

Gräfin Bogdanowitsch persönlich wollte dafür Sorge tragen, dass es ihn in dieser Nacht nicht frieren würde.

Sie hielt Ausschau nach Arina, die in ihrem nach russischer Art geschnittenen Alltagskleid zwischen den Männern herumschritt, Gläser verteilte, Tee aus Kannen einschenkte und Stücke vom kalten Braten, der vom Vortag übrig geblieben war, verteilte.

In der Küche herrschte ein heilloses Chaos, weil Köchin Elisaweta sämtliches Eingemachte heranschaffte, Berge von Kohl schnitt und zwischendurch Brotteig walkte. Sie packte verschiedene Sorten von Fisch, Salzgurken, marinierte Früchte und Brot auf Platten und in Körbe. Die bucklige Frau schnaufte und schwitzte in ihren schwarzen Gewändern. Auch ihre Haube war schwarz mit einem zipfeligen Schleier, der ihren Buckel bedeckte. Sie habe in ihrer Kindheit die Schwindsucht überlebt, hieß es, und sei seitdem verwachsen und ein bisschen seltsam. Aber keiner verstand sich so gut auf die Zubereitung von Entenbraten und Borschtsch, auf das Backen von Piroggen und Butterkuchen wie die Alte. Und an Ostern hatte sie noch nie einen Kulitsch auf den Tisch gebracht, dessen Kruste brüchig und dessen Inneres roh war. Ihr köstlich duftender Hefekuchen war stets das allerbeste Omen für ein glückliches Jahr. Selbst in Zeiten, in denen die Familie Bogdanowitsch nur geringe Erwartungen hegte.

Es waren allerdings insgesamt viel zu wenige Dienstleute da, um die Bewirtung zu bewerkstelligen. Gräfin Viktoria fiel es im Traum nicht ein, selbst Hand anzulegen. Arina hingegen hatte noch nicht verinnerlicht, wo ihr Platz in der Gesellschaft war, und ließ sich einspannen, wo immer es vonnöten war. Die Gräfin packte sie hart am Oberarm, als sie an ihr vorbeirauschte, um weitere Platten aus der Küche zu holen. Arina schrie auf.

»Was denkst du dir«, zischte die Gräfin ihrer Tochter zu. »Läufst herum wie eine Magd, während der Zar nur darauf wartet, dass ihm eine Gesellschaft leistet.«

Arina pustete sich eine Haarsträhne aus der Stirn und spähte über die Menge, die sich überall im Haus verteilte, auf der Suche nach dem Zaren. Er stand mit drei elegant gewandeten jungen Kerlen zusammen. Sie hoben die Gläser und legten den Kopf in den Nacken. »Er sieht nicht aus, als suche er Zeitvertreib mit Frauen.«

»Dann zeig ihm, was er verpasst, statt dich wie ein Bauerntrampel zu gebärden. Dies ist unsere Chance, verstehst du? Oder siehst du irgendein anderes Weib, das mit dir konkurrieren könnte?«

Arinas Gesicht begann zu glühen. »Er wird mich gar nicht beachten.«

»Stimmt!«, bestätigte die Gräfin, nahm ihr das Tablett ab und platzierte es hart auf einer Kommode. »Lauf und mach dich zurecht. Nimm das neue Kleid, das nach französischer Art geschnitten ist. Und leg ordentlich Rouge auf die Wangen und die Lippen!«

Arina stürmte in ihr Zimmer.

Eine Viertelstunde später meinte Arina einer fremden Frau gegenüberzustehen. Einer sehr verführerischen, der niemand ansah, wie unbehaglich sie sich fühlte. Arina starrte in den bodenlangen Spiegel und drehte sich von einer Seite auf die andere, um sich zu betrachten. Der roséfarbene Seidenrock fiel in weitem Schwung über das Gestell aus Rosshaar. Die gestickten Blumen am Saum schimmerten von den eingewebten Silberfäden. Das Oberteil ließ ihre Schultern und einen Teil ihres Dekolletés frei bis zum Brustansatz. Ihre Brüste waren zusammengepresst, so dass sie üppiger wirkten, die Taille schmal geschnürt. Ohne die Zofe hätte sie das nicht geschafft. Lilka hatte ihr nur in aller Eile helfen können, weil sie unten bei der Bewirtung gebraucht wurde.

Sie legte die funkelnden Ohrgehänge an und steckte sich links drei winzige Seidenrosen in das aufgesteckte Haar.

Die Stimmen aus dem Salon waren laut und lauter geworden, je weiter sich der Tag dem Abend zuneigte. Inzwischen war die Sonne untergegangen, und überall im Haus brannten Wachskerzen, während die unerwarteten Gäste alle Räume im Erdgeschoss bevölkerten.

Trotz des deprimierenden Anlasses stieg die Stimmung mit dem Schnaps, den die Gräfin kistenweise aus dem Keller heranschleppen ließ und mit großer Geste verteilte.

Arina wusste, wie viel Wert ihre Mutter darauf legte, zu den engsten Bekannten des Regenten zu gehören. Diese Flucht des Zaren mit seiner Gefolgschaft aus St. Petersburg schien ein Glücksfall für sie zu sein. Ihre Mutter legte sich ins Zeug, um des Zaren Gunst zu erringen, und sie selbst, Arina, sollte dabei eine Schlüsselrolle spielen.

Arina gestand sich ein, dass sie nie anziehender ausgesehen hatte. Gleichzeitig aber fühlte sie sich wie eine Sünderin in ihrer verlockenden Aufmachung. Als stünde auf ihre Stirn geschrieben, dass sie leicht zu haben war.

Und war sie das nicht auch? War es nicht genau das, was ihre Mutter von ihr erwartete? Dass der Zar sie in sein Bett einlud? Arina drehte sich der Magen um bei dieser Vorstellung. Sie hatte nicht die leiseste Ahnung, wie sie sich bei einem romantischen Rendezvous mit dem Regenten verhalten sollte. Ein Teil von ihr hoffte, dass er gar keine Notiz von ihr nehmen würde, während sie nun ihr Zimmer verließ und die Treppe hinabstieg.

Der Geruch nach Männerschweiß flog ihr beim Gang nach

unten entgegen. Ein kühler Lufthauch wehte über ihre Schultern, und einen Moment lang wurde ihr schwindelig, weil sie sich nackt fühlte. Einige Männer starrten sie bewundernd an. Das allgemeine Plaudern ebbte ab.

Am Treppenabsatz empfing ihre Mutter sie mit ausgebreiteten Armen. »Meine Schöne!«, rief sie, so dass es alle hören konnten. Arina stieg Hitze in die Stirn. Hinter ihren Schläfen nagte ein bohrender Schmerz.

Die Gräfin nahm ihren Ellbogen und führte sie an den Männergruppen vorbei. Alle verdrehten die Köpfe, um ihr nachzusehen. Die Blicke brannten wie Feuer. Arina empfand es wie einen Spießrutenlauf.

Wie andere Mädchen mochte sie es, wenn sie die Aufmerksamkeit der Herren erregte, aber an diesem Abend fühlte es sich verkehrt an. Sie war schutzlos, obwohl ihre Mutter sie mit festem Griff hielt. Vielleicht auch gerade deswegen.

Die Gräfin führte sie geradewegs zum Zaren, der lang ausgestreckt auf einem Diwan lag, ein Glas in der Hand, die Hemdsärmel hochgekrempelt. Seine Stiefel beschmutzten den Stoff des Möbels, aber solche Kleinigkeiten scherten den Herrscher nicht.

Um ihn herum hatten sich mehrere Offiziere und Ausländer gruppiert.

»Erinnert Ihr Euch an meine Tochter Arina, Eure Hoheit?« Die Gräfin knickste. Arina tat es ihr nach.

Ein Schmunzeln trat auf das Gesicht des Zaren. Seine Augen wirkten wässerig, seine Locken umrahmten ungekämmt sein Gesicht. Er musterte Arina und machte in der nächsten Sekunde eine Geste, die alle Männer in seiner Gesellschaft verscheuchte.

Arina spürte ihren Puls im Hals pochen, ihre Fingerspitzen begannen zu vibrieren. Sie schenkte den Männern, die sich dem Zaren gegenüber verbeugten, bevor sie noch einen Blick auf sie warfen, ein scheues Lächeln. Wie durch einen Schleier nahm sie die schimmernd braunen Augen eines Mannes im roten Rock wahr, offenbar ein Ausländer. Er lächelte auf eine besondere Art, so, als sähe er nicht ihren hübschen Putz, sondern röche die Angst, die sie durchströmte. Einen Moment lang fühlte sie sich mit dem Fremden, der vermutlich noch nicht einmal ihre Sprache sprach, verbunden, aber dann war er auch schon in der Menge der anderen Gäste abgetaucht.

Ihre Mutter schob ihr einen samtenen Polsterstuhl dicht neben den Zaren.

»Meine Tochter verehrt Euch seit vielen Jahren«, beeilte sich die Gräfin zu erklären. »Bitte erweist uns die Ehre Eurer Gesellschaft.«

Die stille Hoffnung, ihre Mutter würde den größten Teil der Unterhaltung übernehmen, erwies sich als trügerisch. Denn nach einem weiteren tiefen Knicks ließ sie Arina mit dem Zaren allein. In ihrem Gesicht standen beim letzten Blickwechsel mit der Tochter ein Ausdruck von Triumph und die Mahnung, es diesmal bloß nicht zu verderben. Eine solche Chance würde sie vermutlich in diesem Leben nicht mehr bekommen!

Arinas Befürchtung, beim höflichen Plaudern mit dem Zaren in die Bredouille zu geraten, erwies sich als grundlos. Zar Peter schien sich nicht im mindesten dafür zu interessieren, was sie zu sagen hatte. Er nahm ihre Hand, die wie eine Maus in seinen Pranken verschwand, und lamentierte über die Flutkatastrophe in seiner Stadt, von all der Arbeit, die zunichtegemacht worden war, von den Menschen, die hatten fliehen müssen, von dem festen Willen, sich von der Natur nicht unterkriegen zu lassen. Seine Stimme war nicht mehr stabil, manchmal endete er mitten im Satz und stierte vor sich hin, manchmal hing ein Spucketropfen in seinem Mundwinkel. Er tätschelte ihre Hand und führte sie schließlich an seine Wange, als wollte er die Zartheit ihrer Haut spüren. Dann senkte er die Lippen darauf, aber sein Mund blieb nicht schwebend darüber, er küsste sie tatsächlich. Ein feuchter kalter Fleck auf ihrer Haut, der Abscheu in ihr hochsteigen ließ.

Reiß dich zusammen, mahnte sie sich. *Verdirb es nicht. Der Zar gewährt dir seine Aufmerksamkeit. Hunderttausende Mädchen würden mit dir tauschen wollen.*

Mehr als »Oh, wie furchtbar« und »Was für ein Unglück!« trug sie nicht zum Gespräch bei, und es war auch nicht nötig. Der Zar knetete ihre Finger, während er fortfuhr, wie um sich festzuhalten.

Sie schrak zusammen, als er schließlich seinen Redefluss unterbrach und sie ansah. Arina fühlte sich, als würde sie in einen vom Sturm aufgewühlten See schauen. Aber mehr noch erschreckte sie seine Größe, als er die Füße auf den Boden senkte und sich aufrecht hinsetzte.

Sie fühlte sich wie ein Kind ihm gegenüber. Dieser Eindruck verstärkte sich schmerzhaft, während er sich nun erhob und sie mit sich zog.

Sie reichte ihm gerade bis zur Brust und musste den Kopf zurücklegen, um ihn anzusehen. An den halb aufgeschnürten Hemdsäumen starrte sie direkt auf seine schwarz behaarte Brust. Ein Würgen stieg in ihre Kehle. Nach wie vor hielt er ihre Hand, doch war sie ihr zuvor weich wie Wachs erschienen, so verstärkte er nun den Druck, wie um zu verhindern, dass sie floh.

Nach Flucht stand ihr tatsächlich der Sinn, aber sie würde diesen Gedanken nie in die Tat umsetzen. Ihre Mutter würde sie umbringen, wenn sie diese Gelegenheit verdarb.

»Der Tag war lang, und morgen wartet viel Arbeit auf uns.« Er rülpste. »Macht mir die Freude und leistet mir auf einen Schlummertrunk noch Gesellschaft.«

Als er sie mit sich nahm, meinte Arina zu verbrennen unter den Blicken der anderen Gäste. Aus dem Augenwinkel sah sie ihre Mutter lächeln, daneben ihren Vater, zwischen dessen Brauen eine Falte stand.

Arinas Knie fühlten sich an wie mit Sand gefüllt. Sie hielt sich am Arm des Zaren fest, auch um nicht einfach umzufallen. Die Seide ihres Kleides raschelte, ihre Füße in den spitzen Lederschuhen trippelten neben ihm her. Ihr Hals war eng, und hinter ihrer Stirn brodelte Nebel, der jeden Gedanken verschwimmen ließ. Fühlte sich so ein Lamm, das zum Schlachter geführt wurde?

Unfug, schalt sie sich selbst. Ihr wurde die höchste Ehre zuteil, die eine Neunzehnjährige erleben konnte. Von dem Zaren auserwählt zu werden, ihm in das Schlafgemach zu folgen – davon träumten viele.

Arina hatte nicht die mindeste Vorstellung davon, was sie erwarten würde. Ob er ihre Hand wieder küssen und vielleicht seine Lippen auf ihren Mund senken würde? Würde er sie streicheln und ihr Koseworte ins Ohr flüstern? Erwartete er von ihr, dass sie seine Zärtlichkeiten erwiderte? Würde er ihr sagen, was ihm gefiel?

Was zwischen Mann und Frau passierte, wenn sie allein und einander in Liebe zugetan waren, davon hatte Arina wenig Ahnung. Ein paar Mal hatte sie die Leibeigenen erwischt, wenn sie Arme und Beine umeinander geschlungen und gestöhnt hatten, und einmal, vor vielen Jahren, hatte sie auch ihre Eltern überrascht, wie sich der Vater über den Rücken der Mutter beugte.

Ihre Mutter hatte ihr keine Erklärungen gegeben, als sie danach gefragt hatte. »Wenn es so weit ist, wirst du wissen, was von dir verlangt wird«, hatte sie nur barsch erwidert.

Und nun sollte es passieren. Mit Zar Peter persönlich. Konnte sich eine junge Frau einen glücklicheren Einstieg ins Erwachsenenleben wünschen?

Er roch nicht gut. Mit seinem Atem strömte der Geruch nach Fisch an ihre Nase, sein Schweiß hatte ein saures Aroma. Er roch nicht so, wie man sich den Zaren wünschte, und dennoch harrte Arina aus, während sich seine Hände an ihr zu schaffen machten. Er öffnete die Bluse und half ihr, aus dem Unterrock zu steigen. Dann drehte er sie um.

Arina starrte auf das Bett ihrer Eltern, in dem der Zar diese Nacht schlafen würde. Sie sah die Damastdecke darauf, den Himmel mit dem dunkelblauen Samt. Sie sah den Frisiertisch ihrer Mutter und den Nachttisch ihres Vaters, alles seit der Kindheit vertraut, und doch fühlte sie sich wie in eine andere Welt katapultiert.

Der Regent drückte ihren Rücken runter, sein Atem ging schneller, während er ohne Leidenschaft ein paar russische Kosenamen murmelte.

Sie spürte die Kälte an ihrem Unterleib, als er ihren Rock hob. In der nächsten Sekunde fuhr ein stechender Schmerz durch ihren Bauch, der ihr das Wasser in die Augen trieb und sie aufschreien ließ. Sie ließ die Tränen laufen.

Er keuchte noch ein paar Sekunden, während er schwer auf ihrem Rücken lehnte, dann zog er sich zurück, schob ihr den Rock über die Blöße und schwankte auf das Bett zu.

»Du kannst gehen.« Er machte eine verscheuchende Handbewegung, bevor er sich mit ausgestreckten Armen auf das Bett fallen ließ. Sein Mund stand offen, und nach dem dritten Atemzug begann er zu schnarchen.

Unschlüssig blieb Arina in der Mitte des elterlichen Schlafgemachs stehen. Scham und das Gefühl, zutiefst erniedrigt worden zu sein, durchfluteten ihren Leib und ließen ihren Puls in einen stockenden Rhythmus fallen. Sie biss sich auf die Unterlippe.

So gedemütigt hatte sie sich nie zuvor gefühlt. Beschmutzt und besudelt vom Samen des Zaren.

Hatte sie etwas falsch gemacht? Hatte sie es verdorben? Was hatte sich ihre Mutter von einer solchen romantischen Begegnung erhofft? Dass er sie danach auf Händen trug? Der Zar empfand nicht mehr Achtung für sie wie für eine hingeworfene Puppe, ein Spielzeug, dessen er überdrüssig geworden war.

Mit den zitternden Händen schaffte sie es kaum, ihr Kleid zu richten. Das Gestell für ihren Seidenrock würde sie allein nicht anlegen können. Sie würde es hierlassen. Dann würde ihre Mutter, wenn sie ihr Schlafgemach wieder in Besitz nahm, auch gleich sehen, dass Arina ihrem Wunsch entsprochen hatte.

Die Tür ging auf, und Fürst Menschikow betrat den Schlafraum, als wäre er eingeladen worden. Er musterte Arina vom Scheitel bis zu den Füßen. Ein überhebliches Lächeln verzerrte seine Züge. »Gebt Euch keinen Träumen hin, Komtess«, sagte er. »Von der Liebe macht der Zar nur so viel Gebrauch, wie es die Notwendigkeit und Erhaltung der Gesundheit erfordern mag. Es hat nichts zu bedeuten.«

Eine kleine Flamme der Entrüstung blitzte in Arina auf. Doch sie knickste nur und verließ den Schlafraum.

Was war sie mehr als eine Leibeigene, die man nach Belieben hin und her schicken konnte?

Ihre eigene Mutter hatte sie in die Hände dieses Mannes gelotst, der sie für seine Triebe benutzt und verletzt hatte. Sie hatte alles über sich ergehen lassen: das Drängeln der Mutter, die Hände des Zaren.

Es war nicht recht.

Trotz ihrer Jugend durfte keiner mit ihr solche Spielchen treiben. Sie war eine Komtess, die Tochter eines Grafen, und sie hatte einen Anspruch darauf mitzubestimmen, wem sie ihre Zuneigung schenkte und wem nicht.

Sie würde sich eine solche Behandlung nicht länger gefallen lassen. Die Empörung loderte nun in ihr und versengte jedes andere Gefühl. Sie richtete sich zu voller Größe auf

Er wird mich kein zweites Mal besitzen, dachte sie voller Ingrimm. Und ihrer Mutter mit ihren hochtrabenden Wünschen würde sie künftig die Stirn bieten. Sie würde sich nicht länger wie eine Figur auf dem Schachbrett herumschieben lassen, sondern sich zur Wehr setzen. Die Zeit war überreif dafür.

Kapitel 18

*St. Petersburg,
Oktober 1705*

Keiner zählte die Toten, die die Überschwemmung gefordert hatte. Wie auf einem Schlachtfeld lagen die leblosen, verrenkten Körper kreuz und quer auf dem vom Wasser freigegebenen Stadtgelände, manche noch mit gebleckten Zähnen, als wollten sie ein letztes Mal um Gottes Gnade flehen. Viele waren in die offene See gezogen worden, andere verfingen sich in dem Schlick der Newa und an den Ufern.

Die Leichen waren kaum noch zu erkennen. Wer eine fand, der meldete es den Kommandanten des Zaren, die sie auf Karren wegtransportieren ließen, irgendwohin in die Wildnis, wo sich die Wölfe und Bären an ihnen gütlich tun würden, nur weg mit ihren Krankheitserregern, die ohnehin nach der großen Flut in der Stadt grassierten.

Der Winter nahte. Kalt wehte der Ostwind über die Inselstadt und brachte einen Hauch vom kommenden Frost. Bis in die Mittagsstunden hüllte der Nebel, dick wie Mehlsuppe, die vielen Wasserarme in der Stadt ein. Aber wenigstens waren die Sturmwolken abgetrieben, und die Feuchtigkeit in der Luft kam von einem unangenehmen, aber harmlosen Nieselregen.

Die Menschen schlugen die Kragen hoch, klappten die Ohrenschützer herunter, bliesen sich warme Luft in die Hände und schimpften, wenn sie ihre notdürftig reparierten Häuser verlassen mussten.

Überall durch die Stadt zogen sich die Spuren der Verheerung. Das Land war nach der Flutwelle ein einziger Morast, die Holzwege mussten mühsam von Schlick befreit werden. An den Straßenrändern vegetierten Pferde dahin, die sich vertreten hatten und im Schlamm jämmerlich verreckten, weil keiner sie befreien konnte. Das panische Wiehern gehörte ebenso zur Hintergrundmusik von St. Petersburg wie das Brausen der Newa, die in ihrem Bett wütete. Wie das Kreischen der Möwen und Greifvögel, die sich über die Menschen lustig zu machen schienen. Wie das Hämmern und Sägen und das Rufen und Brüllen der Arbeiter in all ihren Sprachen.

Eine Typhusepidemie breitete sich aus, und die Ärzte des Zaren behandelten die Kranken bis zur Selbstaufgabe. Auf der Admiralitätsinsel strömten die Patienten, sofern sie es überhaupt noch konnten und nicht von ihren Angehörigen getragen werden mussten, zu Dr. Richard Albrecht.

Es gab Unmengen von Verletzten, die von herumtreibendem Holz getroffen worden waren und mit Brüchen, Prellungen und blutenden Wunden auf seine Hilfe hofften. Rund ums Haus hatten sie behelfsmäßige Pritschen aufgestellt, eine Notstation für all die Kranken.

Dr. Albrecht untersuchte sie mit verbissener Miene, schmierte Wundsalbe auf Knöchel, legte Verbände um Unterarme, schiente Oberschenkel, die Stirn blass und mit Schweißtropfen übersät. Paula wich nicht von seiner Seite, reichte ihm Mullbinden und Salben. Die Tränen liefen über ihre Wangen, weil sie nicht jedem Einzelnen helfen konnte und weil es Patienten gab, die unter ihren Händen starben.

Frieda reinigte offene Wunden mit in Alkohol getunktem Leinen, brachte nach Anweisung ihres Mannes kalte oder heiße Umschläge an, verabreichte den Schmerzpatienten Laudanum und verteilte Hühnersuppe in Schüsseln. Darüber hinaus befreite sie, unterstützt von Gustav, das Haus und den Garten von Schlick und Treibgut, trocknete die Möbel, Teppiche und

Kleidung und rettete von ihren wertvollen Besitztümern, was zu retten war.

Zum Glück bewahrten sie die kostbarsten Gegenstände in schweren Truhen auf, in die das Wasser nicht eingedrungen war, aber die Bilder an den Wänden hatten die Flutwelle nicht überstanden. Frieda weinte, als sie die Rahmen mit den Porträts und den Landschaftszeichnungen zerbrach und in den Ofen steckte. Die Wanduhr war stehengeblieben. Sie würden sie zum Uhrmacher bringen.

»Nicht traurig sein, Mama.« Paula legte die Arme um sie. »Die Hauptsache ist doch, dass wir alle überlebt haben. Fast jede Familie hat Tote zu beklagen.« Sie schluckte schwer, weil sie an Willem dachte, der in der Tischlerwerkstatt allein aufräumte. Vermutlich hockte er auf einem Stuhl und starrte Löcher in die Luft, weil er nicht wusste, wo er anfangen sollte und wie er damit zurechtkommen sollte, künftig für sich allein verantwortlich zu sein. Paula wollte zu ihm eilen, sobald sich eine Gelegenheit ergab.

Gustav schluchzte über den Resten seines Schiffsmodells. Die Urgewalt des Wassers hatte es in seine Bestandteile zerlegt. Die Reparatur würde Monate dauern.

Helena schien als Einzige in der Familie die Katastrophe unbeschadet an der Seele überstanden zu haben. Vermutlich hing es mit diesem blonden Kerl zusammen, in dessen Boot sie gesessen hatte und den ein Gardist gleich nach der Rettung ins Gefangenenlager abgeführt hatte. Zweifellos ein außergewöhnlicher Mann. Er hatte mehrere Leute gerettet, wofür Paula ihm Hochachtung zollte. Ob Helena mit den Eltern über diesen Schweden gesprochen hatte? Ob sie es wahr machte und aller Welt von dieser merkwürdigen *Liebe* erzählte? Aber ach, was grübelte sie über die Schwester.

Sie hatte genug mit sich selbst zu tun.
Und mit Willem.

Wie sie vermutet hatte, tat ihr Freund nichts, um die Werkstatt und das Wohnhaus in Ordnung zu bringen. Tisch, Stühle, Werkbänke, Werkzeuge und Bretter lagen in einem wilden Durcheinander herum, von grünbraunen Wasserpflanzen umrankt. Den Boden bedeckte eine Schlammschicht. Paulas Schuhe schmatzten, während sie Schritt für Schritt auf Willem zuging. Von draußen drang das schwere Schnaufen und Stöhnen der Newa wie von einem der Schlacht entlaufenen Pferd zu ihr.

Verdammt sei der Fluss, der für all dies Elend verantwortlich war.

Willem saß in einer Ecke im Matsch, hielt seinen Kopf an den Schläfen, die Finger in die Haare vergraben, neben sich eine Kiefernplatte und einen Hobel, als hätte er eine Täfelung begonnen und seine Tätigkeit dann unterbrochen.

Als er aufsah, standen die Locken in alle Richtungen ab. Sein Gesicht war fahl, die Lider verquollen. Er schaffte es nicht, sie anzulächeln.

Paula ging vor ihm in die Knie. Ihr Rock war bis zu den Knien von Schlamm verdreckt. Für den Weg hierher, den sie normalerweise in wenigen Minuten bewältigte, hatte sie eine halbe Stunde gebraucht. Überall war sie Menschen begegnet, die versuchten, die Straßen, ihre Häuser, Gärten und Schuppen trockenzulegen und zu säubern. Manche hatten Schubkarren und Schaufeln, andere arbeiteten mit Holzeimern und ihren bloßen Händen. Beim Blick über die Newa zur Haseninsel, über Wassiljewski und auf die Petersburger Seite war nichts mehr vom vielversprechenden Anwachsen einer künftigen Prachtstadt zu sehen. St. Petersburg schien nur noch ein Schlammloch zu sein, von braunen Wasserläufen durchschnitten.

Sie nahm seine Hände, hielt sie und streichelte darüber.

»Ich bin verloren, Paula«, sagte Willem mit tonloser Stimme. Der Ausdruck in seinen Augen jagte ihr einen Schauer über den Rücken. So viel Hoffnungslosigkeit, so viel Trauer. »Ich wünschte, ihr hättet mich nicht gerettet. Dann ginge es mir jetzt vielleicht besser.«

»Das will ich nicht hören, Willem! Du bist stark, du bist jung und gesund. Fang an aufzuräumen und leb dein Leben.«

Er sog zitternd die Luft ein, entzog ihr seine Hände und wischte sich mit dem Zeigefinger unter der Nase entlang. »Ich kann nicht.«

»Doch, du kannst!« Paula richtete sich auf.

»Ich bin nicht in der Lage, eine Tischlerwerkstatt zu führen. Ich kann gar nichts.«

Sie starrte ihn an. »Du kannst viel mehr, als dich dein Vater hat glauben lassen. Er hat dich immer kleingehalten, vielleicht, weil er Angst vor deinem Talent hatte und davor, dass du ihn überflügelst.«

»So denkst du von mir und ihm?«

»Ja, genau, so denke ich«, sagte sie mit einer Spur von Trotz in der Stimme. »Es tut mir leid, dass er gestorben ist, wirklich, Willem, das musst du mir glauben. Kein Mensch hat es verdient, vom Newawasser verschlungen zu werden. Ich verstehe auch deine Trauer und fühle mit dir. Aber nun hast du die Chance, das zu zeigen, was du wirklich kannst. Ich habe doch mitbekommen, wie er dich gegängelt und nie zugelassen hat, dass du eigene Entscheidungen triffst. Mit Klötzen hat er dich beworfen, mit einer Rute verprügelt, wenn du nicht pariert hast.«

Willem zuckte die Achseln. Sein Gesicht glühte. »So erziehen Eltern ihre Kinder. Ich hatte es nicht besser verdient.«

»Das ist nicht wahr, Willem. Du hattest es besser verdient. Du hast ein außerordentliches Talent, mit Holz zu arbeiten.« Sie schaute sich in dem Chaos in der Werkstatt um. »Wo ist deine Truhe?«

Er nickte in Richtung des Durchbruchs zum Wohnhaus, in dem sich die Holzkiste verfangen hatte.

Paula schleifte sie heran und schob den Riegel beiseite. Ein bisschen Wasser war eingedrungen, aber nicht so viel, dass seine Arbeiten verdorben waren. Sie zog Vasen, Schalen und Bilder aus Intarsien hervor, vorbereitete Teile von Kommoden und Tischen, hielt ihm alles vor die Nase. Die verschiedenfarbigen Hölzer waren perfekt eingefasst, die Muster geschwungen in kunstvoller Harmonie.

»Das hier ist deine Zukunft, Willem.«

»Was denkst du dir bloß.« Er stellte sich auf, wischte sich die Hände an der Hose ab, griff selbst in die Kiste, um die einzelnen Stücke zu betrachten. »Jetzt steht erst recht keinem in St. Petersburg der Sinn danach, sich mit Schönheit zu umgeben. Es gilt, Häuser aufzubauen und Wohnraum zu schaffen.«

»Du täuschst dich«, erwiderte Paula. »Wenn nicht der Zar, dann wird zumindest Graf Menschikow schon bald nach Künstlern suchen, die seine Paläste ausstatten. Statt deine Zeit in der Werkstatt zu vertun und Mühe darauf zu verwenden, es deinem Vater nachzumachen und ihn zu ersetzen, solltest du so bald wie möglich beim Gouverneur oder sogar bei Zar Peter persönlich vorstellig werden und deine Dienste anbieten.«

»Als hätte er auf einen sechzehnjährigen Holländer gewartet«, murmelte Willem. »Bei dir klingt das alles wie ein leichtes Unterfangen.«

»Es ist leicht!« Paula packte ihn an den Ellbogen und schüttelte ihn, zwang ihn, ihr in die Augen zu sehen. »Du darfst dich nicht verkriechen und deine Begabung verkommen lassen.«

»Der Zar wird mich hochkant rauswerfen, wenn ich um einen Empfang ersuche.« Er hob beide Arme. »Der hat anderes zu tun, als sich mit der Kunst zu beschäftigen.«

Ein Lächeln stahl sich auf Paulas Gesicht. Sie spürte, dass ihre Worte auf fruchtbaren Boden gefallen waren. »Es gibt keinen Grund, etwas zu überstürzen. Der Winter kommt, und das Wichtigste ist, dass du dein Zuhause aufräumst. In den dunklen Monaten wirst du Zeit haben, weitere, noch gefälligere Holzarbeiten zu entwerfen, und nach der Schmelze im Frühjahr stellst du dich dem Zaren vor.«

Willem erwiderte ihr Lächeln halbherzig. »Du hast das alles schon genau geplant, wie? Warum tust du das, Paula?«

Sie spürte die plötzliche Hitze in ihren Wangen. Schon mehrere Male hatte sie sich selbst gefragt, was sie eigentlich antrieb, wenn sie sich solche Gedanken um Willem machte. Er war ein guter Freund, natürlich. Der beste Freund, den sie je hatte.

Aber da war noch mehr. In manchen Momenten hatte sie sich dabei ertappt, wie ihre Hand zuckte, um seine Wange zu berühren. Dann hatte sie die Finger rasch zurückgenommen, weil sie sich scheute vor dem, was da in ihr drängte.

Aber als er nun auf sie zutrat, wich sie nicht zurück, hob den Kopf, um seinen Blick zu erwidern. Er streichelte ihre Wange. Sie spürte die Schwielen auf seiner Haut und seine langen Finger, für einen Handwerker zu zartgliedrig. Sie schmiegte sich in die Hand und genoss inmitten der schlammverschmierten Unordnung rings um sie herum die Wärme und Zartheit seiner Berührung. Sein Atem streifte ihre Schläfe, und in der nächsten Sekunde spürte sie seine Lippen auf ihrem Mund. Leicht nur wie ein Flügelschlag, aber es war dennoch viel mehr als ein geschwisterlicher Kuss.

Sie umschlang seinen Nacken und presste sich an ihn, spürte beglückt, wie er ihre Umarmung erwiderte und sein Gesicht in ihre Halsbeuge legte. »Wie gut, dass wir uns gefunden haben, Paula«, flüsterte er in ihr Ohr. »Ohne dich hätte ich schon allen Mut verloren. Ich möchte nie mehr von dir getrennt sein, Paula.«

»Ich auch nicht von dir, Willem«, murmelte sie. Das Pochen hinter ihren Rippen fühlte sich an, als spräche sie einen Schwur.

Kapitel 19

*Wassiljewski in St. Petersburg,
Oktober 1705*

Alles blieb fremd hier. Francesco di Gregorio mühte sich redlich, fern der italienischen Heimat Fuß zu fassen, aber nachts quälten ihn Alpträume, aus denen er schweißgebadet hochschreckte, und tagsüber vergrub er sich in dem Arbeitszimmer, dessen Fenster auf die Newa hinausging und das bereits nach wenigen Wochen mit Rollen voller Zeichnungen, Plänen und Skizzen angefüllt war. Auf den Tischen türmten sich Blätter und Holzmodelle in allen Stadien der Fertigstellung, daneben Winkel, Schablonen, Tusche, Zeichenschienen und Klingen zum Auskratzen der Fehler.

Manchmal schob er all sein Werkzeug behutsam mit dem Unterarm zur Seite, um vor einem leeren Blatt Papier Zeichnungen anzufertigen, die nichts mit der vermessenen Perfektion der Bauwerke zu tun hatten. Dann griff er zur Kohle und warf mit wenigen Strichen Abbilder der Szenen aufs Papier, die in seinem Verstand zu neuem Leben erwachten.

Das Panorama der Stadt, wie sie es zum ersten Mal vom Schiff aus gesehen hatten; die Newa mit all den Schiffen und Flößen, die vor seinem Fenster vorbeiglitten; die liebliche Landschaft in den Weinbergen bei Florenz und wie sein Vater das Glas an die Lippen setzte; die Rentiere, die im Hinterland dann und wann zwischen den Waldungen hervorlugten; und Chiara. Immer wieder Chiara.

Als Architekt hatte er das große Ganze im Blick. Expertise und Sorgfalt war bis ins Detail gefragt. Von der Funktionalität der kleinsten Strebe hing alles ab. Ein mängelfreies Gewerk war er bei Wettbewerben und Aufträgen schuldig. Francesco hatte es noch nicht erlebt, dass seine Konstruktionen nicht hielten, was er versprach. All die Stadtvillen, Brücken und Regierungsgebäude, die er im stillen Kämmerlein anfertigte, waren bis ins Kleinste durchdacht und in wochenlanger Feinarbeit aufs Papier gebracht.

Aber wenn er all die Zahlen und Berechnungen vergaß und aus dem Bauch heraus das Leben um sich herum auf dem Pergament einfing, dann spürte er am deutlichsten, dass seine Sprache das Zeichnen war. Darin lag alles: die Zusammenhänge wahrnehmen, Proportionen erfassen, das Wesentliche betonen und gewichten und die Atmosphäre einfangen. Wenn es ihm gelang, mit wenigen Strichen Szenerien und Gesichter zu erschaffen, dann spürte er etwas wie Freiheit.

Auch wenn ihm an manchen Tagen die Einsamkeit zentnerschwer auf der Brust lastete.

Manchmal schien es ihm, als wachse er mit der Behausung und den mit Zeichnungen beklebten Wänden zusammen wie eine Schnecke, verborgen vor dem Tageslicht, undurchdringliche Wände zwischen sich und den anderen Bewohnern der Stadt.

Wenn ihn eine solche Stimmung überfiel, rollte er seine Skizzen ein, raffte sich auf und unternahm in den Abendstunden Spaziergänge am Flussufer entlang, legte den Kopf zurück, um zu den Sternen zu sehen, und fragte sich schwermütig, wie unter einem solch glitzernden Himmel Missmut und Trübsinn gedeihen konnten.

Die Russen, denen er begegnete, erachteten ihn kaum eines Grußes oder auch nur einer freundlichen Miene für würdig, die Ausländer hingegen schienen sich sämtlich untereinander zu kennen: Holländische Freunde klopften sich zum Gruß auf die Schultern, deutsche Liebespaare schlenderten Hand in Hand, und er, der italienische Eigenbrötler, war keinem eine freundliche Geste wert.

Er vertrieb sich die Zeit damit, das Voranschreiten auf den verschiedenen Baustellen zu begutachten und sich auszumalen, wie diese Villa, jener Steg oder das weitläufige Palais mit dem parkähnlichen Garten nach der Fertigstellung aussehen würden.

An dem Wachsen und Gedeihen der Bauwerke erkannte Francesco, wie die Zeit verging, während sein eigenes Dasein in der ewig gleichen Abfolge von täglichen Gepflogenheiten verrann.

Er hatte die Nächte miterlebt, in denen die Sonne nicht unterging. In diesen Stunden hatte ihn diese Stadt zum ersten Mal berührt. Unerwartet hatte sich Petersburg wie ein krankes Kind aus dem Bett erhoben und hatte von einem Augenblick zum nächsten voller Kraft und Schönheit gestrahlt, unaussprechlich magisch, nachdem er in den Monaten zuvor im dunklen feuchten Sumpf der Stadt fast erstickt wäre. Etwas Zauberhaftes schien in der Petersburger Natur zu liegen, das Francesco die Hoffnung gab, hier am Ende doch noch ein Stück vom Glück zu finden.

In jenen Nächten summte Francesco bei seinen Ausflügen durch die Stadt vor sich hin. Sein Summen übertönte die melancholische Melodie in seinem Inneren. Alle schienen sie Freunde, Liebste, Gleichgesinnte zu finden, nur er blieb der Sonderling, zu schüchtern, um sich einer Frau zu nähern, zu langweilig, um einen Trupp von Saufkumpanen zu unterhalten, mit denen sich sein Bruder herumtrieb. Er stand von allen verlassen da. Träume, die ihn nachts überfielen, erinnerten ihn an die eine, die seine Gefühle nie erwidert hatte.

Wann immer sich Francesco fragte, warum ihm der Umgang mit Frauen so schwerfiel, hielt er sich zugute, dass sein Herz bereits besetzt war. Deswegen sei für eine neue Liebe kein

Platz. Besser, sich mit dem Leben eines von einer unglücklichen Liaison gefesselten Mannes zu arrangieren als mit dem Bild eines Kauzes, dem die Hände zitterten, die Worte im Hals stockten und dem die Knie wegbrachen, wann immer ihn das Lächeln einer Schönen traf.

Seine beruflichen Triumphe hingegen erschienen ihm an manchen Tagen wie Lichtblitze in der Dunkelheit, winzige Erfolgserlebnisse, von Matteo überbracht und gewürdigt. Was auch immer geschah – er würde sich so verhalten, dass sein Vater stolz auf ihn sein könnte.

Er gehörte auf Wassiljewski zu den Glücklichen, die rechtzeitig vor der Flut gewarnt worden waren und die noch die Zeit gefunden hatten, ihre wertvollen Arbeiten in Koffern und Truhen zu sichern, bevor er in ein Ruderboot gestiegen war, in das sich bereits ein halbes Dutzend Soldaten gerettet hatte.

Francesco hatte sich um seinen Bruder gesorgt, der sich beim Einbrechen der Flut zu einer Architektenbesprechung in Menschikows Anwesen aufhielt. Aber dann machte die Nachricht die Runde, dass sich die Herren ins Hinterland zurückgezogen hatten, um dort zu warten, bis das Wasser abfloss. Francesco bezweifelte nicht, dass Matteo in vorderster Front davongeritten war. Dem gelang es immer, sich aus einer unglücklichen Situation herauszulavieren.

Er wusste, dass er sich neben seinem starken Bruder behaupten, dass er selbst rausgehen und seine Arbeiten präsentieren musste, aber es war einfacher, dem anderen die Skizzen in die Hand zu drücken und ihm Glück zu wünschen, wenn er beim Zaren einbestellt war.

Domenico Trezzini, der dem Zaren neben vielen anderen Bauten auch die Festung Kronstadt auf der Insel Kotlin entworfen hatte, war voll des Lobes über die Arbeiten, die Matteo ihm vorlegte, ohne zu ahnen, dass sie gar nicht von ihm stammten, sondern von Francesco, dem kleinlauten Anhängsel des gefeierten Künstlers.

Manchmal tätschelte Matteo Francescos Schulter, bedankte sich für die Arbeit und lobte das großartige Arrangement, das zwischen ihnen bestand. Sobald die ersten Rubel rollten – und das sollten sie bald tun, denn die Ersparnisse neigten sich dem Ende zu –, würden sie alles gerecht untereinander aufteilen.

Francesco war sich nicht sicher, ob es ihm gefallen würde, von Matteo seinen Teil zugewiesen zu bekommen, aber was blieb ihm übrig? Um in eine bessere Position zu gelangen, würde er über seinen Schatten springen und selbst ins Geschäftsleben treten müssen. Dazu fühlte er sich nicht fähig. Selbst dann nicht, wenn Matteo, wie im September, als die fallenden Blätter der Birken einen Duft nach Muskat verbreitet hatten, ein Tief durchlitt. In diesen Wochen war Matteo mit Leichenmiene und hängenden Schultern herumgelaufen, hatte auf die verdammte Stadt, die tumben Russen und den Zaren höchstpersönlich geschimpft wie ein Pferdekutscher. Er hatte sich jeden Abend betrunken und das saure Gesöff verflucht, das die Russen Wein nannten. An manchen Tagen war er gar nicht aus dem Bett gekommen, während Francesco oft von morgens bis spät in die Nacht hinein an seinem Schreibtisch saß, um Entwürfe für Stadtvillen, Theater und Plätze zu entwickeln.

Nach der Flut brauchten die beiden Italiener kaum selbst Hand anzulegen, um das Steinhaus auf Wassiljewski bewohnbar zu machen. Gouverneur Menschikow persönlich sorgte dafür, dass Armeetruppen die Insel von allem Schlick und Unrat befreiten.

Während auf der gegenüberliegenden Admiralitätsinsel noch alles von braunem Morast bedeckt war, erstrahlte Wassiljewski wieder, und die mannigfaltigen Bauten konnten vorangetrieben werden. Überall zogen sich Kanäle durch die Insel, und bald sollten sie geflutet werden.

Dass Wassiljewski an Venedig erinnern sollte, erfüllte Francesco mit stiller Freude, obwohl er tief in seinem Inneren nicht daran glaubte, dass auf diesem Landstrich je etwas wie Pracht erwachsen würde. Der Zar hatte den Mund zu voll genommen mit seiner Behauptung, er würde in wenigen Jahren die schönste Stadt seines Reiches, ja Europas aus dem Boden stampfen.

Wenn die Menschen nicht vorher aufgaben oder starben, dann würde die Siedlung in hundert Jahren vielleicht zu etwas heranwachsen, das den Namen *Stadt* verdiente.

An diesem Abend im Oktober fiel die neblige Dunkelheit früh über die Newa. Francesco arbeitete konzentriert mit Zirkel und Lineal an einer haarfeinen Zeichnung für ein Rampensystem, mit dem sich schwere Steine zu Brückenmauern hochziehen ließen, doch wenn er aus dem Fenster spähte, sah er bald nur noch sein eigenes Spiegelbild, konturlos im Licht der blakenden Kerzen auf seinem Arbeitstisch.

Auf dem Fluss hatte den ganzen Tag über reger Verkehr geherrscht. Am späten Nachmittag war eine Fregatte aus Lübeck eingetroffen. Francesco hatte sich gefragt, wie viele hoffnungsvolle Männer und Frauen aus dem Bauch des Schiffes strömen würden, wie lange ihre Zuversicht anhielte und wann sie sich eingestanden, dass von allen Gefühlen, die sie hierhergetrieben hatten, nur das Heimweh blieb.

Ja, er sehnte sich nach den Weinbergen in Florenz zurück, nach den warmen Abenden auf der Terrasse, wenn die Sonne die Dächer der Stadt mit Gold übergoss und der Duft nach Pinien ihn umwehte. In St. Petersburg glänzte nichts wie von Gold, und nach der Überschwemmung erinnerte die Siedlung mehr denn je an eine Kloake. Statt den Duft von Nadelhölzern trieb ihm die Brise den Gestank nach vermoderten Wasserpflanzen und faulendem Holz zu und manchmal den süßlichen Geruch nach verwesenden Leichen. St. Petersburg war eine Stadt auf den Knochen der Menschen gebaut.

Die Leibeigenen begafften die ausländischen Gäste immer noch wie Wesen von einem anderen Stern. Es schien, als würden sie sich in diesem Leben nicht mehr an die fremdartige Kleidung, die seltsamen Frisuren, die Art, zu gehen und zu reden, gewöhnen. Die frisch Eingetroffenen verbreiteten noch überdeutlich ihre Andersartigkeit, während diejenigen, die schon länger hier wohnten, in der Masse der unterschiedlichen Nationen und Gepflogenheiten miteinander verschmolzen.

Obwohl Francesco sich nur selten in Gesellschaft begab, führte seine ausgeprägte Beobachtungsgabe dazu, dass er sich ein umfassendes Bild der Menschen dieser Stadt machen konnte.

Am auffälligsten war die Kluft zwischen der aufgeklärten, am Westen orientierten Oberschicht und der breiten Masse des noch in seinen Traditionen dahindämmernden Volkes.

Viele Tausend Hände waren hier zu den unterschiedlichsten Zwecken beschäftigt. Die einen werkten und schindeten sich körperlich, andere klapperten mit ihren Musketen und blätterten in Papieren, wieder andere schwangen die Peitschen und Stöcke. Frauen sah er auf Wassiljewski selten. Entweder gingen sie der gleichen schweren Arbeit wie die Männer nach, schleppten Steine und Holz, oder sie hüllten sich in aufreizende Kleider und verkauften nachts den Soldaten ihre Körper. Und dies alles unter den Augen der Lichtgestalt des Zaren, dessen Genialität nach Francescos Einschätzung dicht an den Wahnsinn grenzte. Und unter den Augen des Zarenfreundes Menschikow, dessen Prunksucht im völligen Gegensatz zu der Gleichgültigkeit Zar Peters gegenüber allem Dekorativen und Repräsentativen stand.

Ein Nebeneinander der Gegensätze: die höchste Geistesbildung neben tumber Stumpfheit, überbordender Jubel neben schneidendem Klageschreien, Fülle des Glücks und des Reichtums und tiefstes Elend und Armut.

In dieser Stadt schien alles möglich zu sein; sie hatte keine Vorgeschichte, nur eine Gegenwart und eine Zukunft. Es würde spannend sein, die Entwicklung mitzuverfolgen, aber Francesco war sich nicht sicher, wie lange er die Dunkelheit auf seiner Seele ertragen konnte und ob ein Menschenleben reichte, um die Früchte dieser Arbeit zu ernten.

Er nahm einen tiefen Atemzug und senkte den Kopf über die Skizze, die er über den Tisch ausrollte.

Es half nichts, sich in tiefsinnigen Gedanken zu verlieren, während sein Bruder in der Soldatenschenke mit den Russen und den anderen Ausländern um die Wette trank. Francesco hoffte nur, dass er keine der nach viel zu starkem Rosenduft riechenden Frauen mitbrachte, die in seinem Zimmer kicherten und die ihn daran erinnerten, wie einsam er selbst sich fühlte.

Den Gedanken daran, wie sehr er sich nach einer Gefährtin sehnte, ließ er nur selten zu. Es war einfacher, seinen Bruder zu verachten, der daheim in Florenz Chiara zurückgelassen hatte. Aber vermutlich, so redete Francesco sich ein, hatte sich auch Chiara getröstet und vielleicht den Sohn des Tuchmachers aus ihrer Gasse geheiratet.

Alle nahmen das Leben leichter als er.

Er sollte es sich abgewöhnen, sich über die Belange der anderen zu sorgen, und sich darauf konzentrieren, die beste Arbeit abzuliefern, zu der er fähig war.

Die Fregatte aus Lübeck legte wieder ab, Kanonenschüsse schickten ihr einen Abschiedsgruß und hießen das nächste Schiff, das über Flüsse und Seen aus Moskau kam, willkommen. Mindestens einmal die Woche brachten Transporter Getreide und Gurken, Mehl und Zucker, Gewürze und eingelegtes Kraut, Zeitungen und Briefe. Die Jubelrufe am Hafen klangen bis zu Francesco herüber.

Er setzte den Zirkel an, um seine Skizze zu vervollständigen. Ein Pochen an der Tür ließ ihn zusammenschrecken, als hätte ihm jemand ins Ohr geschrien. Das Arbeitswerkzeug fiel ihm aus der Hand und hinterließ einen Fleck auf dem penibel bemalten Papier.

Niemand pochte hier auf diese Art an der Tür. Matteo

stürmte stets ohne anzuklopfen in sein Haus, und die Russen machten sich durch lautes Rufen bemerkbar.

Er sprang auf und eilte zur Tür. Als er sie öffnete, drang ein Schwall feuchter Luft und Kühle in die vom Kachelofen gewärmte Stube.

Vor ihm stand Chiara.

Das Schaffell, das Francesco in aller Eile auf einen Stuhl gelegt hatte, schien Chiara fast zu verschlingen. Sie hatte die Füße angewinkelt und wärmte sich die Hände an dem heißen Teebecher, den Francesco ihr überreichte.

Nach der ersten stürmischen Umarmung und der Freude, das geliebte Gesicht aus der Heimat zu sehen, hatte eine Rastlosigkeit Francesco ergriffen. Er schaffte es nicht, sich der ehemaligen Verlobten seines Bruders gegenüberzusetzen. Wie ein gefangener Bär durchschritt er den Raum. Verwirrend war, wie Chiara die Anreise aus Florenz geschafft hatte, aber noch verwirrender fand er die Tatsache, dass ihr Bauch sich dick wie eine Melone unter ihrem Cape spannte.

Chiara lächelte ihn an, während er sich abwechselnd am Kinn und am Kopf kratzte.

Francesco fühlte sich heillos überfordert mit der Situation und wusste nicht, was von ihm erwartet wurde. Sein Entzücken darüber, Chiara wiederzusehen, stand im krassen Gegensatz zu dem Gefühl, dass sie hier nicht hingehörte mit ihrer goldbraunen Haut und dem kastanienfarbenen Haar mit den vom italienischen Sommer gebleichten Strähnen, die wie Sonnenstrahlen schimmerten.

»Ja, es ist von Matteo.« Sie nahm die Hand vom Becher und legte sie auf ihren gewölbten Leib. »Spar dir die Nachfrage.«

Francescos Ohren wurden heiß. Er hätte nicht gewagt, danach zu fragen.

Frohmut und Zorn fochten einen wilden Tanz in Francescos Eingeweiden aus. Einerseits machte es ihn glücklich, dass

Chiara sich keinem anderen hingegeben hatte, andererseits ... um Himmels willen! Matteo als Vater! Es gab wenige Szenarien, die ihm so übel aufstießen wie eine erzwungene Hochzeit seines Bruders mit der Frau, die er, Francesco, liebte.

Endlich zog er sich einen Stuhl heran, setzte sich vor Chiara und steckte die gefalteten Hände zwischen die Knie, als wollte er sich selbst daran hindern, den Arm zu heben und sie zu berühren. »Dies ist kein guter Ort für dich, Chiara. Obwohl ich natürlich verstehe, dass du beim Vater deines Kindes sein willst. Ich bezweifele, dass du ihn überreden kannst, nach Hause zurückzukehren.«

»Ich will ihn nicht überreden. Ich will bei ihm sein.« Ihre Augen füllten sich mit Tränen. »Eure Schwester hat mir das Geld für die Reise gegeben, als ich ihr gestand, dass ich ein Kind erwarte. Sie ist eine anständige Frau, weißt du.«

Und viel zu gutmütig, schoss es Francesco durch den Sinn. Wenn sie ihren Verstand gebraucht hätte, hätte sie erkannt, wie leichtfertig es war, die schwangere Chiara auf die Reise nach Russland zu schicken. Sie kannte doch Matteo. Er würde sich nie in die Pflicht nehmen lassen.

Aber all diese Gedanken sprach Francesco nicht aus. Er wollte nicht gleich in der ersten Stunde sämtliche Hoffnungen zerstören. Er zwang sich zu lächeln, musterte ihr Gesicht, das unter der Schwangerschaft aufgeblüht zu sein schien. Ihre Wangen waren voller, die Gesichtshaut rosig durchblutet. In ihren Augen stand trotz der Strapazen der monatelangen Anreise ein vorfreudiger Schimmer wie bei einem kleinen Mädchen mit einem hübsch eingepackten Geschenk in den Händen.

»Wenn dir ein Unglück passiert wäre, hätte sie keinen guten Tag in ihrem Leben mehr gehabt«, murmelte Francesco. »Straßenräuber, Unwetter, wilde Tiere ... Die Gefahren einer solchen Reise sind unberechenbar.« Er spürte, wie ihm abwechselnd kalt und heiß wurde bei der Vorstellung, was ihr alles hätte zustoßen können. Und dem ungeborenen Kind.

»Ihr habt es auch geschafft.«

»Das kannst du nicht vergleichen«, presste er hervor. »Du hattest großes Glück.«

Sie schmunzelte. »Und einen Begleiter. In Marseille ist ein älterer Herr, weit über sechzig, zu mir in die Kutsche gestiegen. Camillo, ein Künstler, der mir nicht mehr von der Seite gewichen ist wie ein persönlicher Schutzengel. Er will sich die Stadt ansehen und hofft, eine Anstellung als Kirchenmaler zu finden.« Sie lachte auf. »Er meinte, es würde ihm gefallen, am Ende seines Lebens noch an etwas teilzuhaben, das in die Zukunft gerichtet sei. Ich hätte mir keine angenehmere Reisebegleitung wünschen können. Aber nun sag mir, wo ist Matteo? Am Hafen berichtete man mir, dass ihr beide zusammen auf Wassiljewski wohnt. Der Fährmann hat mir den Weg zu eurem Haus gezeigt.«

Francesco presste die Lippen aufeinander und nickte ein paar Mal, um Zeit zu gewinnen, seine Antwort genau abzuwägen. »Tatsächlich wohnen wir hier gemeinsam.« Er wies mit der Hand auf den Arbeitstisch. »Ich verbringe die Abende gern mit meinen Skizzen, während Matteo ... nun, du kennst ihn.« Er zuckte die Achseln.

Chiara holte zitternd Luft, bevor ein wackeliges Lächeln auf ihrem Gesicht erschien. »Ja, ich kenne ihn. Er wird sich ändern, wenn er erfährt, dass er Vater wird. Zwischen uns, das war immer etwas Besonderes, weißt du? Er wird erwachsen werden in dem Moment, da ich ihm erzähle, dass ich sein Kind im Bauch trage.«

»Gott schütze deine Zuversicht«, erwiderte Francesco vorsichtig.

Sie beugte sich vor und legte für einen Moment die Finger auf seinen Arm. Für ihn fühlte es sich an, als würde die Haut darunter versengen. Ahnte sie überhaupt, in welchen Gefühlsstrudel ihn allein ihre Gegenwart stürzte? »Du warst schon immer ein kleiner Schwarzseher, Francesco. Vertrau dem Gespür einer Frau.«

Vielleicht sollte er das tatsächlich tun. Obwohl er sich nicht sicher war, was er Chiara wünschen sollte: dass Matteo sie an seine Brust drückte oder dass er ihr den Laufpass gab. Er war sich nicht sicher, ob Letzteres nicht das geringere Übel für Chiara bedeuten würde, auch wenn es im ersten Moment schmerzte.

Vor der Tür erklang ein Poltern, als wäre jemand gegen die Wand gestolpert. Ein Glucksen folgte. In der nächsten Sekunde flog die Holzpforte auf, und Matteo taumelte herein. Sein Hemd hing ihm aus der Hose, die Stiefel waren nachlässig geschnürt und bis zum Schaft mit Dreck verschmiert. Die Haare hingen ihm strubbelig in die Stirn, den Arm hatte er um eine schlanke blonde Frau mit zu viel Rouge und Lippenrot gelegt. Über ihrem Fetzen von Kleid trug sie nur einen offenen Mantel. Die Haare hatten sich aus ihrer gesteckten Frisur gelöst und hingen um ihr apartes Gesicht, in dem die Wangenknochen dominierten und das falsche Rot.

Mit den beiden strömten die Feuchtigkeit des Flusses und Tabakqualm in das Haus. Wer von beiden betrunkener war, vermochte Francesco nicht zu beurteilen, aber er wusste, dass Matteo sich keinen schlechteren Zeitpunkt hätte auswählen können, um sich von einer Russin mit dem liebsten Getränk ihres Volkes abfüllen zu lassen. Wein machte ihn schläfrig, aber Wodka verwandelte ihn in einen Idioten.

Matteo stierte von Chiara zu Francesco und wieder zurück. Endlich wandte er sich lallend an seinen Bruder: »Der Wodka benebelt die Sinne mehr als vermutet.« Er lachte und rülpste gleichzeitig. »Sag mir, Bruder, sitzt da Chiara, oder verliere ich den Verstand?«

»Beides, Matteo, beides«, gab Francesco zurück. Er warf einen Blick zu Chiara, der alle Farbe aus dem Gesicht gewichen war. Ihre Lippen waren ein blutleerer Strich.

Rasch griff Francesco in die Schublade der Arbeitskommode, fingerte ein paar Kopeken klimpernd aus dem Geldsäckel und drückte sie der Russin in die Hand. Die ovalen Münzen glänzten, frisch aus der in der Festung gelegenen Münzwerkstatt, mit Zar Peters Namen und dem Jahr der Prägung versehen. »Mach, dass du fortkommst. Hier gibt es nichts mehr für dich zu holen.«

»He!« Matteo wollte dazwischengehen, aber Francesco versetzte ihm einen Schubs, so dass er auf einen Stuhl plumpste.

Francesco packte die Russin an den Schultern, drehte sie herum und schob sie zur Tür hinaus.

Als er sich umwandte, hatte Matteo sich nach vorne geneigt und das Gesicht in den Händen vergraben. Chiara saß da wie eine Madonna aus Glas. Sie wirkte zerbrechlich, trotz ihres Leibesumfangs.

Wie verletzt und verstört sie sein musste. Ob ihre Hoffnungen in diesen Minuten schwanden?

Er überlegte, ob er einen Eimer Wasser aus dem Fluss holen und diesen über seinen sturzbetrunkenen Bruder ausleeren sollte, damit er die Lage begriff. Aber da sah Matteo auf, und sein Blick blieb an Chiara hängen. »Du bist es wirklich, oder?«

Chiara löste sich aus ihrer Starre und beugte sich vor. »Ja, Lieber, ich bin es. Jetzt wird alles gut.«

Matteo schüttelte den Kopf, ungläubig und verwirrt zugleich. »Was willst du hier?«

Chiara schluckte. »Ich will, dass du miterlebst, wie dein Kind zur Welt kommt. Und ich möchte mit dir zusammen sein, hier in Russland, als deine Frau. Ich liebe dich, Matteo, ohne dich kann ich nicht sein.«

Francesco hielt den Atem an, während er von den flehenden Augen Chiaras in die aufgelösten Züge seines Bruders schaute. Ob er begriff, was sie ihm da gestand? Ob er die Tragweite ihres Geständnisses erfasste? Würde er trotz seines vernebelten Geistes die Antwort geben, die Chiara erhoffte?

Matteo bewegte die Lippen. Ein Speichelfaden hing in seinem Mundwinkel. In der nächsten Sekunde erbrach er sich auf die Dielenbretter.

Chiara sprang schreiend auf, und Francesco fluchte laut, während Matteo in sein Erbrochenes sank.

Francesco hatte es geahnt: keine gute Stunde für Entscheidungen mit weitreichenden Folgen.

Allerdings bezweifelte er ernsthaft, dass es am nächsten Tag, wenn Matteo seinen Rausch ausgeschlafen hatte, besser für Chiara ausgehen würde. Vermutlich würde er ihr kein zweites Mal vor die Füße speien. Aber Worte konnten mindestens genauso entwürdigend sein.

Er wusste nicht, was er ihr wünschen sollte, aber er hoffte, dass es nicht der letzte Abend war, an dem er die junge Italienerin lächeln gesehen hatte.

Kapitel 20

*Zar Peters Domizil,
Oktober 1705*

»Mein kleiner wissender Freund, was für eine schöne Überraschung!« Zar Peter blieb auf dem Diwan liegen, als Kostja sein Arbeitszimmer betrat. Buckelnd kam der Zwerg näher, was ihm das Aussehen eines Käfers gab, der sich ungelenk vorwärtsbewegte. »Ich hoffe, du bringst mir spannende Geschichten aus meiner Stadt und nicht bloß Waschweibertratsch.« Zar Peter lachte dröhnend. »Es sei denn, du möchtest dir ein paar Stockhiebe verdienen, die deiner Phantasie auf die Sprünge helfen.« Er wies auf einen mageren jungen Mann, der entgegen der gegenwärtigen europäischen Mode ein hochgeschlossenes russisches Leinenhemd trug, um den Leib mit einer Kordel gebunden. Seine Haare fielen, in der Mitte geteilt, in pomadigen Wellen um sein schmales Gesicht. Seine Augen schienen von Schatten umgeben zu sein, sein Mund wirkte sensibel und weich wie der einer Frau. »Hier, mein Sohn, der Zarewitsch Alexej, braucht alle Übung, die er bekommen kann, um seine künftigen Untertanen zu beherrschen.«

Alexej begann, an den Fingernägeln zu kauen. Eine Eigenart, die den Zaren zur Weißglut trieb. Er schleuderte das Glas, das er in der Hand hielt, auf seinen Sohn, der jedoch seinen Vater gut genug kannte und ständig auf der Hut war.

Mit einer geschickten Wendung wich Alexej dem Glas aus. Es zerbrach hinter ihm an der Holzwand klirrend in Scherben.

»Er bringt nur die wunderlichsten Geschichten, und er pfeift auf Stockhiebe«, erwiderte Kostja unbeeindruckt. Nachdem er sich vor dem Sohn des Zaren verneigt hatte, schob er sich auf einen samtbezogenen Stuhl und ließ die kurzen Beine baumeln. Sein Bart reichte ihm bis zwischen die Beine. In seinem Fall ließ der Zar gern eine Ausnahme zu, obwohl er sonst selbst zum Schermesser griff, wenn sich einer seiner Untertanen gar zu bockig stellte und ums Verrecken nichts von der neuen Mode wissen wollte.

»Also?« Der Zar machte eine einladende Geste, sein Gast möge berichten.

»Ein Aufschneider und Lügenbold hat sich unter Eure Vertrauten gemischt«, begann Kostja.

Alexej sog zischend die Luft ein und stierte zwischen dem Nachrichtenüberbringer und seinem Vater hin und her.

Peter hätte ihm am liebsten ein weiteres Glas an den Kopf geschleudert angesichts seiner dümmlichen Miene, aber er hatte keines zur Hand. Er hob die Brauen. »Nur einer?« Er lachte wieder.

»Der Mann möchte sich seine Sporen verdienen auf Kosten eines anderen.«

»Soll er. Solange ich davon profitiere.«

»Nehmt den Rat zu Wachsamkeit«, erwiderte Kostja. »Der Italiener aus Florenz kennt keine Scheu, wenn es um seinen Vorteil geht. Ein durchtriebener Bursche, der sich hinter feiner Manier und edlem Putz verbirgt, um Eure Hoheit zu blenden.«

»Wie ist sein Name?«, meldete sich Alexej zu Wort. Mit seinen fünfzehn Jahren stand er an der Schwelle zum Erwachsensein. Sein Körperbau war unproportioniert, die Gliedmaßen zu lang, die Füße zu groß. Er wuchs zu schnell in die Höhe. Den Zaren erinnerte er in seiner russischen Kluft an eine Vogelscheuche. Er würde mit Menschikow reden müssen, damit er die alte Kleidung seines Sohnes verbrannte. In St. Petersburg galten andere Maßstäbe als im Kreml.

Menschikow hatte ihn überredet, den Jungen in die Stadt zu holen, um auf ihn Einfluss zu nehmen. Peter bereute bereits seine Zustimmung. Er machte eine wegwerfende Handbewegung in Richtung des Jungen, als solle er besser das Maul halten, statt sich mit idiotischen Einlassungen in wichtige Staatsgespräche zu mischen. Alexej zog die Schultern hoch und führte die Finger wieder an die Lippen.

Der Zar wandte sich erneut an Kostja. »Ich bin seit Jahren von solcherart Leuten umgeben. Solange sie mir mit ihren Kenntnissen von Nutzen sind, ist mir ihr Charakter einerlei.«

Kostja runzelte die Stirn. »Sein Name ist Matteo di Gregorio. Er spielt den talentierten Architekten aus Florenz, aber in Wahrheit ist es sein Bruder Francesco, der die Pläne für ihn entwirft. Ich empfehle, ihm auf den Zahn zu fühlen, sobald er sich mit Werken brüstet, die nicht von ihm stammen. Ich halte einen Spießrutenlauf oder fünfzig Schläge mit der Knute für eine angemessene Strafe.«

Der Zar lachte, bis ihm eine Träne aus dem Auge tropfte. »Künftig ziehe ich dich zu Rate, wenn es um das Strafmaß geht. Mir scheint's, du hast ein persönliches Scharmützel mit diesem Italiener? Ich kenne ihn übrigens. Trezzini hat ihn mir mit den wärmsten Empfehlungen vorgestellt. Ein eleganter Mann, und wenn er sich zu verkaufen weiß? Wer mag es ihm verdenken?« Er warf einen abfälligen Blick auf Alexej, mit dem er ihm unmissverständlich zu verstehen gab, dass er weit von Eleganz und Charisma entfernt war.

Kostja ruckelte auf seinem Stuhl, als surrten ihm Wespen unter dem Kaftan. »Wenn Ihr nichts von aufgeblasenen Gecken wissen wollt, dann vielleicht von Helden in dieser heldenarmen Stadt?«

»Fahrt fort.«

»Während der großen Flut gab es viele, die nur um ihr eigenes Leben gekämpft haben. Aber einer fiel auf, der sich in seinem Ruderboot durch die Strömung kämpfte, begleitet von zwei süßen Weibern, und er rettete jeden, der nach Hilfe schrie, ganz gleich welcher Nationalität und welcher Religion. Ein wahrer Petersburger.«

»Wie ist sein Name, und woher stammt er?«

»Die Antwort wird Euch nicht gefallen, Eure Hoheit.«

Der Zar fuhr zu ihm herum mit ausgestrecktem Zeigefinger, als wollte er ihn aufspießen. »Ihr seid nicht hier, um mir zu gefallen.«

Kostja hob beide Hände. »Die Rede ist von dem Kriegsgefangenen Erik aus Uppsala, einer von den Schweden, die Ihr bekämpft.«

Zar Peter musterte ihn. »Ein Sträfling? Wie kommt es, dass er sich frei bewegen kann, um sich zum Helden aufzuschwingen? Dafür werden Köpfe rollen!«

»Sicher? Es bleibt Eure Entscheidung. Sucht nach einem blonden bärenstarken Mann namens Erik auf der Admiralitätsinsel. Ein Vögelein hat mir gezwitschert, dass er ein Liebchen hat.« Kostja gluckste.

»Was gehen hier für Dinge vor?« Der Zar schwang die Beine vom Diwan und sprang auf. »Ein Gefangener, der sich ein Weib nimmt und nach Belieben mit dem Boot hinausfährt? Welche Aufpasser haben da geschlafen?«

»Nun, in diesem Fall schien es ein Segen zu sein, dass sich die Kommandanten lieber betranken, statt Wache zu halten. Fragt die Geretteten. Sie verehren den Mann wie einen Heiligen.«

»Genug.« Der Zar gebot ihm Einhalt. Die Stimmung war ihm gründlich verhagelt, obwohl die Begegnungen mit dem Zwerg sonst zu den wenigen Vergnügungen gehörten, die er sich leistete. Kostja brachte ihn oft genug mit seinen Geschichten zum Lachen, er schaute den Menschen aus St. Petersburg aufs Maul und ins Herz.

Kostja trippelte davon. Als die Tür hinter ihm ins Schloss fiel, wischte sich der Zar den Schweiß von der Stirn.

Er fühlte ein schmerzhaftes Ziehen im Unterleib und einen stechenden Kopfschmerz, aber er ignorierte beides. Er hatte keine Zeit, krank zu spielen. Und wer glaubte, er würde kürzertreten, der täuschte sich gründlich. So viel lag in seinen Händen, und seine Träume von der allumfassenden Herrschaft an der Ostsee waren stärker denn je. St. Petersburg würde als prunkvoller Mittelpunkt und Hafen für die Welt im Finnischen Meerbusen erstrahlen.

Er würde keine Schwäche zeigen. Zu gern behielt er die Kontrolle über alles, was um ihn herum geschah, und seine Ziele verlor er nicht aus den Augen.

Die wichtigste Nachricht, die ihm der Zwerg gebracht hatte, war die, dass die Kommandanten der Sträflingslager offenbar nachlässig genug waren, dass sich einer von ihnen mit einem Weib vergnügen und den Helden spielen konnte.

Sicher, er würde diesem Kriegsgefangenen Respekt zollen, weil er das Chaos der Flut nicht genutzt hatte, um in die alte Heimat zu fliehen, sondern seinen Hals riskiert hatte, um St. Petersburger zu retten.

Aber vorher musste er die Kommandanten rügen. Denn nicht jeder Kriegsgefangene würde sich so ehrenhaft verhalten wie dieser Erik. Die meisten würden zusehen, dass sie die Stadt verließen, wenn sich die Gelegenheit ergab, und was dann?

Inzwischen lebten wesentlich mehr Leute in der Stadt, aber besonders nach der Flut wurde jede Hand gebraucht. Bei den Handwerkern in ganz Europa hatte sich herumgesprochen, dass man hier gutes Geld verdienen konnte, und manche reisten wohl auch an, weil sie spürten, dass hier etwas Großes heranwuchs. Die Europäer sahen das deutlicher als Zar Peters Landsmänner. Die russischen Bauern und Gutsherren verließen nur unter Zwang ihre Ländereien. Und die Adeligen in Moskau hatten zu viel zu verlieren, wenn sie ihr feudales, von Traditionen geprägtes Leben in der alten Hauptstadt aufgaben, um in der neuen Stadt einen Neuanfang zu wagen. Was dies betraf, würde Zar Peter sich etwas einfallen lassen müssen. Zu einer künftigen Hauptstadt gehörte eine Adelsklasse, ob es den feinen Damen und Herren nun passte oder nicht. Sie würden sich seinem Willen beugen müssen, wenn die Zeit gekommen war.

Die Kriegsgefangenen leisteten die schwerste Arbeit beim Aufbau der Stadt. Man konnte sie für alle möglichen körperlichen Arbeiten einsetzen, es waren kräftige Männer, die nicht unter der Last der Steine zusammenbrachen. Er brauchte die Sträflinge für seine Stadt. Seine Soldaten hatten gefälligst dafür zu sorgen, dass sie beaufsichtigt wurden.

Es wurde Zeit, dass er mal wieder auf den Baustellen, an der Werft und in den Lagern der Arbeiter und Gefangenen nach dem Rechten sah. Der Zwerg hatte ihm in Erinnerung gerufen, dass sein wachsames Auge gefordert war.

»Komm«, rief er seinem Sohn zu, während er sich erhob und den Rock zuknöpfte. Er musterte ihn von oben bis unten. Was für eine erbärmliche Gestalt in seinen langen Hosen und mit dem Russenhemd. »Und zieh dir endlich was anderes an.«

Auf der Admiralitätsinsel herrschte ein dichtes Gewimmel, alle arbeiteten zügig und Hand in Hand. Über alle Sprachschwierigkeiten hinweg verständigten sich die Leute mit einzelnen Worten und Gesten.

Die Werft entwickelte sich prächtig. Die ersten Schiffe waren bereits vom Stapel gelaufen, jedes einzelne von ihnen unter der Aufsicht des Zaren. Er vermaß jedes Stück der Schiffe mit seinem persönlichen Längenstock, auf dem die diversen Maßeinheiten gekennzeichnet waren. Kriegsschiffe mit sechzig, achtzig Kanonen befanden sich im Bau, ihre Namen eine bunte Mixtur aus Heiligennamen wie *St. Georg* oder *Samson*, Städten wie *Narwa* und *Jamburg* und Scherznamen wie *Schlafender Löwe* oder *Schildkröte*.

»Der Schiffbau in St. Petersburg läuft wie ein Uhrwerk«, erklärte Peter stolz seinem Sohn, »auch wenn der Hafen noch nicht von allen Nationen angefahren wird. Gut Ding will Weile haben.« Er lachte und schlug Alexej auf den Rücken.

Der Zarewitsch verriet mit keiner Miene, ob ihn der Ausflug in die Stadt interessierte. Sein steinernes Gesicht war dem Zaren ein Rätsel, aber die wenigen Äußerungen seines Sohnes nährten in ihm den Verdacht, dass hinter der reglosen Fassade kein Genie schlummerte.

Ach, wenn er ihm doch einen guten Teil seines eigenen Übermuts, seiner Stärke abgeben könnte. Nicht dass Zar Peter seinem Sohn in väterlicher Liebe zugetan war, aber was sollte aus dem Land werden, wenn es nach ihm von einem solch schwachen Mann regiert wurde? All seine Anstrengungen würde sein Sohn in wenigen Jahren zunichtemachen. Russland würde zurück ins Mittelalter fallen. Das durfte nicht geschehen!

Die Schiffe, die einliefen – meistens Briten oder Holländer, sehr selten russische Händler –, legten drüben auf der Petersburger Insel an, aber die Hafenanlage mit den Zollhäusern und den Magazinen war klein und wenig spektakulär. Sie hatten vor einigen Monaten begonnen, den Ankerplatz für Hochseeschiffe an die günstiger gelegene Spitze von Wassiljewski zu verlegen, an die Strelka. Mit dem Bau der Häuser für das Handels- und Wirtschaftsleben, allen voran einer Börse, kam man zügig voran. Von der Werft aus konnte Peter über die Newa hinweg auf die Baustelle blicken.

Überhaupt schien man auf der Admiralitätsinsel den besten Eindruck von der Inselstadt zu bekommen. Hier herrschte Leben, hier konnte man hautnah spüren, wie die Stadt wuchs und gedieh.

Zur Admiralität gehörten Seilerwerkstätten und ein Haus, in dem das Tauwerk geteert wurde. Der Geruch aus den Schmelzöfen hing dick in der Luft und mischte sich mit dem Duft nach frisch geschnittenem Holz. Der Zar sog ihn genießerisch ein. Er erinnerte ihn an seinen Aufenthalt in Holland, wo er selbst als Zimmermann gearbeitet hatte.

Was für eine bemerkenswerte Zeit damals. Von nah und fern waren die Leute nach Zaandam geströmt, um die Russen wie fremdartige Tiere zu bestaunen. Peter hatte sich in Grund und Boden geschämt für die Männer in seiner Gefolgschaft mit den langen Bärten und bodenlangen Kaftanen, über die die Holländer lachten. Die Monate in Holland hatten seinen Charakter und seine Vorstellungen von einem künftigen Russland maßgeblich geformt. Seine Bewunderung für das kleine Land, dessen Reichtum auf Warenumsatz und Schifffahrt basierte, kannte keine Grenzen. Wie ein Schwamm sog er alles auf, was er über Flottenmanöver und Feuerspritzen, Walfang und Handel erfahren konnte.

Der Zarewitsch neben ihm fummelte ein blütenreines Tuch aus der Hemdtasche und hielt es sich geziert wie ein Weib vor die Nase. Zar Peter entriss es ihm, warf es in den Dreck und drückte seine Stiefelsohle darauf. »Atme den Geruch nach Arbeit ein, Sohn. Es ist nichts Verkehrtes an dem Duft nach geschmolzenem Eisen und gefällten Bäumen. Er verspricht Wohlstand und Schönheit und Dominanz.«

Alexejs Nasenflügel bebten. »Ja, Vater.« Er deutete eine Verbeugung an, aber um seinen Mund schien ein spöttischer Zug zu liegen.

Zar Peter verengte ein Auge zu einem Schlitz. Das fehlte noch, dass Alexej neben all seinen üblen Eigenschaften einen Hang zur Aufsässigkeit entwickelte. Den würde er ihm austreiben müssen.

In mehrstöckigen Bauten lagerte Flachs und Hanf, in den Feueressen der Ankerschmiede zischte und dampfte es.

Massen von Menschen waren inzwischen hierhergereist. Waffenmeister und Stahlmacher, Gießer und Schlossmacher, Garnspinner und Segelmacher, Kompassmacher und Mühlenbauer hatten sie aus Westeuropa in den Dienst genommen.

Eine Lust zu sehen, dass alle sich an ihr Versprechen hielten, junge Russen auszubilden! Auf Dauer war die Modernisierung seines Landes nur möglich, wenn die Ausländer ihr Wissen in das Herz des Landes pflanzten.

Peter schaute am Gefangenenlager vorbei zu den Häusern der Deutschen. Er wies mit dem Arm das Ufer entlang. »Dort hinten wird mein Sommerhaus entstehen. Auf der Petersburger Insel bin ich zu weit weg vom Puls der Stadt. Von dort aus überblicke ich Wassiljewski, die Festung, und gleichzeitig habe ich Kontakt zu den Werftarbeitern. Gleich morgen werde ich den Auftrag erteilen.«

»Direkt in der Nähe der Ausländer?« Alexejs Miene drückte Geringschätzung aus.

»Am liebsten mitten unter ihnen.« Eine Falte bildete sich zwischen Peters Brauen.

»Wird es diesmal ein Palast sein, der eines Zaren würdig ist? Einer wie in Moskau?« Sein Sohn musste sich Mühe geben, um mit seinem riesenhaften Vater Schritt zu halten, der weit ausholend auf das Gefangenenlager zustapfte.

»Eher nicht so erhaben, wie es dir vorschwebt«, erwiderte Peter. »Du begreifst das nicht, oder? Der mächtigste Mann des Landes bist du nicht, weil du dich mit goldenen Leuchtern und funkelndem Kristall umgibst, sondern weil dein Verstand«, er tippte sich an die Schläfe, »um ein Vielfaches besser funktioniert als der deiner Untertanen. Ich habe es nicht nötig, mich mit Prunk zu schmücken, um mir Autorität zu verschaffen. Die Menschen verehren mich nicht, weil ich in Saus und Braus lebe, sondern weil ich mich der Wissenschaft, dem Krieg, dem Städtebau verschrieben habe und alle persönlichen Interessen hintanstelle.«

»Sie verehren dich?«

Der Zar hielt abrupt an und sah seinem Sohn ins Gesicht. Alexej hob beide Brauen bis zum Haaransatz. Da war er wieder: dieser spöttische Zug um seinen Mund.

Peter wollte nicht, dass sein Sohn ihn missverstand oder sogar hasste. Aber wie sollte er ihm all das beibringen, für das er bislang blind gewesen war? »Nein, nicht alle verehren mich. Ich wäre ein schlechter Regent, wenn ich jedermanns Freund wäre. Ein Zar hat seinem Volk nicht Honig ums Maul zu schmieren, sondern er muss das durchsetzen, was er am besten für alle hält. Dass er sich damit Feinde schafft, nimmt er mit innerer Stärke zur Kenntnis. Krieg und Aufrüstung sind eine Notwendigkeit, um die eigene Macht zu sichern und auszubauen.«

»Ich kenne deine Kriegsbegeisterung.«

Peter seufzte.

Er wusste nicht, wie groß seine Möglichkeiten noch waren, die Entwicklung des Zarewitschs zu steuern. In den vergangenen Jahren hatte er seine Erzieher danach ausgewählt, ob sie ihn zu einem modern denkenden selbstbewussten Mann ausbilden würden. Alle hatten versagt, wie es schien.

Es war eine Tragödie.

Vielleicht war an diesem Tag die letzte Gelegenheit, Einfluss auf ihn zu nehmen.

Er wies ihn an, ihm an das Flussufer zu folgen, und ließ sich dort auf einer roh gezimmerten Bank nieder mit Sicht auf die Festung und die hölzerne Spitze der Peter-und-Paul-Kirche. Ein verliebter Werftarbeiter mochte die Sitzgelegenheit für seine Angebetete aufgestellt haben. Nun tat sie einen guten Dienst beim letzten Versuch des Zaren, den Thronfolger für seine Kriegspolitik und die von ihm begonnene Reform zu begeistern. Es hing viel davon ab.

»Es ist so bedauerlich, mein Sohn, dass du all das ablehnst, was zu einem Herrscher gehört. Du glaubst, ich tue den Söhnen Russlands Gewalt an, wenn ich sie auf den Krieg vorbereite, und willst mich von militärischen Dingen nicht einmal reden hören. Nie würde ich dich ermuntern, ohne gerechtfertigte Gründe Krieg zu führen. Ich möchte nur, dass du lernst, was zur Kriegsführung gehört. Niemand kann gut regieren, der die Regeln und die Disziplin dieser Kunst nicht beherrscht.«

»Es liegt mir nicht im Blut, Vater. Ich verabscheue das Abschlachten und Morden, wie du es praktizierst, und das Volk ächzt unter deiner Regentschaft. Ich würde mich niemals daran beteiligen. Ich bin auch zu schwach dafür.« Er hielt sich die Hand auf die linke Brustseite, als litte er Schmerzen.

Zar Peter knirschte mit den Zähnen, richtete sein Augenmerk für einen Moment auf die ans Ufer schwappenden Wellen, die im Sumpf versickerten. »Du irrst, wenn du glaubst, ein Regent brauche nur gute Generäle, die nach seinen Befehlen handeln. Du willst dich nicht mit der Kriegsführung beschäftigen. Wie aber willst du dann anderen befehlen?«

»Es steht schlimm um meinen Gesundheitszustand. Manchmal fürchte ich, die Nacht nicht zu überleben, weil mein Herz so hart gegen die Rippen schlägt.«

Es hatte Peter von jeher angewidert, wenn der Zarewitsch mit schlotternden Knien vor ihm stand und seine Furcht vor ihm offen zur Schau stellte. Aber je härter seine Zurechtweisungen und Strafen, desto eingeschüchterter wurde der Junge.

»Ach, hör auf mit dem Jammern!« Der Zar spürte den Jähzorn in sich lodern und wusste doch, dass er sich beherrschen musste, wollte er noch irgendetwas bewirken. Mit roher Gewalt konnte er seinem Sohn Schmerzen zufügen und Furcht einflößen, aber in sein Denken brach er damit nicht ein. Und wie viel hing davon ab! Sollte sein Lebenswerk wirklich mit seinem Tod versinken?

»Wem soll ich mein Werk hinterlassen, wer soll vollenden, was ich von den Feinden zurückgewonnen habe? Deine Schwäche ist nicht der Hinderungsgrund, sondern vielmehr deine mangelnde Neigung. Erfolg hängt nicht von Schmerzen ab, sondern vom Willen.«

Alexej hatte begonnen, in den Himmel zu starren, und den Zaren ergriff einmal mehr das Gefühl, seine Zeit zu verschwenden und in den Wind zu sprechen. Alexej würde sich nicht bemühen, ein würdevoller Thronfolger zu werden. Sein einziges Vergnügen war es, müßig und faul zu Hause herumzulungern.

Trug nicht auch Peter selbst daran Schuld?

Die ersten Jahre hatte er es versäumt, seinen Sohn von den abergläubischen Mönchen fernzuhalten, den Feinden aller Veränderungen und Verbesserungen in Russland. Nicht, dass sich Peter gänzlich von der Kirche abgewandt hätte. Der Glaube an Gott wurzelte zu tief in ihm, um ihn einfach abschütteln zu können. Aber er spürte die Hand des Klerus hinter jedem, der sich gegen ihn verschwören wollte. Mönche verbreiteten Gerüchte, die die Leute gegen ihn aufwiegelten. Es galt also, die Macht der Kirche einzuschränken und die Zahl der Mönche zu verringern, die nur zum Schein ein Klosterleben führten. Müßiggänger, alle miteinander, die sich nicht darum bemühten, die heiligen Schriften zu verstehen oder andere zu unterrichten. Abergläubische Rebellen, die weder Gott noch den Menschen nutzten. Und schon gar nicht dem Thronfolger.

Sein erster Hofmeister im Kreml, ein ungehobelter Klotz von einem Deutschen, hatte mit seiner ungeschickten Art erheblich dazu beigetragen, dass sich Alexejs Hass auf alle Ausländer festsetzte.

Als Peter davon erfuhr, ersetzte er den Hofmeister durch einen geschickteren Baron, in allen Wissenschaften erfahren, vielgereist und sprachgewandt. Die Stelle des Oberhofmeisters bekam Menschikow, der zwar wenig zur Bildung des Zarewitschs beitragen konnte, aber mit all seinem Witz und Charme den jungen Mann von den Gesinnungen seines Vaters zu überzeugen versuchte.

Auch er hatte letzten Endes nichts bewirkt, wie sich am heutigen Tag einmal mehr zeigte.

Zar Peter sprang auf. Er spürte wieder das Stechen im Kopf,

und seine Knöchel schmerzten, weil er die Hände geballt hielt. »Am Ende wird es darauf hinauslaufen, dass ich dir die Nachfolge entziehen und dich enterben werde, so wie sich der Körper von einem brandigen Glied trennt.«

Alexej erhob sich ebenfalls, schwerfällig wie ein Greis. Er nickte und senkte den Kopf, als nähme er sein Schicksal an.

Zar Peter sog tief die Luft ein. »Künftig wirst du Pflichten übernehmen«, verkündete er. »Du wirst die Regimenter mit Nachschub versorgen und Rekruten ausheben. Es wird Zeit, dass du Verantwortung trägst.«

Der Zarewitsch verlor alle Farbe aus dem Gesicht. Er sah aus wie ein Gespenst. Peter wusste, wie ihm die Monate als einfacher Soldat zugesetzt hatten und dass er danach drängte, den Kriegsdienst ein für alle Mal hinter sich lassen zu können. Alexejs Unterlippe begann zu zittern. Mit einem Ruck wandte Peter sich ab, unfähig, das Jammerbild seines Sohnes zu ertragen.

Gott strafte ihn mit diesem Thronfolger.

Vielleicht wäre der zweite, zu früh gestorbene Sohn geeigneter gewesen? Doch er ahnte, er musste auf die Kinder hoffen, die Martha ihm schenken würde. Eines Tages würde er einen Sohn haben, der ihm ebenbürtig war.

Die Gedanken an die Jahre nach seinem Tod bereiteten dem Zaren nichts als Verdruss. Besser, er schob sie für heute von sich und sorgte dafür, dass ihm der Knabe an seiner Seite aus den Augen kam, bevor das Temperament mit ihm durchging. Wenn er einmal anfing, auf ihn einzuschlagen, könnte er vielleicht nicht mehr damit aufhören.

Kurz vor dem Sträflingslager richtete sich der Zar zu voller Größe auf. Es war nicht nötig. Die Obristen hatten ihn bereits heranschreiten sehen und liefen in heller Aufregung umher, als hätte er mit einem Stock in einem Wespennest gestochert.

Innerhalb weniger Minuten erfuhr der Zar, welchen Männern kurz vor der Überschwemmung die Aufsicht oblag. Die drei stellten sich mit hängenden Köpfen vor ihm auf, die Hände auf dem Rücken.

Mit lauter Stimme ordnete Peter an, jedem Einzelnen von ihnen dreißig Rutenschläge zu verpassen zur Strafe dafür, dass sie ihren Dienst vernachlässigt hatten.

Die drei Russen fielen auf die Knie, legten die Stirn in den Morast und dankten dem Regenten für die gerechte Verurteilung. Zar Peter würgte es bei dieser Demonstration ihrer sklavischen Unterordnung.

Auf lange Sicht brauchten sie hier eine Gerichtsbarkeit und ein Gesetzeswerk, an das man sich halten konnte. Es gab jede Menge aufzuholen, bevor sie sich mit den westeuropäischen Gesellschaften messen konnten. Aber solange alles noch ungeordnet war, hatte nur einer das Wort: der Zar.

Zar Peter stiefelte an ihnen vorbei, geradewegs auf den Sträflingsplatz zu, wo manche der Schweden in Ketten arbeiteten, andere ohne Fesseln, weil sie sonst die Steine nicht wuchten konnten, die sie zum Bau des Boulevards benötigten.

Alle unterbrachen ihre Arbeit, warfen sich besorgte Blicke zu. Ausgemergelte Gesichter wandten sich in seine Richtung, die Mienen wächsern.

Die Stimme des Zaren dröhnte über die Menge hinweg. Alexej neben ihm hielt sich die Hand über das Ohr.

»Wer von euch ist Erik aus Uppsala? Er möge vortreten.«

Aus den Reihen der Straßenarbeiter löste sich ein hochgewachsener Mann, dessen blonde Haare von Steinstaub grau waren. Helle Bartstoppeln wuchsen auf Kinn und Wangen, sein Blick war klarer als der seiner Mitgefangenen, und sein Körperbau wirkte kraftvoller. Er trat bis auf drei Schritte auf den Regenten zu und verneigte sich. »Ich bin Erik aus Uppsala, Eure Hoheit.«

Der Zar bemerkte, dass eine Ader am Hals des Mannes pulsierte. Aus Beklemmung? Aus Ehrfurcht? Seiner Miene war der innere Aufruhr, auf den das verräterische Pochen wies, nicht anzusehen.

»Du hast bei der großen Flut in einem Ruderboot überlebt.«

»Ich danke Gott dafür.«

»Du hast nicht nur dich selbst gerettet, sondern auch zahlreiche Bürger der Stadt, wobei du weder nach Nationalität noch nach Religion unterschieden hast.«

»Ich habe nur meine Menschenpflicht getan.«

»Am Ufer hast du dich ohne Fluchtversuch wieder unter den Befehl der Kommandanten begeben.«

Winzige Fältchen bildeten sich an den Schläfen des Kriegsgefangenen. In seinen Augen blitzte es. »Ich hielt einen Fluchtversuch für wenig aussichtsreich.«

Was für ein gewitzter Bursche, ging es Zar Peter durch den Kopf. Männer wie Erik, die ihren Lebensmut nicht verloren und die ihren Werten folgten, imponierten ihm. Es war an der Zeit, diesem Schweden seine Achtung zu zeigen. Er war sich der Aufmerksamkeit aller bewusst, als er anhob: »Mit deiner Selbstlosigkeit hast du dieser Stadt viel Gutes getan. Ich wünschte, es gäbe mehr von deiner Sorte in St. Petersburg. Deine Tat gereicht dir zur Ehre, und ich befehle, dass dir vom heutigen Tag an die Freiheit gegeben wird. Was hast du gelernt?«

Die Stirn des Schweden hatte sich gerötet, seine Hände begannen zu zittern, während er dem Zaren zuhörte. »Eure Hoheit, in Uppsala, bevor ich zum Militär ging, war ich Gärtner.«

Zar Peter nickte ein paar Mal. »Ich werde Gärtner brauchen für mein Sommerhaus.«

Unter den Russen und Schweden brach ein Gemurmel aus. Es verstummte, als Peter die Hand hob. »Selbstverständlich steht es dir frei, in deine Heimat zurückzukehren. Aber wenn dich die Versprechungen dieser Stadt gepackt haben und du einer der Männer sein willst, die sie zur Blüte führen, dann bleib. Es soll dein Schaden nicht sein. Ich werde dich mit Haus und Hof ausstatten, wie es eines Edelmannes würdig ist, und ein Schreiben wird dir übergeben, in dem der russische Regent dir deine Ungebundenheit bescheinigt. Kein Russe darf dich jemals mehr in Ketten legen.«

Das Murmeln schwoll wieder an, von Ausrufen des Erstaunens durchsetzt. Zar Peter wandte sich um und schritt, gefolgt von seinem Sohn, davon.

Hinter ihm sank Erik auf die Knie und barg das Gesicht in den Händen. Seine Mitgefangenen umringten ihn, manche klatschten und stießen Jubelrufe aus. »Es lebe der Zar!«, rief einer auf Schwedisch. Aber es blieb der einzige Hochruf, der dem Regenten folgte.

Kapitel 21

*St. Petersburg,
Frühjahr 1706*

Schwedenkönig Karl feierte Siege: Seine Truppen hatten die Sachsen in Polen vor sich hergetrieben, Kursachsen besetzt und König August gezwungen, auf ewig der Krone zu entsagen.

Die Frage, die Zar Peter und seine militärischen Berater umtrieb, war, ob Karl es wagen würde, von Sachsen aus in Russland einzufallen. Sie führten hitzige Debatten darüber, ob sie den direkten Weg nach Moskau verwüsten sollten, das altbewährte Mittel, um gegnerische Truppen auszuhungern und an der schlechten Versorgungslage scheitern zu lassen. Karl war ein hartnäckiger Gegner und schöpfte dem russischen Regenten nun, nachdem er sich aus Sachsen abwandte und den kriegerischen Blick auf das Zarenreich richtete, viel Kraft ab.

Bei wenigen Gelegenheiten war Peter dem schwedischen Herrscher persönlich begegnet. Die Verständigung stellte keine Schwierigkeit dar, da Peter selbst des Deutschen mächtig war, der Hofsprache aller nordischen Königreiche.

Karl war zehn Jahre jünger als er, hatte ein von Pockennarben entstelltes Milchgesicht und war von eher schwächlicher Konstitution. Doch sein Lerneifer, der Zar Peters in nichts nachstand, und sein unbezwingbarer Wille nötigten Peter Respekt ab.

Genau wie Peter hatte Karl sich seit frühester Jugend an Kriegsspielen ergötzt und seine Bediensteten in Mannschaften gesteckt, die mit Knüppeln aufeinander losgingen. Den Zorn seines Volkes weckte er, als er später im Übermut eines gelangweilten jugendlichen Regenten Tische und Stühle aus den Fenstern auf den Schlosshof warf oder bei helllichtem Tag mit seinem Vetter durch die Straßen Stockholms galoppierte und jedem, dem sie begegneten, die Perücke vom Kopf zog.

»Wehe dem, dessen König ein Kind ist!«, hatten die Geistlichen in den Kirchen gepredigt. Der schlechte Ruf des jungen Regenten verbreitete sich vor der Jahrhundertwende rund um die Welt.

Aber der Flegel von einst wurde älter und zeigte Einsicht. Peter wusste von einem Trinkgelage, bei dem Karl und sein Vetter einem gefangenen Bären so viel Wein eingeflößt hatten, dass dieser zum Fenster taumelte, hinausstürzte und starb. Seitdem, munkelte man, hatte Karl aus Scham nie wieder einen Tropfen Alkohol angerührt.

Der schwedische König hatte sich von einem Rüpel zu einem brillanten Strategen mit kristallklarem Verstand entwickelt, und er herrschte über eine Armee, deren Schlagkraft in Europa unübertroffen war.

Nach dem lange erkämpften Sieg Karls in Polen war die Stimmung im direkten Umfeld des Zaren bei sämtlichen Treffen in Peters Domizil oder in Menschikows Anwesen angesichts der drohenden Gefahr durch die Schweden äußerst angespannt. Dennoch gab es viel zu feiern in der Stadt unter dem blassblauen Aprilhimmel: Vor wenigen Tagen hatte die Newa das blaue Eis gesprengt, drängte nun wieder seewärts, und die Schiffer schmückten, den Frühling besingend, ihre Kähne für die Parade.

An der Werft war ein weiteres Schiff vom Stapel gelaufen, ein kleiner schneller Zweimaster, und die Börse an der Strelka war zum Einzug bereit.

Die Ostspitze von Wassiljewski bildete den Mittelpunkt aller Festivitäten. Händler bauten ihre Stände mit bunten Stoffen, Fisch und Gewürzen auf. Tatarische Mädchen in bunten Trachten boten süße Piroggen und Blini kostenlos an, es gab Fässer voller Wein, aus denen sich alle bedienen durften.

Kaum einen Petersburger hielt es an diesem Tag in seinem Haus. Was scherte sie das Kriegstreiben der Monarchen? In Petersburg, von kraftvollen Festungen geschützt, fühlten sie sich sicher, zumindest vor Kanonen und Granaten. Jetzt hieß es, das Ende der dunklen Jahreszeit zu begrüßen, sich den Bauch vollzuschlagen und zu den Klängen der Musikanten das Tanzbein zu schwingen.

Alle strömten heran: Edelleute und Offiziere, Leibeigene und Kommandanten, Ärzte, Apotheker, Handwerker und Matrosen.

Zoja wäre in den Baracken geblieben, wenn Michail sie nicht gezwungen hätte, ihn zum Fest zu begleiten. Sie schlurfte hinter ihrem Mann her, der mit breiter Brust vor ihr stolzierte, als wäre er ihre Herrschaft und nicht selbst ein Leibeigener.

Schwärze hüllte Zojas Verstand ein, die weder im Sommer noch im Winter, nicht am Tag und nicht in der Nacht weichen wollte. Vergessen war der Moment, da sie ein letztes Mal an Jemeljans Brust gelegen hatte, gefeiert von den anderen Leibeigenen, weil sie es trotz eigener Not geschafft hatte, zwei Kinder zu retten. Was zählte es schon, ob einer starb oder nicht.

Sie hatte aufgehört, sich zu pflegen, ließ die verblichenen Haare verfilzen und wusch sich nicht mehr. Ein Zahn aus dem Unterkiefer war ihr ausgefallen. Wenn sie Michail erzürnen wollte, dann grinste sie ihn an und zeigte ihm die schwarze Lücke.

Ihre einzige Chance, gegen Michail aufzubegehren, lag darin, sich abstoßend zu gebärden und zu kleiden. Ein Glücksgefühl durchströmte sie, wenn er sich angewidert abwandte, weil sie stank.

Sie nahm in Kauf, dass sich auch ihre Freunde endgültig von ihr abwandten, weil sie einen fast unerträglichen Geruch verströmte und alle Attraktivität verlor.

Ein paar Schritte entfernt von ihnen gingen Ewelina und Jemeljan, Hand in Hand, und manchmal hob ihre ehemalige Freundin das Gesicht, um ihrem Mann zuzulächeln. Zoja beobachtete, wie er eine Pirogge von einem Tablett der tatarischen Mädchen nahm und Ewelina mit Stücken davon fütterte wie ein Rehkitz, das er aufpäppeln musste.

Zoja hatte sich verändert, aber auch Jemeljan war ein anderer geworden. Oder hatte er schon immer dieses Beschützerbedürfnis verspürt? Zoja war nie eine Frau gewesen, die sich von der Güte eines Mannes abhängig machen wollte, aber Ewelina schien genau dies zu genießen. Ein harmonisches Paar, das an den Buden, Ständen, Musikanten und Gauklern wie auf Wolken zu gehen schien. Nein, sie hatten hier kein gutes Leben, nie würden sie das als Leibeigene haben, aber sie hatten sich selbst und gaben sich Wärme.

Sie dagegen ging ein wie eine Blume ohne Licht. Sie war noch keine dreißig Jahre alt und doch eine Greisin. Alles in ihrem Leib schien verhärtet und kalt. Ihr einziges Vergnügen bestand darin, ihrem Mann die Freude zu verderben, auch wenn sie selbst dabei ihre Heiterkeit verlor.

»Los, Weib, hol mir ein Stück gebratenen Speck von dem Schwein am Spieß!« Michail ließ sich auf einen Baumstamm sinken, mit dem das Ufer befestigt werden sollte.

Zoja glotzte ihn mit hängenden Armen an, als verstünde sie nicht, was er von ihr wollte.

»Muss ich dir erst Beine machen?«, fauchte er sie an und hob drohend die Fäuste.

Sie drehte sich um und schlurfte davon, um ihm den Speckstreifen zu besorgen. Sie würde darauf spucken, bevor sie ihn ihm mit einem Lächeln servierte. Verrecken sollte er daran.

Erik half Helena mit ausgestreckter Hand aus dem Boot, mit dem sie von der Admiralitätsinsel nach Wassiljewski übergesetzt hatten.

Ein Gaukler sprang um sie herum und versuchte sie zu dem Zelt zu locken, das ein Wandertheater aus Lüneburg aufgestellt hatte. Noch vor wenigen Wochen wäre Helena ihm bereitwillig gefolgt. Sie hatte sich doch nach solchen Festen gesehnt! Aber an diesem Nachmittag stand ihr nicht der Sinn nach Schauspiel und Vergnügen.

Erik hatte sie lange überreden müssen, bevor sie überhaupt eingewilligt hatte, den Rummel an der Strelka zu besuchen. Dabei hatte vor allem ein Argument sie überzeugt: »Vielleicht ist es für lange Zeit die letzte Gelegenheit für uns, miteinander zu tanzen.«

Solche Sätze sprach er mit einer Leichtigkeit aus, als wüsste er nichts von ihrer Traurigkeit. Wie konnte er annehmen, dass ihr nach Feiern zumute war, wenn sie ihm doch bald Lebwohl sagen musste? Nicht für eine Woche, nicht für einen Monat, sondern vermutlich für immer.

Wann immer Helena an diesen Punkt ihres Gedankenkarussells kam, stiegen ihr die Tränen hoch, und sie musste sich mit aller Gewalt zusammenreißen, um nicht laut loszuschluchzen.

Dabei hatte im Oktober vergangenen Jahres alles eine überwältigende Wende genommen.

Sie erinnerte sich, als wäre es gestern gewesen, dass Erik – die Haare vom Wind zerzaust, die stoppeligen Wangen gerötet – sich am Arzthaus nicht mit Klopfen aufgehalten hatte, sondern hereingepoltert war. Helenas Mutter hatte aufgeschrien und spontan nach dem Holzlöffel gegriffen, um ihn dem Eindringling über den Schädel zu ziehen. Aber dazu war sie nicht gekommen, weil Erik Helena von ihrem Stuhl hochgezogen hatte, wobei die Näharbeit von ihrem Schoß zu Boden rutschte. Er drückte sie an sich, wirbelte sie herum und bedeckte ihr Gesicht mit Küssen, bevor er sich an die Hausherrin wandte und sich mit einer tiefen Verneigung entschuldigte.

Helena verstand zunächst kein Wort, befürchtete, er könnte geflohen sein oder sonst etwas Dummes angestellt haben, aber dann lachte und weinte sie gleichzeitig, als sie begriff, dass der Zar ihm tatsächlich die Freiheit geschenkt hatte.

Oft hatte sie sich ausgemalt, wie sie ihre Familie wohl davon in Kenntnis setzen sollte, dass sie einen Schweden liebte, der in Kriegsgefangenschaft geraten war. Und nun überrollte sie das Leben und gab ihr keine Chance mehr, ihre Worte kunstvoll zu wählen.

Ihr Vater reagierte so gelassen, wie Helena es gehofft hatte. Ein Lächeln von innen heraus erhellte sein Gesicht. Er drückte Erik fest die Hand. »Ich habe mir schon gedacht, dass du ein Geheimnis mit meiner Tochter teilst, nachdem du sie bei der Überschwemmung ans Ufer gebracht hattest. Aber ich habe gehofft, dass Helena von sich aus auf uns zukommt, wenn sie es für richtig hält.«

Bereits an diesem ersten Abend als freier Mann lernte Erik Helenas Familie kennen. Nur ihre Mutter gab sich in den ersten zehn Minuten unterkühlt, weil sie sich denken konnte, wie oft Helena ihnen Lügen aufgetischt hatte, wenn sie heimlich zu ihrem Erik gelaufen war. Sie appellierte an Paula, doch bitte auf solche Eskapaden zu verzichten, wenn sie sich mal verliebte. Das Einzige, was sie damit erreichte, war, dass Paula und Willem wie Wildkirschen erröteten. Als sie sah, wie glücklich Helena mit Erik war, taute sie auf. Beim Abschied an jenem Abend nahm sie ihn fest in die Arme.

Der Zar hielt Wort, und wenige Tage später bewohnte Erik ein kleines Haus auf der Admiralitätsinsel, einen Steinwurf vom Arzthaus entfernt und auch nur ein paar Schritte von dem inmitten eines riesigen Gartens gelegenen Rohbau, der das Sommerhaus des Zaren werden sollte.

Den Winter über hielt sich Helena an den Rat ihrer Eltern, nicht zu Erik überzusiedeln, solange er ihr keinen Heiratsantrag gemacht hatte. Dennoch war es eine süße Freude, sich hin und wieder zu romantischen Stunden zu ihm zu stehlen, eine Zeit, in der Helena bewusst wurde, dass sich ihre Verliebtheit in tiefe Zuneigung wandelte.

Ja, Erik war der Mann, mit dem sie den Rest ihres Lebens verbringen wollte, aber was nützte ihr diese Erkenntnis, wenn Erik keine Anstalten machte, um ihre Hand anzuhalten?

Er flüsterte ihr ins Ohr, wie weich ihre Haut war, wie bezaubernd der Blick aus ihren zweifarbigen Augen, wie sehr er sich nach ihr sehnte, wenn sie nicht in seinen Armen lag.

Aber niemals sprach er von ewiger Treue.

Als nun das Eis auf der Newa schmolz und die Fahrrinnen für die Schifffahrt freigegeben wurden, verdichtete sich ihre Ahnung zur Gewissheit.

»Ich muss nach Schweden zurück«, hatte er ihr vergangene Woche gestanden.

Unfähig zu einer Erwiderung, hatte sie ihn angestarrt.

Er umschlang sie, aber sie stemmte die Fäuste gegen seine Brust, wollte sich befreien, um davonzulaufen. Er hielt sie zurück. »Helena, sei doch vernünftig, bitte«, sagte er.

»Du willst zu Siri. Du bist verlobt mit ihr, und du hältst dich immer an deine Versprechen, nicht wahr? Mir hast du nie etwas versprochen. Ich kann es dir noch nicht einmal vorwerfen.« Ihre ungeweinten Tränen klangen mit.

»Mein Liebes ...« Seine Miene war gleichzeitig zärtlich und von Schmerz gezeichnet.

»Ich werde darüber hinwegkommen, dass ich dir deine Zeit hier in den Händen des Feindes versüßt habe. Es gibt schlimmere Fehler, die man im Leben machen kann«, hatte sie mit eisiger Miene erwidert.

»Rede nicht so, bitte«, flehte er. »Wie kannst du annehmen, ich würde dich jemals wieder loslassen? Ich gehöre zu dir, hierher.«

Sie suchte in seiner Miene nach Anzeichen von Falschheit, aber sie fand nur diesen Ausdruck von Liebe. Sie schluckte schwer.

»Ich muss zu meiner Familie, ich muss zu Siri und ihrer Mutter. Ich bin es meinen Leuten dort schuldig, dass ich ihnen erzähle, wie Arvid gestorben ist.« Er senkte für einen Moment den Blick. »Und ich bin es Siri schuldig, ihr zu erklären, dass ich dich liebe.«

Sie weinte in seinen Armen. Er würde Siri kein zweites Mal allein zurücklassen. Sobald er den Fuß auf heimatlichen Boden gesetzt hatte, würden ihn keine zehn Pferde mehr nach St. Petersburg bringen, wo das Leben immer noch karg war, wo ständig Überschwemmungen drohten und Brände ausbrachen, wo die Menschen seine Sprache nicht sprachen und wo er der Feind war. Sie bezweifelte, dass ihre Liebe all das wettmachen konnte, wenn Erik erst einmal in Uppsala war.

Wenn er aufbrach, würde sie ihn niemals mehr wiedersehen.

Diese Erkenntnis schnürte ihr die Kehle zu, auch wenn seine Beteuerungen sie berührten und besänftigten. Vielleicht hatte er tatsächlich vor, zurückzukehren zu ihr, weil ihm nicht bewusst war, welche Anziehungskraft die Heimat und die Frau, die er von frühester Jugend an geliebt hatte, auf ihn haben würden.

Helena wappnete sich für den baldigen Abschied, und deswegen fiel es ihr auch an einem Jubeltag wie diesem, da sie sich in die Festivitäten an der Strelka stürzten, schwer, die fröhliche Frau zu sein, als die er sie kannte. Sie fühlte sich, als trüge sie Bleigewichte an den Schuhen.

Chiara hatte die Begegnung mit Matteo gefürchtet und zugleich herbeigesehnt. Es war klar, dass sie ihm auf diesem Fest begegnen würde. Vielleicht an einem der Stände, an denen der Wein ausgeschenkt wurde, oder drüben am Ufer, wo sich um ein Feuer der Duft nach geröstetem Spanferkel sammelte. Vielleicht auf der Tanzfläche, die mit bunten Fahnen abgesteckt war und auf der sich die Paare im Kreis drehten, oder an der Kegelbahn, wo die Offiziere johlten und pfiffen.

Ach, was gäbe sie darum, mit einer Familie unterwegs zu sein, ein schmucker Mann wie Matteo an ihrer Seite. Aber da war nur Camillo, der sich immer ein wenig gebeugt hielt und dessen dichtes weißes Haar an Schwanenfedern erinnerte.

Als Matteo ihr schließlich gegenüberstand, drückte sie den kleinen Emilio, den sie in einem Tuch dicht am Körper trug, fester an sich und legte ihre Finger auf sein Köpfchen, wie um ihn zu beschützen vor den Blicken seines Vaters. Gleichzeitig spürte sie Camillos welke Hand stützend an ihrem Ellbogen. Was hätte sie nur ohne ihren väterlichen Freund angefangen, nachdem Matteo sie praktisch vor die Tür gesetzt hatte?

»Chiara, meine Liebe!«, rief Matteo überschwänglich und küsste sie auf die Wangen. Er war nicht allein, natürlich nicht. An seinem Arm hing eine hübsche Russin mit runden Wangen und rosigem Kussmund, die Chiara durchdringend maß.

»Du siehst blendend aus«, behauptete er. »Ein gutes Gefühl, dass immer mehr Landsleute hierherreisen.« Er war der Einzige, der lachte. Die Russin verstand ihn vermutlich nicht, und Camillo und Chiara sahen keinen Grund zur Erheiterung.

»Wir könnten einen Becher zusammen trinken«, schlug Matteo leutselig vor.

Bevor Chiara noch den Mund öffnen konnte, antwortete Camillo: »Du hast schon genug, und uns steht nicht der Sinn danach.« Damit führte er Chiara von Matteo fort in Richtung des Theaterzelts.

Chiara wandte im Gehen den Kopf, schenkte Matteo ein zaghaftes Lächeln und ein bedauerndes Schulterzucken.

Camillo packte sie fester. »Wirf dich dem Kerl nicht noch

mal an den Hals. Hat er dir nicht deutlich genug gezeigt, dass er nichts mehr von dir will?«

»Ach, du bist zu hart in deinem Urteil, Camillo«, erwiderte Chiara. »Ich bin nicht unschuldig an dieser Situation. Ich habe ihn einfach überfallen. Es ist nicht leicht für ihn, sich von heute auf morgen darauf einzustellen.«

»In welcher Welt lebst du? Wenn einer hart ist, dann ist es dein Matteo. Nicht nur, dass er dich nicht in seinem Haus aufnehmen wollte. Er hat sich keinen Pfifferling darum geschert, wo du dein Kind zur Welt bringen würdest.«

In der Erinnerung an die Geburt durchlief ein schmerzhaftes Ziehen Chiaras Bauch. Sie hatte vorher schon gebärende Frauen gesehen und miterlebt, welche Qualen sie durchlitten, aber nichts hatte sie auf den Schmerz vorbereitet, der durch ihren eigenen Leib getrieben war.

Sie hatte an jenem Mittwoch im Dezember des vergangenen Jahres schon den ganzen Tag über so starke Rückenschmerzen gehabt, dass Camillo sie stützen musste, als sie, um Luft zu bekommen, einen Gang ans zugefrorene Ufer unternahm. Von einer Sekunde auf die andere waren die Wehen über sie hereingebrochen. Wäre Camillo nicht an ihrer Seite gewesen, hätte sie das Kind vielleicht im frostigen Garten von Menschikows Palais geboren. Aber Camillo bewies einmal mehr seine Umsichtigkeit. Er verfrachtete sie in einen Schlitten, mit dem er sie über das Eis der Newa auf die andere Stadtseite brachte.

»Kennst du da eine Hebamme, die mir helfen kann?«, hatte sie zwischen zwei Wehen gekeucht.

Er schüttelte den Kopf. »Nur den deutschen Arzt, der mich wegen meiner geschwollenen Gelenke behandelt. Keine Ahnung, ob der sich mit Geburten auskennt, aber bevor du mir mit dem Kind unter den Händen stirbst, bringe ich dich dorthin. Mädchen, wie hast du dir das eigentlich gedacht? Warum hast du dich nicht vorher um einen Beistand für die Geburt gekümmert?«

Chiara gab keine Antwort.

Dr. Richard Albrecht hatte unsägliche Flüche ausgestoßen, als Camillo mit Chiara am Arm vor seiner Tür stand, aber er führte sie dennoch, gefolgt von Frau und Tochter, im Eilschritt in den Behandlungsraum. Er verabreichte ihr bittere Tropfen, die Chiara hoffnungsvoll schluckte, und tatsächlich legte sich über den Geburtsschmerz ein betäubender Dampf.

Dennoch war das Geburtserlebnis für Chiara wie für die meisten Frauen die Hölle. Während der Presswehen hatte sie mit ihrem Leben und dem ihres Kindes abgeschlossen. Ihr einziger Halt waren die aufmunternden Worte der Arztfrau und die Anweisungen des Arztes. Zwischendurch blitzte in ihrem Leib die Sehnsucht nach Matteo auf, der sie halten und trösten sollte und der doch noch nicht einmal wusste, dass an diesem Wintertag sein Kind das Licht der Welt erblickte.

Nass von Blut, Schweiß und Fruchtwasser lag Chiara schließlich in den Laken, vernahm erst ein Gurgeln, dann das kräftige Schreien ihres Jungen. Aus den Augenwinkeln sah sie den winzigen Körper und die nassen dunklen Haare, beobachtete den Arzt, der die Nabelschnur durchtrennte. Sie keuchte, um ihre Lunge mit Luft zu füllen, während die Arztfrau das Neugeborene säuberte, trocknete und in eine warme Decke hüllte.

Als sie ihr Emilio in enge Tücher gewickelt überreichte, lachte und weinte Chiara gleichzeitig. Emilio fuchtelte mit seinen winzigen Fäusten vor seinem Gesicht herum, während die Töchter des Arztes Laute des Entzückens über den neuen Erdenbürger ausstießen.

Und doch legte sich Traurigkeit über Chiara, als das Kind ihr in die Augen blickte und sein Gesicht bei den Bewegungen der Muskeln einen verdrießlichen Ausdruck annahm. Mit zwei Fingern tastete sie hinter sein rechtes Ohr und lächelte, weil sie dort dasselbe Muttermal fand, das auch Matteo besaß. Sie hatte es oft in ihren zärtlichen Stunden geküsst.

Würde Matteo eines Tages verstehen, welches Wunder soeben geschehen war? Würde er eines Tages Liebe empfinden für dieses kleine Wesen?

An die nächsten drei Tage hatte Chiara keine Erinnerung. Im Nachhinein schien es ihr, als sei sie in einen tiefschwarzen Abgrund gefallen, aber die Arztfrau berichtete hinterher, sie habe einen Tobsuchtsanfall erlitten, um sich geschlagen, getreten, gebissen, und man habe das Kind vor ihr beschützen müssen. Chiara hatte geheult vor Scham und gefleht, ihr das Kind zurückzugeben, sie sterbe vor Sehnsucht nach dem kleinen Emilio.

Zwei Wochen lang musste sie sich auf einem der Behelfsbetten im Haus des deutschen Arztes auskurieren von ihren Anfällen, bevor er sie guten Gewissens entlassen konnte.

Chiara hatte das Gefühl, tief in der Schuld des Arztes zu stehen. Ohne ihn hätten sie und das Kind nicht überlebt.

Wortreich bedankte sie sich bei dem Arzt, doch der winkte nur ab. Es sei seine Pflicht zu helfen, und im Übrigen – dabei öffnete er eine dicke Kladde, eng in schnörkelloser Schrift beschrieben – schätze er es, wenn er seine Erfahrungen erweitern könne. Eine Wöchnerin mit einem solch wilden Blick, heißer Stirn und irrem Gebaren habe er nie zuvor erlebt, und dass sie nun vollständig genesen zu sein schien, ohne Erinnerung an das Geschehene, gebe der Angelegenheit erst recht die Würze. Er werde sie mit den anderen Medizinern, mit denen er sich regelmäßig austausche, diskutieren.

Ob aus wissenschaftlicher Neugier oder aus reiner Menschenfreundlichkeit – Chiara war es einerlei, warum sich die Arztfamilie so aufopferungsvoll um sie gekümmert hatte.

Camillo hatte recht: Sie war keine Frau, die komplizierte Pläne schmiedete. Sie ließ das Leben auf sich zukommen und hoffte, dass ihr das Glück gewogen sein würde. Bislang war sie damit nicht übel gefahren. Die Hoffnung, dass Matteo sich auf seine Liebe zu ihr besann, hatte Chiara noch lange nicht aufgegeben.

»Wenn sein Bruder uns nicht in die gemeinsame Wohnung eingeladen hätte, hätte dein Matteo seinen Sohn bis zum heutigen Tag noch nicht einmal gesehen«, sagte Camillo.

»Er glaubt nicht, dass das Kind von ihm ist, trotz des Muttermals«, erwiderte Chiara mit trockener Kehle.

»Na, brauchst du noch mehr Argumente? Dieser Mann traut dir zu, dass du ihm einen Bastard unterschieben willst. Und so einem läufst du hinterher?«

»Das tue ich nicht«, beharrte Chiara. »Ich glaube nur, dass er mehr Zeit braucht. Irgendwann wird er einsehen, dass ich die Richtige für ihn bin und schon immer war, und er wird seinen Sohn akzeptieren.«

»Du klammerst dich an falsche Hoffnungen, Mädchen«, erwiderte Camillo. »Ich wünschte, ich könnte dir helfen.«

»Das tust du, Camillo, das tust du so sehr«, sagte Chiara voller Inbrunst und schmiegte für einen Moment das Gesicht an seinen Arm. »Ohne dich wäre ich verloren. Ich hätte nicht gewusst, wo ich hinsollte, und das Geld für eine Rückreise nach Florenz hätte ich nie aufgebracht.«

»Ich bin froh, dass ich dich aufnehmen konnte, Mädchen, aber ich glaube, in Matteos Bruder hast du auch einen Freund. Er hätte dich nicht auf der Straße sitzenlassen.«

»Francesco?« Chiara lachte auf. »Ja, er ist ein Goldstück, aber er lebt leider mit dem Kopf in den Wolken. Er hat ein gutes Herz.«

»Wenn du dich mal lieber in den verliebt hättest«, brummelte der alte Italiener.

Chiara lachte wieder auf und nickte dem Gaukler zu, der die Eintrittskarten für das Theater verkaufte. »In wen man sich verliebt, kann man sich nicht aussuchen. Und Francesco interessiert sich nur für seine Zeichnungen, nicht für Frauen. Schon in Florenz hat man ihn immer nur in seinem Arbeitszimmer angetroffen, nie mit einer Freundin oder auf einem Fest.«

Camillo musterte sie skeptisch von der Seite. »Ich habe gesehen, wie er dich anschaut.«

Chiara lachte leichthin. »Das bedeutet nichts. Glaub mir, ich kenne ihn besser als du.«

KAPITEL 22

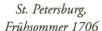

*St. Petersburg,
Frühsommer 1706*

Stärker als anderswo hing das Wohlgefühl der Menschen in St. Petersburg von den Widrigkeiten des Wetters ab. Die meisten Russen glaubten, dass es Gottes Wille sei, ob es stürmte oder schneite, ob die Sonne brannte oder das Korn auf den Feldern im Dauerregen verfaulte.

Zar Peter wusste es besser.

Welche Faktoren das Wetter, die Himmelserscheinungen und die Gezeiten beeinflussten, lernte er aus wissenschaftlichen Aufsätzen, oder er ließ sich von ausländischen Experten unterrichten.

Er wünschte, dass sein Volk offener wäre für die Wissenschaft, so viel Neues gab es, aber es schien einfacher, an eine göttliche Hand zu glauben, die strafte oder streichelte.

Obwohl ihm kaum Zeit blieb, die inneren Probleme in seinem Reich nach allen Seiten hin zu erörtern, ließ er in seinem Kampf gegen Zauberei und Aberglauben nicht nach.

Am 12. Mai stand eine Sonnenfinsternis bevor.

Peter entschied, dies im Reich bekanntzugeben. Einen Versuch war es wert. Die Leute sollten es als ein Naturphänomen begreifen und nicht als ein Wunder deuten oder den Weltuntergang. Es war an der Zeit, dass seine Landsleute den Aberglauben hinter sich ließen und sich von alten Denkweisen befreiten. Sie sollten ihren Kopf benutzen und nichts als gegeben hinnehmen. Allein der Verstand war in der Lage, Licht ins Dunkel zu bringen.

Seine Bemühungen trugen keine Früchte.

Die russischen Arbeiter in seiner Stadt sanken auf die Knie, während sich der Mond vor die Sonne schob, andere kreuzten die Arme über den Köpfen und flüchteten, den Weltuntergang erwartend, wie panisches Vieh in die Wälder.

Weniger bedrohlich erlebten Russen und Ausländer den Mittsommer, die Zeit der Weißen Nächte. Diejenigen, die schon länger im Newadelta wohnten, erkannten, dass diese Wochen, in denen die Sonne kaum unterging, der neuen Stadt für immer einen Zauber geben würden.

Sie vergaßen die Mühsal und Schinderei des Tages, setzten sich in fröhlichen Gruppen zusammen, in den Gärten, am Flussufer, auf den Holzgerüsten an den Baustellen, ließen Weinflaschen und Wodka kreisen und schauten in den magisch hellen Himmel.

Es fühlte sich an wie ein Bad in Frieden und Ruhe. Eine Natur, die etwas Wundervolles wie dieses silbrige Nachtlicht erschaffen konnte, war kein Gegner mehr, den es zu besiegen galt.

Kaum einer blieb unberührt vom Zauber dieser Sommertage. Die Menschen gaben sich im Juni freundlicher und aufgeschlossener, Liebespaare schworen sich die Treue bis ans Ende ihres Lebens.

Das hohe Junigras in den neuen Gärten und drüben auf den Wiesen, der Geruch nach Flieder und Rosen und dick wuchernden Farnen – die Tage schienen ein endloser Rausch von überwältigenden Sinneseindrücken. Manch einer, der an Zar Peters Traum zugrunde zu gehen drohte, versöhnte sich mit seinem Schicksal.

Eine Stadt von solcher Ausstrahlung, solcher Wildheit und Leidenschaft – lohnte sich dafür nicht jeder Spatenstich, jeder Mauerstein? Die Abenddämmerung vereinte sich mit der

Morgendämmerung, das Licht wechselte zwischen silbern und blau, grün und golden. Allerorten hörte man die Männer und Frauen seufzen vor Wohlbehagen in diesen Nächten, viele schliefen draußen in der milden Brise, den Blick auf die Wolken gerichtet, die wie von einem Maler auf königsblaue Leinwand getupft schienen.

Über die Newa und die neu geschaffenen Kanäle fuhren Flöße und Boote, mit Laternen und Blumen geschmückt. Auf den Wegen flanierte Jungvolk und prostete jedem Passanten zu.

Nein, die Stadt hatte noch lange keinen Luxus zu bieten. Baustellen und Holzhäuser dominierten das Panorama, aber in diesem Licht ging manch einem auf, dass es das Schicksal vielleicht doch gut mit ihnen meinte, wenn es sie an diesen Ort verschlagen hatte. Die Menschen tankten Kraft und Zuversicht bei den geselligen Zusammenkünften in der Inselstadt.

»Warum musst du genau jetzt so lange arbeiten, dass du im Anschluss zu erschöpft bist, um mit mir die Nacht im Freien zu verbringen?« Paula runzelte die Stirn und verschränkte die Arme vor der Brust, während sie Willem musterte. Er hatte an diesem Abend im Arzthaus angeklopft, aber nur um ihr zu sagen, dass aus ihrer Verabredung nichts wurde. Sie hatten vereinbart, sich mit seinem Boot der Parade von Schiffen anzuschließen. Paula hatte Girlanden aus Zweigen und Blättern gebunden, mit denen sie die Seitenwände schmücken wollten, und eine Laterne bunt bemalt, die am Bug des Bootes geisterhaftes Licht verströmen sollte.

Von hinten aus dem Behandlungsraum drangen die leisen Stimmen ihres Vaters und ihrer Mutter, dann ein Jammern oder ein Schrei. Aus dem Raum, den sie sich mit Gustav und Helena teilte, hörte sie das Ratschen eines Hobels und hin und wieder das Tockern eines kleinen Hammers. Gustav arbeitete bereits an seinem zweiten Schiffsmodell. Helena war drüben im Haus des Schweden, und Paula war froh, dass keiner aus ihrer Familie hereinplatzte, während sie mit Willem unschlüssig in der Stube stand. Der Geruch nach dem Nusskuchen, den ihre Mutter am Mittag gebacken hatte, hing noch in der Luft und mischte sich mit der Sommerbrise, die durch die geöffnete Haustür drang. Paula schlang die Arme um sich, als fröstelte sie, aber es lag nicht an dem hereinwehenden Wind. Die Wärme zwischen ihr und Willem schien sich in den letzten Wochen abgekühlt zu haben.

Ihr Freund hatte sich verändert. Er war in die Höhe geschossen, so dass er sie um eine Handbreit überragte. Im letzten Herbst waren sie noch gleich groß gewesen. Seine Schultern waren kantiger, und an seinem Kinn sprossen ein paar Barthaare, die aber nur am Abend Schatten warfen, weil Willem sich jeden Morgen rasierte, bevor er zu den Regierungsgebäuden nach Wassiljewski fuhr. Aus seinem Blick war das Neugierige gewichen und hatte einem Ausdruck von Hunger Platz gemacht. Willem war begierig auf das Leben, ging auf in seiner Anstellung als Kunstschreiner in Graf Menschikows Auftrag.

Ja, er hatte es wahrgemacht, hatte sich gleich im Frühjahr mit seinen Intarsien beim Zaren vorgestellt. Der Regent hatte sein Kunstwerk nur flüchtig betrachtet und anerkennend die Mundwinkel herabgezogen, ohne ihn selbst auch nur eines Blickes zu würdigen. »Jemanden wie dich können wir gut gebrauchen. Melde dich bei Graf Menschikow. Er wird dir zeigen, wie wir uns Tische, Stühle und Kommoden in den Palästen vorstellen. Du bist begabt«, setzte er noch hinzu, bevor er ihn mit einem Fingerschnipsen verscheuchte, als hätte er nicht mit diesem Lob das Leben des jungen Holländers aus den Angeln gehoben.

Paula hatte sich mit ihm gefreut und war ihm jubelnd um den Hals gefallen. Aber inzwischen fragte sie sich, ob es wirklich so gut war, dass er in den Diensten des Zaren arbeiten durfte. Für ihn vielleicht, aber für sie?

Sie schalt sich eigennützig und missgünstig, wenn sie der Zeit nachtrauerte, in der Willem jeden Tag für sie da gewesen war. Aber sie konnte nicht aus ihrer Haut. Sie vermisste ihren Kameraden aus den vergangenen Tagen.

Sie vermisste die Ausflüge mit ihm an den Mooren und Birkenwäldern vorbei, sie vermisste die Nachtstunden, in denen sie zu den Sternen geschaut und sich von ihren Träumen erzählt hatten. Willems Träume waren in Erfüllung gegangen. Für Paula schien nun kein Platz mehr in seinem Alltag zu sein.

Mehr als diesen einen Kuss an jenem Abend, als sie die Schwermut von ihm genommen und ihm gezeigt hatte, welche Möglichkeiten sich ihm mit seinem Künstlertalent boten, hatte es nicht gegeben.

Wenn sie abends im Bett lag, die Decke bis zur Nase hochgezogen, und sich die klammen Hände mit ihrem eigenen Atem wärmte, dann meinte sie manchmal noch den Geschmack seiner Lippen auf ihrem Mund zu spüren. Für sie hatte sich an jenem Abend etwas verändert: Aus Willem, dem Freund, war der junge Mann geworden, den sie liebte. Sie war sich sicher gewesen, dass er nicht anders empfand als sie, aber sie hatte sich getäuscht.

Schon nach wenigen Wochen hatte Willem sein Werkzeug in die Truhe gepackt, ein Bündel mit seiner Kleidung geschnürt und war auf Wassiljewski übergesiedelt, zu den Architekten, Bauleuten und Zimmermännern, die im Dienst des Zaren standen. Die alte Tischlerwerkstatt hatte er an einen Holländer verkauft, der sich auf der Werft verdingte.

Paula quälte es, wann immer sie an dem Holzhaus vorbeikam. Willem entfernte sich nicht nur räumlich von ihr, und sie war es bald müde, ihn ein ums andere Mal zu drängen, sie auf der Admiralitätsinsel zu besuchen. Es schien, als gehörte er nicht mehr hierher.

Willem kniff ihr in die Wange und zwinkerte ihr zu. »Feiere ohne mich. Schließ dich Gustav oder Helena an. Ich vermiese euch ohnehin nur die Stimmung, weil ich in Gedanken bei der Täfelung für den Esstisch in Menschikows Palais bin. Ich kann mich da nicht einfach davonstehlen, Paula, ich bin nicht der Einzige, der Menschikow und den Zaren beeindrucken will. Ersatz für mich ist schneller gefunden, als ich schnitzen kann.«

»Du scheinst dich mit Leib und Seele dem Hofstaat verschrieben zu haben«, erwiderte sie bedrückt.

Er zuckte die Achseln. »Vielleicht ist es so. Aber ist dir ein schwermütiger Faulpelz lieber als einer, der sich seine Sporen verdient?«

»Ach, was zählt es, was mir lieber ist.« Sie wandte ihm den Rücken zu.

»Komm schon, Paula, so kenne ich dich gar nicht.« Er tätschelte ihre Schulter.

Sie fuhr zu ihm herum und schluckte die Tränen runter. Aus ihren Augen schossen Blitze. »Ich habe das Gefühl, du kennst mich überhaupt nicht mehr, Willem van der Linden.«

»Doch, du Wildfang.« Er grinste von einem Ohr zum anderen. »Niemand kennt dich besser als ich.« Er wollte sie in die Arme ziehen, um sie freundschaftlich zu drücken, aber sie stieß ihn von sich.

Hatte er überhaupt eine Ahnung, was er anrichtete, wenn er sie umarmte? Obwohl er mit seinen siebzehn Jahren ein junger Mann war, verhielt er sich ihr gegenüber nach wie vor wie ein zu groß geratenes Kind.

Bemerkte er denn nicht, dass sie kein kleines Mädchen mehr war? Dass sich in ihr Gefühle gebildet hatten, die sie selbst überraschten und die sie verunsicherten?

Sie wusste nicht, wohin mit ihrer Liebe zu Willem, wollte ihn als Freund nicht verlieren und wollte doch gleichzeitig mehr von ihm. Das Gefühl, verlassen worden zu sein, ließ sie in vielen Nächten weinen.

Aber ihre Tränen sollte Willem nicht sehen.

Sie wünschte sich, sie könnte zu einer großherzigen Einstellung finden, ihm nur das Beste bei seiner neuen Aufgabe wünschen, aber der Verlustschmerz hatte sich in ihr festgebissen.

»Dann geh doch endlich!«, schrie sie ihn an. »Worauf wartest du noch?«

Willem starrte sie bestürzt an. In einer hilflosen Geste hob er die Arme. »Vielleicht könnten wir in ein paar Tagen, wenn ich …«

»Nein!«, rief sie. »Du musst dich nicht bemühen. Mach dir um mich keine Sorgen. Ich komme zurecht.« Damit stürmte sie in den Raum, den sie sich mit ihren Geschwistern teilte.

Die Tür knallte hinter ihr zu, dann erklang Gustavs erboste Stimme. »Was soll denn der Lärm?« Aber Paula scherte sich nicht darum, warf sich auf ihr Strohbett und barg das Gesicht im Kissen. Das Blut rauschte in ihren Ohren, aber sie lauschte angespannt und hörte in der nächsten Sekunde, wie die Hauspforte leise zugedrückt wurde.

Dann pochte es an der Zimmertür.

Gustav wandte den Kopf, Paula sprang auf. War er zurückgekehrt? Hatte er eingesehen, dass es wichtiger war, sich mit ihr in dieser Weißen Nacht über die Newa treiben zu lassen, statt sich mit den anderen Kunsthandwerkern bei Kerzenlicht über den filigranen Arbeiten die Augen zu verderben?

Sie sank in sich zusammen, als ihre Mutter durch den Türspalt lugte.

Es gab immer noch Tage, an denen Frieda Albrecht daran zweifelte, ob ihre Entscheidung, die Moskauer Vorstadt zu verlassen, richtig gewesen war. Sie hatte gewusst, dass an der Newa noch alles im Aufbau sein würde, aber wie lange zog sich das denn bloß noch hin? Sie brauchten mehr Ärzte, ein Krankenhaus, Schulen. Vor allem brauchten sie Häuser für die Kinder, deren Eltern bei der schweren Arbeit tot zusammengebrochen oder in den Fluten der Newa ertrunken waren.

Viele konnten nicht schwimmen in dieser von Wasserarmen durchzogenen Stadt.

Immer noch trieb das feuchte Klima ihnen die Patienten scharenweise mit verknorpelten Gelenken und Brustschmerzen ins Haus. Manchmal bildeten sich Schlangen von geduldig ausharrenden, hustenden und keuchenden Menschen bis zum Ufer hin.

Nach wie vor musste sich ihr Mann manchmal bis tief in die Nacht hinein um die Kranken kümmern, nur um am Morgen wieder mit dem ersten Hahnenschrei bereitzustehen. Sie stand mit ihm auf, als wäre es selbstverständlich. Viel zu selten nahm er sie dann in den Arm, drückte sie fest und flüsterte ihr ins Ohr: »Was wäre ich ohne dich.«

Für einen kurzen Moment fühlte sie dann die Liebe, die sie immer miteinander verbunden hatte. Aber sie spürte auch, dass sie sich als Familie entfremdeten. Nebeneinander zu arbeiten entfaltete nicht dieselbe Stimmung, wie miteinander in das Ofenfeuer zu blicken oder Hand in Hand einen Spaziergang am Flussufer zu machen.

Sie wollte so gern hoffen, dass all diese Mühen irgendwann dazu führen würden, dass sie und Richard und die Kinder in einer von mannigfaltigen Kulturen belebten Metropole leben würden, Weltbürger in einer Stadt mit Akademien und Universitäten, Hochschulen und Hospitälern, Kunstkammern und Palästen, Bibliotheken und Theatern.

Ach, sie wollte so gern daran glauben, dass die Visionen des Zaren Wirklichkeit wurden. Sein unbedingter Fortschrittsglaube, sein Wille, alles in Frage zu stellen, woran die Menschen in den vergangenen Jahrhunderten geglaubt hatten, sein Wunsch, Russland aus dem dunklen Zeitalter zu führen: All dies manifestierte sich in dieser Stadt und hinterließ tiefen Eindruck auf Frieda, auch wenn sie sich fragte, ob in einer Welt, wie der Zar sie gestalten wollte, noch Platz sein würde für einen gottgleichen Herrscher und Leibeigene ohne Rechte.

Sie jedenfalls würde alles tun, was in ihrer Macht stand, um die Stadt des Zaren nach den Vorstellungen des Regenten mitzugestalten.

Im Moment war es allerdings am vordringlichsten, die Menschen am Leben zu erhalten. Aber irgendwann würde sie Ehrenämter überall da übernehmen, wo der Zar sie brauchte. Und sie hoffte von Herzen, dass sie ihren Kindern diesen Geist vermittelte und auch sie zu Petersburgern der ersten Stunde wurden, die sich hellwach mit Geschick und Leidenschaft in die Stadtwerdung einbrachten.

Mehrmals war Richard in die Gruppe von Leibärzten um den Zaren zitiert worden, wenn es darum ging, die Meinung möglichst vieler Mediziner zu diesem oder jenem Gebrechen einzuholen. Aber Richard beeilte sich immer, aus dem Kreise der Wissenschaftler zurück auf die Admiralitätsinsel zu gelangen, wo er gebraucht wurde. Seiner Ansicht nach konnten sich die Gelehrten auch ohne seine Anwesenheit vor Neid und Ehrgeiz an die Hälse springen.

Während Frieda und Paula an Dr. Albrechts Seite arbeiteten, besorgte Helena den Haushalt, kochte und wusch, putzte und erledigte den Einkauf, aber Frieda wäre es lieber gewesen, sie hätte die Möglichkeit, ihre Schulbildung fortzusetzen.

Zar Peter kümmerte sich um so vieles, aber aus St. Petersburg einen bedeutenden Hafen zu machen, mit dem er in ganz Europa Eindruck schindete, hielt er für wichtiger als die Bedürfnisse der Menschen in seinem Reich. Obwohl sie sonst kein schlechtes Wort auf den Zaren kommen ließ, packte Frieda in diesem Fall der Zorn. Sie hielt es für falsch, die Jugend zu vernachlässigen. Die jungen Leute waren die Zukunft dieser Stadt. Es hieß, der Zar plane bereits wissenschaftliche Akademien, aber wenn er nicht rechtzeitig die Jugend schulte, würden die ausländischen Professoren, die er ins Land zu holen gedachte, vor leeren Rängen dozieren.

Frieda hatte nun nach knapp drei Jahren in St. Petersburg

beschlossen, sich selbst darum zu kümmern, dass ihre Kinder für die Zukunft gewappnet waren. Sie hatte versucht, mit Richard darüber zu reden, aber der hatte nur geistesabwesend abgewinkt. »Mach, was du für richtig hältst, Frieda.« Es hatte sie verletzt, dass er bei einer so wichtigen Angelegenheit keine eigene Ansicht vertrat. Als wäre ihm die Familie längst egal. Aber es hatte auch ihren Trotz geweckt.

Mit dem Schiff aus Lübeck war vor zwei Tagen ein Deutscher – Albus Dorint – angereist, der sich nach dem Befinden seiner beiden Brüder erkundigen wollte, die als Segelmacher in der Werft arbeiteten. Er hatte sich auf dem schwankenden Schiff eine Rippe gebrochen und ließ sich von Richard behandeln. Während Frieda ihm den Verband anlegte, erfuhr sie, dass er sich in Lübeck als Lehrer einer Jungenschule verdingte.

Sie setzte alles daran, ihn davon zu überzeugen, hierzubleiben, und bot ihm ein gutes Gehalt, um ihn zu locken. Sie konnten sich das leisten, der Zar honorierte die Dienste ihres Mannes großzügig, und die Patienten versorgten sie mit Körben von Naturalien, so dass sie Mühe hatten, alles zu verzehren und einzuwecken.

An diesem Tag, da er sich die Verbände hatte abnehmen lassen, versprach Albus Dorint, ihr Angebot zu prüfen und ein paar Stunden zur Probe mit den Kindern zu verbringen. Er überreichte ihr sogar einen zusammengebundenen Stapel von Schulbüchern. Frieda verlor keine Minute, um den Kindern diese Neuigkeit zu verkünden und ihnen die Bücher zu zeigen.

Sie hörte die Haustür klappen und kurz darauf die Tür des Kinderzimmers knallen. Nanu? Hatten sie Besuch gehabt?

Ihr vorfreudiges Lächeln erlosch, als sie auf Paula blickte, die wie eine Stoffpuppe gekrümmt und haltlos auf ihrem Bett lag. Mit zwei schnellen Schritten war sie bei ihr.

Gustav nahm sein Boot und erhob sich. »Das geht hier zu wie im Taubenschlag. Nirgendwo hat man seine Ruhe. Ich bin froh, wenn ich endlich meine Ausbildung in der Werft beginnen kann. Das ist ja nicht auszuhalten mit all dem Lärm!«

Frieda setzte sich dicht neben Paula, legte den Arm um ihre Schultern. Sie lächelte ihren Jüngsten an.

»Entschuldige, Gustavchen, hock dich wieder hin. Dein Schiff ist wundervoll. Sogar die Takelage sieht aus wie bei einer echten Fregatte.«

Ein Hauch von Stolz glitt über das Jungengesicht. Er streichelte über das glattgeschliffene Holz des Schiffsbauchs. Er war in den letzten Wochen gewachsen, aber sein Gesicht war noch das eines Kindes mit feuerroten wuscheligen Haaren. Die Stimme brach ihm manchmal und wechselte von einem kindlichen Singsang mit einem Kiekser zu einem brummeligen tiefen Ton.

»Bleib einen Moment, Gustav, was ich zu sagen habe, geht auch dich an.«

Gustav blieb stehen mit dem Schiff unter dem Arm, Paula richtete sich auf und sah ihrer Mutter von der Seite ins Gesicht.

»Ich habe einen Lehrer für euch gefunden!«

»Oh nein«, brummte Gustav.

Frieda schlug die Bücher auf, die sie neben sich gelegt hatte. »Schaut hier, Mathematik, Latein, Französisch ...«

Gustav wandte sich zur Tür. »Ich brauche keinen Lehrer. Nächstes Jahr im Frühjahr werde ich als Schiffszimmermann in die Lehre gehen. Da fragt kein Mensch nach Französisch oder den alten Römern. Und außerdem: Zar Peter hat sich auch alles selbst beigebracht. Das erzählst du bei jeder Gelegenheit!«

»Zar Peter ist einzigartig, das kannst du nicht vergleichen«, erwiderte Frieda – und erschrak in der nächsten Sekunde, weil ihrem Sohn die Kinnlade herunterfiel. Sie trat einen Schritt auf ihn zu, nahm ihn in die Arme. Er ließ die Schultern hängen. »Du bist auch einzigartig«, sagte sie sanft, eine Schwäche, die ihr Sohn vermutlich für ein Eingeständnis hielt.

Was die Schulbildung des Zaren betraf, lag Gustav falsch. Er war sehr wohl unterrichtet worden, es gab nur in seiner Jugend keinen Gelehrten, der seinen unvergleichlichen Wissensdurst stillen konnte, wie Frieda zu Ohren gekommen war. Lange bevor seine Erziehung begann, beherrschte Peter das Alphabet, hieß es, und mit Hilfe eines Globus – ein Geschenk aus Westeuropa – erwarb er geographische Kenntnisse. Peter schien bereits als Jugendlicher gewusst zu haben, dass er selbst dafür verantwortlich sein würde, seinen Durst nach dem Neuen, dem Fortschrittlichen zu stillen. Also erwarb er den höchsten Bildungsstand auch ohne Eltern, Lehrer und geistige Größen und machte sich mit den geistigen Strömungen der Zeit bekannt. Sein Antrieb schien die Lust am Lernen gewesen zu sein – die Gustav bedauerlicherweise völlig abging.

Frieda ließ ihren Jüngsten ziehen. Letzten Endes würde er sich nicht widersetzen können. Bevor er sein Handwerk erlernte, musste er die schulischen Grundbegriffe auffrischen und erweitern. Sie hatte nicht damit gerechnet, dass er in Begeisterungsstürme ausbrechen würde, aber von Paula hatte sie mehr erwartet.

Sie streichelte der Tochter über den Scheitel. »In den letzten Wochen läufst du viel zu häufig mit einer Trauermiene herum. Und Willem hat lange mehr keinen Abend bei uns verbracht. Ist etwas zwischen euch vorgefallen?«

Paulas Kopf ruckte hoch. Sie starrte ihre Mutter an. »Er hat jetzt Besseres zu tun.« Ihre Stimme klang belegt.

»Liebes.« Frieda hob die Hand, um ihre Wange zu streicheln. Plötzlich liefen Tränen über Paulas Wangen.

Frieda umarmte sie und wiegte sie wie früher in der Kindheit. »Es tut mir weh, dich so traurig zu sehen. Ich leide mit dir, weißt du? Für dich ist Willem schon lange mehr als ein Spielkamerad aus früheren Zeiten, nicht wahr?« Sie spürte, dass Paula an ihrer Brust nickte. »Und du weißt nicht, ob er genauso für dich empfindet?«

Paula richtete sich auf. »Ganz bestimmt empfindet er so nicht für mich. Er behandelt mich wie einen Jungen. Er sieht gar nicht, dass ich inzwischen auch eine Frau bin.« Sie reckte die Brust vor.

Frieda sah sie liebevoll an. »Dann muss er wirklich blind sein«, sagte sie. »Aber es hilft nichts, dich an Träume zu klammern, die keine Erfüllung finden. Nimm, was du von ihm haben kannst. Tiefe Freundschaft ist etwas sehr Wertvolles, Paula. Nicht alle haben das Glück, sie zu erleben.«

»Ich weiß nicht, wie ich das schaffen soll, Mutter. Ich muss immer daran denken, wie er mich geküsst hat.« Ihr Gesicht überzog sich mit einer hellen Röte, aber Frieda nickte ihr zu, um ihr die Verlegenheit zu nehmen. »Ein einziges Mal hat er mich geküsst, danach nie wieder. Vielleicht habe ich irgendetwas falsch gemacht ...«

»Unsinn, Paula, ich bin sicher, dass du alles richtig gemacht hast. Vielleicht hat Willem im Moment einfach den Kopf voll von all den neuen Aufgaben, die man ihm in der Künstlerwerkstatt drüben auf Wassiljewski aufgebrummt hat. Gib ihm Zeit. Und dir auch, Liebchen. War es nicht immer dein Wunsch, lernen zu dürfen?« Sie nahm das Mathematikbuch und blätterte darin. »Schau, hier bekommst du die Möglichkeit. Bilde dich, Paula, damit du bereit bist, wenn die erste Akademie in Sankt Petersburg die Pforten öffnet. Von meinen drei Kindern bist du diejenige mit den höchsten Geistesgaben, es wäre ein Jammer, wenn du sie nicht nutzen würdest. Du weißt ja, dass Vater behauptet, eine gelehrigere Schülerin als dich könnte er sich nicht vorstellen. Das sagt er nicht nur als Lob, er meint es sehr ernst.«

In Paulas Augen kehrte der Glanz zurück. Sie bewegte die Schultern, wie um eine Verspannung zu lösen. »Du hast recht, Mutter. Ich bin eine dumme Gans, wenn ich mich in Selbstmitleid ergehe.« Sie stieß ein Lachen aus. »Wie habe ich das an Helena immer gehasst, wenn ihre Gedanken nur um ihre

Kavaliere kreisten. Und nun bin ich selbst eine Heulsuse.« Sie griff nach den Büchern, stapelte sie auf ihrem Schoß und blätterte im obersten. Dicht ging sie mit der Nase an die Seiten und strich sich mit dem Zeigefinger über die Lippen, während sie zu lesen begann. Frieda betrachtete sie liebevoll.

Als Paula nach einer Weile aufsah, war der Glanz in ihre Augen zurückgekehrt. »Wann geht es los mit dem Unterricht?«

Beim Hinausgehen war Frieda sich nicht sicher, ob sie tatsächlich einen Sieg errungen hatte. Sie hatte Paula auf andere Gedanken gebracht, aber war es wirklich der richtige Weg, sich in Studien zu stürzen, um den Liebeskummer zu vergessen?

Innerlich litt Frieda mit ihren Töchtern und wünschte, sie hätten ihren Platz im Leben schon gefunden. Während Paula ihre trüben Gedanken zu vertreiben versuchte, indem sie ihren Verstand beschäftigte, nahm Helena, wie Frieda wusste, genau in dieser Stunde Abschied von ihrem Erik, dessen Kutsche bereits beladen an seinem Haus stand. Und Helenas Stimmung würde sie wohl nicht mit der Nachricht aufhellen, dass Lehrer Albus Dorint demnächst mit ihr auf Französisch parlieren und Winkel berechnen würde.

Es erfüllte sie mit Stolz, dass sie es geschafft hatte, einen Lehrer zu organisieren. Und wenn sich der Schulbetrieb erst einmal entwickelt hatte – vielleicht könnte man über einen Anbau am Ärztehaus nachdenken? –, würde sie mit Dorint darüber sprechen, ob er nicht weitere Kinder von Deutschen und Holländern aus der Nachbarschaft unterrichten könnte.

Wenn dem russischen Herrscher die Zeit für solch wichtige innere Angelegenheiten fehlte, brauchte es eben Menschen, die zupackten, wenn sich Gelegenheiten ergaben.

Helena schmiegte sich eng an Erik, die Hand über seine Brust gelegt. Das Stroh unter ihr pikste durch die Decke, aber sie spürte nur die Wärme seiner Haut.

Eine Kerze brannte in einem gusseisernen Ständer auf dem Hocker, der direkt neben dem Bett stand, und hüllte den Raum in ein orange-braunes Farbenspiel aus Licht und Schatten. Durch das winzige Fenster fiel verschwommen das Nachtlicht, das sie bei einem ausgedehnten Spaziergang am Ufer der Newa entlang bis vor wenigen Minuten noch genossen hatten. Unterwegs hatten sie sich geküsst und ihre Leidenschaft geweckt, und in stillschweigender Übereinkunft hatten sie ihre Schritte zu seinem Haus gelenkt, wo sie vor neugierigen Blicken sicher waren und sich küssen und streicheln konnten.

»Ich weiß nicht, wie ich es ohne dich hier aushalten soll, Erik«, murmelte sie an seiner Brust. Sie war erschöpft und müde, aber sie bezwang den Wunsch zu schlafen. Zu kostbar waren die letzten Minuten mit ihm. An der Seitenwand des Hauses stand die Kibitka mit den beiden Pferden, die ihn über Wyborg durch Finnland bis an die Küste bringen würde, von wo er eine Überfahrt nach Stockholm zu ergattern hoffte.

Während sie selbst in seinen Armen immer schwermütiger wurde, spürte sie die Anspannung seiner Muskeln unter ihren Händen. Den Beginn seiner Reise nach Hause konnte er kaum erwarten.

Er richtete sich halb auf und griff unter den Hocker. Ein fingerlanges Stück helles Kantholz aus einem Birkenstamm kam zum Vorschein. Er hielt es so, dass sie es beide sehen konnten. »Schau, damit kannst du die Tage zählen, bis wir wieder zusammen sind.«

Helena spürte die Tränen, als sie die Worte las, die er auf einer Seite eingebrannt hatte. *Für immer.* Erik zog ein kleines Schnitzmesser vom Gürtel seiner Beinlinge, die neben ihm zu einem Haufen geknüllt auf dem Boden lagen, und reichte es Helena. »Für jeden Tag, den wir getrennt sind, ritzt du einen Strich in das Holz. Noch ehe das Holz voll ist, schließe ich dich wieder in die Arme.«

Helena nahm ihm das Kantholz aus der Hand, strich über die raue Maserung und lächelte. »Ein kurzes Stück Holz«, sagte sie.

Erik nickte. »Mehr ist nicht nötig«, behauptete er und wandte sich ihr zu, um sie erneut zu küssen.

»Ich werde es immer bei mir tragen und es berühren, wenn ich mich nach dir sehne.«

»Es soll dich daran erinnern, dass ich zu dir gehöre und zu keiner anderen.«

Ein Leichtes in diesem Moment, da ihre Körper warm und weich ineinander verschlungen waren, sich Treue zu schwören. Aber in ihrer Phantasie war Eriks wahre Verlobte Siri zu einer Göttin aufgestiegen, die ihren Geliebten mit Haut und Haaren vereinnahmte, sobald sie ihn zu fassen bekam.

Was sollte Erik bewegen, sich ihr zu entziehen?

War ihre Liebe einzigartig und stark genug, dass er dafür dem Land seiner Väter und der vertrauten Geliebten den Rücken kehrte, um ins Feindesgebiet zurückzukehren und mit ihr in einer Hütte mitten im Sumpfgebiet zu hausen?

Erik griff ein weiteres Mal in seine Beinlinge und fingerte aus dem Gürtelbeutel den Ring hervor, den er von Arvids totem Körper gezogen hatte. Er nahm ihn zwischen Daumen und Zeigefinger und hielt ihn hoch. Das Kerzenlicht spiegelte sich darin und hüllte den Silberschmuck in einen Schimmer. »Dafür allein muss ich nach Uppsala zurück, Helena, verstehst du das?«

Helena wusste von dem Ring, aber ob sie auch verstand? Mit dem Kopf vielleicht, aber nicht mit dem Herzen und dem Bauch. Nein, es gelang ihr nicht einzusehen, dass Erik sie verlassen musste. Die Bande, die ihn an die Heimat ketteten, hätte sie am liebsten mit einem Schwerthieb durchtrennt.

»Was wird aus deinem Haus? Willst du es an einen der Werftarbeiter verkaufen?« Sie schaute sich um in der Hütte. Der Ofen in der Mitte nahm den meisten Platz ein, rechts davon befand sich das Bett, links ein Tisch mit zwei Stühlen, daneben eine Kommode, auf der sich zwei Holzteller, ein Löffel, zwei Zinnbecher befanden. Auf dem Hackklotz daneben lag ein Messer, im Ofen stand ein verbeulter gusseiserner Topf. In aller Eile hatte sich Erik sein weniges Hab und Gut drüben am Kaufhof besorgt. Die Hütte war nur mit Dingen eingerichtet, die einen praktischen Wert hatten. Von Wohnlichkeit war sein Zuhause weit entfernt. Aber warum sollte er es sich auch gemütlich machen, wenn ihn sowieso letzten Endes nichts hielt?

Er drehte sich auf die Seite, um sich ihr zuzuwenden. Sein Blick hielt sie fest, während er ihr ein paar Haarsträhnen aus dem Gesicht strich. »Ich dachte, du könntest hier wohnen. Mach es dir bequem, wie es dir gefällt.«

Sie biss sich auf die Unterlippe. »Wenn es das ist, was du möchtest?«

Er küsste ihre Stirn, die Nasenspitze, dann den Mund. »Es würde mich glücklich machen zu wissen, dass du mein Zuhause warm hältst. Wenn ich zurückkehre, bauen wir es aus und streichen es in den schönsten Farben.« Er grinste. »Wir in Schweden mögen unsere Häuser gern bunt, weißt du?«

Noch einmal umarmten sie sich, küssten sich, dann richtete er sich auf. Er stieg in seine Beinkleider, schnürte sein Hemd und warf sich die löchrige Jacke über, die ihm noch aus seiner Kriegszeit geblieben war. Dann griff er nach dem Rucksack mit den wenigen Kleidungssachen, die ihm gehörten, und dem Proviant, den Helena ihm aus der Küche ihrer Mutter mitgebracht hatte. Einen halben Kirschkuchen, getrocknetes Fleisch, ein Stück Käse und ein paar kalte Blini.

Als sie nach draußen traten und die beiden Stufen hinab auf den Bretterpfad stiegen, empfing sie ein grün und lila schillernder Himmel, der sein Licht verschwenderisch auf den Fluss ergoss. Immer noch glitten Boote über die Wasseroberfläche wie über einen juwelenbesetzten Teppich. Die Newa rekelte sich in ihrem Bett wie eine träge Schöne.

Erik neben ihr hielt einen Moment inne, sog diesen Anblick in sich auf, bevor er zu den Pferden ging und sie liebevoll tätschelte. Dann bestieg er den Kutschbock und packte seine Habseligkeiten neben sich. Er griff nach den Zügeln und nickte Helena zu, sein Mund ein blasser Strich. »Vertrau mir, Liebste«, sagte er leise, bevor er die Peitsche über den Rücken der Lasttiere schnalzen ließ. Rumpelnd setzte sich das Gefährt Richtung Osten in Bewegung.

Mit hängenden Armen blieb Helena zurück, starrte ihm nach, bis er drüben hinter den Häusern und bei der mit Gerüsten und Kränen, Steinbergen und Bretterstapeln vollgestellten Baustelle von Zar Peters Sommerpalast verschwand. Der Wind strich kühl über ihre Wange, und als sie mit der Hand ins Gesicht fuhr, merkte sie, dass die Tränen liefen.

Langsam wandte sie sich um, die Schritte schwerfällig wie die einer gebrechlichen Alten, und schleppte sich die Stiegen zur Hütte hinauf. Das Kantholz hielt sie umklammert in der Faust. *Für immer.* Das dumpfe Klappen der Tür hörte sich an wie etwas Endgültiges.

Buch 3

Die Hauptstadt

November 1707 – Winter 1708/1709

Kapitel 23

*Landgut des Grafen Bogdanowitsch,
November 1707*

»Lass dich nicht hundertmal bitten, Arina!« Gräfin Viktoria klopfte gegen die Tür zum Zimmer der Komtess. Sie trug bereits das ausgeschnittene Kleid aus königsblauer Seide, das ihre Taille so eng schnürte, dass sie nur stoßweise Luft bekam. Sie hoffte, dass der Stoff auf der Fahrt nach St. Petersburg noch nachgeben würde.

Der Schlitten mit den sechs Pferden stand unten bereit. An den Nüstern der Gäule bildeten sich Dampfwölkchen, die in die eisblaue Luft stiegen. Seit zwei Wochen lag eine Schneeschicht über dem Land, dick genug, um mit dem bequemen Gefährt auf Kufen zu reisen. Dem Himmel sei Dank, ging es der Gräfin durch den Kopf. Das Gerumpel in der Kutsche in den Sommermonaten war unerträglich. Ohne Prellungen und Blessuren kam man selten in der Stadt an.

Gräfin Viktoria fühlte sich hin und her gerissen zwischen Stolz und dem Gefühl, erniedrigt zu werden. Was für eine Ehre, dass die Grafenfamilie zu der geheimen Verehelichung zwischen dem Zaren und seiner langjährigen Geliebten geladen war.

Martha, dieses ungebildete Bauernmädchen, hatte aus Liebe zum Zaren zum orthodoxen Glauben gewechselt und nannte sich seither Katharina. Die Gräfin hatte immer gewusst, dass es da diese Frau gab, von der Peter nicht lassen konnte, aber sie hatte auch mitbekommen, wie sie nach den Geburten von mittlerweile fünf Kindern mehr und mehr an Attraktivität einbüßte. Inzwischen war sie derart aus der Form geraten, dass es Gräfin Viktoria unvorstellbar erschien, dass er sie noch begehrte. Aber sie hatte sich getäuscht. Nachdem Peters erste Frau Nonne geworden war, feierten sie nun im engsten Kreis in Menschikows Anwesen Hochzeit. Das war ein sicherer Beweis dafür, wie sehr er diese Frau schätzte.

Der heutige Tag der inoffiziellen Vermählung zog einen Schlussstrich unter all ihre Bemühungen, den Zaren doch noch für ihre Tochter zu begeistern. Ein schöner Traum, der geplatzt war, und die Gräfin fragte sich, wofür sie jetzt noch kämpfen sollte.

Sicher, der Regent war überaus hartnäckig gewesen, Arina von sich zu weisen, aber einmal war er schwach geworden, nur hatte ihre Tochter es nicht fertiggebracht, die Gunst der Stunde zu nutzen. Die Gräfin wollte sich nicht vorstellen, wie ungeschickt sich Arina in den Armen des Regenten angestellt haben mochte. Ihr schwindelte, wenn sie sich ausmalte, was sie hätte erreichen können.

Seit jenem Abend, als der Zar mit seiner Gefolgschaft Zuflucht auf ihrem Landgut gesucht hatte, war eine Veränderung mit Arina vor sich gegangen. Sie verhielt sich wie ein Tier in der Falle, sobald man ihr zu nah kam, und verbarg sich die meiste Zeit des Tages. Ihr Blick wirkte dunkel und verhangen, ihre Wangenknochen stachen spitz hervor.

In mancher Stunde hatte sich im Innersten der Gräfin etwas wie Mitgefühl geregt. War es ihr Traum von der Einheirat in die Zarenfamilie wert gewesen, dass ihre Tochter nun so verkümmerte? Freundliches Zureden und mütterlicher Trost lagen der Gräfin nicht, sie versteckte aufkeimendes Mitleid hinter schroffen Bemerkungen, aber in ihrem Innersten hoffte sie, dass Arina es schaffte, diese Melancholie und den Trotz abzuschütteln.

Den heutigen Tag hielt Gräfin Bogdanowitsch für eine delikate Chance, dem Zaren vorzuführen, auf welch süße Frucht er zugunsten der fettleibigen Mutter seiner Kinder verzichtet hatte. Mit Würde und Stolz wollte sie sich aus dem privaten Umfeld des Zaren zurückziehen und ihrer Tochter ein letztes Mal eine Bühne bieten, auf der sie ihre Vorzüge zur Schau stellen durfte. Das musste doch auch für Arina ein Triumphgefühl sein, ihre Schönheit in die Waagschale zu werfen, obwohl die Entscheidung gefallen war. Sollte der Zar erkennen, was ihm entging! Viktoria hoffte, dass Arina sich für diesen Abend die größte Mühe gab, sich hübsch zu machen. Die Zofe würde ihr helfen, die Körperstellen, an denen ihre Knochen arg sichtbar hervorstachen, mit Stoffballen aufzupolstern.

Die lange düstere Jahreszeit, in der die Dunkelheit des Morgens in die Dunkelheit des Abends überging, hatte gerade erst begonnen. Es würde nicht allzu viele Gelegenheiten geben, der Tristesse in den stickigen Räumen zu entkommen.

Auf einer mit Intarsien verzierten Kommode neben der Zimmertür stand eine Vase aus chinesischem Porzellan mit einem Bündel von Kirschzweigen. Lilka und zwei andere Zofen hatten sie im Garten gepflückt und sich Wünsche ausgedacht, die in Erfüllung gehen würden, wenn die Knospen bis zum ersten Januar erblühten. In früheren Jahren war dies eines von Arinas Lieblingsspielen gewesen, aber die Zeiten hatten sich geändert. Und die Knospen gingen sowieso fast nie auf, dachte die Gräfin missmutig.

Sie trommelte ein weiteres Mal gegen die Tür. »Hör endlich auf, in deinem Selbstmitleid zu baden!«, rief sie. »Man muss mit gar nichts leben. Man kann alles ändern! Aber dazu braucht es einen festen Willen! Kraft ist erlernbar, meine Liebe!« Wie oft hatte sie in den vergangenen Wochen in dieser Art auf ihre Tochter eingeredet, aber sie hatte nur wie ein Schutzschild die Arme vor der Brust gekreuzt und eine Miene aufgesetzt, als ginge sie das alles nichts an, die Lippen verschlossen für jedes Widerwort, jede Zustimmung und auch für jede Art von Nahrung. Es war ein Kreuz mit ihr.

Viktoria presste das Ohr gegen die Tür. Von drinnen drang kein Mucks.

Eine unbestimmte Ahnung stieg in Viktoria empor. Sie schluckte, aber das flaue Gefühl in ihrem Magen blieb. Irgendwo besaßen sie einen Zweitschlüssel zu Arinas Zimmer, aber den zu suchen, fehlte ihr die Geduld.

Irgendetwas stimmte nicht.

Vor ihrem inneren Auge tauchten Bilder von ihrer Tochter auf, wie sie in einer roten Lache auf dem persischen Teppich lag oder an ein Bettlaken geknüpft von der Decke baumelte. Mit zwei Fingern fasste sich die Gräfin an die Stirn und atmete durch den geöffneten Mund. Sie hielt sich, um vor Schwindel nicht zu Boden zu stürzen, am Türrahmen fest.

Dann kam Leben in sie.

Mit befehlsgewohnter Stimme schrie sie nach den Leibeigenen, die ihr im Haus zur Verfügung standen. Innerhalb weniger Sekunden versammelten sich die Männer vor Arinas Zimmer.

Die Gräfin machte einen Schritt zurück und wies mit der Hand auf das Schloss. »Öffnet die Tür!«

Die Männer wechselten Blicke, murmelten, hoben verständnislos die Schultern.

»Habt ihr nicht verstanden, ihr verlaustes Pack?« Die Gleichgültigkeit war einem lohenden Zorn, genährt von der Angst um ihre Tochter, gewichen. »Brecht diese Tür auf! Jetzt!«

Die beiden kräftigsten Männer lösten sich aus der Gruppe. Einer hob seinen bestiefelten Fuß und trat gegen das Holz, der zweite versuchte es mit der Schulter. Beim dritten Stoß splitterte das Holz und gab krachend nach.

Eine kalte Brise, als wäre der Tod durch den Raum gefegt, empfing sie. Aber für den frostigen Hauch war nur das offenstehende Fenster verantwortlich, vor dem die Seidengardinen flatterten.

Die Gräfin sprang in den Raum, die Hände vor Anspannung geballt, die Kiefermuskeln verkrampft. Ihr Blick eilte durch den Raum, während sie sich für den entsetzlichsten Anblick ihres Lebens wappnete. Hinter sich hörte sie das Tuscheln der neugierigen Leute, die ihr gefolgt waren.

Das Zimmer war leer.

Allem Anschein nach schien Arina durch das Fenster aus ihrem Elternhaus geflohen zu sein. Die Gräfin hielt sich die Hand vor die Augen, atmete ein paar Mal wie ein Karpfen, den es ins Trockene gespült hatte. Dann fiel sie, aufgefangen von kräftigen Armen, in eine Ohnmacht.

Der eisige Novemberwind schnitt scharf wie Glassplitter um ihre Wangenknochen. Stirn, Mund und Nase hatte Arina mit Wollschals umwickelt, ihren Kopf wärmte eine Mütze aus Nerz.

Sie krallte sich in die Mähne des goldfuchsfarbenen Ponys, legte die Wange auf seinen Hals und presste die Oberschenkel an Juliks Leib. Die Muskeln an den Innenseiten ihrer Beine fühlten sich schon taub an, obwohl sie gerade mal die Hälfte des Weges zurückgelegt hatte.

Sie saß im Herrensitz auf dem Pferd, eine bestickte Decke unter sich, weil sie so besseren Halt fand und nicht befürchten musste, das Gleichgewicht zu verlieren.

Nein, sie war keine gute Reiterin, obwohl sie in ihrer Kindheit ein paar Reitstunden bekommen hatte. Es hatte sie nie interessiert, auf dem Rücken der Ponys die Landschaft zu erkunden. Bequemer war es, es wie die Mutter zu halten, die am liebsten in ihrer Kutsche oder auf dem Schlitten reiste, drei ihrer schönsten Pferde zu einer Troika mit bimmelnden Glöckchen vorgespannt.

Das Pferd schien den Weg, den Arina zu nehmen gedachte,

vorauszuahnen und hielt im gestreckten Galopp auf die Stadt an der Newa zu.

Arina wusste nicht, warum es sie nach St. Petersburg trieb. Sie kannte dort niemanden, abgesehen von der deutschen Arztfamilie. Helena und sie hatten sich in der Moskauer Vorstadt einige Male getroffen, miteinander geflüstert und gelacht, aber waren sie deswegen Freundinnen?

Arina wusste es nicht, aber sie kannte auch keinen anderen Menschen, den sie um Schutz bitten konnte.

Von ihrer Mutter hatte sie erfahren, dass Helena offenbar in eine sehr unglückliche Verbindung verwickelt war und dass sie nun allein in einem Häuschen in der Nähe ihrer Eltern wohnte. Arina konnte nur hoffen, dass sie sie einließ und ihr nicht die Tür vor der Nase zuschlug, weil sie genug eigenen Kummer hatte.

Was sie aber ohne Zweifel wusste, war, dass sie es in ihrem Elternhaus keinen Tag länger aushielt.

Dass sie Vater und Mutter hinter sich lassen musste, wenn sie jemals eine Chance auf eigenes Lebensglück haben wollte. Vielleicht aber würde sie diese Flucht aus ihrem Elternhaus über das verschneite Land auch nicht überleben.

Vielleicht würde sie fallen und von Wölfen zerrissen werden. Vielleicht würde die eisige Luft sie gefrieren und wie einen toten Vogel zu Boden stürzen lassen.

Solche Gedanken bargen keinen Schrecken für Arina. Er erschien ihr als mögliche Option, mit ihrem Dasein abzuschließen.

Sie hatte ihr wärmstes Kleid aus Brokatstoff angezogen, nach russischer Art mit Kordel unter der Brust und bis zum Hals geschlossen. Darüber trug sie den Kutschermantel aus Schaffell, den sie an einem Haken im Reitstall entdeckt hatte. Es war keine Zeit gewesen, in den Schränken ihrer Mutter nach ihrem eigenen Wintermantel zu wühlen. Dieser weit geschnittene speckige Umhang gab ihr die zusätzliche Sicherheit, nicht schon von weitem als Frau erkannt zu werden, auf die sich die in die Wälder geflohenen Leibeigenen, die sich zu Räuberbanden zusammengerottet hatten, stürzen konnten.

Arina war aufgebrochen, um ihr Leben zu retten.

In den vergangenen Wochen und Monaten hatte sie kaum mal eine halbe Schale Kascha gelöffelt, ab und zu an einem Kanten Brot geknabbert oder ein Stück vom Apfelschnitz abgebissen.

Seit drei Tagen hatte sie das Essen ganz eingestellt. Je näher der Tag der Zarenhochzeit rückte, desto schwerer wog der Klotz, der in ihren Eingeweiden zu rumpeln schien.

Sie spürte ein Würgen, sobald sie nur an Essen dachte. Es verlieh ihr ein Triumphgefühl, wenn sie das Brennen in ihrem Magen, das ihren Hunger signalisierte, auszuhalten imstande war. Das war vielleicht das einzig Gute in ihrem Alltag: Niemand schaffte es, ihr vorzuschreiben, was und wann sie zu essen hatte. Was sie ihrem Körper zuführte, das entschied sie allein. Der einzige Bereich ihres Lebens, in dem Arina sich nicht machtlos fühlte.

Auch jetzt, während das Landhaus in ihrem Rücken in der Dämmerung versank, genoss sie die Leichtigkeit ihres Körpers, als könnte sie, wäre sie nur weniger angespannt und verkrampft, einfach abheben und wie ein Vogel über das Ingermanland schweben.

Was dachte sich ihre Mutter bloß? Wie konnte sie so unverfroren sein, sie zu zwingen, an der Hochzeit des Zaren teilzunehmen? Wie konnte sie sie zwingen, ein weiteres Mal in den Dunstkreis dieses Mannes zu geraten, der ihr die größte Demütigung zugefügt hatte?

Nach jener Nacht hatte Arina begonnen, sich mehrmals täglich den Körper mit einer Bürste und kaltem Wasser abzuschrubben, bis ihre Haut rissig und spröde wurde, aber immer noch hatte sie das Gefühl, besudelt zu sein.

Sie fragte sich, wie sie es schaffen sollte, je wieder die Nähe eines Mannes zuzulassen, ohne die Erinnerung an jene Nacht wie eine Brandwunde in ihrem Innersten zu spüren.

Nein, Zar Peter hatte ihrem Körper kein Leid zugefügt, abgesehen davon, dass er sich mit einem Achselzucken das Recht genommen hatte, sie zu entjungfern. Schwerer wog das, was er ihrer Seele angetan hatte.

Arina war seit jenem Tag nicht mehr bereit, sich von ihrer Mutter wie ein Lamm zum Metzger führen zu lassen, aber sie hatte auch keine Vorstellung, was sie sonst für ihre Zukunft hoffen sollte. War es nicht ihr vorgezeichnetes Schicksal, von den Eltern einem Mann zugeführt zu werden, dem sie künftig zu Diensten sein würde?

Hinter Arinas Stirn tanzten die wirren Gedanken wie Schneegestöber.

Vielleicht war es das größte Abenteuer ihres Lebens gewesen, als sie aus dem Fenster ihres Zimmers im ersten Stock gestiegen war.

Die untergehende Sonne hatte den Schnee auf den Wiesen hinter dem Gut purpurrot gefärbt. Sie war auf den Sims gestiegen und hatte nach einem starken Ast des alten Maulbeerbaums gegriffen, dessen Zweige an ihrem Fenster kratzten und der längst geschnitten oder gefällt sein sollte, weil er mit seinem Laubbewuchs im Sommer ihr Zimmer verdunkelte. In dem Moment war sie froh, dass sich keiner gefunden hatte, der das Abholzen übernommen hatte.

Ein gutes Stück über dem Boden schwebend, war sie gesprungen. Gras und Schnee hatte ihren Sturz abgefangen, und nach dem ersten erschreckten Aufatmen hatte es sich angefühlt, als hätte sie ihre Ketten gesprengt. Die puderigen Flocken knirschten unter ihren Schritten. Die ersten Sterne am klaren Himmel schienen in der eisigen Luft zu zittern.

Sie handelte wie im Fieber, griff sich den Kutschermantel und führte den Goldfuchs an den Zügeln aus seinem Gatter. Das Pferd, aus der Zucht eines Donkosaken stammend und für seine Widerstandskraft bekannt, hatte genickt und geschnaubt. In seinen seelenvollen Augen stand das Versprechen, dass es sie nicht im Stich lassen würde. Es war bereit, sie auf ihrer Flucht zu tragen, wohin auch immer.

Der Halbmond warf nun ein gräuliches Licht über die Landschaft, ein paar Sterne flimmerten, und drüben in der Ferne verschmolz das Laternen- und Kerzenlicht der Bewohner von St. Petersburg zu einem schmutzig gelben Dunst.

Weiter, immer weiter.

Arina hielt den Oberkörper gebeugt, um dem Wind keine Angriffsfläche zu bieten. Die Wärme des Pferdekörpers spürte sie an ihren Beinen und an ihrer Wange, sobald sie das Gesicht auf seinen Hals senkte.

Mitten in der Kälte und der frostigen Nachtluft spürte Arina auf einmal ein Glücksgefühl durch ihren Leib jagen, weil sie nicht länger allein war. Ganz egal, was in dieser Nacht auch geschah, Julik würde von nun an zu ihr gehören. Sie schlang die Arme um den Hals des Tieres, während ihr Körper sich seinen geschmeidigen Bewegungen anpasste. »Lauf, mein Guter«, flüsterte sie. »Bring uns fort.«

Das rhythmische Schaukeln des Tieres versetzte Arina in einen Dämmerschlaf, halb nahm sie wahr, dass die Hufe des Pferdes nun durch morastigen Boden trabten, halb hing sie kreiselnden Bildern in allen Regenbogenfarben nach, die sich unaufhaltsam zu neuen Mustern zusammensetzten und Erinnerungen an ihre Kindheit wachriefen. Ein Lächeln stahl sich auf ihr Gesicht, als ihr einfiel, mit welchem Urvertrauen sie auf dem Moskauer Landgut über die Wiesen gesprungen war. Wann war die Leichtigkeit verflogen?

Wie aus weiter Ferne hörte Arina das Rumpeln von Handwagen, die Rufe von Holzfällern, das Schnauben von Ackergäulen. Sie richtete sich ein Stück auf, die Lider nur halb geöffnet.

Vor ihr lagen die ersten Häuser von St. Petersburg.

Die Menschen arbeiteten trotz der Dunkelheit noch auf den Feldern und an den Gerüsten, von überall her erklangen nun Stimmen, und die Luft war geschwängert von Feuchtigkeit. Der Geruch nach nassem Holz und Ofenqualm empfing sie. Drüben auf dem Fluss manövrierten die letzten Schiffe durch die Fahrspur, die die Gefangenen frei hielten, bis es nicht mehr möglich war.

Das Sternenlicht und der halbvolle Mond warfen einen grauen Dämmer über die Häuser und Baustellen. Der Schnee, der drüben auf den Feldern wie ein weißer Teppich geglitzert hatte, mischte sich hier mit halbgefrorenem Schlamm zu braungrauem Morast.

Keiner beachtete sie. Vielleicht hielt man sie in ihrem Fellmantel für einen betrunkenen Kutscher, der auf seinem Pferd eingedöst war.

Durch die Fenster mancher Hütten sah man Kerzenschein, Menschen, die sich um die bullernden Öfen drängten, in Decken gewickelt und die Hände um dampfende Tassen geschlungen. Aus anderen platzte Gelächter, in dem der Wodka mitklang, Johlen und Gesang.

Der Bretterweg gabelte sich. Arinas Finger waren taub, ihre Beine schmerzten, als wären sie mit Eisen verdrahtet, und hinter ihrer Stirn stockte das Denken. Sie fühlte sich zu Tode entkräftet, nicht in der Lage, eine Entscheidung zu treffen, geschweige denn nach dem Weg zu fragen. Sie hatte nicht die geringste Ahnung, wo sich Helenas Haus befand, und auf einmal bezweifelte sie auch alles, was sie sich vorab ausgemalt hatte.

Wie töricht von ihr, auf die Hilfe der Deutschen zu vertrauen, die sie vermutlich hinter ihrem Rücken belächelt hatte wegen ihrer russischen Tracht, ihrer Sprache, ihrer Manieren.

Sollte sie umkehren?

Sie schwang ein Bein über den Pferderücken und ließ sich hinabgleiten, um das Pferd am Zügel an den Häusern vorbeizuführen. Doch als ihre Füße den Boden berührten, merkte sie, dass ihre Beine nicht mehr kräftig genug waren, sie zu tragen. Sie sackte einfach in sich zusammen wie eine Marionette, der man die Fäden gekappt hatte.

Im Fallen fühlte sie das Aufspritzen des Schlamms, die harte Kante eines Bretts. Das Letzte, was Arina hörte, war Juliks Wiehern. Sie spürte die Wärme seiner Nüstern an ihrer Wange, als er sie anstupste.

Dann senkte sich sternenlose Dunkelheit über ihren Verstand.

Matteo di Gregorio missfiel manches an Russland und den Russen. Die Witterung, die Armut der Leute, die Rückständigkeit, die Plumpheit! Der Zar konnte tausend Gesetze erlassen, um seine Landsmänner zu zivilisieren – es würde, wenn überhaupt, noch mehrere Generationen dauern, bevor das Volk östlich des Dnjepr einen Hauch von der Grandezza und Weltgewandtheit der Italiener besaß. Selbst bei den aufgeklärt denkenden hochdekorierten Offizieren, die zur Leibgarde des Regenten gehörten, suchte man vergeblich nach Haltung, sobald der Wodka floss.

Gut, das Wässerchen der Russen, das sie sich Tag für Tag einflößten wie Medizin, war tatsächlich ein Gottesgeschenk, auch wenn es geschmacklich mit dem italienischen Landwein aus seiner Heimat nicht mithalten konnte.

Angenehm fielen Matteo die russischen Frauen auf, die zwar wenig grazil, dafür aber hungrig nach wildem Getändel waren. Wo Matteo die Italienerinnen mit seinem Charme um den Finger gewickelt und letztendlich in sein Bett gelockt hatte, brauchte es bei den Russinnen mitunter nur einen frivolen Blick, der sie in Wallung brachte. Matteo beschwerte sich nicht und nahm mit, was immer sich ihm anbot.

Er gehörte inzwischen zum engsten Mitarbeiterkreis des Zaren, arbeitete Domenico Trezzini zu und holte sich die Komplimente und die zusätzlich zugesteckten Rubel Abend um Abend ab, um seinen Bruder mit einem Bruchteil von beidem zu beteiligen.

Er hatte es aufgegeben, Francesco dazu zu überreden, diese Stadt für sich zu erobern. Das Leben wartete vor der Tür ihrer Holzhütte, in der sein Bruder allmählich versauerte, aber was ging es ihn an? Solange Francesco ihn Tag für Tag mit neuen Modellen und Plänen versorgte und im Gegenzug mit dem, was er ihm an Geld zusteckte, zufrieden war, würde Matteo an diesem Arrangement nicht rütteln.

Auch mit der törichten Chiara hatte sich aus seiner Sicht alles zum Guten gewendet. In dem weißköpfigen Künstler Camillo schien sie einen Beschützer gefunden zu haben, und dem Kind, das sie ihm anhängen wollte, fehlte es an nichts.

Selten meldete sich sein Gewissen wie ein lästiger Mückenstich. Dann flüsterte ihm eine Stimme ein, er solle nicht länger so tun, als habe er mit dem Jungen nichts zu schaffen, und es sei seine Menschenpflicht, sich um Mutter und Kind zu kümmern. Matteo hatte gelernt, diese Stimme zum Schweigen zu bringen. Dafür reichten meist ein Glas Wodka und die Küsse einer Frau in seinen Armen.

Einen weiteren Punkt konnten die Russen im Vergleich zu seinem Heimatvolk verbuchen: Ihre Badehäuser waren, sobald die Temperaturen fielen, ein Hochgenuss und ein geselliger Ort, um sich zu säubern, zu schwitzen und um Seilschaften zu pflegen.

An diesem Abend hatte Matteo die Einladung des adeligen Gardeoffiziers Kolja Jurewitsch zu einem gemeinsamen Besuch seiner Schwitzhütte gern angenommen.

In ausgelassener Runde ließen sich die beiden Männer und ein Dutzend weitere Italiener, Deutsche und Russen auf den hölzernen Stufen im Dampfnebel von anmutigen Mädchen verwöhnen. Birkenzweige klatschten auf ihre schweißnassen Rücken und Schultern, während ein nur mit einem Lendenschurz bekleideter Jüngling mit einem Tuch die heiße feuchte Luft verwedelte.

In Koljas Garten rieben sie ihre nackten Körper mit Schnee ein, bevor sie zurück in den erhitzten Raum strömten und sich an den Getränken labten, die auf Tabletts herumgereicht wurden.

Matteo fühlte sich bis auf den Grund seiner Seele entspannt und gereinigt, als er sich am späten Abend ankleidete und von seinem Gastgeber verabschiedete.

Der Italiener war inzwischen große Mengen von Alkohol gewöhnt, aber an diesem Abend hatte er sich zurückgehalten, weil er am nächsten Tag neue Pläne für die Wirtschaftsgebäude von Zar Peters Sommerhaus vorstellen wollte. Früher als üblich drängte es ihn nach Hause ins Bett, damit er ausgeschlafen war und nicht mit verquollenem Gesicht und roten Augen, den Alkohol vom Abend noch ausdünstend, vor den Regenten trat. Der Zar hatte mehrfach betont, wie sehr ihm der Stil und die Klasse der Italiener gefielen. Matteo würde nicht der Erste sein, der dem Bild von seinen Landsmännern einen Riss zufügte. Es fiel ihm an diesem Abend nicht leicht, denn die Mädchen im Badehaus waren wirklich außergewöhnlich appetitlich in ihrer Reinheit. Die Gäste wetteiferten um ihre Gunst. Nur zwei Herren, ein Deutscher und ein Russe, konkurrierten um die Aufmerksamkeit des Jünglings, der ihnen unter halbgeschlossenen Lidern einladende Blicke zuwarf.

Matteo atmete die frische Nachtluft ein, als er in seinem roten Rock und dem pelzbesetzten Umhang die Stufen der Villa hinabstieg. Das Gebäude war noch von Gerüsten umgeben, würde erst im kommenden Frühjahr fertiggestellt werden, aber die wichtigsten Räumlichkeiten waren bereits bewohnbar.

Er machte einen Satz auf den Bretterweg, der direkt an dem Haus vorbeiführte, und schlug den Silberfuchskragen hoch bis über die Ohren.

Bis zur Newa waren es wenige Minuten Fußweg. Dort lag das Ruderboot vertäut, das ihn nach Wassiljewski bringen würde. Hoffentlich hatte sich Francesco bereits zur Nachtruhe gelegt. Es graute ihm davor, dass der Bruder seine Hochstimmung mit seiner sauertöpfischen Miene zerstören könnte. In diesem leichtfüßigen Zustand, in dem er sich befand, würde er nur den Umhang ablegen, aus dem Rock schlüpfen, die Schaftstiefel abstreifen und in sein Bett sinken.

Das Holz knirschte unter seinen Absätzen, drüben an der Werft erklang das Bollern von Eisen auf Metall, die Flügel der Windmühlen auf der anderen Uferseite drehten sich träge im Wind. *Petersburg, was wird aus dir?* In Stunden wie diesen bekam er eine Ahnung, zu welcher gesellschaftlichen Metropole sich die Stadt zu entwickeln imstande war, wenn die Menschen, die mit ihren eigenen Händen Stein um Stein, Brett um Brett versetzten, nur niemals aufgaben.

Er stellte sich vor, wie in ferner Zukunft Menschenmassen dieses Land an der Newa bevölkerten. Hochseeschiffe würden sie aus aller Herren Länder hierherbringen, sie würden Theater, Opern, Museen besuchen und zwischen all der europäischen Lebensart am Ende doch einen Blick auf die russische Seele erhaschen.

Wo würde er selbst stehen? Selbstverständlich würde er in diesen Jahren nicht mehr ein Haus mit seinem sterbenslangweiligen Bruder teilen, und natürlich würde er nicht mit irgendeiner der Frauen, die sich ihm an den Hals warfen, eine Familie gründen. Nein, wenn er jemals in den Stand der Ehe treten und nicht als Freigeist und Genie zu Ruhm gelangen sollte, dann an der Seite einer Frau, die seine Größe zum Scheinen brachte.

Aber gut, das hatte Zeit. Es hatte sich, seit er seinen Fuß auf Petersburger Land gesetzt hatte, bewährt, die Dinge auf sich zukommen zu lassen.

Er hielt den Kopf gesenkt, um nicht versehentlich den Fuß

in den Morast zu setzen, doch als er ihn nun hob, um im matten Sternenlicht den Pfad zu erkennen, bemerkte er wenige Schritte vor sich ein herrenloses Pferd. Ein wunderschönes Tier, aber was um alles in der Welt machte es hier draußen? Die Zügel hingen locker um seinen Hals, auf seinem Rücken lag eine kostbar bestickte Decke.

Matteo schaute an dem Pferd hinab und entdeckte mitten im Schlamm eine reglose Gestalt.

Er stockte, starrte auf das Bild, das sich ihm bot. Ein Betrunkener, der von seinem Gaul gerutscht war. Vermutlich würde er die Nacht nicht überleben, wenn es zu frieren begann. Trotzdem, was ging es ihn an? Wen scherte es, ob ein besoffener alter Reiter im Dreck verreckte oder nicht? Nur ein Toter mehr in dieser Stadt.

Matteo trat zwei Schritte in Richtung Newa. Dann stieß er ein Fluchen aus, hieb mit der Faust durch die Luft und wandte sich um.

Vielleicht war es mit ein paar kräftigen Ohrfeigen getan, und der Betrunkene torkelte wieder seines Weges.

Angewidert stierte er nun auf das Bündel zu seinen Füßen, schmutzig gelbes Schaffell bedeckte eine schmächtige Gestalt, vielleicht noch ein Junge. Matteo ging in die Knie, fasste an die Schulter des Hilflosen. Es kostete ihn keine Mühe, ihn umzudrehen.

Er stieß einen überraschten Schrei aus, als er das Gesicht sah. Geschlossene Augen, die Lider bläulich durchscheinend, die Wimpern lang auf den fahlen Wangen, die Lippen blass wie der Tod. Sie war zu knochig, um hübsch zu sein, aber etwas in ihrem Gesicht rührte Matteo, und ein Hauch von dem Gefühl durchflog sein Innerstes, dass er dieses Mädchen schon einmal gesehen hatte. Nur wo? Sie war kein Straßenmädchen, keine Bäuerin, keine Leibeigene. Er fuhr mit zwei Fingern in ihren Schal und fand einen Zipfel von dem kostbaren russischen Kleid, hochgeschlossen und am Hals reich bestickt. Eine russische Adelige? Wie kam sie hierher, allein in dunkler Nacht? War sie krank? Hatte sie einen Unfall?

Matteo atmete schwer, während die Gedanken hinter seiner Stirn hin und her schossen. Das Pferd scharrte mit den Hufen, schnaubte dicht an seinem Ohr.

Matteo richtete sich auf, tätschelte seine Flanke und flüsterte ihm ins Ohr. »Ab nach Hause!« Dann gab er ihm einen kräftigen Klaps auf die Hinterbacken. Der Goldfuchs nickte ein paar Mal, so dass die Mähne flog, dann sprengte er davon in Richtung Hinterland.

Matteo ging in die Hocke und schob einen Arm unter die Beine des Mädchens, den anderen unter ihren Rücken. Als er sie anhob, sackte ihr Kopf nach hinten. Ihre dünne Haut am Hals schimmerte im Mondlicht, die Lider bebten. Unendlich langsam öffnete sie die Augen.

Himmel, das ist die Komtess, schoss es Matteo durch den Sinn. Einen Wimpernschlag später spannten sich seine Muskeln an, und der Puls brauste in seinen Ohren. Die Tochter aus dem Hause des Grafen Bogdanowitsch, die um die Aufmerksamkeit des Zaren gebuhlt hatte.

Damals hatte er sie mit einem Schmunzeln beobachtet und einmal sogar ihren Blick erhascht. Sie war keine klassische Schönheit, aber sie hatte ihre Reize mit ihrem unterwürfigen Augenaufschlag und ihren grazilen Gliedern. Damals hatte er sich ausgemalt, welch gute Partie sie für ihn wäre – als Ausländer in den russischen Adel einzuheiraten erschien ihm wie der Gipfel seines Erfolges. Aber er hatte auch gesehen, dass sie an niemand anderem Interesse hatte als an dem Machthaber des Reiches.

Und nun warf ihm der Himmel dieses Wesen vor die Füße? Er musste sie nur aufklauben und sie über den Strom in sein Zuhause bringen.

Während er sich in Bewegung setzte, den Mädchenkörper wie eine Puppe tragend, hob die Komtess plötzlich den Kopf, langsam und staunend. Sie legte die Arme um seinen Hals und bettete ihre Wange an seine Schulter.

»Alles wird gut«, flüsterte Matteo in ihr Ohr.

»Bist du von allen guten Geistern verlassen?« Francescos Finger knackten, als er sie verkrampfte. Er hatte einen nächtlichen Spaziergang unternommen, um die Schmerzen zu vertreiben, die sich in der stickigen Hütte beim Arbeiten an seinen Schläfen festgebissen hatten, und traute seinen Augen kaum, während er nun Mantel, Mütze und Stiefel abstreifte.

Auf der Pritsche am Ofen lag eine Frauengestalt in wertvollen russischen Gewändern. Matteo hockte auf einem Stuhl neben ihr und hielt ihre Hände.

Die Frau wandte das Gesicht, als Francesco seinen Bruder anfuhr. Francesco schluckte schwer. Ihr Blick traf ihn mitten ins Herz. Selten zuvor hatte er eine so bemitleidenswerte Gestalt angeschaut. Ihre Augen schienen leer, ihren Mund rahmten Kerben, die da nicht hingehörten, nicht in diesem Alter.

Francesco bereute es sofort, sie erschreckt zu haben, aber andererseits: Diesmal ging Matteo eindeutig zu weit! Schlimm genug, wenn ihn billige Damen begleiteten, aber dieses Wesen da gehörte eindeutig einer besseren Gesellschaft an. Hatte er sie betrunken und gefügig gemacht? Damit würde er nicht davonkommen, das stand fest.

Francesco baute sich vor seinem Bruder auf, die Arme vor der Brust gekreuzt. Mit hochgezogenen Brauen forderte er den Bruder zu einer Erklärung auf.

Matteo schmalzte. »Was du dir nur wieder denkst«, sagte er auf diese dahingeworfene Art, die Francescos Blut zum Sieden brachte. Nie nahm er die Gefühle anderer Menschen wichtig, nie dachte er an die Folgen seines Tuns.

»Ich habe sie drüben auf der anderen Seite mitten auf der Straße gefunden. Mutterseelenallein. Sie wäre erfroren, wenn ich sie liegen gelassen hätte.«

»Sie ist bereits halb erfroren«, erwiderte Francesco. »Sie braucht einen Arzt und keinen, der sie in seine Hütte schleppt.«

»Ich bin so dankbar.« Ihre Stimme war nur ein Wispern. »Bitte schickt mich nicht fort.«

Francesco klappte der Mund auf. Als er einen Blick mit seinem Bruder wechselte, hätte er ihm dessen Grinsen gern aus dem Gesicht geschlagen. Er zog sich einen zweiten Stuhl heran und ließ sich dicht vor ihr nieder. Ihre Hände hielt Matteo in seinen wie zwei gefangene Vögel.

»Es gibt sicher Menschen, die vor Kummer über Euer Verschwinden außer sich sind und sich fragen, was Euch zugestoßen ist. Wir müssen ihnen Bescheid geben.«

Die Frau schüttelte den Kopf. »Ich will niemanden benachrichtigen. Ich möchte nur hier sein und mich ausruhen.« Sie sprach halb deutsch, halb russisch. Beide Sprachen hatten die Italiener in Ansätzen inzwischen gelernt.

Francesco blickte wieder zu seinem Bruder. Matteo verzog den Mund, als wollte er sagen: *Da siehst du es.*

»Wie heißt Ihr?«, wandte sich Francesco an die junge Frau.

Sie zögerte, biss sich auf die Unterlippe, suchte in seinen Augen, wie um herauszufinden, ob sie ihm ihren Namen anvertrauen konnte, ohne dass er sogleich Himmel und Hölle in Bewegung setzte, um sie zu ihren Verwandten zurückzubringen. Schließlich holte sie Luft und wisperte: »Nennt mich einfach Arina.«

»Arina, der deutsche Arzt wohnt drüben am linken Ufer. Haltet Ihr es nicht auch für das Beste, wenn wir Euch zu ihm bringen?«

Arina blickte zwischen ihm und seinem Bruder hin und her. Ihre kleinen Hände verkrallten sich in Matteos Fingern, als hielte sie ihn für den Anker in ihrem Leben. »Bitte schickt mich nicht weg.«

»Wir schicken Euch nicht weg.« Matteo hob ihre Hände und hauchte einen Kuss darauf. »Ihr seid unser Gast, bis Ihr genesen seid. Francesco, füll eine Schüssel voll von der Gemüsebrühe, die Jewa am Morgen vorbeigebracht hat.« Die Frau eines russischen Soldaten, die mit ihrem Mann und den drei Kindern in der Nachbarschaft lebte, hatte sich angeboten, den beiden italienischen Architekten den Haushalt zu führen. Ihre Fürsorge bestand hauptsächlich darin, die Brüder mit nahrhafter Kost zu versorgen, was beide sehr zu schätzen wussten.

Francesco hatte den Verdacht, dass die unscheinbare Jewa einen Narren an seinem Bruder gefressen hatte, und er mochte sich nicht ausmalen, ob Matteo diese Gunst möglicherweise bereits ausgenutzt und die Frau zum Ehebruch verleitet hatte.

Manchmal war Francesco die Gemeinschaft mit seinem Bruder von Grund auf zuwider, und er ersann Wege, wie er sich aus diesem Zusammensein befreien konnte. Aber alle Pläne versandeten, weil sie bedeuteten, dass Francesco sein Leben selbst in die Hand nehmen musste. Das erschien ihm unmöglich.

Und nun dieses Häufchen Elend an ihrem Ofen, eine junge Adelige, deren Eltern vermutlich Sturm laufen würden, um sie wieder einzufangen.

Was, wenn jemand sie hier entdeckte?

Spione gab es überall, getratscht und geklatscht wurde in dem wachsenden St. Petersburg genau wie in jeder anderen Gemeinschaft. Francesco konnte nicht fassen, dass sein Bruder sich und ihn tatsächlich in eine solche Lage brachte.

Was, wenn dem Zaren zugetragen wurde, sie hätten die Frau ihren Eltern geraubt und entführt? Würde er sich noch lange damit aufhalten, eine Schiffspassage zurück in den Westen für sie zu buchen, oder würde er sie gleich auf dem Platz an der Strelka am Galgen aufknüpfen?

Während er eine Kelle in die über der Feuerstelle brodelnde Suppe tunkte und eine Holzschüssel befüllte, fühlte er Übelkeit in sich aufsteigen bei dem Gedanken, mit welcher Hingabe dieses Mädchen zu seinem Bruder aufgeschaut hatte. Viele

Frauen sahen ihn auf diese Art an, aber in diesem Fall war es eine Tragödie.

Francesco spürte, dass Matteo anderes mit Arina vorhatte als mit all den anderen vor ihr. Er würde sie nicht benutzen und dann ablegen wie einen getragenen Mantel. Hier ging etwas Größeres vor sich, und Francesco wusste wirklich nicht, was er davon halten sollte.

Matteo streckte die Arme nach der Schüssel aus, als Francesco an das Krankenlager herantrat. Arina krauste die Nase, offenbar, weil ihr der Duft der gekochten Karotten und Zwiebeln missfiel. Sie schluckte trocken und schien mit einem Würgen zu kämpfen.

Aber Matteo beugte sich zu ihr, füllte einen Holzlöffel halb mit von Kräutern durchzogener Brühe, führte ihn an Arinas Lippen und stützte sie gleichzeitig mit der anderen Hand. Ein Flehen lag in den Augen der Frau, während sie die Lippen zusammengepresst hielt.

»Na komm, meine Schöne, das wird dir guttun«, wisperte Matteo.

Er führte das Holz des Löffels an ihren Mund, lächelte ihr zu, nickte aufmunternd, und da öffnete sie die Lippen einen Spaltbreit. Sie schien Schwierigkeiten beim Schlucken zu haben, aber sie kam auf den Geschmack.

Löffel um Löffel flößte Matteo ihr etwas Suppe ein. Francesco konnte zusehen, wie die Farbe in ihre Wangen zurückkehrte und wie sich ein Lächeln auf ihre Lippen stahl. Sie war schöner, als es auf den ersten Blick erschienen war. Dieses Lächeln besaß eine Zauberkraft, der sich auch Francesco kaum entziehen konnte.

Armes schönes Findelkind.

Kapitel 24

*Wassiljewski,
November 1707*

Es war eine andere Welt, lediglich durch den Fluss voneinander getrennt. Jenseits die wachsende Werft, die Hütten der Männer aus dem Seewesen, die schaukelnden Schiffe, die Baustellen und das Arzthaus auf den Pfählen; diesseits Marmor, Stein und Edelhölzer, erste gepflasterte Wege und Steinhäuser. Fürst Menschikow war zwar der Generalgouverneur von ganz St. Petersburg, aber auf der Insel, die der Zar ihm geschenkt hatte, lebte er seine Vorliebe für Erlesenes aus und ließ sich ein Palais ausstatten, das seinesgleichen suchte.

Mehr noch als der überwältigende Bau beeindruckten Willem van der Linden die Leute, mit denen er zu tun hatte, seit er seinen Arbeitsplatz aus der alten Werkstatt seines Vaters verlegt hatte in die Kunsthandwerkerhalle, die sich in direkter Nachbarschaft zum Palais befand.

»He, Holländer, kannst du mir deine kleinste Feile borgen?«, schallte es von dem Arbeitsplatz neben seinem zu ihm herüber. Ein Engländer, zwei Jahre älter, der allerfeinste Intarsien legen konnte, aber ständig sein Werkzeug suchte. Aber wer fragte danach, wenn seine Kunstwerke alle verzückten? Sämtliche Tischler gerieten ins Schwärmen, wenn sie ihm bei der Arbeit über die Schulter schauten.

Willem warf ihm das Gewünschte zu. »Wiedersehen macht Freude!«, rief er dem Werkzeug hinterher.

Der Engländer lachte, während er die Feile mit einer Hand fing. »Du kennst mich doch.«

»Ebendrum«, gab Willem zurück. Unter den Männern herrschte ein lockerer Umgangston, der Willem das Gefühl gab, zu einer jungen Elite in St. Petersburg zu gehören. Sie waren diejenigen, die Schönheit in die Stadt bringen würden. Haustüren, Schränke, Kommoden, Säulen, Wandverzierungen, Schachbretttische – überall in der Halle standen halbfertige Möbel und Dekorationselemente, die Fürst Menschikow für sich und den Zaren in Auftrag gegeben hatte. Darunter befanden sich auch Beutestücke aus Liefland, die die Kunsthandwerker renovieren oder umgestalten sollten.

Oft arbeitete Willem bis tief in die Nacht, so dass sich der Weg in die Gemeinschaftsunterkunft nicht lohnte. Dann legte er eine Decke auf den Boden und rollte sich unter seiner Werkbank ein, um am nächsten Morgen dort weiterzumachen, wo er aufgehört hatte.

In der Werkhalle herrschte ein ständiges Surren und Brummen, ein Klopfen und Ratschen. Manche sangen bei der Arbeit, andere führten lautstarke Gespräche oder fluchten, wenn ihnen eine Feinarbeit nicht gelang. Überall standen zugeschnittene Bretter, Berge von feinen Edelhölzern, halbfertige Möbel, und den Boden bedeckte eine Schicht von Sägespänen. Die Luft roch nach Leim, Öl, dem würzigen Aroma fremdländischer Hölzer, den Ausdünstungen von Dutzenden Handwerkern und manchmal nach dem Parfum der Edelleute, wenn diese zu einem Rundgang vorbeikamen. Den intensivsten Geruch verströmte Fürst Menschikow, fand Willem. Er roch ihn schon, wenn er sich noch draußen vor dem Tor aufhielt, wie an diesem Tag, an dem Willem an einem Ornament für eine Salontür feilte.

»He, Edward«, rief Willem dem Engländer zu und grinste in seine Richtung. »Mach ein konzentriertes Gesicht, Menschikow rauscht heran!«

Sofort richtete sich der andere pfeilgerade auf, senkte den Kopf über die Intarsien, die später einen Beistelltisch zieren sollten. Auch die anderen Kunstschreiner gaben sich einen besonderen Anstrich von Arbeitseifer. Die Meister runzelten die Stirn und nickten sich zu.

Die Arbeitsatmosphäre in der Tischlerhalle war von Begeisterung und Hingabe geprägt. Alle wussten, welche Ehre ihnen zuteilwurde, die künftigen Paläste der Stadt auszustatten, und keiner konnte sich über die Bezahlung beklagen. Es gab nur ein halbes Dutzend Meister, die die begabtesten jungen Tischler unter ihren Fittichen hatten. Willem und Edward lernten unter dem Holländer Klaas van Bechteling, einem vierschrötigen Mann mit begnadeten Händen und einem friedfertigen Gemüt. Er betonte gern, dass er nicht dazu geschaffen war, andere anzuleiten. Seine Erfüllung fand er nur, wenn er selbst zu Hammer und Meißel griff, aber Edward und Willem lernten von ihm allein durch das Zuschauen. Willem konnte sich keinen besseren Lehrmeister vorstellen und erfreute sich an seinen eigenen Fortschritten.

Vor dem Tor wurden Stimmen laut. Einen Moment später stolzierte eine Gesellschaft vornehm gewandeter Männer und Frauen herein. An der Spitze des Trosses hielt sich Fürst Menschikow in seiner grünen Jacke, der halblangen Hose, den weißen Seidenstrümpfen und den Schnallenschuhen. Seine gepuderte Lockenperücke trug er mit würdevoller Miene, die jedoch auch stets einen Funken spöttische Belustigung ausstrahlte.

Willem mochte ihn nicht besonders, aber er würde den Teufel tun und ihm das zeigen. Er wusste, welche Sympathien es zu erringen galt und wer letzten Endes das Sagen über seinen weiteren Lebensweg hatte.

Willem reckte den Hals, um herauszufinden, ob sich der Zar vielleicht, wie er es gern mal tat, inmitten der Besuchergruppe verbarg. Und tatsächlich!

Willems Herz schlug ein paar Takte schneller. In der letzten Reihe der zwei Dutzend Besucher ragte er hervor, der lang aufgeschossene Regent. Sein Gesicht wirkte angespannt, die Locken fielen ihm wirr um das Gesicht. Zwischen seinen Brauen stand eine steile Falte.

Willems Knie begannen vor Ehrfurcht zu schlottern. Bloß nicht gaffen, bloß sich nicht lange mit Ehrerbietungen aufhalten. Der Regent bevorzugte es, wenn seine Untertanen ihrem Handwerk nachgingen und sich von nichts und niemandem stören ließen.

Die Schreiner verstummten, nur die Geräusche ihrer Werkzeuge waren noch zu hören, während sich die Gäste in der Halle verteilten und hier ein Möbelstück bestaunten, da über ein filigranes Ornament strichen oder den Männern Fragen stellten.

Willem zuckte zusammen, weil sich eine schwere Hand auf seine Schulter drückte. Als er sich umwandte, blickte er gegen eine Brust. Er hob das Kinn und starrte dem Zaren direkt ins Gesicht. Unwillkürlich fasste er sich in der Erinnerung an ihre erste Begegnung ans Ohr, das noch Tage nach der groben Behandlung gebrannt hatte.

Der Zar jedoch schien sich nicht an ihn zu erinnern. Seine Miene wirkte immer noch düster, aber er nickte. »Du bist ein großes Talent, mein Junge«, sagte Zar Peter und sah ihn an. »Woher kommst du?«

Willem schluckte. »Ich bin ursprünglich aus Amsterdam, wohne aber schon vier Jahre in St. Petersburg. Mein Vater Theodorus van der Linden hat die Flut nicht überlebt.«

»Das tut mir leid zu hören, dass der alte Theodorus gestorben ist. Ich habe ihn sehr geschätzt, aber dich – dich hätte ich nicht erkannt!« Er lachte auf und schlug ihm auf die Schulter. »In Amsterdam aufgewachsen!« Der Blick des Zaren wirkte schwärmerisch. »Was für ein Glück du hast, in einer so herrlichen Stadt geboren worden zu sein. Und was für ein Glück für uns, dass du dein Können in unsere Dienste stellst. Hat dich Meister van Bechteling eingestellt?«

Willem schüttelte den Kopf. »Ich bin persönlich nach dem Tod meines Vaters bei Fürst Menschikow vorstellig geworden. Ihn haben meine Probearbeiten überzeugt.« Der Regent schien sich tatsächlich nicht daran zu erinnern, dass er sich zunächst direkt an ihn gewandt hatte.

»Der gute Menschikow. Immer hat er ein Händchen für die Richtigen. Dir soll es an nichts fehlen, mein Junge. Scheu dich nicht, mit mir persönlich zu reden, falls es dir an irgendetwas mangelt.«

Willem verbeugte sich tief, auch um zu verbergen, dass sein Gesicht vor Verlegenheit feuerrot anlief. Der Zar zog ihn wieder am Ohr, diesmal eher anerkennend als schmerzhaft, und wandte sich den anderen Werkbänken zu.

Willem blähte die Wangen und stieß langsam die Luft aus, als hätte er sie in den vergangenen Minuten angehalten. Er fächelte sich mit der Hand eine Brise zu, um seine Wangen zu kühlen.

Da vernahm er hinter sich ein Kichern. Er wirbelte herum und stand zwei vielleicht sechzehnjährigen Mädchen gegenüber. Sie waren nach der neuesten europäischen Mode gekleidet, trugen allerdings keine Perücken, sondern hatten die Haare zu kunstvollen Frisuren geflochten.

Willems Blick wanderte zwischen den beiden hin und her. Die Haut der beiden war zart wie Porzellan, die Augen hellwach. Die Haare der einen schimmerten wie dunkles Mahagoni, die der anderen goldbraun wie Honig. Willem fühlte sich von so viel Schönheit schier geblendet. Wenn möglich, wurde er noch eine Spur röter.

»Euer Gesicht sieht aus wie eine Kirsche«, sagte die Dunkelhaarige, die Hand vor den Mund gepresst. Die Goldbraune lachte erneut.

Willem straffte die Schultern und richtete sich zur vollen

Größe auf. »Ihr könnt natürlich weiterhin mein Gesicht betrachten, wenn es Euch interessiert. Aber Ihr verpasst etwas, wenn Ihr Euch meine schönsten Ornamente entgehen lasst. Schaut hier ...« Er holte unter der Werkbank eine von ihm bearbeitete Leiste mit wellenförmigen Erhebungen, Rillen und Symbolen hervor. Den beiden Schönen verging das Kichern, während sie sich staunend über das kunstvoll bearbeitete Holz beugten und sich von Willem, dessen Gesichtsfarbe sich normalisierte, erklären ließen, wie er arbeitete.

Das war vielleicht eine der amüsantesten Entwicklungen, die sein Leben genommen hatte, seit er auf Wassiljewski lebte und arbeitete. Täglich umgaben ihn junge Frauen in Hülle und Fülle. Da waren die Köchinnen, die die Kunstschreiner mit Brei, Suppe und Brot versorgten, da waren die Töchter der Soldaten, Meister und der russischen Adelsfamilien.

Es verging kaum ein Tag, an dem sich Willem nicht an der Anmut eines ebenmäßigen Gesichts, an der Farbe von Haar wie Seide oder an der Zerbrechlichkeit einer Taille weiden konnte. Und er merkte, dass auch er umgekehrt Aufmerksamkeit erregte. Mit seinen achtzehn Jahren hatte sich sein Körper in gefällige Proportionen entwickelt, mit breiten Schultern, muskulösen Oberarmen und einem flachen Bauch. Die Haare reichten ihm bis auf die Schultern. Die Damen spähten zu ihm, wenn er sie mit den Fingern aus seinem Gesicht strich.

Willem hatte nicht gewusst, wie viel Spaß das kokette Spiel mit den Frauen machte. Ein paar lose Neckereien hier, ein Lächeln da, ein verheißungsvoller Blick über die Schulter, ein einladendes Blinzeln – Willem hatte sich voller Lust in dieses Abenteuer gestürzt, und einige Male war es ihm schon gelungen, in einer verschwiegenen Ecke oder bei einem abendlichen Rendezvous am Ufer der Newa einen Kuss zu ergattern.

Er fühlte sich mit seinem Unwissen im Vergleich zu den

anderen Männern in seinem neuen Umfeld im Nachteil. Die meisten hatten bereits einer Frau beigelegen, behaupteten sie zumindest. Manche schwiegen über ihre Erlebnisse, andere brüsteten sich mit ihren Eroberungen. Willem konnte zu diesen losen Reden nicht viel beitragen. Was hatte er schon erlebt?

Für ihn hatte es immer nur Paula gegeben.

Aber sie war anders als all die Frauen, die jetzt in Willems Kopf herumspukten. Nie lachte sie aus Koketterie, ihr Lachen war stets aus tiefster Seele gekommen, manchmal, bis ihr die Tränen die Wangen hinabgelaufen waren, die er mit der Kuppe seines Zeigefingers aufgefangen und staunend betrachtet hatte. Er erinnerte sich an dieses eine Mal, da sich ihre Lippen zu einem Kuss berührt hatten. Willem hatte sich zu Tode geschämt, als er in der Nacht darauf von Paula geträumt und sie auf tausend verschiedene Arten geküsst und gestreichelt hatte. Er war aufgewacht, weil sein Körper heftig reagierte.

Willem hatte sich für den sündigsten Menschen der Welt gehalten. Paula zu begehren fühlte sich an, wie sich der eigenen Schwester zu nähern. Paula war ein Freund, ein verlässlicher Mensch, eine treue Seele – aber doch keine Geliebte!

Es widerstrebte ihm, den anderen von ihr zu erzählen. Was zwischen ihm und ihr war, gehörte nicht in die pikanten Gespräche bei Wein und Wodka, wenn sie sich abends um den Ofen herum zusammensetzten.

Er vermisste sie. Er vermisste die Unbeschwertheit und Leichtigkeit, mit der sie Hand in Hand durch die wachsende Stadt gelaufen waren. Er vermisste die Gespräche über ihre Träume, und er vermisste ihren Duft nach frischen Kräutern, der sich in der Arztpraxis ihres Vaters in ihren Haaren verfing.

Aber Paula schien zu einem anderen Leben zu gehören. Zu einem Leben, das er hinter sich gelassen hatte. Dann und wann setzte Willem über, um ihr einen Besuch abzustatten, aber es war nicht mehr wie früher. Etwas hatte sich geändert zwischen ihnen, eine Wand aus Eis schien zwischen ihnen zu stehen.

Die unbeschwerten Tage der Kindheit waren endgültig vorbei, und jeder von ihnen blickte in eine andere Zukunft. Er wünschte, sie könnte auch in der Gesellschaft der anderen Kunsthandwerker an seiner Seite sein, aber das schien unmöglich. Er wusste, dass sie aufging in ihrer Arbeit in den Behandlungsräumen ihres Vaters, und davon abgesehen: Was sollte sie auch hier? Er war jeden Tag und manchmal auch in der Nacht an seiner Werkbank beschäftigt. In seinem Verstand war nur der Drang nach Perfektion, in seinem Herzen wirbelten fremde Gefühle und neue Träume durcheinander.

»Wir sitzen am Abend gern an der Strelka am Flussufer«, wisperte ihm die Goldblonde ins Ohr, senkte die Lider und lächelte leicht. Sie roch nach Zimt und Zedernholz. Dann wandte sie sich um und folgte ihrer Freundin, die sich wieder dem Tross des Fürsten und des Zaren anschloss. Noch einmal blickte sie über die Schulter, und Willem schrak ertappt zusammen. Er hatte ihr doch tatsächlich hinterhergeschaut, sich an ihrem wiegenden Gang, ihrer grazilen Gestalt und dem Schwung ihres schneeweißen Nackens erfreut.

Willem wandte sich seiner Arbeit zu – mit erneut hochrotem Gesicht und kribbeliger Vorfreude auf den Abend.

»Sagenhaft, mein Freund, ich bin schwer beeindruckt! Aber ich habe auch mit nichts anderem gerechnet.« Zar Peter legte für einen Moment den Arm um Fürst Menschikows Schultern, als sie die Tischlerhalle verließen. Der Tross zerstreute sich, während die beiden Männer in Richtung des Palais marschierten, um sich über den Fortgang der Bauarbeiten zu informieren.

Graf Bogdanowitsch kreuzte ihren Weg, das Gesicht zerfurcht, die Schultern gebeugt. Seine Verneigung vor dem Zaren fiel auffällig salopp aus. Peter stierte ihm hinterher, während er davonhuschte.

»Habe ich ihn beleidigt?« Er kratzte sich am Kinn. »Ich kann mich nicht entsinnen, aber das will nichts heißen.« Er stieß sein tief aus der Brust kommendes Lachen aus.

»Er trauert um sein Töchterchen«, erklärte Menschikow.

Der Zar spitzte die Lippen und wischte sich mit Daumen und Zeigefinger die Mundwinkel. »Ist sie tot? Dumm genug, wenn man nur ein Kind zeugt. Dann bleibt nichts, wenn es nicht überlebt.« Er wusste, wovon er sprach, denn zwei der Kinder, die ihm Martha bereits geschenkt hatte, waren erst in diesem Jahr gestorben, und auch Alexej hatte einen Bruder gehabt, der das Kindesalter nicht überlebt hatte.

»Sie ist vielleicht nicht tot. Man weiß es nicht. Sie ist aus dem Elternhaus geflohen und seitdem nicht mehr gesehen worden. Du erinnerst dich vielleicht an sie: diese schmächtige Person, die du bei unserer Flucht vor dem Hochwasser in deine Gemächer gelassen hast.«

Der Zar spitzte die Lippen beim Nachdenken, dann nickte er ein paar Mal. »Ja, ich weiß. Komtess Arina, nicht wahr? Ich hatte mich schon gewundert, warum sie zu meiner Hochzeitsfeier nicht aufgetaucht ist. Sie war ebenfalls eingeladen.«

»Nun, das war genau der Tag, an dem sie spurlos verschwand.«

Der Zar schnalzte. »Ach herrje, da wird sie einen heißblütigen Galan gefunden haben, der ihr den Himmel auf Erden versprochen hat. Frauen wie Arina glauben so etwas und verraten Mutter und Vater, solange sie nur in den Armen des Geliebten liegen dürfen.«

Damit war für den Zaren das Thema erledigt. Wo käme er hin, wenn er sich um die Familienangelegenheiten seiner Untertanen auch noch sorgen würde. Er hatte wirklich genug zu tun, und manches Mal meinte er, die Stiche im Unterleib, die er von Zeit zu Zeit verspürte, hingen mit diesem nimmermüden Arbeitseifer zusammen, und er sollte sich besser schonen, um seinem Land noch viele Jahre erhalten zu bleiben. Wenn die Schmerzen in den nächsten Wochen nicht von allein verschwanden, würde er sich doch einmal seinem Leibarzt anvertrauen.

An dem Bild seiner unverwundbaren Kämpfernatur hielt er allzu gern fest. Gott hatte ihm zwanzigmal so viele Aufgaben gegeben wie anderen Menschen, aber nicht zwanzigmal mehr Kraft oder die Fähigkeit, damit fertig zu werden.

Sie erreichten die Baustelle des Palais. Der Zar schlang den Mantel enger um sich, weil ihnen von der Newa her ein frischer Wind entgegenwehte.

Der Palast war noch nicht sehr weit gediehen, aber man ahnte schon die Größe und Schönheit des dreiflügeligen Gebäudes mit den ausgedehnten Gartenanlagen, die bis an den Fluss reichten. Schiffe würden am Ufer anlegen können, und Zar Peter war sich sicher, dass er hier die ersten üppigen Empfänge veranstalten würde.

Er klopfte mit den Knöcheln auf einen herumliegenden Mauerstein. »Die erste Prunkanlage aus Stein für St. Petersburg«, sagte er andächtig.

Menschikow warf sich in die Brust. »Und ihr werden ungezählte folgen. Warte nur, bis du die Inneneinrichtung bewundern kannst! Du hast gesehen, welch talentierte Männer für uns arbeiten. Das Palais wird mit feinstem Holz getäfelt und die Böden mit Parkett ausgelegt. Es wird eine Lust sein, darauf zu wandeln!«

»Davon bin ich überzeugt, mein Lieber.« Zar Peter stöhnte leise auf, als er sich aufrichtete, die Fäuste in den Rücken stemmte und das Kreuz durchdrückte.

»Du wirkst erschöpft.«

Peter schnalzte. »Ach, ich wünschte nur, ich hätte mehr Zeit für meine Stadt. Und für Martha. Nun ist sie meine Ehefrau und endlich bei mir, und ich muss mich dennoch um die verdammten Kosaken kümmern.«

»Es war gut und richtig, dass du sie geheiratet hast. Diese Frau gehört an deine Seite.«

Peter nickte. »Ich warte noch darauf, dass sich die Nachricht verbreitet, dass ich sie zur Frau genommen habe. Ob mir das Volk tatsächlich den Gehorsam verweigert und zur Rebellion aufruft?«

Menschikow schüttelte mit geschlossenen Augen den Kopf. »So weit wird es nicht kommen. Sie wissen, was sie an dir haben, auch wenn sie dir nicht in allen Belangen folgen.«

»Anders die Kosaken«, setzte Zar Peter mit zusammengebissenen Zähnen hinzu. »Deren Revolte zieht uns viel zu viele Streitkräfte ab, die wir dringend gegen die Schweden brauchen.«

»Du hast doch den Fürsten Juri Dolgoruki mit zwölfhundert Mann an den Don geschickt, um den Kosaken zu zeigen, dass du es nicht duldest, wenn sie geflohene Leibeigene, Zwangsarbeiter und Deserteure in ihren Truppen aufnehmen.«

»Und es interessiert sie einen feuchten Kehricht. Sie nehmen die Flüchtlinge mit offenen Armen auf und ignorieren meine Forderungen, sie zurückzuschicken. Die neuesten Nachrichten vom Don besagen, dass Dolgorukis Truppe niedergemetzelt wurde. Ich habe Sorge, dass es die Rebellen in den Norden hochzieht. In diesem Fall würde ich Alexej beauftragen, zusätzliche Geschütze auf den Mauern des Kremls in Stellung zu bringen. Es ist an der Zeit, dass er sich beweist.«

Menschikow nickte. »Eine gute Entscheidung. Alle anderen Feldherren werden wir gegen die Schweden benötigen.«

»Allerdings. Wie es mich ärgert, dass Karl sämtliche Friedensangebote zurückweist. Ich bin wirklich bereit, vieles aufzugeben, um dem Krieg ein Ende zu setzen, aber diese Stadt hier«, er machte eine ausholende Geste, »die gebe ich nicht mehr her. Ich habe ihm Liefland, Estland und Ingermanland angeboten, mit Ausnahme von St. Petersburg und Schlüsselburg-Nöteborg sowie des Newaflusses, der sie miteinander verbindet, und weißt du, was er mir ins Gesicht geschrien hat? Er werde eher den letzten schwedischen Soldaten opfern, als Nöteborg aufzugeben.«

Menschikow seufzte. »Letzten Endes werden wir die schwedische Invasion nicht aufhalten können.«

»Wir werden sie bezwingen«, sagte Zar Peter, das Gesicht versteinert, in den Augen ein Feuer wie von glimmenden Kohlen. »Wir kämpfen um russisches Land. Und wir werden aus der letzten Entscheidungsschlacht als die Sieger hervorgehen.«

Francesco verharrte, weil hinter den nächsten Bäumen Stimmen erklangen. An Menschikows Palais arbeiteten Zimmerer und Steinmetze, die sich in vielen verschiedenen Sprachen unterhielten, aber an diesem Abend, an dem sich die Dunkelheit schon früh über die Stadt am Fluss gesenkt hatte, vernahm er nur zwei Stimmen, die eindeutig russisch sprachen.

Er versteckte sich hinter einer Birke, lugte hervor, und tatsächlich: Da standen der Zar und Fürst Menschikow beieinander.

Ohne nachzudenken, kehrte er auf dem Absatz um und eilte am Fluss entlang zu seiner Hütte zurück. Seine Schritte hallten auf dem Bretterweg, ein paar Möwen flatterten auf. Ihre Schreie klangen, als verhöhnten sie ihn.

Was für eine lächerliche Gestalt er war.

Francesco verlangsamte seine Schritte, als sich die vertraute Düsternis über sein Gemüt legte. Da floh er wie ein Tölpel vor den beiden Männern, die doch unwissentlich seine Arbeit über die Maßen schätzten. Sein Bruder heimste die Lorbeeren dafür ein. Während er selbst Reißaus nahm, sobald er ihrer nur ansichtig wurde.

Es war ein Fehler gewesen, nach Russland zu gehen.

Er hätte auf seine innere Stimme hören und daheim in

Florenz bleiben sollen, in seiner Schreibstube, wo er sein Auskommen hatte und warme Nächte und den Duft nach dem guten Wein und den Pinien.

Nicht nur, dass er es seit seiner Ankunft nicht geschafft hatte, sich in der Gesellschaft zu behaupten, er musste auch tatenlos mit ansehen, wie sein Bruder sich mit den Weibern amüsierte und wie er sich jetzt höchstpersönlich ein Täubchen heranzüchtete, das ihm bis zum Ende aller Tage in dankbarer Ergebenheit verbunden sein würde.

Francesco mochte Arina trotz ihres hübschen Lächelns nicht besonders, nachdem er in den ersten Tagen ihres Besuches erlebt hatte, wie dümmlich sie kicherte und mit welcher hündischen Ergebenheit sie zu Matteo aufschaute. Es gefiel ihm nicht, wie sie ihre Eltern hinterging und mit welcher Naivität sie sich an den Erstbesten klammerte, der sie von der Straße aufgelesen hatte.

Francesco ahnte, dass sein Bruder nicht anders empfand. Dieses Mädchen war lästig, aber dennoch kümmerte er sich mit einer Fürsorge und einer Liebenswürdigkeit, die nur einen Schluss zuließen: Er verfolgte einen Plan. Francesco wurde übel bei dem Gedanken, dass Matteo es tatsächlich darauf anlegen könnte, die geflohene Komtess mit ernsthaften Absichten zu umwerben. Zuzutrauen war es ihm. Immerhin schien sie aus einer alteingesessenen russischen Adelsfamilie zu stammen, und war es nicht Matteos erklärtes Ziel, gesellschaftlich aufzusteigen?

Im Grunde könnte Francesco Matteos Treiben kaltlassen. Die Frage war nur: Was wurde dann aus ihm mit all seinen Schwächen und Ängsten und seinem Talent, von dem kaum einer wusste?

Francesco zuckte zusammen, als genau in diesem Moment aus dem Ufergebüsch Kostja auf ihn zusprang. »Buh!«, rief der Zwerg und hob dabei die Arme. Er stieß sein meckerndes Lachen aus, weil ihm der Streich geglückt war.

»Pack dich!«, schnauzte Francesco ihn an, wütend über seine eigene Reaktion. Hin und wieder war er dem Zwerg bei seinen Spaziergängen begegnet. Meistens hielt der sich allerdings in den Schatten oder kroch durchs Unterholz, eine lichtscheue Gestalt, die ihre Augen überall hatte. Was mochte ihn veranlasst haben, ihm direkt in den Weg zu springen?

»Er hat Nachrichten für dich«, gurrte der Zwerg, trippelte vor ihm her und winkte ihn mit dem Zeigefinger zu einem Stapel Holzstämme im Schatten der Mühle.

Kurz überlegte Francesco, ob er einfach weitermarschieren sollte, aber andererseits trieb ihn die Neugier. Was glaubte der Zwerg zu wissen, was ihn, Francesco, interessieren könnte?

Die borkige weiße Rinde der Birkenstämme kratzte an seinen Beinen, als er sich daraufsinken ließ.

Der Zwerg stemmte sich hoch und sprang mit einem »Hepp!« neben ihn. Seine Füße baumelten drei Fuß über dem Boden.

»Raus mit der Sprache, oder willst du dich nur wichtigmachen?«

»Er ist wichtig«, erwiderte Kostja im Brustton der Überzeugung. »Denn er weiß, dass des Italieners Lieblingsmädchen sterbenseinsam ist.«

Francesco zog die Stirn kraus und musterte den kleinen Mann. »Wovon sprichst du?«

»Der alte Camillo ist umgefallen und tot liegen geblieben. Das Geschrei war groß beim Lieblingsmädchen, und nun stirbt sie selbst wohl bald an Kummer, Hunger und Not, und das Balg gleich mit.«

Francesco spürte, wie ihm die Kehle eng wurde.

Früher war Chiara häufiger zu einem Besuch gekommen, aber irgendwann hatte wohl Matteos Kaltschnäuzigkeit ihren Willen gebrochen, und sie hatte sich überhaupt nicht mehr bei den Brüdern blicken lassen. Francesco war überzeugt gewesen, dass sie in Camillo einen väterlichen Freund gefunden hatte, der ihr Schutz und Geborgenheit bot, und nun war ihr Beschützer gestorben? Eine Frau wie Chiara musste in St. Petersburg verloren sein.

Der Zwerg hatte unablässig seine Miene beobachtet, während die Gedanken durch seinen Kopf gerattert waren. Nun sprang er auf den Boden hinab, tippte sich grüßend an die Stirn. »Zögere nicht. Danke ihm morgen für diese Botschaft.« Und mit einem Satz verschwand er in dem Buschwerk hinter den Stämmen.

Wie betäubt blieb Francesco zurück, starrte in die nachtschwarzen Fluten. Erst als seine Hände schmerzten, spürte er, dass er sie zu Fäusten verkrampft hatte.

Wenn es je in seinem Leben darauf angekommen war, Stärke und Entscheidungsgewalt zu beweisen, dann in dieser Stunde.

Chiara brauchte Hilfe.

Er sprang auf. Diese eine Chance würde er nicht verstreichen lassen.

Das Haus inmitten der dichtbesiedelten Westspitze von Wassiljewski lag in vollkommener Dunkelheit. Aus den anderen Hütten hörte man Lachen und Gläserklirren und Gesang. Kerzen brannten in den Fenstern und verbreiteten gelbe Lichthöfe. Der Mond beschien die eng aneinandergebauten Wohnstätten und die auf dem Reißbrett erdachten, schnurgeraden Wege.

Francesco hielt sich die Seite. Er hätte das Boot nehmen können, um längs der Insel zu der Siedlung zu gelangen, aber er bevorzugte es grundsätzlich, festen Boden unter den Füßen zu haben, auch wenn er in der Inselstadt manchmal nicht umhinkam, den Wasserweg zu nehmen.

Der Rauch der Öfen färbte die Nachtluft grau und stach Francesco in die Nase. Er trat näher an die Holzhütte heran, in der Chiara mit Camillo untergekommen war. Er kannte sie gut, denn früher war er bisweilen heimlich um Chiaras Wohnstätte herumgeschlichen, einfach um sich zu überzeugen, dass es ihr gutging. Er hatte damit aufgehört, als er mitbekam, wie wohl sich Chiara in Camillos Gesellschaft fühlte und wie gut ihr Kind gedieh. Er wurde hier nicht gebraucht, fühlte sich wie ein Eindringling, der an vergangenen Zeiten hing.

Er legte das Ohr an die Tür. Was war das für ein Geräusch?

Francesco drückte sich um die Vorderwand herum, um mit an die Schläfen gelegten Händen durch die gespannte Schweinsblase ins Innere zu spähen. Aber das Fenstermaterial war zu milchig, um etwas erkennen zu können. Allerdings war an dieser Stelle deutlich mehr zu hören. Es klang wie das Weinen eines Kindes.

Mit wenigen Schritten war er zurück an der Tür, verharrte einen Moment. Er umfasste den Holzgriff und rüttelte behutsam daran. Knarrend gab die Tür nach. Himmel, sie hatte ihr Haus zur Nacht nicht verriegelt!

Er prallte zurück, weil ihm ein Gestank nach verfaultem Essen entgegenschlug. Kurz taumelte er, presste sich die Hand vor Nase und Mund, starrte fassungslos ins Innere des Hauses.

Als sich seine Augen an die Dunkelheit gewöhnt hatten, erkannte er, dass der Boden bedeckt war von verdorbenem Unrat, benutzten Holztellern, grün vor Schimmel. Ein halbes Dutzend Flussratten mit struppigem Fell trippelte über den Boden.

Schwindel ergriff Francesco. Das Greinen setzte wieder ein. Es drang aus einem an der Decke befestigten Netz, das vor dem kalten Ofen baumelte.

Mit fahrigen Händen suchte er auf dem einzigen Tisch nach Zunder und fand einen Kerzenstummel, den er entzündete. Das aufflammende Licht verstärkte sein Entsetzen nur noch, und der Gestank ließ ihn würgen, obwohl durch die offenstehende Tür frische Luft hereindrang.

Sein Blick glitt über den Boden, er stieg über umgefallene Möbel, Lumpen und Müll.

Dann sah er sie.

Chiara hockte mit dem Rücken gegen die Wand hinter dem Ofen. Die Beine hatte sie angewinkelt, so dass sie ihr Kinn auf den Knien ablegen konnte. Struppig rahmten die Haare ihr graues Gesicht. Mit leeren Augen starrte sie ihn an. Ihre Lippen waren weiß und rissig, die Arme hielt sie um ihre Beine geschlungen. Sie wiegte sich hin und her, und hörte er da ein Summen?

Francesco zögerte nicht länger. Chiara musste warten, zuerst musste er das Kind aus dem Netz befreien. Er zerriss die Maschen und fing den kleinen Jungen auf. Er war in eine Decke gewickelt, ansonsten nackt. Von den Zehen bis zu den Schultern hatte er sich eingenässt und beschmiert. Dennoch musste Francesco sich nicht lange überwinden, um das verwahrloste Kleinkind aufzunehmen. Seine Jacke nahm im Nu den Gestank an, als er das Kleine an sich drückte, aber das war egal. Er umschlang den Jungen, der sein Gesicht an seine Schulter presste.

Wie alt mochte Emilio sein? Etwa zwei Jahre, aber er wog kaum mehr als ein Säugling.

Was war hier passiert?

Fieberhaft überlegte Francesco, wie er am schnellsten helfen konnte.

Er wandte sich, mit dem Kind unter seiner Jacke, an Chiara. »Ich bin gleich zurück«, sagte er. »Hast du das verstanden?«

Sie stierte ihn nur an.

Eine knappe Viertelstunde später hatte Francesco die gesamte Nachbarschaft aufgescheucht. Mit Brot und Ziegenmilch, kostbarem Brennholz, Kerzen und frischem Leinen folgten ihm vier Helfer: eine greisenhafte Russin, ein junger deutscher Schuhmacher und seine Frau und eine Französin, die selbst ein Kind um den Bauch gewickelt trug. Andere traten heran, um zu gaffen.

Die Russin stieß einen Ruf des Entsetzens aus, als sie das

Elend in Chiaras Hütte sah. Die Französin begann lautstark zu fluchen.

Der Schuhmacher griff sofort zu einem Reisigbesen und begann, mit ruppigen Bewegungen den Raum auszufegen. Seine Frau hockte sich dicht neben Chiara, die immer noch in der gleichen Haltung kauerte, legte den Arm um sie und zog sie an sich. Die Russin nahm Francesco das Kind ab, hockte sich in eine frisch gefegte Ecke und begann, Emilio mit in Ziegenmilch geunkten Brotbrocken zu füttern. Emilio verschluckte sich an den ersten Happen, weil er zu gierig schluckte.

Francesco griff nach einem losen Tischbein und jagte die Ratten hinaus. Quiekend schossen die meisten von ihnen durch die offenstehende Tür davon, wo die Gaffer kreischend auseinanderstoben. Einen Nager drängte Francesco in eine Ecke, wo sich das Tier auf die Hinterpfoten stellte und seine langen scharfen Vorderzähne zeigte. Beherzt schlug Francesco zu, bevor die Ratte ihn anspringen konnte. Der Schuhmacher mit dem Feger war sofort heran, um das zerschmetterte Fleisch zum übrigen Unrat zu kehren.

Francesco schnappte sich einen herumliegenden Holzeimer, drückte ihn einem der Gaffer in die Hand. »Los, bring mir Wasser!« Der Mann mit dem federgeschmückten Hut, der vermutlich nur ein Passant und stehen geblieben war, um seine Neugier zu befriedigen, stutzte nur kurz. Dann setzte er seinen Hut dem Jungen neben ihm auf den Kopf und rannte los. Als er zurückkehrte, hatte Francesco bereits den Ofen befeuert. Der Italiener nahm den Eimer mit einem schnellen Lächeln und füllte einen Topf mit dem Newawasser.

Wenig später konnte die alte Frau, die Emilio hielt, den Knaben von Kopf bis Fuß mit warmem Wasser waschen. Sie wickelte ihn geschickt in frisches Leinen und breitete eine Decke für ihn aus, auf der er sich mit einem behaglichen Seufzer und gefülltem Bauch zusammenrollte. Francesco schoss der Gedanke durch den Kopf, wie viele Kinder und Enkelkinder sie wohl schon gefüttert und gewickelt hatte und wie viele von ihnen überlebt hatten. Säuglinge und Kleinkinder starben Tag für Tag, es war so selbstverständlich, dass kaum einer mehr Aufhebens darum machte. Aber Emilio, der würde nicht sterben. Nicht an diesem Tag.

Die Französin hatte inzwischen allen Müll auf dem Arm und in ihrem Rock zum Ufer getragen. Ein paar Helfer taten es ihr nach. Dort zündeten sie ein Feuer an, an dem sie sich wärmten. Die Brise von der Newa her trieb den Qualm davon.

Das Gemurmel in gebrochenem Russisch, ihre Empörung und ihre Sorge um die Italienerin drangen bis zu Francesco, als er die Tür schloss.

Hieß es nicht immer, in dieser Stadt wäre sich jeder selbst der Nächste? Sprach man nicht von unüberbrückbaren Unterschieden zwischen den Kulturen? Manchmal brauchte es ein Unglück, um den Menschen zu zeigen, wie stark ihre Gemeinschaft und wie stark ein Einzelner sein konnte.

Die Hütte war nun in warmgelbes Licht getaucht. Die Scheite im Ofen knisterten. Der Wind pfiff leise durch die Ritzen und ließ die Kerzen flackern. Emilio schnarchte leise, eingekuschelt in die frische Decke.

Nur Chiara saß immer noch in der Ecke. Aber in ihre Wangen war die Farbe zurückgekehrt. Sie sah zu Francesco, biss sich dabei auf die Lippen.

»Chiara.« Er trat auf sie zu, ging in die Knie, lehnte sich an die Wand, eng neben ihr. Er zögerte, aber dann hob er den Arm und legte ihn um ihre Schultern. Sie lehnte den Kopf an ihn. Sein Herz pumpte kräftig und regelmäßig, und die Frau neben ihm schmiegte sich an ihn, als hinge von seiner Körperwärme ihr Leben ab.

»Mein armes Mädchen«, sagte er leise, hob die Hand und strich ihre Haare aus dem Gesicht, über ihre Wangen und ihre Schläfen. Sie schloss die Augen. Eine Träne löste sich aus ihren Wimpern und zog eine weiße Spur in ihr Gesicht. Er wollte sie wegwischen, aber im nächsten Moment warf sie sich an seine Brust und schluchzte auf. Ein Sturzbach von Tränen nässte sein Hemd.

Nein, Chiara war St. Petersburg nicht gewachsen. Schwache Menschen gingen hier unter.

Es sei denn, sie hatten jemanden, der auf sie aufpasste.

Francesco hielt sie fest in den Armen.

Kapitel 25

*St. Petersburg,
im deutschen Arzthaus,
November 1707*

»He, ihr da! Helft mit, den Mann an den Beinen zu packen und auf den Kopf zu stellen!« Dr. Albrechts Stimme hallte über die Köpfe der wartenden Patienten hinweg. Er deutete auf zwei Männer, die den Anschein erweckten, als könnten sie trotz ihrer Malaise zu Hilfsarbeiten herangezogen werden. Das Arzthaus war inzwischen um das Doppelte vergrößert worden. Jetzt harrten die Patienten im Warteraum aus, statt Schlange zu stehen, und es gab einen Raum mit Feldbetten für Kranke, die unter Beobachtung standen und die versorgt werden mussten.

Frieda hatte sich mit ihrem Plan, den Anbau als Schule zu nutzen, nicht durchsetzen können, und sie sah auch ein, dass die Krankenversorgung dringlicher war. Inzwischen war ein paar Meter vom Arzthaus entfernt eine Hütte errichtet worden, in der Albus Dorint eine täglich wechselnde Zahl von Schülern unterrichtete.

Paula trat einen Schritt zurück, während die Männer den halbertrunkenen Arbeiter, den ein paar Deutsche auf einem Brett in die Behandlungsräume gebracht hatten, mit zusammengebundenen Beinen kopfüber an einen Deckenhaken hängten.

Paula fasste sich an den Hals, während sie den Trupp beobachtete, der nicht besonders zimperlich mit dem armen Kerl umging, als hätten sie ihn ohnehin schon aufgegeben.

Der Mann war aus einem der Lastkähne in die Newa gestürzt und sah aus wie tot. Obwohl Zar Peter ein ums andere Mal forderte, dass sich die Petersburger an das Wasser gewöhnen sollten, hatten nicht nur die Russen einen Heidenrespekt vor dem nassen Element. Die meisten Bürger und Arbeiter der Stadt konnten nicht schwimmen und hatten kaum Überlebenschancen, wenn sie aus Leichtfertigkeit oder Ungeschicklichkeit über Bord gingen.

Dr. Albrecht trommelte dem Aufgehängten mit den Fäusten auf die Brust, und einen Wimpernschlag später sprang Paula zurück, weil der Patient einen Schwall Wasser ausspuckte und hustete.

Ein breites Grinsen glitt über das Gesicht ihres Vaters. Die Helfer jubelten und applaudierten.

Er hatte es mal wieder geschafft, der deutsche Arzt. Mit einer wahrlich ungewöhnlichen Methode hatte er einen Mann aus dem Reich der Toten zurückgeholt.

Paula konnte sich die Reden gut vorstellen, die die anwesenden Russen unters Volk bringen würden. Aber das war egal – Hauptsache, der Mann konnte losgebunden und zu einer der Pritschen gebracht werden, die den Schwerkranken vorbehalten waren.

Ein Glücksgefühl durchströmte Paula, während ihr die Aufgabe zuteilwurde, dem Patienten Wasser und Wein einzuflößen, damit er zu Kräften kam, und sie ihm danach die von ihrem Vater angerührte Tinktur zum Trinken gab, die ihn zum Schwitzen bringen sollte. Paula fühlte sich nicht weniger als die Russen wie die Zeugin eines Wunders, während dem Mann nach dem Aderlass die Farbe ins Gesicht stieg und ein Lächeln seine Mundwinkel bog. Für genau solche Momente lohnte sich all das Unbehagen und das Elend, das es in einer Arztpraxis Tag für Tag zu ertragen gab.

Paula kannte inzwischen auch ohne Aufforderung jeden Handgriff an der Seite ihres Vaters. Sie sorgte dafür, dass immer zwei Gefäße mit frischem Wasser bereitstanden. In dem einen wusch sich der Arzt die Hände, in dem anderen benetzte sie stumpf werdende Skalpelle. Sie reichte ihrem Vater Verbände, Essig, seine chirurgischen Instrumente, und sie hielt die Laterne, sobald es draußen dämmerte.

Zu den ekeligsten Beschwerden gehörte für Paula der Kopfgrind, den der nächste Patient, ein holländischer Schiffbauer, ihrem Vater und ihr unter die Nase hielt. Von diesem Ausschlag wurden diejenigen Ausländer befallen, die die russische Sitte, sich bei dem leisesten Windhauch aus dem Norden Pelzmützen überzustülpen, angenommen hatten.

Während sie noch mit dem Würgen kämpfte, behandelte ihr Vater mit stoischer Miene die eitrig-halbflüssigen Krusten mit Quecksilbertinktur, Schwefelsalbe und Pimpinelle, bevor er den Holländer entließ. »Lasst frische Luft an die Wunden und packt die Pelzmütze bis zu den wirklich eisigen Frosttagen in die Truhe«, gab er ihm noch mit auf den Weg.

Die nächsten beiden Kranken, zwei vielleicht acht- und zehnjährige französische Jungen, konnten sich vor Schwäche kaum auf den Beinen halten. Ihre Pupillen glänzten vom Fieber, als die Mutter sie in den Behandlungsraum schob. Ihren Gesichtern sah man die Scheu vor dem Arzt an. Sie schwand auch nicht, während Dr. Albrecht die Kinderkörper abtastete und abhörte und in ihre Rachen, Ohren und Augen schaute. Erst als Paula die beiden Knaben zu einer Lagerstatt im Anbau führte, die sie sich, schmächtig, wie sie waren, teilen konnten, fassten sie Zutrauen und schenkten der Helferin des Arztes ein dünnes Grinsen.

Nach Anweisung ihres Vaters schlug Paula die Füße der Jungen dick in einen Senfverband ein und verordnete den Knaben strikte Bettruhe.

Sie schaute auf, weil ihr Vater die nächste Kranke begrüßte. Seine Stimmlage veränderte sich, klang weniger barsch, sondern sanft und beruhigend. Paula steckte die Decke um die beiden kranken Kinder fest und trat auf die Frau mit dem nervösen Zucken im Gesicht zu.

Sie kannte sie. Das war die Italienerin, die hier ihren Sohn geboren und im Kindbett an Tobsuchtsanfällen gelitten hatte. Ihr Vater hatte festgestellt, dass sie unter Wahnvorstellungen litt. War die Krankheit wieder ausgebrochen?

Die Patientin biss sich auf die Lippen, die an mehreren Stellen aufgerissen waren und bluteten. Ihre Rechte auf dem Unterarm ihres Begleiters zitterte. An der linken Hand hielt sie das Kind mit kohlschwarzen Augen und dichtem dunklen Lockenschopf.

»Ich bin Francesco di Gregorio. Ich arbeite als Architekt drüben auf Wassiljewski und stamme aus Florenz.« Der Mann räusperte sich nervös. Er schien es nicht gewohnt zu sein, längere Reden zu halten. Er erzählte, in welchem Zustand er Chiara und ihr Kind gestern angetroffen hatte. »Sie hat seitdem nicht viel mit mir geredet, aber ich vermute, es hat ihr den Boden unter den Füßen weggezogen, als ihr väterlicher Freund, der sich um sie und das Kind gekümmert hat, gestorben ist«, schloss der Italiener und senkte die Stimme. »Es muss ein schlimmes Erlebnis für sie gewesen sein.«

»Was ist mit dem Kind?« Dr. Albrecht ging in die Knie und starrte dem Jungen in die Augen. Der Kleine erwiderte seinen Blick mit erstaunlicher Offenheit.

»Nun, er war in keinem guten Zustand, aber heute scheint es ihm schon viel besser zu gehen.«

Dr. Albrecht untersuchte, assistiert von Paula, zunächst den Kleinen und stellte fest, dass er unter leichter Unterernährung litt. »Gebt ihm mehr zu essen. Was immer Ihr heranschaffen könnt. Am besten den fetten Rahm der Milch. Und er soll draußen herumtollen. Die frische Luft macht seine Wangen rot.«

»Und Ihr«, er richtete sich auf und unterzog Chiara einer gründlichen Überprüfung. Paula stand neben ihm und ließ keinen Blick von der Patientin. Dr. Albrecht betrachtete ihre Zunge, spreizte ihre Lider, um Augen und Iris begutachten zu können, und hörte ihr Herz ab. Er schnalzte und holte einmal tief Luft, als er das Hörrohr sinken ließ. »Alles, was Ihr braucht, sind Zuwendung und Liebe«, sagte er und nickte Francesco zu. »Sie hat einen gefährlichen Hang zur Labilität. Das hat sich schon vor zwei Jahren bei der Geburt des Kindes gezeigt. Ihr passt auf sie auf?«

»Darauf gebe ich mein Wort«, antwortete Francesco. Paula beobachtete, wie die Frau ihrem Begleiter ein unsicheres Lächeln schenkte.

Dr. Albrecht wandte sich an Paula. »Hol eine Flasche von dem Lavendelöl und ein paar Minzblätter.« Paula lief los, um das Gewünschte zu holen. »Die Minze lasst Ihr in Eurem Trinkwasser ziehen, mit dem Lavendel reibt Ihr Schläfen, Stirn, Nacken und Brust ein. Damit werden wir der Hysterie, von der sie alle Anzeichen zeigt, zu Leibe rücken.«

Paula glaubte, dass sie all diese Behandlungsmethoden nie wieder vergessen würde. Vielleicht, weil sie sich ihr Wissen nicht aus Büchern aneignete, sondern im medizinischen Alltag eines Arztes, und weil sie mit Verstand und Gefühl Anteil nahm. Besonders bei Seelenkranken wie dieser Italienerin.

Bis in ihre Träume verfolgten Paula die Wahnsinnigen, die häufig von verzweifelten Eltern, Geschwistern, Gatten oder besorgten Freunden zu Dr. Albrecht gebracht wurden.

Ihr Vater hatte ihr einmal zugezischt, dass die unmenschlichen Bedingungen auf vielen Baustellen das Ihrige dazu beitrugen, dass die Leute den Verstand verloren. Bei der Italienerin, ohnehin von instabiler Gemütsverfassung, lag der Fall anders. Vermutlich hatte sie hier im Newadelta nicht richtig Fuß fassen können, und als sie ihren einzigen Vertrauten verlor, glaubte sie, es aus eigener Kraft nicht mehr zu schaffen.

Welch ein Glück, dass ihr der Landsmann beigesprungen war. Paula fand diesen Francesco ausgesprochen angenehm in seiner zurückhaltenden, etwas schüchternen Art.

Bei Chiara war es *bloß* eine Hysterie; der echte Wahnsinn, der andere befiel, verstörte sie zutiefst. Paula erinnerte sich an den Ankerschmied, der glaubte, nicht mehr Mensch, sondern Tier zu sein. Mal war er ein Löwe, mal eine Schlange, und bei der Aufnahme gebärdete er sich wie ein Iltis und beantwortete alle Fragen mit Tönen wie Hahnengeschrei.

Ein kräftiger Schiffer mit blauen Adern auf dem fast kahlen Schädel fühlte sich von Mäusen und Ratten umzingelt, hielt die anderen Patienten für die feindlichen Schweden und Dr. Albrecht für König Karl. Paula allein hätte mit ihrem Vater die Raserei des Mannes nicht zu bändigen vermocht. Sie riefen mehrere Arbeiter heran, um ihn zu fesseln.

Bei all diesen Geisteskrankheiten vermochte Dr. Albrecht zu seinem Leidwesen wenig auszurichten, außer mit Heilkräutern und freundlicher Zurede zu besänftigen und notfalls mit Gewalt ruhigzustellen. Diese Leute brauchten mehr Betreuung als wenige Minuten in seinem Behandlungsraum, aber es gab keine Häuser für sie in St. Petersburg. Eine aufstrebende Stadt brauchte Muskeln und Tatkraft, keine Schwachen und Verwirrten. Keinen interessierte es, was mit ihnen geschah, nur der Arzt tat seine Menschenpflicht, und Paula weinte sich in manchen Nächten aus Verzweiflung über ihre begrenzten medizinischen Möglichkeiten in den Schlaf. Ihr Vater versuchte ihr beizubringen, dass sie die Schicksale der bedauernswerten Männer, Frauen und Kinder unter ihren Händen nicht zu nah an sich heranlassen durfte, wenn sie selbst nicht an der Seele erkranken wollte.

Paula erinnerte sich an den trüben ausdruckslosen Blick des jugendlichen Russen, der drüben in der Werft sein Handwerk lernte. Sein Gesicht fahl, die Backenknochen spitz, die Körperhaltung geduckt, klagte er über unaufhörliche Unruhe,

Schlaflosigkeit und Verwirrung. Dr. Albrecht schickte Paula aus dem Raum, aber Paula drückte ihr Ohr an die Tür. Es erglühte, während sie belauschte, wie ihr Vater dem jungen Mann die Leviten las. Seinen Zustand habe er sich einzig durch maßlose Onanie beigebracht, und es liege an ihm selbst, künftig ein gottesfürchtigeres Leben zu führen.

Das Gesicht des Vaters legte sich in Falten, wenn er Krätze und Syphilis diagnostizierte, und Paula stockte der Atem, wenn sie mithörte, wie er seinen lasterhaften Patienten Moralpredigten hielt: »Mir ist es einerlei, wenn ihr euren Trieben nicht Einhalt gebieten könnt, aber stehlt mir hinterher nicht die Zeit mit dem, was ihr euch von der Hurerei einfangt!« Paula wusste, dass er bloß seinem Ärger Luft machte; niemals würde ihr Vater einem Patienten die Tür weisen, nur weil ihm sein Lebensstil missfiel.

Nach der einstündigen Mittagspause warteten bereits zwei Russen mit eiternden, rot geschwollenen Lidern, eine Entzündung, die sie sich vermutlich von den Soldaten geholt hatten. Über das Militär verbreiteten sich häufig Augenentzündungen. Ihren Ekel überwindend, trat Paula nah heran, als ihr Vater nach Kaltwasserbädern Blutegel ansetzte. Wenn sie selbst Ärztin werden wollte, durfte sie in solchen Momenten keine Schwäche zeigen.

Der letzte Patient am späten Abend war ein Gerüstbauer, der sich zwei Finger zwischen Baumstämmen gequetscht hatte. Ihr Vater griff zu Hammer und Meißel, um die zerstörten Glieder zu entfernen. Die Schreie des Mannes gellten durch die Fenster hinaus über das Ingermanland. Für einen Moment schien die Zeit stillzustehen. Paula rang darum, auf den Beinen zu bleiben, und half schließlich, die Wunde sauber zu verbinden.

Sie wusste, wenn sie jemals in der Medizin arbeiten wollte, musste sie die Schreie der Patienten und die Übelkeit in ihren Eingeweiden zu ertragen lernen.

Auch an diesem Abend war Paula wie an allen Tagen zuvor

so erschöpft, dass sie beim Abendessen kaum noch den Löffel halten konnte. Ihr Vater drängte sie oft, zwischendurch Pausen einzulegen, Spaziergänge zu unternehmen, sich mit anderen jungen Leuten zu treffen, aber Paula verschloss sich allem guten Zureden.

Seit Willem auf die rechte Uferseite gewechselt war, bestand ihr Alltag nur aus Studien und Hilfsdiensten in der Arztpraxis. Das Zusammensein mit den Patienten, ihre Leidensgeschichten, die Heilmethoden, mit denen ihr Vater sie vertraut machte – all das lenkte sie davon ab, dass sich ihr Leben anfühlte, als wäre ein wichtiger Teil davon verdorrt.

Sie war jetzt achtzehn, kein Alter mehr, in dem man über die Wiesen sprang und Abenteuer suchte. Diese Zeiten gehörten der Vergangenheit an. Aber warum hatten Willem und sie nie ausprobiert, wie sich ihre Freundschaft als junge Erwachsene änderte? Warum hatten sie nicht jenen ersten Kuss wiederholt, um herauszufinden, ob sie ihre Zuneigung auf eine andere Ebene heben konnten?

Nun, die Antwort war so klar wie grausam: weil sie ihn gedrängt hatte, auf der gegenüberliegenden Seite sein Glück zu finden.

Um wenigstens noch ein paar Atemzüge frische Luft an diesem Tag zu bekommen, setzte sie sich nach dem Abendessen mit einem Becher Kwass draußen auf die Stufen des Arzthauses. Ein Käuzchen schrie, und drüben am Ufer erklangen vereinzelte Rufe der Leute, die bis spät in die Nacht arbeiteten. Mit Laternen beleuchtete Flöße und Boote trieben in beide Richtungen, auf Wassiljewski flackerten vereinzelte Feuer. Am Himmel flogen Schneewolken über den Mond, die Brise wehte Paula ein paar Strähnen übers Gesicht.

Sie zwang sich, all die Patienten dieses Tages Revue passieren zu lassen und sich in Erinnerung zu rufen, mit welchen Mitteln ihr Vater sie behandelt hatte.

Wer seine Arbeit sitzend im Haus verrichtete, war blass

und erkrankte nicht selten an Unterleibsübeln, an Wassersucht, Skorbut. Die Menschen kamen mit Entzündungen der Brust- und Halsorgane, Bluthusten, Zahnerkrankungen, Hämorrhoiden, Masern, Scharlach, Keuchhusten und Blattern. Wasser und Wein schienen in vielen Fällen die beste Medizin. Paula staunte, wie viele Patienten ihre Beschwerden verloren, wenn sie ihnen auf Anweisung ihres Vaters hin in heißes oder kaltes Wasser getunkte Lappen um die Beine, den Leib oder die Brust wickelte. Waren die Kranken zu schwach, flößte Paula ihnen verdünnten Rheinwein zwischen die spröden Lippen und beobachtete mit einem warmen Gefühl im Bauch, wie die Lebensgeister zurückkehrten.

Wenn sie an die Arbeit dachte, gab es keinen Raum für die Bilder von Willem. Wie er sie an der Hand hinter sich hergezogen hatte. Wie seine Pupillen geblitzt hatten, wenn er sich Streiche ausgedacht hatte. Wie sich seine Lippen auf ihren angefühlt hatten.

»Nicht traurig sein, Newanixchen. Der Balkenbaumler ist es vielleicht nicht wert.«

Paula wandte sich zum Treppengeländer, durch das Kostja sie beobachtete.

»Doch, er ist es wert«, erwiderte sie, als wäre es das Selbstverständlichste, dass der Narr offenbar ihre Gedanken lesen konnte.

»Der Balkenbaumler poussiert mit fremden Blümchen und denkt für keine Kopeke an das Newanixchen!«

Beim Schlucken schmerzte ihr Hals. Wenn der Zwerg glaubte, er erzähle ihr etwas Neues, dann täuschte er sich. »Das ist sein gutes Recht.« Ihre Stimme klang belegt. »Er ist ein freier Mann.«

Der Gnom schwang sich um das Geländer herum und ließ sich neben Paula nieder. Dicht ruckelte er an sie heran, nahm ihre Hand in seine und streichelte darüber. »Er würde dich sofort heiraten, wenn es das Leben so gewollt hätte.«

Paula wandte ihm ihr Gesicht zu. »Wer?«

Kostja reckte die Brust und hieb sich mit der Faust aufs Herz. »Er.«

Paula seufzte, legte den Arm um die Schultern des kleinen Mannes und ließ es zu, dass er sein Ohr an ihr rieb.

»Fremde Dämchen trösten den Balkenbaumler, aber *ihn* tröstet nur das Newanixchen.«

»Willem braucht Trost? Das wäre mir neu.«

»Der Balkenbaumler erzählt von seinem Hund, den eine Bärin gerissen hat. Damit jagt er den Dämchen genüsslich Schauer über den Rücken und stimmt sie milde.«

Paula fühlte, wie ihr der Hals eng wurde. *Bis in alle Zeiten werden wir Bjarki und wie er ums Leben kam in unserem Herzen behalten.* Sie waren Kinder gewesen, als sie den Schwur leisteten. Verstörte, bis ins Mark verängstigte Kinder. Dennoch fühlte sie sich verraten. Er teilte mit den anderen, was nur sie beide miteinander verbinden sollte. Das letzte Band schien zwischen ihnen zerrissen. Ihre Augen brannten, aber sie hielt die Tränen zurück.

Wenn es ihr Schicksal sein sollte, ohne eigenes Glück den Menschen als Ärztin zu dienen, dann würde sie diesen Weg gehen. Heiter und unerschütterlich. Dass Willem für sie ein Stück vom Himmel gewesen war, ging niemanden etwas an. Sie würde darüber hinwegkommen. Sie war Meisterin darin, ihr aufmüpfiges Herz mit dem Verstand zum Schweigen zu bringen.

Es war bereits Abend, als Francesco Chiara half, in das Boot zu steigen, mit dem er sie und Emilio hinüber nach Wassiljewski bringen würde. Er hielt sich zwar nicht gern auf dem Wasser auf, aber merkwürdigerweise fühlte er in dieser Stunde mit Chiara keine Beunruhigung ob der drohenden Gefahren in den Untiefen.

Nach dem Arztbesuch hatten sie noch einen Spaziergang

zur Werft unternommen und die imposanten Segler bestaunt, die majestätisch ihre Masten emporstreckten und schon bald vom Stapel laufen würden.

Francesco genoss diesen Perspektivwechsel. Er kannte die Anlage nur aus weiter Ferne aus dem Fenster seines Arbeitszimmers. Und es machte ihn schier trunken vor Glück, dass er diesen Ausflug nicht allein unternahm.

Chiara war noch sehr angeschlagen, aber durch seine Zuwendung, die Ratschläge des Arztes und die Kräutermedizin würde sie schon bald an Kraft gewinnen. Allein Emilio zu beobachten, der sich von ihr losriss, um über Baumstämme zu springen und über Mauern zu balancieren, zauberte ein ums andere Mal ein Lächeln in ihr Gesicht, bei dem ihre Schönheit hervorblitzte.

Immer wieder blieb sie stehen, breitete die Arme aus und fing ihren Sohn auf, drückte ihn, bis er anfing zu strampeln, um weiter auf Erkundungstour zu gehen.

»Ich schäme mich entsetzlich«, sagte sie schließlich. »Wie konnte ich meinen Jungen so vernachlässigen. Wenn du nicht gewesen wärst, Francesco, dann ... dann ... Um mich wäre es nicht schade gewesen, ich hätte es verdient, aber der kleine Kerl ...«

Tränen liefen ihr über die Wangen, während sie erst von Emilio, dann von Camillo erzählte und wie sehr sie die Begegnung mit dem Tod aus der Bahn geworfen hatte.

Ein paar Mal noch war sie um das Haus der Brüder geschlichen, aber es verging keine Nacht, in der nicht Weiberstimmen zu ihr nach draußen drangen.

Chiara erzählte, als wären sämtliche Dämme in ihr gebrochen. Zwischendurch hörte sie nicht auf, sich selbst zu bezichtigen und beim Herrgott zu schwören, dass sie ihr Kind nie mehr im Stich lassen würde.

Sie sprach noch, als sie schon mit dem Boot zur anderen Uferseite übersetzten. Emilio war in ihrem Schoß eingeschlafen. Über ihnen trieben die Schneewolken über den fahlen Mond. Vereinzelt blinkten Sterne, zu schwach, um die Stadt zu erhellen.

In der Mitte des Stroms ließ Francesco die Ruder sinken. Chiara stockte in ihrem Erzählfluss, während sie langsam abtrieben.

Francesco rauschte das Blut durch die Adern, hinter seiner Stirn lauerte eine Panik. In dieser Abendstunde auf der Newa hatte er den zweiten Entschluss seines Lebens gefasst, der ihm all seinen Mut abverlangte und für den er über seinen eigenen Schatten springen musste. Alles bekommen oder untergehen, dachte er, bevor er die Worte aussprach, die ihm auf der Seele brannten: »St. Petersburg ist keine Stadt für alleinstehende Frauen, schon gar nicht für Mütter. Hier können Männer ihre Träume verwirklichen, doch die Frauen gehen zuerst an den Widrigkeiten zugrunde, wenn sie keinen haben, der auf sie achtgibt. Chiara, ich möchte dein Ehemann sein und deinem Kind ein Vater. Ich liebe dich, und ich wünschte, wir würden heiraten.«

Beim hastigen Reden vermied er es, sie anzuschauen, schien die Bretter und Taue zu seinen Füßen zu inspizieren. Nun hob er den Kopf, wappnete sich für ihre entsetzte Miene und eine Flut von Demütigungen, mit denen sie ihn, den ewigen Zweiten, zurückweisen würde.

Aber sie starrte ihn nur an, den Mund vor Staunen geöffnet. Endlich glitt ein kaum wahrnehmbares Lächeln über ihr Gesicht. Er versuchte ihren Blick zu halten, aber sie senkte das Kinn, wickelte sich eine Locke von Emilios Haarschopf um den Finger. »Ja, Francesco.«

Er las ihre Worte mehr von den Lippen ab, als dass er sie hörte.

»Ja, ich wünsche mir auch, dass wir heiraten.«

KAPITEL 26

*Landgut des Grafen Bogdanowitsch,
Januar 1708*

Hoch ragten die Mauern des Anwesens auf. Schneeflocken trudelten herab, legten sich auf die Zinnen und Dächer des Hauptgebäudes und der Wirtschaftsräume.

Matteo streckte den Kopf aus dem Fenster des Schlittens, um das Gut aus der Entfernung betrachten zu können. Obwohl der Schnee einen Großteil des Anwesens verdeckte, erkannte er mit einem Anflug von Unbehagen sofort, in welch miserablem Zustand der Grafensitz war.

Aber nach allem, was Arina erzählt hatte, verzögerte sich die Renovierung nicht aus Geldmangel, sondern weil es an geeignetem Baumaterial fehlte. Nun, Matteo war bereit, mit all seinem Können als Architekt dazu beizutragen, dass das Anwesen in neuem Glanz erstrahlte. In der Stadt würden die hohen Herren warten müssen, bis er die Muße fand, sich mit Francescos Skizzen um die Villen und Paläste verdient zu machen. Dies hier war der Ort, an dem er künftig gebraucht wurde.

Arina drückte seine Hand. Ihre Finger bebten. »Ich habe Angst, Matteo«, wisperte sie. »Am liebsten wäre ich nie mehr zurückgekehrt und hätte dich in aller Stille geheiratet.«

»Mein Vögelchen.« Er zog den Kopf wieder herein und beugte sich zu ihr, um sie auf den Mund zu küssen. In den letzten Wochen hatten sich ihre Wangen gerundet. »Wir können unsere Vergangenheit nicht verleugnen. Vertrau mir, ich werde mich deinen Eltern von meiner besten Seite präsentieren.«

»Du hast nur beste Seiten.« Arina lächelte ihn an. »Was, wenn sie uns zum Teufel jagen?«

»Das werden sie nicht. Du bist ihre Tochter, sie lieben dich, Arina.«

Sie schnalzte abfällig. »Sie hatten andere Pläne mit mir.«

»Sie werden sich damit abfinden müssen, dass du eine eigene Entscheidung getroffen hast. Und wenn sie dich nicht endgültig verlieren wollen, müssen sie auch mich akzeptieren.«

»Du kennst meine Mutter nicht.« Ihre Lippen wirkten spröde.

»Das wird sich gleich ändern«, erwiderte er leichthin und öffnete die Schlittentür, als die drei Pferde schnaubend zum Stehen kamen und der Kutscher vom Bock sprang.

Galant half Matteo Arina heraus und führte sie auf den Eingang des Hauptgebäudes zu. Aus der Backstube wehte köstlicher Geruch nach frisch gebackenen Piroggen. Ein paar dick in Decken und Felle eingepackte Gestalten lugten misstrauisch aus einem langgestreckten Gebäude, Leibeigene offenbar, die in ihrem Winterquartier hausten, solange der Boden in St. Petersburg gefroren war. Aus den Ställen drang Mähen und Quieken, und linker Hand wieherte ein Pferd, vom Rittmeister am Zügel gehalten.

Matteo spürte sein Blut brausen, während sein Blick das gesamte Landgut erfasste. Daraus ließ sich doch etwas machen! In wenigen Monaten würde der Grafensitz wie Phönix aus der Asche steigen, wenn man ihn nur ließe und ihm die nötigen finanziellen Mittel zur Verfügung stellte.

Viel hing davon ab, welchen Eindruck er an diesem Tag bei Arinas Eltern hinterließ.

In den dunklen Winterwochen, in denen Arina heimlich bei ihm gelebt hatte, hatte sich die bekannte Düsternis über sein Gemüt gelegt. Ihre Beziehung wandelte sich. Er legte die

Beschützerrolle Arina gegenüber ab und liess sich stattdessen von ihr hegen und pflegen, wenn er an manchen Tagen nicht imstande war, das Bett zu verlassen. Sie ging auf in dieser Aufgabe, las ihm seine Wünsche von den Augen ab, fütterte ihn mit den besten Happen. Matteo konnte beobachten, wie sie erblühte, wie ihre Figur eine Weichheit annahm, die ihr gut zu Gesicht stand.

Hingebungsvoll hatte sie in seinen Armen gelegen, sobald Francesco ausser Haus war. Der hatte sich zwar noch vor Neujahr mit Chiara vermählt, hielt aber an seinem Arbeitsplatz in dem Architektenhaus fest und spazierte erst in den Abendstunden am Fluss entlang zu seiner Frau und dem Kind.

Matteo musste lachen, wann immer ihm das Groteske ihrer Situation bewusst wurde: Da reiste ihm Chiara Tausende von Meilen hinterher, nur um am Ende mit seinem Bruder vor den Traualtar zu treten. Ihm sollte es recht sein, Chiara war ihm, seit er in St. Petersburg lebte, immer nur lästig gewesen. Was hatte sie geglaubt, wie er sie empfangen würde? Als würde er sein altes Leben in die neue Heimat verpflanzen. Sein Ehrgeiz suchte seinesgleichen, und während Chiara nur ein Störfaktor war, stellte sich Arina als der Hauptgewinn heraus. Seinem Aufstieg in die höchsten Kreise der werdenden Stadt stand nichts mehr im Wege, sobald er die Grafenfamilie für sich gewonnen hatte.

Arina strahlte, eine Freudenträne rann über ihre Wange.

Die Tür zum Foyer knarrte beim Aufdrücken in den Scharnieren.

Russige Ofenwärme schlug ihnen entgegen. Matteo hustete und blinzelte. Bis in die höchsten Kreise schienen die Russen einen unangenehmen Hang zum Überheizen zu haben. Auch Arina war es im Architektenhaus nie warm genug gewesen.

Staunend schaute Matteo sich um. Eine Freitreppe führte in das obere Stockwerk, vom Foyer gingen mehrere Gänge zu den grossen Salons ab. Der Holzboden war an vielen Stellen rissig, die Möbel wirkten abgenutzt. Er hielt Arinas Hand. Alle Farbe war aus ihrem Gesicht gewichen.

»Sorg dich nicht, Arina«, flüsterte er ihr ins Ohr. »Vertrau mir, alles wird gut ...«

In diesem Moment trat Graf Fjodor Bogdanowitsch aus einer Art Bibliothek zu ihrer Linken. Er war vertieft in ein in Leder gebundenes Rechnungsbuch und schien zu erstarren, als er den Kopf hob und sie sah. Ohne den Blick von ihr zu wenden, sank er auf die Knie, stieß einen Laut des ungläubigen Staunens aus und hob die gefalteten Hände an die Decke. »Mein Kind, mein Kind, bist du es wirklich?«

Matteo biss sich auf die Lippen, während Arina zu ihrem Vater eilte. Sie kniete sich hin, schlang die Arme um ihn.

Laut begann der Graf zu schluchzen. Rotz und Wasser liefen ihm über das Gesicht. Seine ungläubigen Schreie hallten durch das Foyer und lockten aus allen Zimmern Bedienstete an.

Matteo trat von einem Bein aufs andere und starrte die Freitreppe hinauf, wo in einem hochgeschlossenen tiefblauen Kleid, die grauen Haare weiß gepudert, das Gesicht von herabhängenden Mundwinkeln und einer tiefen Kerbe zwischen Nase und Lippen geprägt, die Gräfin erschien. Sie schien die Situation sofort zu erfassen. Ihr Blick blieb an Matteo hängen. Den Italiener fröstelte es, aber er hielt ihren Augen stand, obwohl sie sein Lächeln nicht einmal mit einem Zucken in ihrer Miene erwiderte.

Ein Gernegroß, ein Maulheld, ein Blender. Nach drei Stunden in Gesellschaft des Italieners, der sich die Zuneigung ihrer Tochter erschlichen hatte, war sich Gräfin Viktoria absolut sicher in der Einschätzung ihres angehenden Schwiegersohns.

Ihren Mann und Arina mochte er mit seiner kriecherischen Art vereinnahmen, bei ihr würde er auf Granit beißen. Von der ersten Sekunde an durchschaute sie diesen Mann, dem der

Zufall ihre Tochter in die Hände gespielt und der sein Glück beim Schopfe gepackt hatte.

Ingrimm sammelte sich in ihrem Leib über diesen dreisten Emporkömmling, aber sie würde den Teufel tun und ihn spüren lassen, was sie von ihm dachte. Sie wusste, dass sie ihre Tochter endgültig verlieren würde, wenn sie sich gegen ihren Galan stellte.

Die vergangenen zwei Monate, in denen keiner gewusst hatte, was aus Arina geworden war, hatten die Gräfin demütig gemacht. Arina war ihr einziges Kind, und die Vorstellung, was ihr widerfahren sein könnte, hatte ihr den Nachtschlaf geraubt. Abend für Abend hatte sie gebetet, an Weihnachten Abbitte geleistet für all ihre Sünden und den Herrgott um ein Zeichen gebeten.

Den Gedanken an Arinas möglichen Tod hatte die Gräfin nicht zugelassen. Sie spürte in ihrem Innersten, dass ihr Kind noch lebte, und züchtigte aufs härteste alle Leibeigenen, die ausgeschickt wurden, nach ihr zu suchen, wenn sie ohne eine Spur von der Tochter heimkehrten.

Und nun kam sie mit diesem Aufschneider zurück und behauptete, er sei die Liebe ihres Lebens und sie würde ihn heiraten, und wie viel ihr daran gelegen sei, dass ihre Eltern diesen Wunsch unterstützten.

Gar nichts würde die Gräfin unterstützen.

Von der ersten Sekunde ihrer Begegnung mit Matteo arbeitete sie an einem Plan, wie sie ihn loswerden könnte. Irgendetwas würde ihr einfallen, obwohl Fjodor sich schier überschlug, um den Mann an Arinas Seite in ihrem Haus willkommen zu heißen. Und obwohl Arina wie ein Schoßhündchen an ihm hing und sein Einfluss offenbar dazu geführt hatte, dass sie sich wieder angemessen ernährte.

Die Gräfin staunte über die weiblichen Formen, die sich unter Arinas Kleid abzeichneten, über die Fülle in ihrem Gesicht und ihre lebhaften Augen. Zweifellos hatte die Nähe zu diesem Kerl einen ausgesprochen positiven Einfluss auf das Erscheinungsbild ihrer Tochter gehabt.

Kein Wunder.

In ihrer Naivität nahm Arina an, mit dem Südländer das Glück gefunden zu haben. Es wurde Zeit, dass sie wieder unter ihren Einfluss geriet, und eine zweite Flucht würde die Gräfin zu verhindern wissen.

Pah, ein Ausländer! Das war bestimmt das Letzte, was sich Viktoria für ihre Tochter erträumt hatte. Der Kerl lachte sich ins Fäustchen, wenn er in ihre Familie einheiraten konnte, aber die Gräfin würde ihm die Suppe versalzen und keine Kosten und Mühen scheuen, ihn als Hochstapler und Windei zu überführen.

Eine dünne Stimme in ihr flüsterte ihr zu, sie solle sich einfach daran erfreuen, dass die Tochter zurück war. Aber diese zarten Gefühle waren zu schwach, um sich gegen die Ruhelosigkeit durchzusetzen, die sich ihrer bemächtigt hatte. Sie brauchte einen Plan, um den Italiener zum Teufel jagen zu können.

Alle im Haus schliefen bereits – Arina in ihrem alten Zimmer, in dem die Gräfin kein Möbel verrückt hatte, weil sie geahnt hatte, dass ihre Tochter irgendwann wieder darin wohnen würde. Nur eine Veränderung hatte sie vorgenommen: Vor dem Fenster hatte sie Eisenstäbe anbringen lassen. Die würde Arina erst am nächsten Morgen sehen, wenn sie die Vorhänge öffnete, und die Gräfin hatte sich bereits zurechtgelegt, wie sie ihr dies erklären würde. In letzter Zeit sei es vermehrt zu Einbrüchen marodierender Vogelfreier gekommen, und das Gitter sei nur zu ihrem Schutz.

Den Italiener hatten sie in einem der Gastzimmer untergebracht, und Fjodor war ins Schlafgemach getaumelt, trunken vor Glück und Ungarwein, der an diesem Abend reichlich geflossen war.

Im blauen Salon wanderte Gräfin Viktoria rastlos hin und

her, während sie Ideen entwickelte und verwarf. Es gab hinreichend geeignete Kandidaten, die für eine Eheschließung in Frage kamen, zweitrangig nach Zar Peter, aber immer noch um Längen passender als dieser verfluchte Italiener mit dem brennenden Wunsch in den Augen, sich ins gemachte Nest zu setzen und von ihrer gesellschaftlichen Position zu profitieren.

Sie trat ans Fenster, schob den Brokatvorhang einen Spalt zur Seite und spähte nach draußen in die Winternacht. Der Schnee fiel nun dichter, die Flocken wirbelten durch die Dunkelheit, beschienen von einem kalten Vollmond.

Plötzlich stutzte sie.

Drüben in der Behausung der Leibeigenen wurden Stimmen laut, wütendes Kreischen, ein Schrei durchschnitt die nächtliche Stille. In der nächsten Sekunde stolperte jemand aus der Hütte, die Arme hochgerissen, das Gesicht bleich wie der Mond.

Die Gräfin runzelte die Stirn, legte die Hände an die Schläfen, um mehr erkennen zu können, aber sie hörte nur wüstes Zetern, Hilferufe, Raserei.

Sie zögerte keine Sekunde. Im Foyer griff sie nach ihrem mit Zobelfell besetzten Umhang und ihrer Peitsche und stürmte hinaus in die Winternacht.

Ihre Füße in den dünnen Lederschuhen begannen sogleich vor Kälte zu kribbeln, aber es war nur ein kurzer Weg über den Innenhof, auf dem die freigeräumten Trampelpfade erneut von einer Schneeschicht bedeckt waren.

Der Zorn brodelte in der Gräfin, genährt von all den Misslichkeiten, die ihren Alltag bestimmten. Ihr einfältiger Mann, der auf die Knie fiel, statt den Eindringling zu vertreiben. Der schwärmerische Ausdruck im Gesicht ihrer Tochter, sobald sie den Ausländer betrachtete. Das selbstzufriedene Grinsen, das sie ihm am liebsten aus dem Gesicht geschlagen hätte.

Nun, was dies betraf, würde sie sich zügeln müssen. Sie

würde es sehr viel geschickter anstellen müssen, um ihre Tochter aus seinen Fängen zu befreien und sie wieder unter ihre Fittiche nehmen zu können.

Jetzt aber würde erst einmal das Gesindel zu spüren bekommen, dass man nicht ungestraft die Herrschaft aufschreckte. Ihre Hände krampften sich um den Ledergriff der Peitsche.

Zoja kauerte in der hintersten Ecke der weitläufigen Unterkunft für die Leibeigenen, ihre Füße warm in den gefütterten Militärstiefeln, um die Schultern einen kratzenden Lumpen. Der Boden war übersät mit Decken und Stroh, wo sich die Menschen ihre Bettstatt eingerichtet hatten. In den dunklen Winkeln waberte Uringestank aus Holzeimern. Es gab nur einen Ofen in der Anlage, der kaum genug Wärme spendete, um bis in die Ecken zu dringen. Die meisten Leibeigenen hockten um das Feuer herum, schlürften erhitzten Wodka aus Holzbechern und brummten die alten Lieder.

Zoja war schon lange kein Teil mehr von ihnen.

Sie war in Michails Besitz übergegangen. Sie war sein Eigentum, das er benutzen, bestrafen, vergewaltigen konnte, wann immer es ihm beliebte. In ihrem Inneren war kein Platz für die Enttäuschung darüber, dass ihre Freunde von früher ihr keine Hilfe waren. Sie hatten es versucht, sicher. Doch ihr eigener Instinkt war einzig, unter Michails Dominanz zu überleben.

»Es ist Zeit, dir ein Brandmal zu setzen«, hatte er ihr heute ins Ohr gezischt, während er ihr Mund und Nase zugehalten hatte, so dass sie fast erstickt wäre. »Alle Welt soll wissen, dass du mein Besitz bist. Und wenn du dich wehrst, setze ich es dir statt auf die Hand ins Gesicht. Na, wie würde dir das gefallen?«

Zoja hatte sich von ihm losgerissen und sich zitternd an die Wand gedrückt, Decken um sich geschlungen, den Blick brennend wie im Fieber.

Zoja hielt nichts mehr in der Gemeinschaft der Leibeigenen. Sie fühlte sich wie eine Aussätzige, am ganzen Körper gezeichnet von Hieben und Stößen.

Sie hatte nichts mehr zu verlieren.

Während sie beobachtete, wie Michail drüben am Ofen mit den anderen lachte und scherzte und zwischendurch das Brenneisen wendete, das er in die Glut gelegt hatte, fasste sie hinter ihren Rücken und fühlte das Rundholz, so massiv, dass sie es kaum vollständig umgreifen konnte. Sie würde den Hammer mit beiden Händen nehmen und allen Schwung in den ersten Schlag legen müssen. Sonst war sie verloren.

Ihr Atem ging schneller, als Michail sich nun aus der Gruppe löste. Den Eisenstab, den er an einem Ende zu dem Anfangsbuchstaben seines Namens geformt hatte, hielt er am anderen Ende mit einem Stück Lumpen.

Ihre Sinne waren vollständig auf Michail und jede seiner Bewegungen ausgerichtet. Ihr Griff um das Rundholz in ihrem Rücken verstärkte sich.

Einen Schritt noch.

Ihr stach bereits sein Schweißgeruch in die Nase, sie sah die Funken in seinen Pupillen, fühlte die Hitze des Brandeisens, mit dem er ihr vor der Nase herumfuchtelte ... Jetzt!

Aufspringen und den Hammer mit beiden Händen greifen waren eine einzige Bewegung. All die Anspannung fand ihr Ventil in einem unmenschlichen Schrei, den Zoja ausstieß, den Mund weit aufgerissen. Sie hob das Werkzeug über ihren Kopf und setzte mit dem Körper nach, um alle Wucht in diesen ersten Schlag zu legen, der Michails Schädel zerschmetterte. Splitter flogen und Blut tropfte, als der tödlich Getroffene auf den Boden schlug.

Zoja ließ das blutverschmierte Werkzeug erneut auf sein Gesicht niedergehen.

Glücksgefühle durchströmten sie, die sie in dieser Intensität nie zuvor verspürt hatte. Sie wollte weiterschlagen, immer weiter, bis der verfluchte Kerl nur noch ein Haufen Knochen und Eingeweide war.

Aber da lösten sich die Umstehenden aus ihrer Schockstarre. Mehrere Männer sprangen auf Zoja zu, packten sie und entrissen ihr das Mordwerkzeug.

Zoja biss und kratzte, trat um sich und schrie wie irr. Ein Gerangel entstand, die Weiber kreischten, die Kinder weinten, die Männer versuchten mit vereinten Kräften, die rasende Frau zu stoppen.

Da erhob sich über dem Lärm eine schrille Stimme: »Was geht hier vor?«

Die Männer ließen von Zoja ab, die Kinder drückten sich an ihre Mütter, und alle gafften zur Gräfin, die in ihrem Zobelpelz und mit der Peitsche in der Hand den Türrahmen füllte. Ein Schwall frostiger Luft und der Geruch nach frisch gefallenem Schnee drangen mit ihr in das Holzgebäude.

Nach den ersten Schrecksekunden ließen sich alle Leibeigenen auf die Knie fallen, pressten die Stirn auf den Boden und gaben die Sicht frei auf die zerschmetterte Leiche zu Zojas Füßen.

Zoja stand wie ein Baum, die Hände geballt, den Unterkiefer vorgeschoben. Sie ließ die Gräfin nicht aus den Augen. Diese trat nun mit ein paar Schritten über die Leiber, verteilte hier und da einen Tritt und erfasste die Situation sofort. Dann erhob sie den Arm mit der Peitsche: »Dafür schlag ich dich tot, du Teufelsbrut!«

Hinter Zojas Stirn blitzten Bilder in einem rasenden Tempo. Rechter Hand bemerkte sie den alten Wladimir in seiner Demutspose neben ihren Füßen. Neben ihm blinkte das Messer, mit dem er sich das getrocknete Fleisch in mundgerechte Stücke raspelte. Der Gedanke und die Bewegung waren eins, als Zoja sich bückte, nach dem Messer griff und mit gestrecktem Arm nach vorn sprang.

Das Blut spritzte in einer Fontäne aus dem Hals der Gräfin

und sickerte aus ihrem aufgerissenen Mund, als Zoja ihr die Klinge hineinrammte. Wie ein Sack ging die Gräfin zu Boden. In Windeseile riss Zoja ihr den zobelbesetzten Umhang von den Schultern und warf ihn sich selbst über. Dieses Geschenk war ihr die Gräfin über ihren Tod hinaus schuldig.

Kaum einer der Leibeigenen hatte mitbekommen, was Zoja getan hatte. Alle erhoben sich nun, da Zoja zur Tür strebte, wie aus einer Versteinerung befreit. In ihrem Rücken hörte Zoja Ewelinas gellenden Schrei, die die tote Herrin als Erste entdeckte. Trampeln, Gerangel, Fluchen und Gebete mischten sich zu einem anschwellenden Tumult in ihrem Rücken.

Aber ehe sie noch einer zurückhalten konnte, hechtete Zoja hinaus in die Winternacht. Der Schnee knirschte unter ihren Sohlen, der Wind stach ihr in die Wangen, aber sie wickelte sich im Laufen in den Zobel ein, und die Anstrengung erhitzte ihr Blut.

Lauf, Zoja, lauf. Lauf immer weiter und kehre nie mehr zurück. Drüben in den Wäldern, einen Tagesmarsch entfernt, versteckten sich Banden von entflohenen Leibeigenen, die danach trachteten, sich den rebellischen Kosaken anzuschließen, und sich von nichts und niemandem ihre Ungebundenheit mehr nehmen ließen.

»Komm zurück, Zoja! Komm zurück!« Jemeljans Stimme verhallte hinter ihr zwischen den schneebedeckten Mauern des Gutshofes.

Sie sprang über die weißen Felder, immer weiter in Richtung des Tannenwalds, der sich am Horizont erstreckte. Der Schnee spiegelte das Licht des Mondes und der vereinzelten Sterne, während Zoja stolperte, sich aufrichtete, weiterhetzte.

Sie würde sie finden, all die anderen, die lieber den Tod in Kauf nahmen, als sich noch einmal versklaven zu lassen.

Der wertvolle Zobel würde ihr Glücksbringer sein und sie begleiten auf ihrem Weg zu den Vogelfreien. Er würde sie auf ewig erinnern an den Ort ihrer Kindheit und Jugend, dem sie für immer den Rücken kehrte. Genau wie die Stiefel, die ihre Schritte nun, da sie in einen Rhythmus aus Laufen und Atmen fiel, sanft abfederten und ihre Füße warm hielten wie im Schoß eines Geliebten.

Kapitel 27

*St. Petersburg,
Frühjahr 1708*

»Wir nehmen ein Säcklein von dem Minzkraut und dem Lavendel, dazu Pimpernelle, Kamille und Ringelblumen.« Helena deutete in die Regale, den Korb in der Hand schwenkend, während der Apotheker Andreas an den Regalen entlangeilte, um ihre Wünsche zu erfüllen.

Frieda Albrecht spazierte an den Gläsern, Dosen und Schubladen der kaiserlichen Apotheke in der Festung vorbei und sog das Sammelsurium an würzigen, scharfen und frischen Gerüchen ein. Dabei beobachtete sie kummervoll das Mienenspiel ihrer Tochter Helena in ihrem schmucklosen braunen Alltagskleid und fragte sich, ob es das wert gewesen war. Ihre Umsiedelung an die Newa hatte in den fünf Jahren einen hohen Preis verlangt: den Frohsinn und die Zuversicht ihrer Töchter.

Sie hatte das kommen sehen, doch sie hatte nichts dagegen tun können.

Am deutlichsten merkte sie den Wandel an Helena. Selten noch sah man ihre Älteste lächeln, und die himmelblauen Kleider ihrer Jugend hatte sie dem Lumpensammler mitgegeben, um sich neue Kleidung aus grauem und braunem Leinenstoff zu schneidern. Mit der Farbe ihrer Garderobe schien auch ihr heiteres Gemüt zu schwinden. Frieda fühlte sich außerstande, ihr irgendein Trost zu sein.

Andreas überschlug sich fast, um Helena jeden Wunsch von den Augen abzulesen. Sein Interesse ging weit über den Eifer eines Händlers hinaus. Merkte Helena nicht, dass er sich schier ein Bein ausriss, um ihr zu gefallen?

Beim Abschied griff er nach Helenas Hand und führte sie an seine Lippen. »Jeder Tag, den Ihr in der Apotheke verbringt, ist ein Glückstag für mich. Ich kann nächtelang nicht schlafen, wenn ich weiß, dass Euer Besuch bevorsteht. Bitte erlöst mich und kommt so bald wie möglich wieder.«

Frieda lächelte ihn an, aber Helenas Miene blieb abweisend. »Wir sind ja nun bestens ausgestattet. Danke für Eure Gefälligkeit.« Sie neigte den Kopf zum Gruß, bevor sie sich abwandte und an der Seite ihrer Mutter zum Ruderboot zurückging, das am Festungstor für sie bereitlag.

Die großgewachsene Frieda und ihre Tochter, die selbst in schmuckloser Garderobe wenig von ihrer Anmut einbüßte, zogen die Aufmerksamkeit der patrouillierenden Wachmänner auf sich. Während Frieda in alle Richtungen nickte, lächelte und grüßte, hielt Helena das Gesicht reglos geradeaus gerichtet. Sie stieg als Erste in das Boot und half dann ihrer Mutter. Geschickt stieß sie das Gefährt vom Ufer ab und griff nach den Rudern. Die Wasserwege der Newa zu nutzen war den meisten inzwischen in Fleisch und Blut übergegangen.

»Wie lange willst du noch warten, Kind?«, fragte Frieda, als sie in die Mitte des Stroms trieben. »Fast zwei Jahre sind vergangen. Nie hast du einen Brief von ihm erhalten. Ich weiß, wie es schmerzt, aber: Erik hat dich vergessen.«

Helena sog zitternd die Luft ein. Stets brachte es sie aus der Ruhe, wenn jemand sie auf Erik ansprach. Zum ersten Mal aber entdeckte Frieda in ihren Zügen nicht nur Eigensinn und Trotz, sondern auch einen Anflug von Resignation. Sie wusste nicht, ob sie sich darüber freuen sollte.

»Ja, du hast wohl recht.« Helenas Stimme war nur ein Flüstern, das der Wind über dem Fluss davontrug. »Und ich kann es ihm noch nicht einmal verdenken. Siri hatte die älteren Rechte.«

Frieda beugte sich vor, legte die Hände auf ihre Knie. »Schau nicht mehr zurück, Liebchen. Nimm dein Leben in die Hand. Du warst immer fröhlich, voller Lebensmut. Und nun versauerst du in der Hütte, die du mit deinem verschollenen Liebsten teilen wolltest. Schau nach vorn. Es ist nicht dein Los, deine Tage in Einsamkeit zu verbringen.«

»Ich kann für keinen Mann so empfinden wie für Erik.« Helena ließ für einen Moment die Ruder sinken, wischte sich über die Stirn. »Ich weiß nicht, wie das geht, sich auf einen anderen Mann einzulassen.«

»Doch, das weißt du. Niemand weiß das besser als du, Helena. Du hast es nur vergessen in den vergangenen Jahren. Du hast mit deinen einundzwanzig Jahren reichlich zu geben, du könntest einen Mann glücklich machen, eine Familie gründen, eine Lebensaufgabe haben. Gib dich nicht auf, mein Liebchen.«

Jetzt rannen die Tränen über Helenas Wangen. Sie ließ es zu, dass die Mutter für einen Moment die Arme um sie legte. Der Ruf eines Schiffers, der mit einem Floß voller Balken kreuzte, ließ sie auseinanderfahren. Rasch brachte Helena das Boot aus der Ruderbahn.

»Ich kann Andreas nicht lieben wie Erik.«

Friedas Herz machte einen Satz vor Freude. Immerhin hatte sie über den Apotheker schon nachgedacht! War das nicht ein Grund zur Zuversicht? »Es gibt nicht nur eine Art von Liebe«, erwiderte sie. »Andreas ist zuverlässig, treu, pflichtbewusst, und er würde dich auf Händen tragen. Das sind brillante Eigenschaften für einen zukünftigen Ehemann.«

Helena sog zitternd die Luft ein. Mit angehaltenem Atem lauerte Frieda darauf, dass sie einmal mehr die Gründe aufzählte, warum sie auf Erik und nur auf Erik bis an ihr Lebensende warten musste. Aber zu ihrer Erleichterung ließ sie es.

»Vielleicht«, sagte sie nur, und dieses eine Wort schien zwischen ihnen zu zittern.

Ach, wie sehr wünschte Frieda, dass ihre älteste Tochter diese zermürbende Schwermut überwand. Dass sie zurück zu ihrer alten Stärke fand.

Sie hatten es doch nun wirklich gut hier! Inzwischen hatten sich andere Ärzte in St. Petersburg angesiedelt, die Richard entlasteten, und mit dem Bau eines Hospitals war bereits begonnen worden. Ihre Idee, der Stadt zu einer Schule zu verhelfen, war insofern erfolgreich verlaufen, als sie den Zaren schwer beeindruckt hatte. Sicher, der Zar hatte in der alten Hauptstadt für zahlreiche Bildungseinrichtungen gesorgt, aber war es nicht an der Zeit, endlich auch in St. Petersburg der Jugend die Chance zu geben, Zugang zur Bildung und damit zum unabhängigen Denken zu ermöglichen?

Albus Dorint unterrichtete in der Hütte auf der Admiralitätsinsel knapp ein Dutzend Kinder und wurde inzwischen offiziell vom Zaren entlohnt. Die Schülerschaft bestand allerdings zum Verdruss des Zaren ausschließlich aus Zugezogenen. Die russischen Arbeiter ließen ihre Kinder lieber Geld auf den Baustellen verdienen statt die Zeit auf der Schulbank vertrödeln. Gleich nach dem Besuch in der Hütte hatte Zar Peter versprochen, den Ausbau der Lehranstalten – auch für seine Landsmänner! – voranzutreiben, und Frieda hatte das Lächeln gar nicht mehr aus dem Gesicht bekommen.

Die Stadt wuchs heran, immer mehr Ausländer und Russen siedelten sich nun auch ohne Einladung und freiwillig an, obwohl es vor allem der Menschenschlag war, der keine Vorbehalte gegen ein abenteuerliches Leben hatte.

Aber ob sie hier auch sicher waren?

Immer wieder erklang aus weiter Ferne Kanonendonner. Dann lauschte Frieda, um zu hören, ob er näher kam, und seufzte erleichtert, wenn er verklang. Die Stadt war wie aus dem Nichts entstanden, und wenn es stimmte, was man in der protestantischen Gemeinde und auf den Märkten munkelte, dann konnte es nicht mehr lange dauern, bis der Zar St. Petersburg zur neuen Hauptstadt des Russischen Reichs erklärte. Frieda fühlte ein Flattern in der Brust bei der Vorstellung, am Aufbau und Wachsen einer Stadt mitgewirkt zu haben, die sich aufschwang, die bedeutendste Metropole Europas zu werden.

Die Schweden hatten mehrere Angriffe versucht, mussten sich aber bereits an der Festung Kronstadt bei Kotlin geschlagen geben. Die Petersburger fühlten sich beschützt – keine Stadt wurde derart verbissen verteidigt wie ihre.

Es hieß, der Zar habe dem schwedischen Monarchen ein Friedensangebot gemacht, bei dem er ihm sämtliche Ostseeprovinzen versprach, sofern Ingermanland und damit seine Stadt russisch blieben. Karl jedoch hatte abgelehnt, dieser verdammte Kriegstreiber, der unschuldige Menschen in tödliche Schlachten verwickelte und ihnen das Morden aufzwang.

Im September vergangenen Jahres hatten die Schweden einen Feldzug gegen Russland begonnen, weit entfernt von St. Petersburg, in Smolensk. Wochenlang hatten die Petersburger von nichts anderem gesprochen. Ziel der Schweden sollte Moskau sein. Die russische Armee wandte, wie man sich in St. Petersburg erzählte, eine erprobte Methode an, um die Schweden fernzuhalten: Sie zerstörten unter Fürst Menschikows Befehlsherrschaft ganze Dörfer im eigenen Land, vergifteten Brunnen, vernichteten Vorratslager, die die Schweden bei ihrem Vormarsch zu erreichen hofften. Diese Politik der verbrannten Erde erwies sich als ausgesprochen wirkungsvoll. Es hieß, dass die schwedischen Regimenter wegen der katastrophalen Versorgungslage der Soldaten schon merklich ausgedünnt seien. Mit einer bis in die Wurzeln geschwächten Armee würden die Russen leichtes Spiel haben, wenn es zur Entscheidungsschlacht kam.

Frieda schwindelte bei der Vorstellung, dass ihre alten

Freunde und Bekannten in Moskau und der Vorstadt von den Gräueln des Krieges überrollt wurden. Sie sehnte sich nach Frieden und einem Zaren, der den Großteil seiner Zeit in seiner Stadt verbrachte statt auf den Schlachtfeldern an der Seite seiner Generäle. Immer wieder geisterten auch Gerüchte umher, dass der Zar das Bett hüten musste, weil ihn unklare Schmerzen quälten und er an Fieber litt. Richard runzelte die Stirn, wenn sie über den Gesundheitszustand des Zaren sprachen. »Er mutet sich zu viel zu«, brummte er dann. »Kein Wunder, wenn sich sein Körper wehrt.«

Richard hatte es nie bereut, an die Newa umgesiedelt zu sein. Die Menschen hier brauchten ihn, und seit er durch die Zuwanderung seiner Kollegen auch wieder mehr Zeit für die Familie hatte, war die Atmosphäre im Ärztehaus viel entspannter. Frieda hatte ihm einen langen Kuss und eine innige Umarmung gegeben, als er zum ersten Mal nach dem Sonntagskirchgang den Vorschlag gemacht hatte, einen Bootsausflug über die Newa bis zum Ladogasee zu unternehmen und dort ein Mittagessen im Freien zu veranstalten. Gustav und Helena hatten andere Pläne, Paula vertrat ihn im Ärztehaus, und Frieda und Richard blieben bis zur Dämmerung, bevor sie wieder Richtung Admiralitätssiedlung segelten. Friedas Wangen wurden heiß, wenn sie an diesen Tag dachte, und sie fragte sich, wie sie je an Richards Liebe zu ihr gezweifelt haben konnte.

Paula war für ihn eine große Hilfe. Tüchtig und fachkundig hatte sie sich aller Aufgaben angenommen. Sie wäre selbst eine hervorragende Ärztin.

Frieda beobachtete dies mit einem lachenden und einem weinenden Auge. Paula ging dermaßen in ihrer Aufgabe auf, als hätte sie ihre Weiblichkeit inzwischen komplett abgelegt. Sie war immer schon ein Wildfang gewesen, ein Mädchen, dem das Abenteuer in der Natur lieber war als Koketterie, aber inzwischen war sie neunzehn. Seit ihr holländischer Freund die Uferseite gewechselt hatte, hatte sie Paula nicht mehr mit einem jungen Mann gesehen.

Vor Sorge um die unsichere Zukunft der Töchter wälzte Frieda sich in mancher Nacht schlaflos im Bett. Wie gerne würde sie beiden helfen, aber das würden die Mädchen nur allein schaffen. Jetzt musste sich zeigen, ob sie ihnen während der Erziehung das Rüstzeug vermittelt hatte, um aus Krisen gestärkt hervorzugehen. Wenn sich Paula tatsächlich dafür entschied, Ärztin zu werden und auf eine Familie zu verzichten, dann war das in Ordnung. Aber dann sollte auch das Kummervolle aus ihrem Blick verschwinden, ihr Gang kraftvoll und ihr Lachen laut und ansteckend sein.

Helena hingegen könnte nie als alleinstehende Frau glücklich sein. Sie brauchte eine starke Schulter. Sie war dafür geschaffen, Mutter und Ehefrau zu sein. Wie lange mochte es dauern, bis ihr dummes Herz aufhörte, dem Schweden nachzutrauern?

Gustav war das einzige ihrer Kinder, für das Petersburg der richtige Ort schien, obwohl der Kampf um seine Schulbildung in den letzten Jahren an Friedas Nerven gezerrt hatte. An manchen Tagen hatte es ein deutliches Machtwort von Richard gebraucht, damit der Junge dem Unterricht nicht fernblieb. Selten einmal griff Gustav von sich aus zu dem poetischen Lexikon und den Sachtexten, die Lehrer Albus Dorint ihm bereitlegte, und wenn sich Richard die Zeit nahm, ihm in Latein und Algebra zu helfen, dann wirkte er abwesend, so dass Richard, ohnehin erschöpft von seinem Arbeitstag, entmutigt die Bücher zuklappte.

Seit wenigen Wochen nun hatte Gustav eine Anstellung drüben in der Werft. Er lebte in einer Gemeinschaftsunterkunft mit anderen Lehrlingen des Seewesens und arbeitete hart, um Schiffbauer zu werden. Wenn er sonntags nach dem Kirchgang zum gemeinsamen Familienessen ins Arzthaus kam, staunte Frieda jedes Mal, wie seine Augen strahlten, wie kräftig seine Schultern wurden, wie selbstbewusst sein Gang. Ihr Gustavchen war auf dem besten Weg, ein tüchtiger Handwerker zu werden. Selbst Richard freute sich darüber, nachdem er die Hoffnung, dass sein einziger Sohn einmal studieren und später seine Praxis übernehmen könnte, endgültig begraben hatte. Das Leben richtete sich nicht nach den Wünschen der Eltern.

Frieda und Helena hatten inzwischen die linke Uferseite erreicht und befestigten das Boot an einem Steg, der ein gutes Stück ins Wasser hineinragte und auf dem sie bequem an Land laufen konnten. Der Schnee war überall geschmolzen, die Erde trocknete. Dicht am Strom wuchs das Gras in die Höhe, dazwischen wilde Krokusse, Tulipane und Hyazinthen.

Der Weg zu ihrem Haus war gepflastert. Auf halber Strecke verabschiedeten sich Mutter und Tochter. Helenas Hütte lag ein paar Schritte entfernt. An diesem Tag war es Frieda ein Bedürfnis, die Tochter in den Arm zu nehmen und ihr über die Haare zu streicheln.

»Ich möchte dich wieder lächeln sehen«, flüsterte sie in ihr Ohr. »Das Leben hat dir eine Menge zu bieten.«

Helena blieb bewegungslos in ihrer Umarmung, ließ die Schultern hängen. »Ich brauche noch Zeit, Mama.«

Frieda schluckte. »Ich weiß, Helena. Dein Vater und ich, wir sind für dich da. Wir akzeptieren jede deiner Entscheidungen, solange du nur hoffnungsfroh in die Zukunft schaust.«

Helena küsste sie auf die Wange. »Dafür danke ich euch«, sagte sie, wandte sich um und ging ohne Eile auf das Haus zu, das für eine einzelne Frau zu kalt war.

Vielleicht hätte sie sich mit ihrem Schicksal arrangiert, wenn die Eltern sich nicht solche Sorgen um sie machen würden. Helena spürte überdeutlich, wie unglücklich vor allem ihre Mutter war, dass sie sich auf keine neue Verbindung einließ. Als könnte man die eine Liebe gegen die andere austauschen, wenn es bequemer war. Helena hatte zweimal in ihrem Leben gespürt, was wahre Zuneigung bedeutete. Beide Male hatte sie sich mit Haut und Haaren in den Mann verliebt, und beide Male hatte sich ihr beim Abschied das Herz im Leibe gedreht.

Ein drittes Mal würde es nicht geben.

Aber vielleicht war es ein guter Plan, künftig nicht mehr auf ihre Gefühle zu achten, sondern auf das, was der Verstand ihr einflüsterte. Der Apotheker Andreas war eine glänzende Partie, er brachte ein Bündel von guten Eigenschaften mit, die sie sich von einem Lebensgefährten erhoffen würde. Er war keine Schönheit, aber was zählten schon Äußerlichkeiten? Er roch gut nach all den Düften, die sich in seinem Apothekenkeller sammelten. Vielleicht würde sie sich daran gewöhnen können, dass er neben ihr im Bett lag und nach ihr tastete.

Vielleicht wäre alles leichter, wenn sie ihn ermunterte, um sie zu werben. Ihren Eltern jedenfalls würde eine Last von den Schultern fallen.

Sie hatte ihre Hütte fast erreicht. Die Mittagssonne warf gelbe Sprenkel auf das Dach und auf die hellgrünen Blätter der Birke, die direkt neben dem Eingang wuchs, zu jung und dünn, um der Axt zum Opfer zu fallen, aber ein himmlischer Schattenspender, wenn sie sich im Sommer auf die Bank darunter setzte und die Sicht genoss.

Nicht weit entfernt begannen die Gärten, die Zar Peter für sein Sommerhaus anlegen ließ. Das Gebiet war bereits abgesteckt, mit dem Bau des kleinen Palastes hatten die Steinmetze schon begonnen. Tag und Nacht klang das Klappern, Schlagen und Rumpeln zu ihr, aber sie hatte sich an die Geräusche gewöhnt, genau wie an die Glocken der hölzernen Isaakskirche drüben hinter der Werft.

St. Petersburg war noch keine Metropole, aber es war auf dem besten Weg dahin, fand Helena. War es nicht wirklich klüger, sich mit einem Mann zusammenzuschließen, um die kommenden Jahre in der wachsenden Stadt gemeinsam zu erleben?

Ein flaues Gefühl ergriff sie, wann immer sie die Gärtner drüben im Sommergarten beobachtete, die Hecken und Bäume pflanzten, Setzlinge und Blumenzwiebeln vergruben, Gras säten und Rosenstöcke neben marmornen Statuen und eleganten Bänken beschnitten. Dann stellte sie sich vor, wie anders ihr Leben verlaufen könnte, wenn Erik dort drüben Seite an Seite mit den anderen Ausländern an Beeten und Büschen mitarbeiten würde. Wie viel Freude ihm seine Arbeit machen und wie sie ihm am Abend entgegenlaufen würde.

Sie wollte weinen, aber ihre Augen blieben trocken. Vielleicht hatte sie schon zu viele Tränen vergossen.

Nein, sie hatte nicht damit gerechnet, dass er nach wenigen Monaten zu ihr zurückkehren würde. Die Reise über Land nach Schweden war lang und gefährlich. Aber als nach einem Jahr nicht eine Nachricht von ihm eingegangen und auf dem abgegriffenen Kantholz kein Platz für weitere Striche war, hatte sie begonnen zu zweifeln. Mit jedem Tag, der verging, festigte sich ihre Überzeugung, dass genau das eingetreten war, was sie befürchtet hatte: Erik und Siri waren drüben im weit entfernten Uppsala wieder vereint unter dem Schwur, sich nie mehr zu trennen.

Sie bezweifelte nicht, dass er sie, Helena, tatsächlich geliebt hatte.

Sein Blick war zu offen, seine Zärtlichkeiten waren zu innig gewesen, als dass sie nun annehmen würde, er hätte ihr nur etwas vorgespielt.

Das gab es, dass man zwei Menschen lieben konnte, aber Siri hatte die älteren Rechte. Sie selbst würde in seiner Erinnerung verblassen: die Frau, die ihm einen Funken Licht in den dunklen Tagen seiner Gefangenschaft gebracht hatte.

Sie würde sich an diesen Gedanken gewöhnen, irgendwann.

Sie stockte, als sie das Haus fast erreicht hatte.

Was hockte da auf dem Geländer an der Eingangstreppe? Einen solchen Vogel hatte sie hier noch nie gesehen. Schwarz war er, mit langem Schwanz und weißen Tupfern auf dem Bauch, an den Flanken, an den Federn. Ein zweiter Vogel derselben Art schwang sich aus dem Geäst herab, direkt neben seinen Artgenossen.

Helena beschirmte die Augen mit der Hand. Oben im dichten Geäst des Baums bemerkte sie ein Nest aus kleinen Wurzeln und Zweigen. Sie bewegte sich keinen Deut, um die Tiere nicht zu verschrecken, lauschte ihrem Schäckern, als würden sie miteinander plaudern.

In Schweden heißt es, sie seien mystische Wesen.

Ihr Herzschlag geriet ins Stolpern, während sie sich an die innige Stunde mit Erik erinnerte, in der er ihr davon erzählt hatte, dass seine Großmutter am Geschrei von Elstern erkennen konnte, ob Glück oder Unglück nahte.

Ach, wenn sie diese Gabe doch beherrschte.

Für sie klang das abgehackte Krächzen nicht wie ein Warnruf, eher wie das freundliche Geplauder eines verliebten Paares.

Aber sie konnte sich täuschen.

Sie spähte wieder zu dem Nest hoch. Ob die Elstern in St. Petersburg heimisch wurden und sich vermehrten? Hoffentlich. Die Vögel würden sie auch als Ehefrau eines anderen stets an die glücklichste Zeit ihres Lebens erinnern.

Kapitel 28

*St. Petersburg,
Sommer 1708*

Im Schein der mehrarmigen Leuchter tunkte Peter den Federkiel in die Tinte und begann in schwungvollen Lettern den Brief an den Herzog von Wolfenbüttel. Der wievielte Brief war das inzwischen? Er wusste es nicht, die anderen waren von seinem Sekretär abgefasst, aber allem Anschein nach musste sich der Zar auch in diesem speziellen Fall selbst kümmern.

Es würde den Herzog beeindrucken, wenn der Zar in persönlichen Worten schrieb.

Seit einem Jahr stand Peter in Verhandlungen mit dem Wolfenbüttler, weil er sich um eine Eheschließung zwischen dessen Tochter Charlotte und seinem eigenen Sohn Alexej bemühte. Wenn Alexej sich schon nicht zu seiner rechten Hand auf den Kriegsschauplätzen oder in der Innenpolitik entwickeln würde, dann sollte er wenigstens dazu beitragen, ein Netz von Bindungen und gegenseitigen Verpflichtungen in Europa zu knüpfen.

Zu Zar Peters Entrüstung zeigte der Herzog keine Eile, seine Tochter mit dem Zarewitsch zu verheiraten. Vermutlich ging er davon aus, dass der russische Regent schon in Kürze durch den König von Schweden vertrieben werden würde.

Oh, wie er sich täuschte!

Peter hob den Federkiel vom Blatt, um in seinem Zorn keinen Riss hineinzudrücken.

Die russische Dynastie schien der Herzog von Wolfenbüttel für zu unbedeutend auf dem europäischen Parkett zu halten, aber er würde schon bald eines Besseren belehrt werden.

Es war kurz vor Mitternacht, und über die Stadt legte sich schimmerndes Purpur, mischte sich mit dem dunklen Blau, das schon in wenigen Minuten an Helligkeit gewinnen würde. Aus dem Fenster seines Domizils auf der Petersburger Insel konnte Peter trotz der Beleuchtung im Inneren seine Stadt und den Fluss überblicken. Ein gelbes Blitzen am Rande seines Sichtfelds irritierte ihn. Er legte das Schreibwerkzeug neben das halbbeschriebene Blatt und beugte sich vor, um bessere Sicht nach draußen zu haben.

Wieder ein Brand!

Drüben am äußersten Eckpunkt von Wassiljewski. Verfluchte Holzhäuser! Ein Windstoß durch einen Fensterritz genügte, und Kerzenflammen entzündeten Vorhänge, Kissen, Tapeten, wenn die Bewohner nicht achtsam waren. Fast jede Woche brannte irgendwo ein Haus lichterloh, und da läuteten auch schon die Kirchenglocken auf der Festung.

Gut, wenigstens das funktionierte: Seit den ersten Bränden hatten sie eine Feuerwache organisiert, um die Schäden in Grenzen zu halten. Nachts, wenn alle schliefen, hockten Wächter auf den Kirchtürmen und kontrollierten die Giebel. Beim geringsten Anzeichen eines Brandes schlugen sie die Glocke, und andere Aufpasser gaben das Signal von einer Kirche zur nächsten weiter.

In Windeseile streifte sich Peter seine Schaftstiefel über und packte die Axt, die stets griffbereit neben der Wand an der Haustür lehnte.

»Auf, Männer!«, rief er den beiden Gardisten zu, die neben seinem Arbeitshaus Wache hielten.

Im Laufschritt und mit einer offenen Schaluppe, von sechs Ruderern angetrieben, war Peter einer der Ersten, die an der Unglücksstelle ankamen.

Von überall her strömten die Männer und Frauen herbei, manche mit Eimern, andere mit Äxten, um das brennende Haus von allem entflammbaren Material ringsum zu isolieren. Manche schlenderten und fielen erst in den Laufschritt, als sie erkannten, dass auch der Zar wieder einmal beim Löschen helfen würde.

Das ewige Dilemma für Zar Peter: War er anwesend, um alle Anwesenden zur Hilfe aufzurufen, dann kam Bewegung in die Menge. War er aber nicht dabei, lagen die Dinge anders, wie ihm zugetragen wurde. Dann schauten die Menschen gleichgültig zu, und keiner fühlte sich genötigt, den Brand zu löschen. Völlig aussichtslos, ihnen zu drohen oder ihnen Geld anzubieten. Sie warteten nur auf den Moment, in dem sie plündern konnten.

Peter hielt sich den Unterarm zum Schutz gegen die Hitze vor die Augen, während er ein paar Sekunden lang die Situation überprüfte. Von dem Brandherd in der Mitte, einer Holzhütte für höchstens zwei Personen, war das Feuer bereits übergetreten auf die Nachbarhäuser, die teils zweistöckig hochragten. Aus mehreren Fenstern riefen Menschen um Hilfe.

Peter zauderte nicht lange. Er wies alle Eimerträger an, eine Kette bis zum Fluss zu bilden, und schickte diejenigen mit den Äxten zu den noch unberührten Häusern. Alle anderen wies er an, das brennbare Material bis zum Ufer zu schleppen.

Die Helfer liefen kreuz und quer, schreiend und fluchend durcheinander, aber allmählich setzte sich eine Ordnung durch. Peter stieg auf eine Bank und hangelte sich das Dach eines Nachbarhauses bis zur Spitze hinauf. Dort oben stellte er sich breitbeinig auf und erteilte mit alles übertönender Stimme und ausholenden Gesten den Männern seine Befehle, während den Frauen und Kindern der Atem stockte. Sie bangten um ihren Herrscher, der sich wie kein Zweiter der Gefahr stellte und mit eisernem Willen kommandierte. Manch einem mochte erst in solchen Momenten die Erkenntnis kommen, dass Zar Peter zwar bei der Durchsetzung seiner Ziele die Landsleute gnadenlos knechtete; aber letzten Endes schonte er auch sich selbst nicht. Sein Leben war einzig darauf ausgerichtet zu dienen: dem Vaterland, dem russischen Volk und St. Petersburg.

Mit ruhigen Händen, die Zungenspitze zwischen den Lippen, setzte Francesco das Dach auf die hölzerne Säulenkonstruktion, die auf dem Papierberg seines Arbeitsplatzes stand. Es passte! Nichts wankte, nichts knackte, das Modell eines Pavillons für den kaiserlichen Sommergarten sah aus wie aus einem Guss!

Lächelnd rieb sich Francesco die Hände an den Hosen ab und strich sich die Haare aus der Stirn. Immer noch begeisterte es ihn auf eine jungenhafte Art, wenn es ihm gelang, seine Ideen umzusetzen. Aber während er früher seinen Stolz mit niemandem geteilt hatte, konnte er es jetzt kaum abwarten, die Lichter in seinem Arbeitshaus zu löschen und zu Chiara zu laufen.

Was für eine überwältigende Wende hatte sein Leben genommen an jenem Tag, als sie ihm das Heiratsversprechen gab.

Francesco hatte alles darangesetzt, dass sie noch vor Weihnachten in der einzigen römisch-katholischen Holzkirche drüben auf der linken Uferseite getraut wurden.

Sicher, in Chiaras Augen las er jedes Mal, wenn er sie küsste, dass er der falsche Bruder war. Sie ließ seine Zärtlichkeiten über sich ergehen, lächelte ihn manchmal ermunternd an, aber alles, was sich in ihrer Miene spiegelte, war Dankbarkeit darüber, dass er sie und das Kind aus dem Elend gerettet hatte.

Besser als die Einsamkeit.

Vielleicht würde die Zeit ihm helfen, tiefere Empfindungen in Chiara zu wecken.

Möglicherweise war es das Bewusstsein, nicht länger allein zu sein, und die Erkenntnis, dass Matteo nicht mehr zum

Kämpfer in vorderster Linie taugte, was Francesco auch in seinem beruflichen Streben beflügelt hatte.

Von Chiara angespornt, nutzte er das erste Arbeitstreffen, dem Matteo wegen anderweitiger Verpflichtungen fernblieb, um aus seinem Schneckenhaus zu kriechen und sich der versammelten Bauherrengemeinschaft um Zar Peter und Fürst Menschikow als der Experte vorzustellen, der seit mittlerweile drei Jahren im Hintergrund plante.

Zar Peter persönlich klopfte ihm auf die Schulter, ein Schmunzeln im Gesicht. »Ich habe mich schon lange gefragt, wann Ihr Euch aus der Deckung hervortraut. Euer Bruder ist amüsant, aber unfähig.«

Francesco errötete vor Verlegenheit und Freude und fragte sich gleichzeitig, ob der Zar tatsächlich von ihm wusste oder ob er sich nur nicht die Blöße geben wollte, von einem Italiener hintergangen worden zu sein.

»Seid willkommen, Francesco.« Domenico Trezzini hob sein Glas auf den neuen Fachmann in der Riege der Petersburger Architekten.

Bei den nächsten Begegnungen setzte Francesco alles daran, den beschädigten Ruf seines Bruders zu reparieren. Matteo glaubte zwar, inzwischen auf lohnenderen Pfaden unterwegs zu sein, aber es konnte nie schaden, sich Türen offenzuhalten. Darüber hinaus lag es Francesco fern, sich auf Kosten seines Bruders zu profilieren. Er wollte nur endlich die Anerkennung, die ihm gebührte, und zu dieser erfolgversprechenden Gesinnung hatte ihm sein Weib verholfen.

Ach, Chiara.

Vielleicht sollte er sie noch zärtlicher halten, als er es ohnehin schon tat. Vielleicht sollte er ihr noch mehr Komplimente machen, Geschenke bringen oder ein Schloss nur für sie allein entwerfen.

Was täte er nicht dafür, einmal in ihrem Blick von Liebe zu lesen, von Liebe zu ihm, dem anderen Bruder.

Er hoffte, dass Chiara und Emilio in nicht allzu ferner Zeit in sein Haus ziehen würden. Noch war seine Hütte für eine Familie nicht geeignet. Überall fanden sich Spuren von Matteo, und Francesco schwebten auch ein paar bauliche Veränderungen vor. Ein schönerer Eingang, ein Spielzimmer für Emilio, ein großzügig geschnittenes Schlafzimmer für die Eheleute. Ihm wurde der Hals eng, wenn er sich ausmalte, was sie beide miteinander noch erreichen konnten.

Seltsam, dass er ohne Matteo nie nach Russland gezogen wäre. Und nun bejubelte er den Tag, an dem sich ihre Lebenswege trennten.

Francesco hatte mitbekommen, mit welchem Eifer sich Matteo um Arina bemüht hatte, wie sie umgekehrt sich für ihn aufgeopfert hatte, als ihn seine Schwermut ans Bett band, und mit welcher Zuversicht sie schließlich zum Landgut der Grafenfamilie gereist waren, um sich den Eltern zu erklären.

Es hatte da einen entsetzlichen Vorfall gegeben, wie die Leute munkelten. Die Gräfin war offenbar von einer der Leibeigenen ermordet worden. Aber den Heiratsabsichten von Matteo und Arina schien das nicht entgegenzustehen. Auf jeden Fall war Matteo seit jenem Tag nur noch wenige Male in Petersburg aufgetaucht, um einen kleinen Teil seiner Habe, seiner Garderobe, seiner Arbeitsmaterialien zu einem Bündel zu schnüren.

»Leb wohl, du kleiner Traumtänzer«, hatte Matteo lachend bei ihrem letzten Abschied zu ihm gesagt. Sie hatten sich umarmt und gegenseitig auf den Rücken geklopft. »Wenn wir uns wiedersehen, bin ich der Erbgraf.« Sein Lachen hatte der Wind verweht, während er das Boot bestieg, das ihn nach Ingermanland brachte.

Francescos Schulter zuckte bei der Erinnerung daran, als würde er jetzt noch die Last fühlen, die mit dem Fortgang seines Bruders von ihm abgefallen war. Er hatte nicht geahnt, wie schwer es auf seiner Brust drückte, bis Matteo tatsächlich verschwunden war. Ihm war, als könne er erst seitdem frei atmen.

Er schob ein paar Rollen zusammen, wischte mit einem trockenen Tuch über seinen Arbeitsplatz und hielt dann die Hand hinter jede einzelne Kerzenflamme, um sie auszupusten.

Glockengeläut, das sich wie ein Echo über St. Petersburg verbreitete, ließ ihn innehalten. O Gott, schon wieder ein Feuer! Wo mochte es diesmal sein? Drüben an der Werft? In der Tatarensiedlung?

Aus dem Dunkel der Stube spähte er durch das Fenster. Horden von Männern und Frauen mit Eimern und Äxten zogen an der Uferstraße vorbei.

Francescos Herzschlag verdoppelte sich. Rasch warf er sich seine Jacke über und verließ sein Haus. Er eilte ans Ufer, schloss sich den Menschen an – und stockte, als sein Blick ans Ende der Uferstraße fiel. Die Flammen loderten und schienen sich in einem rasenden Tempo auszubreiten. Rufe und Schreie erklangen, das Bersten von Holz, das Knarren von Dachgiebeln. Passanten prallten gegen ihn, weil er einfach stehen blieb und mit offenem Mund zu der Feuerstelle starrte.

Herr im Himmel, lass es nicht Chiaras Haus sein.

Seine Schritte beschleunigten sich wie von selbst, erst zögerlich, dann schnell und immer schneller, die Augen auf den Brand gerichtet. Die Stimmen um ihn herum verschwanden wie hinter einer Mauer. Er hörte und fühlte nur noch seinen eigenen Puls. Er rannte. Die Menschen wichen ihm aus.

Keuchend erreichte er die Siedlung, in der die Flammen emporzüngelten. Mehrere Häuser brannten, und in der Mitte: Chiaras Hütte.

Angespannt versuchte er, die Situation zu erfassen, entdeckte den Zaren oben auf einem der Dächer, die Axt schwingend und zwischendurch Kommandos erteilend. Männer liefen vom Fluss her mit Eimern heran. Das Wasser verdampfte nutzlos unter den lichterloh brennenden Hölzern.

Über den allgemeinen Lärm erhob sich eine schrille Frauenstimme. »Lasst mich los, lasst mich los!« Ein Schluchzen, ein wütendes Aufschreien.

Chiara! Mit ausgefahrenen Ellbogen kämpfte sich Francesco in die erste Riege der Gaffer vor, wo zwei Soldaten Chiaras Arme auf dem Rücken hielten, während sie sich wand und um sich trat.

Zorn flammte in Francesco auf, mischte sich mit der grenzenlosen Erleichterung, die Geliebte lebend anzutreffen. Mit vier, fünf schnellen Schritten war er bei ihr.

Mit schreckgeweiteten Augen starrte Chiara ihn an, nutzte die sekundenlange Verwirrung ihrer Widersacher, um sich mit einem Ruck zu befreien und zu Francesco zu flüchten. Ihr Körper war heiß von den Flammen, ihre Gesicht rußgeschwärzt. An ihren Armen bildeten sich Brandblasen, wo das Feuer sie erwischt hatte. Den Schmerz würde sie erst später fühlen, wenn sie begriff, was hier vor sich ging.

»Francesco! Hilf mir, oh, bitte hilf mir! Sie lassen mich nicht mehr ins Haus. Aber Emilio liegt noch drinnen! Herr im Himmel, sie lassen ihn verbrennen!« Ihr Gesicht war verschmiert von Asche und Tränen. In ihrem Blick lag die Panik einer Mutter, die um ihr Kind bangte.

Francesco zögerte nicht. Er löste sich von Chiara, nahm ihr das Schultertuch ab und griff nach dem nächstbesten Wasserträger, um sich einen Eimer über Kopf und Leib zu schütten. Die Kälte ließ ihn japsend nach Luft schnappen, dann stürmte er auf die Hütte in der Mitte des Brandes zu.

Er hörte warnende Rufe hinter sich, das Aufschreien Chiaras, die wütende Stimme des Zaren über den Köpfen der anderen, aber nichts konnte ihn aufhalten.

Die Angst, die in einem verborgenen Teil seiner Seele lauerte und sein bisheriges Dasein beherrscht hatte, wich einer Tapferkeit, die ihn furchtlos handeln ließ.

Er spurtete los.

Das Feuer begrüßte ihn mit fauchender Hitze, versenkte

im Nu seine Haare, seine Brauen, seine Wimpern. Er spürte keinen Schmerz, während sein Puls raste und seine Beine wie von selbst den Weg durch das Flammenmeer fanden.

Balken über ihm lösten sich knarrend. Er wich aus, als sie fielen, spürte sekundenlang einen schneidenden Schmerz im Rücken. Er hustete, hielt sich mit beiden Händen das Tuch vor Mund und Nase, während er kaum noch atmen konnte vor Hitze und Qualm. Mit unmenschlicher Anstrengung hielt er seine Lider geöffnet, obwohl seine Augen auszutrocknen begannen und brannten, als hielte jemand heiße Eisen hinein.

Sein Blick irrte durch das Lodern, suchte den Boden ab, auf den mehr und mehr schwarz verkohlte und lodernde Baumstämme aus den Wänden krachten, ein ohrenbetäubendes Poltern und Prasseln. Da! Unter der Ofenbank ragte ein nackter schwarzer Kinderfuß hervor. Sofort fiel er auf die Knie, während gleichzeitig ein lodernder Holzsparren in seinen Nacken krachte. Er schüttelte sich und spürte nichts als Erleichterung, während er Emilio hervorzerrte und hochhob. Beim Einatmen bebten die Nasenflügel des Kindes, die Augen hielt es geschlossen.

In aller Hast wickelte er den Jungen in das Tuch und rannte aus der lodernden Hölle, sprang über züngelnde Brandherde, während brennendes Stroh wie Sternschnuppen vom Dach auf ihn herabrieselte. Sein Körper spürte nicht den geringsten Schmerz, sein Denken und Fühlen war nur darauf ausgerichtet, dieses Kind zu retten.

Endlich stolperte er ins Freie, wo ihm Menschen entgegenliefen und ihm Emilio aus den Armen nahmen. Die Welt drehte sich in einem Strudel aus stiebenden Funken und rasenden Lohen, als ein mörderischer Schmerz über sein Rückgrat jagte.

»Er brennt, er brennt!« – »So helft ihm doch!« Wortfetzen drangen wie aus weiter Entfernung an seine Ohren, aber er verstand die Bedeutung nicht, während er sich im Kreis drehte, die Arme ausgebreitet.

In der nächsten Sekunde fühlte er sich gepackt und auf den Boden geworfen. Den Aufprall spürte er nicht, nur wie sie ihn hin und her rollten und einen Lidschlag später einen Schwall Wasser, der über seiner Haut, in die sich der Kleiderstoff einbrannte, zischend verdampfte.

Der Schmerz schien aus seinem Körper in den Boden zu versickern, während sich ein schwarzer Nebel über sein Denken legte. Wie aus weiter Entfernung hörte er Emilio nach seiner Mutter schreien. Mit einem Mal fühlte er sich leicht wie eine Vogelfeder, die irdische Qual fiel von ihm ab, machte ihn frei für das, was auf ihn wartete. Aus den verschwommenen Schwaden, die seinen Blick trübten, löste sich ein Gesicht. Das schönste.

Ein Lächeln erhellte seine Züge, während die halbgeschlossenen Lider seine Sicht auf die Welt klein und kleiner werden ließen.

Ihre aufgelösten Haare kitzelten ihn an der Wange, feine Duftspuren von Orangen, vielleicht eine Sinnestäuschung, denn wie sollte etwas so Köstliches den tödlichen Gestank des Feuerqualms überlagern.

»Francesco, Francesco!« Er fühlte ihre Hände weich und kühlend an beiden Wangen, dann ihre Lippen auf seinem Mund. »Bitte geh nicht«, wisperte sie, während die Tränen über ihr Gesicht rannen. »Bitte lass uns nicht allein, Francesco. Ich brauche dich.« Sie legte ihre Stirn gegen seine, hielt sein Gesicht umfangen. Für einen Moment schlugen ihre Herzen im gleichen Takt. »Ich liebe dich«, flüsterte sie.

Seine Welt verschmälerte sich auf ihre vertrauten Züge, auf diesen Mund, der die Worte sprach, auf die er immer gewartet hatte. In ihren Augen las er nun bei seinem letzten Atemzug von all den Empfindungen, die zwischen Freundschaft und Dankbarkeit gewachsen waren.

Alles war gut. Endlich.

Sein Lächeln nahm er mit in den Tod.

Kapitel 29

*Auf dem Weg
über Finnland nach St. Petersburg,
September 1708*

Durch die Löcher in seinen Schuhen stachen harte Wurzelenden und herabgefallene Dornenzweige, wenn er darauftrat. Er spürte den Schmerz kaum noch, seine Füße folgten dem Pfad in Richtung der Stadtgrenze von St. Petersburg wie von allein.

Faulende Blätter bedeckten den Boden, Windböen rissen in den Baumkronen. Der Herbst kam früh in diesem Jahr, und die rasch fallenden Temperaturen versprachen einen Winter, wie ihn die Welt noch nicht erlebt hatte.

Er würde es rechtzeitig vor dem ersten Schnee schaffen. Noch zwei Tagesmärsche, dann würde er die Stadt erreichen.

Seit Anfang Juli war Erik unterwegs.

Wenige Tage nach Mittsommer hatte er Uppsala endgültig den Rücken gekehrt. Er würde seine Heimatstadt nicht mehr wiedersehen, aber sie war ohnehin nicht mehr der Ort, an dem er seine Kindheit und Jugend verbracht hatte.

Der Stadtbrand von 1702 hatte alles zerstört: die Kathedrale, das Schloss, Teile der Universität, ungezählte Wohnhäuser und Bauernhöfe, und mit ihnen Hunderte seiner Landsleute, die den Flammen nicht schnell genug entkommen waren.

Erik hatte gewusst, dass die Stadt nicht mehr dieselbe sein würde, aber sie in Schutt und Asche vorzufinden hatte ihn zutiefst erschüttert. Vielleicht würde sie nie mehr an jene Blütezeit vor dieser Katastrophe heranreichen, da man sie nach Stockholm landesweit als die zweite Hauptstadt Schwedens angesehen hatte.

Den Menschen fehlte die Kraft, Uppsala aufzubauen. Jeder hatte mit seiner eigenen Armut zu kämpfen, die König Karl mit immer höheren Steuerabgaben zur Finanzierung seines Krieges über das Volk brachte. Viele hatten Hab und Gut verloren, schliefen in notdürftig reparierten Höfen, in denen der Brandgeruch noch in den Ecken hing, auf Strohlagern.

Erik hatte es geschüttelt angesichts des Elends, in dem er seine Heimat wiederfand. Er wusste, dass es der richtige Entschluss war, zurückgekehrt zu sein, aber er wusste auch, dass ein Teil von ihm in St. Petersburg geblieben war.

Siri erkannte das im ersten Moment, da sie sich in die Augen schauten.

Wie erleichtert war er gewesen, sie unversehrt auf ihrem alten Hof wiederzutreffen. Sie selbst hatte ihm die Tür geöffnet, als er abgerissen und abgemagert mit der Faust gegen das Holz gepocht hatte. Genau wie er in Arvids Augen immer Siri gesehen hatte, erinnerte er sich nun, da er sie ansah, an seinen besten Freund. Eine bleierne Last legte sich auf seine Brust.

Siri schien, als sie sich schweigend anschauten, bereits all das zu erfahren, was er ihr mühsam in zurechtgelegten Worten erzählen wollte. Sie las in seinem Blick, dass ihr Bruder nicht mehr heimkehrte, und sie las auch darin, dass nur ein Teil Eriks zu ihr zurückgekommen war. Er hatte drüben beim Feind eine zurückgelassen, die ihm alles bedeutete.

Sie trat auf ihn zu und umarmte ihn, zog ihn an sich und hielt ihn, wiegte ihn. Er fühlte ihr federweiches Haar an seiner Wange, die vertraute Weichheit ihres Körpers, den Duft nach Honig in ihrer Halsbeuge, der sich durch seine Tränen löste. Er schluchzte wie ein kleiner Junge, verloren in den Zeiten, weder hier noch dort daheim und bis ins Mark erschöpft von der weiten Anreise.

Siri hatte ihr Lachen verloren und das Tänzerische in ihrem Gang. Der Zauber ihrer Jugend war dem harten Kampf ums Überleben auf einem Hof mit ihrer eigenen und Eriks Mutter zum Opfer gefallen. Tüchtig war sie, stark und zupackend, und sie hatte nie die Hoffnung aufgegeben, dass Arvid und Erik zurückkehren würden.

Er hatte ihre Tränen mit dem Zipfel seines Ärmels getrocknet, als sie um den Bruder trauerte, bevor sie ihre Kräfte sammelte und die eigene Mutter tröstete, die um ihren einzigen Sohn weinte. Siri nahm den Ring von Erik entgegen, küsste ihn und steckte ihn zu dem zweiten am kleinen Finger der linken Hand. Dort würden sie vereint bleiben. *Arvid und Siri.*

Ohne die Hilfe der Nachbarn hätten die drei Frauen die vergangenen Jahre kaum überstanden, obwohl Siri und auch ihre Mutter nicht müde wurden, Getreide zu ziehen und das Vieh durchzubringen. Eriks Großmutter war kurz nach dem Brand gestorben.

Auf dem angrenzenden Hof wohnte die Bauernfamilie Olson, deren ältester Sohn, ein Bär von einem Mann, von Geburt an das rechte Bein nachzog, so dass er für den Kriegsdienst nicht taugte. Gunvald taugte aber sehr wohl dazu, auf dem Frauenhof auszuhelfen, sich beim Ausbessern des Dachs nützlich zu machen, die Fenster im Winter gegen die Kälte zu verdichten und Brennholz zu schlagen. Hin und wieder brachte er den Frauen Stücke von Elchfleisch, wenn er beim Wildern in den umliegenden Wäldern Erfolg gehabt hatte.

Schon im darauffolgenden Frühjahr wollte Erik nach St. Petersburg zurückkehren, aber da erkrankte seine Mutter Karin an der Lunge, und er wollte sie nicht alleinlassen. Die ehemals füllige Frau war abgemagert wie ein Skelett und hatte der Entzündung, die durch ihren Körper wütete, kaum etwas entgegenzusetzen. Nur ihr eiserner Wille hielt sie am Leben, während sie nächtelang Blut hustete und das Fieber sie schüttelte.

Am ersten Sonntag im Juli hatten sie Karin Widström zu Grabe getragen. Tags darauf sattelte Erik sein Pferd. Er küsste und umarmte Siri und tauschte einen festen Händedruck mit Gunvald, ihrem neuen Verlobten, der ihm mit verschämter Miene ein Säcklein mit ein paar Reichstalern und ein geschnürtes Paket mit getrocknetem Elchfleisch und Kleiebrot in die Hand drückte.

Mit jeder Meile, die Erik zurücklegte, fiel die Last der Vergangenheit von ihm ab. Vorfreude auf Helena wuchs in ihm, gemischt mit der Sorge, ob zwei Jahre nicht eine zu lange Zeit waren, um da anzuknüpfen, wo sie sich getrennt hatten.

Er zweifelte nicht an der Größe seiner Liebe, und er zweifelte nicht an Helenas Treue, aber was die Kriegszeiten mit den Menschen anrichten konnten, hatte er in den vergangenen Monaten am eigenen Leib erfahren.

Falls sie nicht auf ihn gewartet und einem anderen Mann ihr Jawort gegeben haben sollte, würde er nichtsdestoweniger in St. Petersburg bleiben. Er würde den Zaren an sein Versprechen erinnern und um eine Anstellung im Sommergarten ersuchen, und vielleicht ergäben sich in seinen freien Stunden Gelegenheiten, zu denen er Helena aus der Ferne betrachten und davon träumen konnte, wie ihr gemeinsames Leben hätte verlaufen können.

Heimat ist ein Gefühl.

Der Hals wurde ihm eng, wenn seine Gedanken flogen und ihm die unterschiedlichen Szenarien vorgaukelten. Jede Nacht betete er dafür, dass Helena auf ihn wartete und dass er es rechtzeitig schaffte, bevor sie sich einem anderen zuwandte.

An der schwedischen Küste verkaufte er sein Pferd und nahm die Fähre über die Ostsee hinüber nach Turka. Der Großteil seines Geldes ging dabei drauf, und die Vorräte schrumpften schon nach wenigen Tagesmärschen auf finnischem Festland.

Den größten Teil des Weges durch endloses Waldgebiet legte Erik zu Fuß zurück, an Helsinki vorbei, an der felsigen

Küste entlang, um den Meerbusen herum. Gegen die Bären und Wölfe hatte er seine Waffe stets geladen an der Schulter hängen, gegen den Hunger sammelte er Heidelbeeren und Pilze und erlegte dann und wann einen Hasen, den er sich über offenem Feuer briet, bevor er sich in eilig gefertigten Hütten aus Ästen und Reisig zur Nachtruhe in seinen Mantel wickelte.

Die Nächte waren hell und warm, aber die Blasen und Schwielen an seinen Füßen vergrößerten sich von Tag zu Tag, eiterten, brannten. Ein Wohltat, wenn ihn hin und wieder ein Bauer auf einem Leiterwagen ein Stück des Weges mitnahm, an knorrigen Birken, dürren Waldkiefern, undurchdringlichem Gestrüpp und weiten Moorflächen vorbei, oder wenn einer ihn in seiner Scheune schlafen ließ und ihm die Magd zum Abend Suppe vom Familientisch brachte.

Zwei Monate war er unterwegs, bis endlich hinter dem Sumpfland am Horizont die Silhouette von St. Petersburg auftauchte: die goldene Spitze der Werft, die Türme der Peter-und-Paul-Kirche, mehrstöckige Häuser mit Giebeldächern und Kaminen, hoch aufragende Masten gewaltiger Handelsschiffe, Baukräne und Flaschenzüge.

Patrouillierende Soldaten hielten ihn an der Stadtgrenze auf, unsicher darüber, ob sie es mit einem Schweden oder einem Russen zu tun hatten. Eriks Bart reichte ihm inzwischen bis zur Brust, seine helle Haut war sonnenverbrannt und verschmutzt, die Haare hingen ihm strähnig bis auf die Schultern.

Aus seinem Bündel fingerte Erik das kostbarste Gut, das er mit sich trug: jenes Schreiben von Zar Peter persönlich, das ihn als freien Mann auswies.

Die Wächter winkten ihn durch, und Erik atmete tief ein, bevor er die Schultern straffte und die Stadt betrat, an deren Grundlegung er mit all seiner Kraft beteiligt gewesen war und die nun sein neues Zuhause werden sollte.

»Fühl den kostbaren Stoff. Kühl wie Wasser schmiegt er sich an deine Haut. Etwas Wertvolleres bekommst du nicht.« Hartnäckig griff Dascha nach Helenas Hand und führte sie auf den Tuchballen, damit sie sich selbst davon überzeugte, dass für ihr Hochzeitskleid kein Material so geeignet war wie diese Seide aus China. Es war nicht leicht dieser Tage, an Luxusgüter zu gelangen, aber die Schneiderin hatte als Frau eines der Leibgardisten des Zaren die besten Beziehungen und stattete nicht nur betrübt dreinblickende Arzttöchter zur Hochzeit aus, sondern auch die Frauen der Zarengesellschaft und die Adeligen auf ihren Landgütern im Umkreis der Stadt. Obwohl noch keine dreißig Jahre alt, hatte sich Dascha einen herausragenden Ruf erworben.

Für Helenas Geschmack waren ihre Kreationen und Entwürfe zu verspielt, die Röcke zu aufgebauscht, die Dekolletés mit den Stickereien und der Spitze zu blumig. Wenn es nach ihr gegangen wäre, hätte sie zu ihrer Hochzeit ein schlichtes Alltagskleid getragen, aber das ließen ihre Eltern nicht durchgehen. Und Andreas wollte sie auch nicht enttäuschen.

Ihr Innerstes rebellierte, wenn sie an ihre bevorstehende Vermählung mit dem Apotheker dachte, aber ihr Verstand gab die Richtung vor: Einen besseren Ehemann als Andreas Burgstadt würde sie in ganz St. Petersburg nicht finden. Sie konnten miteinander reden, miteinander lachen, und er betete sie an wie eine Göttin. Ihre Eltern hatten recht: An seiner Seite würde es ihr an nichts mangeln.

Und wie Steen irgendwann zu einer blassen Erinnerung geworden war, würde auch Erik im Nebel des Vergessens verschwinden.

Eine Vorstellung, die ihr Magendrücken verursachte und sie schwindeln ließ. Noch in der Stunde, da die Schneiderin ihre Maße für das Hochzeitskleid nahm, stand Eriks Bild vor ihr, sobald sie die Augen schloss. Sie hatte seinen Duft nach Moschus und warmer Erde in der Nase, fühlte die Weichheit seiner Fingerkuppen an ihrem Hals und seine Lippen auf ihren. Sie hörte sein Lachen und seinen warmen Flüsteratem an ihrem Ohr.

Sie wusste nicht, wie sie all diese Empfindungen jemals betäuben konnte, aber vielleicht würde es ihr an Andreas' Seite gelingen. Seine Fürsorge würde ihr helfen, sich an ein Leben als Apothekersgattin zu gewöhnen und von ihren Träumen Abschied zu nehmen.

Daschas Miene nahm einen verknautschten Ausdruck an, weil Helena mit einer rigorosen Geste die Seide endgültig ablehnte und auf das cremefarbene Leinen wies, das die Schneiderin ihr nur widerwillig vorgelegt hatte. »Genau dieser Stoff ist der richtige«, sagte Helena und setzte einen Fuß auf den Schemel, den Dascha für sie in die Mitte der Hütte gestellt hatte.

Dascha stieß einen verächtlichen Seufzer aus und zog sich das Maßband vom Hals, um Helenas Taillenweite und Beinlänge zu bestimmen.

»Du bist geizig«, stellte Dascha fest. »Warum nur? Dein Vater bezahlt alles und will seine Tochter nicht in stumpfem Leinen sehen.«

»Es geht nicht ums Geld. Sorg dich nicht um dein Honorar. Dein Lohn wird großzügig ausfallen, einerlei, ob du etwas aus diesem oder jenem Stoff schneiderst.«

»Willst du vielleicht auch eine Vollverschleierung aus Leinen?«, erkundigte Dascha sich spöttisch, während sie um die mit ausgebreiteten Armen dastehende Helena herumsprang, den harten Leinenstoff drapierte und mit Nadeln absteckte.

Helena lachte müde. »Dafür nehmen wir einfache Spitze.«

»Du wirst die unscheinbarste Frau, die je in St. Petersburg vor den Traualtar getreten ist.«

»Wahre Größe kommt von innen«, erwiderte Helena mit einem Zwinkern, aber Dascha verstand diesbezüglich keinen Spaß. Helena würde sich damit abfinden müssen, dass sie ihre

Schneiderin mit ihren Vorstellungen von einer gelungenen Hochzeit nicht glücklich machen würde. Nun, was dies betraf, würde auch die Braut nicht zu den strahlenden Beteiligten gehören. Ihre Eltern würden jubeln, vielleicht ihr Bruder und ganz bestimmt Andreas, aber sie selbst? Sie fügte sich einem Schicksal, das sie für vernünftig hielt. Es gab schlechtere Arrangements.

Paula hatte sich bereit erklärt, ihre Trauzeugin in der protestantischen Kirche auf der Peter-und-Paul-Festung zu sein. Ihre Schwester war neben ihr die Einzige, die sich von der Hochstimmung nicht anstecken ließ. »Du liebst ihn nicht«, hatte sie in aller Schlichtheit festgestellt, als Helena ihr von der anstehenden Vermählung berichtete.

Auf eine nicht fassbare Art hatten ihre Wort Helena wütend gemacht. Es klang wie eine Anklage und als würde sie ihre eigenen Träume verraten. Aber das tat sie nicht! Sie entschied sich nur gegen ein einsames Leben.

»Ich bin anders als du, Paula«, erwiderte Helena und musterte verstohlen die Schwester, die mit der Schürze über ihrem Arbeitskleid, den streng zurückgesteckten Haaren und dem ungeschminkten Gesicht bereits mit ihren neunzehn Jahren das Sinnbild eines späten Mädchens abgab. Apart war sie dennoch mit ihrem samtigen Teint, auch wenn ihre Augen nur strahlten, wenn sie mit dem Vater über die Krankheitsfälle in der Praxis debattierte. »Ich langweile mich, weil ich keine Aufgabe habe wie du. Ich sehne mich nach einer Familie mit vielen Kindern, ich sehne mich danach, Mutter zu werden und einem anständigen Mann den Haushalt zu führen.«

Paula schnalzte verächtlich, aber sie versprach der Schwester, an ihrer Seite zu stehen, wenn sie vor den Traualtar trat. »Was willst du Erik sagen, wenn er zurückkehrt?«

Helena schlug die Hände vor das Gesicht. »Hör auf, hör auf, hör auf!«, schrie sie. »Zwei Jahre lang habe ich auf ihn gewartet. Es gibt keinen Grund anzunehmen, dass er jetzt noch wiederkommt. Wahrscheinlich ist er mit seiner Siri verheiratet.«

»Für mich sah er nicht aus wie einer, der leichtfertig Treueschwüre ausspricht. Für mich sah er aus wie einer, auf den man sich verlassen kann.«

»Willem war auch einer, auf den man sich verlassen kann.«

Paulas Wangen brannten. »Das ist er immer noch. Er hat mir nie die Ehe versprochen.«

»Aber du hast es dir erträumt.«

»Wir träumen von anderen Dingen, Helena. So ist es immer schon gewesen, und so wird es bleiben«, hatte Paula erwidert und sich wieder dem Lehrbuch gewidmet, das sie sich aus der Bibliothek des Vaters ausgeliehen hatte.

Helena hatte ihr angesehen, dass ihr die unselige Geschichte mit ihrem Holländer näherging, als sie bereit war zuzugeben. Es hieß, sie wären immer nur gute Freunde gewesen, aber müsste es dann nicht irgendwann einen anderen Mann in Paulas Leben geben? Einen, der ihr zeigte, wie viel mehr als Kameradschaft es zwischen Mann und Frau geben konnte, wenn sie sich liebten? Helena spürte, dass ihre Schwester für Willem tiefe Gefühle hegte, vielleicht ohne es selbst zu wissen. Sie wünschte, sie könnten sich darüber austauschen, aber über die Jahre war ihr Verhältnis zueinander nicht inniger geworden. Und auch der Schmerz, auf einen Menschen von unschätzbarem Wert verzichten zu müssen, zog kein Band um die beiden Frauen.

Nach dem Gespräch mit Paula waren die Zweifel zurückgekehrt, ob sie sich richtig entschied. Angst und Enttäuschung fochten in ihrem Inneren und ließen sie nächtelang nicht schlafen. Schließlich hatte sie sich gezwungen, jede Hoffnung fahrenzulassen und eine Entscheidung zu treffen, um endlich zur Ruhe zu kommen.

Sie stieß einen Schrei aus, weil Dascha sie mit einer Nadel in die Hüfte pikste. »Pass doch auf!«, fuhr sie sie an und rieb sich die Stelle.

Dascha zuckte nur die Schultern. »Verzeih, aber du zappelst auch wie auf einem Ameisennest. Bleib mal still stehen.«

Erst der Nadelstich zeigte Helena, wie unruhig sie war. Wie lange dauerte das Abmessen bloß? Konnte die Schneiderin nicht einfach ein altes Kleid nehmen und die Maße auf das Hochzeitskleid übertragen? Sie wünschte, sie hätte all das schon hinter sich: die Anprobe des Brautkleids, die Vermählung, die Hochzeitsnacht, den Umzug in Andreas' Haus auf die Petersburger Insel.

Eine Bewegung drüben auf dem Steg am Flussufer erregte ihre Aufmerksamkeit. Ständig fuhren Boote und Flöße zwischen den Inseln hin und her, Menschen stiegen ein und stiegen aus und gingen ihren Verpflichtungen nach.

Aber etwas war anders.

Ihre Arme sanken herab, während sie durch das Fenster auf das im Herbstlicht glitzernde Wasser und den Holzsteg starrte.

Es war nicht die Kleidung des Mannes, die nur in Fetzen an ihm hing, auch nicht der brustlange Bart und die ungekämmten Haare. Es war die Art, wie er sich zu dem Fährmann hinbeugte und ihm für die Überfahrt dankte. Die Art, wie er sich nun dem Festland zuwandte und wie er beim Gehen den Schwung seiner Schultern dem Takt seiner Beine anpasste, zu Tode erschöpft, aber zielstrebig.

Der Raum um Helena herum, Dascha, die Stoffe, all die Entwürfe, für die sie sie begeistern wollte, verschwammen.

Sie fixierte den Ankömmling. Als er den Blick hob und in Richtung ihrer Hütte schaute, schlug sie sich die Hände vor den Mund und sprang vom Schemel. Stoffe, die Dascha um sie gelegt hatte, rutschten zu Boden. Dascha fiel das Maßband aus der Hand.

Vielleicht sagte sie etwas, aber Helena hörte es nicht. Wie von selbst führten ihre Schritte sie zur Tür, dann hinaus und die Treppen hinab, die Augen auf den Mann gerichtet, den sie nie im Leben hätte vergessen können.

Ihre Blicke trafen sich. Er schritt schneller aus, sie begann zu laufen, bis sie sich gegenüberstanden. Fassungslos starrten sie sich an. In seiner Miene erkannte sie all den Schmerz über das Vergangene und die Hoffnung, die ihn zu ihr zurückgebracht hatte.

»Erik«, wisperte sie.

Als er sie in die Arme nahm, lachte und weinte sie gleichzeitig, und als er sie küsste, wusste sie, dass die Zeit des Bangens vorbei war.

Es würde eine Hochzeit in St. Petersburg geben.

Aber nicht in Leinen, und nicht mit dem rechtschaffenen Andreas. Sondern mit Erik, ihrem wilden Nordmann, dem Mann, den sie liebte. Es sollte der schönste Tag in ihrem Leben werden.

Vielleicht in himmelblauer Seide.

Kapitel 30

Jahrtausendwinter 1708/1709

Es war der schlimmste Winter seit Menschengedenken.

Anfang Dezember drehte der Wind großräumig auf Ost und fächerte die Kaltluft aus Sibirien über Europa, eine tödliche Witterung, die über vier Monate lang anhielt.

Von Russland bis Italien, von Polen bis Portugal erfroren oder verhungerten die Leute in ihren Hütten. Sie erwachten mit am Bettzeug festgefrorenen Nachtmützen, in den Herrschaftshäusern gefror der Wein an den königlichen Tafeln.

Die Kanäle Venedigs, die Seine in Paris und sogar die Mündung des Tejo in Portugal waren mit einer Eisschicht überdeckt.

Vögel plumpsten wie Steine tot vom Himmel, das Milchvieh starb auf den Feldern.

In den Häusern schwanden die Vorräte an Feuerholz. Wer noch Brotlaibe besaß, musste die gefrorenen Klumpen mit einem Beil zerhacken. Alles verwandelte der Frost zu Eis: Er sprengte Bäume und ließ den Boden tief erstarren.

Gierige Wölfe schlichen um die Dörfer, verloren vor Hunger jede Scheu und verließen auf der Suche nach Nahrung ihre angestammten Gebiete, zogen weiter Richtung Westen.

St. Petersburg, von einer schlagkräftigen Armee vor der schwedischen Invasion bewacht, lag wie ein Abbild aus Eis und Schnee am Rande der gefrorenen Ostsee. Aus den Hütten wehte der beißende Qualm Tag und Nacht in die eisgrauen tiefhängenden Wolken, schwer von Schnee.

Kostja mochte sich nicht vorstellen, wie viel stärker die Kälte unten in den ungeschützten Flächen der Ukraine war. Dort marschierte die schwedische Armee den russischen Regimentern hinterher, die nichts als verbrannte Erde hinterließen: Sie zerstörten alle Vorräte, brachten das Vieh weg und vergifteten die Brunnen, wenn es nicht die Bauern vor ihnen schon getan hatten. Im Vertrauen darauf, dass dieser Winter ihr stärkster Verbündeter war, vermieden sie die Entscheidungsschlacht.

Die Vorstellung, wie sich die Schweden die Ärsche abfroren, erheiterte Kostja. Seine anfängliche Skepsis gegenüber dem Zaren war einer bedingungslosen Verehrung gewichen.

Die Nachrichten, die sich von jeher über das Land von Mund zu Ohr verbreiteten, waren in den letzten Wochen versiegt. Jeder, der es sich leisten konnte, vermied es, den Platz am Ofen zu verlassen. Dennoch erfuhr Kostja genug, um zu ahnen, dass es nicht mehr lange dauern konnte, bis Zar Peter und sein Gefolge das Schwedenpack vernichtet hatten.

Viele verloren durch die Kälte ihre Nasen, Ohren, Finger, Zehen und Geschlechtsteile. Dragoner und Kavalleristen erstarrten auf ihren toten Pferden, mit den festgefrorenen Händen an den Zügeln. Dummbeutel, die sich nicht davon überzeugen ließen, die angefrorenen Gliedmaßen mit Schnee einzureiben, wie es die Russen taten. Natürlich war auch für sie dieser Winter härter als alles, was sie je erlebt hatten, aber sie waren mit Fellen und Pelzen besser ausgestattet und blieben in ihren Lagern, wenn abseits des Feuers der Tod drohte.

Und sie wussten die Kälte zu nutzen.

Kostja hatte sich ins Fäustchen gelacht, als ihm die Geschichte zugetragen wurde, wie sich die Russen in einer Siedlung hinter Erdwällen verschanzten, über die sie Wasser gossen, das sofort gefror. Das mochte ein vergnügliches Bild gewesen sein, wie die Schweden den eisglatten Wall zu erklimmen versuchten und wie die Tölpel hinabrutschten, von den russischen Verteidigern mit Baumstämmen beworfen.

Kostja hatte in seiner Behausung sämtliche Ritzen mit Blättern und Lumpen abgedichtet und legte nun, bevor er in all seine Felle eingepackt losspazierte, noch einmal Holz nach, damit ihm die Ziege nicht erfror, die er sich in seine Behausung geholt hatte.

Es war an der Zeit, durch die im eisigen Schlaf liegende Stadt zu schlendern und sich ein Bild davon zu machen, wer von seinen Freunden und Feinden das kommende Frühjahr erleben würde, wenn die Eismassen schmelzen und das Gras sich den ersten Sonnenstrahlen entgegenrecken würde.

Zahlreiche Bäume in seinem Wäldchen waren gespalten, die Teile der Stämme ragten wie Rippen aus der Schneedecke. Äste und Zweige schillerten vor Frost wie eisblaues Glas.

Kostjas Wimpern gefroren bereits nach wenigen Schritten. Seine Augen waren das Einzige, das er nicht mit mehreren Schichten von wärmender Kleidung bedeckt hatte. Darunter, an seiner Brust, trug er einen Stein, den er zuvor im Ofen erhitzt hatte.

Mit den Pelzen um ihn herum war Kostja fast so breit wie hoch, aber die wenigen hellen Stunden des Tages wollte er nutzen. In seiner Hütte war er allein mit der Ziege, aber Kostja brauchte die Geschichten der Menschen wie die Milch von dem Tier und das getrocknete Hasenfleisch, an dem er dann und wann knabberte.

Der Schnee knirschte unter seinen gefütterten Stiefeln, hin und wieder ächzte ein Baum, aber sonst hatte sich eine gespenstische Stille über St. Petersburg gelegt.

Sein erster Gang führte ihn über die gefrorene Newa hinüber zum Newanixchen. Kostja nahm Anlauf und schlitterte ein paar Schritte mit ausgestreckten Armen. Er lachte in seinen Schal und versuchte es ein zweites Mal, und ein bisschen fühlte es sich an, als gehörte ihm die Stadt allein.

Am Arzthaus angekommen, schwang er sich an einem der Pfähle hoch, um durch ein Fenster ins Innere zu lugen.

Ah, da saßen Frieda, Gustav, die schöne Schwester und ihr schwedischer Held eng beieinander am Ofen, dampfende Becher in den Händen, und aus den Ritzen des Hauses drang der köstliche Geruch nach gewürztem heißen Wein.

Und täuschte er sich, oder wölbte sich der Leib der schönen Schwester?

Ja, da sah er es deutlich, als sie sich erhob, den Rücken durchstreckte und die Hände in die Seiten stemmte. Guter Hoffnung war sie, die Schöne, und mit sehr viel Glück würde ihr Kind erst auf die Welt drängen, wenn der sibirischen Walze die Puste ausging und die Elstern in den Bäumen schäckerten.

Und wo war nun sein Newanixchen?

Er ließ sich in den Schnee plumpsen, rappelte sich auf und stiefelte um das Haus herum. Natürlich, hier stand sie mit ihrem Vater, die Gute. Hielt ihm die Laterne, flößte dem Patienten Saft aus einer braunen Flasche ein, während der Vater den Hammer hob, um einen blau gefrorenen Daumen abzutrennen. Die Pritschen waren voll belegt mit jammernden Kranken, und auch auf dem Boden hatten sie Decken und Felle ausgebreitet. Der Geruch nach Essig und heißer Minze stieg Kostja in die Nase.

Armes, kluges Newanixchen.

Sie sollte auch einen Becher Glühwein in den Händen halten und sich an ihrem Liebsten wärmen.

Kostja machte sich wieder auf den Weg über den Fluss, jauchzte beim Schlittern, reckte die Arme in die Höhe und summte ein Liedchen.

He ho, St. Petersburg, du schönste aller Städte! Schlafe, Städtchen, schlafe, und erblühe im März zu neuem Glanze.

Er lief an der Festung vorbei und winkte den Wachsoldaten zu, die, um sich warm zu halten, von einem Bein aufs andere traten. Sie kniffen die Augen zusammen und legten auf ihn an, bis sie bemerkten, dass es nur Kostja der Gottesnarr war. Sie grüßten zurück.

Kostja stapfte durch den Schnee und sprang auf die freigeräumten Pfade, von einer dicken Eisschicht bedeckt, um zu den Häusern auf Wassiljewski zu gelangen. Er lugte durch alle Fenster, fand hier einen Familienvater, der einer Schar von Kindern aus einem ledernen Buch vorlas, dort einen Betrunkenen, der am Ofen eingenickt war, die leere Flasche zu seinen Füßen. Er sah Liebespaare, die sich eng aneinanderkuschelten, und alte Leute, die sich einen Mantel teilten und sich an den Händen hielten. Er sah Hunde und Katzen, die sich zu den Menschen um die Öfen schmiegten, und weinende Kinder, die die Mutter mit den Resten vom Haferbrei fütterte. In vielen Häusern gab es Wachskerzen und hölzerne Betten, immer mehr Leute kamen zu Wohlstand in dieser Stadt, in der sich Handwerker, Händler, Künstler, Architekten und Experten mit etwas Geschick und Weitsicht eine goldene Nase verdienen konnten.

Wie der Balkenbaumler, den Kostja in dem nächsten Haus fand, einer der wenigen Steinbauten in der Stadt. Das Fenster an der Seitenwand war hoch angesetzt, so dass Kostja sich auf Zehenspitzen stellen musste, um mit der Nase über den Fenstersims zu linsen.

Da lag er, der Holländer, auf einem breiten Bett aus Holz, die Hände hinter dem Kopf verschränkt, die Augen an die Decke gerichtet, die Stirn gefurcht. Auf dem Bettrand hockte eine zierliche Frauengestalt mit rehbraunen Haaren bis zum Gesäß, nur in ein Leinenhemd gehüllt. Zwischen ihren Brauen stand eine Zornesfalte.

Na, du kleiner Unglücksvogel, in welche Bredouille hast du dich da mal wieder gebracht? Weißt du wirklich nicht, wo du hingehörst?

Kostja duckte sich und sammelte Schnee in seinen Handschuhen. Er formte ihn zu kleinen Kugeln, die im Nu steinhart gefroren. Dann trat er ein paar Schritte zurück, hob den Arm und warf eine nach der anderen gegen die Glasscheibe.

Tack-tack-tack.

Dann wetzte er davon, verbarg sich hinter einer der alten Mühlen und lugte um die Ecke. Er kicherte, als der Holländer tatsächlich das Fenster aufschob und den Kopf suchend hinausstreckte. Das Keifen der Rehbraunen ließ ihn die Luke rasch wieder schließen.

Kostja setzte seinen Stadtgang beschwingten Schrittes fort.

Sein nächstes Ziel lag nicht weit entfernt. Das ehemalige Architektenhaus befand sich gleich hinter Menschikows Palais, dessen unfertige, überfrorene Mauern wie eine gläserne Ruine aus dem Schnee ragten. Einer der Italiener – der gute Mann – war verbrannt, der andere – der Protz – hatte sich an das magere Hühnchen herangemacht, das mit einem Adelstitel winkte.

Das Architektenhaus fiel auf, weil aus dem Schornstein nur ein dünner Faden Qualm in die Dämmerung zog, während aus allen anderen bewohnten Hütten der Rauch in dicken Schwaden in die Lüfte stieg. Sparte da jemand an Brennholz?

Beim Nähertreten erkannte er, dass er diesmal nicht durchs Fenster schauen musste. Die Tür war nur angelehnt und klappte in dem eisigen Windhauch knarrend auf und zu. Kostja umfasste den Knauf, schaute durch den Spalt.

Ein Rest von Glut im Kamin warf einen zuckenden Schein durch den Raum. Auf der Ofenbank türmte sich ein Bündel aus alten Lumpen, und auf dem Boden …

Kostja zwängte sich durch die Tür und eilte auf die Gestalt zu, die wie eine gefallene Eisskulptur in einem dünnen Kleid auf dem nackten Boden lag. Haut, Lippen und Lider der Frau waren schneeweiß, an den Wimpern, den Brauen und dem Kopfhaar hingen winzige Kristalle, als wollte der teuflische Frost sie mit dem Abbild von Juwelen verhöhnen. Kostja berührte ihre Hände, gefaltet unter ihrer Schläfe, als hätte sie sich in dieser Position zu ihrem letzten Schlaf niedergelegt. Ihre Haut war knochenhart gefroren.

Kostja wollte seufzen und sich abwenden. Hier gab es nichts

mehr für ihn zu tun. Da nahm er seitlich neben sich wahr, wie sich der Kleiderhaufen am Ofen wenige Fingerbreit bewegte.

Kostja ging darauf zu, lupfte ein paar Zipfel und sah einen Herzschlag später in zwei braune Augen, die ihm scheu entgegenblinzelten.

Ein paar Sekunden lang erwiderte Kostja diesen Blick.

Kleiner Italiener, verlassen von der Mutter, verschmäht vom Vater.

Dann drehte er sich um, nahm einen am Boden liegenden Stuhl mit nur drei Beinen und zerschlug ihn mit kraftvollem Schwung in seine Bestandteile. Das Holz warf er in den Ofen, und wenig später verbreiteten prasselnde Flammen lebensspendende Wärme.

Er setzte sich auf die Ofenbank, nahm das Kind auf seinen Schoß und hielt es umschlungen. Zunächst sträubte sich der Junge, indem er seinen Körper anspannte, aber nach einigen Minuten legte er die Arme um Kostjas Hals und drückte das Gesicht in seinen Schal.

So blieben sie sitzen, bis das Holz verglühte. Dann stellte Kostja den Jungen auf die Füße und begann, ihn mit allen vorhandenen Kleidern zu bedecken und diese festzuknoten. Nur die braunen Augen schauten hervor und eine Hand, die Kostja fest in seine nahm.

Zwerg und Junge verließen das Haus, wanderten hinaus in die schneeweiße Nacht, und ihre Stiefel hinterließen zwei eng nebeneinander verlaufende Spuren.

»Ich habe Hunger«, sagte der Junge. Sein Atem bildete Wölkchen vor seinem bis über die Nase gezogenen Wollkragen.

Kostja nickte. »Er hat warme Ziegenmilch für dich. Und gutes Hasenfleisch.«

Er spürte, wie der Junge seine Hand drückte.

»Er lässt dich nicht allein, Söhnchen. Heute nicht und morgen nicht und nie mehr wieder.«

Obwohl das Zimmer stickig überhitzt war inmitten der Steinmauern, breitete sich in Willems Leib eine kühle Taubheit aus, die seine Hände zittern ließ. Schon bevor der eisige Hauch Sibiriens über Europa geweht war, hatte er in sich eine Kälte gespürt, die weder die Ofenhitze noch die Wärme einer Geliebten vertreiben konnten.

Auch wenn sein Meister ihn tagtäglich über den grünen Klee lobte und Fürst Menschikow sein Honorar generös erhöht hatte, fühlte sich Willem unbehaglich.

Etwas lief falsch.

Endlich bekam er die Anerkennung, nach der er sich zeit seines Lebens gesehnt hatte, und dennoch ließ ihn das Gefühl nicht los, dass er etwas Wesentliches übersehen hatte.

Nach seinen ersten schüchternen Rendezvous stellte er fest, dass er eine natürliche Begabung zu haben schien, die Frauen um den Finger zu wickeln. Ein Lächeln, ein Zwinkern, ein freches Wort genügten an manchen Tagen, und die hübschesten Damen boten sich ihm an.

Viele der jungen Frauen gehörten zur Gesellschaft um Fürst Menschikow und waren nur auf ein Abenteuer aus, das Willem ihnen mit Vergnügen ermöglichte. Andere waren Töchter der ausländischen Handwerker, die sich in seine vor Lebenslust sprühenden Augen verliebten oder in seinen holländischen Akzent.

Keine von den Damen schien es auf eine Heirat anzulegen. Vielleicht war er ihnen als Lehrling noch nicht Manns genug, aber Willem konnte das nur recht sein. Wenn er seinen Hunger nach Küssen und Zärtlichkeiten gestillt hatte, langweilten ihn die Frauen, die ihn in fade Gespräche darüber verwickelten, welche Blusenfarbe sie am hübschesten kleidete, oder ihn mit dem neuesten Klatsch und Tratsch aus der Siedlung zu amüsieren glaubten.

Myrthe mit den rehbraunen Haaren war die Einzige, die er nach dem ersten Kuss weitere Male traf. Nicht etwa, weil sie ihn zum Schmelzen brachte, sondern weil sie sich ausgesprochen hartnäckig und willensstark gab. Sie war Holländerin wie er, und zugegebenermaßen gefiel es Willem, sich in seiner Muttersprache zu unterhalten, auch wenn das, was Myrthe zu erzählen hatte, ihn anödete.

Myrthe hatte im Herbst ihre Mutter verloren, die an Skorbut erkrankt war und niemals zu einem Arzt gehen wollte. Seitdem lebte sie mit ihrem Vater, dem Mühlenbauer Bengt Kelder, gleich neben dem Mahlwerk, in dem Baumstämme zersägt wurden und das er wartete und betrieb. Unglücklicherweise hatte Vater Bengt nach dem Tod seiner Frau einen Hang zum Wodka entwickelt und begann bereits in den frühen Morgenstunden, sich mit dem scharfen Schnaps zu betäuben. Manchmal schaffte er es nach getaner Arbeit kaum in sein Steinhaus und döste einfach in der Mühle ein. Was Myrthe zu ihrem Vorteil zu nutzen wusste. Das Steinhaus stand ihr an vielen Tagen allein zur Verfügung, und Willem konnte bei dieser Kälte unbehelligt die Gemeinschaftsunterkunft gegen einen warmen Platz an ihrem Ofen tauschen.

»Das wäre doch perfekt, wenn du ihm die Arbeit abnehmen könntest, Willem. Du hättest eine gutbezahlte Anstellung, und in dem Haus könnten wir leben, solange wir wollten.«

Willem hatte auf dem Bett gelegen, die Arme im Nacken verschränkt, und richtete sich nun auf. Er raufte sich die Haare. »Was redest du da für einen Blödsinn, Myrthe? Wie kommst du darauf, dass ich Mühlenbauer sein will? Ich bin Kunsthandwerker, und ich liebe meinen Beruf.«

Ihr Puppengesicht, in dem der Mund kleiner als die Augen war, zog sich in zornigen Falten zusammen. »Ein kleiner Lehrling bist du, mehr nicht. Hier könntest du dich ins gemachte Nest setzen. Glaub mir, die Tage meines alten Herrn, bis er sich zu Tode gesoffen hat, sind gezählt.«

»Ich kann nicht glauben, wie kaltblütig du bist«, erwiderte Willem fassungslos. »Liebst du deinen Vater gar nicht?«

Myrthes Gesicht nahm einen weichen Zug an. Sie stürzte auf ihn zu, setzte sich neben ihn und griff nach seinen Händen. »Oh, doch, ich liebe meinen Vater, aber dich, Willem, dich liebe ich noch tausendmal mehr.«

Eine Wand aus schwarzem Nebel senkte sich über Willems Verstand. Was passierte hier? Womit hatte er Myrthe ermuntert, dass sie sich ihm derart an den Hals warf?

Etwas lief entsetzlich falsch.

Er sah ihr in die Augen, von der gleichen Farbe wie ihr Haar, nahm ihre makellose Schönheit wahr, ohne den Reiz zu verspüren, sie zu berühren oder gar küssen zu wollen. Ihr Liebreiz ließ ihn kalt, und zu seiner eigenen Verwunderung schob sich aus dem Dunst der Erinnerung zwischen ihn und Myrthe das Bild von Paula, so nah, dass er alle Sommersprossen in ihrem Gesicht zählen konnte und die goldenen Sprenkel in ihren Augen funkelten. *Hasenherz*, formten ihre Lippen, bevor sie lächelte.

Tack-tack-tack.

Einen Moment lang dachte Willem, es sei sein Herz, das da pochte. Aber das Geräusch kam vom Fenster. Er sprang hastig auf, stieß versehentlich an Myrthes Schulter. Sie keifte, als er das Fenster aufschob. Eisig fauchte ihm die Kälte ins Gesicht und wehte in den überheizten Raum wie ein rasendes Gespenst. Er spähte nach links, nach rechts. Nichts. Im Mondlicht glitzerten Eiskristalle an Häusern, Bäumen, Wegen und dem zugefrorenen Fluss.

Myrthe zerrte an ihm. »Willst du uns umbringen? Schließ das Fenster!«

Vielleicht hatte ihn die Kälte zu der Klarheit geführt, die nun von seinem Verstand Besitz ergriff. Er starrte Myrthe an, während sich seine Brust beim schnellen Atmen hob und senkte und ein Lächeln seine Lippen teilte. Wortlos griff er nach seinen Stiefeln und hüllte sich in Mantel, Schal und Mütze.

Myrthe sprang hysterisch um ihn herum. »Habe ich etwas

falsch gemacht? Habe ich etwas gesagt, was dich erzürnt hat? Sag doch was!«

»Es hat nichts mit dir zu tun, Myrthe.«

»Mit wem dann? Oh, Willem, bitte geh nicht!«

Er ließ sich nicht beirren. »Du wirst jemanden finden, der gern Mühlenbauer wird. Einen Mann, der besser zu dir passt als ich. Ich gehöre nicht hierhin.«

»Gibt es eine andere Frau, der du verpflichtet bist? Bitte, Willem, wir können das gemeinsam klären.«

Er schwieg.

»Tu nichts, was du später bereust!«

Genau das hatte er vor. Aber Myrthe war die Letzte, die ihn verstehen würde.

»Verzeih mir«, sagte er, bevor er die Tür hinter sich schloss und hinaustrat in die kälteste Nacht.

Er schlug den Kragen hoch, stopfte die Hände in die Taschen und stapfte los in Richtung Newa, über den Strom hinweg, den Blick auf die linke Uferseite gerichtet.

Er wusste nicht, ob er zu jung gewesen war für ein Gefühl von solcher Größe.

Ob er ein Wirrkopf gewesen war, der die Bindung scheute, weil das Leben ihm doch ach so viel zu bieten hatte.

Und er wusste auch nicht, ob Paula überhaupt noch mit ihm reden und ihm vergeben würde.

Aber er wusste ganz genau, dass er sein Glück mit Füßen trat, wenn er es nicht wenigstens versuchte.

Epilog

*St. Petersburg,
Juni 1712*

»Wie lange braucht ihr Hornochsen noch?« Zar Peters befehlsgewohnte Stimme hallte durch den Salon in Menschikows Anwesen.

Alle Lakaien um ihn herum zuckten zusammen, der Bursche, der seine Stiefel polierte, stolperte rückwärts vor Schreck.

Der Duft der Pomade, die ihm einer der Ausstatter in den Haaren verteilte, stach dem Zaren in die Nase. Das klebrige Gefühl an seiner Kopfhaut ließ seine Schultern in den vertrauten Krämpfen zucken.

»Schluss jetzt!« Mit einem Satz sprang der Zar auf und traf mit den ausfahrenden Armen mehrere der Diener, die sich duckten und die Köpfe schützten.

Menschikow erhob sich von dem Diwan, auf dem er bereits in seinem in Gold und gelbem Brokat funkelnden Feiertagsanzug entspannte und mit dem ebenfalls festlich gewandeten Zarewitsch Alexej und dessen Frau Charlotte Christine, Tochter des Herzogs von Braunschweig-Wolfenbüttel, geplaudert hatte.

Alexej und die Prinzessin hatten sich in der sächsischen Hauptstadt Dresden getroffen und schätzen gelernt, wo Alexej unter der Aufsicht von Kurfürst August Deutsch und Französisch, Tanz- und Fechtkunst studierte und eine nach Peters Vorstellungen westliche Erziehung genoss. Im vergangenen Jahr hatten sie in Torgau geheiratet. Mit Freude gab der Zar dem jungvermählten Paar den väterlichen Segen und geleitete die beiden in der Hochzeitsnacht persönlich zu ihrem Schlafgemach.

Für den plötzlichen Gesinnungswandel des Herzogs bezüglich der Vermählung seiner Tochter gab es eine eindeutige Erklärung. Seit der Schlacht von Poltawa galten Eheschließungen mit dem Hause Romanow auf dem europäischen Parkett als äußerst attraktiv.

Ein Lächeln stahl sich auf Peters Züge, wann immer ihm die siegreichste Schlacht seines bisherigen Lebens in Erinnerung kam.

Poltawa!

Allein der Name der Stadt, in der sie die Schweden vernichtend geschlagen hatten, klang melodisch in den Ohren des Zaren und glättete die Falten auf seiner Stirn.

Menschikow machte beruhigende Gesten in Richtung des Zaren, als er auf ihn zukam. Er fasste ihn am Arm und führte ihn ein wenig abseits zu einem der Fenster. »Du bist der Zar. An dem Tag, an dem du St. Petersburg zur Hauptstadt erklärst, sollst du strahlen wie kein anderer. Es ist dein Traum, der heute in Erfüllung geht. Also setz dich hin und lass dich verschönern, alter Freund. Oder willst du gegenüber deinen aus Moskau angereisten Verwandten abfallen? Obwohl«, Menschikow kratzte sich am Kinn, »es sind ja längst nicht alle gekommen.«

Zar Peter lachte. »Sie werden noch kommen, verlass dich darauf.«

»Und wenn nicht?«

»Es wird ihnen nichts anderes übrig bleiben. Ich habe ihnen den Befehl gegeben überzusiedeln. Da werden die feinen Herrschaften wohl eine strapaziöse Anreise und kleinere Unbequemlichkeiten in Kauf nehmen müssen. Sollen sie sich ein Beispiel an den Bauern nehmen und mit welcher Geduld diese Leute die Mühsal ihres Lebens tragen.«

»Es gehen allerdings bereits zynische Scherze darüber herum, wie lange Petersburg seinen Gründer wohl überdauern wird.«

Peter zuckte die Achseln. »Bin ich etwas anderes von meinem Volk gewöhnt? Aber wir beide wissen: St. Petersburg wird in nicht allzu ferner Zukunft ein zweites Venedig sein, und die Reisenden werden von weit her kommen, um die Schönheit der Stadt zu genießen.«

»Der Krieg wird uns beide auch weiterhin der Stadt fernhalten«, gab Menschikow zu bedenken.

»Genau aus diesem Grund haben wir, mein Freund, den regierenden Senat mit allen Befugnissen ausgestattet, die nötig sind, eine Ordnung aufrechtzuerhalten und St. Petersburg zu verwalten. Sie werden unsere Interessen jederzeit vertreten, viel wirkungsvoller, als es die alte Bojarenduma in Moskau jemals schaffen konnte. Die Entwicklung der Stadt wird auch ohne unsere Anwesenheit friedlich voranschreiten.« Er lächelte. »Aber ich werde jeden Tag genießen, den ich in meiner Residenz verbringen kann.«

»Manchmal staune ich über dein Gottvertrauen«, murmelte Menschikow.

Zar Peter lachte laut auf. »Gott? Wer redet von Gott? Der Herrgott gibt uns Prüfungen und lässt uns an den Krisen wachsen. Aber verlassen werde ich mich bis zu meinem letzten Atemzug nur auf mich selbst. Erweise mir die Ehre und vertraue auch du deinem Zaren, mein Freund.«

Sie umarmten sich und gaben sich Freundschaftsküsse auf die Wangen. »Für immer an deiner Seite«, sagte Menschikow. »Bist du bereit?«

Zar Peter blickte an sich hinab. Das um den Hals gebundene Seidentuch, der dunkelblaue Rock über den schwarzen Kniehosen, die glänzenden Schaftstiefel. »Das muss reichen. Katharina liebt mich auch in Sack und Asche, und nur darauf kommt es an. Und darauf, dass sie glänzt«, fügte er mit einem

Grinsen hinzu. Er wusste, seine Frau würde ihn und seine Untergebenen auch an diesem Tag der Sommersonnenwende nicht enttäuschen, an dem es bis in die frühen Morgenstunden ein Stadtfest an der Strelka geben würde, dazu ein Feuerwerk an der Festung, eine Parade über die Newski-Perspektive und eine Flottenschau auf der Newa. Mochte Katharina auch aus den einfachsten Verhältnissen stammen, so hatte sie doch seit ihrer offiziellen Vermählung im Februar ein ausgesprochenes Gespür für luxuriöse Ausstattung entwickelt, ohne dabei ihre Bescheidenheit zu verlieren. Sie umgab sich gern mit funkelndem Glanz. Nach Peters Geschmack machte sie das nur noch begehrenswerter.

Der Zar würde sich daran gewöhnen müssen, seine Frau künftig mit ihrem neuen Namen anzusprechen. Ihm zuliebe war sie schließlich zu seinem Glauben konvertiert und nannte sich Katharina Alexejewna. *Katjuscha.*

Luft, er brauchte Luft. »Komm, mein Bruder, begleite mich zu meinem Boot. Mir wird der Hals hier eng.« Er warf einen Blick zu seinem Sohn, der stumm neben seiner Gattin saß und mit herabhängenden Lidern seinen Vater beobachtete. »Wir sehen uns später in Menschikows Palais.«

Alexej deutete eine Verbeugung an.

Katharina kam ihm an der Eingangstür entgegen, umgeben von ihren Zofen, in einem smaragdgrünen, mit Silberfäden bestickten Seidenkleid und mit einem weißgoldenen Diadem im kunstvoll frisierten Haar. Um ihre Schultern lag locker drapiert ein Schal aus Zobelfell. Zar Peter strahlte sie an, breitete die Arme aus und hatte sie in der nächsten Sekunde gepackt, um ihr einen Kuss auf die Lippen zu drücken. Ihr Körper hatte sich verändert nach all den Kindern, die sie ihm geschenkt und die sie wieder verloren hatte, aber er liebte sie so üppig und mit diesem Glitzern in den Augen.

Als er kurz darauf mit Katharina an der Hand, gefolgt von Menschikow, die mit sechs Offizieren besetzte Schaluppe betrat, jubelten ihm die Vorbeifahrenden in ihren Booten zu. Perlmuttfarben spannte sich der Himmel über die Stadt und ließ die prachtvollen Gebäude auf der gegenüberliegenden Seite und auf Wassiljewski wie mit Gold übergossen strahlen. Auf der Newa sammelten sich bereits die mit Lampions und bunten Wimpeln geschmückten Schiffe. Der Zar gab den Ruderern ein Zeichen, noch einen Moment zu warten, damit er den Blick über seine Stadt genießen konnte.

Er sog die Luft ein. »Ah, hier kann ich atmen, Katjuscha. Hier schmecke ich die Süße des Triumphs.« Er legte den Arm um ihre Schultern, zog sie an sich.

Menschikow hinter ihm stieß ein Lachen aus. »Verhöhne nicht die, auf deren Gebein die Stadt errichtet ist.«

Zar Peter spürte einen kurzen Anflug von Verärgerung, aber er verging sofort. Ungewöhnlich für ihn. Vielleicht lag es an Katharinas Nähe. Vielleicht auch daran, dass an diesem Tag kein Platz für Misstöne sein sollte. Selbstverständlich standen auch ihm die vielen Toten vor Augen, die das unwirtliche Sumpfland, die zahlreichen Brände und Überschwemmungen gefordert hatten.

»Das tue ich nicht, und das weißt du. Menschen sterben, Menschen heiraten, Kinder werden geboren. Die Welt dreht sich immer um das Leben, die Liebe und den Tod, hier wie in jeder anderen Metropole der Welt. Wie viele Sankt Petersburger sind in unseren Kirchen schon getraut worden? Schau, da drüben, das Arzthaus ...« Er wies mit dem Kinn auf die Admiralitätsinsel, wo ein steinerner Bau inmitten von soliden Holzhäusern aufragte. »Dr. Albrecht hat seine beiden Töchter erstklassig verheiratet. Das sind die Leute, Alexaschka, die wie viele andere auch zum Werden und Gedeihen unserer Stadt beitragen, Sankt Petersburger von der ersten Stunde an, die Kinder in die Welt setzen, die sich gar nicht mehr daran erinnern werden, mit welcher Mühsal ihre Väter und Großväter am Bau der Stadt mitgewirkt haben.« Mit ausgestrecktem Arm wies er auf all die gemauerten Häuser, die es inzwischen inmitten der ungezählten Holzhütten auf den Inseln gab. Wie viele mochten es sein? Vielleicht dreißigtausend? Dazwischen ragten zahlreiche Kirchen empor wie die Dreifaltigkeitskirche auf der Petersburger Insel und die Isaakskirche hinter der Admiralität.

Mittlerweile gab es ein zweistöckiges Kaufhaus aus Fachwerk und mit Ziegeln gedeckt, einige hundert Schritte entfernt den Markt mit Kleinkrämern und Kuchenbäckern. Unterhalb der Festung lag am Strom der Viktualienmarkt, in der Nähe das Schlachthaus.

St. Petersburg besaß nun auch eine eigene Buchdruckerei, gleich neben der Austerei, und auf der kleinen Birkeninsel hatten Peters Apotheker einen botanischen Garten angelegt.

Herrschaftlich erhob sich drüben auf Wassiljewski das Menschikow Palais, in dessen Ballsaal er in dieser Nacht mit seinen Vertrauten, Verwandten, den Moskauer Adeligen und den neuen Stadtsenatoren die Ernennung St. Petersburgs zur Hauptstadt feiern würde. Am liebsten hätte er sich mitten unter das Volk an der Strelka gemischt, mit ihnen bis zum Umfallen den Wein aus langen Schläuchen getrunken, getanzt und das über Feuern geröstete Schweinefleisch gegessen. Aber er war es der neuen Zarengesellschaft schuldig, die Form zu wahren und der offiziellen Palastfeier beizuwohnen.

Er gab den Ruderern das Zeichen zum Ablegen, und schon glitt die Schaluppe vom Ufer in die Mitte des Flusses. Weißblau-rot wehte die Trikolore am Bug des Schiffes im Wind, genau wie die Flagge oben auf dem höchsten Wachtturm der Festung.

Peter und Katharina standen aufrecht Arm in Arm, winkten nach allen Seiten den Bürgern zu, die in ihren festlichsten Kleidern und mit fröhlichen Gesichtern auf den Versammlungsplatz strömten.

Auf der Admiralitätsinsel zu ihrer Linken erhob sich gleich

neben dem neuen Posthaus das spektakuläre Elefantenhaus mitten auf einer Wiese. Den Elefanten hatten sie im vergangenen Jahr aus Persien mitgebracht. Manche der Altrussen hielten ihn für ein überirdisches Wesen und erwiesen ihm göttliche Verehrung. Aber vor allem taugte das mächtige Tier, um Festtagen wie diesem einen besonderen Glanz zu verleihen. Später am Abend würden sie ihn mit kostbaren Decken behängen und der Parade an der Newski-Perspektive voranschicken.

Entlang der Prachtstraße von der Admiralität bis zum Grundstein des Alexander-Newski-Klosters, das sie in den nächsten Jahren fertigstellen würden, wuchsen die Häuser der russischen Adeligen. Schwedische Gefangene fegten jeden Sonnabend den Boulevard zwischen langen Reihen von Birkenbäumen.

Wie die Neubürger in ihren Booten das Wasser zwischen den Handelsschiffen bevölkerten, so wimmelten sie auch in den Straßen, den Boulevards und den Gassen. Die ersten Soldaten und einige Tausend Bauern hatten im Lauf der Jahre reichlich Gesellschaft bekommen: Schweden, Finnen, Esten und Liefländer, die aus den während des Kriegs verbrannten Städten und Dörfern hierhergeflüchtet waren und sich in St. Petersburg als Tagelöhner verdingten; die angesehenen Familien des Reichs, die viel Volk und Gesinde mit sich brachten; die zum Schiffbau aus allen Gegenden heranströmenden Künstler, Matrosen mit ihren Weibern und Kindern; Architekten und Abenteurer aus aller Welt; Händler aus Nowgorod, von den vielen Kauflustigen angelockt.

Zu den beeindruckenden Gebäuden auf jener Seite zählte auch Peters Sommerhaus mit vierzehn hellen Zimmern, in dem er mit seiner Frau lebte. Peter bewohnte die Räume im Erdgeschoss, die darüberliegende Etage gehörte Katharina. Sie waren nach ihren speziellen Vorlieben eingerichtet: Peter liebte Delfter Kacheln mit Bildern von Schiffen und anderen nautischen Motiven, Katharinas Räume spiegelten ihren Hang zum Luxus und zur fürstlichen Prachtentfaltung mit Seidentapeten, Wandteppichen und venezianischen Spiegeln. Das Palais lag inmitten eines Lustgartens, in dem jedem der Eintritt gestattet war, außer denen, die in russischen grauen Röcken und mit ungeschorenem Bart gingen. Dort gediehen zu Peters Wohlgefallen besonders die Eichen hervorragend.

Vom kaiserlichen Sommergarten breitete sich eine Wiese bis zur Newa aus, auf der sich die jungen Leute an Festtagen wie diesem zu versammeln pflegten. Sie winkten dem Zaren zu. Peter wusste, dass sie sich, wenn keiner zusah, derbe Gefechte lieferten, bis manche von ihnen lahm nach Hause getragen werden mussten. Nun, sollten sie ihr Mütchen kühlen, dachte der Zar. Dergleichen Schlachtspiele hatten auch schon zu anderen Zeiten tapfere Krieger hervorgebracht.

Die Schaluppe passierte die Werft und die Admiralität am linken Ufer, Peters ganzen Stolz, von einem Erdwall und Palisaden wie eine Festung umgeben. Bereits im vergangenen Jahr hatte sich die staatliche Marinebehörde angesiedelt. Hier stellten sie einen Großteil der Flotte aus Dutzenden Kriegsschiffen und Hunderten von Galeeren her, die später nach Kronstadt geschafft wurden. Admiräle und Generäle aus ganz Europa hatten sich gegenseitig mit den prunkvollsten Villen am Flussufer übertroffen. Das Panorama vom Fluss aus war überwältigend.

»Ich wünschte, der Krieg wäre vorbei«, sagte Katharina. »Dann könntest du deine ganze Kraft in den weiteren Ausbau der Stadt legen, Lieber. Ich habe immer an deinen Traum geglaubt, aber jetzt, wo Sankt Petersburg der Mittelpunkt deines Reichs ist, sind meine Erwartungen bei weitem übertroffen.« Sie lehnte für einen Moment den Kopf an seine Schulter. Er zog sie an sich, beugte sich hinab und gab ihr einen Kuss. Ob er ohne den beständigen Zuspruch und die Ermunterung seiner Katharina – Freundin, Trösterin, kluge Gefährtin und wundervollste aller Frauen – sein Ziel überhaupt erreicht hätte?

»Die Schweden kämpfen weiter«, sagte Menschikow hinter ihm. »Wir kommen nicht zur Ruhe.«

»Ruhen können wir auf dem Totenbett.« Zar Peter grinste ihn über die Schulter an. »Sankt Petersburg ist gesichert.«

Die Schlacht in der ukrainischen Stadt Poltawa im Juni 1709 hatte an einem einzigen Vormittag die politischen Machtverhältnisse in Europa gedreht. Hatte man bis dahin noch an den europäischen Herrschaftshäusern fest damit gerechnet, dass Schweden sich zum Herrscher des Ostens aufschwingen und St. Petersburg von der Landkarte verschwinden würde, zeigte sich der Welt an jenem Tag das neue, im Wandel begriffene Russland unter der kriegsstrategischen Führung Zar Peters, Menschikows und des Feldherrn Boris Scheremetew in all seiner Stärke.

Peter selbst trotzte auf seinem Araberhengst und wegen seiner Größe deutlich als der Zar zu erkennen, dem Gegner, der vom Jahrtausendwinter geschwächt und zermürbt war. Dreimal wurde Zar Peter getroffen, ohne verwundet zu werden: Eine Kugel schlug ihm den Dreispitz vom Kopf, eine andere blieb in seinem Sattel stecken, und die dritte traf ihn an der Brust, prallte jedoch an der alten silbernen Ikone ab.

Das Schlachtfeld war in Blut getaucht, Russen und Schweden metzelten sich mit Piken, Degen und Bajonetten im Nahkampf nieder, bis sich die schwedische Front auflöste.

»Alles ist verloren!«, hörte man die schwedischen Generäle rufen.

Kurz vor dem endgültigen Zusammenbruch hallte über das Schlachtfeld die Stimme von König Karl, der die in wilder Panik flüchtenden Schweden aufzuhalten versuchte. »Schweden! Schweden!« Sein Ruf blieb unbeachtet, während das russische Feuer Männer und Pferde zu Boden riss.

Am Ende blieb den Schweden nichts als die Flucht in den Süden zu den Türken, wo sie in Zelten auf einer von Obstbäumen umsäumten Wiese am Dnjestrufer bei Hammelfleisch und türkischem Kaffee Zuflucht fanden.

Peter hatte die Auslieferung des Schwedenkönigs gefordert,

doch stattdessen erreichte ihn die Kriegserklärung aus dem Osmanischen Reich. Erneut sah er sich auf einem Nebenschauplatz des großen Krieges in eine Schlacht verwickelt.

Die Truppen des Zaren unterlagen den Türken. Am Fluss Pruth, an den Katharina ihn unerschrocken wie ein Mann begleitet hatte, sicherte Peter den Osmanen zu, sich aus dem Gebiet der Kosaken zurückzuziehen, die russische Schwarzmeerflotte aufzugeben und die Festung Asow abzutreten. Karl durfte ungehindert die Heimreise nach Schweden antreten.

Aber diese Niederlage änderte nichts an der neuen Machtverteilung. Der Wind hatte sich gedreht.

Für Peter war der Triumph von Poltawa so monumental, dass er ihn in anhaltende Hochstimmung versetzte und ihn seine immer wiederkehrenden Leibschmerzen und die damit verbundenen Fieberschübe vergessen ließ.

Überall in Russland feierte man die Befreiung von den Schweden. Der Feind besaß nun am Ostufer der Ostsee nicht eine einzige Handelsstadt mehr und nicht einmal das kleinste Stückchen Land.

»Jetzt ist es unsere Pflicht, den Herrgott um einen lang anhaltenden Frieden zu bitten«, sagte Peter, als sie am Hafen an der Strelka anlegten. Der Jubel der Menschen empfing ihn, seine Frau und Menschikow. Musiker spielten auf, als das Volk Hochrufe auf den Zaren anstimmte.

Peter half seiner Frau aus dem Boot und hob dann, genau wie sie, in majestätischer Geste den Arm zum Gruß. In der nächsten Sekunde jedoch sprang er mit einem Satz auf das hölzerne Podest, das man für ihn aufgestellt hatte.

So kannten die Petersburger ihren Regenten: hoch aufragend, glühend vor Begeisterung, gebieterisch und doch einer von ihnen.

Katharina blieb an Menschikows Seite und schaute zum Zaren auf. Dies war seine Stunde.

Peter überblickte die Massen, die sich dicht an dicht auf

der Landzunge bis zu Menschikows Palais drängten. In der ersten Reihe entdeckte er den Grafen Bogdanowitsch, der mit weinseligem Grinsen schon schwankte, bevor das Fest überhaupt begonnen hatte. Neben ihm hielt sich Komtess Arina mit einem wie eingemeißelt wirkenden Lächeln im Gesicht, an ihrer Seite der italienische Architekt, der vor Begeisterung jubelte und wie viele andere seinen mit Federn geschmückten Hut schwang und in die Luft warf.

Am Rande von Peters Sichtfeld drängelten sich Leibeigene in einer großen graubraunen Gruppe. Ihr Jubel fiel verhaltener aus, aber selbst ihre Gesichter wirkten an diesem besonderen Tag entspannter.

Gleich hinter dem Italiener erkannte er Dr. Albrecht, diesen tatkräftigen Arzt, ohne den St. Petersburg noch ungezählte weitere Tote zu beklagen hätte, und neben ihm seine Frau, deren Augen strahlten und deren Lächeln er strahlend mit einem Nicken erwiderte. Der Arzt hatte den Arm um seine Frau gelegt, sie lehnte den Kopf an seine Schulter. Zwei, die es nicht immer leicht gehabt hatten in seiner Stadt, aber sie hatten gekämpft und durchgehalten, und sie sahen aus, als hätten sie nichts bereut. Von solchen Menschen würde er nie genug haben in St. Petersburg.

Zu beiden Seiten des Arztehepaares standen dessen erwachsene Kinder.

Der rothaarige Schiffbauer, der für sein Handwerk brannte und den er den Lehrlingen auf der Werft zum Vorbild ernannt hatte wegen seiner besonderen Gründlichkeit und seines Geschicks.

Und wie hieß die Tochter, die so tüchtig an der Seite ihres Vaters arbeitete? Paula. Eine junge Frau, von der er noch Großes erwartete. Sie würde die Zukunft der Stadt mitgestalten. Genau wie ihre Schwester mit den bemerkenswerten zweifarbigen Augen, die den schwedischen Helden der großen Flut geheiratet hatte. Da sah er ihn hinter der Familie aufragen mit seinem strohblonden Schwedenhaar. Er stand für all die unterschiedlichen Menschen, die in St. Petersburg ihr neues Zuhause gefunden und die sich über kulturelle und politische Interessen hinweg zu einer Gemeinschaft entwickelt hatten.

»Bürger von Sankt Petersburg, ich bin stolz auf jeden Einzelnen von euch«, hob der Zar an. Mit seiner Stimme schaffte er es mühelos, bis zur letzten Reihe vorzudringen. Die Leute verstummten und blickten zu ihm auf. »Aus dem Nichts heraus haben wir diese Stadt erschaffen und für die Ewigkeit gebaut. Unsere Stadt übertrifft Moskau jetzt schon bei weitem, wenn nicht an Größe, dann doch an innerer Schönheit.« Applaus brandete auf. Die Menschen lächelten und nickten sich zu, ein jeder von Stolz beseelt, Teil einer Vision zu sein, die sich erfüllt hatte.

Zar Peter hob die Hand, und erneut legte sich Stille über das Volk. »Nur durch euren unermüdlichen Kampf und euren Mut können wir heute diesen Tag feiern, an dem Sankt Petersburg allen Widrigkeiten zum Trotz das Herz des Zarentums wird.«

Ein erster Salutschuss flog von der Festung aus über die Newa. Peter wartete, bis das Donnern verklang. »Sankt Petersburg steht für den Wandel der Zeit, ein Symbol für das neue Russland, das sich von den Fesseln althergebrachter Traditionen und steinernen Bräuchen befreit. Lasst uns auch in den folgenden Jahren nicht müde werden, unsere Stadt gegen alle Feinde zu verteidigen und Schiffe aus aller Herren Länder zu empfangen. Unsere Stadt, die am heutigen Tag in einer überwältigenden Buntheit von Gesichtern, Sprachen, Gewändern und Kulturen erstrahlt. Unsere Stadt, die mit ganzem Herzen dem Westen zugewandt ist!«

Feuerwerk schoss von der Festung aus in die von Farben überflutete Sommernacht. Salutschüsse donnerten über das Wasser und die Dächer. Die Parade der Schiffe und Boote setzte sich, begleitet von Applaus und bewundernden Ausrufen, in einem Lichtermeer in Bewegung.

Bis in die frühen Morgenstunden erhoben sich die Jubelrufe der Menschen, ihr Lachen und Singen, in den Himmel hinauf zu den jungen Adlern, die über der Festung und der Werft, den Palästen und Kirchen, den Stadtvillen, Straßenzügen und Kanälen kreisten. Sie schwebten über der neuen Hauptstadt des russischen Zarentums und über den Wassern der Newa.

Anhang

Zeittafel

30. Mai 1672	**Peter Alexejewitsch** wird in Moskau geboren.
29. Januar 1676	Peters Vater, Zar Alexej Michailowitsch, stirbt. Den Thron besteigt sein ältester Sohn aus erster Ehe, Fjodor Alexejewitsch.
27. April 1682	Nach dem Tod Fjodor Alexejewitschs wird Peter zum neuen Zaren bestimmt.
Mai 1682	**Erster Aufstand der Strelizen.** Peter muss die Thronrechte mit seinem geistesschwachen Halbbruder Iwan teilen. Peters Halbschwester Sophia Alexejewna übernimmt für die beiden minderjährigen Zaren die Regentschaft.
1680er Jahre	Spielerische Zusammenstellung einer Kriegerschar, die später zu Peters **Leibgarde** wird.
27. Januar 1689	Peter heiratet auf Drängen seiner Mutter **Jewdokija Lopuchina**.
Juli/August 1689	Neuer Konflikt der Hofparteien. Sophia muss die Regentschaft abgeben.
1680/1690	Peter besucht häufig die Moskauer Ausländervorstadt, lernt dort **Patrick Gordon, François Lefort** und seine erste Geliebte **Anna Mons** kennen.

1689	Im Haus von François Lefort lernt Peter **Alexander Menschikow** kennen, der zunächst sein Bursche wird und bis zu seinem Lebensende sein bester Freund bleibt.
Februar 1690	**Alexej Petrowitsch** wird als Sohn von Peter und Jewdokija geboren.
1691	Schiffbauer Karsten Brand repariert für Peter einen alten englischen Kahn, den »**Großvater der russischen Flotte**«.
29. Januar 1696	Mit dem Tod des geistesschwachen Iwan wird Peter **Alleinherrscher**.
März 1697	Inkognito reist Peter mit seiner **Gesandtschaft nach Westeuropa** zum Studium des Kriegs- und Seewesens, der westlichen Wissenschaft und Technik.
1698	Der **zweite Aufstand der Strelizen** zwingt den Zaren, die Reise abzubrechen. Peters Leibgarde verteidigt die Rechte des Zaren und hält **Blutgericht** über die Strelizen.
	Erste Reformen: Die Bärte müssen ab, die Gewänder werden gekürzt u. a. (»**Petrinische Reformen**«). Peter verstößt seine Frau Jewdokija.
August 1700	Kriegserklärung Peters gegenüber den Schweden.
1700–1721	**Der Große Nordische Krieg**.
November 1700	Die erste Schlacht um die Handelsstadt **Narwa** endet mit einer verheerenden russischen Niederlage.

1700–1707	Schwedenkönig Karl vernachlässigt in seinem Kriegstreiben das vermeintlich schwache Russland, um sich in Polen festzusetzen.
Herbst 1702	Russische Erstürmung der schwedischen **Festung Nöteborg**. Sie heißt von da an Schlüsselburg.
August 1702	Russischer Überfall auf die liefländische Hauptstadt Marienburg, bei der Martha Skawronskaja in Gefangenschaft gerät.
Mai 1703	Eroberung der **Nyenschanz.**
16. Mai 1703	**Gründung von St. Petersburg.** Beginn der Bauarbeiten an der Peter-und-Paul-Festung, die zur Keimzelle der neuen Stadt wird.
Frühjahr 1703	Der Schweizer Architekt **Domenico Trezzini** trifft in Russland ein.
Sommer 1703	Erste Begegnung Peters im Hause seines Freundes Graf Menschikow mit seiner späteren Geliebten **Martha Skawronskaja.**
August 1704	In der zweiten Schlacht um **Narwa** erobern die Russen die Stadt.
1705–1708	**Rebellionen** gegen Peters Herrschaft bei den Donkosaken und Baschkiren.
September 1707	Beginn des **schwedischen Feldzugs** gegen Russland.
November 1707	In einer **nichtoffiziellen Zeremonie** heiratet Peter Martha Skawronskaja.

Ab 1708	Peter fordert Hunderte von Adeligen, hohen Beamten und Kaufleuten auf, sich in **St. Petersburg** anzusiedeln.
Juni 1709	Bei **Poltawa** siegen Peters Truppen über die Schweden. Die politischen Machtverhältnisse in Europa drehen sich zugunsten Russlands.
1711	Vermählung zwischen dem **Zarewitsch** Alexej Petrowitsch und der Prinzessin Charlotte Christine, Tochter des Herzogs von Braunschweig-Wolfenbüttel.
19. Februar 1712	**Offizielle Vermählung** des Zaren mit Martha Skawronskaja, die zum orthodoxen Glauben gewechselt hat und nun Katharina Alexejewna heißt.
1712	Der erfolgreiche Verlauf des Krieges erlaubt es Peter, die Regierung von Moskau an die Newa zu verlegen: **St. Petersburg wird Hauptstadt** des russischen Zarentums.

Nachwort

Wer St. Petersburg kennt, schwärmt nicht nur von dem nordischen Himmel mit seinem unvergleichlichen Licht in den *Weißen Nächten*, sondern vor allem auch von den beeindruckenden, aufeinander abgestimmten Palästen, den Kirchen, den zahlreichen Brücken über die Flüsse – Meisterwerke der imperialen Architektur. An der Tiefe der St. Petersburger U-Bahn, deren Stationen als »Paläste für das Volk« teilweise prunkvoll gestaltet sind, erkennen Besucher noch heute, vor welcher gewaltigen Herausforderung Bauherren auf diesem sumpfigen Land stehen. Mit fünf Millionen Einwohnern ist St. Petersburg heute die nördlichste Metropole weltweit, wichtigster Hafen Russlands und Weltkulturerbe der UNESCO.

In meinem Roman zeige ich, verwoben mit den fiktionalen Handlungssträngen, die Anfänge der Stadt auf, die alles andere als glanzvoll, dafür aber von Beginn an von in die Zukunft gerichteter städtebaulicher Konzeption geprägt waren. Heute erinnert kaum noch etwas an die Umstände der Gründungsjahre.

Die im Roman benannten Kirchen – die Isaakskirche auf der Admiralitätsinsel und die Peter-und-Paul-Kirche auf der Festungsinsel – waren die bescheidenen hölzernen Vorläufer der imposanten Gotteshäuser, die heute das Stadtbild prägen. Die Isaakskathedrale ist einer der größten Kuppelbauten der Welt und nach der Peter-und-Paul-Kathedrale (mit dem Grab von Peter dem Großen) das höchste Gebäude im Zentrum von St. Petersburg.

Die Quellen besagen, dass die Stadt ursprünglich *St. Pieterburch* hieß, wie ich in den ersten Szenen des Romans schreibe. Im Lauf der Zeit setzte sich die deutsche Bezeichnung St. Petersburg durch.

Für meine Recherchen standen mir eine Fülle von Originaltexten und Zeitzeugenberichten zur Verfügung wie etwa *Originalanekdoten von Peter dem Großen. Aus dem Munde angesehener Personen zu Moskau und Petersburg vernommen und der Vergessenheit entrissen* von Jacob von Stählin (Leipzig, 1785) oder *Versuch einer Beschreibung der natürlichen und ökonomischen Beschaffenheit des St. Petersburgischen Gouvernements* von Johann Gottlieb Georgie (St. Petersburg, 1790). Der Band *Geschichte der öffentlichen Sittlichkeit in Russland* von Bernhard Stern (Berlin, 1908) lieferte eine Menge von Szenen, wie etwa das obszöne Gedicht von den »strampelnden Beinen« des alten Wladimir oder die Gepflogenheiten zur russischen Hochzeit und die Stellung der Frau in Ehe und Gesellschaft.

Mein Dank geht an die Historikerin Dr. Barbara Ellermeier, die mich kistenweise mit hochspannendem Material versorgt hat. Ein guter Teil meiner Recherchen ist in den Roman eingeflossen. Die historischen Personen sind in der Figurenaufstellung gekennzeichnet. Deren Dialoge im Roman basieren zum Teil auf Überlieferungen (Briefe, Tagebucheinträge etc.).

Ein Problem zeigte sich bei der Auswertung aller historischen Fakten: Die Zeitangaben widersprechen sich häufig oder richten sich, ohne näher gekennzeichnet zu sein, entweder nach dem julianischen oder dem gregorianischen Kalender. Ich habe mir die Freiheit genommen, mich für die nach meinem Ermessen wahrscheinlichste Variante zu entscheiden.

Da St. Petersburg bereits, wie im Roman beschrieben, zu Beginn des 18. Jahrhunderts ein Schmelztiegel der Nationen war, habe ich mich zugunsten der Lesbarkeit und Verständlichkeit bei den Maßen für eine Mischung aus russischen und deutschen Angaben entschieden: eine russische Meile (ca. 7,5 Kilometer), ein Werst (ca. 1 Kilometer), ein Schritt (ca. 75 Zentimeter), ein Fuß (ca. 30 Zentimeter).

Der Fokus meines Romans liegt neben der fiktionalen Handlung auf dem Wachsen und Gedeihen der Stadt, bei der Zar Peter selbstverständlich die Hauptrolle spielt: eine schillernde widersprüchliche Figur seiner Zeit. Peter der Große war als Mensch und Regent eine Ausnahmeerscheinung. »Gott hat mir zwanzigmal so viele Aufgaben gegeben wie anderen Menschen, aber nicht zwanzigmal mehr Kraft oder die Fähigkeit, damit fertig zu werden«, zitiere ich aus einem seiner Briefe in meinem Roman. Die Gründung St. Petersburgs gehört sicherlich zu seinen größten Erfolgen.

Wer sich speziell für die Lebensgeschichte des Zaren interessiert, dem möchte ich das Buch *Peter the Great. His Life And World* von Robert K. Massie (New York, 1980) ans Herz legen. Im Antiquariat findet man auch eine deutsche Übersetzung dieses ausführlich erzählenden Sachbuchs. Filmliebhabern sei der ZDF-Vierteiler, basierend auf Massies Sachbuch, empfohlen, der auf DVD erhältlich ist. (Der Film lässt allerdings ausgerechnet die Gründung St. Petersburgs aus.) Einen kürzeren Überblick bietet *Peter der Große* von Reinhold Neumann-Hoditz (Reinbek, 1983).

Mein Dank geht an das gesamte Team von Meller Literary Agency und besonders an Michael Meller, auf dessen Beratung ich mich bei all meinen Projekten verlassen kann. Ich danke von Herzen meiner Lektorin Monika Boese für ihre Begeisterung und ihre kompetente Begleitung bei der Entstehung des Romans. Herzlichen Dank auch an meine wunderbaren TestleserInnen Sabine Strube, Natascha Strube, Michelle Schmitz und Heiko Wolz. Ein extradickes Dankeschön, wie immer, an meinen Mann Frank Dräger für seine Geduld, seine Beratung, seine Verlässlichkeit und seinen Glauben an mich.

Mit meinem Roman habe ich mir einen Traum erfüllt, der im Dezember 2015 bei meinem ersten Besuch in St. Petersburg gewachsen ist. Mich fasziniert das Gegensätzliche in der über dreihundert Jahre alten Historie der Stadt, die Peter der Große mit Erfolg als *Tor zum Westen* angelegt hat, die sich zu einem *Venedig des Nordens* entwickelte und die gleichzeitig doch inmitten aller Pracht die russische Seele beherbergt. Das Zusammenspiel von architektonischer Schönheit, Wasser, Weitläufigkeit und einem Hauch von Melancholie finde ich atemberaubend.

Ich freue mich, wenn Sie mir in kommenden Romanen auch weiterhin nach Russland folgen. St. Petersburg hat uns noch viel zu erzählen. Kontaktieren Sie mich für Lob und Kritik, Fragen und Kommentare gern über meine Website www.martinasahler.de oder via facebook.

Martina Sahler, im Sommer 2017

Martina Sahler

Die Zarin und der Philosoph

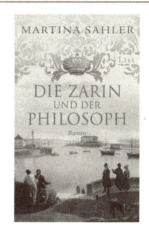

Roman.
Gebunden mit Schutzumschlag.
Auch als E-Book erhältlich.
www.list-verlag.de

Sankt Petersburg zur Zeit Katharina der Großen

Die junge Katharina krönt sich nach einem Putsch selbst zur Zarin. Die Welt hält den Atem an, kann man der Deutschen auf dem Zarenthron trauen? Preußens König Friedrich II. schickt einen Philosophen nach Petersburg, um die Pläne der neuen Herrscherin auszuspähen. Stephan Mervier ist beeindruckt von Katharina, aber das Elend der Leibeigenen macht ihn wütend. Dabei wächst der Widerstand längst heran. Eine enge Vertraute Katharinas kämpft auf Seiten der Unterdrückten. Stephan verliebt sich in die mutige Rebellin, die in großer Gefahr schwebt. Denn die Zarin fördert zwar Bildung und die Wissenschaften, aber ihre Herrschaft setzt sie mit äußerster Härte durch.

List